La vagabonde

L'entrave

Mes apprentissages

DE LA MÊME AUTRICE
CHEZ LE MÊME ÉDITEUR

Claudine à l'école, suivi de *Claudine à Paris.*
Claudine en ménage, suivi de *Claudine s'en va* et de *La Maison de Claudine.*
Le Blé en herbe, suivi de *Chéri* et de *La Fin de Chéri.*
Cadeaux de Noël.
Mes vérités, entretiens avec André Parinaud.

Colette

La vagabonde
L'entrave
Mes apprentissages

Préface de Katherine Pancol

ARCHIPOCHE

Notre catalogue est consultable à l'adresse suivante :
www.archipoche.com

Contact : serviceclients@lisez.com

Éditions Archipoche
92, avenue de France
75013 Paris

ISBN 979-1-0392-0607-5

Préface

En ce début juillet, je suis à l'ouvrage. Je finis les corrections de mon nouveau roman, *Sous les platanes de Manhattan*. Un mail siffle pfft pfft et tombe dans ma boîte à mails. Je lève un œil, repousse la tentation de le lire. Et… le lis. Les éditions Archipoche me demandent si je voudrais écrire une préface pour une réédition d'ouvrages de Colette. Je lis, je tords le nez, je me dis « non », trop de travail, un livre à corriger, un autre qui germe dans ma cervelle et ne veut pas de rival, et puis, c'est l'été et j'entends me prélasser. Je décide de refuser et… réponds « oui ». Oui à qui ? À Colette. C'est ma sainte patronne. Le saint patron s'appelant Honoré de Balzac. Mon interlocuteur, au téléphone, me remercie et me donne comme consigne : « Racontez comment Colette est entrée dans votre vie et a influencé votre œuvre d'écrivaine. »

J'ouvre alors mes trois gros tomes joufflus de Colette en poche (j'en ai quatre exemplaires disposés partout pour les avoir toujours sous la main à Fécamp, à Paris, dans la cuisine, dans ma chambre, dans mon bureau) et commence un travail de fourmi sourcilleuse, épinglant chaque phrase. C'est une chose de lire en se laissant emporter et une autre de scruter le texte pour mieux comprendre ce qui m'a tellement séduite chez Colette. Sa manière d'écrire, de se dire, de trouver l'expression qui « montre et ne dit pas », les mots qui jettent des couleurs, des odeurs, des bruits, donne à sentir le lisse, le rugueux, le moelleux.

Je me rappelle les conseils de Colette (dans ses *Lettres à Marguerite Moreno*). Cette dernière désirait écrire son journal, l'histoire de sa vie. Elle avait soumis son premier jet à sa copine pour avoir son avis. Colette répondit sans enfiler de gants : « Tu as rédigé la plupart de tes personnages comme des sujets de devoir – je te connais, bougresse, ils t'ont embêtée ! [...] Je te dis ça comme je le dirais à moi-même, et aussi durement. Mais toi, qui es la magie même quand tu racontes, tu perds la plupart de tes effets en écrivant, tu les négliges ou tu les décolores. Tiens, par exemple, quand tu parles de Proust... ta mise en scène, si tu me la parlais, serait étourdissante. Tu l'écris et je trouve quoi ? "Mme A. exerçait un esprit critique, portait des jugements sans indulgence, etc. Un chœur de flatteurs lui donnait la réplique – la conversation avait pris un tour acerbe. Il se fraya un passage parmi des groupes compacts. On commença à le juger – déchaînement de la méchanceté humaine – exclamations moqueuses, phases de dérision, etc." Comprends-tu que dans tout ça pas un mot ne montre ni ne fait entendre ceux de qui tu parles ? […] Pas de narration, bon Dieu ! Des touches et des couleurs détachées. […] Qu'est-ce que tu me montres en écrivant ça ? Pouic. Colle-moi un décor, des convives et même des plats, sans quoi ça ne marche pas. Libère-toi. Et tâche, ô mon cœur, de nous cacher que ça t'emmerde d'écrire. »

Écrire avec ses sens. C'était la religion de Colette (et c'est la mienne). Pas de mots abstraits qui se trémoussent du col et affichent leurs diplômes, mais du concret, une odeur de caramel brûlé, une châtaigne qui éclate dans le feu, un « cheval rouge comme une guigne », une pièce « maçonnée de livres », un « rire rouillé », un homme « fat comme un coq que deux poules se disputent », du concret et des détails, des détails ! Les « divins détails » que loua Nabokov dans ses conférences sur la littérature. Et alors, ô magie, le personnage se déplie, s'anime, transpire ou grelotte, sourit ou sanglote, le soufflé à l'épinard exhale la feuille verte, la cheville épaisse de la femme aux cheveux roux insulte la belle robe fluide, le chèvrefeuille embaume la narine. Je la connais, Colette. Je la respire, je la mange, je la tète depuis l'enfance.

Je vous explique. Un soupirant de maman (mes parents avaient divorcé), un soir, me présenta Colette. Il venait tous les lundis dîner à la maison dans la cuisine sur la table en Formica jaune coincée entre le Frigidaire et la gazinière, endurait le néon verdâtre au plafond, le repas « avec les enfants » avant de se mettre aux genoux de ma mère (qui nous avait envoyés au lit) et de faire sa cour. Pour ne pas s'ennuyer avec les deux gamins qui mâchaient leur tranche de jambon sous plastique et la purée en flocons chimiques, il racontait Colette. Il enfourchait ses mots, les récitait, les psalmodiait, rendant le jambon et la purée encore plus insipides. Il nous présentait Claudine, Renée, Léa, Annie, Phil et Vinca, la petite May, le chien Toby, les chats, le crapaud, le perroquet… Mon frère grognait « y a que des filles dans ces livres, et pas de voitures ! », moi, je me délectais et suppliais encore, encore.

Le mardi qui suivit la première conférence du soupirant, je fonçai à la bibliothèque municipale et empruntai *Claudine à l'école*. Appuyai le thermomètre sur l'ampoule de ma lampe de chevet, me frottai les joues pour imiter une dolente malade et sécher l'école, me calai dans le lit et, après avoir entendu maman claquer la porte pour s'en aller travailler, je me redressai et lus, lus, lus…

J'étais ferrée. Colette m'était entrée dans la peau. « Je m'appelle Claudine, j'habite Montigny ; j'y suis née en 1884, probablement je n'y mourrai pas. Mon manuel de géographie départementale s'exprime ainsi : "Montigny-en-Fresnois, jolie petite ville de 1 950 habitants, construite en amphithéâtre sur la Thaize ; on y admire une tour sarrasine bien conservée…" Moi, ça ne me dit rien du tout, ces descriptions-là ! D'abord, il n'y a pas de Thaize ; je sais bien qu'elle est censée traverser des prés au-dessous du passage à niveau ; mais en aucune saison vous n'y trouveriez de quoi laver les pattes d'un moineau. »

Pouic ! Moi aussi, ça me barbait, les descriptions convenues des livres de géographie. Puis Claudine continuait. Entraient en scène Claire, « ma sœur de lait [...] qui [...] ne demande qu'à s'éprendre du premier imbécile [...] en veine de déclarations "poétiques" », la grande Anaïs, « froide, vicieuse », « menteuse », « flagorneuse, traîtresse » qui croque du fusain et de la gomme à effacer et qui fait éclater le budget fournitures scolaires de l'école, « les Jaubert, deux sœurs, deux jumelles, même [...], je les écorcherais volontiers tant elles m'agacent avec leur sagesse, et leurs jolies écritures propres, et leur ressemblance niaise, des figures molles et mates, des yeux de mouton pleins de douceur pleurarde. Ça travaille toujours, c'est plein de bonnes notes, c'est convenable et sournois, ça souffle une haleine à la colle forte, pouah ! ». Ou Marie Belhomme, « bébête mais si gaie », à la naïveté colossale, ses longues mains de sage-femme toujours en l'air ». J'ai les mêmes dans ma classe de troisième et les déteste en sourdine.

Un maçon regarde passer une jolie écolière et soupire « vrai, je m'abonnerais bien à être une puce dans son lit ». Et Marie qui « piaille [...] d'une voix de poule enrouée », et Mlle Aimée, « [son] corps souple cherche et appelle un bien-être inconnu ». Claudine va se couler contre elle et appuyer très fort pour y laisser son empreinte... La tête me tourne dans mon lit, la fièvre, une vraie, monte. Je repars à la bibliothèque, emprunte *Claudine à Paris*,

Claudine en ménage. Lis la nuit avec une lampe de poche sous la couverture. Accompagne Claudine à Paris, ses errances dans les rues qui ne l'amusent pas, « c'est plat tout le temps par terre » et « on a le dedans du nez noir quand on rentre », découvre les grands magasins, les Parisiennes qui ont « le derrière sur les talons », rencontre Marcel, « son joli cousin en sucre », le père de Marcel, Renaud. Claudine tombe malade de chagrin de ne plus être à Montigny. Elle se console avec « des Balzac ressassés qui cachent entre leurs feuillets des miettes de goûters anciens » et soupire « comme j'ai déchu de moi-même [...] ! ».

Mais Renaud lui baise la main et « j'ai le temps de sentir la forme de sa bouche ». Comme moi, au cinéma, laissant ma main fondre dans celle d'un Laurent qui m'initie au grand frisson qui ne dépasse pas... la menotte molle et brûlante. Renaud frôle Claudine, elle se jette à son cou et s'y cramponne en larmes, « il n'y a que vous dans le monde, que vous [...] ! » et s'interroge « alors c'est le vrai amour ? Le vrai ? ». « Et nous retournons dans ma chambre, moi toute serrée dans son bras, lui qui m'emporte comme s'il me volait, tous deux ailés et bêtes comme des amoureux de romance... »

Haletante, j'ouvre *Claudine en ménage*. Claudine s'est mariée et découvre le plaisir, « la volupté m'apparut comme une merveille foudroyante et presque sombre ». La bouche de Renaud, les bras de Renaud, « mon Dieu ! que j'étais jeune et que je l'aimais, cet homme-là et comme j'ai souffert », elle dira plus tard. Colette soumise, Colette qui accepte les absences du mari, ses maîtresses, parce qu'elle est liée à son lit « par le ruban de feu du plaisir ». Colette qui chaque jour fait ses pages, enfermée dans son bureau. Les *Claudine* s'enchaînent telles des balles de mitraillette et, à chaque fois, tapent dans le mille. 1900, *Claudine à l'école*, 1901, *Claudine à Paris*, 1902, *Claudine en ménage*, 1903, *Claudine s'en va*. Les liasses de billets s'entassent. Henry Gauthier-Villars, dit « Willy », son mari, jubile et réclame d'autres romans. « Vite, vite, les fonds sont bas et ajoutez des détails piquants. Pimentez ! Pimentez ! Si vous n'y arrivez pas laissez un blanc, je compléterai. » (Si Colette tutoie Willy, ce dernier la vouvoie.) Colette obéit courbée sur « un petit bout de table, une épaule de travers, une mauvaise chaise ». Pourquoi ? Parce qu'elle ne veut pas retourner en fille pauvre chez Sido. « Je n'avais pas le sou. Où la chèvre est attachée, il faut qu'elle broute. » Elle travaille, travaille. Willy appose son nom sur la couverture, empoche les droits d'auteur, les revend au théâtre, au cinéma. Un livre par an, ça rapporte ! « J'étais pas fière de moi, y avait pas de quoi ! »

J'avais appris avec Claudine le plaisir physique avec un homme et voilà que Rézy surgit ! Ou plutôt que Renaud pousse Claudine dans un lit avec cette femme aux « yeux à cils longs, d'un gris ambré et variable [...] sous des cheveux d'or léger, ondés et verdissants ». « Rézy, votre nom sent la groseille », murmure Claudine, éperdue. Rézy brosse ses « cheveux de brume bondissante », se vêt et se dévêt devant une Claudine prête à succomber et qui succombera. Je la comprends. Je suis tombée en amour de ma professeure de français, Mme B., une brune aux yeux bleus, sombres et liquides, au chignon noir réglisse roulé en banane, au sourire gourmand, mais retenu, de cannibale. Je la prends en filature, connais bientôt l'adresse de son logis, de son boucher, de son dentiste, de la pâtisserie où elle choisit des cakes confits au citron et m'endors en songeant à la manière de me débarrasser de son mari. Pour quoi faire ? Je ne sais pas, mais il m'irrite ce grand bougre, bien mis, au regard sans aventures, qui ressemble à l'époux de Rézy. À la fin de l'année scolaire, je sanglote. Mme B. me quitte pour suivre son rectangle de mari, militaire de carrière. J'ai quatorze ans et suis ivre de Colette.

Il me reste ses livres. Je ne m'en prive pas. Je les prends maintenant par trois à la bibliothèque. *Claudine s'en va*, *La Vagabonde*, *L'Entrave*. Les avale, fiévreuse, apprends les affres et les joies ahuries de la femme qui se libère du joug d'un mari, de sa peur devant le lendemain qui ne chante guère.

Le 21 juillet 1910, Colette et Willy divorcent. « Vivre à sa guise, écrit-elle dans *L'Entrave*, oui mais que faire quand on n'a pas de guise ? » Vivre seule ? « Je n'ai plus de métier, je n'ai pas d'amant, je suis une dame seule. » Celle qu'on lorgne dans un restaurant quand elle dîne solitaire à une table, au milieu de couples et de marmaille. Celle qui regarde « s'émietter une belle journée on ne sait comment, inutile, raccourcie, gâchée » puisqu'elle ne la partage pas avec un autre. Elle a si peur de cette vie-là qu'elle veut retourner chez Willy. « Revenez, revenez auprès de moi, dans un appartement qui sera si près du mien que ce serait presque le même. » Tout plutôt que cette solitude qui la renvoie à son miroir, aux années qui passent, aux rides que sa houppette de poudre ne peut atténuer et qui flétrissent sa beauté. Willy refuse, et elle retourne à la table au couvert unique du restaurant. Blessée, humiliée. N'est-elle donc personne ? Si, lui dit une petite voix, tu es celle qui a écrit les *Claudine*. Mais Colette n'aime pas les *Claudine* : « Je ne trouvais pas mon premier livre très bon, ni les trois suivants. Avec le temps, je n'ai guère changé d'avis et je juge assez sévèrement toutes les *Claudine*. Elles font l'enfant et la follette sans discrétion ? » En outre, ce succès ne lui appartient pas puisqu'il est signé Willy et qu'il en possède tous les droits.

C'est alors qu'elle rencontre Missy auprès de qui elle se réfugie. Missy, fille du duc de Morny, frère utérin de Napoléon III, fume le cigare, monte à cheval, pratique la boxe, se coiffe d'un chapeau melon, conduit sa De Dion-Bouton, porte les cheveux courts et des complets vestons, vit comme un homme, est riche comme un homme. Missy va lui apprendre à vivre « en femme » tout simplement et à respecter son don, l'écriture. C'est en écrivant *La Vagabonde* (1910) que Colette s'ouvre la route de la liberté. Dans ce livre, elle écrit : « Deux femmes enlacées ne seront jamais pour [un homme] qu'un groupe polisson, et non l'image mélancolique et touchante de deux faiblesses, peut-être réfugiées aux bras l'une de l'autre pour y dormir, y pleurer, fuir l'homme souvent méchant, et goûter, mieux que tout plaisir, l'amer bonheur de se sentir pareilles, infimes, oubliées... » Dans les bras de Missy, elle se répare. Reprend goût à la vie au parfum « d'une eau paresseuse », à la saveur « d'une étoile de pluie [...] sucrée d'une poussière à goût de jonquille ». Ces plaisirs qui remontent à l'enfance, à Sido qui pointe une fleur qui s'ouvre, un cactus qui fleurit, à la cendre du feu qui blanchit les draps, à un mur de pierres où dort un lézard. Et l'homme (Max dans *La Vagabonde*) qui tremble à ses pieds, comme il pèse léger au regard de ses retrouvailles ! Elle le ballotte d'une émotion à l'autre, l'appelle Grand Serin pour finir par l'abandonner, lui et ses projets de mariage.

Si *La Vagabonde* signe sa première déclaration de femme libre, *L'Entrave* (1913) la déchire. « Femelle j'étais, et femelle je me retrouve pour en souffrir et pour en jouir » (*Les Vrilles de la vigne*, 1908). Elle vient de rencontrer Henry de Jouvenel, dit Sidi ou le Pacha, homme de pouvoir qui dirige un journal, fait de la politique, aimerait bien mener le monde et son monde. Colette rechute dans la dépendance amoureuse. « J'ai honte de moi, qui *attends* [...]. Je me déteste, et déteste Jean [le prénom de Jouvenel dans *L'Entrave*]. [...] Il est derrière moi et tout mon dos le guette. » Il attaque par un premier baiser et elle se rend, « Ah ! que je suis bien ! », abandonnée mais lucide, « ce que je fais, je crois, c'est aller se mettre dans la gueule du loup ». Trop tard ! Elle est redevenue prisonnière de l'homme et du plaisir qu'il dispense : « Je n'ai jamais connu cela, cette joie intelligente de la chair qui reconnaît immédiatement et adopte son maître et qui s'empresse pour lui, se fait facile, docile, prodigue », « je me suis mise dans ses bras et je fermais les yeux pour qu'il ne vît pas que c'était mon âme que je lui donnais ». Elle quitte Missy comme une voleuse, garde la maison à Saint-Malo que Missy lui a offerte, oublie tout ce qu'elle a appris au côté de cette femme libre, généreuse, amoureuse. Avec Henry de Jouvenel, elle aura un enfant dont elle ne saura pas quoi faire. Elle observe sa fille comme un insecte, la met en nourrice puis en pension. Dans *Claudine à Paris*, Colette racontait une promenade au jardin du Luxembourg et s'écriait « Que d'enfants, que d'enfants ! Est-ce que j'aurai un jour tant d'enfants que ça ? Et quel est le monsieur qui m'inspirera l'envie d'en commettre avec lui ? Pouah, pouah ! » Le monsieur, c'est lui, le Pacha, et encore le fait-elle pour retenir le bel Henry qui filait en Anglais… et qu'elle veut garder.

Colette ne se raconte pas de fables. Elle connaît toutes les failles, les ruses, les faiblesses d'une femme amoureuse. Elle est femme avant d'être féministe. Elle sait les obstacles, les embûches sur le chemin de la liberté et… qu'il est dur de les franchir ! Il n'y a pas de mode d'emploi, de règles à appliquer. Il faut trébucher et se relever. Se courber avant de se redresser. Elle ne nous leurre pas. Henry de Jouvenel la quitte et elle se replie sur sa défaite. S'accuse de ne pas avoir été assez femme, assez soumise, s'en veut et se déteste de penser ça. L'homme est un ennemi dont elle ne peut se passer. Avec Willy, elle avait ployé, était restée attachée, pauvre « créature courbée, inconsciente de sa chaîne » pratiquant « l'imitation du bonheur ». Après Sidi, elle sort ses griffes et s'abandonne à ce qu'elle sait le mieux faire : écrire. Même si c'est lourd, difficile, entêtant de silences et d'attente.

Elle écrit. Elle s'écrit. Se cache derrière des portraits de femmes qui lui ressemblent. Refuse qu'on insinue qu'elle raconte sa vie. L'insulte, c'est d'être racontée par les autres. Elle entend rester secrète, n'appartenir à personne. Elle plante sa bannière de femme libre. *Le Blé en herbe* en 1923 (premier livre qu'elle signe de son nom seul, Colette). La dame en blanc qui séduit un homme de seize ans, puis le laisse, étourdi, c'est elle. *Chéri*, *La Fin de Chéri*, c'est elle aussi. « Pour la première fois de ma vie, je me sentais intimement sûre d'avoir écrit un roman dont je n'aurais pas à rougir ni à douter. » Elle y décrit des femmes qui n'illuminent pas leur vie par la seule présence d'un homme. On n'a pas besoin d'un homme pour être heureuse, clame-t-elle. Ni d'un homme ni de quiconque. Et, si elle souffre encore parfois d'un cœur fendu qui tremble, elle sort sa houppette, se poudre le visage, trace un trait de khôl sur ses yeux qui pourraient pleurer, bombe le torse et s'en va. La première. Digne, essoufflée, étonnée d'être si forte. Elle a appris. Appris à vivre sans autre bonheur que celui qu'on se procure à soi-même en étant sa meilleure amie. « On apprend donc à vivre ? Oui, si c'est sans bonheur. La béatitude n'enseigne rien. Vivre sans bonheur et n'en point dépérir, voilà une occupation, presque une profession. »

C'est ce qu'elle écrira dans *Mes apprentissages* en 1936. Un nouveau projet a mûri dans la tête de Colette. Elle n'est pas parvenue à vaincre sa rancune à l'égard de Willy. Elle lui reproche de l'avoir exploitée, trahie, humiliée, escroquée. D'avoir abusé de la jeune fille innocente et naïve qu'elle était. « En peu d'heures, un homme sans scrupules fait, d'une fille ignorante, un prodige de libertinage, qui ne compte avec aucun dégoût. Le dégoût n'a jamais été un obstacle. Il vient plus tard, comme l'honnêteté. » Elle déverse sa haine dans ce livre. Willy est mort en 1931, mais elle n'a rien oublié. Et c'est l'envers de toutes les Claudine qu'elle raconte. Tout ce qu'elle a tu, enduré, tout ce qui l'a blessée à vif. Elle racle sa mémoire pour la nettoyer de Willy. Pour rendre justice à la jeune Colette qui découvrait Paris, le mariage, la volupté, les trahisons, le chagrin qui rend malade, cassée en mille morceaux de puzzle, incapable de les recoller.

La boucle est bouclée. Elle peut finir sa vie en paix avec un autre homme, Maurice Goudeket, qu'elle appelle « mon ami » et qui ne la menace pas. Colette est enfin libre, même si les féministes d'aujourd'hui renâclent à la prendre comme modèle. « Colette, c'est de l'eau de bidet », disait Marguerite Duras. Elle a trop lavé l'âme des femmes en se penchant sur leurs faiblesses, leurs tremblements, leur soumission, leurs peurs, leur hésitation à incarner ces beaux mots qu'on met toute une vie à illustrer : être une femme libre.

Et c'est pour cela que je l'aime et la dévore sans me lasser depuis qu'un lundi soir un soupirant de maman me l'a présentée dans la cuisine, sous un néon verdâtre, devant une tranche de jambon transpirant sous le plastique et une colline de purée chimique.

Katherine PANCOL

La vagabonde

(1910)

Première partie

I

Dix heures et demie… Encore une fois, je suis prête trop tôt. Mon camarade Brague, qui aida mes débuts dans la pantomime, me le reproche souvent en termes imagés :

— Sacrée graine d'amateur, va ! T'as toujours le feu quelque part. Si on t'écoutait, on ferait son fond de teint à sept heures et demie, en brifant les hors-d'œuvre…

Trois ans de music-hall et de théâtre ne m'ont pas changée, je suis toujours prête trop tôt.

Dix heures trente-cinq… Si je n'ouvre ce livre, lu et relu, qui traîne sur la tablette à fards, ou le *Paris-Sport* que l'habilleuse pointait du bout de mon crayon à sourcils, je vais me trouver seule avec moi-même, en face de cette conseillère maquillée qui me regarde, de l'autre côté de la glace, avec de profonds yeux aux paupières frottées d'une pâte grasse et violâtre. Elle a des pommettes vives, de la même couleur que les phlox des jardins, des lèvres d'un rouge noir, brillantes et comme vernies… Elle me regarde longtemps, et je sais qu'elle va parler… Elle va me dire :

« Est-ce toi qui es là ?... Là, toute seule, dans cette cage aux murs blancs que des mains oisives, impatientes, prisonnières, ont écorchés d'initiales entrelacées, brodés de figures indécentes et naïves ? Sur ces murs de plâtre, des ongles rougis, comme les tiens, ont écrit l'appel inconscient des abandonnés... Derrière toi, une main féminine a gravé *: Marie...* et la fin du nom s'élance en parafe ardent, qui monte comme un cri... Est-ce toi qui es là, toute seule, sous ce plafond bourdonnant que les pieds des danseurs émeuvent comme le plancher d'un moulin actif ? Pourquoi es-tu là, toute seule ? et pourquoi pas ailleurs ?... »

Oui, c'est l'heure lucide et dangereuse... Qui frappera à la porte de ma loge, quel visage s'interposera entre moi et la conseillère fardée qui m'épie de l'autre côté du miroir ?... Le hasard, mon ami et mon maître, daignera bien encore une fois m'envoyer les génies de son désordonné royaume. Je n'ai plus foi qu'en lui, et en moi. En lui surtout, qui me repêche lorsque je sombre, et me saisit, et me secoue, à la manière d'un chien sauveteur dont la dent, chaque fois, perce un peu ma peau... Si bien que je n'attends plus, à chaque désespoir, ma fin, mais bien l'aventure, le petit miracle banal qui renoue, chaînon étincelant, le collier de mes jours.

C'est la foi, c'est vraiment la foi, avec son aveuglement parfois simulé, avec le jésuitisme de ses renoncements, son entêtement à espérer, dans l'heure même où l'on crie : « Tout m'abandonne !... » Vraiment, le jour où mon maître le hasard porterait en mon cœur un autre nom, je ferais une excellente catholique…

Comme le plancher tremble, ce soir ! on voit bien qu'il fait froid : les danseurs russes se réchauffent. Quand ils crieront tous ensemble : « You ! » avec une voix aiguë et éraillée de jeunes porcs, il sera onze heures dix. Mon horloge est infaillible, elle ne varie pas de cinq minutes en un mois. Dix heures : j'arrive ; Mme Cavallier chante *Les Petits Chemineux, Le Baiser d'adieu*, *Le Petit quéqu'chose*, trois chansons. Dix heures dix : Antoniew et ses chiens. Dix heures vingt-deux : coups de fusil, aboiements, fin du numéro de chiens. L'escalier de fer crie, et quelqu'un tousse : c'est Jadin qui descend. Elle jure en toussant, parce qu'elle marche chaque fois sur l'ourlet de sa robe, c'est un rite… Dix heures trente-cinq : le fantaisiste Bouty. Dix heures quarante-sept : les danseurs russes, et, enfin, onze heures dix : moi !

Moi… En pensant ce mot-là, j'ai regardé involontairement le miroir. C'est pourtant bien moi qui suis là, masquée de rouge mauve, les yeux cernés d'un halo de bleu gras qui commence à fondre… Vais-je attendre que le reste du visage aussi se délaie ? S'il n'allait demeurer, de tout mon reflet, qu'une coulure teintée, collée à la glace comme une longue larme boueuse ?…

Mais on gèle, ici ! Je frotte l'une contre l'autre mes mains grises de froid sous le blanc liquide qui se craquelle. Parbleu ! le tuyau du calorifère est glacé : c'est samedi, et, le samedi, on charge ici le public populaire, le joyeux public chahuteur et un peu saoul, de chauffer la salle. On n'a pas pensé aux loges d'artistes.

Un coup de poing ébranle la porte, et mes oreilles elles-mêmes tressaillent. J'ouvre à mon camarade Brague, costumé en bandit roumain, basané et consciencieux.

— C'est à nous, tu sais ?

— Je le sais. Pas trop tôt ! On attrape la crève !

En haut de l'escalier de fer qui monte au plateau, la bonne chaleur sèche, poussiéreuse, m'enveloppe comme un manteau confortable et sale. Pendant que Brague, toujours méticuleux, veille à la plantation et fait remonter la herse du fond – celle du soleil couchant – je colle, machinalement, mon œil à la rondelle lumineuse du rideau.

C'est une belle salle de samedi, dans ce café-concert aimé du quartier. Une salle noire, que les projecteurs ne suffisent pas à éclairer, et vous donneriez cent sous pour trouver un col de chemise, du dixième rang des fauteuils à la deuxième galerie ! Une fumée rousse plane sur tout cela, portant l'affreuse odeur du tabac froid et du cigare à deux ronds qu'on fume trop loin… En revanche, les avant-scènes ont l'air de quatre jardinières… C'est un beau samedi ! Mais, selon la forte expression de la petite Jadin :

— Je m'en fiche, je ne touche pas sur la recette !

Dès les premières mesures de notre ouverture, je me sens soulagée, engrenée, devenue légère et irresponsable. Accoudée au balcon de toile, je considère d'un œil serein la couche poudreuse – crotte des chaussures, poussière, poils de chiens, résine écrasée – qui couvre le parquet où se traîneront tout à l'heure mes genoux nus, et je respire un rouge géranium artificiel. Dès cette minute, je ne m'appartiens plus, tout va bien ! Je sais que je ne tomberai pas en dansant, que mon talon n'accrochera pas l'ourlet de ma jupe, que je croulerai, brutalisée par Brague, sans pourtant m'écorcher les coudes ni m'aplatir le nez. J'entendrai vaguement, sans perdre mon sérieux, le petit machiniste qui, au moment le plus dramatique, imite des bruits de pets derrière le portant pour nous faire rire... La brutale lumière me porte, la musique régit mes gestes, une discipline mystérieuse m'asservit et me protège... Tout va bien.

Tout va très bien ! Notre noir public du samedi nous a récompensés par un tumulte où il y avait des bravos, des sifflets, des cris, des obscénités cordiales, et j'ai reçu, bien assené sur le coin de la bouche, un petit paquet de ces œillets à deux sous, des œillets blancs anémiques que la marchande de fleurs au panier baigne, pour les teindre, dans une eau carminée... Je l'emporte, au revers de ma jaquette ; il sent le poivre et le chien mouillé.

J'emporte aussi une lettre qu'on vient de me remettre :

Madame, j'étais au premier rang de l'orchestre ; votre talent de mime m'invite à croire que vous en possédez d'autres, plus spéciaux et plus captivants encore ; faites-moi le plaisir de souper ce soir avec moi...

C'est signé « Marquis de Fontanges », mon Dieu oui, et écrit du café du Delta... Combien de rejetons de familles nobles, et qu'on croyait dès longtemps éteintes, élisent domicile au café du Delta ?... Contre toute vraisemblance, je flaire chez ce marquis de Fontanges une parenté proche avec un comte de Lavallière, qui m'offrit, la semaine passée, un « five o'clock » dans sa garçonnière. Fumisteries banales, mais où se devine le romanesque amour de la grande vie, le respect du blason qui couve, en ce quartier de gouapes, sous tant de casquettes avachies.

2

Comme d'habitude, c'est avec un grand soupir que je referme derrière moi la porte de mon rez-de-chaussée. Soupir de fatigue, de détente, de soulagement, ou l'angoisse de la solitude ? Ne cherchons pas, ne cherchons pas !

Qu'est-ce que j'ai donc, ce soir ?… C'est le brouillard de décembre, glacial, tout en paillettes de gel suspendues, qui vibre autour des becs de gaz en halo irisé, qui fond sur les lèvres avec un goût de créosote… Et puis, ce quartier neuf que j'habite, surgi tout blanc derrière les Ternes, décourage le regard et l'esprit.

Sous le gaz verdâtre, ma rue, à cette heure, est un gâchis crémeux, praliné, marron-moka et jaune caramel, un dessert éboulé, fondu, où surnage le nougat des moellons. Ma maison elle-même, toute seule dans la rue, a « l'air que ce n'est pas vrai ». Mais ses murs neufs, ses cloisons minces offrent, pour un prix modeste, un abri suffisamment confortable à des « dames seules » comme moi.

Quand on est « dame seule », c'est-à-dire tout ensemble la bête noire, la terreur et le paria des propriétaires, on prend ce qu'on trouve, on gîte où l'on peut, on essuie la fraîcheur des plâtres…

La maison que j'habite donne miséricordieusement asile à toute une colonie de « dames seules ». À l'entresol, nous avons la maîtresse en titre de Young, Young-Automobiles ; au-dessus, l'amie, très « tenue », du comte de Bravailles ; plus haut, deux sœurs blondes reçoivent, chaque jour, la visite d'un seul Monsieur-très-bien-qui-est-dans-l'industrie : plus haut encore, une terrible petite noceuse mène, jour et nuit, un train de fox-terrier déchaîné : cris, piano, chants, bouteilles vides jetées par la fenêtre :

– C'est la honte de la maison, a dit un jour Mme Young-Automobiles.

Enfin, au rez-de-chaussée, il y a moi, qui ne crie point, qui ne joue pas de piano, qui ne reçois guère de messieurs, encore moins de dames… La petite grue du quatrième fait trop de bruit, et moi pas assez ; la concierge ne me l'envoie pas dire :

– C'est drôle, on ne sait jamais si Madame est là, on ne l'entend pas. On ne croirait jamais une artiste !

Ah ! quelle laide soirée de décembre ! le calorifère sent l'iodoforme. Blandine a oublié de mettre la boule d'eau chaude dans le lit, et ma chienne elle-même, mal lunée, grincheuse, frileuse, me jette tout juste un regard noir et blanc, sans quitter sa corbeille. Mon Dieu ! je ne réclame pas d'arcs de triomphe, ni d'illuminations, mais tout de même…

Oh ! je peux chercher partout, dans les coins et sous le lit, il n'y a personne ici, personne que moi. Le grand miroir de ma chambre ne me renvoie plus l'image maquillée d'une bohémienne pour music-hall, il ne reflète… que moi.

Me voilà donc, telle que je suis ! Je n'échapperai pas, ce soir, à la rencontre du long miroir, au soliloque cent fois esquivé, accepté, fui, repris et rompu… Hélas ! je sens d'avance la vanité de toute diversion. Ce soir, je n'aurai pas sommeil, et le charme du livre – oh ! le livre nouveau, le livre tout frais dont le parfum d'encre humide et de papier neuf évoque celui de la houille, des locomotives, des départs ! –, le charme du livre ne me détournera pas de moi…

Me voilà donc, telle que je suis ! Seule, seule, et pour la vie entière sans doute. Déjà seule ! C'est bien tôt. J'ai franchi, sans m'en croire humiliée, la trentaine ; car ce visage-ci, le mien, ne vaut que par l'expression qui l'anime, et la couleur du regard, et le sourire défiant qui s'y joue, ce que Marinetti appelle ma *gaiezza volpina*… Renard sans malice, qu'une poule aurait su prendre ! Renard sans convoitise, qui ne se souvient que du piège et de la cage… Renard gai, oui, mais parce que les coins de sa bouche, et de ses yeux, dessinent un sourire involontaire… Renard las d'avoir dansé, captif, au son de la musique…

C'est pourtant vrai que je ressemble à un renard ! Mais un joli renard fin, ce n'est pas laid, n'est-ce pas ?… Brague dit aussi que j'ai l'air d'un rat, quand je mets ma bouche en pointe, en clignant des paupières pour y voir mieux… Il n'y a pas de quoi me fâcher.

Ah ! que je n'aime pas me voir cette bouche découragée et ces épaules veules, et tout ce corps morne qui se repose de travers, sur une seule jambe !… Voilà des cheveux pleureurs, défrisés, qu'il faut tout à l'heure brosser longtemps pour leur rendre leur couleur de castor brillant. Voilà des yeux qui gardent un cerne de crayon bleu, et des ongles où le rouge a laissé une ligne douteuse… Je ne m'en tirerai pas à moins de cinquante bonnes minutes de bain et de pansage…

Il est déjà une heure… Qu'est-ce que j'attends ? Un petit coup de fouet, bien cinglant, pour faire repartir la bête butée… Mais personne ne me le donnera, puisque… puisque je suis toute seule ! Comme on voit bien, dans ce long cadre qui étreint mon image, que j'ai déjà l'habitude de vivre seule !

Pour un visiteur indifférent, pour un fournisseur, même pour Blandine, ma femme de chambre, je redresserais cette nuque qui flanche, cette hanche qui se repose de travers, je nouerais l'une à l'autre ces mains vides… Mais, cette nuit, je suis si seule…

Seule ! J'ai l'air de m'en plaindre, vraiment !

— Si tu vis toute seule, m'a dit Brague, c'est parce que tu le veux bien, n'est-ce pas ?

Certes, je le veux « bien », et même je le *veux*, tout court. Seulement, voilà… il y a des jours où la solitude, pour un être de mon âge, est un vin grisant qui vous saoule de liberté, et d'autres jours où c'est un tonique amer, et d'autres jours où c'est un poison qui vous jette la tête aux murs.

Ce soir, je voudrais bien ne pas choisir. Je voudrais me contenter d'hésiter, et ne pas pouvoir dire si le frisson qui me prendra, en glissant entre mes draps froids, sera de peur ou d'aise.

Seule… et depuis longtemps. Car je cède maintenant à l'habitude du soliloque, de la conversation avec la chienne, le feu, avec mon image… C'est une manie qui vient aux reclus, aux vieux prisonniers ; mais, moi, je suis libre… Et, si je me parle en dedans, c'est par besoin littéraire de rythmer, de rédiger ma pensée.

J'ai devant moi, de l'autre côté du miroir, dans la mystérieuse chambre des reflets, l'image d'« une femme de lettres qui a mal tourné ». On dit aussi de moi que « je fais du théâtre », mais on ne m'appelle jamais actrice. Pourquoi ? Nuance subtile, refus poli, de la part du public et de mes amis eux-mêmes, de me donner un grade dans cette carrière que j'ai pourtant choisie… Une femme de lettres qui a mal tourné : voilà ce que je dois, pour tous, demeurer, moi qui n'écris plus, moi qui me refuse le plaisir, le luxe d'écrire…

Écrire ! pouvoir écrire ! cela signifie la longue rêverie devant la feuille blanche, le griffonnage inconscient, les jeux de la plume qui tourne en rond autour d'une tache d'encre, qui mordille le mot imparfait, le griffe, le hérisse de fléchettes, l'orne d'antennes, de pattes, jusqu'à ce qu'il perde sa figure lisible de mot, mué en insecte fantastique, envolé en papillon-fée…

Écrire… C'est le regard accroché, hypnotisé par le reflet de la fenêtre dans l'encrier d'argent, la fièvre divine qui monte aux joues, au front, tandis qu'une bienheureuse mort glace sur le papier la main qui écrit. Cela veut dire aussi l'oubli de l'heure, la paresse au creux du divan, la débauche d'invention d'où l'on sort courbatu, abêti, mais déjà récompensé, et porteur de trésors qu'on décharge lentement sur la feuille vierge, dans le petit cirque de lumière qui s'abrite sous la lampe…

Écrire ! verser avec rage toute la sincérité de soi sur le papier tentateur, si vite, si vite que parfois la main lutte et renâcle, surmenée par le dieu impatient qui la guide… et retrouver, le lendemain, à la place du rameau d'or, miraculeusement éclos en une heure flamboyante, une ronce sèche, une fleur avortée…

Écrire ! plaisir et souffrance d'oisifs ! Écrire !… J'éprouve bien, de loin en loin, le besoin, vif comme la soif en été, de noter, de peindre… Je prends encore la plume, pour commencer le jeu périlleux et décevant, pour saisir et fixer, sous la pointe double et ployante, le chatoyant, le fugace, le passionnant adjectif… Ce n'est qu'une courte crise, la démangeaison d'une cicatrice…

Il faut trop de temps pour écrire ! Et puis, je ne suis pas Balzac, moi… Le conte fragile que j'édifie s'émiette quand le fournisseur sonne, quand le bottier présente sa facture, quand l'avoué téléphone, et l'avocat, quand l'agent théâtral me mande à son bureau pour « un cachet en ville chez des gens tout ce qu'il y a de bien, mais qui n'ont pas pour habitude de payer les prix forts »…

Or, depuis que je vis seule, il a fallu vivre d'abord, divorcer ensuite, et puis continuer à vivre… Tout cela demande une activité, un entêtement incroyables… Et pour arriver où ? N'y a-t-il point pour moi d'autre havre que cette chambre banale, en Louis XVI de camelote, d'autre halte que ce miroir infranchissable où je me bute, front contre front ?…

Demain, c'est dimanche : matinée et soirée à l'Empyrée-Clichy. Deux heures, déjà !… C'est l'heure de dormir, pour une femme de lettres qui a mal tourné.

3

Grouille-toi ! bon Dieu, grouille-toi ! Jadin n'est pas là !

— Comment, pas là ? elle est malade ?

— Malade ? oui ! en bombe !... C'est le même coup pour nous : nous passons vingt minutes plus tôt !

Brague, le mime, vient de surgir de sa cellule sur mon passage, effrayant sous son fond de teint kaki, et je cours vers ma loge, consternée à l'idée que je pourrais, pour la première fois de ma vie, être en retard...

Jadin n'est pas là ! Je me hâte, en tremblant d'énervement. C'est qu'il ne badine pas, notre public de quartier, surtout à la matinée du dimanche ! Si nous le laissons, comme dit notre régisseur-belluaire, « avoir faim » cinq minutes entre deux numéros, les hurlements, les bouts de mégots, les peaux d'oranges partiront tout seuls...

Jadin n'est pas là... Il fallait s'attendre à ça, un de ces jours.

Jadin est une petite chanteuse, si novice au concert, qu'elle n'a pas eu le temps encore d'oxygéner ses cheveux châtains ; elle n'a fait qu'un saut du boulevard extérieur sur la scène, estomaquée de gagner, en chantant, deux cent dix francs par mois. Elle a dix-huit ans. La chance (?) l'a saisie sans ménagement, et ses coudes défensifs, toute sa personne têtue penchée en gargouille, semblent parer les coups d'un destin fumiste et brutal.

Elle chante en cousette et en goualeuse des rues, sans penser qu'on peut chanter autrement. Elle force ingénument son contralto râpeux et prenant, qui va si bien à sa figure jeune d'apache rose et boudeuse. Telle qu'elle est, avec sa robe trop longue, achetée n'importe où, ses cheveux châtains pas même ondulés, son épaule de biais qui a l'air de tirer encore le panier de linge, le duvet de sa lèvre tout blanc d'une poudre grossière, le public l'adore. La directrice lui promet, pour la saison prochaine, le « lumineux » et une seconde vedette, on verra après pour l'augmentation. Jadin, en scène, rayonne et jubile. Elle reconnaît, tous les soirs, dans le public des secondes galeries, quelque compagnon d'enfantine vadrouille et ne résiste point, pour le saluer, à couper sa rengaine sentimentale par un joyeux coup de gueule, un rire aigu d'écolière, voire une « basane » bien claquée sur la cuisse…

C'est elle qui manque aujourd'hui au programme. Dans une demi-heure, ils vont tempêter dans la salle et crier : « Jadin ! Jadin ! » et taper des galoches, et sonner sur les verres avec leurs cuillers à mazagrans…

Cela devait arriver. Jadin, dit-on, n'est pas malade, et notre régisseur ronchonne :

— Pensez-vous qu'elle est grippée ! Elle a tombé en travers d'un pieu ! On y met un talbin en compresse ! Sans quoi, elle aurait prévenu…

Jadin a trouvé un gourmet qui n'est pas du quartier. Il faut vivre… Elle vivait, pourtant, avec l'un, avec l'autre, avec tout le monde… Reverrai-je sa petite silhouette de gargouille, coiffée jusqu'aux sourcils d'un des calots « à la mode » qu'elle fabriquait elle-même ? Hier soir encore, elle avançait dans ma loge un museau mal poudré pour me montrer sa dernière création : une toque en lapin « genre renard blanc », trop étroite, qui rabattait de chaque côté les petites oreilles de Jadin, toutes roses…

— On croirait Attila tout craché, lui disait Brague, très sérieux.

Jadin est partie… Le long couloir, foré de logettes carrées, bourdonne et ricane : il paraît que tout le monde flairait cette fugue, sauf moi… Bouty, le petit comique qui chante les Dranem, se promène devant ma loge, grimé en anthropoïde, un verre de lait à la main, et je l'entends prophétiser :

— C'était couru ! Moi, j'y donnais encore cinq, six jours, peut-être un mois, à Jadin ! La patronne doit faire une gueule… Mais c'est pas encore ça qui la décidera à augmenter les artistes qui remontent une maison… Retenez ce que je vous dis ! on la reverra, Jadin : c'est une excursion, pas plus. C'est une fille qui a son genre de vie, elle saura jamais garder un miché…

J'ouvre ma porte pour parler à Bouty, pendant que je passe mes mains au blanc liquide :

– Elle ne vous avait rien dit de son départ, Bouty ?

Il hausse les épaules, en tournant vers moi son masque de gorille rouge, aux yeux bordés de blanc :

– Probable ! Je ne suis pas sa mère…

Ayant dit, il lampe à petites gorgées son verre de lait, un lait bleuâtre comme de l'amidon.

Pauvre petit Bouty, qui balade partout son entérite chronique et sa bouteille de lait cacheté ! Nettoyé de son masque vermillon et blanc, il a une chétive et douce figure, délicate, intelligente, de beaux yeux tendres, et un cœur de chien sans maître, prêt à chérir qui l'adoptera. Sa maladie et son dur métier le crèvent, il se nourrit de lait, de macaroni bouilli, et trouve la force de chanter, de danser des danses nègres pendant vingt minutes. En sortant de scène, il tombe éreinté sur le plateau, incapable de descendre tout de suite à sa loge… Son corps fluet, étendu là comme mort, me barre quelquefois le passage, et je me raidis pour ne pas me pencher, le ramasser, demander du secours. Les camarades et le vieux chef machiniste se bornent à hocher le menton d'un air important à côté de lui, et disent :

– Bouty, c'est un artiste qui *fatigue* beaucoup.

— Filons, filons ! train accéléré ! Ils n'ont pas trop gueulé après Jadin, dans la salle. C'est de la chance !

Brague me pousse dans l'escalier de fer ; la chaleur poussiéreuse, la lumière des herses m'étourdissent ensemble ; cette matinée a passé comme un songe affairé, la moitié de la journée a fondu je ne sais comment, j'en garde seulement le froid nerveux, la contraction de l'estomac qui suit les réveils, les levers rapides en pleine nuit. Dans une heure, il sera temps de dîner, et puis on prend un taxi, et ça recommence…

Et j'en ai comme ça pour un mois ! Le spectacle actuel plaît suffisamment ; d'ailleurs, il faut tenir jusqu'à la revue :

— Nous sommes bons là, dit Brague : quarante jours à ne rien penser ! Et il se frotte les mains.

À ne rien penser… Si je pouvais faire comme lui ! J'ai quarante jours, j'ai toute l'année, toute la vie pour penser, moi… Combien de temps vais-je promener, de music-hall en théâtre, de théâtre en casino, des « dons » que l'on s'accorde, d'un ton poli, à trouver intéressants ? On me reconnaît, par surcroît, une « mimique précise », une « diction nette », et une « plastique impeccable ». C'est très gentil. C'est même plus qu'il n'en faut. Mais… où cela mène-t-il ?

Allons ! je vois venir une dure crise de noir… Je l'attends avec calme et d'un cœur habitué, certaine d'en reconnaître les phases normales et de la vaincre une fois encore. Personne n'en saura rien. Ce soir, Brague me guigne de son petit œil pénétrant, sans trouver autre chose à dire que :

— T'es bien dans la lune, dis donc ?

Revenue à ma loge, je lave mes mains teintes d'un sang groseille, devant la glace où nous nous mesurons, la conseillère maquillée et moi, graves, en adversaires dignes l'une de l'autre.

Souffrir… regretter… prolonger, par l'insomnie, par la divagation solitaire, les heures les plus profondes de la nuit : je n'y échapperai point. Et je marche au-devant de cela, avec une sorte de gaîté funèbre, avec toute la sérénité d'un être encore jeune et résistant, qui en a vu bien d'autres… Deux habitudes m'ont donné le pouvoir de retenir mes pleurs : celle de cacher ma pensée, et celle de noircir mes cils au mascaro…

— Entrez !

On vient de frapper, et j'ai répondu machinalement, absorbée…

Ce n'est pas Brague, ce n'est pas la vieille habilleuse, c'est un inconnu, grand, sec, noir, qui incline sa tête nue et débite tout d'un trait :

— Madame, je viens, depuis une semaine, vous applaudir dans *L'Emprise.* Vous excuserez ce que ma visite peut avoir de… déplacé, mais il me semble que mon admiration pour votre talent et… votre plastique… justifie une présentation aussi… incorrecte, et que…

Je ne dis rien à cet imbécile. Moite, essoufflée encore, la robe demi-ouverte, j'essuie mes mains en le regardant avec une férocité si visible que sa belle phrase meurt soudain, coupée…

Faut-il le gifler ? marquer sur ses deux joues mes doigts encore humides d'une eau carminée ? Faut-il élever la voix et jeter à cette figure anguleuse, toute en os, barrée d'une moustache noire, les mots que j'ai appris dans les coulisses et dans la rue ?…

Il a des yeux de charbonnier triste, cet envahisseur…

Je ne sais pas ce que lui disent mon regard et mon silence, mais sa figure change tout à coup :

— Ma foi, madame, je ne suis qu'un serin et un grossier personnage, je m'en aperçois trop tard. Mettez-moi à la porte, allez, je l'ai bien mérité, mais non sans que j'aie déposé à vos pieds mes respectueux hommages.

Il resalue, comme un homme qui va s'en aller… et ne s'en va pas. Avec cette rouerie un peu catin des hommes, il attend, une demi-seconde, le bénéfice de son revirement, et – je ne suis pas, mon Dieu, si terrible ! – l'obtient :

— Je vous dirai donc gentiment, monsieur, ce que je vous aurais dit sans aménité : allez-vous-en !

Je ris, bonne fille, en lui montrant la porte. Lui ne rit pas. Il reste là, le front en avant, et son poing libre pend, serré. Cette attitude le fait presque menaçant, gauche, avec une dégaine un peu lourde de bûcheron correct. La lampe du plafond se mire dans ses cheveux noirs, rabattus de côté, lisses et comme laqués ; mais ses yeux m'échappent, reculés sous une profonde orbite…

Il ne rit pas, parce qu'il me désire.

Il ne me veut aucun bien, cet homme-là, il me veut. Il n'a pas l'humeur à plaisanter, même graveleusement. Cela me gêne, à la fin, et je l'aimerais mieux... allumé, à l'aise dans son rôle d'homme qui a bien dîné et qui s'est rincé l'œil au premier rang de l'orchestre...

L'ardent désir qu'il a de moi le gêne comme une arme encombrante.

— Eh bien ! monsieur, vous ne vous en allez pas ?

Il répond précipitamment, comme si je l'avais éveillé :

— Si, si, madame ! Certainement, je m'en vais. Je vous prie d'agréer mes excuses et...

— ... et l'expression de ma considération distinguée ! achevé-je malgré moi.

Ce n'est pas bien drôle, mais il rit, il rit enfin, il quitte son expression têtue qui me décontenançait...

— C'est gentil à vous de me repêcher, madame ! Il y a encore quelque chose que je voulais vous demander...

— Ah ! non ! vous allez filer tout de suite ! J'ai fait preuve d'une longanimité incompréhensible, et je risque une bronchite en n'enlevant pas cette robe où j'ai eu chaud comme trois déménageurs !

Du bout de l'index, je le pousse dehors, car il a repris, quand j'ai parlé d'enlever ma robe, sa figure sombre et fixe... La porte refermée et verrouillée, j'entends sa voix assourdie qui quémande :

— Madame ! Madame !… Je voulais savoir si vous aimez les fleurs ? et lesquelles ?

— Monsieur ! Monsieur ! laissez-moi tranquille ! je ne vous demande pas quels sont vos poètes favoris, ni si vous préférez la mer à la montagne ! Allez-vous-en !

— Je m'en vais, madame ! Bonsoir, madame !

Ouf ! ce grand serin d'homme a coupé la crise noire : c'est toujours autant.

Depuis trois ans, voilà de quelle sorte sont mes conquêtes amoureuses… Le monsieur du fauteuil onze, le monsieur de l'avant-scène quatre, le gigolo des secondes galeries… Une lettre, deux lettres, un bouquet, une lettre encore… c'est tout ! Le silence les décourage bientôt, et il me faut avouer qu'ils n'y mettent pas trop d'entêtement.

Le destin, désormais ménager de mes forces, semble écarter de moi ces amoureux obstinés, ces chasseurs qui traquent une femme jusqu'au bat-l'eau inclusivement… Ceux que je tente ne m'écrivent pas de billets doux. Leurs lettres, pressées, brutales et gauches, traduisent leur envie, non leurs pensées… J'excepte un pauvre petit qui délayait, des douze pages durant, un amour bavard et humilié. Il devait être bien jeune. Il se rêvait prince Charmant, pauvre gosse, et riche, et puissant : « Je vous écris tout ça sur la table du marchand de vin où je déjeune, et chaque fois que je lève la tête, en face de moi, dans la glace, je vois ma sale gueule… »

Encore pouvait-il, le petit amoureux à la « sale gueule », rêver à quelqu'un, sous ses palais bleus et ses forêts enchantées.

Personne ne m'attend, moi, sur une route qui ne mène ni à la gloire, ni à la richesse, ni à l'amour.

Rien ne mène – je le sais – à l'amour. C'est lui qui se jette en travers de votre route. Il la barre, à jamais, ou, s'il la quitte, laisse le chemin rompu, effondré…

Ce qui reste de ma vie me fait songer à un de ces *puzzles* en deux cent cinquante morceaux de bois biscornus et multicolores. S'agit-il pour moi d'en reconstituer, bûchette à bûchette, le décor primitif : une maison paisible au milieu des bois ? Non, non, quelqu'un a brouillé toutes les lignes du doux paysage ; je ne retrouverais même plus les débris du toit bleu brodé de lichens jaunes, ni la vigne vierge, ni la profonde forêt sans oiseaux…

Huit ans de mariage, trois ans de séparation : voilà qui remplit le tiers de mon existence.

Mon ex-mari ? Vous le connaissez tous. C'est Adolphe Taillandy, le pastelliste. Depuis vingt ans, il fait le même portrait de femme : sur un fond brumeux et doré, emprunté à Lévy-Dhurmer, il pose une femme décolletée, dont la chevelure, comme une ouate précieuse, nimbe un visage velouté. La chair, aux tempes, dans l'ombre du cou, sur la rondeur des seins, s'irise du même velouté impalpable, bleu comme celui des beaux raisins qui tentent les lèvres :

— Potel et Chabot ne font pas mieux ! a dit un jour Forain devant un pastel de mon mari.

À part son fameux « velouté », je ne crois pas qu'Adolphe Taillandy ait (du talent. Mais je reconnais volontiers que ses portraits sont, pour les femmes surtout, irrésistibles.

D'abord, il voit blond, résolument. La chevelure même de Mme de Guimont-Fautru, cette sèche brune, il l'a parée de reflets sanguins et dorés, venus on ne sait d'où et qui font d'elle – répandus sur sa mate figure, sur son nez – une orgiaque Vénitienne.

Taillandy a fait mon portrait aussi, autrefois... On ne sait plus que c'est moi, cette petite bacchante au nez lumineux, qui porte sur le milieu du visage sa tache de soleil comme un masque de nacre, et je me souviens encore de ma surprise, à me découvrir si blonde. Je me souviens aussi du succès de ce pastel et de ceux qui le suivirent. Il y eut le portrait de Mlle de Guimont-Fautru, de la baronne Avelot, de Mme de Chalis, de Mlle Robert-Durand, de la cantatrice Jane Doré, puis nous arrivons à ceux, moins illustres à cause de l'anonymat des modèles, de Mlle J. R., de Mlle S. S., de Mme U., de Mme Van O., de Mrs F. W...

C'était l'époque où Adolphe Taillandy, avec ce cynisme de bel homme qui lui va si bien, déclarait :

— Je ne veux pour modèles que mes maîtresses, et pour maîtresses que mes modèles !

Je ne lui ai pas connu, pour ma part, d'autre génie que celui du mensonge. Aucune femme, aucune de ses femmes, n'a dû autant que moi apprécier, admirer, craindre et maudire sa fureur du mensonge. Adolphe Taillandy mentait, avec fièvre, avec volupté, inlassablement, presque involontairement. Pour lui, l'adultère n'était qu'une des formes – et non la plus délectable – du mensonge.

Il fleurissait en mensonges avec une force, une variété, une prodigalité, que l'âge n'a point épuisées. En même temps qu'il ciselait l'ingénieuse traîtrise, agencée avec mille soins, parée de toutes les recherches d'une fourberie magistrale, je lui voyais gaspiller sa fougue astucieuse en impostures grossières, superflues, goujates, en contes enfantins et presque imbéciles…

Je l'ai rencontré, épousé, j'ai vécu avec lui pendant plus de huit ans… que sais-je de lui ? qu'il fait des pastels et qu'il a des maîtresses. Je sais encore qu'il réalise quotidiennement ce prodige déconcertant d'être, pour celui-ci, un « bûcheur » qui ne songe qu'à son métier ; pour celle-là, un ruffian séduisant et sans scrupules, pour celle-ci, un paternel amant qui mêle à une toquade brève un joli ragoût d'inceste, pour cette autre l'artiste las, désabusé, vieillissant, qui pare son automne d'une idylle délicate ; il y a même celle pour qui on est tout uniment un bon libertin, encore solide, et paillard à souhait ; et puis il y a la dinde bien née, et bien éprise, qu'Adolphe Taillandy cingle, tourmente, dédaigne, reprend, avec toute la cruauté littéraire d'un « artiste » de roman mondain.

Le même Taillandy s'insinue, sans transition, dans la peau de l'« artiste », non moins conventionnel, mais plus démodé, qui, pour vaincre les dernières résistances d'une petite dame mariée et mère de deux enfants, jette ses crayons, déchire son esquisse, pleure de vraies larmes qui mouillent sa moustache à la Guillaume II, et prend son feutre espagnol pour courir vers la Seine.

Il y a encore bien d'autres Taillandy, que je ne connaîtrai jamais, sans parler de l'un des plus terribles : le Taillandy homme d'affaires, le Taillandy manieur et escamoteur d'argent, cynique et brutal, plat et fuyant selon les besoins de l'affaire…

Parmi tous ces hommes-là, où est le vrai ? Je déclare humblement que je n'en sais rien. Je crois qu'il n'y a pas de *vrai* Taillandy… Ce balzacien génie du mensonge a cessé brusquement, un jour, de me désespérer, et même de m'intriguer. Il fut autrefois, pour moi, une sorte de Machiavel épouvantable… ce n'était peut-être que Fregoli.

D'ailleurs, il continue. Quelquefois, je songe, avec une tiède commisération, à sa seconde femme… Digère-t-elle encore, béate, éprise, ce qu'elle nomme sa victoire sur moi ? Non, à cette heure, elle commence à découvrir, terrifiée, impuissante, celui qu'elle a épousé.

Mon Dieu ! que j'étais jeune, et que je l'aimais cet homme-là ! et comme j'ai souffert !… Ceci n'est pas un cri de douleur, une lamentation vindicative, non, je soupire cela, quelquefois, sur le ton dont je dirais : « Si vous saviez comme j'ai été malade, il y a quatre ans ! » Et, quand j'avoue : « J'ai été jalouse jusqu'à vouloir tuer et mourir », c'est à la manière des gens qui racontent : « J'ai mangé du rat en 70… » Ils s'en souviennent, mais ils n'en ont gardé que le souvenir. Ils savent qu'ils ont mangé du rat, mais ils ne peuvent plus ranimer en eux le frisson de l'horreur, ni la fièvre de la famine.

Après les premières trahisons, après les révoltes et les soumissions d'un jeune amour qui s'opiniâtrait à espérer et à vivre, je m'étais mise à souffrir avec un orgueil et un entêtement intraitables, et à faire de la littérature.

Pour le seul plaisir de me réfugier dans un passé tout proche, j'écrivis un petit roman provincial, *Le Lierre sur le mur*, souriant, plat et clair comme les étangs de mon pays, un chaste petit roman d'amour et de mariage, un peu serin, très gentil, et qui eut un succès inattendu, démesuré. Je rencontrai ma photographie dans tous les illustrés, *La Vie moderne* me décerna son prix annuel, et nous devînmes, Adolphe et moi, « le couple le plus intéressant de Paris », celui qu'on invite à dîner, qu'on montre aux étrangers de marque… « Vous ne connaissez pas les Taillandy ? Renée Taillandy a un très joli talent. – Ah ! Et lui ? – Lui… oh ! il est irrésistible ! »

Mon second livre, *À côté de l'amour*, se vendit beaucoup moins. Pourtant, j'avais savouré, en mettant celui-là au monde, la volupté d'écrire, la lutte patiente contre la phrase qui s'assouplit, s'assoit en rond comme une bête apprivoisée, l'attente immobile, l'affût qui finit par *charmer* le mot... Mon second volume se vendit peu. Mais il sut me concilier – comment dit-on cela ? ah ! oui ! – « l'estime des gens de lettres ». Quant au troisième, *La Forêt sans oiseaux*, il tomba à plat et ne se releva pas. Celui-là, c'est mon préféré, mon « chef-d'œuvre inconnu » à moi... On le trouva diffus et confus, et incompréhensible, et long... Encore à présent, quand je l'ouvre, je l'aime, je m'y aime de tout mon cœur. Incompréhensible ? pour vous, peut-être. Mais, pour moi, sa chaude obscurité s'éclaire ; pour moi, tel mot suffit à recréer l'odeur, la couleur des heures vécues, il est sonore et plein et mystérieux comme une coquille où chante la mer, et je l'aimerais moins, je crois, si vous l'aimiez aussi... Rassurez-vous ! je n'en écrirai pas un autre comme celui-là, je ne pourrais plus.

D'autres travaux, d'autres soucis me réclament à présent, et surtout celui de gagner ma vie, d'échanger contre de l'or sonnant mes gestes, mes danses, le son de ma voix... J'en ai vite pris l'habitude, et le goût, avec un appétit bien féminin de l'argent. Je gagne ma vie, cela est un fait. À mes bonnes heures, je me dis et me redis, joyeusement, que je gagne ma vie ! Le music-hall, où je devins mime, danseuse, voire comédienne à l'occasion, fit aussi de moi, tout étonnée de compter, de débattre et de marchander, une petite commerçante honnête et dure. C'est un métier que la femme la moins douée apprend vite, quand sa liberté et sa vie en dépendent…

Personne ne comprit rien à notre séparation. Mais eût-on compris quelque chose, avant, à ma patience, à ma longue, lâche et complète complaisance ? Hélas, il n'y a pas que le premier pardon qui coûte… Adolphe connut vite que j'appartenais à la meilleure, à la vraie race des femelles : celle qui avait la première fois pardonné devint, par une progression habilement menée, celle qui subit, puis qui accepte… Ah ! le savant maître que j'avais en lui ! Comme il dosait l'indulgence et l'exigence !… Il lui arriva, quand je me montrais trop rétive, de me battre, mais je crois qu'il n'en avait guère envie. Un homme emporté ne bat pas si bien, et celui-ci ne me frappait, de loin en loin, que pour renforcer son prestige. Lors de notre divorce, on ne fut pas loin de me donner tous les torts, pour innocenter le « beau Taillandy », coupable seulement de plaire et de trahir. Il s'en fallut de peu que je cédasse, intimidée, ramenée à ma soumission habituelle par le bruit qui se fit autour de nous…

— Comment ? il la trompe depuis huit ans, et c'est maintenant qu'elle s'avise de se plaindre !…

J'eus des visites d'amis autoritaires, supérieurs, qui savent « ce que c'est que la vie » ; j'eus celles de parents âgés, dont l'argument le plus sérieux était – Que voulez-vous, ma chère enfant !…

Ce que je voulais ? Au fond, je le savais très bien. J'en avais assez. Ce que je voulais ? Mourir, plutôt que de traîner encore ma vie humiliée de femme « qui a tout pour être heureuse » ; mourir, oui, risquer la misère avant le suicide, mais ne plus revoir Adolphe Taillandy, l'Adolphe Taillandy qui se réservait pour l'intimité conjugale, celui qui savait si bien m'avertir, sans élever la voix, en avançant au-dessus de moi sa redoutable mâchoire d'adjudant :

– Je commence demain le portrait de Mme Mothier ; vous aurez la bonté, n'est-ce pas, de ne plus lui faire cette gueule-là ?

Mourir, risquer, avant, les pires chutes, mais ne plus surprendre le geste brusque qui cache une lettre froissée, ni la conversation faussement banale au téléphone, ni le regard du valet de chambre complice, mais ne plus m'entendre dire, d'un ton détaché :

– Est-ce que vous ne deviez pas aller passer quarante-huit heures chez votre mère, cette semaine ?...

Partir, mais ne plus m'abaisser à promener, tout un jour, une des maîtresses de mon mari, pendant qu'il en étreint, rassuré, protégé par moi, une autre ! Partir, et mourir, mais ne plus feindre d'ignorer, mais ne plus subir l'attente nocturne, la veille qui glace les pieds, dans le lit trop grand, ne plus former ces projets de vengeance qui naissent dans le noir, qui enflent aux battements d'un cœur irrité, tout empoisonné de jalousie, puis crèvent au tintement d'une clef dans la serrure, et lâchement s'apaisent lorsqu'une voix connue s'écrie :

— Comment ? tu ne dors pas encore ?

J'en avais assez.

On s'habitue à ne pas manger, à souffrir des dents ou de l'estomac, on s'habitue même à l'absence d'un être aimé, on ne prend pas l'habitude de la jalousie. Et il arriva ce qu'Adolphe Taillandy, qui pense à tout, n'avait pas prévu : un jour que, pour mieux recevoir Mme Mothier sur le grand divan de l'atelier, il m'avait sans courtoisie mise *à ma* porte, je ne rentrai pas.

Je ne rentrai pas ce soir-là, ni le suivant, ni ceux d'après. Et c'est là que finit – ou commence – mon histoire.

Je n'insisterai pas sur une morose et courte période de transition, où j'accueillis de la même hauteur hargneuse les blâmes, les conseils, les consolations, et jusqu'aux félicitations.

Je décourageai les rares amis tenaces qui vinrent sonner à la porte d'un minuscule appartement loué au hasard. Outragée qu'on eût l'air de braver, pour me voir, l'opinion publique, la sacro-sainte et souveraine et ignoble opinion publique, je coupai, d'un geste rageur, tout ce qui me liait encore à mon passé.

Alors, quoi ? L'isolement ? Oui, l'isolement, à trois ou quatre amis près. Des entêtés, ceux-là, des indécollables, résolus à endurer toutes mes rebuffades. Comme je les accueillis mal, mais comme je les aimai, et combien je craignis, en les voyant s'éloigner, qu'ils ne revinssent pas !...

L'isolement, oui. Je m'en effrayai, comme d'un remède qui peut tuer. Et puis, je découvris que... je ne faisais que continuer à vivre seule. L'entraînement datait de loin, de mon enfance, et les premières années de mon mariage ne l'avaient qu'à peine interrompu : il avait repris, austère, dur à pleurer, dès les premières trahisons conjugales, et cela, c'est le plus banal de mon histoire... Combien de femmes ont connu cette retraite en soi, ce repliement patient qui succède aux larmes révoltées ? Je leur rends cette justice, en me flattant moi-même : il n'y a guère que dans la douleur qu'une femme soit capable de dépasser sa médiocrité. Sa résistance y est infinie ; on peut en user et abuser sans craindre qu'elle meure, moyennant que quelque puérile lâcheté physique ou quelque religieux espoir la détournent du suicide simplificateur.

« Elle meurt de chagrin... Elle est morte de chagrin... » Hochez, en entendant ces clichés, une tête sceptique plus qu'apitoyée : une femme ne peut guère mourir de chagrin. C'est une bête si solide, si dure à tuer ! Vous croyez que le chagrin la ronge ? Point. Bien plus souvent elle y gagne, débile et malade qu'elle est née, des nerfs inusables, un inflexible orgueil, une faculté d'attendre, de dissimuler, qui la grandit, et le dédain de ceux qui sont heureux. Dans la souffrance et la dissimulation, elle s'exerce et s'assouplit, comme à une gymnastique quotidienne pleine de risques... Car elle frôle constamment la tentation la plus poignante, la plus suave, la plus parée de tous les attraits : celle de se venger.

Il arrive que, trop faible, ou trop aimante, elle tue… Elle pourra offrir à l'étonnement du monde entier l'exemple de cette déconcertante résistance féminine. Elle lassera ses juges, les surmènera au cours des interminables audiences, les abandonnera recrus, comme une bête rouée promène des chiens novices… Soyez sûrs qu'une longue patience, que des chagrins jalousement cachés ont formé, affiné, durci cette femme dont on s'écrie :

— Elle est en acier !

Elle est « en femme », simplement, et cela suffit.

La solitude… la liberté… mon travail plaisant et pénible de mime et de danseuse… les muscles heureux et las, le souci nouveau, et qui délasse de l'autre, de gagner moi-même mon repas, ma robe, mon loyer… voilà quel fut, tout de suite, mon lot, mais aussi la défiance sauvage, le dégoût du milieu où j'avais vécu et souffert, une stupide peur de l'homme, des hommes, et des femmes aussi… Un besoin maladif d'ignorer ce qui se passait autour de moi, de n'avoir auprès de moi que des êtres rudimentaires, qui ne penseraient presque pas… Et cette bizarrerie encore, qui me vint très vite, de ne me sentir isolée, défendue de mes semblables, que sur la scène – car Brünnehild désabusée, je ne crains même plus Siegfried, la barrière de feu me garde contre tous !…

4

Encore un dimanche !… Et, comme le froid clair a succédé au froid noir, nous avons pris notre récréation hygiénique, la chienne et moi, au Bois, entre onze heures et midi – après le déjeuner, il y a matinée…

Cette bête me ruine. Sans elle, je pourrais atteindre le Bois en métro, mais elle me donne du plaisir pour mes trois francs de taxi. Noire comme une truffe, elle reluit au soleil, astiquée à la brosse et au chiffon de flanelle, et le bois tout entier lui appartient, qu'elle possède à grand bruit de ronflements porcins, d'aboiements parmi les feuilles sèches remuées…

Beau dimanche et joli bois de Boulogne ! C'est notre forêt, notre parc, à Fossette et à moi, vagabondes citadines qui ne connaissons plus guère la campagne… Fossette court plus vite que moi, mais je marche plus vite qu'elle, et, quand elle ne joue pas « au train de ceinture », les yeux saillants et fous, la langue dehors, elle me suit à une allure traquenardeuse, un petit trot galopé et décousu qui fait rire les gens.

Le fin brouillard rose filtre le soleil, un soleil dépoli qu'on peut admirer en face… Des pelouses découvertes monte un encens tremblant et argenté, qui fleure le champignon. La voilette colle à mon nez, et tout mon corps réchauffé par la course, cinglé par le froid, s'élance… En vérité, qu'y a-t-il de changé en moi, depuis ma vingtième année ? Par une telle matinée d'hiver, au plus beau de l'adolescence, je n'étais ni plus solide, ni plus élastique, ni plus animalement heureuse ?…

Je puis le croire, tant que dure ma course à travers le Bois… Au retour, c'est ma fatigue qui me détrompe. Ce n'est plus la *même* fatigue. À vingt ans, j'aurais joui sans arrière-pensée de ma passagère lassitude, dans un demi-songe assoupi. La fatigue, aujourd'hui, commence à me devenir amère et comparable à une tristesse du corps…

Fossette est née chienne de luxe et cabotine : le *plateau* la passionne, et elle a la manie de vouloir monter dans toutes les automobiles de maître… C'est pourtant Stéphane-le-Danseur qui me l'a vendue, et Fossette n'a pas fait de stage chez une actrice fortunée. Stéphane-le-Danseur est un camarade. Il travaille en ce moment dans ma « boîte », à l'Empyrée-Clichy. Ce Gaulois blond, que la tuberculose ronge un peu tous les ans, voit fondre ses biceps, ses cuisses roses qu'un duvet d'or irise, les beaux pectoraux dont il était justement fier. Déjà il a dû quitter la boxe pour la danse et le skating à roulettes… Il rinke ici sur la scène inclinée ; entretemps, il s'est « mis » professeur de danse, il élève aussi des bouledogues d'appartement. Il tousse beaucoup cet hiver. Souvent, le soir, il entre dans ma loge, tousse, s'assied, et me propose l'achat d'« une chienne Bull bringée gris, toute beauté, qui n'a pas eu le premier prix cette année pour une question de jalousie… ».

Justement, j'arrive aujourd'hui au corridor souterrain percé de boxes carrés, qui mène à ma loge, au moment où Stéphane-le-Danseur quitte le plateau. Mince à la taille, large aux épaules, serré dans son dolman polonais vert-myrte bordé de faux chinchilla, la toque de fourrure sur l'oreille, c'est encore un beau miroir à femelles que ce gars-là, avec ses yeux bleus et ses joues frottées de rose… Mais il maigrit, il maigrit lentement, et ses succès féminins hâtent son mal…

— Salut !

— Salut, Stéphane ! Du monde ?

— Et comment ! Je me demande ce qu'ils f… ici, ces c…-là, quand il fait si beau à la campagne… Dites donc, vous n'auriez pas besoin d'une chienne shipperke qui pèse six cents grammes… une occasion que j'aurais par une connaissance…

— Six cents grammes !… merci, mon appartement est trop petit !

Il veut bien rire et n'insiste pas. Je les connais, les chiennes shipperkes de six cents grammes que vend Stéphane ! Elles pèsent dans les trois kilos. Ce n'est pas de la malhonnêteté, c'est du commerce.

Qu'est-ce qu'il fera, Stéphane-le-Danseur, quand il en sera à son dernier poumon, quand il ne dansera plus, quand il ne pourra plus coucher avec de petites bonnes femmes qui lui paient des cigares, des cravates et des apéritifs ?... Quel hôpital, quel asile recueillera sa belle carcasse vidée ?... Ah ! que tout cela n'est pas gai, et que c'est donc insupportable, la misère de tant de gens !...

— Salut, Bouty ! Salut, Brague !... On n'a pas de nouvelles de Jadin ?

Brague hausse les épaules, sans répondre, absorbé par le fignolage de ses sourcils, qu'il dessine en violet foncé parce que « ça fait plus féroce ». Il a un certain bleu pour les rides, un certain rouge orangé pour le dedans des lèvres, une certaine ocre pour le fond du teint, un certain carmin sirupeux pour le sang qui coule, et surtout un certain blanc pour les masques de Pierrot « dont je ne donnerais pas, assure-t-il, la recette à mon propre frère ! ». D'ailleurs, il dose fort adroitement sa petite manie polychrome, et je ne connais pas d'autre ridicule à ce mime intelligent, presque trop consciencieux.

Bouty, tout maigre dans son flottant vêtement à carreaux, me fait un signe mystérieux.

— Je l'ai vue, moi, la môme Jadin. Je l'ai vue au boulevard, avec un type. Elle avait des plumes comme ça ! et puis un manchon comme ça ! et une gueule à s'emm...er à cent francs de l'heure !

— Si elle les touche, les cent francs de l'heure, elle n'a pas à se plaindre ! interrompt Brague, logique.

— Je ne te dis pas, mon vieux. Mais elle ne restera pas au boulevard ; c'est une fille qui ne connaît rien à l'argent. Il y a longtemps que je la suis, moi, Jadin ; sa mère et elle demeuraient dans ma cour…

De ma loge ouverte, en face de celle de Brague, je vois le petit Bouty, qui s'est tu brusquement sans achever sa phrase. Il a posé son demi-litre de lait cacheté, pour le tiédir, sur le tuyau du « calo » qui traverse les loges à ras de terre. Sa figure grimée en rouge brique et blanc craie ne laisse pas deviner grand-chose de son vrai visage ; pourtant il me semble bien que Bouty, depuis le départ de Jadin, se déprime davantage…

Pour blanchir et poudrer mes épaules, mes genoux truffés de « bleus » – Brague n'y va pas de main morte quand il me jette à terre ! –, je ferme la porte, assurée d'ailleurs que Bouty ne dira rien de plus. Comme les autres, comme moi-même, il ne parle presque jamais de sa vie privée. C'est ce silence, cette pudeur obstinée qui m'abusa sur ses camarades, à mes débuts au music-hall. Les plus expansifs, les plus vaniteux parlent de leurs succès, de leurs ambitions artistiques, avec l'emphase et le sérieux obligatoires ; les plus méchants vont jusqu'au débinage de la « boîte » et des copains ; les plus bavards ressassent des blagues de plateau et d'atelier, un sur dix éprouve le besoin de dire : « J'ai une femme, j'ai deux gosses, ma mère est malade, je suis bien tourmenté de ma petite amie… »

Le silence qu'ils gardent sur leur vie intime ressemble à une manière polie de vous dire : « Le reste ne vous regarde pas. » Le blanc-gras ôté, le foulard et le chapeau remis, ils se séparent, disparaissent avec une promptitude où je veux discerner autant de fierté que de discrétion. Fiers, ils le sont presque tous, et pauvres : le « camarade-tapeur » est, au music-hall, une exception. Ma muette sympathie, qui, depuis trois ans, s'éclaire et s'informe, s'attache à eux tous, sans en préférer aucun.

Les artistes de café-concert… Qu'ils sont mal connus, et décriés, et peu compris ! Chimériques, orgueilleux, pleins d'une foi absurde et surannée dans l'Art, eux seuls, eux, les derniers, osent encore déclarer, avec une fièvre sacrée :

— Un *artiste* ne doit pas… un *artiste* ne peut accepter… un *artiste* ne consent pas…

Fiers, certes, car, s'ils ont aux lèvres, souvent, un « Cochon de métier ! » ou « Saloperie de vie ! » je n'ai jamais entendu l'un d'eux soupirer : « Je suis malheureux… »

Fiers, et résignés à n'exister que pendant une heure sur vingt-quatre ! Car l'injuste public, même s'il les applaudit, les oublie après. Un journal pourra veiller, avec une sollicitude indiscrète, sur l'emploi du temps de Mlle X…, du Français, dont les opinions sur la mode, la politique, la cuisine et l'amour occuperont chaque semaine l'oisiveté du monde entier ; mais, pauvre petit Bouty intelligent et tendre, qui donc daignera se demander ce que vous faites, ce que vous pensez, ce que vous taisez, quand l'obscurité vous a ressaisi et que vous filez le long du boulevard Rochechouart, vers minuit, presque transparent de minceur dans votre long paletot « genre anglais » qui vient de la Samaritaine ?

Pour la vingtième fois, je me rabâche, à moi toute seule, ces choses pas gaies. Et mes doigts, pendant ce temps, font alertement, inconsciemment, leur besogne habituelle : blanc-gras, rose-gras, poudre, rose sec, bleu, marron, rouge, noir… Je termine à peine lorsqu'une griffe dure gratte le bas de ma porte. J'ouvre tout de suite, car c'est la patte quémandeuse d'une petite terrière brabançonne, qui « travaille » dans la première partie du spectacle.

— Te voilà, Nelle !

Elle entre, assurée, sérieuse comme une employée de confiance, et me laisse caresser ses petits reins tout fiévreux de l'exercice, pendant que ses dents, un peu jaunies par l'âge, effritent un gâteau sec.

Nelle est rouquine de poil, luisante, avec un masque noir d'ouistiti où brillent de beaux yeux d'écureuil.

— Tu veux encore un gâteau, Nelle ?

Bien élevée, elle accepte, sans sourire. Derrière elle, dans le couloir, sa famille l'attend. Sa famille, c'est un grand homme sec, silencieux, impénétrable, et qui ne parle à personne, plus deux colleys blancs, courtois, qui ressemblent à leur maître. D'où vient cet homme-là ? Quels chemins l'ont amené jusqu'ici, lui et ses colleys, pareils à trois princes déchus ? Son coup de chapeau, son geste, sont d'un homme du monde, comme sa longue figure coupante… Mes camarades, peut-être divinateurs, l'ont baptisé « l'Archiduc ».

Il attend, dans le couloir, que Nelle ait fini son gâteau. Il n'y a rien de plus triste, de plus digne, de plus dédaigneux, que cet homme et ses trois bêtes, orgueilleusement résignés à leur sort de vagabonds.

— Adieu, Nelle…

Je ferme la porte, et les sonnailles de la petite chienne s'éloignent… La reverrai-je ? c'est ce soir la fin d'une quinzaine, et peut-être la fin d'un stage pour « Antoniew et ses chiens »… Où vont-ils ? où brilleront les beaux yeux marron de Nelle, qui me disent si clairement : « Oui, tu me caresses… oui, tu m'aimes… oui, tu as pour moi une boîte de gâteaux secs… mais demain, ou le jour d'après, nous partirons. Ne me demande rien de plus que ma politesse de petite chienne gentille, qui sait marcher sur ses pattes de devant et faire le saut périlleux. Comme le repos et la sécurité, la tendresse est pour nous un luxe inaccessible… »

5

De huit heures du matin à deux heures de l'après-midi, par temps clair, mon rez-de-chaussée bénéficie, entre deux falaises de maisons neuves, d'une échappée de soleil. Un pinceau étincelant touche d'abord mon lit, s'y élargit en napperon carré, et le couvre-pied envoie au plafond un reflet rose…

J'attends, paresseuse, que le soleil atteigne mon visage, m'éblouisse à travers mes paupières fermées, et l'ombre des piétons passe sur moi, rapide, comme une aile sombre et bleue… Ou bien je jaillis de mon lit, galvanisée, et je commence quelque fiévreux récurage : les oreilles de Fossette subissent un sondage délicat, et son poil brille sous la brosse dure… Ou bien j'inspecte, sous la grande lumière impitoyable, tout ce qui faiblit en moi, déjà : soie fragile des paupières, coin de la bouche que le sourire commence à marquer d'un pli triste, et, autour de mon cou, ce triple collier de Vénus qu'une main invisible enfonce, chaque jour, un peu plus dans ma chair…

C'est ce sévère examen que trouble, aujourd'hui, la visite de mon camarade Brague, toujours vif, sérieux, éveillé. Je le reçois comme dans ma loge, couverte à peine d'un kimono de crépon, où les pattes de Fossette ont ajouté, un jour de pluie, de petites fleurs grisâtres à quatre pétales…

Pas besoin, pour Brague, de poudrer mon nez, ni d'exagérer, d'un trait bleu, la longueur de mes paupières… Brague ne me regarde qu'aux répétitions, pour me dire : « Fais pas ça : c'est laid… N'ouvre pas la bouche en hauteur : t'as l'air d'un poisson… Ne cligne pas les yeux : t'as l'air d'un rat blanc… Ne remue pas ton derrière en marchant : t'as l'air d'une jument… »

C'est Brague qui a guidé, sinon mes premiers pas, du moins mes premiers gestes sur la scène, et si je lui témoigne encore une confiance d'élève, il n'oublie pas non plus de me traiter, souvent, en « amateur intelligent », c'est-à-dire qu'il montre quelque impatience de la discussion et tient à faire prévaloir son avis…

Ce matin, il entre, colle ses cheveux à sa nuque, avec le geste d'enfoncer une perruque, et comme sa figure catalane, rasée, garde toujours ce sérieux éveillé qui la rend si caractéristique, je me demande s'il apporte une bonne ou une mauvaise nouvelle… Il toise mon rayon de soleil comme un objet de prix et regarde les deux fenêtres :

— Combien s'que tu le paies, ton rez-de-chaussée ?

— Je te l'ai déjà dit : dix-sept cents.

— Et tu as l'ascenseur, encore !… Chouette soleil, on se croirait à Nice !…

C'est pas tout ça : nous avons une soirée.

— Quand ?

— Quand ? mais ce soir !

— Oh !

— Quoi « oh » ? Ça te dérange ?

— Non. C'est la pantoche qu'on emmène ?

— Pas de pantoche, c'est trop sérieux. Tes danses. Et je leur ferai mon *Pierrot neurasthénique.*

Je me lève, sincèrement effarée :

— Mes danses ! Mais je ne peux pas ! Et puis j'ai perdu ma musique à Aix !

Et puis la petite qui m'accompagne a changé d'adresse... Si, au moins, on avait deux jours devant soi...

— Pas moyen ! dit Brague, impassible. Ils avaient Badet au programme, et elle est malade.

— C'est ça ! c'est complet ! passer en bouche-trou ! Joue ton *Pierrot* si tu veux, je ne danse pas !

Brague allume une cigarette, et laisse tomber ces deux mots

— Cinq cents.

— Pour nous deux ?

— Pour toi. J'ai autant.

Cinq cents !... Le quart de mon loyer... Brague fume, sans me regarder il sait que j'accepte.

— Évidemment, cinq cents... Quelle heure ?

— Minuit, naturellement... Grouille-toi pour ta musique et tout, s'pas ?

Bonsoir. À ce soir... Ah ! dis donc, Jadin est revenue !

Je rouvre la porte qu'il fermait déjà :

— Pas possible ! quand ?

— Hier, à minuit, tu venais de partir… Une gueule !… Tu la verras : elle rechante à la boîte… Dix-sept cents, tu dis ?… C'est épatant. Et des femmes à tous les étages !

Il s'en va, grave et égrillard.

Une soirée… Le cachet en ville… Ces trois mots-là ont le don de me démoraliser. Je n'ose pas le dire à Brague, mais je me l'avoue, en regardant dans la glace ma figure d'enterrement, avec un petit frisson de lâcheté qui me grippe la peau du dos…

Les revoir, *eux*… Eux, que j'ai quittés violemment, ceux qui m'appelaient « Madame Renée » autrefois, avec cette affectation de ne me donner jamais le nom de mon mari… Eux, – et *elles* ! Elles qui me trahissaient avec mon mari, eux qui me savaient trahie…

Le temps n'est plus où je voyais dans toute femme une maîtresse d'Adolphe, actuelle ou probable, et les hommes n'ont jamais fait grand-peur à l'épouse éprise que je fus. Mais j'ai gardé une terreur imbécile et superstitieuse des salons où je puis rencontrer des témoins, des complices de mon malheur passé…

Ce cachet en ville gâte, d'abord, mon déjeuner tête à tête avec Hamond, un peintre déjà démodé, mon vieux et fidèle et débile ami, qui vient manger ses pâtes bouillies chez moi, de temps en temps… Nous nous parlons peu, il appuie au dossier d'une bergère sa tête de Don Quichotte malade, et, après le déjeuner, on joue tous les deux à se faire du chagrin. Il me parle d'Adolphe Taillandy, non pour me peiner, mais pour évoquer un temps où lui, Hamond, était heureux. Et moi, je l'entretiens de sa jeune et méchante femme, épousée follement, partie quatre mois après avec je ne sais qui…

Nous nous payons des après-midi de mélancolie, qui nous laissent éreintés, la figure vieillie, amère, la bouche sèche d'avoir redit tant de choses désolantes, et jurant de ne plus recommencer… Le samedi suivant nous réunit à ma table, contents de nous revoir, impénitents : Hamond a retrouvé une anecdote inédite sur Adolphe Taillandy, et d'un tiroir j'ai exhumé, pour voir mon meilleur ami renifler ses larmes, un instantané d'amateur où je tiens par le bras une petite Mme Hamond blonde, agressive, droite comme un serpent sur sa queue…

Mais, ce matin, notre déjeuner ne marche pas. Hamond, guilleret et gelé, m'a pourtant apporté du beau raisin noir de décembre, d'un bleu de prune, dont chaque grain est une petite outre pleine d'eau insipide et douce – ce maudit cachet en ville assombrit toute ma journée.

À minuit un quart, nous arrivons avenue du Bois, Brague et moi. Le bel hôtel ! on doit s'y ennuyer somptueusement… L'imposant serviteur qui nous conduit dans le « salon réservé aux artistes » m'offre son aide pour quitter mon manteau fourré ; je refuse avec aigreur : pense-t-il que je vais attendre, vêtue de quatre colliers bleus, d'un scarabée ailé et de quelques mètres de gaze, le bon plaisir de ces messieurs et dames ?

Beaucoup mieux élevé que moi, l'imposant serviteur n'insiste pas et nous laisse seuls. Brague s'étire devant une glace, devenu, sous son masque blanc, dans sa flottante souquenille de Pierrot, d'une minceur immatérielle… Il n'aime pas non plus le cachet en ville. Non que la « barrière de feu » entre lui et *eux* lui manque autant qu'à moi, mais il prise peu ce qu'il nomme le « client » des salons, et rend au spectateur mondain un peu de la malveillante indifférence qu'il nous témoigne.

— Penses-tu, dit Brague en me tendant un petit carton, que *ces gens-là* seront jamais foutus d'écrire mon nom proprement ? Ils m'appellent Bragne sur leurs programmes !

Très froissé, au fond, il disparaît, en pinçant sa mince bouche saignante, sous une portière de verdures, car un autre imposant serviteur vient de l'appeler, courtoisement, par son nom estropié.

Dans un quart d'heure, ce sera mon tour… Je me mire et me trouve laide, privée de l'électricité crue qui, dans ma loge, nappe les murs blancs, baigne les miroirs, pénètre et veloute le maquillage… Y aura-t-il un tapis sur l'estrade ? S'ils pouvaient s'être fendus, comme dit Brague, d'une petite rampe… Cette perruque de Salomé étreint mes tempes et renforce ma migraine… J'ai froid…

— À ton tour, ma vieille ! Va leur vendre ta petite affaire !

Brague, revenu, a déjà épongé sa figure blanche rayée de filets de sueur et endossé son manteau tout en parlant :

— Du monde très bien, ça se voit. Ils ne font pas trop de foin. Ils causent, quoi ! mais ils ne rigolent pas trop haut… Tiens, voilà les deux francs quinze pour ma part de taxi-auto… Moi, je rentre.

— Tu ne m'attends pas ?

— Pour quoi faire ? Tu vas aux Ternes, et moi à Montmartre : ça ne colle pas. Et puis je donne une leçon demain matin, à neuf heures… Bonsoir, à demain.

Allons ! c'est mon tour. Ma petite pianiste rachitique est à son poste. Je roule autour de moi, d'une main que le trac rend nerveuse, le voile qui constitue presque tout mon costume, un voile rond, violet et bleu, qui mesure quinze mètres de tour…

Je ne distingue rien, d'abord, à travers le fin treillis de ma cage de gaze. Mes pieds nus, conscients, tâtent la laine courte et dure d'un beau tapis de Perse… Hélas ! il n'y a pas de rampe…

Un bref prélude éveille et tord la chrysalide bleuâtre que je figure, délie lentement mes membres. Peu à peu, le voile se desserre, s'enfle, vole et retombe, me révélant aux yeux de ceux qui sont là, qui ont tu, pour me regarder, leur enragé bavardage…

Je les vois. Malgré moi, je les vois. En dansant, en rampant, en tournant, je les vois, et je les reconnais !…

Il y a là, au premier rang, une femme encore jeune, qui fut, assez longtemps, la maîtresse de mon ex-mari. Elle ne m'attendait pas ce soir, et je ne songeais pas à elle… Ses yeux bleus douloureux, sa seule beauté, expriment autant de stupeur que de crainte… Ce n'est pas moi qu'elle craint ; mais ma présence soudaine l'a remise, sans ménagement, en face de son souvenir, elle qui a souffert pour Adolphe, elle qui aurait tout quitté pour lui, qui voulait, avec de grands cris, des larmes bruyantes et imprudentes, tuer son mari, me tuer aussi, et s'enfuir avec Adolphe. Il ne l'aimait déjà plus, et la trouvait pesante. Il me la confiait pendant des journées entières, avec la mission – que dis-je ? l'ordre ! – de ne la ramener qu'à sept heures, et il n'y eut jamais de tête-à-tête plus navrants que ceux de ces deux femmes trahies qui se haïssaient. Quelquefois, la pauvre créature, à bout de forces, fondait en pleurs humiliés, et je la regardais pleurer, impitoyable à ses larmes, orgueilleuse de retenir les miennes…

Elle est là, au premier rang. On a utilisé tout l'espace disponible, et sa chaise est si près de l'estrade que je pourrais, d'une caresse ironique, effleurer ses cheveux, qu'elle teint en blond, parce qu'ils blanchissent. Elle a vieilli depuis quatre ans, et elle me regarde avec terreur. Elle contemple à travers moi son péché, son désespoir, son amour qui a peut-être fini par mourir…

Derrière elle, je reconnais aussi cette autre… et puis celle-ci encore… Elles venaient boire du thé chaque semaine chez moi, quand j'étais mariée. Elles ont peut-être couché avec mon mari. Cela n'a pas d'importance… Aucune ne semble me connaître, mais quelque chose marque qu'elles m'ont reconnue, car l'une feint la distraction et parle bas avec animation à sa voisine, l'autre exagère sa myopie, et la troisième, qui s'évente et secoue la tête, chuchote obstinément :

– Quelle chaleur ! mais quelle chaleur !

Elles ont changé leurs coiffures, depuis l'année où je laissai là tous ces faux amis… Elles portent l'obligatoire bonnet de cheveux, couvrant les oreilles, noué d'un large bandeau de ruban ou de métal, qui leur donne un air convalescent et pas lavé… On ne voit plus de nuques tentantes, ni de tempes vaporeuses, on ne voit plus que de petits mufles – mâchoires, menton, bouche, nez – qui prennent, cette année, un véridique et frappant caractère de bestialité…

Sur les côtés, et au fond, il y a une ligne sombre d'hommes, debout. Ils se pressent et se penchent, avec cette curiosité, cette courtoisie rossarde de l'homme du monde pour la femme dite « déclassée », pour celle à qui l'on baisa le bout des doigts dans son salon et qui danse maintenant, demi-nue, sur une estrade…

Allons, allons ! je suis trop lucide, ce soir, et si je ne me reprends, ma danse va en pâtir… Je danse, je danse… Un beau serpent s'enroule sur le tapis de Perse, une amphore d'Égypte se penche, versant un flot de cheveux parfumés, un nuage s'élève et s'envole, orageux et bleu, une bête féline s'élance, se replie, un sphinx, couleur de sable blond, allongé, s'accoude, les reins creusés et les seins tendus… Je n'oublie rien, je me suis ressaisie. Allons, allons ! Ces gens-là existent-ils ?… Non, non, il n'y a de réel que la danse, la lumière, la liberté, la musique… Il n'y a de réel que rythmer sa pensée, la traduire en beaux gestes. Un seul renversement de mes reins, ignorants de l'entrave, ne suffit-il pas à insulter ces corps réduits par le long corset, appauvris par une mode qui les exige maigres ?

Il y a mieux à faire qu'à les humilier ; je veux, pour un instant seulement, les séduire ! Un peu d'effort encore : déjà les nuques, chargées de bijoux et de cheveux, me suivent d'un vague balancement obéissant… Voici que va s'éteindre, dans tous ces yeux, la vindicative lumière, voici que vont céder et sourire, ensemble, toutes ces bêtes charmées…

La fin de la danse, le bruit, fort discret, des applaudissements coupent l'enchantement. Je disparais, pour revenir saluer, d'un sourire circulaire… Au fond du salon, une silhouette d'homme gesticule et crie : « Bravo ! » Je connais cette voix-là, et ce grand mannequin noir…

Mais c'est mon idiot de l'autre soir ! C'est le grand serin !… Je n'en puis douter longtemps, d'ailleurs, en le voyant entrer, tête baissée, dans le petit salon où me rejoint ma pianiste. Il n'est pas seul, il est accompagné d'un autre grand serin noir, qui a bien la tournure d'être le maître de la maison.

— Madame…, salue celui-ci.

— Monsieur…

— Voulez-vous me permettre de vous remercier d'avoir bien voulu prêter, à l'improviste, votre concours à… et de vous exprimer toute l'admiration…

— Mon Dieu, monsieur…

— Je suis Henri Dufferein-Chautel.

— Ah ! parfaitement…

— Et voici mon frère, Maxime Dufferein-Chautel, qui désire si vivement vous être présenté…

Mon grand serin d'hier resalue, et réussit à prendre, à baiser une main qui s'occupait de rassembler le voile bleu… Puis il reste debout et ne dit rien, beaucoup moins à l'aise que dans ma loge…

Cependant, Dufferein-Chautel n° 1, froisse, avec embarras, une enveloppe fermée :

— Je… j'ignore si c'est à M. Salomon, votre impresario… ou bien à vous-même que je dois remettre…

Dufferein-Chautel n° 2, soudain cramoisi sous sa peau brune, lui jette un coup d'ail furieux et blessé, et les voilà tous deux aussi serins l'un que l'autre !

Qu'y a-t-il là d'embarrassant ? Je les tire gaîment de peine :

— Mais à moi-même, monsieur, c'est tout simple ! Donnez-moi cette enveloppe, ou plutôt glissez-la dans ma musique, car je vous avoue en confidence que mon costume de danseuse n'a pas de poches !…

Ils éclatent de rire tous les deux, d'un rire soulagé et polisson, et, déclinant l'offre sournoise de

Dufferein-Chautel n° 2, qui craint pour moi les apaches des Ternes, je puis rentrer seule, serrer joyeusement ma grande coupure de cinq cents francs, me coucher, et dormir.

6

Pour glisser ma main dans la boîte où l'on dépose le courrier – une caissette clouée au flanc du comptoir des contrôleurs, – je dérange, ce soir vendredi, un beau « mac » en casquette, un des types classiques dont le quartier fourmille.

Quoique popularisé par l'image, la charge, le théâtre et le café-concert, le « barbeau » reste fidèle au chandail ou à la chemise de couleur sans col, à la casquette, au veston que les mains, plongées dans les poches, brident flatteusement sur les reins, à la cigarette éteinte et aux muettes pantoufles…

Le samedi et le dimanche, ces messieurs emplissent la moitié de notre Empyrée-Clichy, bordent la galerie, et se fendent de 2 fr. 25 pour retenir d'avance les sièges de canne qui touchent la scène. Ce sont des fidèles, des passionnés, qui dialoguent avec les artistes, les sifflent, les acclament, et savent placer le mot grivois, l'exclamation scatologique qui déchaînent la salle entière.

Il arrive que leur succès les grise, et alors cela tourne à l'émeute. D'une galerie à l'autre, on échange en savoureux argot des dialogues étudiés, puis des cris, et les projectiles suivent, précurseurs eux-mêmes de la prompte arrivée des agents… Il est bon que l'artiste en scène attende, le visage neutre et le maintien modeste, la fin de l'orage, s'il ne veut pas voir changer la trajectoire des oranges, des programmes en boule et des petits sous. La simple prudence lui conseille aussi de ne point poursuivre sa chanson interrompue.

Mais ce sont là, je le répète, des orages brefs, des escarmouches réservées aux samedis et aux dimanches. Le service d'ordre est très bien fait à l'Empyrée-Clichy, où l'on sent la poigne de Mme la directrice – la Patronne !

Brune et vive, couverte de bijoux, la patronne trône, ce soir comme tous les soirs, au contrôle. Ses yeux brillants et agiles voient tout, et les garçons de salle ne se risquent pas à oublier, le matin, la poussière des coins sombres. Ils foudroient en ce moment, ces terribles yeux, un authentique, costaud et considérable apache venu pour acheter le droit d'occuper, contre la scène, un des meilleurs sièges cannés, ceux du premier rang, ceux où l'on se carre en crapaud, les bras sur le balcon, le menton sur les mains croisées.

La Patronne le rembarre sans tumulte, mais de quel air de dompteuse !

— Rentre tes quarante-cinq sous, et file !

Le costaud, bras ballants, se balance comme un ours :

— Pourquoi ça, madame Barnet ? Quoi que j'ai fait ?

— Oui, oui, « quoi que j'ai fait ? » Tu crois que je ne t'ai pas vu, samedi dernier ? C'est toi qui étais au fauteuil *un* de la galerie, hein ?

— Si on peut dire !

— C'est toi qui t'es levé pendant la pantomime, hein ? pour dire : « Elle me montre qu'un nichon, je veux y voir les deux ! j'ai payé deux linvés, un par nichon ! »

Le costaud, cramoisi, se défend, une main sur le cœur :

— Moi ! moi ! Voyons, madame Barnet, je sais me tenir, je sais que c'est pas des choses à faire ! Je vous promets, madame Barnet, que c'est pas moi qui…

La reine de l'Empyrée étend une dextre impitoyable.

— Pas de couleurs ! Je t'ai vu, n'est-ce pas ? ça suffit. Tu n'auras pas de place avant huit jours d'ici. Rentre tes quarante-cinq sous : et que je ne te revoie pas avant samedi ou dimanche prochain ! Et file !

La sortie du costaud, consigné pour huit jours, vaut bien que je perde encore quelques minutes. Il s'en va sur ses feutres silencieux, le dos rond, et ne reprend que sur le trottoir sa gueule insolente. Mais le cœur n'y est pas, l'allure est forcée, et, pour un peu de temps, il n'y a pas de différence entre cette bête dangereuse et le gosse qu'on a privé de dessert…

Sur l'escalier de fer, en même temps que le souffle montant du calorifère qui sent le plâtre,

POP UP

Le French Corner

Please join us to discover our curation of French brands in fashion, beauty jewellery and home accessories!

£12.95

Abis
Bloom Paris
Les bougies de Frédérique
Canobio
JOD
Nomad Noe
Paradisio Imaginarium
Relaxayvoo
Rosa Maitea
Syma Beydoun
Tayshaba
Tityaravy
...

AMPERSAND HOTEL
10 Harrington road
SW7 3ER London

Wednesday 7th to Friday 9th of May
9am to 6pm

@ariane_london - 07 95 07 95 055

le charbon et l'ammoniaque, m'arrive en bouffées la voix de Jadin… Ah ! la petite rosse ! Elle l'a retrouvé et repris, son public de quartier ! Il n'y a qu'à entendre, là-bas, le rire orageux, le grondement dont il l'accompagne et la soutient.

Ce contralto râpeux et chaud, voilé déjà par la noce et peut-être un commencement de phtisie, gagne le cœur, par les chemins les plus bas et plus sûrs. Qu'un directeur « avisé et artiste » se fourvoie jusqu'ici, qu'il entende Jadin, il s'écriera :

— Je la prends, je la lance, et dans trois mois vous verrez ce que j'en fais !

Une ratée orgueilleuse et aigrie, voilà ce qu'il en fera… Les expériences de ce genre n'encouragent guère : où brillera-t-elle mieux qu'ici, la Jadin mal peignée ?

La voici sur l'escalier, telle, ma foi, qu'elle est partie, avec sa robe trop longue qu'effrangent ses talons, son fichu Marie-Antoinette, jauni par la fumée de la salle, qui bâille sur une maigreur efflanquée et jeune, son épaule de biais et sa bouche rossarde, sa lèvre relevée dont le duvet garde une moustache de poudre…

J'ai un vif et vrai plaisir à la revoir, cette enfant mal embouchée ; elle, de son côté, dégringole les dernières marches pour tomber sur moi et me serrer les mains dans ses pattes chaudes : sa « bombe » nous a, on ne sait comment, rapprochées…

Elle me suit dans ma loge, où je risque un reproche discret :

— Jadin, c'est dégoûtant, vous savez ! on ne lâche pas les gens comme ça !

— J'ai été voir ma mère, dit Jadin avec un grand sérieux.

Mais elle se voit mentir dans la glace, et toute sa figure enfantine se fend de rire, devient large et bridée comme celle des angoras très jeunes…

— Croyez-vous, hein ?… On a dû se barber, ici, sans moi !

Elle rayonne d'un confiant orgueil, surprise, au fond, que l'Empyrée-Clichy, n'ait pas, en son absence, fermé les guichets…

— J'ai pas changé, hein ?… Oh ! les belles fleurs ! Vous m'escusez ?

Sa main rapide de chapardeuse, habile à filouter naguère les oranges des étalages, a saisi une grosse rose pourpre, avant que j'aie seulement ouvert la petite enveloppe fichée au flanc d'une grande gerbe de fleurs, qui m'attendait debout sur la tablette à maquillage :

MAXIME DUFFEREIN-CHAUTEL
avec ses respectueux hommages.

Dufferein-Chautel ! Enfin, j'ai retrouvé le nom du grand serin ! Depuis l'autre soir, trop paresseuse pour ouvrir un *Tout-Paris*, je l'appelle tour à tour Thureau-Dangin, Dujardin-Beaumetz, ou Duguay-Trouin…

— J'ose dire que c'est des fleurs ! dit Jadin pendant que je me déshabille. C'est de votre ami ?

Je proteste, avec une sincérité inutile :

— Non, non ! c'est quelqu'un qui me remercie... pour une soirée...

— Tant pire ! décrète Jadin compétente. C'est des fleurs d'homme bien. Le type avec qui je m'ai cavalé, l'autre jour, m'en a donné des comme ça...

J'éclate de rire : Jadin discourant sur la qualité des fleurs et des « types » est irrésistible... Elle devient toute rouge sous sa farine de poudre et s'offense :

— Ah ! quoi ? Vous ne le croyez pas que c'était un homme bien, peut-être ? Et demandez voir à Canut, le chef-machiniste, ce que j'ai rapporté comme galette, hier au soir, que vous veniez de partir !

— Combien ?

— Seize cents francs, ma chère ! Canut les a vus, c'est pas une craque ! Ai-je l'air assez pénétré ? J'en doute...

— Et qu'est-ce que vous allez en faire, Jadin ?

Elle tire, insouciante, sur les fils qui pendent de sa vieille robe blanche et bleue :

— Pas des conserves, probable. J'ai *payé* la tournée aux machinistes. Et puis j'ai prêté – qu'elle dit ! – cinquante balles à Myriame pour payer sa pelure, et puis y a l'une, y a l'autre qui rappliquent, qui disent qu'elles sont sans un... Est-ce que je sais !... Tiens, v'là Bouty ! Salut, Bouty.

— Salut à la bombeuse !

Bouty, ayant constaté courtoisement qu'un kimono couvre mon déshabillé, pousse la porte de ma loge et secoue la main que tend Jadin, en répétant « Salut ! » avec un geste rogue et une voix tendre… Mais Jadin l'oublie tout de suite, et continue, debout derrière moi et s'adressant à mon image dans la glace :

— Vous comprenez, ça me fait mal au cœur d'avoir *tant d'argent que ça !*

— Mais… vous allez vous acheter des robes… tout au moins une… pour remplacer celle-ci ?

Elle rejette, d'un revers de main, ses cheveux légers et plats qui se défont en mèches fines :

— Pensez-vous ? Cette robe-là peut très bien faire jusqu'à la revue ! Qu'est-ce *qu'ils* diraient, de voir que je vas *en bas* ramasser du pèze pour ramener ici des robes de gommeuse !…

Elle a raison. *Ils*, c'est son fameux public de quartier, exigeant, jaloux, qu'elle a un peu trompé, et qui lui pardonne, pourvu qu'elle reparaisse devant lui mal nippée, mal chaussée, fichue comme quatre sous, mais telle, qu'avant la fugue, avant la faute…

Après une pause, Jadin reprend, très à l'aise devant le silence gêné de Bouty :

— Moi, vous comprenez, je me suis acheté ce que j'avais le plus besoin : un chapeau et un manchon avec une écharpe de cou. Mais un chapeau ! vous le verrez tout à l'heure… Au revoir. Tu restes, Bouty ?… Bouty, je suis riche, tu sais ? Je te paie ce que tu veux !

— Très peu pour moi, merci.

Bouty se révèle singulièrement froid et désapprobateur. Si je disais tout haut qu'il aime Jadin, je me couvrirais de ridicule. Il faut donc me contenter de le penser.

Le petit comique s'en va un peu après, et je reste seule avec ma gerbe de roses, une grande gerbe banale, serrée dans une ceinture de ruban vert pâle… C'est bien la gerbe d'un « grand serin » tel que mon nouvel amoureux !

« Avec ses respectueux hommages… » J'ai connu, depuis trois ans, pas mal d'hommages, si j'ose dire, mais qui n'avaient rien de respectueux. Et mon vieux bourgeoisisme, qui veille, s'épanouit en secret, comme s'ils ne demandaient pas, ces hommages-ci – tout masqués de respect qu'ils veulent être –, la même chose, toujours la même chose…

Au premier rang des fauteuils d'orchestre, ma myopie ne me défend pas d'apercevoir, raide et sérieux, avec ses cheveux noirs qui brillent comme la soie d'un huit-reflets, M. Dufferein-Chautel cadet. Heureux de mon regard qui l'a reconnu, il suit de la tête mes mouvements, mes allées et venues sur la scène, comme ma chienne Fossette quand je m'habille pour sortir…

7

Les jours passent. Il n'y a rien de nouveau dans ma vie, qu'un homme patient qui me guette.

Nous venons de franchir Noël et le 1er janvier. Noël, soirée enfiévrée, a secoué toute la « boîte » d'un branle fou. Le public, saoul plus qu'à moitié, a gueulé comme un seul homme ; les avant-scènes pailletées ont jeté vers les secondes galeries des mandarines et des cigares à vingt-cinq sous ; Jadin, grise depuis le déjeuner, a perdu le fil de sa chanson et dansé en scène une « chaloupée » terrible, la jupe relevée sur des bas aux mailles rompues, une grande mèche de cheveux lui battant le dos… Belle soirée où notre Patronne trônait dans sa loge, supputant la royale recette, l'œil à la verrerie poissée qui chargeait les tablettes clouées au dos des fauteuils…

Brague aussi s'était grisé dès le dîner et pétillait d'une fantaisie lubrique de petit bouc noir. Seul dans sa loge, il a improvisé un extraordinaire monologue d'halluciné qui se défend contre des larves, avec des « Oh ! non, assez… laisse-moi ! » des « Pas ça ! Pas ça ! ou bien une fois seulement… » des soupirs et des plaintes d'homme qu'une volupté diabolique supplicie…

Quant à Bouty, tout tordu de crampes d'entérite, il sirotait son lait bleuâtre…

En guise de réveillon, j'ai mangé le beau raisin de serre que m'avait apporté mon vieil ami Hamond, tête à tête avec Fossette qui croquait des bonbons envoyés par le Grand-Serin. J'ai lutté, me moquant de moi-même, contre une jalousie chagrine d'enfant qu'on a oublié d'inviter…

Qu'aurais-je donc voulu ? Souper avec Brague, ou avec Hamond, ou avec Dufferein-Chautel ? Dieu, non ! mais quoi ? Je ne suis ni meilleure, ni pire que tout le monde, et il y a des heures où j'aimerais défendre aux autres de s'amuser quand je m'embête…

Mes amis, les vrais, les fidèles, comme Hamond, ce sont, la chose vaut que je la remarque, des pas-de-chance, des irrémédiablement tristes. Est-ce la « solidarité du malheur » qui nous lie ? Je n'en crois rien.

Il me semble plutôt que j'attire et retiens les mélancoliques, les solitaires voués à la réclusion ou à la vie errante, comme moi… Qui se ressemble…

Je remâche ces pensées folâtres en revenant de ma visite à Margot.

Margot, c'est la sœur cadette de mon ex-mari. Elle porte lugubrement, depuis l'enfance, ce petit nom badin, qui lui va comme un anneau dans le nez. Elle vit seule et ressemble assez, avec ses cheveux grisonnants, coupés sous l'oreille, sa chemise à broderie russe et sa longue veste noire, à une Rosa Bonheur qui serait nihiliste.

Dépouillée par son mari, tapée par son frère, volée par son avoué, grugée par ses domestiques, Margot s'est embastillée dans une sérénité funèbre, faite de bonté inguérissable et de silencieux mépris. Une vieille habitude d'exploitation fait que l'on continue, autour d'elle, à écorner ses rentes viagères, et elle laisse faire, prise seulement parfois de rages subites, et jetant sa cuisinière à la porte pour une carotte, trop flagrante, de dix francs.

— Je veux bien qu'on me vole, crie Margot, mais je veux qu'on y mette des égards !

Puis elle retombe, pour de longs jours, à son universel mépris.

Du temps que j'étais mariée, j'ai peu connu Margot, toujours froide, douce et peu loquace. Sa réserve n'a point quêté mes confidences. Seulement, le jour où ma rupture avec Adolphe sembla définitive, elle mit hors de chez elle, poliment, mon mari étonné et ne le revit plus. Je connus alors que j'avais en Margot une alliée, une amie et un appui, puisque c'est d'elle que me viennent les quinze louis mensuels qui me gardent de la misère.

— Prends-les, va ! m'a dit Margot. Tu ne me fais pas de tort. Ce sont les dix francs quotidiens que m'a toujours carottés Adolphe !

Ce n'est pas, certes, chez Margot que je trouverais des consolations, ni cette hygiénique gaîté qu'on me recommande comme un régime. Mais, au moins, Margot m'aime à sa manière, à sa découragée et décourageante manière, tout en pronostiquant pour moi la plus fâcheuse fin :

— Toi, ma fille, m'a-t-elle dit aujourd'hui encore, tu auras de la veine si tu ne retombes pas dans un beau collage, avec un monsieur genre Adolphe. Tu es faite pour être mangée, comme moi. Je suis bien bonne de te prêcher ! Chatte échaudée, tu retourneras à la chaudière, c'est moi qui te le dis ! Tu es bien de celles à qui un Adolphe ne suffit pas comme expérience !

— Mais enfin, Margot, vous êtes extraordinaire ! C'est chaque fois le même réquisitoire ! lui reprochai-je en riant : « Tu es ci, tu es ça, tu es de celles qui, de celles que… » Attendez au moins que j'aie péché, il sera temps de m'en vouloir après !

Margot eut un de ces regards qui la font paraître très grande, qui ont l'air de tomber de si haut !

— Je ne t'en veux pas, ma fille. Je ne t'en voudrai pas davantage quand tu auras péché, comme tu dis. Seulement, tu auras bien de la peine à t'empêcher de commettre *la* bêtise, puisqu'il n'y en a qu'une : recommencer… J'en sais quelque chose… Et encore, ajoute-t-elle avec un singulier sourire, je n'avais pas de sens, moi !…

— Alors, que faire, Margot ? Que blâmez-vous dans ma vie actuelle ? Dois-je, comme vous, me cloîtrer dans la crainte d'un malheur pire, et n'aimer, comme vous, que les petits terriers brabançons à poils ras ?

— Garde-t'en bien ! s'écria Margot avec une vivacité enfantine. Les petits terriers brabançons !

il n'y a pas de rossards comme eux ! Voilà une bête, dit-elle en me montrant une petite chienne rousse, pareille à un écureuil tondu, une bête que j'ai soignée quinze nuits, pendant sa bronchite. Quand je me permets de la laisser seule, une heure, à la maison, la petite crapule fait semblant de ne pas me reconnaître et gronde à mes trousses comme si j'étais un chemineau !... Et, à part ça, mon enfant, tu vas bien ?

— Très bien, Margot, merci.

— La langue ?... le blanc de l'œil ?... le pouls ?...

Elle m'a retroussé les paupières, m'a pressé le poignet, d'une main assurée, professionnelle, ni plus ni moins qu'à un petit brabançon. C'est que nous savons, Margot et moi, le prix de la santé et l'angoisse de la perdre. Vivre seule, on s'en tire, on s'y fait ; mais languir seule et fiévreuse, tousser dans la nuit interminable, atteindre, sur des jarrets défaillants, la fenêtre aux vitres battues de pluie, puis revenir à une couche froissée et molle – seule, seule, seule !...

Durant quelques jours, l'an dernier, j'ai connu l'horreur d'être celle qui gît, et délire vaguement, et redoute, en sa demi-lucidité, de mourir lentement, loin de tous, oubliée... Depuis, à l'exemple de Margot, je me soigne, je me soucie de mon intestin, de ma gorge, de mon estomac, de ma peau, avec une sévérité un peu maniaque de propriétaire attaché à son bien...

Je songe, aujourd'hui, au mot bizarre de Margot. Elle n'avait « pas de sens », elle... Et moi ?

Mes sens… C'est vrai. Il y a bien longtemps, il me semble, que je n'ai songé à eux…

La « question des sens »… Margot a l'air de penser qu'elle importe. La meilleure littérature et la pire aussi tâchent de m'apprendre que toutes les voix se taisent quand celle des sens a parlé. Qu'en faut-il croire ?

Brague m'a dit une fois, d'un ton de médecin :

— Ça n'est pas sain, tu sais, ta façon de vivre !

Et il a ajouté, comme Margot :

— D'ailleurs, tu y passeras ni plus ni moins que les camarades. Retiens ce que je te dis !

Je n'aime pas songer à cela. Brague se mêle volontiers de décréter et joue à l'infaillible… Ça ne signifie rien… C'est égal, je n'aime pas songer à cela.

J'assiste, au music-hall, sans feindre la moindre bégueulerie, à des conversations où l'on traite « la question des sens » avec une précision statistique et chirurgicale, et j'y prends le même intérêt, détaché et respectueux, qu'à lire dans un journal les ravages de la peste en Asie. Je veux bien trembler, mais je préfère rester à demi incrédule. C'est égal, je n'aime pas beaucoup songer à cela…

Et puis, il y a cet homme – le Grand-Serin – qui s'arrange pour vivre dans mon ombre, pour mettre ses pas dans l'empreinte des miens, avec une obstination de chien…

Je trouve des fleurs dans ma loge, Fossette reçoit une petite auge de nickel pour sa pâtée ; trois minuscules animaux fétiches tiennent salon, nez à nez, sur ma table à écrire : un chat d'améthyste, un éléphant en calcédoine, un crapaud de turquoise… Un cercle de jade, vert comme une rainette, serrait les tiges du bouquet de lis verdâtres qu'on me remit le 1er janvier… Dans la rue, je croise, trop souvent, le même Dufferein-Chautel, qui me salue avec une surprise si mal imitée…

Il me force à me rappeler, trop souvent, que le désir existe, demi-dieu impérieux, faune lâché qui gambade autour de l'amour et n'obéit point à l'amour, que je suis seule, saine, jeune encore et rajeunie par ma longue convalescence morale…

Des sens ? oui, j'en ai… J'en avais, du temps où Adolphe Taillandy daignait s'occuper d'eux. Des sens timides, routiniers, heureux de la caresse habituelle qui les comblait, craintifs de toute recherche ou complication libertines… lents à s'enfiévrer, mais lents à s'éteindre, des sens bien portants, en somme…

La trahison, la longue douleur les ont anesthésiés, jusqu'à quand ? Les jours de gaîté, d'allégresse physique, je m'écrie : « Pour toujours ! » à me sentir candide, amputée de ce qui faisait de moi une femme comme les autres…

Mais il y a aussi des jours lucides, où je raisonne durement contre moi-même : « Prends garde ! veille à toute heure ! Tous ceux qui t'approchent sont suspects, mais tu n'as pas de pire ennemi que toi-même ! Ne chante pas que tu es morte, inhabitée, légère : la bête que tu oublies hiverne, et se fortifie d'un long sommeil… »

Et puis, je perds derechef la mémoire de ce que je fus, avec la crainte de redevenir *vivante* ; je ne convoite pas, je ne regrette rien... jusqu'au prochain naufrage de ma confiance, jusqu'à la crise inévitable où je regarde avec terreur s'approcher la tristesse aux douces mains puissantes, guide et compagne de toutes les voluptés...

*

Nous répétons, depuis quelques jours, une nouvelle pantomime, Brague et moi. Il y aura une forêt, une grotte, un vieux troglodyte, une jeune hamadryade, un faune dans la force de l'âge.

Le faune, c'est Brague, la nymphe forestière, c'est moi, quant au vieux troglodyte, il n'en est pas encore question. Son rôle est épisodique, et, pour le jouer, dit Brague, « j'ai un petit salopin de dix-huit ans, dans mes élèves, qui *fera* tout à fait préhistorique ! ».

On veut bien nous prêter la scène des Folies, le matin, de dix à onze heures, pour les répétitions. Débarrassée de ses toiles de fond, la profonde scène nous montre tout son plateau nu. Qu'il y fait triste, qu'il y fait gris lorsque j'arrive, sans corset, un chandail en guise de blouse, et culottée de satin noir sous la jupe courte !...

J'envie Brague d'être, à toute heure, si pareil à lui-même, éveillé, noiraud, autoritaire... Je lutte mollement contre le froid, l'engourdissement, l'écœurement de cette atmosphère mal purgée des relents de la nuit, qui sent encore l'humanité et le punch aigre… Le chaudron des répétitions épelle la musique neuve, mes mains s'agrippent l'une à l'autre et tardent à se quitter, mon geste est court, près du corps, mes épaules remontent frileusement, je me sens médiocre, gauche, perdue…

Brague, accoutumé à mon inertie matinale, a pénétré aussi le secret de la guérir. Il me harcèle sans relâche, court autour de moi comme un ratier, prodigue de brefs encouragements, des exclamations claquantes qui me cinglent…

De la salle monte une fumée de poussière : c'est l'heure où les garçons poussent dehors, avec la boue séchée sur les tapis, le petit fumier de la soirée précédente : papiers, noyaux de cerises, mégots, crotte des souliers…

Au troisième plan – car on nous prête seulement une tranche de scène, une passerelle large de deux mètres environ – une troupe d'acrobates travaille sur son épais tapis : ce sont de beaux Allemands roses au poil blond, silencieux et âpres à la besogne. Ils ont de sordides maillots de travail, et, dans les intervalles de leur numéro, leur repos, leurs jeux sont encore exercice ; deux d'entre eux cherchent, avec des rires endormis, un miracle d'équilibre irréalisable… qu'ils réussiront peut-être le mois prochain. À la fin de la séance, ils se tiennent, très graves, autour de la périlleuse éducation du plus jeune de la troupe, un bambin à figure de fillette sous de longues boucles blondes, qu'on lance en l'air, qu'on reçoit sur un pied, sur une main, un aérien petit être qui semble voler, ses boucles tendues horizontalement derrière lui, ou dressées toutes droites comme une flamme au-dessus de sa tête, tandis qu'il retombe, les pieds joints et pointus, les bras collés au corps…

— Au temps ! crie Brague. Tu l'as encore raté, ton mouvement ! En voilà une répétition à la mords-moi-le-jonc ! Tu ne peux donc pas être à ce que tu fais ?

C'est difficile, je l'avoue. Au-dessus de nous voltigent maintenant, sur trois trapèzes, des gymnastes qui échangent des appels aigus, des cris d'hirondelles… L'éclair nickelé des trapèzes de métal, le grincement, sur les barres polies, des mains colophanées, toute cette dépense, autour de moi, de force élégante et souple, ce mépris méthodique du danger m'exaltent, m'échauffent, à la fin, d'une contagieuse émulation… Et c'est alors qu'on nous déloge, quand je commençais à sentir sur moi, comme une parure soudain revêtue, la beauté de mon geste achevé, la justesse d'une expression d'épouvante ou de désir…

Galvanisée trop tard, j'use le reste de mon ardeur en rentrant à pied avec Fossette, en qui les répétitions accumulent une rage muette, qu'elle assouvit dehors, sur des chiens plus grands qu'elle. Elle les terrorise, en mime géniale, par une seule convulsion de son masque de dragon japonais, par une grimace abominable qui pousse ses yeux hors de la tête, retrousse les babines et montre, sous leur sanguine doublure, quelques dents blanches plantées de guingois comme les lattes d'une palissade bousculée par le vent.

Grandie dans le métier, Fossette connaît le music-hall mieux que moi-même, trotte dans les sous-sols obscurs, boule le long des couloirs, se guide à l'odeur familière d'eau savonneuse, de poudre de riz et d'ammoniaque... Son corps bringé connaît l'étreinte des bras enduits de blanc de perle ; elle daigne manger le sucre que les figurants raflent dans les soucoupes, au café d'en bas. Capricieuse, elle exige parfois que je l'emmène, le soir, et d'autres jours me regarde partir, roulée en turban dans sa corbeille, avec le mépris d'une rentière qui prend, elle, tout le temps de digérer.

— C'est samedi, Fossette ! Courons ! Hamond sera arrivé avant nous !

Nous avons couru comme deux folles au lieu de prendre un fiacre : c'est que l'air, ce matin, porte une si surprenante et si molle douceur d'avant-printemps... Et nous rejoignons Hamond, juste comme il atteint ma case blanche, couleur de beurre sculpté.

Mais Hamond n'est pas seul : il cause sur le trottoir avec... avec Dufferein-Chautel cadet prénommé Maxime, et *dit* le Grand-Serin...

— Comment ! c'est encore vous !

Sans lui laisser le temps de protester, j'interroge sévèrement Hamond :

— Vous connaissez M. Dufferein-Chautel ?

— Mais oui ! dit Hamond, paisible. Vous aussi, je vois. Mais, moi, je l'ai connu tout petit. J'ai encore dans un tiroir la photographie d'un gosse à brassard blanc : « Souvenir de la première communion de Maxime Dufferein-Chautel, 15 mai 18… »

— C'est vrai, s'écrie le Grand-Serin. C'est maman qui vous l'avait envoyée, parce qu'elle me trouvait si beau !

Je ne ris pas avec eux. Je ne suis pas contente qu'ils se connaissent. Et je me sens humiliée par la grande lumière de midi, avec mes cheveux défrisés sous le bonnet de fourrure, le nez luisant qui demande la poudre, la bouche sèche de soif et de faim…

Je cache sous ma jupe mes bottines de répétition, des bottines lacées, avachies, dont le chevreau écorché montre le bleu, mais qui collent bien à la cheville et dont la semelle amincie est aussi souple que celle d'un chausson de danse… D'autant que le Grand-Serin m'épluche comme s'il ne m'avait jamais vue…

Je refoule une soudaine et puérile envie de pleurer pour lui demander, comme si j'allais le mordre :

— Qu'est-ce qu'il y a ? j'ai du noir sur le nez ?

Il ne se presse pas pour répondre :

— Non… mais… c'est bizarre… quand on ne vous a vue que le soir, on ne croirait jamais que vous avez les yeux gris… Ils paraissent bruns, à la scène.

— Oui, je sais. On me l'a déjà dit. Vous savez, Hamond, l'omelette sera froide. Adieu, monsieur.

Moi non plus, d'ailleurs, je ne l'avais jamais si bien vu, au grand jour. Ses yeux enfoncés ne sont pas noirs comme je le croyais, mais d'un marron un peu fauve, comme les prunelles des chiens de berger…

Ils n'en finissent plus de se serrer les mains ! Et Fossette, la petite grue, qui dit « bonjour au monsieur » avec un sourire d'ogresse fendu jusqu'aux oreilles ! Et le Grand-Serin qui fait, parce que j'ai parlé d'omelette, une figure de pauvre devant le rôti ! S'il attend que je l'invite !…

J'en veux, injustement, à Hamond. Et c'est en silence que j'expédie mon nettoyage superficiel de mains et de museau, avant de rejoindre mon vieil ami dans le petit salon de travail où Blandine dresse le couvert. Car j'ai supprimé, une fois pour toutes, cette pièce triste et inutile qu'on nomme salle à manger, et qu'on habite une heure sur vingt-quatre. Il faut dire que Blandine couche dans l'appartement et qu'une pièce de plus m'eût coûté trop cher…

— Ah ! ah ! vous connaissez Maxime ! s'écrie Hamond, en dépliant sa serviette.

Je l'attendais !

— Moi ? Je ne le connais pas du tout ! J'ai fait un cachet en ville, chez son frère, où je l'ai rencontré. Voilà.

J'omets – pourquoi ? – de mentionner la première entrevue, l'intrusion du Grand-Serin, échauffé, dans ma loge…

— Il vous connaît, lui. Et il vous admire beaucoup. Je le crois même amoureux de vous !

Subtil Hamond ! Je le regarde, avec ce sentiment félin, hilare et sournois, que nous inspire la naïveté masculine…

— Il sait que vous aimez les roses, les bonbons à la pistache. Il a commandé un collier pour Fossette…

Je bondis :

— Il a commandé un collier pour Fossette !… Après tout, ça ne me regarde pas ! dis-je en riant. Fossette est une créature sans moralité : elle acceptera, je l'en sais capable !

— Nous avons parlé de vous, naturellement… Je vous croyais très amis…

— Oh !… vous l'auriez su, Hamond.

Mon vieil ami baisse les yeux, flatté dans sa jalousie amicale.

— C'est un très gentil garçon, je vous assure.

— Qui ça ?

— Maxime. J'ai connu sa mère, qui est veuve, en… Voyons, ça doit faire trente… non, trente-cinq…

Et allez donc ! Il me faut subir l'histoire des Dufferein-Chautel, mère et fils… Maîtresse femme, c'est elle qui dirige tout… scieries dans les Ardennes… hectares de forêts… Maxime, un peu paresseux, est le plus jeune et le plus gâté des fils… beaucoup plus intelligent qu'il ne le paraît… trente-trois ans et demi…

— Tiens ! comme moi !

Hamond se penche vers moi, par-dessus la petite table, avec une attention de miniaturiste :

— Vous avez trente-trois ans, Renée ?

— Hélas !

— Ne le dites pas. On n'en saura rien.

— Oh ! je sais bien qu'à la scène…

— À la ville non plus.

Hamond ne pousse pas plus loin le compliment et reprend l'histoire des Dufferein-Chautel. Je suce des raisins, mécontente. Le Grand-Serin s'insinue chez moi plus que je ne le lui ai permis. À cette heure-ci, nous devrions, comme de coutume, Hamond et moi, remuer de mauvais vieux souvenirs, éclos hebdomadairement à l'amer arôme de nos tasses fumantes…

Pauvre Hamond ! C'est pour moi qu'il déroge à sa funèbre et chère habitude. Je sais bien que ma solitude le fait trembler ; s'il osait, il me dirait, en paternel entremetteur :

— Voilà l'amant qu'il vous faut, ma chère ! Bonne santé, ne joue pas, ne boit pas, fortune suffisante… Vous me remercierez !

*

Plus que quatre jours, et je quitterai l'Empyrée-Clichy. Chaque fois que je termine un stage un peu long au café-concert, j'éprouve, aux derniers jours, l'impression bizarre d'une délivrance que je n'ai pas souhaitée. Heureuse d'être libre, de vivre chez moi le soir, je tarde pourtant à m'en réjouir, et le geste d'étirement « Enfin ! » manque de spontanéité.

Pourtant, cette fois, je crois me réjouir sincèrement et, assise dans la loge de Brague, j'énumère à mon camarade, qui s'en moque, les travaux urgents qui vont occuper mes vacances :

— Tu comprends, je fais recouvrir à neuf tous les coussins du divan. Et puis, je le pousse, le divan, tout à fait dans le coin, et je fais mettre une lampe électrique au-dessus…

— Chouette ! ça fera maison de passe ! dit Brague gravement.

— Que tu es bête !… Et puis, enfin, j'ai un tas de choses à faire. Il y a si longtemps que je ne m'occupe pas de mon chez-moi.

— Bien sûr ! acquiesce Brague, pince-sans-rire. Et pour qui tout ça ?

— Comment, pour qui ? Pour moi, tiens !

Brague se détourne un instant du miroir, montre une figure où l'œil droit, seul frotté de bleu, semble porter le cerne d'un pochon formidable :

— Pour toi ? pour toi toute seule ?… Tu m'excuseras, mais je trouve ça plutôt… gourde ! Et puis, penses-tu que je vais laisser dormir *L'Emprise* ? Attends-toi bien à un de ces départs pour les établissements de premier ordre de la province et de l'étranger… D'ailleurs, Salomon, l'agent, m'a dit que je te fasse signe de passer chez lui.

— Oh ! déjà ?

Bragued, péremptoire, hausse les épaules :

— Oui, oui, je la connais ! « Oh ! déjà ! » Et puis, si je te disais qu'il n'y a rien à faire, tu serais là comme un moustique : « Quand part-on ? quand part-on ? » Vous êtes bien toutes les mêmes, les gonzesses !

— Il me semble ! approuve une voix mélancolique derrière nous, celle de Bouty.

Il a encore maigri depuis le mois dernier, Bouty, et il « fatigue » de plus en plus. Je le regarde à la dérobée, pour ne pas le blesser ; mais que deviner sous ce masque rouge aux yeux bordés de blanc ?… Nous écoutons, muets, la voix de Jadin au-dessus de nous :

Ah ! ah ! petite Muguet-et-te,
Ah ! ah ! viens donc, s'il te plaît,
Que j'te l'mette,
Mon p'tit bou-quet de muguet !

Le compositeur de la *Valse du Muguet,* homme de métier et d'expérience, a grivoisement et habilement césuré le dernier vers du refrain…

— Alors, c'est dans quatre jours qu'on les met, les bouts de bois ? interroge brusquement le petit comique en relevant la tête.

— C'est dans quatre jours… Je me plaisais bien ici. On est si tranquille…

— Oh ! si tranquille ! proteste Bouty, sceptique. Y a des endroits encore plus tranquilles. Vous n'aurez pas de peine à trouver mieux. Je ne dis pas de mal du public, mais c'est un peu gouape tout de même… Je sais bien, répond-il à mon geste d'indifférence, qu'on peut se tenir à sa place partout. Mais quand même… Tenez, écoutez-les gueuler ? Pensez-vous qu'une femme, j'entends une femme jeune, qu'a pas d'idées, qu'est portée à la rigolade et à la bombe, peut prendre là-dedans l'habitude de se tenir ?… J'entends : une louftingue, une bombeuse, comme Jadin, par exemple…

Ah ! petit Bouty, en qui l'amour souffrant éveille une aristocratie soudaine, et le mépris de ce public qui vous fête, vous cherchez et vous trouvez à Jadin une excuse, et vous inventez, tout seul, la théorie de l'influence des milieux… à laquelle je ne crois pas !

Les danseurs russes sont partis, Antoniew – le « grand-duc » – et ses chiens sont partis. Où ? On ne sait pas. Aucun de nous n'a eu la curiosité de s'en informer. D'autres numéros sont venus prendre leur place, engagés qui pour sept jours, qui pour quatre jours, car la revue immine ; je croise, sur le plateau, dans le couloir, des figures nouvelles, avec qui j'échange un demi-sourire, un haussement de sourcils, en manière de bonjour familier et discret…

De l'ancien programme, on n'a gardé que nous, et puis Jadin, qui créera – Seigneur ! – des rôles dans la revue, et Bouty… Nous causons mélancoliquement, le soir, en vétérans de l'Empyrée-Clichy que le départ d'un jeune régiment aurait oubliés…

Où retrouverai-je ceux que j'ai connus ici ? À Paris, à Lyon, à Vienne ou à Berlin ?... Peut-être jamais, peut-être nulle part. Le cabinet de Salomon, l'agent, nous rassemblera cinq minutes, avec des éclats de voix, des poignées de main cabotines, juste le temps de savoir que nous existons, de lancer le « Qu'est-ce que vous faites ? » indispensable, d'apprendre que « ça boulotte » ou que « ça ne se dessine pas ».

Ça ne se dessine pas... C'est sous cette périphrase vague qu'ils déguisent, mes compagnons errants, la panne, l'arrêt forcé, l'embarras d'argent, la misère... Ils n'avouent jamais, gonflés, soutenus par cette vanité héroïque qui me les rend chers...

Quelques-uns, poussés à bout, trouvent à remplir un petit rôle dans un *vrai* théâtre et, chose singulière, ne s'en vantent pas. Ils y attendent, patients, obscurs, le retour de la veine, l'engagement au music-hall, l'heure bénie qui les reverra sous la jupe à paillettes, sous le frac qui sent la benzine, affronter de nouveau le halo du projecteur, *dans leur répertoire* !

« Non, ça ne se dessine pas », me diront quelques-uns, et ils ajouteront :

— Je rapplique au *ciné.*

Le cinématographe, qui menaça de la ruine les humbles artistes de caf' conc', les sauve à présent. Ils s'y plient à un labeur anonyme et sans gloire, qu'ils n'aiment pas, qui dérange leurs habitudes, change leurs heures de repas, de flânerie et de travail. Des centaines en vivent aux époques de chômage, plusieurs s'y établissent. Mais si le « ciné » regorge de figuration et de vedettes, que faire ?

— Ça ne se dessine pas… non, ça ne se dessine pas…

On jette la phrase d'un air à la fois détaché et sérieux, sans insister, sans larmoyer, la main balançant le chapeau ou une paire de vieux gants. On plastronne, la taille serrée dans un pardessus juponné à l'avant-dernière mode, car l'essentiel, l'indispensable, ce n'est pas d'avoir un complet propre, c'est de posséder un pardessus « un peu là », qui couvre tout : gilet élimé, veston avachi, pantalon jauni aux genoux, un pardessus tape-à-l'œil, épatant, qui fait impression sur le directeur ou sur l'agent, qui permet, enfin, de lancer crânement, en rentier, le « ça ne se dessine pas ! ».

Où serons-nous, le mois qui vient ?… Le soir, Boudy rôde, désemparé, dans le couloir des loges, toussote, jusqu'à ce que j'entrouvre ma porte pour l'inviter à s'asseoir un instant chez moi. Il insinue ses reins de chien maigre sur une frêle chaise, dont la peinture blanche s'écaille, et ramène ses pieds sous lui pour ne pas gêner mes mouvements. Brague vient nous rejoindre et s'accroupit en romanichel, le derrière au chaud, sur le tuyau du calo. Debout entre eux, j'achève de me vêtir, et ma jupe rouge, brodée de dessins jaunes, les évente au passage… Nous n'avons pas envie de parler, mais nous bavardons, luttant contre un sourd besoin de nous taire, de nous serrer les uns contre les autres et de nous attendrir…

C'est Brague qui conserve le mieux son activité curieuse et lucide, son appétit commercial de l'avenir. L'avenir, pour moi, ici ou là… Mon goût tardif – acquis, un peu artificiel – des déplacements et du voyage fait bon ménage avec un fatalisme foncier et paisible de petite bourgeoise. Bohème désormais, oui, et que les tournées ont menée de ville en ville, mais bohème ordonnée, attentive à recoudre elle-même ses nippes bien brossées ; bohème qui porte presque toujours sur elle sa mince fortune ; mais, dans le petit sac en peau de daim, les sous sont d'un côté, l'argent blanc de l'autre, l'or caché précieusement dans une pochette à secret…

Vagabonde, soit, mais qui se résigne à tourner en rond, sur place, comme ceux-ci, mes compagnons, mes frères… Les départs m'attristent et m'enivrent, c'est vrai, et quelque chose de moi se suspend à tout ce que je traverse – pays nouveaux, ciels purs ou nuageux, mers sous la pluie couleur de perle grise – s'y accroche si passionnément qu'il me semble laisser derrière moi mille petits fantômes à ma ressemblance, roulés dans le flot, bercés sur la feuille, dispersés dans le nuage… Mais un dernier petit fantôme, le plus pareil de tous à moi-même, ne demeure-t-il pas assis au coin de ma cheminée, rêveur et sage, penché sur un livre qu'il oublie de lire ?…

Deuxième partie

8

« Le joli coin intime ! Et comme on comprend mal votre existence au music-hall, quand on vous voit ici, entre cette lampe rose et ce vase d'œillets ! »

Voilà ce qu'il a dit en partant, mon amoureux, la première fois qu'il est venu dîner chez moi, avec Hamond, l'entremetteur.

Car j'ai un amoureux. Je ne trouve à lui donner que ce nom passé de mode : il n'est ni mon amant, ni mon flirt, ni mon gigolo… c'est mon amoureux.

« Le joli coin intime !… » Ce soir-là, derrière son dos, j'ai ri avec amertume… Une lampe voilée, un vase de cristal où l'eau scintille, un fauteuil auprès de la table, le divan usé que cache un savant désordre de coussins – et le passant, ébloui et superficiel, imagine, entre les murs d'un vert éteint, une vie retirée, pensive et studieuse, de femme supérieure… Ah ! ah ! il n'a vu ni l'encrier poudreux, ni la plume sèche, ni le livre non coupé sur la boîte vide de papier à lettres…

Une vieille branche de houx se recroqueville, comme tombée dans le feu, au bord d'un pot de grès… La vitre d'un petit pastel (une esquisse d'Adolphe Taillandy), fendue, attend en vain qu'on la remplace… Ma main négligente a épinglé, puis oublié, un lambeau de papier autour de l'ampoule électrique qui éclaire la cheminée… Une pile de cinq cents cartes postales, – scènes de *L'Emprise* – sous leurs bandes de papier gris, couvrent, au risque de l'écraser, un ivoire gravé du XVe siècle.

Cela sent l'indifférence, l'abandon, l'« à quoi bon ? », presque le départ… Intime ? Quelle intimité se serre, le soir, autour de la lampe dont l'abat-jour se fane ?

J'ai ri, et soupiré de fatigue, après le départ de mes deux convives, et ma nuit fut longue, agacée d'une honte obscure née de l'admiration même du Grand-Serin. Sa foi naïve d'homme emballé m'éclaira, ce soir-là, sur moi-même, comme il arrive que quelque miroir inattendu, au détour d'une rue, dans un escalier, révèle soudain certaines tares, certains fléchissements de visage et de silhouette…

Mais, depuis, d'autres soirs ont passé, ramenant Hamond avec mon amoureux, ou mon amoureux sans Hamond… Mon vieil ami fait en conscience ce qu'il appelle son sale métier. Tantôt il patronne, avec une brillante aisance d'ancien homme d'esprit, les visites de son pupille, qui, sans lui, je l'avoue en toute sincérité, m'excéderait. Tantôt il s'efface, pas longtemps, se fait attendre, juste assez, dépensant pour moi sa diplomatie salonnière qui se rouillait…

Je ne me pare pas pour eux, et ne quitte pas la chemisette à plis, ni la jupe plate et sombre. Je laisse devant eux « tomber ma figure », la bouche lasse et fermée, l'œil volontairement terni, j'oppose à l'entêtement de mon amoureux une mine passive de fille qu'on veut marier contre son gré… Je soigne seulement, pour moi plus que pour eux, le décor menteur et sommaire où je vis si peu ; Blandine a daigné visiter les recoins poudreux du salon de travail, et les coussins du fauteuil, devant la table, gardent l'empreinte de mon repos…

J'ai un amoureux. Pourquoi celui-là, et non un autre ? Je n'en sais rien. Je regarde, étonnée, cet homme qui a réussi à pénétrer chez moi. Parbleu ! il le voulait tellement ! Tous les hasards l'ont servi, et Hamond l'y a aidé. Un jour, toute seule chez moi, j'ai ouvert à un coup de sonnette timide : le moyen de jeter dehors cet individu attendant gauchement, les bras chargés de roses, à côté d'Hamond qui m'implorait du regard ? Il a réussi à pénétrer ici, cela devait arriver sans doute…

J'apprends sa figure, chaque fois qu'il revient, comme si je ne l'avais jamais vue. Il a, de chaque côté du nez, un pli déjà marqué, qui se perd sous la moustache, il a des lèvres rouges, d'un rouge un peu bistré, comme il arrive aux gens trop bruns. Ses cheveux, ses sourcils, ses cils, tout cela est noir comme le diable, et il a fallu un rayon de soleil bien franc pour m'enseigner un jour que, sous tant de noir, mon amoureux a des prunelles d'un gris roux, très foncées…

Debout, c'est vraiment un grand serin raide, emprunté, tout en os. Assis, ou demi-allongé sur le divan, il semble s'assouplir tout à coup et goûter la grâce d'être un autre homme, paresseux, détendu, avec des mouvements de mains heureux, un renversement oisif de la nuque contre les coussins…

Quand je sais qu'il ne me voit pas, je l'observe, vaguement choquée de penser que je ne le connais pas du tout et que la présence chez moi de ce garçon est aussi insolite qu'un piano dans une cuisine.

Comment se fait-il que lui, épris de moi, ne se trouble point de me si peu connaître ? Visiblement il n'y songe pas, et ne paraît s'occuper que de me rassurer d'abord, me conquérir après. Car, s'il a appris très vite – sur le conseil d'Hamond, je le parie ! – à cacher son désir, adoucir son regard et sa voix en me parlant, s'il feint, rusé comme une bête, d'oublier qu'il me convoite, il ne montre pas non plus l'appétit de me découvrir, de me questionner, de me deviner, et je le vois plus attentif au jeu de la lumière sur mes cheveux qu'à mes paroles…

Que cela est étrange !… Le voilà près de moi, assis, le même rayon de soleil glisse sur sa joue et sur la mienne, et si la narine de cet homme en paraît carminée, la mienne doit se teinter de corail vif… Il n'est pas là, il est à mille lieues ! À tout moment, je veux me lever et lui dire : « Pourquoi êtes-vous ici ? allez-vous-en ! » Et je n'en fais rien.

Pense-t-il ? lit-il ? travaille-t-il ?… Je crois qu'il appartient à la catégorie nombreuse, assez banale, qui s'intéresse à tout et ne fiche rien. Point d'esprit, une certaine rapidité de compréhension, un vocabulaire très suffisant que rehausse une belle voix étoffée, cette facilité au rire, à la gaîté enfantine qu'on peut remarquer chez tant d'hommes, voilà mon amoureux.

Pour ne mentir en rien, mentionnons ce qui me plaît le mieux en lui : un regard parfois absent, chercheur, cette espèce de sourire intérieur de l'œil, qu'on voit aux sensitifs violents et timides.

Il a voyagé, mais comme tout le monde : pas très loin, pas souvent. Il a lu ce que tout le monde lit, il connaît « pas mal de gens » et n'arrive pas à nommer, en dehors de son frère aîné, trois amis intimes ; je lui pardonne tout cet ordinaire en faveur d'une simplicité qui n'a rien d'humble, et parce qu'il ne trouve rien à dire sur lui-même.

Son regard rencontre rarement le mien, que je dérobe. Je ne puis oublier le motif de sa présence et de sa patience. Et pourtant quelle différence entre l'homme qui s'assoit là, sur ce divan, et l'animal méchant, au désir sauvage, qui força la porte de ma loge ! Rien ne marque chez moi que je me souviens de notre première rencontre, sauf que je ne cause presque pas avec le Grand-Serin. Quoi qu'il essaie, je lui réponds brièvement, ou bien j'adresse à Hamond la réponse destinée à mon amoureux… Ce mode de conversation indirecte donne à nos entretiens une lenteur, une fausse gaîté inexprimables…

*

Je répète toujours la nouvelle pantomime, avec Brague. Tantôt les Folies-Bergère nous donnent asile, le matin, ou bien c'est l'Empyrée-Clichy qui nous prête son plateau pour une heure ; nous errons encore de la brasserie Gambrinus, habituée aux éclats de voix des tournées Baret, à la salle de danse Cernuschi.

— Ça se dessine… dit Brague, avare de compliments pour autrui comme pour lui-même.

Le Vieux Troglodyte répète avec nous : c'est un famélique jeune gars de dix-huit ans, que Brague secoue, ahurit, agonit d'injures, au point de m'apitoyer :

— Tu lui en dis trop, Brague ! il va pleurer

— Qu'il pleure, et je lui f… mon pied dans le c… ! Les larmes, c'est pas du travail !

Il a peut-être raison… Le Vieux Troglodyte ravale ses larmes, tâche d'enfler un dos « préhistorique » et se dévoue à la garde d'une Hamadryade qui fait des grâces, en chandail de tricot blanc…

Un matin de la semaine dernière, Brague s'est donné la peine de venir, en personne, me prévenir que la répétition du lendemain n'aurait pas lieu.

Il nous a trouvés, Hamond, Dufferein-Chautel et moi, finissant de déjeuner.

J'ai dû garder Brague quelques minutes, lui offrir du café, le présenter à mes convives… Et je voyais le petit œil noir et brillant de Brague s'arrêter à la dérobée sur mon amoureux, avec une satisfaction curieuse, une sorte de sécurité qui m'a sottement gênée…

Quand je l'ai reconduit à la porte, mon camarade ne m'a pas questionnée, ne s'est permis aucune allusion familière, et mon embarras a redoublé. J'ai reculé devant le ridicule d'expliquer : « Tu sais, c'est un camarade… C'est un ami d'Hamond qui est venu déjeuner… »

Fossette porte à présent un collier de maroquin rouge à clous dorés, d'un goût sportif et déplorable. Je n'ai pas osé dire que je le trouvais laid… Elle fait la cour – damnée petite femelle servile ! – au monsieur bien mis qui sent l'homme et le tabac, qui la caresse d'une adroite claque sur le râble…

Blandine se multiplie, fourbit les vitres, apporte sans qu'on le lui demande le plateau à thé quand mon amoureux est là…

Tous, à l'exemple de mon vieil ami Hamond, ont l'air de conspirer contre moi en faveur de Maxime Dufferein-Chautel… Hélas ! j'ai si peu de peine à demeurer invulnérable !…

Invulnérable, et pis qu'insensible : rétractile. Car, lorsque je donne la main à mon amoureux, le contact de sa longue main, chaude et sèche, me surprend et me déplaît. Je n'effleure pas sans un petit hérissement nerveux le drap de son veston, et c'est involontairement que je me gare, quand il parle, de son haleine pourtant saine... Je ne consentirais pas à nouer sa cravate, et j'aimerais mieux boire dans le verre d'Hamond que dans le sien... Pourquoi ?

C'est que... ce garçon est *un homme.* Malgré moi, je me souviens qu'il est *un homme.* Hamond, ce n'est pas un homme, c'est un ami. Et Brague, c'est un camarade ; Bouty aussi. Les sveltes et musclés acrobates qui révèlent, sous un maillot nacré, les particularités les plus flatteuses de leur anatomie... eh bien, ce sont des acrobates !

Ai-je jamais songé que Brague, qui m'étreint dans *L'Emprise* à me meurtrir les côtes, et paraît m'écraser la bouche sous un fougueux baiser, avait un sexe ?... Non. Eh bien ! le regard le moins appuyé, la poignée de main la plus correcte de mon amoureux me rappellent pourquoi il est là, et ce qu'il espère... Quel joli passe-temps pour une coquette ! Quel bon flirt agaçant et convaincu !

Le malheur est que je ne sais pas flirter. Manque d'aptitude, manque d'expérience, manque de légèreté et, surtout, oh ! surtout ! le souvenir de mon mari !

Si j'évoque un instant Adolphe Taillandy dans l'exercice de ses fonctions, je veux dire travaillant, avec l'âpreté, l'entêtement chasseur qu'on lui connaît, à séduire une femme ou une jeune fille, me voilà refroidie, contractée, tout hostile aux « choses de l'amour »... Je revois trop bien sa figure de conquête, l'œil voilé, la bouche enfantine et rusée, et cette affectation de battre des narines au passage d'un parfum... Pouah ! tout ce manège, cette cuisine autour de l'amour – autour d'un but qu'on ne peut même pas nommer l'amour –, je les favoriserais, je les imiterais, moi ? Pauvre Dufferein-Chautel ! il me semble parfois que c'est vous qu'on trompe, ici, et je devrais vous dire... vous dire quoi ? Que je suis redevenue une vieille fille, sans tentation, et cloîtrée, à ma manière, entre les quatre murs d'une loge de music-hall ?

Non, je ne vous le dirai pas, car nous ne savons échanger, comme à la dixième leçon de la Berlitz School, que des phrases élémentaires, où les mots pain, sel, fenêtre, température, théâtre, famille, tiennent beaucoup de place...

Vous êtes un *homme*, tant pis pour vous ! Chacun dans ma maison semble s'en souvenir, non comme moi, mais pour vous en féliciter, depuis Blandine, qui vous contemple avec une satisfaction jamais lassée, jusqu'à Fossette, dont le large sourire canin dit pareillement : « Enfin ! voilà dans la maison *un homme* – Voilà l'HOMME ! »

Je ne sais pas vous parler, pauvre Dufferein-Chautel. J'hésite entre mon langage à *moi*, un peu brusque, qui ne daigne pas toujours finir les phrases, mais chérit la précision d'un terme technique, – mon langage d'ex-bas-bleu – et l'idiome veule et vif, grossier, imagé, qu'on apprend au music-hall, émaillé de « Tu parles ! » de « Ta gueule ! »… « J'les mets ! »… « Très peu pour moi ! »…

À force d'hésiter, je choisis le silence…

9

— Cher Hamond, que je suis contente de déjeuner avec vous ! Pas de répétition aujourd'hui, du soleil, et vous, ça va bien !

Mon vieil ami, qui souffre de rhumatismes lancinants, me sourit, flatté. Il est fort maigre en ce moment, vieilli, léger, très grand, le nez décharné et busqué, tout ressemblant au chevalier de la Triste Figure…

— Il me semble pourtant que nous avons déjà eu le plaisir de déjeuner ensemble cette semaine ? Quelle tendresse débordante pour ma vieille carcasse, Renée !

— Parfaitement, je déborde ! Aujourd'hui, il fait beau, je suis gaie, et… nous sommes tout seuls !

— Ce qui veut dire ?

— Que le Grand-Serin n'est pas là, vous l'avez deviné !

Hamond hoche son long visage mélancolique :

— Décidément, c'est de l'aversion !

— Du tout, Hamond, du tout ! C'est du… du rien !… Et, tenez, il y a plusieurs jours que je médite d'être franche avec vous : je ne peux justement pas me découvrir l'ombre d'un sentiment pour Dufferein-Chautel... hormis de la défiance, peut-être.

— C'est quelque chose.

— Je n'ai même pas d'opinion sur lui.

— Je me ferai un plaisir de vous offrir la mienne. Cet honnête homme n'a pas d'histoire.

— Pas assez !

— Pas assez ? c'est de la provocation ! Vous ne l'encouragez pas à vous conter la sienne.

— Il ne manquerait que ça ! Le voyez-vous, avec sa grande main sur son grand cœur : « Je ne suis pas un homme comme les autres... » C'est ça qu'il me dirait, hein ? les hommes disent toujours la même chose que les femmes, à ce moment-là.

Hamond me couvre d'un regard ironique :

— Je vous aime bien, Renée, quand vous vous parez d'une expérience qui vous fait – heureusement – défaut. « Les hommes font ceci... les hommes disent cela... » Où avez-vous pris une pareille assurance ? Les hommes ! les hommes ! Vous en avez connu beaucoup ?

— Un seul. Mais quel !...

— Justement. Vous n'accusez pas Maxime de vous rappeler Taillandy ?

— Dieu ! non. Il ne me rappelle rien du tout. Rien, je vous dis ! Il n'est pas spirituel...

— Les amoureux sont toujours un peu idiots. Ainsi, moi, quand j'aimais Jeanne...

— Et moi donc, quand j'aimais Adolphe ! Mais ça, c'était de l'idiotie consciente, presque voluptueuse. Vous rappelez-vous, les soirs où nous dînions en ville, Adolphe et moi, et que je prenais mon air pauvre, mon « air de fille épousée sans dot », comme disait Margot ? Mon mari pérorait, souriait, tranchait, brillait… On ne voyait que lui. Si on me regardait un instant, c'était pour le plaindre, je crois. On me faisait si bien comprendre que, sans lui, je n'existais pas !

— Oh ! tout de même… vous exagérez un peu…

— Guère, Hamond ! Ne protestez pas ! Je m'employais de tout mon cœur à disparaître le plus possible. Je l'aimais si imbécilement !

— Et moi, et moi ! dit Hamond s'animant. Vous souvenez-vous, quand ma petite poupée de Jeanne donnait son opinion sur mes tableaux ? « Henri est né consciencieux et démodé », déclarait-elle. Et je ne pipais pas !

Nous rions, nous sommes contents, rajeunis de remuer des souvenirs humiliants et amers… Pourquoi faut-il que mon vieil ami gâte ce samedi si conforme à toutes nos traditions en ramenant le nom de Dufferein-Chautel ?

Je fais une moue fâchée :

— Encore ! Laissez-moi un peu en repos avec ce monsieur, Hamond ! Qu'est-ce que je sais de lui ? qu'il est propre, correctement élevé, qu'il affectionne les chiens bulls et qu'il fume la cigarette. Qu'il soit, par-dessus le marché, épris de moi, ce n'est pas – soyons modeste – un signe très particulier.

— Mais vous faites tout le possible pour ne le jamais connaître !

— C'est mon droit.

Hamond s'agace et claque de la langue, désapprobateur :

— C'est votre droit, c'est votre droit… Vous discutez comme une enfant, ma chère amie, je vous assure !…

Je dégage ma main qu'il retenait sous la sienne, et je parle vite, malgré moi :

— Vous m'assurez quoi ? Que c'est un article de tout repos ? Vous voulez quoi, à la fin ? Que je couche avec ce monsieur ?

— Renée !

— Eh ! il faut bien le dire ! Vous voulez que je fasse comme tout le monde ? que je me décide ? Celui-là ou un autre, après tout !… Vous voulez troubler ma paix reconquise, orienter ma vie vers un autre souci que celui, âpre, fortifiant, naturel, d'assurer moi-même ma subsistance ? Ou bien vous me conseillez un amant, par hygiène, comme un dépuratif ? Pour quoi faire ? je me porte bien, et, Dieu merci ! je n'aime pas, je n'aime pas, je n'aimerai plus personne, personne, personne !

J'ai crié cela si haut que je me tais soudain, confuse. Hamond, moins ému que moi, me donne le temps de me ressaisir, pendant que mon sang, monté à mes joues, redescend lentement vers mon cœur…

— Vous n'aimerez plus personne ? Mon Dieu ! c'est peut-être vrai. Et ce serait plus triste que tout… Vous, jeune et forte, et tendre… Oui, ce serait plus triste que tout…

Indignée, près de pleurer, je contemple l'ami qui m'ose parler ainsi :

— Oh ! Hamond… c'est vous, vous, qui me dites cela ! Après ce qui vous est… ce qui nous est arrivé, espéreriez-vous l'amour ?

Hamond détourne son regard, fixe sur la fenêtre claire ses beaux yeux de chien, si jeunes dans sa vieille figure, et répond vaguement :

— Oui… Je suis très heureux comme je suis, c'est vrai… Mais, de là à répondre de moi, à déclarer : « Je n'aimerai plus personne » ma foi, non ! je n'oserais pas…

Cette étrange réponse d'Hamond a tari notre discussion, car je n'aime pas parler de l'amour… La plus déterminée grivoiserie ne m'effare pas, mais je n'aime pas parler de l'amour… Si j'avais perdu un enfant bien-aimé, il me semble que je ne pourrais plus prononcer son nom.

*

— Viens ce soir bouffer chez Olympe, m'a dit Brague à la répétition. Après, on ira dire bonsoir aux copains de la revue, à l'Emp'-Clich'.

Je n'ai garde de m'y tromper : il ne s'agit pas d'une *invitation* à dîner ; nous sommes deux *camarades*, et le protocole – il y en a un ! – de la camaraderie entre artistes bannit toute ambiguïté.

Je rejoins donc Brague, ce soir, à l'Olymp's-bar, de fâcheuse renommée. Fâcheuse ? je m'en soucie bien ! Libérée du soin de ma réputation, je franchis sans appréhension, comme sans plaisir, le seuil de ce petit restaurant montmartrois, silencieux de sept à dix, trépidant, le reste de la nuit, d'un vacarme assez « chiqué » de cris, de vaisselles et de guitares. J'y venais dîner quelquefois, vite, seule ou avec Brague le mois dernier, avant de nous rendre à l'Empyrée-Clichy.

Une provinciale servante, paisible et lente parmi les appels, nous sert ce soir le petit salé aux choux, pâtée saine, encombrante, lourde aux estomacs débilités des petites prostituées du quartier qui mangent auprès de nous, seules, avec cet air farouche que prennent, devant une assiette pleine, les animaux et les femmes pas assez nourris. Ah ! l'endroit n'est pas toujours gai !

Brague, narquois, apitoyé au fond, débine deux femmes qui viennent d'entrer, jeunes, minces, avec des chapeaux imbéciles qui tanguent sur leurs frisures. L'une est saisissante, avec un port de tête d'une insolence enragée ; sa maigreur révoltée paraît toute gracieuse, sous un étroit fourreau de liberty rose, acheté chez la « marchande ». Par ce soir glacial de février, elle a, pour se couvrir, un manteau, une sorte de cape légère, en liberty également, bleu et brodé d'argent fané… Elle est gelée, affolée de froid, et ses yeux gris exaspérés repoussent toute compassion ; elle est prête à insulter, à griffer le premier qui dira, navré : « La pauvre gosse ! »

L'espèce n'est pas très rare, en ce pays montmartrois, de ces filles qui crèvent de misère et d'orgueil, belles de leur dénuement éclatant. Je les rencontre, ici et là, traînant leurs nippes légères de table en table aux soupers de la Butte, gaies, saoules, rageuses, la dent prête, jamais douces, jamais tendres, boudant au métier, et « travaillant » tout de même. Les hommes les appellent « sacrées petites charognes » avec un rire de mépris complaisant, parce qu'elles sont de la race qui ne cède pas, qui n'avoue ni la faim, ni le froid, ni l'amour, qui meurt en disant : « Je ne suis pas malade », qui saigne sous les coups, mais les rend…

Oui, je les connais un peu, celles-là, et c'est à elles que je songe en regardant la petite fille gelée et fière qui vient d'entrer chez Olympe.

Un demi-silence affamé règne dans le bar. Deux jeunes hommes fardés échangent des répliques pointues, d'un bout à l'autre de la salle, sans conviction. Une gamine courte sur pattes, qui dîne d'une menthe à l'eau en attendant l'aléatoire souper, leur envoie mollement la réplique. Une chienne bouledogue, pleine à éclater, souffle péniblement sur le tapis râpé, son ventre en ballon clouté de mamelles saillantes…

Brague et moi, nous bavardons, alanguis par la chaleur du gaz. Je songe à tous les restaurants médiocres de toutes les villes qui nous ont vus ainsi attablés, las, indifférents et curieux, devant des nourritures étranges… Brague oppose aux vinasses des buffets de gare et des hôtels un estomac d'airain ; moi, si le veau bourgeoise ou le gigot bonne femme, coriaces, me résistent, je me rattrape sur le fromage et l'omelette…

*

– Dis donc, Brague ? L'homme, là, qui nous tourne le dos, ce n'est pas Stéphane-le-Danseur ?

– Où ?… Si, c'est lui… avec une poule.

Une telle « poule », en effet, que j'en demeure estomaquée, devant cette brune cinquantenaire à la lèvre ombrée… Et comme s'il sentait notre regard, Stéphane-le-Danseur se tourne à demi pour nous lancer un de ces coups d'œil d'intelligence qui servent, au théâtre, à signifier : « Chut ! mystère ! » assez discrètement pour être aperçus de toute une salle.

– Pauvre bougre ! il *la* gagne, son argent ! chuchote Brague… Le café, Mademoiselle, appelle-t-il, qu'on se barre !

Le café, c'est une encre d'un noir olivâtre, qui laisse aux parois des tasses une teinture tenace. Mais à ne plus boire de bon café, j'ai pris le goût de ces tisanes chaudes, amères, qui sentent la réglisse et le quinquina… On se passe de viande, dans notre métier, mais pas de café…

Si vite qu'on nous serve le nôtre, Stéphane-le-Danseur « se barre » avant nous – il *rinke* dans la revue de l'Emp'-Clich' –, derrière sa mûre compagne. Sans vergogne, il esquisse, derrière elle, pour nous, le geste de l'athlète qui « arrache » le poids de deux cents kilos, et nous avons la lâcheté d'en rire… Puis, nous quittons ce morne lieu, que l'on dit « de plaisir », où tout somnole à cette heure sous les ampoules rosées : la chienne pleine, les gamines éreintées, la servante campagnarde et le gérant à moustaches cirées…

Dehors, le boulevard extérieur, la place Blanche, où tournoie un vent glacé, nous raniment, et je me sens joyeusement reprise de la fièvre active, du besoin de *travailler*… un besoin mystérieux et indéfini, que je dépenserais à danser aussi bien qu'à écrire, courir, jouer la comédie ou tirer une voiture à bras…

Comme pris de la même envie, Brague me dit soudain :

– Tu sais, j'ai un mot de Salomon, l'agent… La tournée que je t'avais parlé se dessine. Il dégote un jour ici, deux jours là, une semaine à Marseille, une à Bordeaux… Tu peux toujours partir ?

– Moi ? tout de suite ! Pourquoi pas ?

Il me lance, de côté, un vif coup d'œil.

– Je ne sais pas… Pour rien… Des fois… Je sais ce que c'est que la vie…

Ah ! j'ai compris ! Mon camarade se souvient de Dufferein-Chautel et croit que… Mon rire brusque, au lieu de le détromper, l'égare davantage, mais je me sens, ce soir, si taquine et si gaie, légère, déjà presque en voyage… Oh ! oui, partir, repartir, oublier qui je suis et le nom de la ville qui m'abrita hier, penser à peine, ne refléter et retenir que le beau paysage qui tourne et change au flanc du train, l'étang plombé où le ciel bleu se mire vert, la flèche ajourée d'un clocher cerné d'hirondelles…

Un jour, je me rappelle… en quittant Rennes par un matin de mai… Le train suivait, très lent, une voie en réparation entre des taillis d'épines blanches, des pommiers roses dont l'ombre était bleue, des saules jeunets à feuilles de jade… Debout, au bord du bois, une enfant nous regardait passer, une fillette de douze ans, dont la ressemblance avec moi me saisit. Sérieuse, les sourcils froncés, de rondes joues brunies – comme furent les miennes – des cheveux un peu blanchis de soleil, elle tenait un surgeon feuillu dans ses mains hâlées et griffées –, comme furent les miennes. Et cet air insociable, ces yeux sans âge, presque sans sexe, qui paraissaient prendre tout au sérieux – les miens, réellement les miens !… Oui, debout au bord du hallier, mon enfance farouche me regardait passer, éblouie par le soleil levant…

— Quand tu voudras, tu sais !

La sèche invite de mon camarade me réveille devant l'Emp'-Clich' illuminé de feux mauves dont l'éclat blesse, dit Brague, « le derrière des yeux », et nous gagnons le sous-sol où l'odeur reconnue, plâtre, ammoniaque, crème Simon et poudre de riz me soulève d'un dégoût presque agréable… Nous venons voir les copains de la revue, nous, et non la revue !

Je retrouve ma loge, qu'habite à présent Bouty, et celle de Brague est emplie de l'éblouissante présence de Jadin, qui joue trois rôles dans l'*Emp'-Clich'-Revue.*

— Grouillez-vous, nous crie-t-elle. Vous arrivez juste pour ma chanson de *Paris la nuit* !

Hélas ! on a habillé Jadin en pierreuse !… Jupe noire, corsage noir échancré, des bas en toile d'araignée, un ruban rouge au cou, et, sur la tête, la traditionnelle perruque en casque, où saigne un camélia ! Rien ne demeure, en vérité, du charme populacier et prenant de cette petite fille à l'épaule de travers…

Il fallait s'y attendre : on transforme, vite et sûrement, ma boudeuse et fraîche apache en p'tite femme de café-concert ! Parmi les « Ça va ?… quoi de neuf ?… ça se dessine ? » je la regarde piétiner dans sa loge, navrée de constater que Jadin marche *en poule*, comme tout le monde, ventre rentré et jabot sorti, qu'elle *place* sa voix en parlant et qu'elle n'a pas encore dit « M… ! » depuis que nous sommes arrivés…

Bouty, qui va danser avec elle l'indispensable « chaloupée », rayonne silencieusement sous la casquette de soie. Pour un peu, il nous dirait : « Hein ! » en nous montrant, d'un geste de propriétaire, la petite créature… A-t-il enfin conquis sa camarade ? Il s'emploie du moins, je le devine, à la banalisation de Jadin, et les voilà tous deux, maintenant, qui parlent de faire un « numéro sensationnel », très bien payé, au Crystal-Palace de Londres !...

Comme tout change vite !... Les femmes surtout... Celle-ci, en quelques mois, perdra presque tout son mordant, son pathétique naturel et inconscient. Un sournois atavisme de concierges, de petits commerçants cupides, va-t-il se faire jour en cette folle Jadin de dix-huit ans, si prodigue d'elle-même et de sa pauvre galette ? Pourquoi, devant elle, songé-je aux Bell's, acrobates allemands au nom anglais que nous connûmes, Brague et moi, à Bruxelles ? Incomparables de force et de grâce sous des maillots cerise qui pâlissaient leur peau blonde, ils habitaient, à cinq, deux chambres sans meubles, où ils cuisinaient eux-mêmes, sur un petit fourneau de fonte. Et, tout le jour, c'étaient – nous raconta l'impresario – des palabres mystérieux, des méditations sur les journaux financiers, des disputes sauvages à propos de mines d'or, de Sosnowice et de Crédit foncier d'Égypte ! L'argent, l'argent, l'argent...

Jadin anime de son vide bavardage notre visite, qui en a besoin. Après que Bouty, un peu moins maigre, nous a donné les nouvelles de sa santé, annoncé que « ça se dessine » pour l'hiver prochain, nous voilà silencieux, gênés, amis de hasard que le hasard sépare... Je tripote les fards et les crayons sur la tablette, avec cet agacement gourmand, ce prurit de maquillage, connu de tous ceux qui ont abordé le plateau... La sonnette trille, heureusement, et Jadin sursaute :

— Ouste ! grimpez ! le pompier va vous donner son avant-scène, et vous verrez si je dégote dans ma chanson de *Paris la nuit* !

Le pompier somnolent me prête, en effet, son tabouret de paille et sa logette. Assise, le nez au grillage qui sertit un carré de lumière chaude et rougeâtre, je puis, invisible, jouir de la vue de deux demi-rangs d'orchestre et de trois baignoires découvertes, plus une avant-scène… une avant-scène où l'on distingue une dame à chapeau géant, perles, bagues, paillettes, et deux hommes qui sont Dufferein-Chautel aîné et Dufferein-Chautel cadet, tous deux noirs et blancs, bien cirés, bien fourbis. Ils sont brutalement éclairés et prennent dans le guichet où je les isole une importance extraordinaire.

La femme n'est pas une femme, c'est une *dame* : Mme Dufferein-Chautel aîné, sans doute. Mon amoureux, lui, paraît s'amuser beaucoup au défilé des chiffonnières, des cochères maraudeuses qui leur succèdent et s'en vont, après un couplet et un petit pas de danse négligent.

Enfin, voici Jadin qui s'annonce elle-même :

— « Et moi, je suis la reine du Paris nocturne : je suis la Pierreuse ! »

Je vois mon amoureux se pencher, assez vivement, sur le programme, puis relever le nez et détailler ma petite camarade, du chignon en casque aux bas ajourés…

Par une interversion singulière, c'est lui qui devient, pour moi, le spectacle, car je vois seulement le profil de la petite Jadin, que la rampe aveuglante fait camard, comme rongé de lumière, la narine noire, la lèvre raccourcie au-dessus d'une lame brillante de dents…

Avec son cou tendu en gargouille, noué d'un chiffon rouge, cette enfant fraîche ressemble, tout à coup, à je ne sais quelle larve luxurieuse de Rops.

Lorsque, son couplet fini, elle revient saluer deux fois, les talons joints, les doigts aux lèvres, mon amoureux l'applaudit de ses grandes mains brunes, si fort qu'elle lui décoche, avant de disparaître, un petit baiser particulier, avec un coup de menton en avant…

– Eh bien ! tu dors ? Voilà deux fois que je te dis qu'on ne peut pas rester là : on plante le tableau d'Héliopolis !

– Oui, oui… Je viens…

Il me semble bien, en effet, que je m'endormais, ou bien je sors d'une de ces minutes sans pensée, qui précèdent la mise en branle d'une idée pénible, qui préludent à un petit décrochement moral…

10

— Décide-toi ou ne te décide pas, voyons. Ça te va, ou ça ne te va pas ?

Ils sont là tous deux, Brague et Salomon, à me bousculer de la voix et du regard. Celui-ci rit pour me donner confiance, celui-là grommelle. Une lourde main, celle de Salomon, se pose sur mon épaule :

— Pour un contrat, c'est un contrat, je pense !

Je le tiens, ce contrat dactylographié, et je le relis pour la dixième fois, dans la crainte de découvrir, entre ses quinze lignes brèves, le piège caché, la clause louche… Je le relis surtout pour gagner du temps. Et puis je regarde la fenêtre, les rideaux de tulle empesé et, derrière eux, la cour triste et propre…

J'ai l'air de réfléchir, mais je ne réfléchis pas. Hésiter, ce n'est pas réfléchir… Distraitement, j'inventorie ce bureau genre anglais que j'ai déjà vu tant de fois, illustré de photographies étrangères : dames en buste, décolletées, très coiffées, qui ont le sourire viennois ; hommes en habit, dont on ne peut conjecturer s'ils sont chanteurs ou acrobates, mimes ou écuyers…

Quarante jours de tournée, à cent cinquante francs par jour, ça fait… six mille francs. Bon tabac. Mais…

— Mais, dis-je enfin à Salomon, je ne veux pas t'engraisser de six cents balles ! Dix pour cent, à la fin, c'est de l'assassinat !

J'ai retrouvé la parole et l'art de m'en servir, et le vocabulaire qui sied. Salomon devient de la couleur de ses cheveux, rose brique : ses yeux insaisissables eux-mêmes rougissent, mais de sa grosse bouche amène se précipite un flot de supplications presque amoureuses :

— Ma chérie ! ma mignonne ! ne commence pas à dire des bêtises !… Un mois, un mois que je travaille à ton itinéraire ! Demande à Brague ! Un mois que je m'éreinte à te trouver des établissements de premier ordre, de tout premier ordre !… un affichage comme… comme… Mme Otero, tiens !… Et c'est comme ça que tu me remercies ! Tu n'as pas de cœur, alors ? Dix pour cent ? mais c'est douze que tu devrais me donner, tu entends ?

— Je t'entends. Mais je ne veux pas t'engraisser de six cents balles. Tu ne les vaux pas.

Les petits yeux roux de Salomon rapetissent encore. Sa lourde main, sur mon épaule, caresse, avec l'envie de m'écraser :

— Ah ! mauvaise graine ! Tu la vois, Brague ? une enfant à qui j'ai fait son premier engagement !

— Une enfant bigrement majeure, mon vieux, et qui a besoin de renouveler sa garde-robe ! Mon costume de *L'Emprise* est fini, tu sais ? un costume truqué, trente louis, plus les chaussures, plus le voile pour danser, enfin, voyez accessoires ! Tu ne me les paies pas à part, vieille frappe ?

— Brague, tu la vois ? répète Salomon... J'ai honte pour elle, devant toi ! Qu'est-ce que tu vas penser d'elle ?

— Je pense, dit Brague tranquillement, qu'elle aurait raison d'accepter la tournée, et tort de te donner six cents francs.

— C'est bon. Rendez-moi les papiers.

La grosse main me lâche. Salomon, froncé et pâle, retourne à son bureau genre anglais, sans nous accorder un coup d'œil.

— Salomon, vous savez, pas de chiqué entre nous ! Je suis mauvaise comme la gale quand je m'y mets, et je me fiche de rater une affaire quand on m'embête !

— Madame, répond Salomon digne et glacé, vous m'avez parlé comme à un homme qu'on méprise, et je l'ai sur le cœur !

— Fourneau ! intervient Brague sans élever la voix. Quand tu auras fini de jacter ! Six cents pour sa part à elle, quatre cent quarante pour la mienne... tu nous prends pour des acrobates allemands ! Donne-moi les feuilles : on ne signe pas aujourd'hui. Je demande vingt-quatre heures pour consulter ma famille.

— Alors, c'est foutu ! jette Salomon avec une impétuosité bafouilleuse. Tous ces gens-là, c'est des directeurs d'établissements très chic, des gens qui n'aiment pas qu'on les lanterne, des gens...

— … Qu'ont le derrière dans la friture bouillante, je sais ! interrompt mon camarade. Eh bien ! dis-leur que je repasse demain… Tu viens, Renée ?… Salomon, pour nous deux, c'est sept et demi pour cent. Et je trouve que c'est grand et généreux.

Salomon essuie ses yeux secs et son front mouillé :

— Oui, oui, vous êtes encore deux jolis cochons !

— Salomon, on ne peut pas dire que vous soyez joli, joli…

— Laisse-le donc, Renée, c'est un amour, cet homme-là ! Il fera ce que nous voudrons. D'abord, il t'aime. Pas, Salomon ?

Mais Salomon boude. Il tourne l'épaule comme un gros enfant, et dit d'une voix pleurarde :

— Non. Allez-vous-en. Je ne veux plus vous voir. J'ai un vrai chagrin. C'est bien la première fois, depuis que je fais des engagements, qu'on m'inflige une humiliation pareille ! Allez, allez ! J'ai besoin d'être tout seul. Je ne veux plus vous voir.

— C'est ça. À demain !

— Non, non ! c'est fini, nous trois !

— Cinq heures ?

Salomon, assis à son bureau, lève vers nous son visage rose éploré :

— Cinq heures ? C'est ça, il faudrait encore que je manque pour vous mon rendez-vous de l'Alhambra ! Pas avant six heures, vous entendez ?

Désarmée, je serre sa courte patte, et nous sortons.

L'encombrement de la rue rendant tout colloque impossible, nous nous taisons. J'appréhende la solitude relative du boulevard Malesherbes, où Brague va commencer à discuter et à me convaincre. Convaincue, je le suis d'avance, et décidée à partir… Hamond ne sera pas content. Margot me dira : « Tu as bien raison, ma fille ! » et n'en pensera pas un mot, mais elle me donnera d'excellents conseils et trois ou quatre boîtes de « spécialités » contre la migraine, la constipation et la fièvre.

Et Dufferein-Chautel, au fait, qu'est-ce qu'il dira ? Ça m'amuse de penser à sa figure. Il se consolera auprès de Jadin, voilà tout… Partir… Quand donc déjà ?

— La date, Brague ? je n'ai pas fait attention, figure-toi !

Brague hausse les épaules et se range près de moi parmi le peloton de passants qui attendent, soumis, que le bâton blanc fende la file des voitures et nous ouvre un gué, du trottoir Haussmann au refuge de la place Saint-Augustin.

— S'il n'y avait que toi pour boucler des engagements, ma pauvre amie ! Madame gueule, Madame monte sur ses grands chevaux, Madame veut ceci, ne veut pas ça, et puis, au bout : « Tiens ! j'ai pas fait attention à la date ! »

Je le laisse, déférente, savourer sa supériorité. C'est un des plus vifs plaisirs de Brague que de me traiter en novice, en élève gaffeuse… Nous courons, sous la houlette de l'agent, jusqu'au boulevard Malesherbes…

— Du 5 avril au 15 mai, achève Brague. Tu n'as rien contre ? Rien ne te retient ?

— Rien…

Nous montons le boulevard, un peu essoufflés par la buée de bain tiède qui se lève du pavé mouillé. Une courte pluie, presque orageuse, a commencé le dégel ; le pavé noirâtre reflète, étirées, irisées, les lumières. Le haut de l'avenue se perd dans une fumée indistincte, roussie par un reste de crépuscule… Involontairement, je me retourne, je regarde autour de moi, cherchant… quoi ? Rien. Non, rien ne me retient ici, ni ailleurs. Aucun cher visage ne surgira du brouillard, comme une fleur claire émerge de l'eau obscure, pour prier tendrement : « Ne t'en va pas ! »

Je partirai donc, encore une fois. Le 5 avril est loin – nous sommes au 15 février –, mais c'est comme si j'étais déjà partie. Brague peut, à mon oreille distraite, énumérer des noms de villes, d'hôtels, des chiffres, des chiffres…

— Tu m'écoutes, au moins ?

— Oui.

— Alors tu ne fais rien, d'ici le 5 avril ?

— Pas que je sache !

— Tu ne vois pas un petit acte, une petite couillonnade quelconque, genre mondain, qui t'occuperait d'ici là ?

— Ma foi, non.

— Si tu veux, je te chercherai une petite affaire à la semaine ?

Je quitte, en le remerciant, mon camarade, touchée qu'il veuille m'éviter la panne, l'oisiveté qui démoralise, appauvrit et détraque les comédiens sans emploi…

Trois têtes se lèvent lorsque j'entre dans mon salon de travail : celles d'Hamond, de Fossette et de Dufferein-Chautel. Serrés tous trois sous l'abat-jour rose autour d'une petite table, ils jouaient à l'écarté en m'attendant. Fossette sait jouer aux cartes à la manière des bulls ; grimpée sur une chaise, elle suit le va-et-vient des mains, prête à happer au vol une carte jetée trop loin.

Hamond s'écrie : « Enfin ! » Fossette : « Ouah ! » et Dufferein-Chautel ne dit rien, mais il a bien failli aboyer aussi…

L'accueil joyeux, la lumière tamisée, au sortir du brouillard fétide, m'éclairent le cœur, et c'est dans un élan de joie affectueuse que je m'écrie :

— Bonjour ! Vous savez, je pars !

— Vous partez ? Comment ça ? Quand ?

Sans m'arrêter à ce que l'intonation de mon amoureux prend, malgré lui, de bref et d'inquisiteur, je roule mes gants, je retire mon chapeau.

— Je vous dirai ça en dînant. Vous restez tous les deux : c'est presque un dîner d'adieux, déjà !… Restez tranquilles, continuez votre petite partie, j'envoie Blandine chercher des côtelettes et je passe une robe de chambre : je suis si fatiguée !

Quand je reviens, perdue dans les plis d'un kimono de flanelle rose, je leur trouve à tous deux, Hamond et Dufferein-Chautel, un air trop dégagé de gens qui ont concerté quelque chose... Qu'importe ? mon adorateur bénéficie, ce soir, d'un optimisme qui s'étend sur toute la nature : je l'invite, pour « arroser la tournée », à nous offrir le Saint-Marceaux de l'épicier voisin, et il court, nu-tête, rapportant deux bouteilles sous ses bras...

Fébrile, un peu grise, j'appuie sur mon amoureux un regard désarmé qu'il ne m'a jamais vu. Je ris tout haut, d'un rire qu'il n'a jamais entendu, je rejette sur l'épaule la manche large du kimono, découvrant un bras « couleur chair-de-banane », dit-il... Je me sens prévenante, gentille, pour deux sous, je lui tendrais ma joue : qu'est-ce que ça fait ? je pars ! je ne le verrai plus, ce garçon ! Quarante jours ? mais nous serons sans doute tous morts, d'ici là !

Pauvre amoureux, comme j'ai été mauvaise avec lui, tout de même !... Je le trouve aimable, propre, bien peigné, avenant... comme quelqu'un qu'on ne reverra plus ! Car, à mon retour, je l'aurai oublié, et il m'aura oubliée, lui aussi... avec la petite Jadin, ou avec une autre... Plutôt avec la petite Jadin.

— Hein ? Cette petite Jadin !

J'ai jeté tout haut cette exclamation, qui me semble suprêmement drôle. Mon amoureux, qui a du mal à rire, ce soir, me regarde en fronçant ses sourcils de charbonnier :

— Quoi, cette petite Jadin ?

— Vous la trouviez à votre gré, l'autre jour, hein ? à l'Emp'-Clich' ?

Dufferein-Chautel se penche, intrigué. Son visage franchit la zone d'ombre de l'abat-jour, et je distingue la nuance de ses prunelles brunes, fauves et pailletées comme certaines agates dauphinoises...

— Vous étiez dans la salle ? Je ne vous ai pas vue !

Je vide ma coupe, avant de répliquer, mystérieuse

— Ah ! voilà !...

— Tiens ! vous étiez là ?... Oui, elle est gentille, la petite Jadin. Vous la connaissez ? Je la trouve très gentille.

— Plus que moi ?

J'aurais mérité qu'il répondît, autrement que par un silence étonné, à cette parole imprudente, imbécile, indigne de moi ! Je voudrais me battre !... Bah ! qu'est-ce que ça fait ? je m'en vais !... Je raconte mon itinéraire : tout le tour de la France, mais rien que les grandes villes ! un affichage comme... comme Mme Otero ! et les beaux pays qu'on verra, et le soleil qu'on trouvera dans le Midi, et... et...

Le champagne – trois coupes, il n'en faut pas plus ! – engourdit enfin mon bavardage heureux. Parler, quelle dépense d'énergie pour qui demeure muette des journées entières !... Mes deux amis fument, maintenant, et, derrière leur voile de fumée, reculent, reculent... Comme je suis loin !

déjà partie, dispersée, réfugiée dans le voyage… Leurs voix s'étouffent, s'éloignent, mêlées à des grondements de trains, des sifflements, à la houle berceuse d'un orchestre imaginaire… Ah ! le doux départ, le doux sommeil, qui m'emporte vers une rive qu'on ne voit pas !…

— Quoi ? il est six heures ? Bon, merci… Ah ! c'est vous ?

Je dormais, et je rêvais voyage : un garçon d'hôtel frappait du poing contre la porte de mon rêve, en criant qu'il était six heures… Et je me retrouve assise en sursaut au creux de mon vieux divan où la fatigue, la griserie légère m'ont assoupie. Debout contre moi, le Grand-Serin barre toute la hauteur de la chambre. Mes yeux, ouverts trop vite, clignent à la lampe, et les bords de l'abat-jour, les arêtes de la table éclairée blessent mes yeux comme autant de lames luisantes…

— C'est vous ? Où est Hamond ?

— Hamond vient de partir.

— Quelle heure est-il donc ?

— Il est minuit.

— Minuit !

J'ai dormi plus d'une heure !

Machinalement, je relève, en les peignant des doigts, mes cheveux aplatis, puis je tire, jusqu'à la pointe de mes mules, le bord de ma robe…

— Minuit ? Pourquoi n'êtes-vous pas parti avec Hamond ?

— Nous avons craint que vous ne fussiez effrayée, en vous retrouvant seule ici… Alors, je suis resté.

Est-ce qu'il se moque de moi ? Je ne distingue pas son visage, si haut, dans l'ombre…

— J'étais fatiguée, vous comprenez…

— Je comprends très bien.

Qu'est-ce que ce ton sec, qui réprimande ? Je tombe des nues ! Vraiment, si j'étais poltronne, j'aurais une belle occasion de crier à l'aide, seule avec cet individu noir qui me parle de là-haut !… Il a peut-être bu, lui aussi.

— Dites donc, Dufferein-Chautel, vous êtes souffrant ?

— Je ne suis pas souffrant.

Il se met en marche, Dieu merci : j'en avais assez de le voir si haut, si près de moi !

— Je ne suis pas souffrant, je suis en colère.

— Ah ! ah !

Je réfléchis un moment, puis j'ajoute, assez sotte :

— C'est parce que je m'en vais ?

Dufferein-Chautel s'arrête :

— Parce que vous vous en allez ? Je n'y pensais pas. Puisque vous êtes encore là, je n'ai pas besoin de penser que vous vous en irez. Non. Je vous en veux. Je vous en veux parce que vous dormiez.

— Oui ?

— C'est insensé de s'endormir comme ça ! Devant Hamond ! et même devant moi ! On voit bien que vous ne savez pas quelle figure vous avez quand vous dormez ! Ou alors vous le faites exprès, et c'est indigne de vous !

Il s'assied brusquement, comme s'il se cassait en trois, et se trouve tout près de moi, son visage à la hauteur du mien :

— Quand vous dormez, vous n'avez pas l'air de dormir ! vous avez l'air… eh ! enfin, vous avez l'air d'avoir fermé les yeux pour cacher une joie plus forte que vous ! Parfaitement ! vous n'avez pas un visage de femme endormie… Enfin, vous comprenez ce que je veux dire, bon Dieu ! C'est révoltant ! Quand je pense que vous avez dû dormir de cette manière-là devant un tas de gens, je ne sais pas ce que je vous ferais !

Il est assis de biais sur une chaise fragile, et détourne à demi son visage bouleversé, fendu de deux grandes rides, une au front, l'autre au long de la joue, comme si l'explosion de sa colère venait de le lézarder. Je n'ai pas peur, au contraire : ce m'est un soulagement de le retrouver sincère, pareil à l'homme qui entra, il y a deux mois, dans ma loge.

Voici donc, devant moi, avec sa fureur enfantine, son entêtement bestial, sa sincérité calculée, voici que reparaît mon ennemi, mon tourmenteur : l'amour. Il n'y a pas à s'y tromper. J'ai déjà vu ce front-là, et ces yeux, et cette convulsion des mains nouées l'une à l'autre, oui, j'ai vu tout cela… dans le temps qu'Adolphe Taillandy me désirait…

Mais que vais-je faire de celui-ci ? je ne suis pas offensée, je ne suis pas même – ou si peu ! – émue ; mais que vais-je faire ? Comment lui répondre ?…

Ce silence qui se prolonge devient plus intolérable que son aveu. S'il pouvait s'en aller… mais il ne bouge pas. Je ne risque pas le plus petit mouvement, dans la crainte qu'un soupir, qu'une ondulation de ma robe ne suffisent à ranimer mon adversaire – je n'ose plus dire mon amoureux, non, il m'aime trop !…

— C'est tout ce que vous me dites ?

Le son de sa voix, adoucie, me cause un si vif plaisir que je souris, délivrée du silence irrespirable.

— Dame ! je ne vois vraiment pas…

Il se tourne vers moi, avec une gentillesse encombrante de grand chien :

— C'est vrai, vous ne voyez pas… Oh ! vous avez un talent pour ne pas voir ! Dès qu'il s'agit de moi, vous ne voyez pas, vous ne voyez rien ! Vous regardez à travers moi, vous souriez par-dessus moi, vous parlez à côté de moi !… Et je fais celui qui ne voit pas que vous ne voyez pas. Comme c'est malin ! comme c'est digne de vous et de moi.

— Écoutez, Dufferein-Chautel…

— Et vous m'appelez Dufferein-Chautel ! Je le sais bien que j'ai un nom ridicule, un nom de député, d'industriel ou de directeur du Comptoir d'Escompte ! ce n'est pas ma faute !… Oui, oui, riez !… C'est encore de la chance, ajoute-t-il plus bas, que je vous fasse rire…

— Voyons, comment voulez-vous que je vous appelle ? Dufferein, ou Chautel ? Ou Duduffe ? ou… Maxime tout court, ou Max ?… Oh ! je vous en prie, donnez-moi la glace à main, là, sur la petite table, et le mouchoir à poudre : je dois avoir une figure !… Le champagne, le sommeil, et plus de poudre sur le nez !

— Ça ne fait rien ! dit-il avec impatience. Pour qui voulez-vous mettre de la poudre, à cette heure-ci ?

— Pour moi, d'abord. Et puis pour vous.

— Pour moi, ce n'est pas la peine. Vous me traitez en homme qui vous courtise. Si j'étais, tout simplement, un homme qui vous aime ?

Je le regarde, plus méfiante que je ne le fus jamais, déconcertée de trouver en cet homme, dès qu'il s'agit d'amour entre nous, une intelligence, une aisance spéciales, bien cachées sous ses dehors de Grand-Serin. L'aptitude à l'amour, oui, voilà ce que je devine en lui, voilà par quoi il me dépasse et m'embarrasse !

— Dites-moi franchement, Renée… est-ce que cela vous est odieux, ou indifférent, ou vaguement agréable, de savoir que je vous aime ?

Il n'est pas outrageant, il n'est ni humble, ni larmoyant, il n'a rien de timide, ni de cauteleux… Imitant sa simplicité, je réponds, enhardie :

— Je n'en sais absolument rien.

— C'est bien ce que je pensais, dit-il gravement. Alors…

— Alors ?

— Je n'ai plus qu'à m'en aller !

— Il est minuit et demi.

— Non, vous ne m'avez pas compris. Je veux dire : ne plus vous revoir, quitter Paris !

— Quitter Paris ? Pourquoi ? dis-je honnêtement. Ce n'est pas nécessaire. Et je ne vous ai pas défendu de me revoir.

Il secoue les épaules :

— Oh ! je m'entends !... Quand ça ne va pas, quand j'ai... des embêtements, enfin, je m'en vais chez nous.

Il a bien dit « chez nous », provincialement, tendrement.

— C'est joli, chez vous ?

— Oui. C'est la forêt, beaucoup de sapins, pas mal de chênes. J'aime bien les coupes fraîches, vous savez, quand on a abattu les bois et qu'il reste seulement les baliveaux, et les grands ronds des places à charbon, où il pousse de la fraise l'été suivant...

— Et du muguet...

— Et du muguet... Et des digitales aussi. Vous connaissez ? Elles sont hautes comme ça, et on met ses doigts dans les cloches, quand on est gosse...

— Je connais...

Il raconte mal, mon bûcheron d'Ardennes, mais je vois si bien ce qu'il raconte !

— J'y vais pendant l'été, en auto. Je chasse aussi un peu, à l'automne. C'est chez maman, naturellement. La mère Coupe-Toujours ! dit-il en riant. Elle coupe, elle coupe, et elle scie, et elle vend.

— Oh !

— Mais elle n'abîme pas, vous savez ! Elle sait ce que c'est que le bois, elle s'y entend comme un homme, mieux qu'un homme !

Je l'écoute avec une aménité nouvelle, contente qu'il m'oublie un instant, qu'il parle, en digne bûcheron, de sa forêt maternelle. Je ne me souvenais pas qu'il fût Ardennais, et il ne se souciait pas de m'apprendre qu'il aimait son pays. Je sais maintenant pourquoi il a l'air serin ! C'est qu'il porte ses vêtements un peu comme des « habits de fête », avec une gaucherie indélébile et sympathique, en beau paysan endimanché…

— … Seulement, si vous me renvoyez, Renée, ma mère comprendra tout de suite que je viens me « faire soigner » chez elle, et elle voudra encore une fois me marier. Voyez à quoi vous m'exposez !

— Laissez-vous marier.

— Vous ne dites pas ça sérieusement ?

— Pourquoi donc ? Parce qu'une expérience personnelle m'a été néfaste ? Qu'est-ce que ça prouve ? Vous devriez vous marier, ça vous irait très bien. Vous avez l'air déjà marié. Vous promenez votre célibat dans des vêtements de jeune père de famille, vous êtes épris du coin du feu, tendre, jaloux, têtu, paresseux comme un époux gâté, et despote, au fond, et monogame de naissance !

Stupéfait, mon amoureux me dévisage sans mot dire, puis saute sur ses pieds :

— Je suis tout ça ! s'écrie-t-il. Je suis tout ça ! Elle l'a dit ! Je suis tout ça !

Je refrène sèchement ses cris et ses gestes :

— Taisez-vous donc ! Qu'est-ce qui vous prend ? Que vous soyez égoïste, en somme, et paresseux, et coin du feu, ça vous donne envie de danser ?

Très docile, il se rassied en face de moi, mais ses yeux de chien de berger me couvent avec une sagacité victorieuse :

— Non. Ça m'est bien égal d'être tout ce que vous dites : ce qui me donne envie de danser, c'est que vous le sachiez !

Ah ! sotte que je suis ! Le voici triomphant, fort de mon aveu, l'aveu de ma curiosité, sinon d'un intérêt plus vif… Le voici glorieux, tremblant du désir de se livrer davantage. Il crierait, s'il osait : « Oui, je suis tout cela ! vous avez donc daigné me voir, tandis que je désespérais d'exister à vos yeux ? Regardez-moi encore ? Découvrez-moi tout entier, inventez en moi des faiblesses, des ridicules, accablez-moi de vices imaginaires… Mon souci n'est pas que vous me connaissiez tel que je suis : créez votre amoureux à votre guise, et c'est après – comme un maître retouche et refait l'œuvre médiocre d'un élève chéri –, c'est après que, sournoisement, peu à peu, j'y mettrai ma ressemblance ! »

Vais-je lui réciter tout haut ma pensée, pour le confondre ?… Attention ! j'allais commettre une maladresse de plus. Il ne sera point confondu, il écoutera, ravi, sa devineresse, et louera bien haut la seconde vue que dispense l'amour !… Et qu'attend-il présentement ? que je tombe dans ses bras ? Rien n'étonne un homme épris. Je voudrais qu'il fût loin… Je lutte contre le besoin de me reposer, de me détendre, de lever une main, de prier : « *Pouce !* arrêtez ! je ne sais pas le jeu. Si l'envie m'en vient, nous le recommencerons ; mais je ne suis pas de force à vous suivre, et je me fais prendre à tout coup, vous voyez bien… »

Ses yeux vigilants vont et viennent, rapidement, de mes paupières à ma bouche, de ma bouche à mes paupières, et semblent lire mon visage… Soudain, il se lève et se détourne, avec une brusque discrétion :

— Adieu, Renée ! dit-il d'une voix plus basse… Je vous demande pardon d'être resté si tard, mais Hamond m'avait recommandé…

Je proteste, avec un embarras mondain :

— Oh ! ça ne fait rien… au contraire…

— Est-ce que votre concierge a le sommeil très dur ?

— J'espère que non…

Nous sommes si pitoyables de niaiserie que la gaîté me revient un peu :

— Attendez ! dis-je tout à coup. J'aime mieux que vous ne réveilliez pas la concierge : vous allez sortir par la fenêtre…

— Par la fenêtre ? Oh ! Renée…

— C'est le rez-de-chaussée.

— Je sais bien. Mais vous n'avez pas peur que… qu'on me voie ? Un locataire de la maison pourrait rentrer à ce moment-là…

— Qu'est-ce que vous voulez que ça me fasse ?

Malgré moi, j'ai mis à répondre, à hausser les épaules, une si dédaigneuse indifférence que mon amoureux n'ose plus se réjouir. Au fond, cette sortie à une heure du matin, par la fenêtre – de ma chambre à coucher, s'il vous plaît ! –, doit le remplir d'une joie d'étudiant. Ah ! quelle jeunesse !...

— Sautez ! C'est ça ! adieu !

— À demain, Renée ?

— Si vous voulez, mon ami...

... Quelle jeunesse !... Il a pourtant trente-trois ans, cet homme !... Moi aussi... Trente-quatre dans six mois...

Je l'ai entendu courir sur le trottoir, sous une pluie fine et collante qui poisse le pavé et mouille l'appui de la fenêtre, où je demeure accoudée, comme une amante... Mais, derrière moi, personne n'a foulé le grand lit, banal et frais, nappé d'un drap sans pli, et que mon insomnie résignée ne froissera même pas.

Il est parti. Il reviendra demain, et les jours d'après, puisque je le lui ai permis. Il reviendra presque heureux, maladroit, plein d'espoir, avec cet air de dire : « Je ne demande rien », qui, à la longue, m'exaspère comme une prière machinale de mendiant... Quand c'était si simple de le blesser d'un refus sans danger encore, et qu'il s'en aille avec sa coupure fraîche et guérissable !...

Dans le carré de ma fenêtre éclairée, la pluie fine tombe, blanche sur le fond noir de la rue, comme une mouture humide...

J'ai cédé, je l'avoue, j'ai cédé, en permettant à cet homme de revenir demain, au désir de conserver en lui non un amoureux, non un ami, mais un avide spectateur de ma vie et de ma personne. « Il faut terriblement vieillir, m'a dit un jour Margot, pour renoncer à la vanité de vivre devant quelqu'un ! »

Pourrais-je sincèrement affirmer que, depuis quelques semaines, je ne me complais pas à l'attention de ce spectateur passionné ? Je lui ai refusé mon plus vif regard, mon plus libre sourire, j'ai surveillé en lui parlant le son de ma voix, je lui ai fermé tout mon visage, mais… Mais n'était-ce pas pour qu'il constatât, chagrin, maté, que toutes mes réticences lui étaient adressées, que je prenais la peine, pour lui, d'exister moins ? Il n'y a pas de déguisement sans coquetterie, et il faut autant de soins, autant de vigilance, pour s'enlaidir à toute heure que pour se parer.

Si mon amoureux, dans l'ombre, guette ma fenêtre ouverte, qu'il soit fier ! Je ne le regrette point, je ne le souhaite point, mais je pense à lui. Je pense à lui, comme je mesurerais ma première défaite…

La première ? Non, la seconde. Il y eut un soir – ah ! quel souvenir empoisonné, et que je le maudis de ressusciter à cette heure ! –, un soir où je m'accoudai ainsi, penchée sur un jardin invisible. Mes cheveux très longs pendaient comme une corde de soie hors du balcon… La certitude de l'amour venait de s'abattre sur moi et, loin d'en faiblir, ma force adolescente la portait orgueilleusement. Ni le doute, ni la mélancolie même la plus suave, n'assagirent cette nuit triomphale et solitaire, couronnée de glycines et de roses !… Cette aveugle, cette innocente exaltation, qu'en a-t-il fait, l'homme qui la suscitait ?

Fermons la fenêtre, fermons la fenêtre ! Je tremble trop de voir monter, à travers le voile de la pluie, un jardin provincial, vert et noir, argenté par la lune levante, où passe l'ombre d'une jeune fille qui enroule rêveusement sa longue tresse à son poignet, comme une couleuvre caressante…

II

— Marseille, Nice, Cannes, Toulon…

— Non, Menton, avant Toulon…

— Et Grenoble ! on a Grenoble aussi !

Nous recensons les villes de notre tournée comme des gosses comptent leurs billes. Brague a décidé que nous emmenions deux « pantoches » : *L'Emprise* et *La Dryade.*

— Pour les grands patelins où l'on fait quatre jours, six jours, assure-t-il, c'est plus prudent d'avoir une pièce de rechange.

Moi, je veux bien. Je veux bien n'importe quoi. Il n'y a pas plus bénévole et plus approbateur que moi, ce matin. L'atelier de Cernuschi, où nous travaillons, ne résonne guère que des éclats de voix de Brague et des rires du « Vieux Troglodyte » qui exulte à l'idée de faire une tournée et de gagner quinze francs par jour : sa jeune figure affamée, aux yeux bleus caves, reflète une joie continue, et Dieu sait s'il lui en cuit !

— Bougre de saucisse ! hurle Brague, je t'en foutrai des sourires de danseuse ! On dirait que tu n'as jamais vu de troglodyte ! La gueule de travers, je te dis ! Encore plus que ça ! Et l'œil désossé ! Et le tremblement dans la ganache ! Un petit genre Chaliapine, quoi !…

Il s'essuie le front et se tourne vers moi, découragé :

— Je ne sais pas pourquoi je m'esquinte après cet outil : quand je lui parle de Chaliapine, il croit que je lui dis des cochonneries !… Et puis, toi, qu'est-ce que tu fiches là, à plafonner ?

— Ah ! c'est mon tour, à présent ? Je me disais aussi : il y a longtemps que Brague ne m'a pas murmuré des paroles d'amour !

Mon camarade professeur me toise avec un théâtral mépris :

— Des paroles d'amour ! Je laisse ça à d'autres : tu ne dois pas en manquer ?

Ouste ! la séance est levée. Demain, répétition en costume, mise en scène et accessoires. Ce qui signifie que t'auras un voile pour ta danse et que Monsieur, ici présent, voiturera une caisse à bougies pour imiter le rocher qu'il brandit sur nos têtes. J'en ai assez de vous voir, toi avec un mouchoir grand comme ma fesse, et l'autre avec *Paris-Journal* roulé en boule à la place de son granit. Demain, ici, à dix heures. J'ai dit.

Juste au moment où Brague finit de parler, un rayon de soleil dore le plafond de vitres, et je lève la tête comme si l'on m'appelait brusquement de là-haut.

— Tu m'entends, la môme Renée ?

— Oui…

– Oui ? Eh bien ! va-t'en. C'est l'heure de la soupe. Va zieuter le soleil dehors ! Tu rêves de campagne, hein ?

– On ne peut rien te cacher. À demain.

Je rêve de campagne... Oui, mais pas comme la pense mon infaillible camarade. Et l'activité joyeuse de la place Clichy, à midi, ne me détourne pas d'un souvenir agaçant, tout frais, tout vif...

Hier, Hamond et Dufferein-Chautel m'ont emmenée dans les bois de Meudon, comme deux rapins invitant une modiste. Mon amoureux faisait les honneurs d'une automobile neuve, fleurant le maroquin et la térébenthine : un magnifique joujou de grande personne.

Sa sombre et jeune figure rayonnait du désir de m'offrir ce beau meuble verni et trépidant, dont je n'avais nulle envie. Mais je riais, parce qu'Hamond et Dufferein-Chautel arboraient, pour cette fugue meudonnaise, le même chapeau marron, fendu, à larges ailes, et j'étais si petite, entre ces deux grands diables !

Assis en face de moi sur un des strapontins, mon amoureux pliait discrètement ses jambes sous lui, pour garer mes genoux du contact des siens. Le clair jour gris, très doux, printanier, me montrait tous les détails de son visage, plus brun sous le feutre mordoré, et la nuance enfumée de ses paupières, et ses cils durs, abondants, en double grille. La bouche, à demi dissimulée sous une moustache d'un noir roux, m'intriguait, et le treillis imperceptible des petites rides sous les yeux, et les sourcils plus longs que l'orbite, épais, mal achevés, un peu hérissés comme ceux des griffons de chasse… D'une main inquiète, je cherchai soudain la glace de mon petit sac…

— Vous avez perdu quelque chose, Renée ?

Mais déjà je me ravisais :

— Non, rien ; merci.

À quoi bon mirer, devant lui, les flétrissures d'un visage qui perd l'habitude d'être contemplé au grand jour ? Et qu'aurait pu m'apprendre mon miroir ? Un adroit maquillage de crayon brun, de koheul bleuté, de raisin rouge ne suffisait-il pas, hier comme tous les jours, à attirer l'attention sur les yeux et la bouche, les trois lumières, les trois aimants de mon visage ? Point de rose sur la joue un peu creuse, ni sous la paupière que la fatigue, le clignotement fréquent ont, déjà, délicatement guillochée…

La joie de Fossette, assise sur mes genoux et tendue vers la portière, nous fournissait une conversation intermittente, et la douceur aussi de ce bois encore hivernal, ramilles grises sur ciel chinchilla… Mais dès que je me penchais pour boire un peu le vent faible, chargé du musc amer des anciennes feuilles décomposées, je sentais le regard de mon amoureux se poser, assuré, sur toute ma personne…

De Paris aux bois de Meudon, nous n'avions pas échangé cent phrases. La campagne ne me rend pas loquace et mon vieil Hamond s'ennuie dès qu'il passe les fortifications. Notre mutisme pouvait assombrir tout autre qu'un amoureux, égoïstement récompensé de me tenir là, sous son regard, prisonnière dans sa voiture, passive, vaguement contente de la promenade, souriant aux cahots de la route humide et défoncée…

Fossette, impérieuse, décida, d'un cri bref, qu'on n'irait pas plus loin et qu'une affaire urgente l'appelait au fond de ces bois nus, sur la route forestière où brillaient en miroirs ronds les flaques d'une pluie récente. Nous la suivîmes tous trois sans protester, d'un pas long de gens qui vont souvent à pied…

— Ça sent bon, dit tout à coup le Grand-Serin, en reniflant l'air. Ça sent comme chez nous.

Je secouai la tête :

— Non, pas comme *chez vous* : comme chez nous ! Hamond, qu'est-ce que ça sent ?

— Ça sent l'automne, dit Hamond d'un ton las.

Sur ce mot, nous nous sommes arrêtés sans parler davantage, levant la tête vers un ruisseau de ciel serré entre les arbres très hauts, écoutant, à travers le murmure vivant et chuchoté qu'exhale une forêt, le pipeau mouillé, clair et grelottant d'un merle qui défie l'hiver…

Une petite bête rousse partit sous nos pieds, fouine ou belette, que Fossette prétendit forcer à la course, et nous suivîmes la chienne emballée obtuse, ostentatoire, qui aboyait : « Je la vois ! je la tiens ! » sur une piste imaginaire…

Stimulée enfin, je m'élançai derrière elle dans l'allée, tout au plaisir animal de la course, mon bonnet de skungs enfoncé solidement jusqu'aux oreilles et les jambes libres sous ma jupe empoignée à deux mains…

Quand je m'arrêtai, à bout de souffle, je trouvai Maxime derrière moi :

– Oh ! vous m'avez suivie ? Comment ne vous ai-je pas entendu courir ? Il respirait vite, les yeux brillants sous ses sourcils irréguliers, les cheveux décollés par la course, très charbonnier amoureux, et pas rassurant du tout.

– Je vous ai suivie… J'ai fait bien attention de courir au même pas que vous, pour que vous n'entendiez pas mes pieds… C'est très facile…

Oui… c'est très facile. Mais il fallait y penser. Je n'y aurais pas pensé, moi. Piquée, imprudente, et grisée encore d'une brutalité de nymphe, je lui riais en plein visage, le bravant. Je voulus, tentée, rallumer la jaune et méchante lumière au fond des belles prunelles sablées de gris et de roux… La menace y parut, mais je ne cédai pas, butée comme ces enfants insolents qui attendent, qui appellent la gifle. Et le châtiment vint, sous la forme d'un baiser coléreux, mal posé, un baiser raté, enfin, qui laissa ma bouche punie et déçue…

… Ce sont tous les instants de cette journée d'hier que je pèse scrupuleusement, tout en suivant le boulevard des Batignolles, non pour les revivre avec complaisance, ni pour chercher une excuse. Il n'y a point d'excuse, sauf pour l'homme que j'ai provoqué. « Cela me ressemble si peu ! »

m'écriais-je mentalement, hier, pendant que nous revenions vers Hamond, mécontents l'un de l'autre, et défiants… Eh ! qu'en sais-je ! « Tu n'as pas plus de redoutable ennemie que toi-même !… » Fausse étourderie, fausse imprudence, voilà ce qu'on trouverait au fond de la pire impulsive, et je ne suis pas la pire impulsive ! Il faut être sévère pour celles qui crient : « Ah ! je ne sais plus ce que je fais ! » et discerner dans leur désarroi une bonne part de ruse prévoyante…

Je n'admets point mon irresponsabilité, même partielle. Que dirai-je à cet homme, ce soir, s'il veut me serrer dans ses bras ? Que je ne veux pas, que je n'ai jamais voulu le tenter, que c'est un jeu ? que je lui offre mon amitié pour la période d'un mois et dix jours qui nous sépare de la tournée… Non ! il va falloir prendre un parti ! Il va falloir prendre un parti…

Et je marche, je marche, pressant le pas chaque fois que la glace d'une vitrine me renvoie mon image, parce que je trouve à ma figure une expression un peu trop théâtrale de volonté soucieuse, avec des yeux pas assez convaincus sous des sourcils froncés… Je la connais, cette figure-là ! Elle se masque d'austérité, de renoncement, pour mieux attendre le petit miracle, le signe de mon maître le hasard, le mot phosphorescent qu'il écrira sur le mur noir, quand j'aurai, cette nuit, éteint ma lampe…

Comme l'air sent bon, autour de ces voiturettes pleines de violettes mouillées et de jonquilles blanches. Un vieil homme tout moussu de barbe vend des perce-neige en pied, avec leur bulbe gangué de terre, et leur fleur en pendeloque qui a la forme d'une abeille. Leur parfum imite celui de l'oranger, mais si faible, presque insaisissable…

Voyons, voyons ! Il va falloir prendre un parti ! Je marche, je marche, comme si je ne savais pas qu'en dépit de mes sursauts d'énergie, de mes scrupules, de toute cette pénitence intérieure que je cherche à m'infliger, comme si je ne savais pas, déjà, que je ne prendrai pas *ce* parti-*là*, mais l'*autre* !…

12

Une fatigue !... Oh ! mais quelle fatigue !... Je me suis endormie après le déjeuner, comme il m'arrive parfois les jours de répétition, et je m'éveille si lasse ! Je m'éveille comme si j'arrivais des confins du monde, étonnée, triste, pensant à peine, l'œil hostile à mes meubles familiers. Un réveil, en vérité, pareil aux plus affreux des temps où je souffrais.

Mais, puisque je ne souffre pas, pourquoi ?...

Je ne puis bouger. Je regarde, comme si elle ne m'appartenait pas, ma main pendante. Je ne reconnais pas l'étoffe de ma robe... Qui m'a découronnée, pendant que je dormais, de mon diadème de cheveux, roulés autour de mon front comme les tresses d'une grave et jeune Cérès ?... J'étais... j'étais... Un jardin... le ciel couleur de pêche rose au couchant... une voix enfantine, aiguë, qui répond aux cris des hirondelles... Oui, et ce bruit d'eau lointaine, tantôt puissant et tantôt assoupi : le souffle de la forêt... J'étais retournée au commencement de ma vie. Tant de chemin à faire pour me rejoindre, jusqu'ici ! J'appelle le sommeil enfui, le sombre rideau qui m'abritait et qui vient de se retirer de moi, me laissant frissonnante et comme nue… Les malades qui se croient guéris connaissent ces reprises du mal ; elles les trouvent puérilement étonnés et plaintifs : « Mais je croyais que c'était fini ! » Pour un peu, je gémirais, à voix haute, comme eux…

Funeste et trop doux sommeil, qui abolit en moins d'une heure le souvenir de moi-même ! D'où reviens-je et sur quelles ailes, pour que si lentement j'accepte, humiliée, exilée, d'être moi-même ?… Renée Néré, danseuse et mime… Est-ce là le but qu'ont préparé mon enfance orgueilleuse et mon adolescence recueillie, passionnée, qui accueillit si intrépidement l'amour ?

Ô Margot, ma décourageante amie, que n'ai-je la force de me lever et de courir auprès de vous, et de vous dire… Mais vous n'estimez que mon courage, et je n'oserais défaillir devant vous. Il me semble que votre viril regard, la pression de votre petite main sèche, gercée par l'eau froide et le savon commun, savent mieux récompenser mon triomphe sur moi-même qu'aider mon quotidien effort.

Mon départ prochain ? La liberté ?… Peuh ! La liberté n'est vraiment éblouissante qu'au commencement de l'amour, du premier amour, le jour où l'on peut dire, en l'offrant à celui qu'on aime : « Prenez ! je voudrais vous donner davantage… »

Des villes nouvelles, des pays nouveaux, entrevus, frôlés à peine, qui se fondent dans le souvenir… Est-il des pays nouveaux, à qui tourne en rond comme un oiseau tenu par un fil ? Mon pauvre essor, repris chaque matin, n'abordera-t-il pas, chaque soir, au fatal « établissement de premier ordre » que me vantent Salomon et Brague ?

J'en ai vu tant, déjà, d'*établissements de premier ordre* ! Côté public : une salle cruellement inondée de lumière, où la fumée lourde amortit à peine l'or des moulures. Côté artistes : des cases sordides, sans air, et l'escalier de fer aboutissant à des latrines immondes…

Il faudra donc, pendant quarante jours, soutenir cette lutte contre la fatigue, la mauvaise volonté blagueuse des machinistes, l'orgueil rageur des chefs d'orchestre provinciaux, la chère insuffisante des hôtels et des gares, il faudra trouver et renouveler sans cesse en moi ce trésor d'énergie que réclame la vie des errants et des solitaires ? Il faudra lutter, enfin – ah ! je ne saurais l'oublier ! – contre la solitude elle-même… Et pour arriver à quoi ? à quoi ? à quoi ?…

Quand j'étais petite, on me disait : « L'effort porte en soi sa récompense », et j'attendais, en effet, après le coup de collier, une récompense mystérieuse, accablante, une sorte de grâce sous laquelle j'eusse succombé. Je l'attends encore…

Un trille étouffé de sonnette, suivi de l'aboiement de ma chienne, me délivre enfin d'une si amère songerie. Et me voici debout, avec la surprise d'avoir sauté légèrement sur mes pieds, de recommencer facilement à vivre…

— Madame, dit Blandine à mi-voix, est-ce que M. Dufferein-Chautel peut entrer ?

— Non… un instant…

Poudrer mes joues, rougir mes lèvres, et disperser d'un coup de peigne les cheveux bouclés qui cachent mon front, c'est une besogne machinale, rapide et qui ne demande pas même le secours du miroir. On fait cela comme on se brosse les ongles, par convenance plutôt que par coquetterie.

— Vous êtes là, Dufferein-Chautel ? Vous pouvez entrer. Attendez, je donne la lumière…

Je n'ai aucun embarras à le revoir. Le fait que nos deux bouches se sont touchées hier, infructueusement, ne me gêne pas du tout en ce moment. Un baiser raté, c'est beaucoup moins grave qu'un échange complice de regards… Et je suis tout près de m'étonner qu'il ait, lui, l'air malheureux et frustré. Je l'ai appelé Dufferein-Chautel comme d'habitude, comme s'il n'avait pas de prénom.

Je le nomme toujours « Vous » ou « Dufferein-Chautel »… Est-ce à moi de le mettre à l'aise ? Soit.

— Eh bien ? Vous voilà ? Vous allez bien ?

— Je vais bien, je vous remercie.

— Vous n'en avez pas l'air.

— C'est que je suis malheureux ! ne manque-t-il pas de répondre.

Grand-Serin, va !… Je souris à son malheur, son petit malheur d'homme qui a mal embrassé la femme qu'il aime… Je lui souris d'assez loin, par-dessus le chaste fleuve noir où je me baignais tout à l'heure… Je lui tends une coupe emplie de ses cigarettes favorites, un tabac blond et sucré qui sent le pain d'épices…

— Vous ne fumez pas aujourd'hui ?

— Si. Mais je suis malheureux tout de même.

Assis sur le divan, le dos aux coussins bas, il lance machinalement de longs jets de fumée par les narines, j'allais dire les naseaux. Je fume aussi, par contenance, pour faire comme lui. Il est mieux, nu-tête. Le haut-de-forme l'enlaidit, et le feutre mou l'embellit jusqu'au rastaquouérisme… Il fume, les yeux au plafond, comme si la gravité des paroles qu'il prépare le détournait de s'occuper de moi. Ses cils longs et brillants – la seule parure féminine et sensuelle de ce visage qui pèche par excès de virilité – battent fréquemment et décèlent l'agitation, l'hésitation. Je l'entends respirer. J'entends aussi le tic-tac de ma petite pendule de voyage, et le tablier de la cheminée que secoue soudain le vent…

— Il pleut, dehors ?

— Non, dit-il en sursaut. Pourquoi me demandez-vous cela ?

— Pour savoir. Je ne suis pas sortie depuis le déjeuner, je ne sais pas quel temps il fait.

— Un temps quelconque… Renée !…

Il s'est redressé brusquement, en jetant sa cigarette. Il me prend les mains et me regarde de tout près, d'assez près pour que son visage me paraisse presque trop grand, avec les détails accusés, le grain de la peau, le coin palpitant et humide de ses larges yeux… Qu'il y a d'amour, oui, d'amour, dans ces yeux-là ! Qu'ils sont parlants, et doux, et entièrement épris ! Et ces grandes mains qui serrent les miennes avec une force égale et communicative, comme je les sens convaincues !...

C'est la première fois que je laisse mes mains dans les siennes. Je crois dompter ma répugnance, d'abord, puis leur chaleur me détrompe, me persuade, et je vais céder au fraternel, au surprenant plaisir, ignoré depuis si longtemps, de me confier, sans paroles, à un ami, de m'appuyer un instant à lui, de me réconforter contre un être immobile et chaud, affectueux, silencieux... Oh ! jeter mes bras au cou d'un être, chien ou homme, d'un être qui m'aime !...

— Renée ! Comment, Renée, vous pleurez ?

— Je pleure ?

Mais c'est qu'il a raison ! La lumière danse, en mille rayons brisés et croisés, dans mes larmes suspendues. D'un coin de mouchoir je les essuie prestement, mais je ne songe pas à les nier. Et je souris à l'idée que j'allais pleurer... Depuis combien de temps n'ai-je pas pleuré ? Il y a... des années, des années !...

Mon ami est bouleversé, et m'attire vers lui, et m'oblige – je ne fais pas grande défense ! – à m'asseoir auprès de lui, sur le divan. Ses yeux aussi sont humides, car ce n'est qu'un homme, capable de feindre une émotion sans doute, mais non de la dissimuler...

— Mon enfant chérie, qu'est-ce que vous avez ?

Le cri étouffé, le tressaillement qui lui répondent, les oubliera-t-il ? je l'espère… « Mon enfant chérie… » Son premier mot de tendresse, c'est « Mon enfant chérie ! » Le même mot et presque le même accent que *l'autre*…

Une peur enfantine m'arrache de ses bras, comme si *l'autre* venait de paraître à la porte, avec sa moustache à la Guillaume II, son menteur regard voilé, et ses terribles épaules, et ses courtes cuisses de paysan…

— Renée ! ma chérie ! si vous vouliez me parler un peu…

Mon ami est tout pâle, et ne tente pas de me reprendre… Qu'il ignore au moins le mal qu'il vient, innocemment, de me faire ! je n'ai plus envie de pleurer. Mes lâches larmes délicieuses remontent vers leur source, lentement, laissant à ma gorge, à mes yeux, une brûlure… D'un signe, je rassure mon ami, en attendant que ma voix s'affermisse…

— Je vous ai fâchée, Renée ?

— Non, mon ami.

De moi-même, je reprends ma place à son côté, mais timidement, avec l'appréhension que mon geste, mes paroles provoquent une autre exclamation tendre, familière et détestée.

Son instinct l'avertit de ne point se réjouir d'une si prompte docilité. Le bras qui me soutient ne veut pas m'étreindre, et je ne retrouve plus la communicative chaleur, dangereuse, bienfaisante… Il m'aime assez, sans doute, pour deviner que, si je pose sur sa forte épaule une tête obéissante, il ne s'agit pas d'un don, mais d'un essai…

Mon front sur l'épaule d'un homme !… Est-ce que je rêve ? je ne rêve, ni ne divague. Ma tête, mes sens, tout est paisible, lugubrement paisible. Pourtant, dans la nonchalance qui me retient là, il y a mieux et plus que de l'indifférence, et si je joue, d'une main distraite et chaste, avec la tresse d'or fixée à son gilet, c'est que je me sens abritée, défendue – à la manière du chat perdu qu'on recueille, et qui ne sait jouer et dormir que quand il a une maison…

Pauvre amoureux… à quoi songe-t-il, immobile, respectueux de mon silence ? je renverse la tête pour le voir, et je baisse vite les yeux, éblouie, confondue par l'expression de cet homme. Ah ! que je l'envie d'aimer si fort, de puiser dans sa passion une telle beauté !

Il a rencontré mon regard et sourit héroïquement.

— Renée… Est-ce que vous croyez que vous m'aimerez un jour, on ne sait pas quand ?

— Vous aimer ? Que je le voudrais, mon ami ! Vous n'avez pas l'air méchant, *vous*… Est-ce que vous ne sentez pas que je suis en train de m'attacher à vous ?

— De vous attacher à moi… C'est bien ce que je crains, Renée : ce n'est guère le chemin de l'amour…

Il a si profondément raison que je ne proteste pas.

— Mais... attendez... on ne sait pas... Peut-être que, quand je reviendrai de ma tournée... Et puis, enfin, une très, très grande amitié...

Il secoue la tête... Il n'a que faire de mon amitié, sans doute. Moi, je serais bien contente d'avoir un ami moins âgé, moins *fini* qu'Hamond, un vrai ami...

— Quand vous reviendrez... D'abord, si vous espériez réellement m'aimer un jour, Renée, vous ne songeriez pas à vous éloigner de moi. Dans deux mois comme à cette heure, c'est la même Renée qui tendra ses petites mains froides, avec des yeux qui ne laissent pas entrer mon regard, et cette bouche qui, même en s'offrant, ne se donne pas...

— Ce n'est pas ma faute... La voilà, pourtant, cette bouche... Tenez...

J'ai reposé ma tête sur son épaule, et je ferme les yeux, plus résignée que curieuse, puis je les rouvre au bout d'une seconde, étonnée qu'il ne se précipite pas, avec la hâte goulue d'hier... Il s'est seulement tourné un peu vers moi, et m'entoure commodément de son bras droit. Puis il réunit mes deux mains de sa main libre, se penche, et je vois s'approcher, lentement, cette sérieuse figure étrangère, cet homme que je connais si peu...

Il n'y a presque plus d'espace, presque plus d'air entre nos deux visages, et je respire brusquement, comme si je me noyais, avec un sursaut pour me dégager. Mais il tient mes mains et resserre son bras autour de ma taille. Je rejette inutilement ma nuque en arrière, au moment où la bouche de Maxime atteint la mienne…

Je n'ai pas fermé les yeux. Je fronce les sourcils, pour menacer au-dessus de moi ces prunelles qui cherchent à réduire, à éteindre les miennes. Car les lèvres qui me baisent, douces, fraîches, impersonnelles, sont bien les mêmes qu'hier, et leur inefficacité m'irrite… Soudain, elles changent, et je ne reconnais plus le baiser, qui s'anime, insiste, s'écrase et se reprend, se fait mouvant, rythmé, puis s'arrête comme pour attendre une réponse qui ne vient pas…

Je remue imperceptiblement la tête, à cause des moustaches qui frôlent mes narines, avec un parfum de vanille et de tabac miellé… Oh !… tout à coup, malgré moi, ma bouche s'est laissé ouvrir, s'est ouverte, aussi irrésistiblement qu'une prune mûre se fend au soleil… De mes lèvres jusqu'à mes flancs, jusqu'à mes genoux, voici que renaît et se propage cette douleur exigeante, ce gonflement de blessure qui veut se rouvrir et s'épancher – la volupté oubliée…

Je laisse l'homme qui m'a réveillée boire au fruit qu'il presse. Mes mains, raidies tout à l'heure, s'abandonnent chaudes et molles dans sa main, et mon corps renversé cherche à épouser son corps. Pliée sur le bras qui me tient, je creuse son épaule un peu plus, je me serre contre lui, attentive à ne pas disjoindre nos lèvres, attentive à prolonger confortablement notre baiser.

Il comprend et acquiesce, d'un petit grondement heureux... Enfin sûr que je ne fuirai pas, c'est lui qui s'écarte de moi, respire et me contemple, en mordant sa bouche mouillée. Je laisse tomber mes paupières, je n'ai plus besoin de le voir. Peut-être va-t-il me dévêtir et s'emparer de moi tout à fait... Il n'importe. Une joie irresponsable et paresseuse me baigne... Rien ne presse, sauf que ce baiser recommence. Nous avons tout le temps... Fier, mon ami me ramasse à pleins bras comme une gerbe, pour me coucher à demi sur le divan, où il me rejoint. Sa bouche a le goût de la mienne, à présent ; et l'odeur légère de ma poudre de riz... Elle veut se faire nouvelle, cette bouche savante, et varier encore la caresse, mais déjà j'ose indiquer ma préférence pour un baiser presque immobile, long, assoupi – le lent écrasement, l'une contre l'autre, de deux fleurs, où vibre seulement la palpitation de deux pistils accouplés...

Maintenant, nous nous reposons. Une grande trêve, où nous reprenons haleine. C'est moi qui l'ai quitté, cette fois, et qui me suis levée avec le besoin de tordre mes bras, de m'étirer, de grandir. J'ai pris, pour rajuster mes cheveux et mirer mon nouveau visage, la glace à main, et je ris de nous y voir à tous deux ces traits ensommeillés, ces lèvres tremblantes, brillantes, un peu enflées. Maxime est demeuré sur le divan, et son muet appel reçoit la plus flatteuse réponse : mon regard de chienne soumise, un peu penaude, un peu battue, très choyée, et qui accepte tout, la laisse, le collier, la place aux pieds de son maître…

13

Il est parti. Nous avons dîné ensemble, n'importe comment : Blandine a fait des côtelettes en sauce, avec des cornichons… Je mourais de faim. « Et l'amour comblant tout, hormis… » disait-il, pour montrer qu'il a lu Verlaine.

La fin du dîner ne nous a point rejetés aux bras l'un de l'autre, et nous ne sommes pas amants, car il est pudique, et l'impromptu me déplaît… Mais je me suis engagée, promise joyeusement, sans coquetterie :

— Nous avons tout le temps, n'est-ce pas, Max ?

— Pas trop, chérie ! Je suis si vieux, depuis que je vous attends !

Si vieux… Il ne sait pas mon âge…

Il est parti, il reviendra demain… Il ne pouvait se détacher de moi, et j'avais peur de faiblir, je le repoussais de mes bras étendus… J'avais chaud, et il me flairait avec emportement, comme prêt à mordre… Enfin, il est parti. Je dis « enfin », parce que je vais pouvoir penser à lui, à nous…

« L'amour… » a-t-il dit. Est-ce l'amour ? Je voudrais en être sûre. Est-ce que je l'aime ? Ma sensualité m'a fait peur ; mais ce ne sera peut-être qu'une crise, un débordement de ma force bridée si longtemps, et, après, je m'apercevrai que je l'aime, sans doute… S'il revenait frapper à mon volet… Oui, certainement, je l'aime. Je me penche, émue, vers le souvenir de certaines intonations qu'il eut aujourd'hui – l'écho de son petit grondement amoureux suffit à me faire perdre le souffle – et puis, qu'il était bon, et fort, et secourable à ma solitude, lorsque j'ai mis ma tête sur son épaule !… Mais oui, je l'aime ! Qui m'a rendue si craintive ? Je n'y mettais pas tant de façons, lorsque…

Sur quelle tombe ma pensée vient-elle imprudemment de buter ? Il est trop tard pour fuir, j'ai rencontré une fois de plus ma conseillère sans pitié, celle qui me parle de l'autre côté du miroir…

« Tu n'y mettais pas tant de façons, lorsque l'amour, fondant sur toi, te trouva si folle et si brave ! Tu ne t'es pas demandé, ce jour-là, *si c'était l'amour* ! Tu ne pouvais t'y tromper : c'était lui, l'amour, le *premier amour*. C'était lui, et ce ne sera plus jamais lui ! Ta simplesse de petite fille n'a pas hésité à le reconnaître et ne lui a marchandé ni ton corps, ni ton cœur enfantin. C'était lui, qui ne s'annonce point, qu'on ne choisit pas, qu'on ne discute pas. Et ce ne sera plus jamais lui ! Il t'a pris ce que tu peux donner seulement une fois : la confiance, l'étonnement religieux de la première caresse, la nouveauté de tes larmes, la fleur de la première souffrance !… Aime, si tu peux ; cela te sera sans doute accordé, pour qu'au meilleur de ton pauvre bonheur tu te souviennes encore que rien ne compte, en amour, hormis le premier amour, pour que tu subisses, à chaque instant, la punition de te souvenir, l'horreur de comparer ! Même quand tu diras : « Ah ! ceci est meilleur ! » tu pâtiras de comprendre que rien n'est bon, qui n'est unique ! Il y a un Dieu qui dit au pécheur : « Tu ne me chercherais pas, si tu ne m'avais déjà trouvé… » mais l'Amour n'a pas tant de miséricorde : « Toi qui m'as trouvé une fois, dit-il, tu me perds à jamais ! » Tu croyais, en le perdant, avoir tout souffert ? ce n'est pas fini ! Savoure, en cherchant à ressusciter ce que tu fus, ta déchéance ; taris, à chaque festin de ta nouvelle vie, le poison qu'y versera le premier, le seul amour !… »

*

Il va falloir que je parle à Margot, que je lui avoue l'événement, ce coup de soleil qui embrase ma vie… Car, c'en est fait, nous nous aimons. C'en est fait et, d'ailleurs, j'y suis résolue. J'ai envoyé au diable tous mes souvenirs-et-regrets, et ma manie, comme je dis, du filigrane sentimental, et mes *si*, mes *car*, mes *mais*, mes *cependant*…

Nous vous voyons à toute heure, il m'entraîne, m'étourdit de sa présence, m'empêche de penser. Il décide, il ordonne presque, et je lui fais, en même temps que l'hommage de ma liberté, celui de mon orgueil, puisque je tolère qu'arrive chez moi une abondance gaspilleuse de fleurs, de fruits de l'été prochain, et que je porte, épinglée à mon cou, une fléchette scintillante, comme fichée dans ma gorge, toute saignante de rubis.

Et pourtant nous ne sommes pas amants ! Patient désormais, Max s'impose et m'impose des fiançailles étrangement déprimantes, qui, en moins d'une semaine, nous ont déjà un peu maigris et alanguis. Ce n'est pas vice, chez lui, c'est coquetterie d'homme qui veut se faire désirer et me laisser en même temps, aussi longtemps que je voudrai, un fallacieux « libre arbitre »...

Il ne me reste pas grand-chose à souhaiter, d'ailleurs... Et je ne tremble à présent que devant cette ardeur ignorée, jaillie de moi au premier contact, toujours sauvagement prête à lui obéir... L'heure qui nous joindra tout à fait, oui, il a raison de la retarder. Je sais à présent tout ce que je vaux, et la magnificence du don qu'il recevra. Son espoir le plus exaspéré, je le dépasserai, j'en suis sûre ! Qu'il grappille, un peu, son verger, s'il veut...

Et il veut souvent. Pour mon plaisir et pour mon inquiétude, le hasard a mis, en ce grand garçon d'une beauté simple et symétrique, un amant subtil, créé pour la femme, et si divinateur que sa caresse semble penser en même temps que mon désir. Il me fait songer – j'en rougis – au mot d'une luxurieuse petite camarade de music-hall, qui me vantait l'habileté d'un nouvel amant : « Ma chère, on ne ferait pas mieux soi-même ! »

Mais... il va falloir que j'avertisse Margot ! Pauvre Margot que j'oublie... Quant à Hamond, il a disparu. Il sait tout, grâce à Max, et s'écarte de ma demeure comme un parent discret...

Et Brague ! Oh ! la tête de Brague à notre dernière répétition ! Sa plus belle grimace de Pierrot accueillit mon arrivée dans l'automobile de Max, mais il ne dit rien encore. Il témoigna même d'une courtoisie singulière et imméritée, car je fus, ce matin-là, gaffeuse, absente, prompte à rougir et à m'excuser. Enfin, il éclata :

— Fous le camp ! Retournes-y ! Prends-en ton content, et ne rapplique ici que quand tu en auras jusque-là !...

Plus je riais, plus il fulminait, pareil à un petit diable asiatique :

— Rigole, va, rigole ! Si tu voyais la gueule que t'as !

— Ma gu... !

— Elle en veut, elle en demande, ta gueule ! Ne lève pas les yeux sur moi, Messaline !... Vous la voyez, criait-il en prenant à témoin des dieux invisibles : elle montre ces calots-là en plein midi ! et quand je réclame, pour la scène d'amour de la Dryade, d'en mettre tant et plus, et de me mouiller un peu ça, elle vous sort un carafon de première communiante !

— Est-ce que *ça* se voit vraiment ? demandais-je à Max qui me ramenait chez moi.

Le miroir, le même qui refléta, l'autre soir, ma glorieuse figure de défaite, encadre un visage effilé, au sourire défiant de renard aimable. Je ne sais quelle flamme, pourtant, y passe et repasse, le fardant, si je puis dire, d'une jeunesse harassée…

J'avouerai donc tout à Margot : ma rechute, mon bonheur, le nom de celui que j'aime… Il m'en coûte. Margot n'est pas la femme du « Je te l'avais bien dit ! », mais je crois que je vais, sans qu'elle le manifeste, l'attrister, la décevoir. « Chatte échaudée, tu retourneras à la chaudière ! » Certes, j'y retourne, et de quel cœur !…

Je trouve Margot immuablement pareille à elle-même dans le grand atelier où elle dort, se nourrit et élève ses chiens brabançons. Grande, droite, en blouse moscovite et longue veste noire, elle penche sa pâle figure aux joues romaines, ses rudes cheveux gris coupés au-dessous de l'oreille, sur un panier où remue un petit avorton jaune, un minuscule chien en chemise de flanelle qui lève vers elle un front bossué de bonze, de beaux yeux implorants d'écureuil… Autour de moi jappent et frétillent six bestioles effrontées, qu'un claquement de fouet précipite dans leurs niches de paille.

— Comment, Margot, encore un brabançon ? C'est de la passion !

— Ah ! Dieu, non ! dit Margot qui s'assied en face de moi, berçant sur ses genoux la bête malade. Je ne l'aime pas, cette pauvrette-là.

— On vous l'a donnée ?

— Non, je l'ai achetée, naturellement. Ça m'apprendra à ne plus passer devant le marchand de chiens, cette vieille fripouille d'Hartmann. Si tu avais vu cette brabançonne dans la vitrine, avec sa petite figure de rat malade, et cette épine dorsale en chapelet saillant, et surtout ces yeux... Il n'y a plus guère qu'une chose qui me touche, tu sais, c'est le regard d'un chien à vendre... Alors je l'ai achetée. Elle est à moitié claquée d'entérite ; ça ne se voit jamais chez le marchand : on les dope au cacodylate... Dis-moi, mon enfant, il y a bien longtemps que je ne t'ai vue : tu travailles ?

— Oui, Margot, je répète...

— Ça se voit, tu es fatiguée.

Elle me prend le menton, de son geste familier, pour renverser et attirer mon visage. Troublée, je ferme les yeux...

— Oui, tu es fatiguée... Tu as vieilli, dit-elle d'un ton de voix profond.

— Vieilli !... Oh ! Margot !...

Tout mon secret m'échappe dans ce cri de douleur, avec un flot de larmes. Je me réfugie contre ma sévère amie, qui me caresse l'épaule, avec le « Pauvre petit ! » dont elle rassurait tout à l'heure la brabançonne malade...

— Allons, allons, pauvre petit, allons... Ça va passer. Tiens, voilà de l'eau boriquée pour laver tes yeux. Je venais justement d'en faire pour les yeux de Mirette. Pas avec ton mouchoir ! prends du coton hydrophile... Là !... Pauvre petit, tu as donc bien besoin de ta beauté, en ce moment-ci ?

— Oh ! oui... oh ! Margot...

— « Oh ! Margot ! » Dirait-on pas que je t'ai battue ? Regarde-moi ! Tu m'en veux beaucoup, pauvre petit ?

— Non, Margot…

— Tu sais bien, poursuit-elle de sa voix égale et douce, que tu dois trouver toujours chez moi toute espèce de secours, même le plus cuisant de tous : la vérité… Qu'est-ce que je t'ai dit ? Je t'ai dit : tu as vieilli…

— Oui… Oh ! Margot…

— Allons, ne recommence pas ! Mais tu as vieilli *cette semaine* ! tu as vieilli *aujourd'hui* ! Demain, ou dans une heure, tu auras cinq ans de moins, dix ans de moins… Si tu étais venue hier, ou demain, je t'aurais dit sans doute : « Tiens, tu as rajeuni ! »

— Songez donc, Margot, j'ai bientôt trente-quatre ans !

— Plains-toi, j'en ai cinquante-deux.

— Ce n'est pas la même chose. Margot, j'ai tant besoin d'être jolie, d'être jeune, d'être heureuse… J'ai… Je…

— Tu as un amant ?

Sa voix est toujours douce, mais l'expression de son visage a changé légèrement.

— Je n'ai pas d'amant, Margot ! Seulement, il est hors de doute que… je vais en avoir un. Mais… je l'aime, vous savez !

Cette manière de niaise excuse égaie Margot.

— Ah ! tu l'aimes ?… Lui aussi t'aime ?

— Oh !

D'un geste orgueilleux, je garantis mon ami du moindre soupçon.

— C'est bien. Et… quel âge a-t-il ?

— Juste mon âge, Margot : tout près de trente-quatre ans.

— C'est… c'est bien.

Je ne trouve plus rien à ajouter. Je suis affreusement gênée. J'espérais, le premier embarras passé, bavarder ma joie, raconter tout de mon ami, la couleur de ses yeux, la forme de ses mains, sa bonté, son honnêteté…

— Il est… il est très gentil, vous savez, Margot… risqué-je timidement.

— Tant mieux, mon enfant. Vous avez des projets, tous deux ?

— Des projets ? non… Nous n'avons encore pensé à rien… On a le temps…

— C'est juste : on a bien le temps… Et la tournée, qu'est-ce qu'elle devient dans tout ça ?

— Ma tournée ? Eh bien ! Ça n'y change rien.

— Tu emmènes ton… ton individu ?

Je ne puis, tout humide de larmes, m'empêcher de rire : Margot désigne mon ami avec une discrétion dégoûtée, comme si elle parlait de quelque chose de sale !

— Je l'emmène, je l'emmène… c'est-à-dire… À la vérité, Margot, je n'en sais rien, je verrai…

Ma belle-sœur hausse les sourcils :

— Tu n'en sais rien ! tu n'as pas de projets ! tu verras !… Vous êtes étonnants, ma parole ! À quoi pensez-vous donc ? Vous n'avez pourtant que ça à faire : projeter, préparer votre avenir !

— L'avenir… Oh ! Margot, je ne l'aime pas ! Préparer l'avenir ! Il se prépare bien tout seul, et il arrive si vite…

— Est-il question d'un mariage, ou d'un collage ?

Je ne réponds pas tout de suite, gênée, pour la première fois, par le vocabulaire assez cru de la chaste Margot…

— Il n'est question de rien… On fait connaissance tous les deux, on s'apprend…

— On s'apprend !

Margot m'observe, la bouche pincée, avec une cruelle gaîté dans ses petits yeux lumineux.

— On s'apprend !… Je vois : c'est la période où l'on parade l'un pour l'autre, hein ?

— Je vous assure, Margot, nous ne paradons guère, dis-je en me forçant à sourire. Ce jeu-là est bon pour de tout jeunes amants, et nous ne sommes plus, lui ni moi, de tout jeunes amants.

— Raison de plus ! réplique Margot, impitoyable. Vous avez plus de choses à vous cacher… Ma petite, ajouta-t-elle doucement, tu sais bien qu'il faut rire de ma manie. Le mariage m'apparaît comme une chose si monstrueuse ! T'ai-je assez fait rire en te racontant que, dès mes premiers jours de ménage, j'ai refusé de faire chambre commune avec mon mari, parce que je trouvais immoral de vivre aussi près d'un jeune homme étranger à ma famille ! C'est de naissance, que veux-tu ? je ne me corrigerai pas… Tu ne m'as pas amené Fossette aujourd'hui ?

Je fais, comme Margot, effort pour m'égayer :

— Non, Margot. Votre meute lui a fait un si mauvais accueil, la dernière fois !

— C'est vrai. Elle n'est pas brillante, ma meute, en ce moment ! Venez, les éclopées !

Elles ne se le font pas dire deux fois. D'une rangée de niches surgissent, petit troupeau grelottant et misérable, une demi-douzaine de chiens dont le plus gros tiendrait dans un fond de chapeau. Je connais presque tous ceux-ci, sauvés par Margot du « marchand de chiens », arrachés à ce commerce imbécile et malfaisant qui parque, en vitrine, des bêtes malades, gavées ou affamées, alcoolisées… Quelques-unes sont redevenues, chez elle, des animaux sains, gais, robustes ; mais d'autres gardent à jamais l'estomac détraqué, la peau dartreuse, une hystérie indélébile… Margot les soigne de son mieux, découragée de penser que sa charité ne sert à rien et qu'il y aura éternellement des « chiens de luxe » à vendre…

La chienne malade s'est endormie. Je ne trouve rien à dire… Je regarde la grande chambre qui a toujours l'air un peu d'une infirmerie, avec ses fenêtres sans rideaux. Sur une table s'alignent des flacons de pharmacie, des bandes roulées, un thermomètre minuscule, une toute petite poire en caoutchouc pour les lavements des chiens. Ça sent la teinture d'iode et le crésyl-Jeyes… J'ai brusquement envie de m'en aller, de retrouver tout de suite, oh ! tout de suite ! ma case étroite et chaude, le divan creusé, les fleurs, l'ami que j'aime…

— Adieu, Margot, je m'en vais…

— Va, mon enfant.

— Vous ne m'en voulez pas trop ?

— De quoi donc ?

— D'être si folle, ridicule, amoureuse enfin… Je m'étais tellement promis…

— T'en vouloir ? Pauvre petit, ça serait bien méchant !… Un nouvel amour… Tu ne dois pas être à la noce… Pauvre petit !

J'ai hâte de revenir chez moi. Je me sens gelée, contractée, et si triste !… C'est égal, ouf ! c'est fait : j'ai tout dit à Margot. J'ai reçu la douche que j'attendais, et je cours me sécher, m'ébrouer, m'épanouir à la flamme… Ma voilette, baissée, cache les traces de mon chagrin, et je cours – je cours vers lui !

*

— Monsieur Maxime est là qui attend Madame.

Car ma femme de chambre Blandine dit à présent : « Monsieur Maxime », tendrement, comme si elle parlait de son nourrisson.

Il est là !

Je me jette dans ma chambre et m'y enferme : qu'il ne voie pas mon visage ! Vite ! la poudre de riz, le koheul, le bâton de raisin… Oh ! là, sous l'œil, ce sillon nacré, attendri… « Tu as vieilli… »

Sotte, qui t'en vas pleurer comme une petite fille ! N'as-tu pas appris à « souffrir à sec » ? Où est le temps de mes pleurs étincelants, roulant sans le mouiller sur le velours de ma joue ? Pour reconquérir mon mari, j'ai su, autrefois, me parer de mes larmes, lorsque je pleurais vers lui, le visage levé, les yeux grands ouverts, et secouant sans les essuyer les lentes perles qui me faisaient plus belle… Pauvre que je suis !

– Enfin, vous voilà, ma chérie, ma parfumée, mon appétissante, ma…

– Mon Dieu ! que vous êtes bête !

– Oh ! oui ! soupire mon ami avec une conviction extasiée.

Il se livre à son jeu favori, qui est de m'enlever dans ses bras, jusqu'à toucher le plafond, et il m'embrasse sur les joues, sur le menton, sur les oreilles, sur la bouche. Je me débats, assez pour qu'il soit obligé de montrer sa force. Notre lutte finit à son avantage, et il me fait basculer complètement sur son bras, tête en bas et pieds en l'air, jusqu'à ce que je crie : « Au secours ! » et qu'il me remette debout. La chienne se précipite pour me défendre, et le jeu rude, qui me plaît, se mêle d'aboiements enroués, de cris et de rires…

Ah ! que c'est bon, cette stupidité saine ! Le gai camarade que j'ai là, insoucieux de paraître spirituel comme de déranger sa cravate !… Qu'il fait tiède, ici, et comme notre rire de jouteurs qui s'affrontent se change vite en défi voluptueux ! Il la dévore, son « appétissante », il la savoure lentement, en gourmet…

— Comme tu serais bonne à manger, ma chérie !… Ta bouche est sucrée, mais tes bras, quand je les mords, sont salés, un tout petit peu, et ton épaule, et tes genoux… J'en suis sûr, tu es salée de la tête aux pieds, comme une coquille fraîche, dis ?…

— Vous ne le saurez que trop tôt, Grand-Serin !

Car je l'appelle encore « Grand-Serin », mais… avec un autre accent.

— Quand ?… Ce soir ? C'est jeudi, aujourd'hui, n'est-ce pas ?

— Je le crois… oui… pourquoi ?

— Jeudi… c'est un très bon jour…

Il dit des choses bêtes, très heureux, renversé entre des coussins écroulés. Une mèche de cheveux lui barre l'œil, il a ses yeux vagues des grandes crises de désir et entrouvre la bouche pour respirer. Un beau gars de campagne, un bûcheron qui « sieste » sur l'herbe, voilà ce qu'il redevient – non pour me déplaire – à chaque attitude abandonnée…

— Levez-vous, Max : nous avons à causer sérieusement…

— Je ne veux pas qu'on me fasse de la peine ! soupire-t-il plaintivement.

— Max, voyons !

— Non ! Je sais ce que ça veut dire, causer sérieusement… C'est le mot de maman chaque fois qu'elle veut parler affaires, argent, ou mariage !

Il s'enfonce dans les coussins et ferme les yeux. Ce n'est pas la première fois qu'il montre cette frivolité obstinée…

— Max ! Vous vous souvenez que je pars le 5 avril ?

Il entrouvre ses paupières aux cils féminins et me flatte d'un long regard :

— Vous partez, chérie ? Qui donc a décidé ça ?

— Salomon, impresario, et moi.

— Bon. Mais je n'ai pas encore donné mon consentement… Enfin, soit.

Vous partez. Eh bien ! vous partez avec moi.

— Avec vous ! dis-je effarée… Vous ne savez donc pas ce que c'est qu'une tournée ?

— Si. C'est le voyage… avec moi !

Je répète :

— Avec vous ? Pendant quarante-cinq jours ! Vous n'avez donc rien à faire ?

— Oh ! si ! Depuis que je vous connais, je n'ai pas une minute à moi, Renée.

C'est gentiment répondu, mais…

Je contemple, déconcertée, cet homme qui n'a rien à faire, qui trouve de l'argent dans sa poche à toute heure… Il n'a rien à faire, c'est vrai, je n'y avais jamais songé ! Il n'a pas de métier : aucune sinécure ne déguise sa liberté d'oisif… Comme c'est étrange ! je n'avais pas connu, avant lui, d'homme inoccupé… Il peut se donner tout entier, jour et nuit, à l'amour, comme… comme une grue.

Cette idée baroque que, de nous deux, c'est lui la courtisane, me cause une brusque gaîté, et ses sourcils susceptibles se rapprochent…

— Qu'est-ce que c'est ? Tu ris ?… Tu ne partiras pas !

— Voyez-vous ça ! Et mon dédit ?

— Je le paie.

— Et le dédit de Brague ? Et celui du Vieux Troglodyte ?

— Je les paie.

Même si c'est une plaisanterie, elle ne me plaît qu'à demi. Puis-je encore douter que nous nous aimons ? nous voici au bord de la première querelle !…

Je me trompais, car voici mon ami près de moi, presque à mes pieds :

— Ma Renée, vous ferez ce que vous voudrez, vous le savez bien !

Mais il a posé sa main sur mon front, et ses yeux s'attachent aux miens, pour y lire l'obéissance… Ce que je voudrai ? Hélas ! pour l'instant, je ne veux que lui !

— C'est encore *L'Emprise* que vous allez jouer en tournée ?

— Nous emportons *La Dryade* aussi… Oh ! que vous avez une belle cravate violette ! elle vous fait tout jaune !

— Laissez ma cravate ! *L'Emprise*, *La Dryade*, tout ça, ce sont des prétextes pour montrer vos belles jambes et le reste !

— Plaignez-vous-en ! N'est-ce pas sur les planches que ce « reste » eut l'honneur de vous être présenté ?

Il me serre contre lui, à me faire mal :

— Taisez-vous ! je me souviens ! Tous les soirs, pendant cinq jours, je me suis dit des choses pénibles, et chaque fois définitives. Je me trouvais stupide de venir à l'« Emp'-Clich' », comme tu dis, et quand tu sortais de scène, je m'en allais en m'injuriant. Et puis, le lendemain, je transigeais lâchement : « C'est bien le dernier soir qu'on me verra dans cette boîte ! Mais je voudrais être sûr de la nuance des yeux de Renée Néré, et puis, hier, je n'ai pas pu arriver au commencement. » Enfin, j'étais déjà idiot !

— Déjà idiot ! Vous avez l'euphémisme savoureux, Max ! Ça me semble si étrange qu'on puisse s'éprendre d'une femme rien qu'en la regardant…

— Ça dépend de la femme qu'on regarde. Vous ne connaissez rien à ces choses, Renée Néré… Figure-toi : j'ai passé une heure au moins, après t'avoir vue mimer *L'Emprise* pour la première fois, à crayonner le schéma de ton visage. J'y ai réussi, et j'ai répété je ne sais combien de fois, dans les marges d'un livre, un petit dessin géométrique lisible pour moi seul… Il y avait aussi, dans ta pantomime, une minute où tu m'emplissais d'une joie insupportable : c'est quand tu lisais, assise sur la table, la lettre menaçante de l'homme que tu trompais. Tu sais ? tu te claquais la cuisse, en te renversant de rire, et on entendait que ta cuisse était nue sous ta robe mince. Tu faisais le geste robustement, en jeune poissarde, mais ton visage brûlait d'une méchanceté si aiguë et si fine, si supérieure à ton corps accessible… Tu te rappelles ?

— Oui, oui… comme ça… Brague était content de moi, à cette scène-là… Mais ça, Max, c'est de… de l'admiration, du désir ! ça s'est changé en amour depuis ?

Il me regarde très surpris :

— Changé ? Je n'y ai jamais songé. Je vous aimais, sans doute, dès cette heure-là. Il y a beaucoup de femmes plus belles que vous, mais…

Il exprime, d'un mouvement de main, tout ce qu'il y a d'incompréhensible, d'irrémédiable dans l'amour…

— Max, si vous étiez tombé, pourtant, au lieu d'une bonne petite bourgeoise comme moi, sur une rosse habile et froide, et méchante comme la teigne ? Cette crainte-là ne vous a pas retenu ?

— Elle ne m'est pas venue, dit-il en riant. Quelle drôle d'idée ! On ne pense pas à tant de choses, quand on aime, voyons !

Il a de ces mots qui me châtient, moi qui pense à tant de choses !

— Petite, murmure-t-il, pourquoi fais-tu du café-concert ?

— Grand-Serin, pourquoi ne faites-vous pas de l'ébénisterie ? Ne me répondez pas que vous avez le moyen de vivre autrement, je le sais ! Mais, moi, que voulez-vous que je fasse ? De la couture, de la dactylographie, ou le trottoir ? Le music-hall, c'est le métier de ceux qui n'en ont appris aucun.

— Mais…

J'entends, à sa voix, qu'il va dire quelque chose de grave et d'embarrassant. Je relève ma tête qui reposait sur son épaule, et j'observe attentivement ce visage au nez droit et dur, les farouches sourcils qui abritent les yeux tendres, la moustache drue où se cache une bouche aux lèvres habiles…

— Mais, chérie, vous n'avez plus besoin de music-hall, puisque je suis là, et que…

— Chut !

Je le presse de se taire, agitée, presque effrayée. Oui, il est là, prêt à toutes les générosités. Mais cela ne me concerne pas, je ne veux pas que cela me concerne. Je ne parviens pas à tirer, du fait que mon ami est riche, une conclusion personnelle. Je n'arrive pas à lui ménager, dans mon avenir, la place qu'il ambitionne. Cela viendra, sans doute. Je m'y habituerai. Je ne demande pas mieux que de mêler ma bouche à la sienne, et d'éprouver par avance que je lui appartiens, et je ne puis associer sa vie à ma vie ! S'il m'annonçait : « Je me marie ! », il me semble que je lui répondrais poliment : « Toutes mes félicitations ! » en pensant au fond de moi : « Cela ne me regarde pas. » Et pourtant, je n'aimais guère, il y a quinze jours, qu'il détaillât avec tant de complaisance la petite Jadin…

Complications sentimentales, chichis, coupage de cheveux en quatre, soliloques psychologiques. Dieu ! que je suis ridicule ! Est-ce qu'au fond ce ne serait pas plus honnête, et plus digne d'une amoureuse, de lui répondre : « Mais oui, tu es là ! puisqu'on s'aime, c'est à toi que je demande tout. C'est si simple ! Si je t'aime vraiment, tu me dois tout, et le pain impur est celui qui ne me vient pas de ta main. »

C'est très bien, ce que je pense là. Je devrais le dire tout haut, au lieu de me taire câlinement, en frottant ma joue contre la joue rasée de mon ami, qui est douce à la façon d'une pierre ponce très douce.

14

Mon vieil Hamond s'obstinait, depuis tant de jours, à rester chez lui, en alléguant ses rhumatismes, la grippe, un travail pressé, que je l'ai mis en demeure d'accourir. Il n'a pas tardé davantage, et sa mine, discrète et dégagée, de parent en visite chez des jeunes mariés, double ma joie de le revoir.

Nous voici en tête à tête affectueux, comme autrefois…

— Comme autrefois, Hamond ! Et pourtant, quel changement !

— Dieu merci, mon enfant ! Allez-vous être enfin heureuse ?

— Heureuse ?

Je le regarde avec un sincère étonnement.

— Non, je ne serai pas heureuse. Je n'y songe même pas. Pourquoi serais-je heureuse ?

Hamond claque de la langue : c'est sa façon de me gronder. Il croit à un accès de neurasthénie.

— Allons, allons, Renée… Ça ne va donc pas aussi bien que je le croyais ?

J'éclate de rire, très gaie :

— Mais si, Hamond, ça va ! ça ne va que trop bien ! On commence, j'en ai peur, à s'adorer.

— Eh bien ?

— Eh bien ! vous trouvez qu'il y a là de quoi me rendre heureuse ?

Hamond ne peut s'empêcher de sourire, et c'est à mon tour de mélancoliser :

— À quels tourments m'avez-vous de nouveau jetée, Hamond ? Car c'est vous, avouez-le, c'est vous… Des tourments, ajouté-je plus bas, que je n'échangerais pas pour les meilleures joies.

— Eh ! jette Hamond soulagé, au moins, vous voilà sauvée de ce passé qui fermentait encore en vous ! J'en avais assez, vraiment, de vous voir assombrie, défiante, repliée dans le souvenir et la crainte de Taillandy ! Pardonnez-moi, Renée, mais j'aurais fait de bien vilaines choses pour vous doter d'un nouvel amour !

— Vraiment ! Pensez-vous qu'un « nouvel amour », comme vous dites, détruise le souvenir du premier, ou… le ressuscite ?

Déconcerté par l'âpreté de ma question, Hamond ne sait que dire. Mais il a touché si maladroitement ma place malade !… Et puis, il n'est qu'un homme : il ne sait pas. Il a dû aimer tant de fois : il ne sait plus… Sa consternation m'attendrit.

— Non, mon ami, je ne suis pas heureuse. Je suis… mieux ou pis que ça. Seulement… je ne sais pas du tout où je vais. J'ai besoin de vous dire cela, avant d'être tout à fait la maîtresse de Maxime…

— Ou sa femme !

— Sa femme ?

— Pourquoi pas ?

— Parce que je ne veux pas !

Ma réponse précipitée a devancé mon raisonnement, la bête saute loin du piège avant de l'avoir vu…

— Ça n'a pas d'importance, d'ailleurs, dit Hamond négligemment. C'est la même chose.

— Vous croyez que c'est la même chose ? Pour vous, peut-être, et pour beaucoup d'hommes. Mais, pour moi ! Souvenez-vous, Hamond, de ce que fut pour moi le mariage… Non, il ne s'agit pas des trahisons, vous vous méprenez ! Il s'agit de la domesticité conjugale, qui fait de tant d'épouses une sorte de *nurse* pour adulte… Être mariée, c'est… comment dire ? c'est trembler que la côtelette de Monsieur soit trop cuite, l'eau de Vittel pas assez froide, la chemise mal empesée, le faux col mou, le bain brûlant, c'est assumer le rôle épuisant d'intermédiaire-tampon entre la mauvaise humeur de Monsieur, l'avarice de Monsieur, la gourmandise, la paresse de Monsieur…

— Vous oubliez la luxure, Renée, interrompt doucement Hamond.

— Fichtre non, je ne l'oublie pas !… Le rôle de médiatrice, je vous dis, entre Monsieur et le reste de l'humanité. Vous ne pouvez pas savoir, Hamond, vous avez été si peu marié ! Le mariage, c'est… c'est : « Noue-moi ma cravate !… Fous la bonne à la porte !… Coupe-moi les ongles des pieds. Lève-toi pour me faire de la camomille…

Prépare-moi un lavement… » C'est : « Donne-moi mon complet neuf, et remplis ma valise, pour que je file *la* retrouver… » Intendante, garde-malade, bonne d'enfant – assez, assez, assez !

Je finis par rire de moi et de la longue figure scandalisée de mon vieil ami…

— Mon Dieu ! Renée, que vous me chagrinez donc, avec cette manie de généralisation ! « Dans ce pays, toutes les servantes sont rousses ! » On n'épouse pas toujours Taillandy ! Et je vous jure bien que, pour mon humble part, j'aurais rougi de demander à une femme un de ces menus services qui… Bien au contraire !…

Je bats des mains :

— Chic ! je vais tout savoir ! « Bien au contraire ! » je suis sûre que vous n'aviez pas votre pareil pour boutonner les bottines ou écraser les « puces » d'une jupe-tailleur ? Hélas ! tout le monde ne peut pas épouser Hamond !…

Après un silence, je reprends avec une lassitude véritable :

— Laissez-moi généraliser, comme vous dites, malgré l'unique épreuve dont je me sens encore fourbue. Je ne suis plus assez jeune, ni assez enthousiaste, ni assez généreuse pour recommencer le mariage – la vie à deux, si vous voulez. Laissez-moi attendre, parée, oisive, seule dans ma chambre close, la venue de celui qui m'a choisie pour harem. Je voudrais ne savoir de lui que sa tendresse et son ardeur, je ne voudrais de l'amour, enfin, que l'amour…

— Je connais beaucoup de gens, dit Hamond après un silence, qui nommeraient cet amour-là du libertinage.

Je hausse les épaules, agacée de me faire si mal comprendre :

— Oui, insiste Hamond, du libertinage ! Niais, pour moi qui vous connais... un peu, je conjecturerais plutôt chez vous un chimérique, un puéril engouement de l'irréalisable : le couple amoureux, prisonnier d'une chambre tiède, isolé par quatre murs du reste de la terre... c'est le rêve familier d'une jeune fille très ignorante de la vie...

— Ou d'une femme déjà mûre, Hamond !

Il proteste, d'un geste évasif et poli, et esquive une réponse directe.

— Dans tous les cas, ma chère enfant, ce n'est pas l'amour.

— Pourquoi ?

Mon vieil ami jette sa cigarette, d'un mouvement presque emporté :

— Parce que ! Vous m'avez dit, tout à l'heure : « Le mariage, c'est pour la femme une domesticité consentie, douloureuse, humiliée ; le mariage, c'est *noue-moi la cravate, prépare-moi un lavement, veille à ma côtelette, subis ma mauvaise humeur et mes trahisons.* » Il fallait dire *amour* et non *mariage.* Car c'est l'amour seul qui rend facile, joyeux, glorieux, le servage dont vous parlez ! Vous le haïssez à présent, vous le reniez, vous le vomissez, parce que vous n'aimez plus Taillandy ! Souvenez-vous du temps où, de par l'amour, la cravate, le bain de pieds, la camomille devenaient des symboles sacrés, révérés et terribles. Souvenez-vous de votre rôle misérable ! je tremblais d'indignation à vous voir employée à des complicités presque d'entremetteuse entre Taillandy et ses amies, mais, le jour où j'ai perdu toute discrétion et toute patience : « Aimer, c'est obéir ! » m'avez-vous répondu... Soyez franche, Renée, soyez lucide et dites-moi si toutes vos immolations n'ont pas plus de prix, à vos yeux, depuis que vous avez recouvré votre libre arbitre ? Vous les cotez à leur valeur, *à présent que vous n'aimez plus* ! Avant – je vous ai vue à l'œuvre, je vous connais, Renée ! –, n'avez-vous pas joui, inconsciemment, de la miséricordieuse anesthésie que dispense l'amour ?

À quoi bon répondre ?... Je suis cependant prête à discuter, de la plus mauvaise foi du monde : je ne pourrais, aujourd'hui, m'attendrir, sauf sur ce pauvre homme qui détaille mes infortunes conjugales, en songeant aux siennes... Qu'il est jeune, et « blessable », et tout imprégné, lui, du poison dont il s'est voulu sevrer !... Nous voilà loin de mon aventure et de Maxime Dufferein-Chautel...

Je voulais me confier à Hamond, lui demander ses conseils... Par quelle route revenons-nous invinciblement au passé, tout écorchés d'épines mortes ? Il me semble que, si Maxime entrait, nous n'aurions pas le temps, Hamond et moi, de quitter assez vite nos visages que nul ne doit avoir : Hamond est tout jaune de bile, avec un petit tic dans la pommette gauche, et moi, je rapproche mes sourcils, comme si la migraine les opprimait, et je tends durement le cou en avant, mon cou robuste, mais qui perd le moelleux, l'enveloppé de la chair jeune…

— Hamond, dis-je très doucement, vous n'oubliez pas que je dois partir en tournée, pour changer ?

— Partir… Oui, oui, fait-il comme un homme qu'on éveille. Eh bien ?

— Eh bien ! et Maxime ?

— Vous l'emmenez, naturellement ?

— « Naturellement » ! ce n'est pas si simple que vous avez l'air de le croire ! Cette vie de tournée, c'est terrible… à deux ! Les réveils, les départs au petit matin ou en pleine nuit, les soirées interminables pour celui qui attend, et puis l'hôtel !… Quels débuts pour une lune de miel !… Une femme de vingt ans ne se risquerait pas aux surprises de l'aube, du sommeil en wagon, ce sommeil des fins de journées éreintantes, pendant lequel on a l'air d'une morte un peu bouffie… Non, non, le danger est trop grand pour moi ! Et puis, nous valons mieux que ça, lui et moi ! J'avais songé, vaguement… à ajourner notre…

— … cœur-à-cœur…

— Merci… jusqu'à la fin de la tournée, et commencer alors une vie, oh ! une vie !… Ne plus penser, Hamond, se terrer quelque part, avec lui, dans un pays qui me tendrait, à portée de ma bouche et de mes mains, tout ce qui s'offre et se dérobe à moi derrière la vitre du wagon : des feuilles humides, des fleurs que le vent balance, des fruits embués et des ruisseaux surtout, de l'eau libre, capricieuse, de l'eau vivante… Tenez, Hamond, quand on vit depuis une trentaine de jours en wagon, vous ne pouvez pas savoir comme la vue de l'eau courante, entre les berges d'herbe neuve, crispe la peau tout entière d'une espèce de soif indéfinissable… Pendant ma dernière tournée, je me souviens, nous roulions toute la matinée, et souvent l'après-midi aussi. À midi, dans les prés, les filles de ferme trayaient les vaches : je voyais, dans l'herbe profonde, les seaux de cuivre fourbi, où le lait mousseux gicle en jets fins et raides. Quelle soif, quel douloureux désir j'avais de ce lait tiède, couronné d'écume ! C'était un vrai petit supplice quotidien, je vous assure… Alors, je voudrais jouir à la fois de tout ce qui me manque : l'air pur, un pays généreux où tout abonde, et mon ami…

Malgré moi, je tends mes bras, mes mains unies, pour mieux appeler ce que je désire. Hamond écoute encore, comme si je n'avais pas fini de parler :

— Et puis, mon enfant, après ?

— Comment, « après ? » dis-je avec véhémence… Après ? mais c'est tout ! Je ne demande plus rien.

— C'est heureux ! murmure-t-il pour lui-même… J'entends : comment vivrez-vous, après, avec Maxime ? Vous renoncerez aux tournées ? Vous ne… travaillerez plus au music-hall ?

Sa question, si naturelle, suffit à m'arrêter court, et je regarde mon vieil ami, défiante, inquiète, presque intimidée :

— Pourquoi pas ? dis-je faiblement.

Il hausse les épaules :

— Voyons, Renée, raisonnez un peu ! Vous pourrez, grâce à Maxime, vivre confortablement, luxueusement même, et… reprendre, nous l'espérons tous, cette plume spirituelle qui se rouille… Et puis, peut-être qu'un enfant… Quel joli petit gars ça ferait !

Imprudent Hamond ! A-t-il cédé à son instinct d'ex-peintre de genre ? Ce petit tableau de ma vie future, entre un amant fidèle et un bel enfant, produit sur moi le plus inexplicable, le plus désastreux effet… Et il continue, le malheureux ! Il insiste ! sans s'apercevoir qu'une gaîté détestable danse dans mes yeux qui fuient les siens et qu'il n'obtient plus de moi que des « oui » ennuyés, des « sans doute… je ne sais pas… » de pensionnaire qui trouve la leçon trop longue…

*

Un bel enfant… un mari fidèle… il n'y avait pourtant pas de quoi rire !

J'en suis encore à chercher le motif de ma méchante hilarité… Un bel enfant… j'avoue que je n'y ai jamais pensé. Je n'avais pas le temps quand j'étais mariée, occupée d'amour d'abord, de jalousie ensuite, accaparée, en un mot, par Taillandy, qui ne se souciait pas, d'ailleurs, d'une progéniture encombrante et coûteuse…

Voici que j'ai passé trente-trois ans sans avoir envisagé la possibilité d'être mère. Suis-je un monstre ?… Un bel enfant… Des yeux gris, un museau fin, l'air d'un petit renard, comme sa mère, de grandes mains, de larges épaules, comme Maxime… Eh bien ! non. Je fais tout ce que je peux, je ne le *vois* pas, je ne l'aime pas, le petit que j'aurais eu, que j'aurai peut-être…

— Qu'en pensez-vous, dites, Grand-Serin chéri ?

Il est arrivé là, tout doucement, si présent déjà à mon cœur que je continue, avec lui, mon examen de conscience…

— Qu'en pensez-vous, de l'enfant que nous aurions ? C'est Hamond qui en veut un, figurez-vous !

Mon ami ouvre une bouche de Pierrot, toute ronde et stupéfaite, des yeux énormes, et s'écrie :

— Chouette ! vive Hamond ! Il l'aura, son gosse !… tout de suite, Renée, si vous voulez !

Je me défends, car il me bouscule de la pire et la meilleure manière, mordant un peu, embrassant beaucoup, avec cet air affamé qui me fait juste assez peur…

— Un enfant ! crie-t-il, un petit à nous ! Je n'y avais pas pensé, Renée !

Comme Hamond est intelligent ! C'est génial, cette idée-là !

— Vous trouvez, mon chéri ? Brute égoïste que vous êtes ! Vous vous en fichez pas mal que je sois déformée, et laide, et que je souffre, hein ?

Il rit encore, et me terrasse sur le divan, au bout de ses bras tendus :

– Déformée ? laide ? C'est vous qui êtes une oie, madame ! Tu seras magnifique, le petit aussi, et on s'amusera follement !

Il cesse brusquement de rire et fronce ses féroces sourcils au-dessus de ses doux yeux :

– Et puis, au moins, tu ne pourrais plus me quitter, ni courir toute seule les grands chemins, hein ? tu serais prise !

Prise… Je m'abandonne, et je joue mollement avec les doigts qui me tiennent. Mais l'abandon, c'est aussi la ruse du faible… Prise… il l'a bien dit, avec un égoïsme emporté… Je l'avais jugé tel qu'il est, quand je le traitais, en riant, de bourgeois monogame, de père de famille coin-du-feu.

Je pourrais donc finir paisiblement ma vie, blottie dans sa grande ombre ? Ses yeux fidèles m'aimeraient-ils encore, quand mes grâces se seraient fanées une à une ?… Ah ! quelle différence, quelle différence avec… *l'autre* !

Sauf que *l'autre* aussi parlait en maître et savait dire tout bas, en me serrant d'une poigne rude : « Marche droit ! je te tiens !… » Je souffre… j'ai mal de leurs différences, j'ai mal de leurs ressemblances… Et je caresse le front de celui-ci, ignorant, innocent, et en lui disant : « Mon petit… »

– Ne m'appelez pas votre « petit », chérie, ça me rend ridicule !

– Je vous rendrai ridicule si je veux. Vous êtes mon petit, parce que vous êtes plus jeune que…

que votre âge, parce que vous avez très peu souffert, très peu aimé, parce que vous n'êtes pas méchant… Écoutez-moi, mon petit : je vais partir.

— Pas sans moi, Renée !

Comme il a crié ! j'en frissonne de chagrin et de plaisir…

— Sans vous, mon chéri, sans vous ! Il le faut. Écoutez-moi… Non… Max… je parlerai quand même, après… Écoutez, Max ! Vous ne voulez donc pas, vous ne pouvez donc pas m'attendre ? Vous ne m'aimez donc pas assez ?

Il s'arrache de mes mains et s'écarte de moi violemment :

— Pas assez ! pas assez ! Oh ! ces raisonnements de femme ! Je ne t'aime pas assez, si je te suis, et pas assez si je reste ! Avoue-le : si je t'avais répondu : « Bien, chérie, je t'attendrai », qu'aurais-tu pensé de moi ? Et toi, qui pars, quand tu pourrais ne pas partir, comment veux-tu que je croie que tu m'aimes ? Au fait…

Il se plante devant moi, le front en avant et soupçonneux :

— Au fait, tu ne me l'as jamais dit ?

— Quoi donc ?

— Que tu m'aimes !

Je me sens rougir, comme s'il me prenait en faute…

— Tu ne me l'as jamais dit ! répète-t-il, têtu.

— Oh ! Max !

— Tu m'as dit… tu m'as dit : « Chéri… Mon Grand-Serin aimé… Max… Mon ami chéri… » Tu t'es plainte tout haut, comme si tu chantais, le jour où…

— Max !…

— Oui, ce jour où tu n'as pu t'empêcher de m'appeler « Mon amour… » Mais tu ne m'as pas dit : « Je t'aime ! »

C'est la vérité. J'espérais follement qu'il ne s'en apercevrait pas. Un jour, un autre beau jour, je soupirais si fort dans ses bras que le mot « … t'aime… » s'est exhalé de moi, comme un soupir un peu plus haut, et, tout de suite, je suis devenue muette et froide…

« … T'aime… » Je ne veux plus le dire, je ne veux plus le dire jamais ! Je ne veux plus entendre cette voix, ma voix d'autrefois, brisée, basse, murmurer irrésistiblement le mot d'autrefois… Seulement, je n'en sais pas d'autre… Il n'y en a pas d'autre…

— Dis-le-moi, dis-le-moi, que tu m'aimes ? dis-le-moi, je t'en prie !

Mon ami s'est agenouillé devant moi, et sa prière impérieuse ne me laissera pas de repos. Je lui souris de tout près, comme si je lui résistais, par jeu, et j'ai soudain envie de lui faire du mal, pour qu'il souffre un peu aussi… Mais il est si doux, si loin de ma peine ! Pourquoi l'en charger ? Il ne le mérite pas…

— Pauvre chéri… ne soyez pas méchant, ne soyez pas triste ! Oui, je vous aime, je t'aime, oh ! je t'aime… Mais je ne veux pas te le dire. Je suis si orgueilleuse, au fond, si tu savais !

Appuyé à ma poitrine, il ferme les yeux, il accepte mon mensonge avec une sécurité tendre, et m'écoute lui dire « Je t'aime », quand je ne parle plus…

L'étrange fardeau sur mes bras, mes bras si longtemps vides ! Je ne sais pas bercer un enfant si grand, et comme sa tête est lourde… Mais qu'il repose là, sûr de moi !

Sûr de moi… car une aberration classique le rend jaloux de mon présent, de mon vagabond avenir, mais il repose confiant contre ce cœur qu'un autre habita si longtemps ! Il ne songe pas, l'honnête, l'imprudent amant, qu'il me partage avec un souvenir et qu'il ne goûtera pas cette gloire, la meilleure, de pouvoir me dire : « Je t'apporte une joie, une douleur que tu ne connais pas… »

Il est là, sur ma poitrine… Pourquoi lui, et non un autre ? Je ne sais pas. Je m'incline sur son front, je voudrais le protéger contre moi-même, m'excuser de ne lui donner qu'un cœur désaffecté, sinon purifié. Je voudrais le garder contre le mal que je peux lui faire… Allons ! Margot l'avait prédit : je retourne à la chaudière… une chaudière de tout repos, celle-ci, et qui n'a rien d'infernal : elle ressemblerait plutôt à un familial coquemar…

— Éveillez-vous, chéri !

— Je ne dors pas, murmure-t-il sans relever ses beaux cils… Je te respire…

— Vous m'attendrez à Paris, pendant que je serai en tournée ? ou bien vous irez dans les Ardennes, chez votre mère ?

Il se lève sans répondre, et lisse ses cheveux du plat de la main.

— Dites ?

Il prend son chapeau sur la table, et s'en va les yeux bas, toujours muet... D'un bond, je suis sur lui, je m'accroche à ses épaules :

— Ne t'en va pas ! ne t'en va pas ! je ferai ce que tu veux ! reviens ! ne me laisse pas seule ! Oh ! ne me laisse pas seule !

Que s'est-il donc passé en moi ? Je ne suis plus qu'une pauvre loque trempée de larmes... J'ai vu s'éloigner de moi, avec lui, la chaleur, la lumière, et ce second amour tout mêlé des cendres brûlantes du premier, mais si cher, si inespéré !... Je me suspends à mon ami, d'une main de naufragée, et je bégaie obstinément sans l'entendre :

— Tout le monde me laisse !... Je suis toute seule !...

Il sait bien, lui qui m'aime, qu'il n'est pas besoin de paroles, ni de raisonnements, pour me calmer. Des bras berceurs, un chaud murmure de vagues mots caressants, des baisers, des baisers...

— Ne me regardez pas, mon chéri ! je suis laide, le noir de mes yeux est parti, j'ai le nez rouge... J'ai honte d'avoir été si bête !

— Ma Renée ! ma toute petite ! quelle brute j'ai été !... Oui, oui, je ne suis qu'une grande brute !

Tu veux que je t'attende à Paris ? Je t'attendrai. Tu veux que j'aille chez maman ? j'irai chez maman !

Indécise, embarrassée de ma victoire, je ne sais plus ce que je veux :

– Écoutez, Max chéri, voilà ce qu'il faut faire : je partirai, seule, avec l'entrain d'un chien qu'on fouette… On s'écrira tous les jours… On sera héroïques, n'est-ce pas ? afin d'atteindre la date, le beau 15 mai qui nous réunira ?

Le héros, morne, acquiesce d'un signe de tête résigné.

– Le 15 mai, Max !… Il me semble, dis-je plus bas, que, ce jour-là, je me jetterai à vous comme je me jetterais à la mer, aussi irrémédiablement, aussi consciemment…

Sous l'étreinte et le regard qui me répondent, je perds un peu la tête :

– Et puis, écoute… si on ne peut pas attendre, eh bien ! tant pis… tu viendras me retrouver… je t'appellerai… Tu es content ? Après tout, c'est idiot, l'héroïsme… et la vie est courte… C'est dit ! Le plus malheureux rejoindra l'autre, ou lui écrira de venir… Mais on va toujours essayer, parce que… une lune de miel en wagon… Tu es content ? Qu'est-ce que tu cherches ?

– J'ai soif, figure-toi ; je meurs de soif ! Veux-tu sonner Blandine ?

– Pas besoin d'elle ! Reste là : je vais chercher ce qu'il faut.

Heureux, passif, il se laisse servir, et je le regarde boire, comme s'il m'accordait une grande faveur.

S'il veut, je lui nouerai sa cravate, et je veillerai au menu du dîner… Et je lui apporterai ses pantoufles… Et il pourra me demander d'un ton de maître : « Où vas-tu ? » Femelle j'étais, et femelle je me retrouve, pour en souffrir et pour en jouir…

Le crépuscule cache mon visage hâtivement réparé et je tolère qu'assise sur ses genoux, il boive sur mes lèvres mon haleine encore saccadée des sanglots de tout à l'heure. Je baise, au passage, une de ses mains qui descend de mon front à ma gorge… Je retombe, entre ses bras, à l'état de victime choyée, qui se plaint à mi-voix de ce qu'elle ne veut ni ne peut empêcher…

Mais, soudain, je me lève d'un bond, je lutte quelques secondes contre lui, sans rien dire, je réussis à m'échapper, en criant :

— Non !

J'ai bien failli me laisser surprendre, là, sur ce coin de divan ! Sa tentative a été si rapide, et si habile !… Hors d'atteinte, je le regarde sans colère et ne lui adresse que ce reproche :

— Pourquoi avez-vous fait cela ? Max, comme c'est méchant !

Il se traîne vers moi, obéissant, repentant, bouscule au passage une petite table et des sièges, avec des « Pardon !… ferai plus !… Chérie, c'est si dur d'attendre… » dont il exagère un peu la supplication enfantine…

Je ne distingue plus bien ses traits, car la nuit tombe. Mais j'ai deviné, tout à l'heure, sous la brusquerie de l’essai, autant de calcul que d’emballement… « Tu serais prise ! tu n’irais plus courir toute seule sur les routes… »

— Pauvre Max ! lui dis-je doucement.

— Vous vous moquez de moi, dites ? J’ai été ridicule ?

Il s’humilie gentiment, avec adresse. Il veut ramener ma pensée sur le geste lui-même, et m’empêcher ainsi de songer à ses motifs véritables… Et je mens un tout petit peu, pour le rassurer :

— Je ne me moque pas de vous, Max. Il n’y a guère d’hommes, vous savez, qui se risqueraient à se jeter comme vous, grand diable, sur une femme, sans y laisser tout leur prestige ! C’est votre dégaine de paysan qui vous sauve, et vos yeux de loup amoureux ! Vous aviez l’air d’un tâcheron qui rentre du travail à la nuit tombante, et qui renverse une fille au bord de la route…

Je le quitte pour refaire à mes yeux le cerne bleuâtre qui les veloute et les moire, pour mettre un manteau, pour épingler sur ma tête un de ces profonds chapeaux dont la forme, les nuances bien choisies rappellent à Max les « Fleurs animées » de Champfleury, ces petites fées-fleurs coiffées d’un pavot retourné, d’une cloche de muguet, d’un grand iris aux pétales retombants.

Nous allons partir, tous deux, et rouler doucement en automobile dans l’obscurité du Bois. Ces promenades du soir me sont chères, pendant lesquelles je tiens, dans l’ombre, la main de mon ami, pour savoir qu’il est là, pour qu’il sache que je suis là. Je puis alors fermer les yeux, et rêver que je pars, avec lui, pour un pays inconnu où je n'aurais pas de passé, pas de nom, où je renaîtrais avec un visage nouveau et un cœur ignorant…

15

Une semaine encore, et je pars…

Partirai-je vraiment ? Il y a des heures, il y a des jours où j'en doute. Des jours, surtout, de printemps précoce, où mon ami m'emmène hors de Paris, dans ces parcs battus, sillonnés d'automobiles et de bicyclettes, mais que l'aigre et fraîche saison fait mystérieux quand même. Un brouillard mauve, à la fin de l'après-midi, approfondit les avenues, et la trouvaille inespérée d'une jacinthe sauvage, qui balance au vent trois cloches effilées d'un bleu naïf, y prend le prix d'un larcin…

La semaine passée, nous avons marché longtemps, sous un soleil matinal, dans le Bois, où galopent les palefreniers. Nous étions, l'un contre l'autre, actifs, contents, peu bavards, et je chantonnais une petite chanson qui fait marcher vite… Au détour d'une allée cavalière déserte, nous nous arrêtâmes, nez à museau, devant une biche toute jeune, dorée, qui perdit contenance à notre vue et s'arrêta au lieu de s'enfuir.

Elle haletait d'émotion et ses genoux fins tremblaient, mais ses longs yeux, allongés encore d'un trait brun – comme les miens, – exprimaient plus d'embarras que de peur. J'aurais voulu toucher ses oreilles, orientées vers nous, pelucheuses comme les feuilles des bouillons-blancs, et ce doux museau de velours cotonneux. Quand j'étendis la main, elle tourna le front d'un mouvement sauvage et disparut.

— Vous ne l'auriez pas tuée, à la chasse, Max ? demandai-je.

— Tuer une biche ? pourquoi pas une femme ? répondit-il simplement.

Ce jour-là, nous avons déjeuné à Ville-d'Avray, comme tout le monde, dans ce restaurant qui suspend au bord de l'eau de singulières terrasses, des terrasses à manger et à coucher, et nous fûmes sages comme des amants déjà rassasiés. J'aimais à constater, chez Max, la même sérénité passionnée dont m'imprègnent l'air libre, le vent pur, les arbres… Accoudée, je regardais l'eau plate de l'étang, trouble, oxydée par places, et les noisetiers aux chenilles pendantes. Puis mes yeux revenaient au bon compagnon de ma vie, avec le solide espoir d'édifier, pour lui, un bonheur aussi long que cette vie même…

Partirai-je vraiment ? Il y a des heures où je m'occupe, comme en rêve, de mon départ. Le sac de toilette, la couverture roulée, le manteau imperméable, exhumés des armoires, ont reparu au jour, avachis, couturés, et comme excédés de voyages… J'ai vidé avec dégoût des boîtes de blanc-gras rance, de vaseline jaunie qui pue le pétrole…

Ces outils de mon métier, je les manie sans amour, à présent. Et Brague, venu aux nouvelles, a été reçu si distraitement, si cavalièrement, qu'il est parti très pincé et, ce qui est plus grave, sur un « au revoir, chère amie » du meilleur ton. Bah ! j'ai bien le temps de le voir, et de le dérider, en quarante jours !... Je l'attends tout à l'heure, pour les dernières instructions. Max viendra un peu plus tard...

— Bonjour, chère amie.

Je m'y attendais ! Mon camarade est encore froissé.

— Non, écoute, Brague, en voilà assez ! Ça ne te va pas du tout, le genre noble-faubourg ! On est là pour causer sérieusement. Tu me fais penser à Dranem en Roi-Soleil, quand tu m'appelles « chère amie » !

Brague, vite égayé, se cabre :

— Le genre faubourg ! pourquoi donc pas ? Je dégote Castellane, quand je veux ! Tu ne m'as jamais vu en habit ?

— Non !

— Moi non plus... Dis donc, il est sombre, ton petit... boudoir ! Si on allait dans ta chambre ? on causerait plus clair.

— Allons dans ma chambre...

Bragueavise tout de suite, sur la cheminée, une photographie de Max : Max en veston neuf, raide, le noir des cheveux trop noir, le blanc des yeux trop blanc, officiel et un peu risible, mais très beau tout de même.

Brague examine le portrait, en roulant sa cigarette :

– C'est ton ami, décidément, le type, hein ?

– C'est… mon ami, oui.

Et je souris gentiment, avec un air idiot.

– Il est chic, y a pas ! On jurerait quelqu'un du gouvernement ! Qu'est-ce qui te fait rire ?

– Rien… c'est cette idée qu'il pourrait être du gouvernement ! Ça ne lui ressemble guère.

Brague flambe sa cigarette, et m'observe, l'œil en coin :

– Tu l'emmènes ?

Je hausse les épaules :

– Non, voyons ! C'est pas possible ! Comment veux-tu ?

– Mais je ne *veux* pas, justement ! s'écrie Brague rasséréné… Ça, c'est bien, ma gosse, tu sais ! C'est que j'en ai vu, moi, des tournées foutues, parce que Madame ne veut pas quitter Monsieur, ou que Monsieur veut surveiller Madame ! C'est des disputes, c'est des bécotages, c'est des brouilles, c'est des réconciliations où on ne peut plus se tirer du pieu, c'est les jambes ramollies en scène et les yeux au beurre noir : c'est la vie gâtée, quoi !… Parlez-moi d'un joli voyage où on est entre copains ! Tu me connais, j'ai jamais varié là-dessus : l'amour et le métier, ça ne va pas ensemble. Et puis, enfin, quarante jours, c'est pas l'éternité : on s'écrit et après on se retrouve, on se recolle… Il a son bureau, ton ami ?

– Son bureau ? Non, il n'a pas de bureau.

— Il a… sa fabrique d'autos ? enfin, il bricole ?
— Non.
— Il ne fait rien ?
— Rien.

Brague fait entendre un sifflement qui peut s'interpréter d'au moins deux manières…

— Rien de rien ?
— Rien. C'est-à-dire, il a des forêts.
— C'est épatant !
— Qu'est-ce qui t'épate ?
— Qu'on puisse vivre comme ça. Pas de bureau. Pas de fabrique. Pas de répétitions. Pas d'écurie de courses ! Ça ne te paraît pas drôle, à toi ?

Je le regarde en dessous, d'un air gêné et un peu complice :

— Si.

Je ne puis répondre autre chose. L'oisiveté de mon ami, cette flânerie de lycéen en vacances perpétuelles, est un sujet fréquent d'effarement pour moi, presque de scandale…

— Moi, je crèverais, déclare Brague après un silence. Question d'habitude !
— Sans doute…
— Maintenant, dit Brague en s'asseyant, parlons peu et parlons bien. Tu as tout ce qu'il te faut ?
— Naturellement, voyons ! Mon costume de Dryade, le neuf, un rêve ! vert comme une petite sauterelle, et il ne pèse pas cinq cents grammes ! L'autre est retapé, rebrodé, nettoyé, tu le jurerais neuf : il peut faire soixante représentations sans faiblir.

Brague fronce la bouche :

— Heu… tu es sûre ? T'aurais pu te fendre d'une pelure neuve, pour *L'Emprise* !

— C'est ça, et tu me l'aurais payée, hein ! Et ta culotte de *L'Emprise*, en peau de daim brodé, qui a pris la couleur de toutes les planches qui l'ont cirée, est-ce que je te la reproche, moi ?

Mon camarade lève une main dogmatique :

— Pardon, pardon ! ne confondons pas ! Ma culotte est magnifique ! elle a pris de la patine, du fondu : elle a l'air d'un grès artistique ! ça serait un crime que de la remplacer !

— Tu n'es qu'un grigou ! lui dis-je en haussant les épaules.

— Et toi une râleuse !…

Ah ! ça fait du bien de s'attraper un peu ! Ça repose. Nous sommes l'un et l'autre juste assez piqués pour que la dispute ressemble à une chaude répétition…

— … Rompez ! crie Brague. La question costumes est vidée. Passons à la question bagages.

— Comme si j'avais besoin de toi pour ça ! C'est la première fois que nous partons ensemble, peut-être ? Tu vas m'apprendre à plier mes chemises ?

Brague laisse tomber sur moi, entre ses paupières plissées par les grimaces professionnelles, un regard écrasant :

— Pauvre créature ! Manchote et bancale cervelle ! Cause, cause, fais du bruit, réveille ton hanneton ! Si je vais t'apprendre ? Probable que je vais t'apprendre ! Écoute, et tâche de saisir : les excédents de bagages sont à nos frais, pas ?

– Chut !

Je l'arrête d'un signe, émue d'avoir entendu dans l'antichambre deux discrets coups de timbre... C'est *lui* ! et Brague qui est encore là !... Après tout, ils se connaissent.

– Entrez, Max, entrez... C'est Brague... Nous parlons tournée : ça ne vous ennuie pas ?

Non, ça ne l'ennuie pas ; mais, moi, ça me gêne un peu. Mes affaires de music-hall sont de pauvres choses, précises, commerciales, auxquelles je ne voudrais pas mêler mon ami, mon paresseux ami chéri...

Brague, très gentil quand il veut, sourit à Max.

– Vous permettez, monsieur ? C'est la cuisine du métier que nous mijotons là, et je me vante d'être un cuisinier économe, qui ne laisse rien perdre et ne fait pas danser l'anse.

– Mais je vous en prie ! se récrie Max. Au contraire, ça m'amusera, moi qui n'y connais rien ; je m'instruirai...

Le menteur ! Pour un homme que ça amuse, il a l'air bien méchant, et bien triste.

– Je reprends ! commence Brague. La dernière tournée, celle de septembre, on a mangé, si tu te souviens, jusqu'à des dix et onze francs d'excédent de bagages par jour, comme si on était Carnegie.

– Pas tout le temps, Brague !

Pas tout le temps. Il y a eu des jours à trois francs, à quatre francs d'excédent. C'est déjà trop.

Pour ma part, j'en ai assez. Qu'est-ce que tu as comme bagages, en dehors de la valise à main ?

— Ma malle noire.

— La grande ? C'est du délire. Je n'en veux pas.

Max tousse…

— Voilà ce que tu vas faire : tu te serviras de la mienne. Dans le dessus : costumes de scène. Deuxième compartiment : notre linge, tes chemises, tes culottes, tes bas, mes chemises, mes caleçons, eccetera.

Max s'agite…

— … et, au fond, chaussures, complet de rechange pour toi-z-et pour moi, bibelots, eccetera. Tu comprends ?

— Oui, c'est pas bête.

— Pourtant… dit Max.

— De cette façon, poursuit Brague, nous avons un seul gros colis (le Troglodyte, il s'arrangera ! sa mère, qui est plumeuse, lui prêtera un panier !), *un*, en tout et pour tout. Suppression de l'excédent, réduction des pourboires aux facteurs des gares, aux garçons de théâtre, eccetera… Si nous n'y gagnons pas cent sous par jour chacun, je veux bien me faire ténor !… Tu changes de linge tous les combien, en tournée ?

Je rougis, à cause de Max.

— Tous les deux jours.

— Ça te regarde. Comme on se blanchit dans les grands patelins, Lyon, Marseille, Toulouse, Bordeaux, je compte douze chemises et douze petits grimpants, le reste à proportion, je suis grand et généreux ? Enfin, je me fie à toi pour être raisonnable.

— Sois tranquille !

Brague se lève, serre la main de Max :

— Vous voyez que c'est vite bâclé, monsieur. Toi, rendez-vous à la gare, à sept heures un quart, mardi matin.

Je l'accompagne jusqu'à l'antichambre et, quand je reviens, une tempête de protestations, de lamentations et de reproches, m'accueille :

— Renée ! c'est monstrueux ! ce n'est pas possible ! vous avez perdu la tête ! Vos chemises, vos chemises à vous, et vos petits pantalons trop courts, mon amour chéri, pêle-mêle avec les caleçons de cet individu ! Et vos bas avec ses chaussettes, peut-être ! Et tout ça pour économiser cent sous par jour Quelle dérision et quelle misère !

— Comment, quelle misère ? Ça fait deux cents francs !

— Eh ! je sais bien ! une telle mesquinerie…

Je retiens une réplique qui le blesserait : où aurait-il appris, l'enfant gâté, que l'argent, l'argent qu'on gagne est une chose respectable, sérieuse, qu'on manie avec sollicitude et dont on parle gravement ?

Il s'essuie le front, avec un beau mouchoir de soie, violet. Depuis quelque temps, mon ami témoigne d'un extrême souci d'élégance : il a des chemises magnifiques, des mouchoirs assortis à ses cravates, des chaussures à guêtres de daim… Je n'ai pas manqué de m'en apercevoir, car le moindre détail de toilette prend, sur ce cher Grand-Serin à l'encolure un peu lourde, une importance presque choquante.

— Pourquoi consens-tu à cela ? demande-t-il avec reproche. C'est odieux, cette promiscuité !

Promiscuité ! J'attendais le mot. Il s'emploie beaucoup... La « promiscuité des coulisses »...

— Dites-moi, chéri – j'effile, entre deux doigts, les pointes de ses soyeuses moustaches d'un noir roussi – s'il s'agissait de *vos* chemises et de *vos* caleçons, ça ne serait pas de la *promiscuité* ? Songez donc : je ne suis qu'une petite caf' conc' très raisonnable, qui vit de son métier...

Il m'étreint tout à coup et m'écrase un peu, exprès :

— Le diable l'emporte, ton métier !... Ah ! quand je t'aurai tout à fait à moi, va ! je t'en collerai, des wagons de luxe, et des fleurs plein le filet, et des robes et des robes ! et tout ce que je trouverai de beau, et tout ce que j'inventerai !

Sa belle voix sombre ennoblit la banale promesse... J'y entends vibrer, sous les mots quelconques, le désir de mettre à mes pieds tout l'univers...

Des robes ? c'est vrai, il doit trouver sévère, et bien monotone, ma chrysalide neutre de costumes tailleur, gris, bruns, bleu sombre, que j'échange, la rampe allumée, contre les gazes peintes, les paillons lumineux, les jupes irisées, tournoyantes... Des wagons de luxe ? pour quoi faire ? ils ne vont pas plus loin que les autres...

Fossette a glissé, entre nous, son crâne de bonze, qui reluit comme du palissandre… Ma petite compagne flaire le départ. Elle a reconnu la valise aux coins écorchés et le manteau imperméable, elle a vu la boîte anglaise émaillée de noir, la cassette à maquillage… Elle sait que je ne l'emmènerai pas, elle se plie d'avance à une vie, d'ailleurs choyée, de balades avec Blandine sur les fortifs, de soirées chez la concierge, de dîners en ville et de goûters dans le Bois… « Je sais que tu reviendras, disent ses yeux bridés, mais quand ? »

— Max, elle vous aime bien : vous vous occuperez d'elle ?

Allons, bon ! rien que de nous pencher ensemble sur cette petite bête inquiète, voilà que nos pleurs débordent ! Je refoule les miens, d'un effort qui me fait mal dans la gorge et dans le nez… Que les yeux de mon ami sont beaux, agrandis par les deux larmes lumineuses qui mouillent ses cils ! Ah ! pourquoi le quitter ?

— J'irai chercher tout à l'heure, murmure-t-il étranglé, un… beau petit sac à main… que j'ai commandé pour toi… très solide… pour le voyage…

— C'est vrai, Max ?

— En… peau de truie…

— Max, voyons ! ayez un peu plus de courage que moi !

Il se mouche d'une manière révoltée :

— Pourquoi ça ? je ne tiens pas à avoir du courage, moi ! au contraire !

— Nous sommes ridicules ! Aucun de nous deux n'aurait osé s'attendrir sur soi : Fossette a servi d'excitant à notre émotion. C'est le coup de la « petite table » de *Manon*, et du manchon de *Poliche*, vous vous souvenez ?

Maxime s'essuie les yeux, longuement, soigneusement, avec la simplicité qu'il apporte à toutes choses, et qui le sauve du ridicule.

— C'est bien possible, ma Renée... D'ailleurs, si vous voulez que je me change en fontaine, vous n'avez qu'à me parler de tout ce qui vous entoure ici, dans ce petit appartement, tout ce que je ne verrai plus avant votre retour. Ce vieux divan, la bergère où tu t'assieds pour lire, et tes portraits, et le rayon de soleil qui chemine sur le tapis, de midi à deux heures...

Il sourit, très ému :

— Ne me parle pas de la pelle, du foyer, ni des pincettes, ou je m'effondre !...

Il est parti chercher le beau petit sac en peau de truie.

— Quand nous serons ensemble, m'a-t-il dit câlinement avant de sortir, tu me donneras les meubles de ce petit salon, veux-tu ? Je t'en ferai faire d'autres.

J'ai souri, pour ne pas refuser. Ces meubles-là, chez Max ? Ces épaves du mobilier conjugal, abandonnées par Taillandy en dérisoire compensation des droits d'auteur qu'il me subtilisa jadis, je ne les ai point remplacés, faute d'argent. Quel couplet de la « petite table » je pourrais chanter sur ce chêne fumé à prétentions hollandaises, sur ce vieux divan raviné par des jeux… où je n'étais pas conviée ! Mobilier hanté, où je m'éveillai souvent avec la peur folle que ma liberté ne fût un songe… Singulier cadeau de noces à un nouvel amant ! Un abri, et non un *home*, c'est tout ce que je laisse derrière moi : les boîtes roulantes de seconde et première classes, et les hôtels de tout ordre, et les sordides loges des music-halls de Paris, de la province et de l'étranger, me furent plus familiers, plus tutélaires que ceci, nommé par mon ami « un joli coin intime » !

Combien de fois ai-je fui ce rez-de-chaussée, en me fuyant moi-même ? Aujourd'hui que je pars, aimée, amoureuse, je me voudrais encore plus aimée, encore plus aimante, et changée, et méconnaissable à mes propres yeux. C'est trop tôt, sans doute, et le temps n'est pas venu encore… Mais, du moins, je pars agitée, débordante de regret et d'espoir, pressée de revenir, tendue vers mon sort nouveau avec l'élan brillant du serpent qui se délivre de sa peau morte…

Troisième partie

16

Adieu, mon ami aimé. La malle est fermée. Mon joli sac « en peau de truie », mon costume de voyage, le long voile qui drapera mon chapeau attendent mon réveil de demain, alignés, tristes et sages, sur notre grand divan. Déjà partie, à l'abri de vous, à l'abri de ma propre faiblesse, je me donne la joie de vous écrire ma première lettre d'amour…

Vous recevrez ce bleu, demain matin, à l'heure justement où je quitterai Paris. Ce n'est rien qu'un au revoir, écrit avant de dormir, pour vous faire savoir que je vous aime tant, que je tiens tant à vous ! Je suis désolée de vous quitter…

N'oubliez pas que vous m'avez promis de m'écrire « tout le temps » et de consoler Fossette. Je vous promets, moi, de vous rapporter une Renée lasse de « tourner », maigrie de solitude, et libre de tout, sauf de vous.

Votre

RENÉE.

… L'ombre rapide d'un pont passe sur mes paupières que je tenais fermées et que, je rouvre pour voir fuir, à la gauche du train, ce petit champ de pommes de terre que je connais si bien, blotti contre la haute muraille des fortifications…

Je suis seule dans le wagon. Brague, sévèrement économe, voyage en seconde avec le Vieux Troglodyte. Un jour pluvieux, faible comme une aube grise, pèse sur la campagne où la fumée des usines se traîne. Il est huit heures, et c'est la première matinée de mon voyage. Après un court abattement qui suivit l'agitation du départ, j'étais tombée dans une immobilité maussade qui me faisait espérer le sommeil.

Je me dresse, pour procéder, machinalement, à des apprêts de vieille routière : je déploie le plaid en poil de chameau, je gonfle les deux coussins de caoutchouc houssés de soie – un pour les reins, un pour la nuque – et je cache mes cheveux nus sous un voile mordoré comme eux… Je fais cela méthodiquement, soigneusement, tandis qu'une colère indicible et soudaine rend mes mains tremblantes… Une véritable fureur, oui, et contre moi-même ! Je pars, chaque tour de roue m'éloigne de Paris, je pars, un printemps glacé perle en durs bourgeons à la pointe des chênes, tout est froid, humide d'un brouillard qui sent encore l'hiver, je pars, quand je pourrais, à cette heure, m'épanouir de plaisir contre le flanc chaud d'un amant ! Il me semble que ma colère creuse en moi un appétit dévorant de tout ce qui est bon, luxueux, facile, égoïste, un besoin de me laisser rouler sur la pente la plus moelleuse, de refermer les bras et les lèvres sur un bonheur tardif, tangible, ordinaire et délicieux…

Tout m'est fastidieux de cette banlieue connue, de ces villas blafardes où bâillent des bourgeoises en camisole, qui se lèvent tard pour raccourcir les journées vides… J'aurais dû ne pas quitter Brague, demeurer avec lui sur le capiton bleu sale des compartiments de seconde classe, parmi le bavardage cordial, l'odeur humaine du wagon plein, la fumée des cigarettes à dix sous le paquet…

Le ta-ta-tam du train, que j'entends malgré moi, sert d'accompagnement au motif de danse de *La Dryade*, que je chantonne avec une obstination maniaque… Combien de temps va durer cet état d'amoindrissement ? Car je me sens diminuée, affaiblie, comme saignée. Pendant mes plus tristes jours, la vue d'un paysage médiocre, pourvu qu'il s'enfuît rapide à ma droite et à ma gauche, pourvu qu'il se voilât par moments d'une fumée déroulée, cardée aux haies d'épine, agissait pourtant sur moi à la façon d'un tonique guérisseur. J'ai froid. Un mauvais sommeil du matin m'engourdit, et je crois plutôt m'évanouir que m'endormir, agitée de rêves arithmétiques, enfantins, où revient cette question lassante : « Si tu as laissé là-bas la moitié de toi-même, c'est donc que tu as perdu 50 % de ta valeur primitive ? »

*

Dijon, le 8 avril.

Oui, oui, je me porte bien. Oui, j'ai trouvé votre lettre ; oui, j'ai du succès… Ah ! mon chéri, sachez toute la vérité ! J'ai sombré, en vous quittant, dans le plus absurde, le plus impatient désespoir. Pourquoi suis-je partie ? Pourquoi vous ai-je quitté ? Quarante jours ! jamais je ne pourrai supporter cela, maintenant ! Et je n'en suis qu'à la troisième ville !

À la troisième ville
En or, en argent…
Son amant l'habille.

Hélas ! mon amant, je n'ai besoin ni d'argent, ni d'or, mais seulement de vous. Il a plu sur mes deux premières stations, pour que je savoure mieux mon abominable abandon, entre des murs d'hôtel tendus de chocolat et de beige, dans ces salles à manger en faux chêne que le gaz fait plus sombres !

Vous ignorez l'inconfort, fils gâté de Mme Coupe-Toujours ! Quand nous nous retrouverons, je vous raconterai, pour vous indigner et me faire chérir davantage, les retours à minuit vers l'hôtel, la boîte à maquillage qui pèse au bras las, l'attente sous le brouillard fin, contre la porte, pendant que le garçon de nuit s'éveille lentement, la chambre affreuse aux draps mal séchés, l'exigu pot d'eau chaude qui a eu le temps de refroidir… Et je vous ferais partager ces joies quotidiennes ? Non, mon chéri, laissez-moi user ma résistance avant de vous crier : « Viens, je n'en peux plus ! »

Il fait beau sur Dijon, d'ailleurs, et j'accueille timidement ce soleil, comme un cadeau qu'on va me reprendre tout de suite.

Vous m'avez promis de consoler Fossette. Elle est à vous autant qu'à moi. Faites attention qu'elle ne vous pardonnerait pas, en mon absence, une exagération de prévenances. Son tact de chienne Bull va jusqu'à la plus délicate austérité sentimentale et s'offense, quand je la délaisse, qu'un tiers affectueux s'aperçoive de son chagrin, fût-ce pour l'en distraire.

Adieu, adieu ! je vous embrasse et je vous aime. Quel froid crépuscule, si vous saviez !… Le ciel est vert et pur comme en janvier, lorsqu'il gèle très fort. Écrivez-moi, aimez-moi, réchauffez votre

Renée.

10 avril.

Ma dernière lettre a dû vous faire de la peine. Je ne suis pas contente de moi, ni de vous. Votre belle écriture est grasse et ronde, et pourtant élancée, élégante et frisée, comme cette plante qu'on nomme chez nous l'« osier fleuri » ; elle remplit quatre pages, huit pages, de quelques « je t'adore », de malédictions amoureuses, de grands regrets tout brûlants. Cela se lit en vingt secondes ! et je suis sûre que, de bonne foi, vous croyez m'avoir écrit une longue lettre ? Et puis, vous n'y parlez que de moi !…

Mon chéri, je viens de traverser, sans m'y arrêter, un pays qui est le mien, celui de mon enfance. Il m'a semblé qu'une longue caresse me couvrait le cœur… Un jour, promets-le-moi, nous y viendrons ensemble ? Non, non ! qu'est-ce que j'écris là ? nous n'y viendrons pas ! Vos forêts d'Ardennes humilieraient, dans votre souvenir, mes taillis de chênes, de ronces, d'alisiers, et vous ne verriez pas comme moi trembler au-dessus d'eux, ni sur l'eau ténébreuse des sources, ni sur la colline bleue que la haute fleur du chardon décore, le mince arc-en-ciel qui sertit, magiquement, toutes choses de mon pays natal !…

Rien n'y a changé. Quelques toits neufs, d'un rouge frais, c'est tout. Rien n'a changé dans mon pays – que moi. Ah ! mon ami chéri, que je suis vieille ! Pouvez-vous bien aimer une aussi vieille jeune femme ? je rougis de moi, ici.

Que n'avez-vous connu la longue enfant qui traînait ici ses royales tresses, et sa silencieuse humeur de nymphe des bois ? Tout cela, que je fus, je l'ai donné à un autre, à un autre que vous ! Pardonnez-moi ce cri, Max, c'est celui de mon tourment, celui que je retiens depuis que je vous aime ! Et qu'aimez-vous en moi, maintenant qu'il est trop tard, sinon ce qui me change, ce qui vous ment, sinon mes boucles foisonnant comme un feuillage, sinon mes yeux que le koheul bleu allonge et noie, sinon la fausse matité d'un teint poudré ? Que diriez-vous si je reparaissais, si je comparaissais devant vous, coiffée de mes lourds cheveux plats, avec mes cils blonds lavés de leur mascaro, avec les yeux enfin que ma mère m'a faits, sommés d'un bref sourcil prompt à se froncer, gris, étroits, horizontaux, au fond desquels brille un dur et rapide regard où je retrouve celui de mon père ?

N'ayez pas peur, mon ami chéri ! Je vous reviendrai telle à peu près, que je partis, un peu plus lasse, un peu plus tendre… Mon pays m'enchante d'une ivresse triste et passagère, chaque fois que je le frôle, mais je n'oserais pas m'y arrêter. Peut-être n'est-il beau que parce que je l'ai perdu…

Adieu, cher, cher Max. Il nous faut partir très tôt, demain, pour Lyon, sans quoi nous n'aurions pas notre répétition d'orchestre à laquelle je veille, tandis que Brague, jamais fatigué, s'occupe des programmes, des cadres d'affiches, de la vente de nos cartes postales…

Ah ! que j'ai eu froid encore hier soir, sous ce léger costume de L'Emprise *! C'est mon ennemi, le froid : il suspend ma vie et ma pensée. Vous le savez, vous, aux mains de qui se réfugient mes mains, recroquevillées comme deux feuilles sous la gelée ! Tu me manques, ma chère chaleur, autant que le soleil.*

Ta

RENÉE.

*

Nous tournons. Je mange. Je dors, je marche, je mime et je danse. Point d'entrain, mais point d'effort. Un seul instant de fièvre dans toute la journée : celui où je demande, chez la concierge du music-hall, s'il y a « du courrier » pour moi ? Je lis mes lettres en affamée, accotée au chambranle graisseux de l'entrée des artistes, dans le fétide courant d'air qui sent la cave et l'ammoniaque... L'heure qui suit en est plus lourde, quand il n'y a plus rien à lire, quand j'ai déchiffré la date du timbre, et retourné l'enveloppe, comme si j'espérais en voir tomber une fleur, une image...

Je ne fais pas attention aux villes où nous jouons. Je les connais et ne me soucie pas de les reconnaître. Je m'accroche à Brague, qui reprend possession de ces « patelins » familiers – Reims, Nancy, Belfort, Besançon – en conquérant débonnaire...

— Tu as vu ? la petite gargote est toujours au coin du quai : je parie qu'ils me reconnaissent quand on ira ce soir bouffer la saucisse au vin blanc !

Il respire largement, se jette dans les rues avec une joie de vagabond, et flâne aux boutiques et grimpe aux cathédrales. Je l'escorte, moi qui le précédais l'an passé. Il me traîne dans son ombre, et quelquefois nous remorquons aussi le Vieux Troglodyte, qui, d'habitude, s'en va seul, efflanqué, minable sous son veston et son pantalon trop court... Où couche-t-il ? où mange-t-il ? Je l'ignore. Brague, questionné, m'a répondu brièvement :

— Où il veut. Je ne suis pas sa bonne !

L'autre soir, à Nancy, j'ai aperçu le Troglodyte dans sa loge. Debout, il mordait dans un pain d'une livre, et tenait délicatement entre deux doigts une tranche de fromage de tête. Ce repas de pauvre, et le vorace mouvement de ses mâchoires… J'en eus le cœur serré, et j'allai trouver Brague :

— Brague, est-ce que le Troglodyte a de quoi vivre en tournée ? Il gagne bien quinze francs, n'est-ce pas ? Pourquoi ne se nourrit-il pas mieux ?

— Il fait des économies, répondit Brague. *Tout le monde* fait des économies en tournée ! *Tout le monde* n'est pas Vanderbilt ou Renée Néré, pour se coller des chambres à cent sous et des cafés au lait servis dans la taule ! Le Troglodyte me doit son costume de scène que je lui ai avancé : il me le paie une thune par jour. Dans vingt jours, il pourra bouffer des huîtres et se laver les pieds dans du cocktail, s'il veut. Ça le regarde.

Ainsi tancée, je me suis tue… Et je « fais des économies », moi aussi, par habitude d'abord, et puis pour imiter mes compagnons, pour n'exciter ni leur jalousie, ni leur mépris. Est-ce l'amie de Max, cette dîneuse que reflète la glace enfumée d'une « brasserie lorraine », cette voyageuse aux yeux cernés, un grand voile noué sous le menton, et tout entière, du chapeau aux bottines, couleur de route, avec l'air indifférent, calme et insociable, de ceux qui ne sont ni d'ici ni d'ailleurs ? Est-ce l'amante de Max, la claire amante qu'il étreignait, demi-nue dans un kimono rose, cette comédienne fatiguée qui s'en vient, en corset et en jupon, chercher dans la malle de Brague la chemise, le linge du lendemain, et ranger ses frusques pailletées ?…

Chaque jour, j'attends la lettre de mon ami. Chaque jour, elle me console et me déçoit tout ensemble. Il écrit simplement, mais, cela se devine, sans facilité. Sa belle écriture fleurie retarde l'élan de sa main. Et puis sa tendresse le gêne, et sa tristesse, il s'en plaint avec ingénuité : « Quand je t'aurai dit cent fois que je t'aime, et que je t'en veux terriblement de m'avoir quitté, que te dirai-je ? Ma femme chérie, mon petit bas-bleu de femme, vous allez vous moquer de moi, mais ça m'est bien égal… Mon frère va partir pour les Ardennes, et je l'accompagne : écris-moi aux Salles-Neuves, chez maman. Je m'en vais toucher de l'argent, de l'argent pour nous, pour notre ménage, petite aimée ! »

Il me raconte ainsi ses faits et gestes, sans commentaires, sans guirlandes. Il m'associe à sa vie, et m'appelle sa femme… Sa chaude sollicitude m'arrive, il s'en doute, toute refroidie sur ce papier, traduite en une écriture bien équilibrée : si loin, de quel secours nous sont les mots ? Il faudrait… je ne sais… il faudrait quelque fougueux dessin, tout embrasé de couleurs…

*

11 avril.

Ça, c'est le comble ! Vous vous faites tirer les cartes par Blandine, maintenant ! Mon chéri, vous êtes perdu ! Cette fille a coutume de prophétiser, dès que je quitte la maison, les catastrophes les plus pittoresques. Si je pars en tournée, elle rêve chats et serpents, eau trouble, linge plié, et lit dans les cartes les aventures tragiques de Renée Néré (la Dame de trèfle) avec le Jeune Homme Faux, le Militaire et l'Homme de la Campagne ! Ne l'écoutez pas, Max : comptez les jours comme je fais, et souriez – oh ! ce sourire qui froisse imperceptiblement vos narines ! – à penser que la première semaine est presque finie…

Dans un mois et quatre jours, je vous prédis, moi, que je « ferai route » pour rejoindre l'« Homme de tout cœur » et que « grande joie vous en aurez », et que le Jeune Homme Faux en sera « piqué », ainsi que la mystérieuse « Femme de mauvaise vie », j'ai nommé la Dame de carreau.

Nous voici pour cinq jours à Lyon. C'est le repos, dites-vous ? Oui, si par là vous entendez que je pourrai, quatre matins de suite, me réveiller en sursaut, au jour levant, avec la peur folle de manquer mon train, puis retomber sur mon lit, dans une paresse dégoûtée que fuit le sommeil, et écouter longtemps s'éveiller autour de moi les servantes, les sonnettes, les voitures de la rue ! C'est bien pis, mon chéri, que le départ quotidien à l'aube ! Il me semble que, du fond de mon lit, j'assiste à une remise en branle dont je suis exclue, que le monde recommence à « tourner » sans moi… Et puis, c'est du fond de mon lit, aussi, que je vous regrette le plus, sans défense contre mes souvenirs, terrassée d'ennui et d'impuissance…

Ô cher ennemi, nous aurions pu passer ici ces cinq jours ensemble… Ne crois pas à un défi : je ne veux pas que tu viennes !… Eh ! je n'en mourrai pas, que diable ! Tu as toujours l'air de croire que je suis déjà morte de ton absence ! Mon beau paysan, je n'en suis qu'endormie, j'hiverne…

Il ne pleut pas, il fait doux, mou, gris, un très beau temps de Lyon. C'est un peu bête, ces informations météorologiques qui reviennent dans toutes mes lettres ; mais si vous saviez comme, en tournée, notre sort et notre humeur sont suspendus à la couleur du ciel ! « Temps mouillé, poche sèche », dit Brague.

Depuis quatre ans, j'ai passé sept ou huit semaines à Lyon, mon ami. Et ma première visite fut pour les cerfs du parc Saint-Jean, pour les blonds petits faons au regard borné et tendre. Ils sont si nombreux, si pareils l'un à l'autre, que je ne peux pas en choisir un : ils me suivent le long du grillage, d'un trottinement qui grêle le sol, et mendient le pain noir par un bêlement clair, obstiné et timide. L'odeur du gazon, de la terre remuée, est si forte dans ce jardin, à la fin du jour, sous l'air immobile, qu'elle suffirait à me rendre à vous si j'essayais de m'échapper…

Adieu, chéri. J'ai retrouvé à Lyon des errants de ma sorte, rencontrés ici et ailleurs. Quand je vous aurai dit que l'un se nomme Cavaillon, chanteur comique, et l'autre Amalia Barally, duègne de comédie, vous serez bien avancé ! Barally est pourtant presque une amie, car nous avons joué ensemble une pièce en trois actes, tout autour de la France, il y a deux ans. C'est une ex-belle femme, brune et busquée, routière finie et connaissant par leurs noms les auberges du monde entier. Elle a chanté l'opérette à Saïgon, joué la comédie au Caire, et fait les belles nuits de je ne sais quel khédive…

Je goûte en elle, outre sa gaîté qui résiste à la misère, cette humeur protectrice, cette adresse à soigner, cette maternité délicate dans le geste, apanage des femmes qui ont sincèrement et passionnément aimé les femmes : elles en gardent un attrait indéfinissable, et que vous ne percevez jamais, vous autres hommes…

Mon Dieu, comme je vous écris ! Je passerais tout mon temps à vous écrire, j'y ai moins d'effort, je crois, qu'à vous parler. Embrassez-moi ! il fait presque nuit, c'est la mauvaise heure. Embrassez-moi bien serré, bien serré !

Votre

RENÉE.

15 avril.

Mon chéri, que vous êtes gentil ! quelle bonne idée ! Merci, merci de tout mon cœur pour cet instantané mal lavé, jaune d'hyposulfite : vous y êtes, mes chers, ravissants tous deux. Et voilà que je ne veux plus vous gronder d'avoir emmené, sans ma permission, Fossette aux Salles-Neuves. Elle a l'air si contente dans vos bras ! Elle a pris sa figure pour photographes, sa gueule de lutteur costaud, détenteur de la Ceinture d'Or.

Il est clair – je le constate avec une gratitude un peu jalouse – qu'en cet instant elle ne pensait pas du tout à moi. Mais à quoi rêvaient vos yeux que je ne vois pas, paternellement baissés sur Fossette ? La gaucherie tendre de vos bras autour de cette petite chienne m'émeut et m'égaie. Je glisse ce portrait de vous avec les deux autres, dans le vieux portefeuille de cuir, vous savez ? auquel vous trouvez l'air mystérieux et méchant…

Envoyez-moi encore d'autres photographies, dites ? J'en ai emporté quatre, je les compare, je vous y examine, avec une loupe, pour retrouver, sur chacune, malgré le léchage des retouches, les lumières travaillées, un peu de votre être secret… Secret ? ma foi, non, rien en vous ne donne le change. Il me semble que n'importe quelle petite oie vous connaîtrait, en un regard, aussi bien que moi.

Je dis ça, vous savez, et je n'en pense pas un mot. Il y a, sous ma taquinerie, un vilain petit désir de vous simplifier, d'humilier en vous le vieil adversaire : c'est ainsi que j'appelle, depuis toujours, l'homme destiné à me posséder…

C'est vrai qu'il y a tant d'anémones dans vos bois, et de violettes ? J'en ai vu, des violettes, du côté de Nancy, tandis que je traversais ce pays d'Est ondulé, bleui de sapins, coupé de rivières vives et miroitantes, où l'eau est d'un noir vert. Était-ce vous, ce grand gars debout, jambes nues, dans l'eau glacée et pêchant la truite ?

Adieu. Nous partons demain pour Saint-Étienne. Hamond ne m'écrit presque pas, je m'en plains à vous. Tâchez de m'écrire beaucoup, cher souci, pour que je ne me plaigne pas à Hamond ! je t'embrasse…

RENÉE.

Nous venons de dîner chez Berthoux – restaurant d'artistes – Barally, Cavaillon, Brague, moi, et le Troglodyte que j'avais invité. Celui-ci ne parle pas, il ne pense qu'à manger. Un dîner de cabots, bruyant, animé d'une assez fausse gaîté. Cavaillon a payé une bouteille de moulin-à-vent.

— Faut-il que tu te barbes ici, gouaillait Brague, pour te fendre d'une négresse de choix !

— Tu parles ! répondit brièvement Cavaillon.

Cavaillon, jeune et déjà célèbre au music-hall, y fait l'envie de tous. On dit de lui que « Dranem le craint », qu'« il gagne ce qu'il veut ». Nous avons déjà croisé deux ou trois fois la route de ce long gars de vingt-deux ans, qui marche en homme-serpent, comme désossé, et balance des poings si lourds au bout de poignets frêles. Sa figure est presque jolie, sous des cheveux blonds coupés en frange, mais son trouble regard mauve, errant, dit la neurasthénie aiguë, presque la démence. Son mot, c'est : « Je me crève ! » Il attend, toute la journée, l'heure de son numéro, pendant lequel il oublie, s'amuse, redevient jeune et emballe le public. Il ne boit pas, il ne fait pas la noce. Il place son argent et il s'ennuie.

Barally, qui « tire » une saison aux Célestins, s'est grisée de parler, de rire, en montrant ses belles dents, de raconter des *bombes* terribles de sa jeunesse. Elle nous dit ces théâtres coloniaux d'il y a vingt ans, quand elle chantait l'opérette à Saïgon, dans une salle éclairée par huit cents lampes à pétrole… Sans le sou, déjà vieille, elle incarne une bohème démodée, incorrigible et sympathique…

Un gentil dîner, tout de même : on se chauffe, on se serre un instant, autour de la table trop petite, et puis adieu ! un adieu sans regrets : c'est demain, c'est tout à l'heure qu'on s'oublie… On repart, enfin ! Cinq jours à Lyon sont interminables…

Cavaillon nous accompagne au Kursaal ; c'est trop tôt pour lui, qui se grime en dix minutes, mais il s'accroche à nous, rongé de solitude, redevenu muet et sombre… Le Troglodyte, enchanté, un peu gris, chante aux étoiles, et moi je rêve, j'écoute le vent noir qui se lève et remonte le quai du Rhône avec un ronflement marin. D'où vient que je me balance ce soir sur une houle invisible, comme un navire que renfloue la mer ? C'est un soir à voguer jusqu'à l'autre côté du monde. J'ai les joues froides, les oreilles glacées, le nez humide : tout mon animal se sent dispos, solide, aventureux… jusqu'au seuil du Kursaal où la tiédeur moisie du sous-sol suffoque mes poumons nettoyés.

Mornes comme des bureaucrates, nous gagnons ces singulières loges d'artistes, à la fois greniers provinciaux et mansardes pour domestiques, tendues d'un papier pauvre, gris et blanc… Cavaillon, qui nous a semés dans l'escalier, est déjà dans sa loge où je l'aperçois, assis devant la tablette à maquillage, accoudé, la tête dans ses mains. Brague me dit que le comique passe ainsi ses lugubres soirées, prostré, muet… Je frissonne. Je voudrais chasser le souvenir de cet homme assis, qui cache son visage. J'ai peur de lui ressembler, à lui, échoué et misérable, perdu au milieu de nous, conscient de sa solitude…

17

18 avril.

Vous craignez que je ne vous oublie ? voilà du nouveau ! Max chéri, ne commencez pas à « faire la grue », comme je dis ! Je pense à vous, je vous regarde, de loin, avec une attention si vive que vous devez, par instants, en être mystérieusement averti. N'est-ce pas ? Je vous observe, à travers la distance, profondément, sans me lasser. Je vous vois si bien ! C'est maintenant que les heures de notre rapide intimité n'ont plus de secrets pour moi et que je déroule toutes nos paroles, tous nos silences, nos regards, nos gestes, fidèlement enregistrés avec leurs valeurs picturales et musicales… Et c'est le temps que vous choisissez pour coqueter, un doigt au coin de la bouche : « Vous m'oubliez ! Je vous sens plus loin de moi ! » Oh ! la seconde vue des amants !

Je m'éloigne, c'est vrai, mon ami. Nous venons de dépasser Avignon et j'ai pu croire hier, en m'éveillant dans le train après un somme de deux heures, que j'avais dormi deux mois ; le printemps était venu sur ma route, le printemps comme on l'imagine dans les contes de fées, l'exubérant, l'éphémère, l'irrésistible printemps du Midi, gras, frais, jailli en brusques verdures, en herbes déjà longues que le vent balance et moire, en arbres de Judée mauves, en paulownias couleur de pervenche grise, en faux ébéniers, en glycines, en roses !

Les premières roses, mon ami aimé ! Je les ai achetées à la gare d'Avignon, à peine entrebâillées, d'un jaune de soufre rehaussé de carmin, transparentes au soleil comme une oreille que teinte un sang vif, parées de feuilles tendres, d'épines courbes en corail poli. Elles sont là sur ma table. Elles embaument l'abricot, la vanille, le très fin cigare, la brune soignée – c'est l'odeur même, Max, de vos mains sèches et foncées…

Mon ami, je me laisse éblouir et ranimer par cette saison neuve, ce ciel vigoureux et dur, la dorure particulière de ces pierres que le soleil caresse toute l'année… Non, non, ne me plaignez pas de partir à l'aube, puisque l'aube, en ce pays, s'échappe, nue et empourprée, d'un ciel laiteux, éventé de sons de cloches et de vols de pigeons blancs… Oh ! je vous en prie, comprenez que vous ne devez pas m'écrire de lettres « soignées », que vous ne devez pas penser à ce que vous m'écrivez ! Écrivez n'importe quoi, la couleur du temps, l'heure de votre réveil, votre méchante humeur contre la « romanichelle appointée » ; remplissez les pages avec le même mot tendre, répété comme le cri d'un oiseau amoureux qui appelle ! Mon cher amant, j'ai besoin que ton désordre réponde à celui de ce printemps qui a crevé la terre et se consume de sa propre hâte…

Il m'arrive rarement de relire mes lettres. J'ai relu celle-ci, et je l'ai laissée partir, avec l'étrange impression que je commettais une maladresse, une erreur, et qu'elle s'en allait vers un homme qui n'aurait pas dû la lire… La tête me tourne un peu, depuis Avignon. Les pays de brume ont fondu là-bas, derrière les rideaux de cyprès que le mistral penche. Le soyeux bruissement des longs roseaux est entré, ce jour-là, par la glace baissée du wagon, en même temps qu'une odeur de miel, de sapin, de bourgeons vernis, de lilas en boutons, ce parfum amer du lilas avant la fleur, qui mêle la térébenthine et l'amande. L'ombre des cerisiers est violette sur la terre rougeâtre, qui déjà se fendille de soif. Sur les routes blanches que le train coupe ou longe, une poussière crayeuse roule en tourbillons bas et poudre les buissons… Le murmure d'une fièvre agréable bourdonne sans cesse à mes oreilles, comme celui d'un essaim lointain…

Sans défense, perméable à cet excès, pourtant prévu, de parfums, de couleur, de chaleur, je me laisse surprendre, emporter, convaincre. Est-il possible qu'une telle douceur soit sans danger ?

La Canebière assourdissante fourmille à mes pieds, sous le balcon, la Canebière qui ne se repose ni jour ni nuit, et où la flânerie acquiert l'importance, la sécurité d'une fonction. Si je me penche, je puis voir scintiller au bout de la rue, derrière la dentelle géométrique des cordages, l'eau du port, un bout de mer d'un bleu épais, qui danse à petites vagues courtes…

Ma main, sur le rebord du balcon, froisse le dernier billet de mon ami, qui répond à ma lettre de Lyon. Il s'y souvient, mal à propos, que ma camarade Amalia Barally n'aimait pas les hommes. Il n'a pas manqué, en être « normal » et « bien équilibré » qu'il est, de flétrir un peu, en la raillant, ma vieille amie, et de nommer « vice » ce qu'il ne comprend pas. À quoi bon lui expliquer ?... Deux femmes enlacées ne seront jamais pour lui qu'un groupe polisson, et non l'image mélancolique et touchante de deux faiblesses, peut-être réfugiées aux bras l'une de l'autre pour y dormir, y pleurer, fuir l'homme souvent méchant, et goûter, mieux que tout plaisir, l'amer bonheur de se sentir pareilles, infimes, oubliées... À quoi bon écrire, et plaider, et discuter ?... Mon voluptueux ami ne comprend que l'amour...

21 avril.

Ne faites pas cela ! ne faites pas cela, je vous en supplie ! Débarquer ici sans crier gare, vous n'y avez pas songé sérieusement, dites ?

Ce que je ferais, si je vous voyais soudain entrer dans ma loge, comme il y a cinq mois à l'Empyrée-Clichy ? Mon Dieu, je vous garderais, vous n'en doutez pas. C'est pour cela qu'il ne faut pas venir ! Je vous garderais, mon chéri, contre mon cœur, contre ma gorge tant caressée, contre ma bouche qui défleurit de n'être plus baisée... Ah ! comme je vous garderais !... C'est pour cela qu'il ne faut pas venir...

Cessez d'invoquer notre mutuel besoin de reprendre courage, de puiser l'un dans l'autre l'énergie d'une nouvelle séparation. Laissez-moi toute seule à mon métier, que vous n'aimez pas. Il s'en faut de vingt jours que je revienne, voyons ! Laissez-moi accomplir ma tournée, en y mettant une conscience vaguement militaire, une application d'honnête travailleuse, à laquelle il ne faut pas mêler notre bonheur… Ta lettre m'a fait peur, mon chéri. J'ai cru que j'allais te voir entrer. Songe à ne pas abîmer ton amie, ne lui prodigue ni la peine, ni la joie imprévues…

RENÉE.

L'auvent de toile bat de l'aile au-dessus de nous, éventant d'ombre et de lumière la terrasse du restaurant où nous venons de déjeuner sur le port. Brague lit les journaux et, de temps en temps, s'exclame et parle à lui-même. Je ne l'entends pas, je le vois à peine. Une habitude déjà longue a supprimé entre nous la politesse, la coquetterie, la pudeur, tous les mensonges… Nous venons de manger des oursins, des tomates, de la brandade de morue. Il y a devant nous, entre la mer huileuse, qui lèche le flanc des bateaux, et la balustrade de bois ajouré qui clôt cette terrasse, une bande de pavé où défilent des gens affairés à figures heureuses de fainéants ; il y a des fleurs fraîches, des œillets durement cordés en bottes comme des poireaux, qui trempent dans des seaux verts ; il y a un éventaire chargé de bananes noires, qui sentent l'éther, et de coquillages ruisselants d'eau marine, des oursins, des violets, des palourdes, des moules bleues, des praires, parmi les citrons et les fioles de vinaigre rose…

Je rafraîchis ma main à la panse de l'alcarazas blanc, brodé comme un melon, qui sue sur la table. Tout ce qui est là m'appartient et me possède. Demain, je ne croirai pas emporter cette image, mais il me semble qu'une ombre de moi, détachée de moi comme une feuille, demeurera ici, un peu courbée de fatigue, sa main transparente étendue et posée au flanc d'un alcarazas invisible…

Je contemple mon royaume changeant, comme si j'avais failli le perdre. Rien ne menace pourtant cette facile vie roulante, rien, qu'une lettre. Elle est là, dans mon petit sac. Eh ! comme il écrit, mon ami, quand il veut ! comme il se fait clairement comprendre ! Voici, sur huit pages, ce que je puis appeler enfin une vraie lettre d'amour. Elle en a l'incohérence, l'orthographe deux ou trois fois boiteuse, la tendresse et… l'autorité. Une autorité superbe, qui dispose de moi, de mon avenir, de ma courte vie entière. L'absence a fait son œuvre : il a souffert sans moi, puis il a réfléchi et ordonné soigneusement un bonheur durable, il m'offre le mariage, comme il m'offrirait un clos ensoleillé, borné de murs solides…

« Ma mère a bien crié un peu, mais je la laisse crier. Elle a toujours fait ce que j'ai voulu. Tu feras sa conquête, et puis, pour le temps que nous passerons avec elle ! Vous aimez le voyage, ma femme chérie ? Vous en aurez, jusqu'à vous lasser ; vous aurez à vous toute la terre, jusqu'à ne plus aimer qu'un petit coin à nous, où vous ne serez plus Renée Néré, mais Madame Ma Femme ! Il faudra bien que cette *vedette* vous suffise !... Je m'occupe déjà de... »

De quoi s'occupe-t-il, déjà ?... Je déplie les minces feuilles de papier pelure, qui font un bruit de billets de banque : il s'occupe de déménagement ; car le second étage de l'hôtel, chez son frère, ne fut jamais qu'une sortable garçonnière... Il guigne quelque chose du côté de la rue Pergolèse...

Dans un mouvement d'hilarité brutale, je froisse la lettre en m'écriant :

— Eh bien ! et moi, on ne me consulte pas ? Qu'est-ce que je deviens, dans tout ça ?

Brague lève la tête, puis reprend son journal, sans mot dire. Sa discrétion, qui dose également la réserve et l'indifférence, ne s'étonne pas de si peu.

Je ne mentais pas, quand j'écrivais à Max, il y a deux jours : « Je vous vois si bien, à présent, à présent que je suis loin ! » Pourvu que je ne le voie pas trop bien !... Jeune, trop jeune pour moi, oisif, libre, tendre, certes, mais gâté : « Ma mère a toujours fait ce que j'ai voulu... » J'écoute sa voix prononcer ces mots-là, sa belle voix sombre, nuancée, prenante, et comme travaillée théâtralement, sa voix qui embellit les paroles, j'écoute, en écho diabolique, une autre voix qui monte, assourdie, du fond de mes souvenirs : « La femme qui me fera marcher n'est pas encore née !... » Coïncidence, si l'on veut… mais il me semble tout de même que je viens d'avaler un petit morceau de verre pointu…

Oui, qu'est-ce que je deviens, dans tout ça ? Une femme heureuse ?… Ce soleil, qui pénètre, impérieux, dans mon intime « chambre noire », me gêne pour penser…

— Je rentre, Brague : je suis fatiguée.

Brague me regarde par-dessus son journal, la tête penchée sur l'épaule pour éviter le filet de fumée qui monte de sa cigarette, à demi éteinte au coin de ses lèvres.

— Fatiguée ? pas malade ? C'est samedi, tu sais ! le public de l'Eldo sera chaud : tiens-toi ferme !

Je ne daigne pas répondre. Me prend-il pour une débutante ? on le connaît, ce public de Marseille, irritable et bon enfant, qui méprise la timidité et châtie l'outrecuidance, et qu'on ne conquiert pas sans lui donner toutes ses forces…

Le déshabillage, la fraîcheur, sur la peau, d'un kimono de shantung bleuâtre lavé vingt fois, dissipent ma migraine commençante. Je ne m'étends pas sur mon lit, de peur de m'endormir : ce n'est pas pour me reposer que je viens ici. Agenouillée sur un fauteuil, contre la fenêtre ouverte, je m'accoude au dossier, caressant l'un à l'autre derrière moi mes pieds nus. Je retrouve, depuis quelques jours, l'habitude de me camper au bord d'une table, de m'asseoir de biais sur le bras d'un fauteuil, de garder longtemps des attitudes incommodes sur des sièges inconfortables, comme si les brèves pauses que je fais sur ma route ne valaient pas la peine d'une installation, d'un repos préparé… Les chambres où je couche, on dirait que j'y suis entrée pour un quart d'heure, le manteau jeté ci, le chapeau là… C'est dans le wagon que je me révèle ordonnée jusqu'à la manie, entre mon sac, mon plaid roulé, mes journaux et mes livres, les coussins de caoutchouc qui étayent mon sommeil rigide, un sommeil prompt de voyageuse endurcie, qui ne dérange ni mon voile noué en bandeau de religieuse, ni ma jupe tirée à ras des chevilles.

Je ne me repose pas. Je veux me contraindre à réfléchir, et ma pensée regimbe, s'échappe, fuit sur le chemin de lumière que lui ouvre un rayon tombé sur le balcon, et s'en va là-bas, sur un toit en mosaïque de tuiles vertes, où elle s'arrête puérilement pour jouer avec un reflet, une ombre de nuages… Je lutte, je me fouaille… Puis je cède une minute, et je recommence. Ce sont de telles joutes qui font aux exilés de ma sorte ces yeux si grands ouverts, si lents à décrocher leur regard d'un appât invisible. Morose gymnastique de solitaire…

Solitaire ! que vais-je songer là, quand mon amant m'appelle, prêt à répondre de moi pour toute la vie ?…

Mais, « toute la vie », je ne sais que ce que c'est. Il y a trois mois, je prononçais ces mots terribles « dix ans », « vingt ans », sans comprendre. Il est temps de comprendre, à présent ! Mon amant m'offre sa vie, sa vie imprévoyante et généreuse d'homme jeune, qui a trente-quatre ans à peu près, comme moi. Il ne doute pas de ma jeunesse, il ne voit pas *la fin* – la mienne. Son aveuglement me refuse le droit de changer, de vieillir, alors que tout instant, ajouté à l'instant écoulé, me dérobe déjà à lui…

J'ai encore de quoi le contenter, mieux : l'éblouir. Je puis quitter ce visage-ci, comme on se démasque ; j'en ai un autre plus beau, qu'il a entrevu… Et je me dévêts comme d'autres se parent, rompue – car je fus le modèle de Taillandy avant d'être danseuse – à déjouer les dangers de la nudité, à me mouvoir nue sous la lumière comme sous une draperie compliquée. Mais… pour combien d'années suis-je armée encore ?

Mon ami m'offre son nom et sa fortune, avec son amour. Décidément, mon maître le hasard fait bien les choses et veut récompenser d'un coup le culte capricieux que je lui voue. C'est inespéré, c'est fou, c'est… c'est un peu trop !

Cher brave homme ! il attendra ma réponse impatiemment, et guettera le facteur sur la route, en compagnie de Fossette, ma Fossette qui exulte de jouer à la châtelaine, qui roule en auto et fait le train de ceinture autour des chevaux sellés !… Il doit corser sa joie d'un orgueil naïf, légitime, l'orgueil d'être le Monsieur assez chic pour hisser vers lui, du sous-sol de l'Emp'-Clich' à la terrasse blanche des Salles-Neuves, une « petite bonne femme de caf' conc' »…

Cher, cher *bourgeois* héroïque !… Ah ! pourquoi n'en aime-t-il pas une autre ! Comme une autre le rendrait heureux ! Il me semble que je ne pourrai jamais moi…

S'il ne fallait que me donner ! Mais il n'y a pas que la volupté… La volupté tient, dans le désert illimité de l'amour, une ardente et très petite place, si embrasée qu'on ne voit d'abord qu'elle : je ne suis pas une jeune fille toute neuve, pour m'aveugler sur son éclat. Autour de ce foyer inconstant, c'est l'inconnu, c'est le danger… Que sais-je de l'homme que j'aime et qui me veut ? Lorsque nous nous serons relevés d'une courte étreinte, ou même d'une longue nuit, il faudra commencer à vivre l'un près de l'autre, l'un par l'autre. Il cachera courageusement les premières déconvenues qui lui viendront de moi, et je tairai les miennes, par orgueil, par pudeur, par pitié, et surtout parce que je les aurai attendues, redoutées, *parce que je les reconnaîtrai…* Moi qui me contracte toute, à l'entendre me nommer « mon enfant chérie », moi qui tremble devant certains gestes de lui, devant certaines intonations ressuscitées, quelle armée de fantômes me guette derrière les rideaux d'une couche encore fermée ?…

… Aucun reflet ne danse, là-bas, sur le toit aux tuiles vertes. Le soleil a tourné ; un lac de ciel, tout à l'heure d'azur entre deux fuseaux de nuages immobiles, pâlit suavement, passe de la turquoise au citron vert. Mes bras accoudés, mes genoux pliés se sont engourdis. L'infructueuse journée va finir, et je n'ai rien décidé, rien écrit, je n'ai pas arraché à mon cœur un de ces mouvements irrépressibles dont j'acceptais autrefois sans contrôle – et prête à la nommer « divine » – l'orageuse impulsion.

Que faire ?… Pour aujourd'hui, écrire, brièvement, car l'heure presse, et mentir…

Mon chéri, il est presque six heures, et j'ai passé la journée à lutter contre une terrible migraine. La chaleur est telle, et si soudaine, que j'en gémis, mais, comme Fossette devant un feu trop vif, sans rancune. Et puis votre lettre, par là-dessus !… C'est trop de soleil, trop de lumière à la fois, le ciel et vous m'accablez sous vos dons ; je n'ai la force, aujourd'hui, que de soupirer : « C'est trop !… » Un ami tel que vous, Max, et beaucoup d'amour et beaucoup de bonheur, et beaucoup d'argent… Vous me croyez donc bien solide ? je le suis d'habitude, c'est vrai, mais pas aujourd'hui. Laissez-moi le temps…

Voici une photographie pour vous. Je la reçois de Lyon, où Barally a pris cet instantané. M'y trouvez-vous assez noire, assez petite, assez chien perdu, avec ces mains croisées et cet air battu ? Franchement, mon ami aimé, cette passante menue porte bien mal l'excès d'honneur et de biens que vous lui promettez. Elle regarde de votre côté, et son museau défiant de renard semble vous dire : « C'est bien pour moi, tout ça ? vous êtes sûr ? »

Adieu, mon ami chéri. Vous êtes le meilleur des hommes, et vous méritiez la meilleure des femmes. Ne regretterez-vous pas d'avoir choisi seulement

RENÉE NÉRÉ ?

J'ai quarante-huit heures devant moi…

Et maintenant, vite ! La toilette, le dîner chez Basso sur la terrasse, dans le vent frais, dans l'odeur de citron et de moules mouillées, la course vers l'Eldorado par les avenues baignées d'électricité rose, la rupture, enfin, pour quelques heures, du fil qui me tire là-bas, en arrière, sans repos…

*

Nice, Cannes, Menton… Je tourne, suivie par mon tourment qui grandit : un tourment si vivace, si constamment présent que je crains parfois de voir la forme de son ombre à côté de la mienne, sur le grès blond des jetées qui bordent la mer, sur le pavé chaud où fermentent des écorces de bananes… Mon tourment me tyrannise ; il s'interpose entre moi et le plaisir de vivre, de contempler, de respirer profondément… Une nuit, j'ai rêvé que je n'aimais pas, et, cette nuit-là, j'ai reposé, délivrée de tout, comme dans une mort suave…

À ma lettre ambiguë de Marseille, Max a répliqué par une lettre heureuse et tranquille, un long remerciement sans rature, où l'amour se faisait amical, assuré, fier de donner tout et de recevoir davantage, une lettre, enfin, qui pouvait me donner l'illusion d'avoir écrit : « Tel jour, telle heure, je suis à vous, et nous partons ensemble. »

C'en est donc fait ? Suis-je engagée à ce point ? Est-ce l'impatience, est-ce la hâte, cette méchante humeur qui, d'un jour à un autre, d'une ville à une autre, d'une nuit à une autre, me fait trouver le temps si long ?… À Menton, j'écoutais, hier, dans une pension de famille endormie au milieu des jardins, s'éveiller les oiseaux et les mouches, et le perroquet du balcon. Le vent de l'aube froissait les palmiers comme des roseaux morts, et je reconnaissais tous les sons, toute la musique d'un matin semblable de l'année dernière. Mais, cette année, le sifflement du perroquet, le bourdonnement des guêpes dans le soleil levant, et la brise dans les palmes dures, tout cela reculait, s'éloignait de moi, semblait murmurer comme l'accompagnement de mon souci, servir de pédale à l'idée fixe, – à l'amour.

Sous ma fenêtre, dans le jardin, un parterre oblong de violettes, que le soleil n'avait pas encore touchées, bleuissait dans la rosée, sous des mimosas d'un jaune de poussin. Il y avait aussi, contre le mur, des roses grimpantes qu'à leur couleur je devinais sans parfum, un peu soufrées, un peu vertes, de la même nuance indécise que le ciel pas encore bleu. Les mêmes roses, les mêmes violettes que l'an passé… Mais pourquoi n'ai-je pu, hier, les saluer de ce sourire involontaire, reflet d'une inoffensive félicité mi-physique, où s'exhale le silencieux bonheur des solitaires ?

Je souffre. Je ne puis m'attacher à ce que je vois. Je me suspends, encore un instant, encore un instant, à la plus grande folie, à l'irrémédiable malheur du reste de mon existence. Accrochée et penchante comme l'arbre qui a grandi au-dessus du gouffre, et que son épanouissement incline vers sa perte, je résiste encore, et qui peut dire si je réussirai ?…

Une petite image, lorsque je m'apaise, lorsque je m'abandonne à mon court avenir, confiée toute à celui qui m'attend là-bas, une petite image photographique me rejette à mon tourment, à la sagesse. C'est un instantané, où Max joue au tennis avec une jeune fille. Cela ne veut rien dire : la jeune fille est une passante, une voisine venue pour goûter aux Salles-Neuves, il n'a pas pensé à elle en m'envoyant sa photographie. Mais, moi, je pense à elle, et j'y pensais déjà avant de l'avoir vue ! Je ne sais pas son nom, je vois à peine son visage, renversé sous le soleil, noir, avec une grimace joyeuse où brille une ligne blanche de dents. Ah ! si je tenais mon amant, là, à mes pieds, entre mes mains, je lui dirais…

Non, je ne lui dirais rien. Mais écrire, c'est si facile ! Écrire, écrire, lancer à travers des pages blanches l'écriture rapide, inégale, qu'il compare à mon visage mobile, surmené par l'excès d'expression. Écrire sincèrement, presque sincèrement ! J'en espère un soulagement, cette sorte de silence intérieur qui suit un cri, un aveu…

Max, mon ami aimé, je t'ai demandé hier le nom de cette jeune fille, qui joue avec toi au tennis. Ce n'était pas la peine. Elle s'appelle, pour moi, une jeune fille, toutes les jeunes filles, toutes les jeunes femmes *qui seront mes rivales un peu plus tard, bientôt, demain. Elle s'appelle l'inconnue, ma cadette, celle à qui on me comparera cruellement, lucidement, avec moins de cruauté et de clairvoyance, pourtant, que je ne ferai moi-même !...*

Triompher d'elle ? Combien de fois ? Qu'est le triomphe quand la lutte épuise et ne finit point ! Comprends-moi, comprends-moi ! Ce n'est pas le soupçon, ce n'est pas ta trahison future, ô mon amour, qui me ruine, c'est ma déchéance. Nous avons le même âge ; je ne suis plus une jeune femme. Imagine, ô mon amour, ta maturité de bel homme, dans quelques années, auprès de la mienne ! Imagine-moi belle encore et désespérée, enragée dans mon armure de corset et de robe, sous mon fard et mes poudres, sous mes fragiles et jeunes couleurs... Imagine-moi belle comme une rose mûre qu'on ne doit pas toucher ! Un regard de toi, appuyé sur une jeune femme, suffira à prolonger, sur ma joue, le pli triste qu'y a creusé le sourire, mais une nuit heureuse dans tes bras coûtera davantage à ma beauté qui s'en va... J'atteins – tu le sais ! – l'âge de l'ardeur. C'est celui des imprudences sinistres... Comprends-moi ! Ta ferveur, qui me convaincra, qui me rassurera, ne me conduira-t-elle pas à l'imbécile sécurité des femmes aimées ? Une ingénue maniérée renaît, pour de brèves et périlleuses minutes, en l'amoureuse comblée, et se permet des jeux de fillette, qui font trembler sa chair lourde et savoureuse. J'ai frémi, devant l'inconscience d'une amie quadragénaire, qui coiffait, dévêtue et tout essoufflée d'amour le képi de son amant, lieutenant de hussards...

Oui, oui, je divague, je t'effraie. Tu ne comprends pas. Il manque à cette lettre un long préambule, toutes les pensées que je te cache, qui m'empoisonnent depuis tant de jours… C'est si simple, n'est-ce pas, l'amour ? Tu ne lui prêtais pas ce visage ambigu, tourmenté ? On s'aime, on se donne l'un à l'autre, nous voilà heureux pour la vie, n'est-ce pas ? Ah ! que tu es jeune, et pis que jeune, toi qui ne souffres que de m'attendre ! Ne pas posséder ce que l'on désire, ton enfer se borne à cela, dont certains font l'aliment de toute leur vie… Mais posséder ce que l'on aime et sentir à toute minute son bien unique se désagréger, fondre et fuir comme une poudre d'or entre les doigts !… Et n'avoir pas l'affreux courage d'ouvrir la main, d'abandonner le trésor entier ; mais serrer toujours plus fort les doigts, et crier, et supplier, pour garder… quoi ? une petite trace d'or, précieuse, au creux de la paume…

Tu ne comprends pas ? Mon petit, je voudrais pour tout au monde te ressembler, je voudrais n'avoir jamais souffert que par toi, et rejeter ma vieille détresse expérimentée… Secours, comme tu le pourras, ta Renée, mais, mon amour, si je n'espère plus qu'en toi seul, n'est-ce pas déjà désespérer à moitié ?…

Ma main demeure crispée sur le mauvais porte-plume trop mince. Quatre grandes feuilles, sur la table, témoignent de ma hâte à écrire, non moins que le désordre du manuscrit, où l'écriture monte et descend, se dilate et se contracte, sensible…

Va-t-il me reconnaître dans ce désordre ? Non. Je m'y dissimule encore. Dire la vérité, oui, mais toute la vérité, on ne peut pas, on ne doit pas.

Devant moi, sur la place, la place balayée par un vent tout à l'heure vif, mais qui faiblit et tombe comme une aile fatiguée, le mur cintré des arènes de Nîmes dresse sa pâte d'un roux croustillant, sur un pan de ciel ardoisé, opaque, qui présage la tempête. L'air brûlant se traîne dans ma chambre. Je veux revoir, sous ce ciel lourd, mon refuge élyséen : les jardins de la Fontaine.

Un fiacre branlant, un cheval accablé me traînent jusqu'à la grille noire qui défend ce parc où rien ne change. Est-ce que le printemps de l'an passé n'a pas duré, magiquement, jusqu'à cette heure, pour m'attendre ? Il est si féerique en ce lieu, le printemps immobile et suspendu sur toutes choses, que je tremble de le voir s'abîmer et se dissoudre en nuée…

Je palpe amoureusement la pierre chaude du temple ruiné, et la feuille vernie des fusains, qui semble mouillée. Les bains de Diane, où je me penche, mirent encore et toujours des arbres de Judée, des térébinthes, des pins, des paulownias fleuris de mauve et des épines doubles purpurines… Tout un jardin de reflets se renverse au-dessous de moi et tourne, décomposé dans l'eau d'aigue-marine, au bleu obscur, au violet de pêche meurtrie, au marron de sang sec… Le beau jardin, le beau silence, où seule se débat sourdement l'eau impérieuse et verte, transparente, sombre, bleue et brillante comme un vif dragon !…

Une double allée harmonieuse monte vers la tour Magne entre les murailles ciselées d'ifs, et je me repose une minute au bord d'une auge de pierre, où l'eau ternie est verte de cresson fin et de rainettes bavardes aux petites mains délicates… Là-haut, tout en haut, un lit sec d'aiguilles odorantes nous reçoit, moi et mon tourment.

Au-dessous, le beau jardin s'aplanit, géométrique aux places découvertes. L'approche de l'orage a chassé tout intrus, et la grêle, l'ouragan, montent lentement de l'horizon, dans les flancs ballonnés d'un épais nuage ourlé de feu blanc…

Tout ceci est encore mon royaume, un petit morceau des biens magnifiques que Dieu dispense aux passants, aux nomades, aux solitaires. La terre appartient à celui qui s'arrête un instant, contemple et s'en va ; tout le soleil est au lézard nu qui s'y chauffe…

Au profond de mon souci s'agite un grand marchandage, un esprit de troc qui pèse des valeurs obscures, des trésors à demi cachés, c'est un débat qui monte, qui se fraye confusément un passage vers le jour… Le temps presse. Toute la vérité, que j'ai dû taire à Max, je me la dois. Elle n'est pas belle, elle est encore débile, effarée et un peu perfide. Elle ne sait me souffler encore que des soupirs laconiques : « Je ne veux pas… il ne faut pas… j'ai peur ! »

Peur de vieillir, d'être trahie, de souffrir… Un choix subtil a guidé ma sincérité partielle, pendant que j'écrivais cela à Max. Cette peur-là, c'est le cilice qui colle à la peau de l'Amour naissant et se resserre sur lui, à mesure qu'il grandit… Je l'ai porté, ce cilice, on n'en meurt pas. Je le porterais de nouveau, si… *si je ne pouvais pas faire autrement…*

« Si je ne pouvais pas faire autrement… » Cette fois, la formule est nette ! Je l'ai lue écrite dans ma pensée, je l'y vois encore, imprimée comme une sentence en petites capitales grasses… Ah ! je viens de jauger mon piètre amour et de libérer mon véritable espoir : l'évasion.

Comment y parvenir ? tout est contre moi. Le premier obstacle où je bute, c'est ce corps de femme allongé qui me barre la route, un voluptueux corps aux yeux fermés, volontairement aveugle, étiré, prêt à périr plutôt que de quitter le lieu de sa joie… C'est moi, cette femme-là, cette brute entêtée au plaisir. « Tu n'as pas de pire ennemie que toi-même ! » Eh ! je le sais, mon Dieu, je le sais ! Vaincrai-je aussi, plus dangereuse cent fois que la bête goulue, l'enfant abandonnée qui tremble en moi, faible, nerveuse, prompte à tendre les bras, à implorer : « Ne me laissez pas seule ! » Celle-ci craint la nuit, la solitude, la maladie et la mort, elle tire les rideaux, le soir, sur la vitre noire qui l'effraie, et se languit du seul mal de n'être point assez chérie… Et vous, mon adversaire bien-aimé, Max, comment viendrai-je à bout de vous, en me déchirant moi-même ? Vous n'auriez qu'à paraître, et… Mais je ne vous appelle pas !

Non, je ne vous appelle pas. C'est ma première victoire…

Le nuage orageux passe à présent au-dessus de moi, versant goutte à goutte une eau paresseuse et parfumée. Une étoile de pluie s'écrase au coin de ma lèvre et je la bois, tiède, sucrée d'une poussière à goût de jonquille…

*

Nîmes, Montpellier, Carcassonne, Toulouse… quatre jours sans repos, et quatre nuits ! on arrive, on se lave, on mange et on danse au son d'un orchestre mal assuré et qui déchiffre, on se couche – est-ce la peine ? – et on repart. On maigrit de fatigue et personne ne se plaint, l'orgueil avant tout ! On change de music-hall, de loge, d'hôtel, de chambre, avec une indifférence de soldats en manœuvres. La boîte à maquillage s'écaille et montre son fer-blanc. Les costumes faiblissent et exhalent, nettoyés hâtivement à l'essence avant le spectacle, une odeur surie de poudre de riz et de pétrole. Je repeins au carmin mes sandales rouges, craquées, de *L'Emprise* ; ma tunique de *La Dryade* perd sa nuance acide de sauterelle et de pré vert. Brague est splendide de crasses colorées ; sa culotte bulgare en cuir brodé, raide du sang artificiel qui l'éclabousse chaque soir, ressemble à une peau de bœuf fraîchement écorché. Le Vieux Troglodyte épouvante, en scène, sous une perruque d'étoupe qui pèle et des peaux de lièvre déteintes, malodorantes.

Oui, des jours très durs, où nous haletons, entre un ciel bleu, balayé de rares nuées longues, maigres, comme cardées par le mistral, et une terre qui craque de soif et se fendille… Et puis, j'ai double charge, moi. Mes deux compagnons, quand ils débarquent dans la ville nouvelle, délestent leur épaule de la courroie qui la plie et ne songent plus, légers, qu'au « demi » mousseux, à la balade sans but. Mais, pour moi, il y a l'heure du courrier… Le courrier ! les lettres de Max…

Dans les casiers vitrés, sur les tables grasses où le concierge éparpille les papiers d'un revers de main, je vois, tout de suite, électriquement, la ronde écriture fleurie, l'enveloppe bleutée : adieu le repos !

— Donnez ! Celle-là !… Oui, oui, je vous dis que c'est pour moi !

Mon Dieu ! qu'y a-t-il là-dedans ? Des reproches, des prières, ou peut-être seulement : « J'arrive… »

J'ai attendu quatre jours la réponse de Max à ma lettre de Nîmes ; pendant quatre jours, je lui ai écrit tendrement, cachant ma profonde agitation sous une gentillesse verbeuse, et comme si j'avais oublié cette lettre de Nîmes… De si loin, on est obligé à un dialogue épistolaire lâché, on mélancolise à bâtons rompus, au petit malheur… Quatre jours, j'ai attendu la réponse de Max, impatiente et ingrate quand je trouvais seulement la longue anglaise démodée, gracieuse, de mon amie Margot, le minuscule griffonnage de mon vieil Hamond, les cartes postales de Blandine.

Ah ! cette lettre de Max, je la tiens enfin, je la lis avec une palpitation trop connue, qu'un souvenir rend plus douloureuse : n'y eut-il pas dans ma vie un temps où Taillandy « l'homme que jamais une femme n'a plaqué », disait-il, s'enragea soudain de mon absence et de mon silence et m'écrivit des lettres d'amant ? La vue seule de son écriture acérée me rendait pâle, et je sentais mon cœur tout petit, rond et dur, bondissant – comme aujourd'hui, comme aujourd'hui…

Froisser cette lettre de Max sans la lire, aspirer l'air comme un pendu qu'on décroche à temps, et fuir !… Mais je ne puis… Ce n'est qu'une tentation brève. Il faut lire…

Que le hasard soit béni ! Mon ami n'a pas compris. Il a cru qu'il s'agissait d'une crise jalouse, d'une coquette alarme de femme qui veut recevoir, de l'homme aimé, la plus flatteuse, la plus formelle assurance… Il me la donne, cette assurance, et je ne puis m'empêcher de sourire, parce qu'il loue son « âme chérie » tantôt comme une saur très respectée et tantôt comme une belle jument… « Tu seras toujours la plus belle ! » Il l'écrit comme il le pense, sans doute. Mais pourrait-il répondre autre chose ? Peut-être, au moment d'écrire ces mots-là, a-t-il levé la tête et regardé devant lui la forêt profonde, avec une hésitation, une suspension imperceptibles de la pensée. Et puis il aura secoué les épaules, comme lorsqu'on a froid, et il aura écrit bravement, lentement : « Tu seras toujours la plus belle ! »

Pauvre Max !... Le meilleur de moi-même semble conspirer contre lui, maintenant... Avant-hier, nous partions à l'aube, et je reprenais, dès le wagon, mon repos en miettes, rompu et recommencé vingt fois, lorsqu'une haleine salée, fleurant l'algue fraîche, rouvrit mes yeux : la mer ! Sète, et la mer ! Elle était là, tout le long du train, revenue quand je ne pensais plus à elle. Le soleil de sept heures, bas encore, ne la pénétrait point ; elle refusait de se laisser posséder, gardant, mal éveillée, une teinte nocturne d'encre bleue, crêtée de blanc...

Des salines défilaient, bordées d'un gazon de sel étincelant, et des villas dormantes, blanches comme le sel, entre leurs lauriers sombres, leurs lilas et leurs arbres de Judée... À demi endormie, comme la mer, abandonnée au bercement du train, je croyais raser, d'un vol tranchant d'hirondelle, les vagues proches... Je goûtais un de ces parfaits moments, un de ces bonheurs de malade sans conscience, lorsqu'une *mémoire* subite, une image, un nom, refirent de moi une créature ordinaire, celle de la veille et des jours précédents... Pendant combien de temps venais-je, pour la première fois, d'oublier Max ? Oui, de l'oublier, comme si je n'avais jamais connu son regard ni la caresse de sa bouche, de l'oublier, comme s'il n'y avait pas de soin plus impérieux, dans ma vie, que de chercher des mots, des mots pour dire combien le soleil est jaune, et bleue la mer, et brillant le sel en frange de jais blanc… Oui, de l'oublier, comme s'il n'y avait d'urgent au monde que mon désir de posséder par les yeux les merveilles de la terre !

C'est à cette même heure qu'un esprit insidieux m'a soufflé : « Et s'il n'y avait d'urgent, en effet, que cela ? Si tout, hormis cela, n'était que cendres ?… »

18

Je vis parmi des orages de pensées qui ne s'échappent pas. Je retrouve avec peine et patience ma vocation de silence et de dissimulation. Il m'est de nouveau aisé de suivre Brague à travers une ville, en haut, en bas, à travers les squares, les cathédrales et les musées, dans la fumée des petits caboulots où « on mange épatamment » ! Notre cordialité parle peu, sourit rarement, mais rit quelquefois aux éclats, comme si la gaîté nous était plus accessible que la douceur. Je ris facilement aux histoires de Brague, et je force mon rire à l'aigu, de même qu'il outre en me parlant une grossièreté très artificielle.

Nous sommes sincères l'un et l'autre, mais pas toujours très simples... Nous avons des plaisanteries traditionnelles, qui nous égaient traditionnellement : la préférée de Brague – et qui m'exaspère – est le jeu du Satyre, qui se mime dans les tramways, où mon camarade élit pour victime tantôt une jeune femme timide, tantôt une vieille demoiselle agressive. Assis en face d'elle, veulement adossé, il la couve d'un regard allumé, pour qu'elle rougisse, tousse, arrange sa voilette et détourne la tête. Le regard du « satyre » insiste, lubriquement, puis tous les traits du visage, bouche, narine, sourcils, concourent à exprimer la joie spéciale d'un érotomane…

— C'est un excellent exercice de physionomie ! assure Brague. Quand on aura créé pour moi une classe de pantomime au Conservatoire, je le ferai répéter à toutes mes élèves ensemble et séparément.

Je ris, parce que la pauvre dame, affolée, ne manque jamais de quitter le tramway très vite, mais la perfection grimaçante du vilain jeu me crispe. Mon corps, un peu surmené, subit sans logique des crises d'intolérante chasteté, d'où je chois dans un brasier, allumé en une seconde par le souvenir d'un parfum, d'un geste, d'un cri tendre, un brasier qui éclaire les délices que je n'ai pas eues, aux flammes duquel je me consume, immobile et les genoux joints, comme si je risquais, au moindre mouvement, d'élargir mes brûlures.

Max… Il m'écrit, il m'attend… Que sa confiance m'est cruelle à porter ! Plus cruelle à porter qu'à leurrer, car j'écris moi aussi, j'écris, avec une abondance, une liberté inexplicables. J'écris sur des guéridons boiteux, assise de biais sur des chaises trop hautes, j'écris, un pied chaussé et l'autre nu, mon papier logé entre le plateau du petit déjeuner et mon sac à main ouvert, parmi les brosses, le flacon d'odeur et le tire-bouton ; j'écris devant la fenêtre qui encadre un fond de cour, ou les plus délicieux jardins, ou des montagnes vaporeuses… Je me sens chez moi, parmi ce désordre de campement, ce n'importe où et ce n'importe comment, et plus légère qu'en mes meubles hantés…

*

– L'Amérique du Sud, qu'est-ce que ça te dit, à toi ?

Cette baroque question de Brague est tombée, hier, comme un caillou dans ma rêverie d'après-dîner, pendant l'heure si courte où je lutte contre le sommeil et le dégoût d'aller, en pleine digestion, me maquiller, me déshabiller.

– L'Amérique du Sud ? c'est loin.

– Flemmarde !

– Tu ne comprends pas, Brague. Je dis « c'est loin » comme j'aurais dit « c'est beau » !

– Ah ! bon… comme ça… C'est Salomon qui me tâte pour là-bas. Alors ?

– Alors ?

– On peut voir ?

– On peut voir.

Ni l'un ni l'autre nous ne sommes dupes de notre indifférence jouée. J'ai appris, à mes dépens, à ne pas « allumer » l'impresario sur une tournée, en montrant mon envie de partir. D'autre part, Brague se garde, jusqu'à nouvel ordre, de me présenter l'affaire sous un jour avantageux, dans la crainte de provoquer un enchérissement sur « le cachet global ».

L'Amérique du Sud ! J'ai eu, à ces trois mots-là, un éblouissement d'illettrée qui voit le Nouveau Monde à travers une féerie d'étoiles en pluie, de fleurs géantes, de pierres précieuses et d'oiseaux-mouches… Le Brésil, l'Argentine… quels noms étincelants ! Margot m'a conté qu'on l'y emmena tout enfant, et mon désir émerveillé s'accroche à la peinture qu'elle me fit d'une araignée au ventre d'argent et d'un arbre couvert de lucioles…

Le Brésil, l'Argentine, mais… Et Max ?

Et Max ?… Depuis hier, je rôde autour de ce point d'interrogation. Et Max ? et Max ? Ce n'est plus une pensée, c'est un refrain, un bruit, un petit croassement rythmé, qui fatalement amène une de mes « crises de grossièreté ». Quel ancêtre mal embouché aboie en moi avec cette virulence non seulement verbale, mais sentimentale ? Je viens de froisser la lettre commencée pour mon ami, en jurant à mi-voix.

« Et Max ! Et Max ! Encore ! jusqu'à quand le trouverai-je dans mes jambes, celui-là ? Et Max ! et Max ! Alors, moi, je n'existe que pour me soucier de cet encombrant rentier ? La paix, Seigneur, la paix ! assez de chichis, assez d'idylles, assez de temps perdu, assez d'hommes ! Regarde-toi, ma pauvre amie, regarde-toi ! Tu n'es pas, il s'en faut, une vieille femme, mais tu es déjà une manière de vieux garçon. Tu en as les manies, le sale caractère, la sensibilité tatillonne – de quoi souffrir, de quoi te rendre insupportable. Que vas-tu faire dans cette galère… pas même ! dans ce bateau-lavoir, solidement amarré, où l'on blanchit une lessive patriarcale ? Si tu étais capable, au moins, de te payer un bon petit béguin pour ce grand gars-là, quinze jours, trois semaines, deux mois, et puis adieu ! on ne se doit rien, on s'est bien réjouis l'un de l'autre… Tu aurais dû apprendre, cher Taillandy, comment on se plaque !… »

Et je vais, et je vais… J'apporte, à insulter mon ami et moi-même, une ingéniosité crue, méchante ; c'est une sorte de jeu où je m'excite à dire des choses vraies que je ne pense pas, que je ne pense pas encore… Et cela dure jusqu'au moment où je m'aperçois qu'il pleut à verse : les toits, de l'autre côté de la rue, ruissellent, et la gouttière déborde. Une longue goutte froide roule le long de la vitre et tombe sur ma main. Derrière moi, la chambre est devenue noire… Il ferait bon, contre l'épaule de celui que j'humiliais tout à l'heure en le traitant d'encombrant rentier…

J'allume l'ampoule du plafond, je risque, pour m'occuper, un arrangement éphémère de la table à écrire, j'ouvre le buvard, entre le miroir-chevalet et le bouquet de narcisses, je cherche un semblant de home, je souhaite le thé chaud, le pain doré, ma lampe familière et son abat-jour rose, l'aboiement de ma chienne, la voix de mon vieil Hamond…

Une grande feuille blanche est là, tentante, et je m'assieds :

Max, mon chéri, oui, je reviens ; je reviens un peu tous les jours. Est-il possible que douze nuits seulement me séparent de vous ? Rien n'est moins sûr : il me semble que je ne dois plus vous revoir... Comme ce serait terrible ! comme ce serait sage !...

Je m'arrête : n'est-ce pas trop net ?... Non. D'ailleurs, j'ai écrit : « ce serait », et jamais un amant ne prendra au tragique un conditionnel... Je puis continuer sur le même mode rassurant, risquer des généralités mélancoliques, des restrictions timorées... Et comme, tout de même, j'appréhende une décision brusque qui amènerait Max ici en moins de douze heures, je n'oublie pas de noyer le tout dans un flot de tendresses, hélas ! qui m'entraîne...

C'est un peu dégoûtant, ce que je fais là...

*

Comme le temps passe ! Où sont les Pyrénées fleuries de cerisiers, la grande montagne sévère qui semblait nous suivre, étincelante d'une neige qui donne soif, sabrée d'ombres vertigineuses, fendue d'abîmes bleus et tachée de forêts de bronze ? Où, les vallées étroites, et le gazon d'Espagne, et les orchidées sauvages d'un blanc de gardénia ? et la placette basque où fumait le chocolat noir ? Qu'il est déjà loin, le Gave glacé, plein d'une grâce méchante, troublé par la fonte des neiges, transparent et laiteux comme les pierres de lune !

Nous laissons Bordeaux, maintenant, après cinq représentations données en trois jours :

— Bonne ville ! soupirait Brague à la gare. Je m'ai appliqué une petite Bordelaise… aux cèpes ! une de ces demi-portions comme il en pleut sur le *Courss*, tu vois d'ici ? Haute comme trois pommes, du nichon, la jambe courte, un petit pied gras, et ça se fout tant de noir aux yeux, tant de poudre, tant de cheveux frisés, que je te défie de savoir si elles sont jolies ou non. Ça brille, ça cause, ça remue… ça fait bien mon blot !

Il exhalait sa félicité tranquille, et je le regardais avec une hostilité un peu écœurée, comme je regarde les gens qui mangent quand je n'ai plus faim…

Le printemps craintif fuit devant nous. Il rajeunit d'heure en heure et se referme feuille à feuille, fleur à fleur, à mesure que nous regagnons le nord. À l'ombre plus grêle des haies, les pâquerettes d'avril ont reparu, et les dernières violettes décolorées… L'azur plus pâle, l'herbe plus courte, une humidité acide de l'air créent l'illusion de rajeunir et de remonter le temps…

Si je pouvais dévider à rebours les mois échus, jusqu'au jour d'hiver où Max entra dans ma loge… Quand j'étais petite et que j'apprenais à tricoter, on m'obligeait à défaire des rangs et des rangs de mailles, jusqu'à ce que j'eusse trouvé la petite faute inaperçue, la maille tombée, ce qu'à l'école on appelait « une manque »... Une « manque » ! voilà donc tout ce qu'aura été, dans ma vie, mon pauvre second amour, celui que je nommais ma chère chaleur, ma lumière... Il est là, tout près de ma main, je peux le saisir, et je fuis...

Car je fuirai ! Une dérobade préméditée s'organise là-bas, très loin, au fond de moi, sans que j'y prenne encore une part directe... Au moment décisif, lorsqu'il n'y aura plus qu'à crier, comme affolée : « Vite, Blandine, ma valise et un taxi-auto ! » je serai peut-être dupe de mon désordre, mais, ô cher Max que j'ai voulu aimer, je le confesse ici avec la douleur la plus vraie : tout est, dès cette heure, résolu.

À cette douleur près, ne suis-je pas redevenue *ce que j'étais*, c'est-à-dire libre, affreusement seule et libre ? La grâce passagère dont je fus touchée se retire de moi, qui refusai de m'abîmer en elle. Au lieu de lui dire : « Prends-moi ! » je lui demande : « Que me donnes-tu ? Un autre moi-même ? Il n'y a pas d'autre moi-même. Tu me donnes un ami jeune, ardent, jaloux, et sincèrement épris ? Je sais : cela s'appelle un maître, et je n'en veux plus... Il est bon, il est simple, il m'admire, il est sans détour ? Mais alors, c'est mon inférieur, et je me mésallie... Il m'éveille d'un regard, et je cesse de m'appartenir s'il pose sa bouche sur la mienne ? Alors, c'est mon ennemi, c'est le pillard qui me vole à moi-même !... J'aurai tout, tout ce qui s'achète, et je me pencherai au bord d'une terrasse blanche, où débordent les roses de mes jardins ? Mais c'est de là que je verrai passer les maîtres de la terre, les errants !… – Reviens ! supplie mon ami, quitte ton métier et la tristesse miséreuse du milieu où tu vis, reviens parmi tes égaux… – Je n'ai pas d'égaux, je n'ai que des compagnons de route… »

Des moulins tournent à l'horizon. Dans les petites gares que le train traverse, les coiffes bretonnes, les premières coiffes blanches, fleurissent comme des marguerites… Voici que j'entre, éblouie, dans le jaune royaume des genêts et des ajoncs ! L'or, le cuivre, le vermeil aussi – car le colza pâle s'y mêle – enflamment ces landes pauvres d'une insoutenable lumière. J'appuie ma joue, et mes mains ouvertes, à la vitre du wagon, surprise de ne la point sentir tiède. Nous traversons l'incendie, des lieues et des lieues d'ajoncs en fleurs, une richesse désolée qui rebute même les chèvres, où les papillons, alourdis par le chaleureux parfum de pêche à demi mûre et de poivre, tournoient d'une aile déchirée…

*

C'est à Caen, l'avant-veille de notre retour, que je trouve cette lettre de Max, une ligne, sans signature : « Ma Renée, est-ce que vous ne m'aimez plus ? »

C'est tout. Je n'avais pas prévu cette douceur et cette question si simple, qui déjoue toute ma littérature. Qu'ai-je donc écrit, la dernière fois ?…

Peu importe. S'il m'aime, ce n'est pas dans mes lettres qu'il a lu l'avertissement. S'il m'aime, il connaît ces chocs mystérieux, ce doigt léger et malfaisant qui heurte le cœur, ces menus foudroiements qui immobilisent soudain un geste, coupent un éclat de rire – il connaît que la trahison, l'abandon, le mensonge frappent à travers la distance, il connaît la brutalité, l'infaillibilité du *pressentiment* !

Pauvre, pauvre ami, que j'ai voulu aimer ! tu aurais pu mourir ou me tromper, et je n'en aurais rien su, moi que la trahison la mieux cachée blessait, autrefois, télépathiquement…

« Ma Renée, est-ce que vous ne m'aimez plus ?… » Je n'ai pas fondu en pleurs passionnés, mais j'ai jeté, sur une feuille de papier, les abréviations d'une dépêche vaguement rassurante : « Après-demain, cinq heures, serai chez moi. Toutes mes tendresses. »

Je suis jalouse, subtilement, de cet homme qui souffre. Je relis sa plainte, et je parle à cette lettre comme si c'était à lui, avec la bouche dure et les sourcils méchants :

« Tu aimes, tu souffres, et tu te plains ! Te voilà tout ressemblant à moi-même, quand j'avais vingt ans. Je t'abandonne, et, grâce à moi, tu vas peut-être t'augmenter de ce qui te manque. Déjà tu vois à travers les murailles : ne t'émerveilles-tu pas, grand mâle épais ? Des nerfs affinés, une souffrance innocente et enflammée, un espoir qui reverdissait, vivace, comme un pré fauché, c'était ma part, tout cela, et ce sera maintenant la tienne. Je ne puis te la reprendre, mais je t'en veux… »

Une pincée de lettres accompagne celle de Max. Blandine elle-même écrit : « Madame, monsieur Maxime a reporté Fossette, elle a encore un nouveau collier. Monsieur Maxime demande après Madame, il n'a pas l'air bien content, on voit qu'il a attendu après Madame… »

Lettre d'Hamond, qui parle simplement, mais écrit avec une courtoisie presque cérémonieuse ; lettre de Margot, qui n'a rien à me dire et remplit deux feuillets d'un babil de religieuse : ils se hâtent de m'écrire tous, au moment où je reviens, comme si leur conscience leur reprochait un peu de m'avoir laissée longtemps seule…

À qui me confierai-je au retour ? À Hamond ? à Margot ? Ni à l'un ni à l'autre. Je déchire ce fatras léger, avant de quitter, pour monter sur la scène, la tombe étouffante qu'on nomme « loge de l'étoile » aux Folies-Caennaises. Nous sommes dans un *café chantant*, ancien style : il faut traverser une partie du public pour gagner la porte de la scène, c'est le pire moment de la soirée. On nous coudoie, on nous barre exprès le passage pour nous dévisager plus longtemps ; mon bras nu laisse sa poudre contre un dolman, une main tire sournoisement mon châle brodé, des doigts furtifs tâtent ma hanche… Tête haute, nous portons le mépris et la convoitise de cette foule chaude, comme de fiers détenus…

19

La demie d'une heure sonne très loin. Le train de Calais, qui doit me ramener à Paris, ne passera que dans cinquante minutes…

Je rentre seule, dans la nuit, sans prévenir personne. Brague et le Vieux Troglodyte, désaltérés par mes soins, dorment maintenant quelque part dans Boulogne-sur-Mer. Nous avons tué trois quarts d'heure en comptabilité et en bavardage, en projets de tournée sud-américaine, et puis je suis venue m'échouer à cette gare des Tintelleries, si déserte à cette heure qu'elle semble désaffectée… On n'a pas allumé, pour moi toute seule, les globes électriques du quai… Un timbre fêlé grelotte timidement dans l'ombre, comme suspendu au cou d'un chien transi.

La nuit est froide et sans lune. Il y a près de moi, dans un jardin invisible, des lilas odorants que le vent froisse. J'entends, là-bas, l'appel des sirènes sur la mer…

Qui devinerait que je suis ici, tout au bout du quai, pelotonnée dans mon manteau ? Comme je suis bien cachée ! Ni plus noire, ni plus claire que l'ombre…

Au petit jour, j'entrerai chez moi, sans bruit, comme une voleuse, car on ne m'attend pas si tôt. J'éveillerai Fossette et Blandine, et puis ce sera le plus dur moment…

J'imagine exprès les détails de mon arrivée ; j'appelle, avec une cruauté nécessaire, le souvenir du parfum double qui s'attache aux tentures : tabac anglais et jasmin un peu trop doux ; je presse en pensée le coussin de satin qui porte, en deux taches pâles, la trace de deux larmes, tombées de mes yeux pendant une minute de très grand bonheur… J'ai, au bord des lèvres, le petit « ah ! » étouffé d'une blessée qui heurte sa blessure. C'est exprès. J'aurai moins mal tout à l'heure.

Je fais, de loin, mes adieux à tout ce qui me retiendrait là-bas, et à celui qui n'aura plus rien de moi, qu'une lettre. Une sagesse lâche et raisonneuse me détourne de le revoir : point de « loyale explication » entre nous ! Une héroïne toute en chair telle que moi n'est pas de taille à triompher de tous les démons… Qu'il me méprise, qu'il me maudisse un peu, cela n'en vaudra que mieux : pauvre cher, il guérira plus vite ! Non, non, pas trop d'honnêteté ! Et pas trop de phrases, car c'est en me taisant que je le ménage…

Un homme traverse les voies, d'un pas endormi, poussant une malle sur un chariot, et, tout à coup, les globes électriques de la gare s'allument. Je me lève, engourdie, je ne m'apercevais pas que j'avais très froid… Au bout du quai, une lanterne sautille, dans le noir, balancée par un bras qu'on ne voit pas. Un sifflement lointain répond aux rauques sirènes : c'est le train. Déjà…

20

Adieu, mon chéri. Je m'en vais, pas bien loin d'ici, dans un village ; ensuite, je partirai sans doute pour l'Amérique, avec Brague. Je ne vous verrai plus, mon chéri. En lisant ceci, vous ne croirez pas à un jeu cruel, puisque vous m'avez écrit avant-hier : « Ma Renée, est-ce que vous ne m'aimez plus ? »

Je m'en vais, c'est le moindre mal que je puisse vous faire. Je ne suis pas méchante, Max, mais je me sens tout usée, et comme incapable de reprendre l'habitude de l'amour, et effarée d'avoir encore à souffrir par lui.

Vous ne me croyiez pas si lâche, mon chéri ? Quel petit cœur que le mien ! Autrefois, il eût été pourtant digne du vôtre, qui s'offre si simplement. Mais maintenant… que vous donnerais-je, maintenant, ô mon chéri ? Le meilleur de moi, ce serait, dans quelques années, cette maternité ratée qu'une femme sans enfant reporte sur son mari. Vous ne l'acceptez pas, ni moi non plus. C'est dommage… Il y a des jours – moi qui me regarde vieillir avec une terreur résignée – des jours où la vieillesse m'apparaît comme une récompense…

Mon chéri, un jour vous comprendrez tout ceci. Vous comprendrez que je ne devais pas être à vous, ni à personne, et qu'en dépit d'un premier mariage et d'un second amour, je suis demeurée une espèce de vieille fille… vieille fille à la ressemblance de certaines, si amoureuses de l'Amour qu'aucun amour ne leur paraît assez beau, et qu'elles se refusent sans daigner s'expliquer ; qui repoussent toute mésalliance sentimentale et retournent s'asseoir pour la vie devant une fenêtre, penchée sur leur aiguille, tête à tête avec leur chimère incomparable… J'ai voulu tout, comme elles ; une lamentable erreur m'a punie.

Je n'ose plus, mon chéri – voilà tout, je n'ose plus. Ne soyez pas irrité si je vous ai caché, longtemps, mes efforts pour ressusciter en moi l'enthousiasme, le fatalisme aventureux, l'espoir aveugle, toute l'allègre escorte de l'amour. Point d'autre délire que celui de mes sens. Hélas ! il n'en est pas dont les trêves soient plus lucides. Tu m'aurais consumée en vain, toi de qui le regard, les lèvres, les longues caresses, le silence émouvant guérissaient, pour un peu de temps, une détresse dont tu n'es pas coupable…

Adieu, mon chéri. Cherchez loin de moi la jeunesse, la fraîche beauté intacte, la foi en l'avenir et en vous-même, l'amour, vous le méritez, tel que j'aurais pu autrefois vous le donner. Ne me cherchez pas. J'ai juste la force de vous fuir. Si vous entriez là, devant moi, pendant que je vous écris… mais vous n'entrerez pas !

Adieu, mon chéri. Vous êtes le seul être au monde que j'appelle mon chéri, et après vous, je n'ai plus personne à qui donner ce nom-là. Pour la dernière fois, embrassez-moi comme quand j'avais froid, embrassez-moi bien serré, bien serré, bien serré…

RENÉE.

J'ai écrit très lentement ; avant de signer, j'ai relu ma lettre, j'ai arrondi des boucles, ajouté des points, des accents, j'ai daté : *15 mai, sept heures du matin…*

Mais, signée, datée, et close enfin, c'est quand même une lettre inachevée… La rouvrirai-je ?… Je grelotte soudain, comme si, en fermant l'enveloppe, j'avais aveuglé le guichet lumineux où soufflait encore une chaude haleine…

C'est une matinée sans soleil, et le froid de l'hiver semble s'être réfugié dans ce petit salon, derrière les persiennes cadenassées depuis quarante jours… Assise à mes pieds, ma chienne se tait et regarde la porte : elle attend. Elle attend quelqu'un qui ne viendra plus… J'entends Blandine remuer les casseroles, je sens l'odeur du café moulu : la faim tiraille maussadement mon estomac. Un drap usé couvre le divan, une buée humide et bleue ternit la glace… On ne m'attendait pas si tôt. Tout se voile de vieux linge, d'humidité, de poussière, tout porte encore ici l'appareil un peu funèbre du départ et de l'absence, et je traverse mon abri furtivement, sans enlever les housses blanches, sans écrire un nom sur le velours de poussière, sans laisser d'autre trace, sur mon passage, que cette lettre, inachevée.

Inachevée… Cher intrus, que j'ai voulu aimer, je t'épargne. Je te laisse ta seule chance de grandir à mes yeux : je m'éloigne. Tu n'auras, à lire ma lettre, que du chagrin. Tu ne sauras pas à quelle humiliante confrontation tu échappes, tu ne sauras pas de quel débat tu fus le prix, le prix que je dédaigne…

Car je te regrette, et je choisis… tout ce qui n'est pas toi. Je t'ai déjà connu, et je te reconnais. N'es-tu pas, en croyant donner, celui qui accapare ? Tu étais venu pour partager ma vie… Partager, oui : *prendre ta part !* Être de moitié dans mes actes, t'introduire à chaque heure dans la pagode secrète de mes pensées, n'est-ce pas ? Pourquoi toi plutôt qu'un autre ? Je l'ai fermée à tous.

Tu es bon, et tu prétendais, de la meilleure foi du monde, m'apporter le bonheur, car tu m'as vue dénuée et solitaire. Mais tu avais compté sans mon orgueil de pauvresse : les plus beaux pays de la terre, je refuse de les contempler, tout petits, au miroir amoureux de ton regard…

Le bonheur ? Es-tu sûr que le bonheur me suffise désormais ?… Il n'y a pas que le bonheur qui donne du prix à la vie. Tu me voulais illuminer de cette banale aurore, car tu me plaignais obscure. Obscure, si tu veux : comme une chambre vue du dehors. Sombre, et non obscure. Sombre, et parée par les soins d'une vigilante tristesse ; argentée et crépusculaire comme l'effraie, comme la souris soyeuse, comme l'aile de la mite. Sombre, avec le rouge reflet d'un déchirant souvenir… Mais tu es celui devant qui je n'aurais plus le droit d'être triste…

Je m'échappe, mais je ne suis pas quitte encore de toi, je le sais. Vagabonde, et libre, je souhaiterai parfois l'ombre de tes murs… Combien de fois vais-je retourner à toi, cher appui où je me repose et me blesse ? Combien de temps vais-je appeler ce que tu pouvais me donner, une longue volupté, suspendue, attisée, renouvelée… la chute ailée, l'évanouissement où les forces renaissent de leur mort même… le bourdonnement musical du sang affolé… l'odeur de santal brûlé et d'herbe foulée… Ah ! tu seras longtemps une des soifs de ma route !

Je te désirerai tour à tour comme le fruit suspendu, comme l'eau lointaine, et comme la petite maison bienheureuse que je frôle… Je laisse, à chaque lieu de mes désirs errants, mille et mille ombres à ma ressemblance, effeuillées de moi, celle-ci sur la pierre chaude et bleue des combes de mon pays, celle-là au creux moite d'un vallon sans soleil, et cette autre qui suit l'oiseau, la voile, le vent et la vague. Tu gardes la plus tenace : une ombre nue, onduleuse, que le plaisir agite comme une herbe dans le ruisseau… Mais le temps la dissoudra comme les autres, et tu ne sauras plus rien de moi, jusqu'au jour où mes pas s'arrêteront et où s'envolera de moi une dernière petite ombre…

L'Entrave

(1913)

I

Le peu qu'une femme puisse apercevoir d'elle-même, ce n'est pas la calme et ronde lumière d'une lampe, allumée tous les soirs sur la même table, qui le lui montre. Mais, à changer de table, de lampe et de chambre, qu'ai-je acquis ? Le soupçon, bientôt la certitude, que tous les pays vont se ressembler, si je ne trouve le secret de les renouveler, en me renouvelant, moi. Le temps est passé où je comptais sur ma solide raison ! La solide raison d'une femme… Ni solide, ni raisonnable, mais bien émue et bien tremblante, pour une banale rencontre sur la Promenade des Anglais.

C'est tout simple, pourtant, cela devait arriver, cela aurait dû arriver déjà… Là, à côté de moi, il a passé sans me voir, l'homme qui voulait me donner son nom, son amour, l'appui de son ferme cœur. Il avait d'un côté une jeune femme et de l'autre un très petit enfant tout rond, qui marchait à peine. Il ne m'a pas vue, parce qu'il donnait toute son attention, sa touchante attention un peu bête, à l'enfant qui trébuchait. « Grand-Serin ! », il a passé si près, j'ai vu ses longs cils durs et sa cravate sanglée comme pour la vie. Il était si pareil à lui-même que j'aurais, comme autrefois, étendu la main pour desserrer un peu cette cravate et enfoncer, dans la poche du veston, un coin du mouchoir trop visible. J'ai peur, à présent, du geste que j'aurais pu faire. Il m'a si peu sentie, si peu devinée, que j'ai eu l'impression d'être supprimée du nombre des vivants, le fantôme d'air qu'il allait traverser. C'est singulier, je n'ai pas songé à regarder sa femme ni son enfant. Ils ont continué tous les trois leur promenade le long de la mer.

Ce n'est pas d'amour que je tremble, ni de chagrin. Quelle est, dans mon trouble, la part du regret ? je ne sais. Le choc, l'éclair, viennent de me donner la sensation de ma fragilité, bien mieux que la rêverie maniaque, où quotidiennement je m'abuse sur ma sagesse. Méditation, si vous voulez… Il n'y a pas de méditation sage. Toute méditation habituelle contient un principe de délire. Elle confine à la crise, à l'extase provoquée, douloureuse ou non…

Et me voilà partie à généraliser, bien fémininement. Tant mieux ! Il y a comme cela des heures où je me plais assez en femelle. C'est comme si je constatais que je peux encore servir à quelque chose, amoureusement parlant.

Aurais-je aimé qu'il me vît ?… Non, je n'y tiens pas. Je redis son nom, malaisément, son nom encombrant : Maxime Dufferein-Chautel… Je suis sûre de ne pas l'aimer. Mais, tout de même, cet homme-là, il représente l'amour, dans ma vie, et l'aventure, et même la volupté... C'est sans doute cela qui me tient tremblante et vaguement révoltée. Cette bouche-là, ces mains-là, ce grand corps chaud, tout cela, ensemble, a été bien près de me composer un amant, il y a trois ans... S'il avait été seul, tout à l'heure, et qu'il m'eût parlé, l'aurais-je nommé Max, ou « mon chéri » ou « vous » tout court ? Il avait son air le plus marié, mais c'est un air qu'il a, si j'ose dire, de naissance. Sa femme et son enfant, il les affichait comme des denrées neuves qu'il eût achetées place Masséna...

Tâchons d'être sincère. Je ne l'ai pas fui, mais je me suis cachée dans une immobilité qui seule pouvait me dérober à ses yeux ; le lièvre surpris se terre et n'ignore pas qu'il est couleur de sillon... Le moindre geste, sur ma robe sombre, de ma main gantée de blanc, eût attiré son regard, j'ai craint jusqu'à la volte brusque qui pouvait lui porter tout à coup mon parfum, toujours le même... Je ne voulais pas, non, je ne voulais pas... J'ai rougi comme une femme surprise en bigoudis. Et puis il avait, lui, un air si riche de tant de choses nouvelles : un enfant tout frais, une femme en fourrures et en plumes, une canne que je ne lui connaissais pas ; tandis que moi... Il m'humiliait, son air d'avoir fait fortune. Je n'avais rien à lui montrer, qu'un costume tailleur, naturellement, un joli chapeau, et la façon un peu changée d'arranger mes cheveux. Peut-être qu'il eût cherché du nouveau sur moi et autour de moi, avec une mine désappointée : « C'est tout ?... »

Je me sentais, oui, je me sentais une mauvaise honte de pauvre… Il n'aura pas même vu, cette année, sur les murs de Nice, les grandes affiches orange et noir qui annonçaient le passage de Renée Néré, puisque Renée Néré ne « tourne » plus. Que je suis devenue une petite rentière, voilà ce que j'aurais eu à lui apprendre, s'il s'était informé de moi. Une petite rentière pas riche, pas pauvre – pas jeune, pas vieille non plus –, pas heureuse, mais pas triste… Il me revient ce soir une boutade de Brague, qui disait :

— On n'a jamais l'air que de ce qu'on est. Ainsi, moi, même quand je suis bien habillé, j'ai l'air… parfaitement, j'ai l'air d'un grand artiste. Tandis que, toi, tu n'as pas l'air d'une grande artiste, ni d'une petite. Ni d'une « dame ». Ni d'une grue. Tu as un air comme ça de rentrer tes pattes sous toi parce que le monde te dégoûte, mais ça n'est pas un renseignement… Enfin tu es, dans la vie, comme ces clientes dans les magasins, celles qui ne savent pas quoi acheter, et que les commis ont envie de f… dehors, tout en leur disant poliment : « Allons, faudrait voir à vous décider, ma petite dame. » Une sale race de clientes, tu sais !

Il riait, et je m'indignais pour lui faire plaisir…

Il pleut, à la fin d'une journée sans nuage. La Promenade miroite, et le bruit de l'averse, sur les palmes et sur le pavé, éteint le murmure rythmé de la mer. Où est le couple qui passait à trois heures, devant l'hôtel, penché sur le petit enfant tout blanc ? Ils ne doivent pas habiter ici. Je les vois plutôt aux environs de Cannes, dans une villa au milieu d'un jardin, comme de braves bourgeois riches qu'ils sont. Ils ont dû venir à Nice prendre le thé, dans une bonne limousine close, avec Bébé sur les genoux... Il a dû se marier vite, *lui*, mon ami, mon presque amant, puisque son enfant marche déjà. Il n'a pas dû se lamenter longtemps sur la lettre que je lui laissai par un froid matin de printemps gris : « Max, mon chéri, je m'en vais... » Allons ! il est dit que je ne penserai pas à autre chose ce soir, et il n'y a pas grand mal à cela.

Je n'ai pas regardé sa femme, c'est vrai, mais je revois, maintenant, tous les détails de leur groupe. Une jeune femme, de celles qu'on doit trouver jolies quand on les connaît. Elle allait, il me semble, distraitement, avec une tranquillité irresponsable, un peu bestiale : « Demandez à Monsieur... » Et Monsieur répond à tout, je le parie, à la gouvernante de Bébé, au chauffeur qui attend les ordres ; il ouvre, sous le plat de sa grande main brune, le livre de la blanchisseuse, chaque lundi ; il confère avec la cuisinière... Il y a peut-être des jours où il se souvient de moi, et ces jours-là il commande « des côtelettes de porc en sauce, avec des cornichons »... Il se peut que sa jeune femme l'appelle « Max »... d'une voix qu'il croit reconnaître, et s'il la fait rire, il arrive qu'elle hausse les épaules en disant : « Grand serin !... » Alors il doit appuyer contre elle sa tête, en fermant les yeux pour cacher, ensemble, un peu d'émotion et le plaisir louche de mentir sans rien dire, le plaisir qu'ils ont tous à nous trahir subtilement, dans le moment qu'ils nous étreignent le mieux…

Je vais, je vais… Je devine, ou j'invente. Je pénètre, à la faveur de mes souvenirs, dans le nouveau ménage de mon ancien amoureux. J'y mets une malveillance fouineuse de maîtresse lâchée, quand c'est moi qui, au contraire… Pis encore, j'y emploie l'imagination érotique et diverse des gens chastes, aidée d'une mémoire, hélas ! précise… Je dresse, et de quel droit ? entre Max et sa femme, le fantôme d'une Renée Néré inoubliée, inoubliable… Inoubliable ! non, mais, je vous le demande, en quoi suis-je, à cette heure, supérieure à cette froide et belle buse de Villepreux, la chanteuse qui soupirait, à chaque nom d'homme prononcé devant elle : « Le malheureux !… il est fou de moi… il a failli se tuer… il s'est expatrié… » Du moins, Villepreux, fidèle à sa chimère, jouit du plein bonheur dévolu à ceux qui réincarnent, entre les murs capitonnés d'un cabanon, Jésus-Christ ou Napoléon Ier…

La pluie redouble. Je ne quitterai plus ma chambre. Pourtant les affiches de l'Eldorado portent, ce soir, le nom d'une ex-camarade de music-hall ; j'aurais voulu lui dire bonjour dans sa loge, la surprendre… Je n'irai pas. Le phare le plus proche promène, sur la mer pluvieuse, un net petit pinceau d'argent… J'ai défait mes cheveux tout en le regardant, et au lieu de les laisser libres pour la nuit, voilà que machinalement je les recoiffe comme il y a trois ans, ramenés en touffes sur les oreilles, roulés sur la nuque pour figurer le bonnet de boucles des pages… Ai-je vieilli ? Oui, non, oui et non. Quelque chose, dans la couleur et la consistance du visage, rappelle l'aridité distinguée qui punit les femmes astreintes au régime sec. Je n'aime plus cette coiffure lourde et rabattue. C'est qu'à présent je montre les « places fraîches » qui n'ont pas vu souvent le jour : les oreilles, les tempes, une pointe de front et la nuque. Le sillon du dos, le haut de la gorge et des bras, je ne me décide pas encore à les découvrir, comme disait Brague, « en civil ». La peau des jambes et des bras, la rondeur des seins, c'est une espèce d'étoffe qui s'exhibe sur la scène, et rien que sur la scène, enduite d'un fard sucré qui retient la poudre ; c'est une matière froide, offerte de loin, hors de l'atteinte des mains et des lèvres ; c'est une partie un peu saisissante du costume… Et j'ai constaté, chez mainte camarade du théâtre ou du music-hall, ce déplacement singulier, professionnel, d'une pudeur qui les livre, confiantes et nues, aux feux de la rampe, mais les bastionne à la ville de sévères taffetas et de guimpes opaques. Quoique j'aie quitté la scène depuis un an, ma réserve demeure strictement professionnelle, et je cache ceci et cela, et cela encore, qu'on m'envierait pourtant. La belle danseuse Bastienne, nymphe superbe et paisible, requérait aussi de son couturier une triple mousseline sur sa gorge pour une robe de dîner, et elle disait, frappant de la main ses seins immobiles :

— Ça, monsieur, ça ne regarde que mon métier et mon amant !

Je n'ai plus de métier… et je n'ai pas d'amant. Mais la rencontre de cet après-midi a pourtant fait que j'ai revêtu tout à l'heure à dîner, comme par défi, cette robe noire que je n'osais porter, presque une vraie « robe basse », où blanchit et s'évase un si large et si profond triangle de gorge… Raide et les dents serrées, j'ai gagné héroïquement ma petite table au fond, loin des tziganes, et personne n'a fait attention à ma robe, ni à moi. Attendais-je que Max, « Monsieur Dufferein-Chautel et famille », dînât à l'hôtel Impérial ? Personne, vraiment, sauf l'inéluctable Monsieur-seul, qui s'intéresse à la Dame-seule, la suit pendant quelques jours, cherche à prendre contact, réussit ou ne réussit pas – et s'en va.

Dame-seule, et dame-seule très classique en somme, avec des robes un peu trop sages pour l'air de ma figure, je ne pouvais éviter le Monsieur-seul. J'en ai un depuis huit jours. Je ne pourrais pas le décrire, je ne l'ai pas vu. Quand je regarde l'endroit où il se trouve, ce n'est pas lui que je vois, je vois à travers lui comme à travers une carafe vide. Je sais seulement la forme de son dos, parce qu'il se détourne promptement de moi avec une affectation de courtoisie. De face, c'est un inconnu, je ne le distingue des autres que quand il me tourne le dos. C'est aux repas qu'il me gêne le plus, parce que je *l'entends* penser à moi pendant qu'il mange. Ce soir, appelée par cette volonté vaguement amoureuse, j'ai souri de son côté en pensant à Max. Je n'aurais pas dû… Mais c'est de si peu d'importance !

La pluie a cessé de fouetter les vitres et le silence me réveille. Le silence, ici, c'est le grésillement de la vague courte fondant sur les galets, le trot d'un cheval du pays aux petits sabots spirituels, des trompes d'automobiles… J'ouvre la fenêtre, et je me penche, pour voir, à l'étage au-dessous, deux fenêtres éclairées : la chambre de mon amie May. Des ombres passent sur les rideaux… Deux amants orageux sont là, pour qui la dispute, puis le pugilat, constituent une sorte de gymnastique suédoise. Si je descendais chez eux, ils ne s'arrêteraient pas pour si peu. Je pourrais m'asseoir et marquer les coups, jusqu'au trouble et féroce moment où, meurtris l'un et l'autre, ces amants singuliers n'imaginent plus l'un pour l'autre de meilleur châtiment que l'étreinte…

Ou bien je pourrais gravir deux étages, et trouver, derrière une autre porte blanche, la chambre étouffée, parfumée, enfumée, de deux autres amis nomades, qui emportent partout avec eux leur lampe à opium, leurs coussins plats à odeur de bois précieux et leur natte de Chine blanche, lisse et froide comme une peau de lézard. Là encore, je pourrais m'asseoir, spectatrice, m'étendre, et partager, non le poison dont je me garde, mais le chaud silence, l'air chargé du noir arôme, le repos un peu halluciné…

En bas, en haut, je serai la bien accueillie, parbleu, celle qui ne prend rien et ne donne rien à personne. Ah ! je ne me fais pas d'illusion non plus sur ce que je reçois de mes *amis.* Pas tapeuse, mais pas donnante, voilà ce qu'ils doivent dire de moi. Et que donnerais-je ? C'est vrai qu'une femme qui s'entête à ne coucher avec personne a toujours l'air d'une avare, quoi qu'elle fasse, et mes « amis », flâneurs de la Riviera, épaves des théâtres, collages pudibonds qui prisent ma tenue, me refusent ce qu'ils accordent à May : cette confiance vaguement méprisante, cette convoitise affectueuse qu'elle entretient et satisfait d'un mot grossier et tendre, d'un geste libre qu'innocente son rire d'enfant…

À l'étage au-dessus, à l'étage au-dessous, le même gai salut m'attend. Mais quand je me lèverai pour rentrer dans ma chambre 157, mon départ ne peinera personne, ni en haut, ni en bas… Je puis aller, revenir, faire à ma guise… Seulement, comme disait une petite fille : « Je n'ai pas de guise. » Alors, je vais me coucher, pas tout de suite, car l'air est si vif à respirer, tout mouillé encore… Il sent le jardin et le coquillage. Il y a une jeune lune sur la mer, une lune mince qui n'éclaire pas.

C'est une chose assez douce, en somme, que de se sentir, à cause d'une rencontre émouvante, ou de l'éclaircie parfumée entre deux averses, ou pour rien, sans motif, de se sentir un peu bête, agitée et facile, et molle comme une jeune fille qui vient de recevoir sa première lettre d'amour.

2

— Alors, ça a duré jusqu'à trois heures du matin. À trois heures, grande peignée : six cents francs d'écaille blonde sont restés sur le tapis !

— Ah !… Et puis ?

— Et puis, naturellement… J'ai sommeil.

May rit et s'étire. Elle vient de monter, couverte seulement d'une chemise roumaine sous sa robe japonaise, les pieds nus dans de grandes babouches d'homme. Elle rayonne d'une fraîcheur périssable et sans caractère : pas de traits, les plus épais cheveux inégalement blonds, clairs sur la nuque, argentés sur les tempes, ailleurs presque châtains. Vingt-cinq ans ! Ah ! belle jeunesse gaspillée ! On croirait que cette May véhémente a juré de s'abîmer avant trente ans : le fard indien décolore le bout des longs cils, le fer chaud brûle quotidiennement les beaux cheveux ; May ne se couche pas, oublie de déjeuner, fume, boit, et prise de la cocaïne. Mais quoi ? Elle a tout de même, l'absurde petite créature, ses vingt-cinq ans de blonde à peau claire, ses yeux marron d'Inde où l'iris laisse si peu de place au blanc, et sa manière imbécile et charmante d'exagérer des modes déjà insanes. Elle s'en va le matin – le matin, c'est entre midi et demi et quatre heures – dans des jupes à grandes raies qui découvrent ses petits pieds camus et martyrisés, ses chevilles et même ses mollets ; la taille remonte jusqu'aux aisselles, dans un bout de veste étriquée qui n'a jamais eu l'air d'être taillée pour May et qui montre, par devant, le nouveau petit ventre récemment lancé. Un flot de linge mou s'ouvre sur l'entre-deux des seins ; une casquette de paille cache l'œil droit : tel est l'ensemble que May baptise « un tailleur tout simple pour le footing ».

Je connais May depuis plus d'un an – elle dit « une éternité » – pour l'avoir rencontrée à une soirée de cercle où nous opérions, Brague et moi, en honnêtes salariés. Elle soupa près de moi, se tint mal pour me plaire, rit, trempa ses cheveux dans le champagne, étala une grossièreté d'enfant et un cynisme de jeune négresse, pleura délicieusement, sans raison, jeta des louis dans le corsage d'une danseuse espagnole, et gâta tout par ces simples mots : « Je suis un vrai type, n'est-ce pas ? »

Le « vrai type » va et vient devant ma table à coiffer, coupe à chaque instant, par l'ombre palpitante de ses grandes manches, la coulée du soleil, et je me poudre au petit bonheur, éblouie. Si May traîne les pantoufles de son amant, qui lui font des pieds de Little Tich, ce n'est ni par erreur, ni par insouciance, c'est pour « épater les gonzes des corridors »…

— Regardez ça, dit-elle brusquement, en me mettant sous le nez son bras duveté. Ça sera noir demain.

Je vérifie, avec la considération qu'il faut, deux meurtrissures bistrées, en bracelets, aux deux bras de May.

— La sale bête ! murmure-t-elle, non sans déférence. Et, vous savez, il m'a saboté ma robe, une robe de cinquante louis ; tout ça parce que je sentais la veine et que je voulais aller jouer à Monte-Carlo. Il va savoir ce qu'elle lui coûte, cette robe-là ! Je lui ai déjà fait une bonne blague, avant de monter chez vous !

— Allons, allons, May, pas de détails !

— Mais non, ce n'est pas ce que vous croyez… J'ai profité de ce qu'il dormait pour lui arracher un poil du nez ; si vous aviez entendu le cri de l'animal, chère madame, j'ai cru que le portier allait monter !… Pensez-vous que ça l'a fait lever ? Il redort ! Il est comme ça, sur le dos, dans sa chemise violette de courtisane, et il a dit qu'il ne se lèverait que si vous veniez le tirer par les pieds.

Il m'est bien difficile d'ignorer quoi que ce soit de l'intimité de May. Elle a une manière vive et crue de me peindre son amant, telle, que je sais comment cet homme se lave, s'endort et s'éveille, et May ne s'en tient pas à ces précisions… Mais, aujourd'hui, ce n'est pas de grivoiseries que je me préoccupe :

— Et le déjeuner, alors ?

— Quel déjeuner ? bâille May, qui montre, entre des dents brillantes, une petite langue pas assez humide, blanche au milieu…

— Mais le nôtre ! Vous voulez que nous déjeunions ensemble ; or, il est une heure moins le quart et vous n'en êtes encore qu'aux babouches de Monsieur… À quelle heure va-t-on déjeuner, alors ?

May se dresse en X devant la fenêtre, les bras et les jambes écartés ; ses cheveux vaporeux ont l'air de fumer dans le soleil :

— À quelle heure ? Est-ce que je sais, moi ? Elle n'a que ça à la bouche l'heure qu'il est, l'heure qu'il sera, l'heure qu'il devrait être !… On déjeune quand on veut, on pieute quand on veut, et l'heure, c'est pour les larbins et les chefs de gare ! J'ai dit. Oh ! cette figure !… Écoutez, parce que c'est vous, je me carapate là-haut, chez les autres. S'ils ont leur plein de drogue, je les laisse, je redescends au galop et je réveille mon homme avec un bon verre d'eau de Vittel, délicatement versée, bien froide, sur les endroits les plus frileux… Après quoi, en trente-cinq minutes, je suis prête. Ah ! j'en ai un mal, avec vous tous !… En passant, voulez-vous que je vous fasse monter les hors-d'œuvre ?…

Elle est partie, glissant sur ses pantoufles d'homme, accrochant ses manches japonaises à la clef, soignant le désordre de sa sortie.

Quelle belle journée niçoise, devant moi, au-dessous de moi ! Comme hier, cette heure de midi nous donne tout ce qu'elle peut : un soleil qui empêche de penser et d'agir, une brise d'été. Il y a deux voiles penchées sur la mer, et, au-dessus de la mer, un aéroplane lointain. La route, fraîchement arrosée, fait une piste sombre, reposante aux yeux, réservée aux automobiles longues, qui s'élancent comme des poissons, et aux lentes voitures de place dont le cocher mâche un brin de mimosa. Au-delà, la Promenade aveugle, blanche, sous les pas des flâneurs et des chiens en laisse. C'est une foule presque sans enfants. On compterait sans peine les petites jambes nues qui courent, ou les paquets trébuchants, tout neigeux de batiste et de dentelle, comme celui d'hier… Nice est une ville pour grandes personnes…

Mon regard s'accroche à des chapeaux vifs, au vert blessant et frais d'une robe qui passe… Je vois des costumes de soie immaculée, légère, trop légère, et je songe à ces piérides que trompent et tuent les premières heures de printemps… Je vois, à côté, des fourrures accablantes, et les bancs reçoivent des flâneurs prudents, munis de l'ombrelle verte et du châle de laine… Je pense à ces restaurants où le maître d'hôtel vous tend un éventail, pendant que le chasseur glisse sous vos pieds une boule d'eau chaude…

Des mandolines et des chanteurs italiens font devant l'hôtel un bourdonnement musical qu'emporte le vent par bouffées, et je crois sentir, un peu écœurant à mon estomac affamé, le parfum des éventaires plats, chargés de violettes et d'œillets rouges…

Quand déjeunerons-nous ?… En bas de la jetée, un fox-terrier, dont l'aboiement est si continu qu'on l'oublie, s'obstine à vouloir rapporter, comme souvenir de plage, un galet trop gros… Voici la cinquième fois que passe le chapeau rouge, ceint d'une cordelette verte nouée d'un chou violet. Et combien de fois ai-je compté le retour de ces deux jeunes femmes – des May moins chic –, l'une en vert, l'autre en jaune, court-vêtues, marchant sur leurs talons risibles, à petits pas courts et douloureux ? Elles ne vont pas loin ; on dirait, d'ailleurs, qu'il y a, à quelque cinq cents mètres d'ici, un obstacle invisible, une limite idéale contre laquelle presque tous les promeneurs butent, et font volte-face. Plus loin, c'est pourtant un bel espace tentant, où l'on peut allonger le pas, entendre le bruit de la mer…

Je regarde aussi, au bord de la Promenade, un petit restaurant clair, amarré là comme un bateau-lavoir. Avec Brague, nous y déjeunions autrefois, silencieux, contents, abêtis de lumière… J'ai faim. Mes amis en ont peut-être encore pour une heure. Les deux de là-haut, je ne les attends guère… Les deux d'en bas arriveront en se disputant, elle avec ce parfum si fort qu'il en est un peu pharmaceutique ; lui bien étrillé, le cheveu humide, la main tiède de son bain. Et ils échangeront des injures, ou des baisers, à l'eau dentifrice… Leurs querelles et leurs caresses, qui ne réclament ni l'ombre ni le mystère, se poursuivront jusqu'au déjeuner, car nous déjeunerons, mais oui ! nous finirons par déjeuner, dans la salle à peu près vide, qui sentira la friture froide, l'oignon des hors-d'œuvre et la mandarine ; nous déjeunerons en dépit des tziganes qui ne connaissent pas le repos, en dépit des ordres contradictoires de May au maître d'hôtel.

Lorsqu'on nous versera le café, le soleil de quatre heures rougira au-dessus de la mer, et c'est par un crépuscule mauve, glacial, que l'automobile nous mènera faire « une petite balade de santé »… Vers sept heures, May, hargneuse et frissonnante, réclamera son thé au Cap Martin, et j'aurai vu encore une belle journée s'émietter on ne sait comment, inutile, raccourcie, gâchée…

*

Bonsoir, madame la Lune,
Bonsoir !
C'est votre ami Pierrot qui vient vous voir…

May chante juste, mais le lever de l'astre se fût bien passé, à mon sens, de la sérénade montmartroise. La lune qui monte au-dessus de la mer, la lune rouge, embrumée, pas encore ronde, c'est la même qui voguait, effilée, entre deux nues, l'autre nuit, quand j'avais renoncé à dormir… La brève angoisse du temps qui fuit si vite, vide, me fait mieux sentir le frisson de l'heure froide. Il fait jour encore, mais la lumière se retire des masses végétales, et même des marges poudreuses de la route ; elle s'accroche et demeure aux façades blanches, à la route en serpent, à nos joues pâles. C'est le fugitif moment où l'on devine, sous les villas groupées, sous les jardins artificiels, la sécheresse, assez triste et sévère, de cette côte rocheuse… Pourquoi a-t-il fallu que May chantât :

Bonsoir, madame la Lune !…

Nous sommes quatre dans l'automobile de louage qui nous ramène à Nice, May et moi au fond, Jean son amant et Masseau sur les strapontins, et comme un vent aigre nous rejette notre propre poussière, avec celle des voitures que nous croisons, nous sommes, tous les quatre, à demi masqués de lunettes. Je m'amuse, puisque la voix de May m'a réveillée, de ces trois demi-visages ; le crépuscule dérobe les yeux derrière un miroitement de vitres, mais le menton, la bouche et les narines parlent d'autant mieux. Cela me gênerait, si je n'étais moi-même masquée, de ne regarder mes interlocuteurs qu'aux lèvres… May pâtit plutôt, sous le loup à hublots ovales : on s'aperçoit qu'elle n'a presque pas de nez, mais sa bouche, un peu plate, est si mobile et si jeune ! je m'inquiète, devant ses joues pleines, dont le duvet abondant retient si bien la poudre de riz, de mon museau un peu sec… Mais un bâillement de Jean, le Jean de May, m'intéresse soudain à cette figure d'homme. Je n'avais jamais vu combien la bouche, rasée, gonflée, boudeuse, fine aux coins, racontait les faiblesses et les attraits d'un caractère, ni que le menton était à la fois têtu et féminin, ni que le col bas laissait voir un cou fort, mais noyé dans sa rondeur, sans muscles apparents… Quand il enlèvera son masque, il faudra que je regarde mieux ses yeux.

Masseau a fumé l'opium cette nuit, naturellement. Il n'y a qu'à voir, entre le nez grand, pincé, et la barbe en pointe démodée, la mauvaise couleur des lèvres tourmentées, intelligentes, tristes, et la bouffissure d'un bout de joue verte. Il se tait, il attend… Il attend d'être à Nice pour fumer. Il a un peu grimacé nerveusement quand May a chanté :

Bonsoir, madame la Lune…

et j'ai cru, je ne suis pas sûre, voir frémir sur les lèvres de Jean, au même moment, le plus malveillant sourire…

D'instinct, je ferme et serre ma bouche, avec la juste crainte qu'on y puisse lire, tant que mes yeux ne sont plus là pour mentir, la fatigue, le dégoût d'une journée mal commencée, agitée vainement et qui s'achève dans notre maussade silence…

La voiture qui nous porte n'est pas fameuse, et la route elle-même manque de confort ; son cours tourmenté nous incline à gauche, nous rejette à droite, je me raidis pour éviter de choir sur May, et je reçois May, amollie, sur mon épaule : nos échanges intellectuels se bornent à des exclamations qui veulent être gaies ou qui réprouvent l'état des routes… Monte-Carlo lumineux m'arrache un soupir : plus que cinquante minutes de trajet !

May s'éveille aux lumières, dégage des lunettes ses beaux yeux qui clignent, son trop petit nez barré d'une meurtrissure rouge :

— Jean ! Jean ! Si on restait dîner à Monte-Carlo ? comme on est, tout dégoûtants, en petits salopiauds ?… Non ? pourquoi ? Oh ! naturellement, dès qu'il s'agit de faire quelque chose d'un peu drôle, je ne trouve plus personne… Jean, regarde la place où tu m'as flanqué une gifle l'an passé… Oui, ma chère, il m'a fait ça, le meuchant ! Jean, tu as vu la petite villa au coin, celle des Gonzalez ? Ce que ça fait purée de louer une baraque comme ça à Monte-Carlo !…

Moi aussi, je salue mes souvenirs au passage, mais sans rien dire. Voici la Villa des Bananiers, médiocre hôtel pour bourses modestes, où Brague et moi nous voisinions avec des artistes, des vieilles joueuses en capote de dentelle noire, des étrangers sans élégance… Tout près du Théâtre des Beaux-Arts, je sais une ténébreuses et plaisante officine anglaise, où j'avalais, après les matinées quotidiennes, la citronnade brûlante ou le grog velouté. Vers cinq heures, je n'y rencontrais qu'un seul Anglais, qui s'y saoulait patiemment, la face d'un rouge-noir, verni d'alcool, et qui fredonnait une petite chanson tremblante… Je puis imaginer – c'est encore si près de moi ! – l'odeur de toile chaude et de terre moite qui triomphait de celle du maquillage, sous les tentes rayées où nous nous habillions, aux Beaux-Arts, par les après-midi tièdes…

Devant l'Hôtel de Paris, l'automobile ralentit, hésite, comme pour nous inviter à descendre.

— Jean, je t'assure, on devrait dîner ici.

L'homme masqué secoue la tête, puis se ravise, et tourne vers moi son expressif demi-visage :

— Vous voulez ?

— Oh ! moi, vous savez…

Je voudrais revenir vers Nice, mais si je l'avoue, je vais déchaîner May, et je recule lâchement devant trois quarts d'heure d'injures et de larmes.

— Vous savez, moi…

— Je sais, dit Jean, péremptoire. Chauffeur, continuez, nous rentrons à Nice.

— Mufle ! s'écrie May dans le vent, qu'est-ce que ça te faisait de m'être agréable ? Je te demande pourquoi tu n'as pas voulu rester dîner ici ?

— Parce que je n'en ai pas envie, dit Jean paisiblement.

Un rire mouillé accueille cette réplique, celui de Masseau, qu'on n'avait pas entendu parler depuis des heures…

— Tiens, te voilà, toi ! lui jette May, agressive. Il paraît que ça va mieux ?

Masseau retire ses lunettes, et montre, aux lumières passantes, de petits yeux, rouges aux bords, sataniques et clignotants, des yeux de diable bureaucrate.

– Cela va mieux, en effet, que si cela allait plus mal. Car si vous dites « Je vais mieux », vous paraissez entendre que, pendant une époque antérieure, et que d'ailleurs vous ne précisez point, cela allait moins bien. Mais, comme, en l'espèce, je ne suis pas satisfait de mon état de santé, je ne puis que vous répondre : « Oui, cela va mieux, mieux que si cela allait plus mal. »

Il a une voix de vieux, et une figure sans âge. Il est faible et rarement fatigué, capricieusement dopé ou effondré par la « drogue ». May le tutoie – elle tutoie tant d'hommes ! –, mais elle ne semble pas le connaître mieux que moi qui l'ai rencontré, en quinze jours, quatorze ou quinze fois. Interrogée sur Masseau, elle m'a répondu : « Est-ce que je sais ? C'est un vieux type, comme ça, un colonial. »

Ce soir, il s'éveille d'un long et lugubre mutisme, ranimé par la nuit, par l'approche du poison. Il caresse, d'une main fine et jaune, sa barbiche de foin sec et me dit, l'œil en biais :

– Le geste de l'homme à femmes.

Il étale sa barbe en éventail et dit :

– Henri IV.

Il enlève son chapeau mou, tord au-dessus de son front une corne de cheveux et dit :

– Louis X le Hutin.

Puis il retombe dans son silence et son immobilité frileuse, au moment où la nuit, plus noire après les lumières de Monte-Carlo, nous reprend. Les phares, qu'on vient d'allumer, ouvrent devant nous une baie, un tunnel de clarté, cerné d'un pâle et trépidant arc-en-ciel. L'air sec, moins froid, ouvre mes narines, et je m'appuie de la nuque au pli de la capote baissée, avec la détente, la sécurité que me donne la certitude d'être, jusqu'à Nice, invisible, mieux voilée par la nuit que par mon masque aux yeux de verre…

— Pardon, dit la voix de Jean, qui vient, de ses genoux, d'effleurer les miens.

— C'est ça, va ! lui reproche May, fais-lui du pied, ça sera le comble !

— Pourquoi « le comble » ? Tu n'es pas polie pour Mme Renée Néré, May !

— Quel est, murmure dans la brise la voix de Masseau, le comble du non-dîner à Monte-Carlo ? Réponse : le comble du non-dîner à Monte-Carlo, c'est de faire du pied à Mme Renée Néré…

Je sens, à mon côté, May s'agiter avec exaspération :

— Dieu, que vous me dégoûtez, tous les deux ! Quand on pense que je passe pour avoir un amant intelligent, et qu'il y a des gens assez marteau pour dire que Masseau est un esprit distingué ! Vrai, j'en suis encore à me demander ce que vous avez de rare, toi et lui ! Tu t'es déjà vu, toi, l'amant intelligent, en train de chercher à me faire plaisir et de te gêner pour moi ?

— Jamais, répond très net l'amant intelligent. Tu n'es pas une vieille dame, et je n'ai pas avec toi de liens de parenté. Par conséquent…

Une fois de plus, je m'amuse et m'ébahis de ce couple, où l'on ne traite la femme en femme qu'au lit.

Verticale, May se voit retirer toutes les prérogatives de son sexe, et l'accord amoureux se mue en rivalités collégiennes… Ces gens-là sont neufs pour moi. J'ai enduré le joug de mon mari, quand j'étais une jeune et sotte épouse, et Maxime Dufferein-Chautel m'eût voulu imposer une tendre, bourgeoise et traditionnelle autorité. J'ai vu Hamond, mon vieil ami, subir l'imbécile caprice d'une enfant impérieuse, et j'ai vu, dans les coulisses, la ferveur primitive qui plie la femelle devant un chef de tribu… Mais je n'ai rien vu, nulle part, qui ressemble à May et Jean.

Sauf l'argent, sauf les caresses – et encore ! –, elle n'obtient rien de lui qui soit un hommage masculin…

— Et d'ailleurs, dit soudain May, comme si elle eût pensé en même temps que moi, à partir de demain matin, je prends une chambre et une salle de bains pour moi, à l'Impérial. J'en ai assez que le premier bain versé soit toujours pour toi, et de trouver un blaireau plein de savon contre ma brosse à dents. Ma chère – May tourne vers moi son petit visage dont je distingue à peine la ronde pâleur –, je ne sais pas si vous êtes comme moi…

— Non, dit Jean.

— Quoi, non ?

— Je dis : non, elle n'est pas comme toi. Elle ne trouve pas de blaireau contre sa brosse à dents, et puis elle n'est pas ma maîtresse.

— Dis que tu le regrettes, va, dis-le tout de suite !

— Oh ! pourquoi tout de suite ? May, quand cesseras-tu d'être pressée ? Toujours cette hâte qui gâte les meilleures choses ! Car, hier matin encore, pour ne citer qu'un exemple…

— Hier matin ? Qu'est-ce que j'ai fait, hier matin ?

— Tu veux que je le dise ?

Masseau, qui semblait dormir, s'intéresse. Aux lumières de Beaulieu, que nous traversons, il prend, pour entendre, la pose rêveuse d'un portrait sentimental de chez Disderi ; un doigt au coin de la bouche, l'œil et l'oreille écouteurs, il annonce :

— Je suis l'impératrice Eugénie.

Mais il n'aura pas de révélations scandaleuses, car May donne aux rares et paisibles passants de Beaulieu le spectacle insolite d'une jeune femme, debout dans un phaéton rouge, boxant avec conscience un gentleman assis en face d'elle, cependant qu'elle crie :

— Je te défends ! je te défends de raconter hier matin ! Ou bien je raconte ton clou plus haut que la cuisse et l'histoire du coton hydrophile !

Une verte tape, à ces mots, la rabat au fond de la voiture, où je me gare comme je peux, excédée. Ce retour nocturne eût pu être charmant, au long de la mer balayée de feux horizontaux. La nuit s'est faite si vite qu'on ne devine presque plus, sous l'escadre lumineuse, l'eau noire qui la berce imperceptiblement… Les deux amants, noués d'abord pour le combat, prolongent un indistinct corps à corps, et, moins par pudeur qu'à cause de l'attention de Masseau, je me détourne…

Nous approchons de Nice, enfin. Cette guirlande de flamme vive, là-bas, c'est la Promenade des Anglais, et sur la Promenade, c'est mon gîte temporaire, une chambre d'hôtel, soit, mais dont je puis au moins verrouiller la porte sur moi, où je respire mon propre parfum…

— Quelle heure est-il ?

La question a jailli de mes lèvres, malgré moi, comme nous passions devant le minuscule théâtre dont le nom de perles rouges éclaire les derniers arbres du jardin public… Un si petit théâtre ! Il y faisait bon, l'an passé, pendant que les averses de décembre fouettaient le trottoir et que les feuillages des mimosas pendaient comme des plumes collées…

— À l'amende ! crie May. Elle a demandé l'heure, elle n'y coupe pas d'un louis !

— Versé à qui ? demande Masseau.

L'automobile s'arrête devant le perron de l'Impérial, mais l'étonnement empêche May de descendre tout de suite.

— À qui ? à moi, naturellement. Quand je suis là, à qui voulez-vous qu'on verse de l'argent ?

Jean hausse les épaules et saute à terre sans rien dire. Il n'y a pas de mots cinglants, ni de rotin souple, qui puissent guérir May de sa tare originelle : elle taxe et tape, elle évalue en francs et en louis et ne s'écrie pas, au retour d'un souper royal : « Il y avait sur la table des avalanches de fleurs et de fruits !... », mais elle estime, précise : « Des pêches à cent sous pièce, mes enfants, et pour cinquante louis d'orchidées sur la table... » May se sert de la bourse d'autrui, non en chapardeuse, mais en invitée de marque, qui prélève, la première, sa part dans tous les plats...

... Voilà, ça y est, nous sommes arrivés. Nous sommes encore une fois arrivés. Nous voici, caparaçonnés de fourrures et lunettés comme des explorateurs polaires, pour avoir fait cent kilomètres de Corniche. Nous clignotons, dans le hall blanc, sous l'œil des célibataires anglais à pipe courte et des joueurs de tourniquet – vingt sous sur le 5, vingt sous sur le 10, et... tant pis ! vingt sous sur le 40 qui ne sort jamais –, tous dîneurs ponctuels qui ont déjà quitté la salle à manger. C'est pourtant pour ce public sans finesse que May, ôtant son bonnet de chinchilla, secoue ses cheveux d'où pleuvent les épingles-neige, selon les us et coutumes du « vrai type », et Jean l'en récompense par un sournois et sec coup de pied dans le tibia ; Masseau, indifférent à la mode et même aux convenances, bâille si fort qu'il en larmoie, la barbiche relevée par l'extraordinaire col Médicis de son *loden.*

Il s'aperçoit dans une glace, pince les coins de sa bouche en un sourire apprêté, se penche vers moi et me confie :

— Henri III.

Je trouve que l'ascenseur se fait attendre... J'ai un peu honte à subir la curiosité de ces étrangers, qui départagent notre groupe à leur guise et se demandent : « Avec lequel des deux hommes va monter la plus jeune des deux femmes ? »

Enfin la cage nous enlève tous quatre ; c'est la fin d'une minute de malaise général, de fausse intimité, presque d'antipathie ; et nous nous disons « à tout à l'heure », fermement, froidement, comme si nous ne devions plus nous revoir.

— Ah ! ces gens-là, ces gens-là !…

Je ne trouve rien à ajouter, je recommence :

— Ces gens-là, ah ! j'en ai assez !…

Le sommelier, qui m'apportait un plateau chargé de thé et de compotes de fruits, remporte un billet pour May, où je m'excuse brièvement :

« J'ai dû prendre froid, ma chère amie ; je me couche sans dîner, très mal en train, excusez-moi. À demain. »

Maintenant je puis continuer, la porte fermée à double tour, le va-et-vient où s'excite ma méchante humeur : « J'en ai assez, de ces gens-là ! » Un bain brûlant, aromatisé, qui m'attend, exhale sa vapeur vinaigrée ; je traîne de vieilles pantoufles et mon saut-de-lit bâille sur une chemise froissée, dont les échelles ajourées sont veuves de rubans : on voit bien que j'endure bénévolement les blanchissages désastreux des hôtels… Dans le temps où je gagnais ma vie, mon linge plus modeste ne manquait ni de rubans, ni de boutons… Cette négligence sans excuse redouble ma rancune : « Oh ! que j'en ai assez, de ces gens-là ! » Mais je ne nomme personne, dans la crainte de m'accuser moi-même.

Comment charger Masseau, lettré et bibliomane, sombré dans l'opium ? Pourquoi accuser May, plutôt que Jean, parce que leur désœuvrement cherche le mien et s'y accroche ? Elle n'est pas méchante, il est agréable, défiant, il rit aisément et ne parle guère. Dans le nombre de « ces gens-là », de qui j'ai tellement assez, faut-il comprendre aussi mon Monsieur seul, le pauvre homme, et le personnel de l'hôtel, et les promeneurs de la jetée ? Oui, je préfère. C'est mieux, c'est moins injuste. Pauvre May, qui ne m'a rien fait… En ce moment, elle dîne avec Jean chez la Bonne Hôtesse, ou au Casino, ou bien la chambre 82 retentit des cris et des heurts d'une nouvelle « grande peignée »… Je m'étire et m'étale dans l'eau brûlante, et je ris, sans bonté, en imaginant la May de demain matin, mercantile et meurtrie : « Ma chère, regardez s'il ne m'a pas flanqué pour cinquante louis de bleus !… »

Oui, j'en ai assez, de ces gens-là, c'est vrai. Mais, outre que je commence à me connaître, je commence à connaître aussi les misères et les ressources de ce singulier pays, où les matins enchantent et où les soirs, même étoilés, frissonnent dans le malaise d'un climat double ; ici, la nuit froide n'est point tonique, et la nuit tiède tressaille de fièvre plus que de volupté. En si peu de jours, suis-je devenue perméable à tous les caprices de l'hiver méditerranéen, ou plutôt n'étais-je pas, d'avance, couleur du temps qu'il fait ici ? Le soleil y mûrirait en janvier les raisins, s'il ne suffisait d'un souffle, d'un pan d'ombre glacée, pour tout flétrir… Max, j'étais dans vos bras couchée, comme dans une tombe à ma mesure, et pourtant je m'en suis relevée pour fuir…

Tout cela ne fait pas que je doive rester plus longtemps avec « ces gens-là ». Rien ne nous lie, hors l'oisiveté. May, l'an dernier, avait un autre amant, moins séduisant et plus commode que celui-ci. Celui-ci, je l'ai admis avec un peu de gêne et de froideur, tandis que May s'installait dans une liaison nouvelle avec le naturel, l'activité organisatrice qui préside d'ordinaire à l'ameublement d'une villa neuve.

May ?… Je me passerai d'elle, aussi bien que de Jean. En un an, notre intimité n'a pas progressé. Nous avons parlé amour, hygiène, robes, chapeaux, produits de beauté et cuisine, sans acquérir l'une pour l'autre plus d'affection ou d'estime. Dix fois, j'ai quitté May sans regrets, dix fois, elle est partie sans autre adieu attendri qu'une poignée de main, dix fois le hasard me l'a ramenée, seule ou accompagnée, tombant à l'improviste à travers mes projets de vie régulière, mes résolutions de définitive et sage maturité, et toujours s'écriant : « Hein ! quel type je fais ! » Dès qu'elle paraît, le livre ouvert se ferme, la rêverie tarit son onde teintée d'images, l'esprit qui essayait de planer atterrit. Les mots eux-mêmes s'enfuient, il ne demeure que deux ou trois cents vocables usuels, quelques-uns argotiques, de quoi demander son chemin, boire, manger et faire l'amour, comme dans les manuels de langues étrangères… Et je ne réagis pas, et je ferme le livre, et je passe une robe pour suivre May, ou May et Jean dans une « boîte » quelconque…

Je me rends bien compte que May n'a pas une volonté qui triomphe de la mienne, mais un « mouvement » supérieur au mien, une force tourbillonnante que ne ralentit pas la pensée. Elle m'a appris qu'on peut dîner sans faim, parler sans rien dire, rire par habitude, boire par respect humain, et vivre auprès d'un homme dans la plus servile condition, avec toutes les apparences d'une indépendance effrénée. Elle n'ignore pas les crises de neurasthénie, ni le spleen, mais elle connaît deux grands médecins de l'âme : la manucure et le coiffeur, au-dessus desquels il n'y a plus que l'opium et la cocaïne. Si May, pâle et les yeux cernés, se traîne de siège en siège, bâille, grelotte, pleure pour un mot, se détourne en vain de son avenir et de son passé vides, elle s'écrie ardemment : « Qu'on demande à la manucure de monter ! » ou bien : « Je vais me faire laver les cheveux ! » Et rassurée, alanguie, elle abandonne ses petites pattes courtes, ses cheveux dorés, à des mains habiles qui savent pétrir, gratter délicatement, brosser, polir, onduler ; sous leurs passes bienfaisantes, May sourit, tend l'oreille à des potins, à de vagues paroles flatteuses, cède au demi-sommeil des convalescents…

Est-elle gaie ? Les hommes assurent que oui, et moi je trouve que non. La nature lui a dessiné, dans un visage rond comme celui d'un enfant, une bouche en arc relevé, des yeux aux coins malicieux, un bref petit nez palpitant, tous les traits du Rire lui-même. Mais, la gaîté, ce n'est pas une agitation où manque la sécurité, ce n'est pas un bavardage plein de récriminations, ni l'appétit de tout ce qui enivre… La gaîté, c'est quelque chose de plus calme, il me semble, de plus sain et de plus grave…

Au fond, Jean est peut-être plus gai que May. On l'entend peu, il est aussi prompt à menacer qu'à sourire, mais je lui reconnais la sérénité des gens qui ont un bon estomac, et tandis que May, folle dès le début d'une querelle, cherche de l'œil et de la main des ciseaux, une épingle à chapeau, Jean la bat simplement, du plat de sa main lourde, sans perversité, avec une sorte d'allégresse gymnique.

Quittons, décidément, quittons ces gens-là. Que je le veuille ou non, ils prennent trop de place, trop de temps dans ma vie, déserte il est vrai, mais où May passe et repasse, traçant un chemin de chèvre foulé, où rien ne croît. Pourquoi tarder davantage ? Je m'en vais répétant : « Ces gens-là, je ne les connais pas, en somme… » et chaque minute, ce soir, les éclaire en moi d'une pire lumière : je les connais trop.

Et puis, je devine ce qu'on a dû déjà dire de notre trio ; une femme seule, trop liée avec deux amants libertins… Ah ! je me retrouve bien là ! Rien qu'à l'idée qu'on a pu me mal juger, moi chétive et désormais obscure, il me semble que Paris, la province et les cours étrangères fixent sur moi un œil de blâme, et j'échauffe mon lit d'un vertueux émoi, mon lit tout à l'heure si frais, aux draps lustrés par les cylindrages, et dont mon parfum ne masque pas tout à fait la chaste odeur de chlore…

Je dormais presque, lorsque quelqu'un, dans la chambre à côté, rentre et claque la porte avec une brutalité indifférente. Puis, deux chaussures tombent, lancées probablement d'un bout de la chambre à l'autre bout, et lourdes à croire que l'homme porte des godillots de frêne… À présent, il marche sur ses chaussettes, mais le parquet gondolé crie, sous le tapis, et je sais si le voyageur va de la coiffeuse à la table de nuit, de la table de nuit au cabinet de toilette… Dans le cabinet de toilette, contigu au mien, j'entends le tintement du verre à dents, la chute rebondissante d'un objet d'argent ou de nickel, le fracas de l'eau lâchée dans la baignoire… Hélas ! je ne puis rien ignorer des faits et gestes du voyageur attardé… J'attends, réfugiée dans une résignation dégoûtée, que le sommeil rejette au néant, pour quelques heures, l'hôte inconnu, l'X exécré à qui je souhaite la paralysie soudaine, sinon la mort… J'attends qu'il ait fini de rôder, de bâiller en rugissant, de tousser, de cracher, de tâter son gosier de baryton par des « hum ! » qui font vibrer la verrerie sur ma table de chevet…

Au-dessus de ma tête, le plafond tremble sourdement sous des pas. L'autre chambre voisine s'anime de trottinements menus, et d'une voix aiguë de femme agressive. Elle cause avec quelqu'un dont je n'entends pas les répliques chuchotées, on dirait qu'elle se dispute par téléphone… J'attends. J'oppose à ces vacarmes divers une immobilité de cambrioleuse, et je respire à peine, comme pour donner l'exemple du silence…

Le timbre du couloir retentit, deux fois, trois fois, dix fois, suscité par un doigt nerveux, l'ascenseur s'arrête sur un « poum » élastique qui ébranle le palier, et l'on rabat violemment le portillon de fer de la cage… C'est la nuit d'hôtel, et ma vie, d'hôtel en hôtel, ne compte plus ces nuits désabusées, où la chute des bottines, le claquement des portes, la toux, les bruits d'étable humaine sonnent les lentes heures. Sur une pédale soutenue de ronflements, j'ai noté parfois des thèmes violents : le revolver du fou, l'abominable cri de la dame hystérique, le cauchemar râlant du joueur, à Monte-Carlo… Les cloisons de papier mâché ont laissé souvent venir à moi des plaintes plus douces, les soupirs, les froissements des tempêtes amoureuses, que je troublais férocement d'une toux forcée ou d'un coup de poing dans le mur, car je suis devenue sévère à la volupté d'autrui…

Rien ne m'oblige à subir plus longtemps la série banale des petits supplices qu'impose la vie d'hôtel. Demain, si je veux, une villa paisible peut m'abriter, ou bien un appartement confortable à Paris, puisque la mort de ma belle-sœur Margot m'a faite rentière ; vingt-cinq mille francs de rentes, pour une femme comme moi, c'est la richesse. Mais voilà, je ne veux pas, je ne sais pas. Un chien, longtemps tenu en laisse, ne gambade pas si l'on ouvre le mousqueton de sa chaîne, il continue à marcher d'une allure réglée, en calculant d'instinct la longueur d'une entrave illusoire. Je continue ma vie d'hôtel, et pourquoi pas ? Les sommeils coupés, troublés, les repas capricieux, le café de chicorée et le lait bleuâtre, tout cela fait partie de mon lot.

D'ailleurs, depuis que j'ai quitté mon métier, le goût m'est venu, assez égoïste et pervers, du repos matinal parmi l'activité. J'avoue qu'il m'est doux, à l'heure où le jour croissant grillage de bleu les persiennes, d'écouter le doigt dur d'un valet qui frappe aux portes voisines, d'imaginer les réveils fourbus et les bâillements écœurés, la hâte, la pluie matinale, le train manqué... Une vilaine joie de revanche m'étire entre les draps chauds, et j'ai tout juste le temps de murmurer vaguement : « C'est bien leur tour... » avant de m'abandonner au somme du plein jour, léger, nourri de rêves, presque conscient, éclairé du dedans par les astres étranges du songe, et du dehors par la lumière qui force mes paupières mal closes...

Il doit être tard, mars la pendule électrique ne marque le temps que par un grignotement imperceptible toutes les soixante secondes... May et Jean doivent avoir fini de se quereller, peut-être même de se réconcilier ?... On ronfle dans la chambre voisine, un ample et majestueux ronflement aspiratoire, coupé à l'expiration par un sec petit « cloc » comique et macabre. C'est une variété de ronflement qui ne m'est pas inconnue, je la préfère au ronflement progressif, qui commence bas, grandit et s'achève dans une crise de toux. Le grand nez de Masseau retentit sans doute d'un caverneux fracas, à moins que la lampe à opium ne veille encore, flamme courte qui vacille, par moments, sous une goutte de suc grésillant…

Je ne dors pas, je ne m'impatiente pas. Cette nuit ne sera ni plus longue, ni plus brève que d'autres nuits semblables. La fin d'une nuit vient toujours, c'est ce que les insomnieux, en général, ne savent pas assez ; je les excuse, parce qu'ils sont, presque tous, des malades. Moi, je ne suis pas malade, je suis habituée. Je n'allume pas la lampe et je n'ouvre pas le livre : bons moyens pour bannir le sommeil farouche et faner les paupières. J'attends. Ils sont odieux, ceux qui, derrière les murs, au-delà des plafonds, se reposent et se soulagent comme des barbares bien emplis ; ils sont odieux, mais… ils sont là. Qui me dira si ce n'est pas, au lieu de la fuir, précisément leur présence que je cherche ? J'ai bien pu me tromper, le jour où, en abandonnant mon logis, en renonçant à tout domestique commode, j'ai cru faire un pas de plus vers la solitude… Flanquée d'autant de gardiens détestés qu'il y a de parois à une chambre, je me répète, comme pour mieux m'affirmer qu'ils sont là : « Ils sont odieux », et j'attends, entourée, rassurée, le lever frais d'une aube sur la mer, la palpitation plus haute de la vague sous le vent du matin, et cette pâleur indécise qui s'insinue et chemine jusqu'à mon lit, jusqu'à mon front, jusqu'à mes yeux désormais clos et insensibles…

3

On dit qu'une femme garde difficilement son sang-froid devant un homme qui pleure. Je ne me souviens pas que les larmes de Max, le jour qu'il pleurait si naïvement sur mon prochain départ, m'aient paru particulièrement émouvantes. Mais je trouve qu'il y a pour une femme, dans le chagrin d'une autre femme, un spectacle souvent poignant, et propre à faire naître la crainte égoïste et frappante qu'on nomme pressentiment. C'est presque toujours elle-même qu'une femme mire dans une douleur féminine : elle pourrait formuler son pressentiment, à peu près, comme le buveur à jeun devant un poivrot vautré : « C'est comme ça que je serai dimanche… »

May a du chagrin. Je me serais bien passée de le savoir, mais un « vrai type », une « enfant de la nature », fait profession de franchise, et tient la pire incontinence confidentielle pour de la simple loyauté.

Pauvre « vrai type » ! La voilà dans la chambre qu'elle réclamait pour elle seule.

La voilà triste, dans un désordre coloré et gai de chemises de soie, de bas en dentelle, de robes à traîne pointue ou à jupe écourtée. Il y a des compartiments de malle sur le lit, une caisse à chapeau ouverte, et la femme de chambre de May, une Basquaise têtue, va et vient avec une agitation désapprobatrice. Je vois aussi, près du plateau à thé, deux boîtes de cachets, un flacon trapu plein de poudre blanche ; May bâille et renifle, enchifrenée par le matin froid assombri de nuées rapides, par les larmes et surtout par la prise de cocaïne.

— Mouchez-vous, May.

— Pensez-vous, pour me faire rougir le nez ! J'aime bien mieux renifler. Elle rit, enrouée comme une enfant qui a trop crié, car son chagrin – et je l'en loue – ne s'épanche pas en lamentations. Elle m'a dit : « Voilà. Ça y est. Ça devait arriver. » Elle a juré comme un homme, et nommé son Jean des plus vilains noms. Elle a emporté, roulés dans le creux de sa main, une photographie de Jean sur carte postale et une pincée de billets de banque, raflés dans le gilet de son amant à la faveur du désordre… J'aimerais bien remonter à ma chambre. Mes jambes sont nues sous le saut-de-lit, et je frissonne d'un bain mal séché… Je sens que je manque de pitié, de chaleur, pour tout dire, d'affection, et je m'efforce d'être cordiale.

— Voyons, May, voyons… c'est pas sérieux, tout ça. D'abord, ce n'est pas la première fois ?

— La première fois que quoi ? Que je fais chambre à part ? Oh ! là là, si j'avais autant de cent mille francs de rente qu'on s'est fâché de fois, nous deux, Jean !… Je le sais bien, que c'est pas sérieux…

Cependant elle s'installe, comme si c'était sérieux. Elle tire la nouvelle coiffeuse près de la fenêtre, incline le miroir, et commence à apprêter sa figure, ce qu'elle fait sans vergogne devant Jean, devant moi, devant le sommelier et le petit chasseur. Pour de l'ouvrage bien fait, c'est de l'ouvrage bien fait. Il y a un récurage supplémentaire des oreilles, et des commissures des lèvres ; les paupières même sont soulevées et retournées du bout du doigt, comme on fait aux ouïes d'un poisson suspect…

Puis May enfonce son index, coiffé d'un coin de mouchoir, dans chaque narine, et allez donc !… elle fourbit ses cavités avec la virtuosité d'un plongeur qui rince des flûtes à champagne. Un couteau d'ivoire gratte la langue, deux ongles chassent, d'un pinçon cruel, un *bolbos* minuscule, et la pince à épiler cueille ici, cueille là…

— Je suis payée pour le savoir, que ce n'est pas sérieux. Mais, n'est-ce pas, je connais les hommes, et surtout je connais Jean et je le pratique… Qu'est-ce que vous dites ?

Je n'ai rien dit. Je me suis seulement détournée un peu, pour cacher un sourire qui n'était ni méchant ni bon, en entendant May dire : « Je connais les hommes… » Pourquoi cette phrase, classique, succède-t-elle toujours, sur les lèvres des femmes, non pas à un triomphe, mais à une déconvenue qui démontrerait justement le contraire ?… Je n'ai rien dit, moi qui ne connais pas les hommes…

Je le pratique depuis un an, poursuit May, et je peux dire sans me vanter que c'est un garçon qui ne moisit pas d'habitude dans le collage…

Les cheveux tirés à la chinoise sous un madras roulé en corde, elle écrase à deux mains, sur son front et ses joues, un cold-cream abondant, mais son zèle à me convaincre est tel qu'elle interrompt son massage et continue son discours, en gesticulant de tous ses doigts écartés. Je songe aux maquillages et démaquillages d'antan, je songe au temps où Brague m'appelait, toute luisante de vaseline, « le rat tombé dans l'huile »…

– … Un an avec un homme, ça commence à être un bail, quoique nous n'ayons habité ensemble qu'à la mer ou aux eaux. L'appartement commun, vous savez… non, ce n'est pas notre affaire. Il a ses occupations, et moi j'ai mes idées. Il y a des choses que je n'accepte pas… Quoi ?…

Je n'ai rien dit. Mais un fin instinct de May bute sur chacune de mes incrédulités. Des choses qu'elle n'accepte pas ? Lesquelles ? Elle prend l'argent, reçoit les gifles, encaisse les rebuffades, le tout, c'est vrai, d'un air cassant de petite despote…

Et, en somme, si Jean reste avec moi, oh ! je ne me monte pas le bourrichon, allez ! c'est peut-être moins par attachement que par vanité, parce qu'il sait que je suis un type, moi aussi, dans mon genre, un type pas commode qu'on ne mène que jusqu'où il veut aller… La preuve ! conclut May fièrement en me désignant les malles ouvertes. Je lui ai dit : « Mon petit, jusqu'au revoir, dans ce monde ou dans l'autre. » Voilà.

Elle ment. Elle en est touchante, pauvre petite May qui plastronne ; elle *devrait* en être touchante. Un homme la plaindrait, ou même une femme, une autre femme que moi.

Car cet amant dont elle se vante d'avoir pris congé, cet amant qu'elle compte retrouver ce soir, demain, tout à l'heure, elle parle de lui, elle le dénigre et l'évoque et le regrette, comme si elle venait de le perdre à jamais. Elle le raconte comme s'il faisait déjà partie de son passé…

Je fais ce que je peux pour May, c'est-à-dire que je l'écoute, et je hoche le menton de temps en temps. Elle est poudrée de mauve maintenant, et marquée de rose vif au-dessous des yeux, qu'un fard gris poche voluptueusement. Les cils… la bouche… un gros pois velouté au coin de la lèvre… C'est fini. Elle me sourit distraitement dans la glace :

— Ce que vous me regardez, Renée ! Vous me faites penser à Jean quand il me dit : « C'est vilain à voir, la toilette d'une jolie femme ! » Il n'est pas facile tous les jours, la sale bête !

— Aussi, pourquoi faites-vous tous ces travaux de ravalement devant lui ? Elle ouvre tout grands, de surprise, ses yeux charmants entre l'herbe raidie des cils :

— Ma chère ! que je me cache pour me faire une beauté, quand j'aurai trente-cinq ou quarante ans, je ne dis pas ; mais maintenant… Est-ce que j'ai des boutons ou le bord des yeux rouge, ou des rides ? Rien à cacher, tout le monde peut voir ! On est nature, ou on ne l'est pas… Chut !…

— Quoi ?

— Je croyais que j'entendais marcher.

Elle l'attend, et il ne vient pas.

— May, dites-moi, est-ce qu'il y a eu entre vous quelque chose de plus grave que d'habitude ?

Elle me regarde, perplexe et, cette fois, sincère :

— Mais… non… justement… Au contraire. Ça m'épate un peu. On peut même dire qu'il n'y a presque rien eu, on ne s'est pas rebattus… Je n'ai pas de marques… C'est drôle. Depuis quelques jours, il est mauvais, en dessous. Il fait le rêveur et le détaché, vous savez, ce que j'appelle sa gueule de gigolo…

Elle mordille sur ses lèvres la pommade de raisin rouge vif, et promène sur la mer, ombrée de gris et de vert malade, un regard où je crois lire l'étonnement, l'incompréhension d'un être injustement menacé. Et je revois soudain, très nettement, le visage à demi masqué de Jean, la bouche aux coins profonds, les pommettes faunesques, le menton fendu d'une fossette, et le cou solide, enveloppé d'une chair douillette… Je revois soudain ce mystérieux visage sans yeux, et je plains la petite May, car c'est sur cette face d'homme que parlent tous les caractères de la ruse, de la puissance un peu brutale, d'une faiblesse assez séduisante pour tout obtenir, c'est lui, enfin, à n'en pas douter, c'est lui le *plus fort.*

*

— On peut entrer ?

— Qui, on ?

— Nous !

C'est une voix flûtée, où je ne retrouve pas bien le joli mezzo de May ; elle a un son de voix qui dore ses paroles ; j'ouvre et je me trouve en face de deux hommes, Masseau et Jean. Celui qui parlait en fausset, c'est Masseau. Déjà levé ou pas encore couché, il promenait sur les galets, où Jean l'a rencontré, sa dégaine unique de magistrat bilieux. Ses gants de peau glacée grise, le feutre mou qui le coiffe, sa cravate quelconque, tout prend sur lui, je ne saurais dire pourquoi, un caractère d'extravagance. D'ailleurs, il vient de traverser la Promenade, la rue et le hall de l'hôtel, paré d'une algue ruchée, large de deux mains, qu'il a trouvée près de la mer et épinglée autour de son cou. Il chiffonne en collerette ce colifichet marin, devant mon miroir à coiffer, en murmurant comme pour lui seul :

— Colombine !

— Masseau, vous êtes fou ? enlevez ça, vous sentez la moule crue.

— De deux choses l'une, dit Masseau. Ou bien vous êtes l'esclave d'un préjugé qui a nom « Mode », et je me détourne de vous. Ou bien vous me donnez, dans l'ombre de votre cœur, ce que toute femme rayonne à ma vue : l'amour, et alors adorez mon caprice d'un gai matin. Ou bien encore… Mais j'aurais dû dire : « De *trois* choses l'une… » Je vais recommencer. De trois choses l'une…

— Jean, vous ne pouviez pas lui ôter ça ?

— Ma foi, non. Je ne sais pas ce qu'il m'a fait, mais je suis sans force contre Masseau. Si nous habitions de l'autre côté de la terre, je serais roi, et je bombarderais Masseau saint, tout nu sous un baobab.

— Je l'ai été, dit froidement Masseau. On s'en lasse vite, et l'hygiène du saint, de l'autre côté de la terre, est forcément déplorable. Offrandes multiples des fidèles, fruits, riz au safran, mouton au riz, riz au sucre : c'est la dilatation d'estomac qui gâte le métier.

J'ai très peur des fous, d'habitude, mais je subis, comme Jean, l'attrait de ce monomane. Il n'est pas possible de savoir où commence chez Masseau la simulation. Il m'a confié qu'il est assez profondément atteint pour *voir* écrite, devant lui, la phrase qu'il prononce, et il ne peut se retenir de marquer, d'un petit coup de doigt dans l'air, la ponctuation de son discours. Quand il retrouve par instants, comme il vient de le faire, une élocution rapide et nette, sans parasites grammaticaux, c'est pour des récits brefs, dénués de toute vraisemblance, et que je me sens prête à accepter pour authentiques. May déteste Masseau, qu'elle ne parvient ni à séduire, ni à pénétrer. Elle est, devant lui, comme un chien devant le hérisson inexpugnable.

— May vous suit, Jean, ou bien nous la prenons en passant ?

— Ni l'un ni l'autre, répond Jean qui rectifie, machinalement, la symétrie de mes brosses d'argent. May est souffrante, elle ne déjeunera pas.

— Sérieusement ? Je vais aller…

Il se retourne vivement :

— C'est très gentil à vous, mais ne bougez pas : elle veut dormir. Elle a demandé seulement un œuf et un consommé.

Il ne se donne aucune peine pour que je le croie, il dit simplement ce qu'il faut dire, sans insister. Il a bonne mine, comme peut l'avoir un homme brun, un peu vert de teint, et il débouche un à un mes flacons, avec une indiscrétion tout habituelle. Je n'insiste pas non plus :

— Bon ! On prendra des nouvelles de l'enfant après déjeuner. Nous descendons ? Masseau !… Le voilà qui fait sa correspondance à présent… Masseau !

— Je suis à vous, dit Masseau. À vous, et… (il désigne la lettre qu'il écrit)… et à Elle !

Je l'attends, agacée. Je n'aime pas qu'il se serve de ma table à écrire, ni que Jean débouche et flaire mes flacons et mes boîtes à poudre. Je n'aime pas beaucoup qu'on vienne dans ma chambre défaite, odorante, ni qu'on m'indique, en l'effleurant du doigt, une mèche de cheveux qui glisse sur ma nuque, ni qu'on m'enlève « un fil » qui colle à ma jupe, un peu plus haut que le genou. Je suis devenue d'une intransigeance physique explicable, sinon agréable, et j'ai bien du mal à la cacher sous un bongarçonnisme de commande…

Il fait beau, heureusement. Dans ce pays-ci, le beau temps supplée à tout et peut tenir lieu de bonheur sentimental aussi bien que de sujet de conversation.

— Il fait beau, hein ! C'est dommage que May… On dit qu'il neige à Paris… Où est Masseau ?

— Il dépose son algue au vestiaire. Des hors-d'œuvre ?

— Non, pas ce matin. Croyez-vous, cette chaleur !

Je tends, d'instinct, mon visage au rayon de soleil, comme pour qu'il m'embrasse ; et je le retire vite, d'instinct aussi… « Quand j'aurai trente-cinq, quarante ans… » disait May… Et je regardais, pendant qu'elle disait cela, son front découvert, ses tempes, la fraîche attache du cou… Je baisse la tête, pour faire descendre un peu sur mes joues l'ombre de mon chapeau, et j'avance sur la nappe mes mains soignées que n'abîment plus les courroies des malles ni le blanc liquide…

— Joli diamant, constate Jean.

— Vous auriez bien pu dire : « Jolies mains », malhonnête !

— J'aurais pu le dire, en effet, mais un compliment sur vos mains est à la portée de tout le monde, tandis qu'il y a très peu d'hommes qui s'y connaissent en pierres fines.

Je ris, tout en prenant conscience de ce fait : que si je me suis trouvée souvent seule avec May sans Jean, c'est la première fois que l'absence de May nous laisse seuls, Jean et moi.

— Jean, avant que Masseau revienne, qu'est-ce qu'elle a, May ? Vous êtes encore fâchés ? C'est tellement ridicule, ces drames à propos de blaireau à barbe ou de crochet à bottines ! Franchement, vous devriez…

L'amant de May, pour apprendre de moi ce qu'il « devrait », a pris une attitude singulièrement insolente. Il a mis les mains dans ses poches, et il siffle, la tête en arrière, en me regardant entre ses cils. Je rougis, déshabituée depuis des années d'une certaine sorte de grossièreté masculine. May giflerait, quitte à s'en repentir cruellement après, cette « gueule de gigolo » dont l'expression est presque toujours plus jeune que les traits.

— Je vous demande pardon, mon cher, je me mêle de ce qui ne me regarde pas.

— D'abord. Et puis, ajoute-t-il en se redressant, au fond, qu'est-ce que ça vous fait ?

— Comment, ce que ça me fait ? Vous me dites que May est souffrante, je l'ai vue hier matin – ah ! voilà Masseau –, je l'ai vue toute perdue au milieu de son déménagement, alors…

— Ah ! oui, c'est par amitié ?… Masseau, nous n'avons rien commandé pour vous. L'entrecôte béarnaise vous va ?

— Droit au cœur.

— Bon ! Donc, c'est par amitié que vous tentez, ma chère amie, cet essai de conciliation ?

Je n'aime rien de l'instant présent, ni notre table que l'absence de May fait trop grande, ni cette explication que je ne désirais pas, ni les façons de Jean, qui vient de « déblayer » Masseau si brusquement, et qui parle avec la précision, la retenue affectée d'un homme en colère.

— C'était donc par amitié ? Par amitié pour May, plutôt que pour moi, je suppose. Mais vous n'avez pas d'amitié véritable pour May ?

— C'est idiot, cette question !

Je devrais me fâcher, ce serait plus commode que de mentir. Je ne comprends pas où il veut en venir : compte-t-il m'amener à dire du mal de son amie ?… La faim me quitte, un dédoublement pénible m'éloigne du lieu où je suis, recule et rend tout petits, distincts, étrangers, les gens qui mangent, le traître soleil, et l'homme assis en face de moi, ses yeux clairs d'un gris instable fixés sur les miens.

— C'est idiot, et blessant… Parfaitement, blessant, et pour toutes les deux ; vous n'avez pas besoin de rire… Masseau, je vous fais juge…

Mais je ne vois de Masseau, réfugié derrière un journal, qu'une main sèche, levée pour écarter toutes les responsabilités… Je faiblis, et je demande lâchement à Jean :

— Pourquoi m'avez-vous dit ça ?

— Pour m'amuser, et puis parce que je le pense. Voyons, May est bien gentille, mais une femme comme vous…

Sa phrase suspendue contient juste ce qu'il faut pour me mettre en défiance, un compliment pour moi, et la pire injure pour sa maîtresse. Il l'a déjà traitée, devant moi, de « petite grue sans allure » et même de « poseuse », mais de là à l'accuser, avec une fausse commisération, d'être « bien gentille »… Masseau surgit, satanique et clignotant, de derrière son journal, comme s'il espérait d'autres paroles irréparables.

— Eh bien, quoi ? une femme comme moi ? D'abord je ne suis pas du tout une femme-comme-moi, je suis une créature attachée aux biens de ce monde, et qui aime les pommes soufflées quand elles sont chaudes.

Masseau a tiré un stylographe de sa poche et écrit patiemment sur ses pommes soufflées, énormes et rondes comme des galets : *Souvenir du Tréport* ; *Biarritz, reine des plages* ; *Dieppe, été 1912.* Puis il les dispose en rond autour de son assiette et ne mange pas. Lorsqu'on lui passe le plat d'entrecôte, il soupire : « Quelle est cette bête morte ? » d'une voix si épouvantée que je refuse ma viande saignante, à la vive joie de Jean, qui éclate de rire. Il a un rire, non d'homme gai, mais d'enfant assez méchant.

— Ce qu'on doit devenir mauvais, à vivre près de vous, Jean ! Vous ne riez jamais que des catastrophes… Dieu ! non, je ne veux pas de cette viande. Demandez-moi tous les fromages, un pot de crème et les fruits. Vous, Masseau, je souhaite que ce soir votre digne compagne brûle toutes les pipes qu'elle vous cuira. Et puis, est-ce qu'on ne va pas sortir d'ici ? On n'en finit pas, ce matin !

Jean se met à songer à l'après-midi qui va suivre, à May qui l'attend, et s'assombrit. Le café, très bon, adouci de crème, et les cigarettes nous ramènent tous trois à un optimisme éphémère, d'autant plus précieux et parfait. Mon odorat ne recueille plus que des parfums plaisants d'oranges écorchées, de café brûlant et de tabac fin. Jean fume avec délices, encore une fois épanoui. Il a un visage sensible et impénétrable, où tout marque, mais en ombres et en clairs seulement, sans transitions révélatrices.

La tête tondue d'un petit chasseur de l'Impérial, haut comme trois pommes, surgit au niveau de la table, et s'adresse à Jean :

— C'est une lettre pour Monsieur. Madame a dit que je la remette dès qu'elle serait partie.

— Partie ?…

Jean nous interroge d'un brusque regard et ouvre la lettre. Il n'y jette qu'un coup d'œil et nous la tend ; c'est un mot au crayon :

Bon appétit. Je file. Adieu.

MAY.

— Qu'est-ce que ça veut dire, Jean ?

Le petit chasseur, qui n'a pas couru, imite l'essoufflement du messager zélé et cligne ses yeux de lapin blanc. Jean lui assène un « C'est bon, ça va bien » à le renverser, et le lapin blanc détale.

– Enfin, Jean, c'est inouï ! Si j'allais demander au bureau ?

– Demander quoi ? Je vous en supplie, ma chère amie, rasseyez-vous et ne prenez pas cet air de la dame qui a perdu son griffon belge !... Votre café va refroidir.

Il s'écarte un peu de la table, croise les jambes et se remet à fumer. Mais ses narines battent et je pourrais compter, aux sautillements de son pied levé, les battements accélérés de son cœur. Nous sommes presque seuls dans la salle à manger, et j'obéirais volontiers au vœu secret des maîtres d'hôtel, qui desservent les tables voisines et y dressent le couvert du five o'clock, avec un empressement hostile... À la dérobée, je cherche sur le visage de Jean la grimace héroïque et douloureuse qui dut délabrer celui de Max quand il lut, voici bientôt trois ans, ma lettre d'adieu : « Max, mon chéri, je m'en vais... » Mais je ne saisis, sur les traits de Jean, qu'une expression ambiguë d'attente palpitante, d'indécision, un air d'écouter plutôt que de réfléchir, et cela lui fait une figure nouvelle, amoureuse, détournée de nous et tendue vers la mer, une belle figure d'amant, débordant non de larmes, mais d'espoir...

– Masseau ?...

Quoique j'aie appelé très bas, et désigné du menton la sortie, Jean s'en est aperçu.

— Vous ne vous en allez pas ? Quoi ? C'est par discrétion ? Vous… respectez ma douleur ? Je ne vous en demande pas tant à vous deux, surtout à vous, Renée.

— C'est un congé, monsieur ? dit Masseau, théâtral, rejetant sur son épaule une *capa* imaginaire.

— Mais non, mon vieux, mais non. Nous n'allons pas faire du drame, parce que cette pauvre petite May…

— Ah ! Jean, ne recommencez pas à dire du mal d'elle !

Je ris, avec la conscience très nette que je ne dis pas ce que je dois dire, et que la moindre de mes paroles donne raison à Jean, quand il affirmait tout à l'heure : « Vous n'êtes pas l'amie de May. »

— Dieu, non ! soupire-t-il parmi la fumée. Au fond, il n'y *avait* pas de meilleur petit type que cette enfant…

Je m'élance, soulagée, dans la voie qu'il m'ouvre

— N'est-ce pas ? n'est-ce pas ?… Un très bon petit type, et un grand fond de naïveté, sous ses airs de « connaître la vie », comme elle disait… N'est-ce pas, Masseau ? Quand vous la taquiniez, elle se fâchait tout rouge, elle y mettait une bonne foi enfantine…

— Je crois bien ! acquiesce Masseau avec un empressement dangereux. Encore que nous ne fussions pas toujours du même avis, elle m'a confié des choses charmantes, sur la politique étrangère, notamment, et combien d'autres, en particulier sur le rôle du sentiment religieux dans la musique moderne…

Il frotte ses mains sèches, méchant comme une vieille femme.

– C'est bien démodé, ce genre de blagues, Masseau ! Vous m'avez tout l'air en ce moment d'un renard hors d'âge devant un beau raisin blond.

Et l'autre, là, qui rit… Oh ! ces hommes ! Vingt-cinq ans, des cheveux en or, des dents fraîches, des yeux !… On leur donne tout ça, ils en ont plein les bras, et ils ne sont pas encore contents ! Mais qu'est-ce qu'il vous faut, bon Dieu ?

– Je vous le demande, dit Jean du bout des lèvres.

– Enfin, elle vous aimait, cette petite, Jean ! et vous-même…

Je me donne un mal énorme pour ne pas laisser tomber tout de suite ma chaleur factice, qui ne trouve point d'écho :

– Je l'entends encore se plaindre de vous, l'autre jour, et je suis sûre qu'elle ne manquait pas de griefs !

– Elle en avait bien pour trois ou quatre mille balles par mois, pour parler comme elle… Mais non, mais non, je ne suis pas un goujat, c'est pour rire… Pauvre petite May… Et pauvre petit moi abandonné…

Quelle est la pensée profonde qui veille derrière ces yeux gris ? Depuis l'arrivée de la lettre, Jean n'a pas cédé à un seul mouvement spontané, il n'a eu ni la larme qui monte aux cils, ni le coup de poing briseur de vaisselle, ni le cri rageur qui révèle, en le niant, l'amour blessé...

— Jean, qu'est-ce que vous allez faire ? Elle n'est pas introuvable, cette enfant qui vient de partir ; en deux heures, en douze heures au plus, vous la rejoignez...

— Moi !

Le voilà, le cri, pas celui que j'attendais, mais un aboiement indigné, suivi d'une hilarité révoltée et coléreuse, qui fait danser l'eau scintillante des carafes...

— Moi, la rejoindre ? Que je fasse ça, quand il m'arrive la chose... la chose... Je ne peux pas trouver le mot... enfin ce qui donne envie de dire : « C'était écrit ! » Que j'y retourne, quand je viens à peine de goûter une impression... étonnante... non pas de liberté, ce n'est pas ça, mais de... promesse, oui, il me semble que le fait d'être seul me donne droit à la terre entière, avec toutes ses femmes, comme si on me les promettait, comme si le sort s'engageait envers moi, et quand je dis *toutes les femmes*, ça signifie celle, celle-là seule dont j'ai envie... Rejoindre May, quand... quand je suis ici !...

Une main chaude et forte s'abat sur la mienne, l'enferme et l'épouse comme une coque vivante. Le geste a été si soudain, la pression est si despotique que je me tais, comme s'il venait de me frapper violemment. Je lève seulement sur Jean des yeux stupides, pendant qu'il répète plus bas :

— Rejoindre May !...

— Vous n'aurez pas bien loin à aller, dit la vieille voix de Masseau. Elle est en haut dans sa chambre. Et c'est ici, mes amis, qu'il faut que je m'excuse. Étudiant gâteux que je suis… rejeton anémié d'une race qui fournit au monde les Lemice-Terrieux… j'ai fait remettre à Jean une ligne d'écriture pauvrement imitée… Voilà…

Il clignote, frotte ses doigts secs qui craquent, et attend. Il y a quelque bravoure de sa part, ou beaucoup d'inconscience, à attendre, car un nuage de sang a bruni les joues de Jean. Ma main est toujours prisonnière, et il me semble que je ne pourrai pas bouger, tant que cette main étouffera la mienne…

Enfin, je me sens libre, et j'entends le rire de Jean, un peu forcé :

— C'est crevant ! Mais pourquoi diable avez-vous fait ça, Masseau ?

— Pour voir… répond Masseau, énigmatique.

Puis sa manie bouffonne le reprend, il se coiffe de sa serviette tordue en bonnet, baisse les sourcils et pince une bouche cruelle, pour s'intituler :

— Torquemada !

4

La chambre est surchauffée, mais par la fenêtre ouverte entre une humidité qui embrume les cheveux et mouille les narines. Au sortir du train étouffant, après Nice sèche et dorée d'un précoce soleil, je respire avec délices, dans cet air plus septentrional, l'odeur de la pluie, qui n'est plus mêlée d'iode ni de sel, ni amollie de mimosa. Le vent me l'apporte sur le Léman gris, où pendent des nuées basses, et parfois une éclaircie montre, entre deux nuages, le Mont-Blanc étincelant et tout proche.

Je connais cette chambre, je reconnais ces murs roses, rehaussés d'une frise lilas, et les portes bleu ciel. C'est un hôtel suisse convenable, pareil à maint hôtel suisse des bords du lac et d'ailleurs. Paris ne m'appelait guère, et je me suis souvenue que Genève, à la fin de février, est souvent douce, éventée d'ailes de mouettes familières, et que Brague y donne, cette semaine, sa série annuelle de représentations.

Vingt petits sites méridionaux m'eussent tentée, au lieu de Genève, plages chaudes entre deux rochers rouges, village italien, bourg provençal qui distille la violette et la jonquille ; mais je ne saurais oublier que ces paradis, dès que vient l'heure qui les prive de leur seule parure, la lumière, deviennent des geôles sinistres, et que les soirées du touriste s'y traînent, interminables, entre la terrasse et le piano faux, entre la salle de lecture hantée de vieux fantômes saxons à lunettes, et le salon de conversation, refuge des jeunes et vieilles filles, à qui l'ennui donne envie de crier et de mordre…

Je suis bien ici. La froide douceur de l'air, l'eau grise, si plate après la pluie que le sillage d'un vapeur s'y étire, net et mince, comme un cordage traînant ; tout m'éloigne de Nice, de May et de Jean. Il n'y a pas jusqu'à la grâce rigide et dépouillée d'un bouquet d'hiver, en rameaux de chimonanthe à peine fleuris, qui ne me rajeunisse, qui ne me délivre de mon séjour sur la Riviera, et de la scène qui y mit fin.

J'ai supporté, quarante-huit heures encore, la compagnie des deux amants. May, redevenue gaie, amoureuse, arborait un air de triomphe outrecuidant, comme chaque fois qu'elle met les pouces et s'humilie à huis clos. Jean, faute d'avoir choisi une attitude morale qui l'avantageât à mes yeux, avait pris le sage parti de redevenir ce qu'il était la veille et les jours d'avant.

C'est la veille de mon départ que j'ai consenti, mes malles bouclées en secret, à passer une demi-nuit dans la chambre-fumerie de Masseau, sur la natte blanche et les froids coussins de soie lisse. Je me suis accordé cette soirée d'opium, moi qui ne fume pas, comme une délectation un peu honteuse et aussi, dirait Masseau, « pour voir… ».

May s'est jetée sur l'opium, goulûment, moins soucieuse de son plaisir que de montrer son endurance. Elle disait « la drogue, le bambou » et louait le sirupeux opium avec une compétence de vieux Chinois intoxiqué.

Jean s'était mis à fumer sans conviction et sans profit, à la hâte, et comme anxieux de parvenir à l'instant béni où l'on appuie aux coussins une tête assoupie et flottante. Lorsqu'il lâcha sa dernière pipe, il s'étendit et tourna seulement vers moi un regard où il n'y avait pas de convoitise, ni d'inquiétude, mais une sécurité aussi paisible que la mort.

J'étais un peu moins couchée qu'eux tous, et séparée de Jean par May, gisante, mais agitée, tourmentée de migraine et de crampes d'estomac. J'aimais la lumière étouffée de la lanterne en soie rouge, et les soins silencieux de celle que Masseau nomme sa congaï, une humble créature laide, aux beaux yeux de servante. Je ne comprenais pas bien pourquoi ces gens-là, hormis Masseau, fumaient l'opium, mais j'excusais que Jean, assommé, reposât ensuite comme un homme qui s'est saoulé exprès, par hygiène.

La courte flamme en amande, dans la cloche de verre, ramenait sans cesse mon regard errant, et jouait avec l'ombre, presque insaisissable sur la natte blanche, d'un Bouddha en cristal de roche, debout auprès de la lampe… Par-delà le corps de Jean, les petites mains sèches de Masseau, claires dans la pénombre, évoluaient lentement, douées de la précision, de la prudence lucide qui conduit les mains d'aveugles…

Une seule heure pénible, depuis ce soir-là : celle qui précéda mon départ pour la gare. J'ai subi, devant Jean impassible, cent questions de May stupéfaite :

– Mais pourquoi ?… mais qu'est-ce qui vous prend ? Jean, tu crois qu'elle n'est pas marteau ? Je parie dix louis qu'avant quinze jours on vous revoit dans le pays !… Ça y est, c'est le « tournis » qui la reprend. Dans le fond, elle est aussi type que moi !…

Elle parlait, s'exclamait, tantôt vers moi, tantôt vers Jean, et je craignais qu'elle ne comparât, sur nos visages, une identique volonté de silence et de mensonge. Pourtant, je n'ai pas échangé, avec son amant, une seule parole complice, et il n'a rien tenté pour me retenir.

Je suis bien. Je me réjouis d'avoir quitté ces gens-là, proprement, légèrement, sans scène dramatique comme sans flirt bas. La chaste Suisse me pénètre déjà d'un désir de vague retraite, de cure littéraire ; devant moi, comme les tranches d'une lourde provende, s'empilent *La Grande Revue*, *La Revue des revues*, *La Revue de Paris*, le *Mercure de France*, et combien d'autres moins notoires ! J'en ai pour la nuit, pour le jour, pour toute la semaine. J'en tire déjà, avant de les couper, de quoi mépriser les compagnons que je quitte, sauf Masseau irresponsable, cultivé et mystérieux. Je me recule d'eux, je m'étonne, vaniteusement : « Comment, j'ai pu vivre trois semaines avec ces gens-là et me contenter des cinq cents mots, toujours les mêmes, de leur vocabulaire ? »

Deux cents mots pour demander à boire, à manger, cent, et quelques chiffres, pour évaluer, l'une dans l'autre, la femme et la robe qui passent ; cent pour suffire à toutes les histoires graveleuses ; les cent derniers sont pour les sujets qui « élèvent l'âme », morale, littérature et art : ils y suffisent et au-delà… Mais il y a de quoi oublier sa langue maternelle, dans ce désert ! L'argot de Brague, le petit-nègre des coulisses de music-hall, tout vaut mieux que la conversation de May, et de Jean, dont je me suis contentée, qui peut me dire comment et pourquoi ?

Une averse, qui chemine dans le ciel et accourt sur la ville, éteint le Mont-Blanc qui resplendissait d'un blanc dur, sous un rayon lointain. Sur le ciel bas et foncé, toutes les mouettes tournoyantes deviennent de neige, et quoique j'atteigne, sur la pile des *Revues*, une épaisse brochure orangée, la couleur de mes idées change…

… Oui, je me suis contentée de ces gens-là. Je m'en contentais par orgueil nonchalant, ce vieil orgueil de l'ancien bas-bleu qui souriait, ironique et miséricordieux, aux « cuirs » de May, à la paresse de Jean, lent à achever ses phrases… Un dédain silencieux d'institutrice pauvre, voilà ce qui me retenait à eux, deux jours sur trois. Le troisième jour, j'avais probablement l'excuse d'être, à leur image, une joyeuse bête mangeuse et buveuse, conquise à la chère coûteuse, à l'automobile, à la table fleurie, à tout l'extérieur, un peu catin, de cette vie faite pour les femmes faciles et les hommes riches…

Ce n'est pas assez de dire que je m'en contentais, de ces gens-là, puisque j'essayais de les séduire. Pour qui, sinon pour eux, ai-je usé de mes moyens que chaque année écoulée restreint ou modifie ? Mes parures, c'étaient la gaîté, la prompte gaîté des femmes qui ne sont plus très jeunes et rient avec empressement, l'épanouissement conscient d'une humeur sereine et d'un appétit bien portant ; c'était ce qui pouvait humilier, par comparaison, les vingt-cinq ans trépidants de May… Vingt-cinq ans, ce n'est pas l'âge de la quiétude, l'adolescence est trop proche encore, l'adolescence exaltée, prête aux faciles suicides, prête aux espoirs extravagants… Une May de vingt-cinq ans perd du temps en larmes et en feintes, en petites maladies, en idées noires… Une Renée Néré de trente-six ans ne réclame rien et, rien qu'en paraissant, semble tout offrir.

Je n'ai pas tout le temps ignoré qu'au regard du public mes défaillances même devaient me servir, puisqu'une femme n'est jamais belle que par comparaison. Sournoisement, j'affectais à côté de May un serein silence, une immobilité harmonieuse, pour qu'elle évoquât l'image d'un fruit mi-mûr au bout d'une branche secouée.

Ainsi j'usais d'une défense adroite, dont la déloyauté ne demeura pas inaperçue, car j'ai encore dans l'oreille la phrase de Jean : « En somme, vous n'avez pas d'affection pour May ? » N'est-ce pas là le mot que j'avais, mieux que mérité, quêté, la récompense un peu cinglante de mes malicieuses parades ?…

Dieu merci, j'ai quitté à temps ces gens-là, et n'ayant péché, en somme, que par insouciance, puisque je n'ai pas pensé assez à Jean. Je n'accorde pas d'importance à son mouvement de l'autre jour ; c'est le fait de beaucoup d'amants susceptibles, que de crier à une autre femme, quand leur maîtresse les abandonne : « Justement, c'est vous que je voulais, comme ça tombe !… » L'imprudence, ce fut de me laisser aller à vivre presque en commun avec Jean et May. Il était fatal que le foncier, le normal instinct de polygamie s'éveillerait chez Jean, et l'habitude, et l'exigence de vivre entre deux femmes, le désir vient après tout cela… On est un homme, on est l'ami de la femme sans amant, on l'invite, on la cherche parce qu'elle n'est ni bête, ni pesante, on lui confie une maîtresse qui s'ennuie, et puis, n'importe quel soir, quand on étire deux bras énervés, les deux bras se referment autour du cou des deux femmes, et tout se gâte, ou tout s'arrange…

J'ai tout arrangé, au mieux. Il n'y a rien de cassé nulle part, et je puis, en toute liberté… Au fait, qu'est-ce que je pourrais bien ? Les plus folles réalisations genevoises sont à ma portée ; donnerai-je du pain aux mouettes familières ? Prendrai-je un bateau pour aller goûter à Nyon, dans cette petite auberge où nous trouvions, Brague et moi, du thé tiède et du vin framboisé ?…

Il y a encore les cinématographes… L'orgie, quoi ! dirait May. Après, il serait temps de dîner et de passer quelques ponts pour rejoindre Brague à l'Éden et jouir de sa surprise…

… Peut-être aurais-je pris le bateau, mais les mouettes me retiennent. Au premier morceau de pain, elles sont une, deux, cinq, puis cent, avant qu'on ait vu de quel point elles surgissent. Elles happent en tournant, en montant, en planant, en criant, elles ont l'adresse de pigeons dressés, et une dure petite tête d'oiseau sauvage, des yeux méchants et avisés. Elles crient, se battent, tombent sur l'eau la tête en bas, en même temps que les morceaux de pain. Une est toujours plus impudente que toutes les autres, elle se maintient à la hauteur de mon visage, debout dans l'air et les ailes battantes, me montrant la blancheur tentante de son petit ventre, et ses pattes aux doigts écartés. Je la toucherais, si elle voulait, rien qu'en étendant le bras, mais elle ne veut pas. Elle me regarde avec une sévérité avide, et jamais le morceau de pain ne tombe à côté de son bec infaillible.

En bas, sur l'eau transparente, que sonde le soleil revenu, des cygnes lourds se bercent, blancs et noirs, et gobent ce qui échappe aux mouettes. De petits oiseaux d'eau, noirs, qui ne m'ont pas dit leur nom, plongent, et l'eau pure laisse admirer jusqu'au fond leur élan de pêcheurs habiles, la tête en flèche, les ailes collées aux flancs ravalés, les palmes délicates fermées et inertes…

L'heure passe, et je m'assoupis presque sur le banc d'embarcadère, étourdie par le tournoiement des mouettes, les moires de l'eau, le balancement des cygnes. Je n'ai envie de rien, que de toucher et de tenir fortement une de ces bêtes vivantes, chaudes sous leur plume où l'eau roule en perles rondes, de mettre le doigt sur leur petit cœur impétueux, et les lèvres sur leur tête lisse… Ou bien je voudrais me satisfaire en les peignant, si je savais peindre, en les modelant, si je sculptais ; je cherche en vain, faute d'avoir des mains qui pétrissent, qui créent, des mots pour dire le reflet de l'eau bleue au creux d'une aile blanche, ouverte ; des mots tout neufs pour rendre le gras et le soyeux d'un plumage qui défie la vague et l'averse…

Ces faims subites du toucher, ces attendrissements nerveux au contact d'un animal suave, je sais bien que c'est la force amoureuse, inutilisée, qui déborde ; et je crois que personne ne les ressent aussi profondément qu'une vieille fille ou une femme sans enfant.

*

— La Rate ! la Rate-en-or !
— Le Célèbre-mime !
— Bise-moi, ma Rate !

— Jamais de la vie ! Essuie tes pattes d'abord, et puis ton museau… Là !… Maintenant, je demande à réfléchir jusqu'après la représentation.

Je crie, j'exagère mes gestes de défense, et mes mines dégoûtées, pour cacher que je suis émue. Comment reverrais-je froidement mon compagnon de six années, et dans ce décor connu, minable, dans cette loge-cabane aux murs de planches crues ? L'Éden est un ancien cirque, qui a depuis longtemps perdu la sympathique odeur du crottin et de la litière chaude. Livré à présent à des entreprises de cinématographie, de café-concert et de comédie, aucune direction éphémère n'a pris souci de l'embellir ou de le rendre confortable. Ce soir, Brague y interprète, entre deux films, *L'Envoûtement*, qui n'est autre que notre vieille *Emprise*, remaniée, pimentée de danses « lascives », d'un chaste simulacre de messe noire et d'un décor neuf. Mlle la Carmencita, qui me succède, se cambre, noire, sur des affiches orange, les propres affiches de Renée Néré, mais le public n'y regarde pas de si près… N'empêche que j'ai cherché, au-dessus du porche de l'Éden, mon nom en lettres lumineuses, et j'apporte jusqu'à la loge de Brague un émoi jaloux d'amie trahie…

Car il « tourne » sans moi désormais, celui qui fut mon honnête et rude ami, il tourne avec une autre… Me regrette-t-il ? est-ce l'humidité d'une larme, ou le trait de fard violet, qui fait si brillant son regard noir ? Il ne me le dira pas, et notre première parole fut une ironie presque méchante :

il m'appelle la Rate-en-or, à cause de l'héritage de Margot, et je l'ai traité de Célèbre-mime, en mémoire d'un *communiqué* qu'il avait rédigé lui-même… Mais notre joie, réelle, se manifeste en rires, en onomatopées, autrefois rituelles – un petit *haha* de clown anglais auquel réplique le roucoulement du matou amoureux, en bourrades amicales qui réchauffent mon frisson jaloux.

Les dynamos grondent sous nos pieds et nous envoient, avec leur chaleur intolérable, les émanations du charbon et du fer huilé ; il règne ici une température et une odeur de chaufferie, j'entrouvre mon manteau.

— Oh ! oh ! la Rate est fringuée en dame, remarque Brague.

— Je ne pouvais pourtant pas me balader à Nice, d'où je viens, avec le costume de *L'Emprise*, mon vieux.

— Pourquoi pas ? excellente publicité !

Au fond, il blâme ma toilette comme une « tenue de fantaisie ». Il voudrait mon réglementaire uniforme d'autrefois, ce costume tailleur rigide et sec que seules conservent maintenant les gouvernantes pour maisons austères et les princesses de familles régnantes.

J'inspecte aussi, de mon côté :

— Brague ! c'est pas possible, voyons ! Tu as encore la même culotte de peau, celle avec laquelle tu as créé *L'Emprise* ?

— Je mourrai dedans, déclare Brague avec simplicité.

Il achève son maquillage, par petites touches d'ingrédients mystérieux. Je ris de contentement, en retrouvant sur la tablette un déballage connu de petits flacons brunâtres, de chiffons tachés d'ocre, de pinceaux... Cela n'a rien d'une boîte à grime, on jurerait que Brague se dispose à vernir les meubles, ou à faire les cuivres, voire à cirer les chaussures...

— Et... tu es content, Brague ?

— Content, content.,. Je me défends, je fais comme les autres. Ça devient de moins en moins facile.

— Ah ?

J'ai devant moi, féroce de la tête aux pieds, des moustaches en crêpé noir jusqu'aux mocassins de cuir rouge, le plus terrible Moldo-Valaque, à chemise roumaine, à ceinture monténégrine où brille un long pistolet grec. En vérité, quand ce « péril balkanique » assure qu'il se défend, on le croit sans peine...

— Oui. La tournée, tu sais, elle jouit de son reste. Alors, je bricole dans les cinés, pour changer, mais surtout j'ai monté une affaire épatante.

— Ah ?

— Oui. J'apprends aux gonzesses et aux jeunes filles du monde à bien se tenir. Trois ou quatre fêtes persanes et autres tableaux vivants que j'ai mis en scène, deux, trois pantoches que j'ai montées cet hiver chez des rois du godillot ou des princes du légume décortiqué, ça a suffi à me lancer. Ces dames me veulent.

— Ah ?

— Alors, tu comprends, comme l'idée fixe de toute femme qui n'a rien à f… dans la vie, c'est d'apprendre quelque chose qui ne sert à rien et qui coûte cher, eh bien ! je leur apprends à bien se tenir. J'ai un truc épatant. D'abord, je les convoque à huit heures du matin, à neuf heures, dans l'atelier Cernuschi ; de quitter le pieu si matin, elles s'imaginent déjà qu'elles travaillent. Une fois dans l'atelier, je me mets à un bout, elles à l'autre, et je leur crie : « Venez à moi *en marchant naturellement.* » Tu connais l'effet. Elles se mettent à avancer comme sur une corde raide, et c'est tout juste si elles ne se cassent pas la g… en route. C'est un point de départ infaillible.

— Non ?…

— Et même celles qui se découragent vite, ou qui aiment mieux aller dans une autre usine apprendre le tango, – les frivoles, quoi ! – celles-là ne s'en vont pas de chez moi sans avoir appris trois choses indispensables : se draper dans une écharpe de six mètres, – je ne fournis pas l'écharpe – descendre un escalier sans regarder le bout de leurs pieds, et suspendre des guirlandes de roses au socle de la statue d'Éros. Si avec ça elles ne sont pas armées pour la vie !…

Brague jubile, tout à la joie de mépriser le « client » qui paie et ne comprend pas, et d'étonner la Rate, la Rate aux oreilles déférentes, assise de biais sur un tabouret de paille, comme une dame en visite…

— Et… à part ça, tu es content des « villes » ?

— Les villes sont bonnes, ce sont les directions qui ne valent pas un clou… Je ne t'ai pas raconté l'affaire de Bordeaux ?

Il se rapproche, la main sur la crosse de son pistolet grec :

— Mais c'est vrai ! Tu ne sais pas l'affaire de Bordeaux ! Le troisième jour que nous y étions, voilà le directeur – et quand je l'appelle comme ça, je suis poli ! – qui se carapate avec la caisse ! Tu vois le tableau : vingt-deux numéros sur le pavé, et la diseuse qui pique sa crise de nerfs, et la femme-canon qui se met à chialer, et celui-ci, et celui-là, qui étaient justes bons à parler des gendarmes et du procureur de la République, comme si ça avait jamais servi à quelque chose !… Alors, moi, qu'est-ce que je fais ? Je réunis tout le monde, et je leur dis…

J'écoute, moins qu'il n'y paraît, mais j'écoute tout de même. Je hausse les sourcils en signe d'étonnement, je hoche le menton, et, bien que je me claque la cuisse pour marquer l'incrédulité, je suis assurée que l'histoire de Bordeaux se dénouera à la gloire de l'avisé et sage Brague… Et pendant ce temps-là je me dis : « Il ne m'a pas demandé, à moi, si j'étais contente… Il ne m'a pas demandé ce que j'ai fait depuis six mois, ni ce que je vais faire… Ça ne l'intéresse pas, parce que j'ai quitté sa route, et surtout parce que je ne travaille plus, parce que je suis finie… Je n'existe plus, je ne suis plus bonne qu'à allonger cent sous au guichet, si je veux voir la représentation… Eh bien, j'y vais !… »

— Où cours-tu, la Rate ? C'est seulement la sonnette de l'entracte que tu entends, on a encore dix bonnes minutes…

Brague étend vers moi, pour m'obliger à me rasseoir, une main enduite d'ocre, où il a dessiné, au crayon bleu, des veines tourmentées, des tendons secs que personne n'aperçoit de la salle… Ce détail d'une conscience inutile m'attendrit, et je reste, d'autant plus que je voudrais bien savoir…

— Dis-moi, Brague, tu es content… Je veux dire… tu es content de… ma remplaçante ?

Il s'épanouit brusquement, dans la mesure où le lui permettent ses moustaches de crêpé, collées au vernis.

— Ah ! celle-là !

— Quoi, celle-là ?…

— Ma Rate, tu sais que je ne m'épate pas facilement ? Eh bien, celle-là, elle m'épate. Elle « ferait » Dieu le Père, elle « ferait » le sénateur Bérenger, si ces deux vénérables fréquentaient le caf' conc' ! C'est je ne sais pas quoi, qu'elle a dans la peau, dans l'œil, dans les reins… Dans le moment, tu sais, que je lui arrache la robe, et que je lève le couteau, dans ce moment-là elle penche la tête, passe le bout de sa langue entre ses dents et fait de l'œil au lingue !… Ça prend tellement sur le public que je n'ose trop rien dire… Je tâche de me raconter, entre autres boniments, qu'elle a une compréhension spéciale du rôle… au fond, je me fais un peu honte… Attends, je vais te montrer l'objet… Hé, la gosse !

Il frappe, du poing, la cloison de planches derrière laquelle répond un « oui » suraigu, et l'objet ne tarde point à faire son entrée.

Une petite personne très brune, dont l'origine bordelaise justifie suffisamment le nom espagnol. Elle a le cheveu dru, crépu, des yeux si brillants qu'on ne s'avise pas de douter qu'ils sont expressifs, des petites dents sans défaut et la langue rougie au carmin liquide. Ronde de croupe, un peu basse de jambes, c'est ma foi une solide ponette, plus chaude que racée.

— Madame…

— Madame, enchantée…

— Brague me dit que vous avez beaucoup de succès…

— Oui, je ne suis pas mécontente… Évidemment, *L'Envoûtement* ne m'a pas rendu les mêmes services qu'une « création » toute neuve, mais enfin j'ai tâché de varier le rôle, de l'adapter à mes moyens…

Elle tapote ses cheveux piqués d'une fleur de grenadier, et se mire pour n'être pas obligée de me regarder. Je la sens arrogante, et très mal disposée pour la « créatrice » qui lui a chipé deux cents représentations de *L'Emprise*… Et moi, je l'injurie à bouche close, je la toise en l'appelant tout bas : « Courtaude, pot à tabac, demi-siphon, négresse blanche, mime pour promenoirs… » Nous sommes dignes, pincées, avec un étalage parfaitement ridicule de politesses bourgeoises, et j'ai envie de battre Brague, qui caresse sa moustache postiche, fat comme un coq que deux poules se disputent…

— Cette fois-ci, c'est nous qu'on sonne ! Tu vas dans la salle, ma Rate ? Veux-tu que je te fasse placer ?

— Mais pas du tout ! je fais partie des « cochons de payants », à présent. Je tiens à sortir mes cent sous !

— C'est juste, j'oublie toujours qu'elle est en or, maintenant, cette Rate ! Elle veut nous écraser de sa thune, tu l'entends, la gosse ? laissons-la faire !

Je les quitte en riant, ulcérée. Il a dit « nous », comme s'il le faisait exprès, pour me bannir expressément du royaume qui fut mien… Il est, le premier attendrissement passé, oublieux, épanoui, égoïste… Il a trouvé, non seulement une doublure satisfaisante, mais encore, cela se voit, une compagne commode et dissolue qui lui donne et lui demande un plaisir sans importance… Il m'a raconté l'histoire de Bordeaux, et promis l'histoire de Bruxelles, mais mes « histoires », à moi, de Nice ou d'ailleurs, ne valent pas qu'il s'en informe… Rien, désormais, ne peut me rendre, aux yeux de Brague, mon prestige perdu. Je lui dirais : « J'épouse un milliardaire » ou bien : « je me fais religieuse », il répondrait : « Ça te regarde ; mais écoute un peu ici que je te raconte mon affaire avec le chef de claque du Kursaal, à Lyon, tu vas te gondoler… »

— Pas par là, madame ! c'est une porte qui sert au personnel du théâtre… L'escalier à droite, s'il vous plaît.

Je me détourne docilement, avec une soumission de spectateur ordinaire, que je suis. Ah ! on ne me l'envoie pas dire, que je ne suis plus rien dans l'établissement… L'an dernier, j'aurais répliqué, à ce régisseur genevois, dans une langue riche et parisienne, où tous les mots bravent l'honnêteté… Mais j'ai vite perdu l'insolence spéciale qui se réclame du « genre artiste ». Insolence assez inoffensive en somme, outrecuidance puérile, qui se satisfait de licences telles que dîner en costume tailleur dans les restaurants élégants, lire le journal en mangeant, user, envers les subalternes, d'une familiarité tutoyeuse et timide… Je n'ose plus. J'obéis à l'invite du régisseur, je descends l'escalier de droite, que je connais aussi bien que lui, et je gagne mon fauteuil à cent sous entre deux voisins épais, qui sentent la bière et le tabac, que j'entends respirer, dont j'effleure, quoi que je fasse, les bras et les genoux… Ces Genevois pudibonds, si je les interrogeais, me diraient ce qu'ils pensent de la « promiscuité des coulisses »…

Quand je sors de là, après *L'Envoûtement*, j'ai le cœur enflé de chagrin et de jalousie. Anonyme dans la foule, je me laisse porter vers la sortie, vers la place miroitante de pluie, en remâchant une des dernières paroles de ma belle-sœur Margot : « Tu mèneras une vie digne, et une vie digne, pour une femme, c'est celle qui la conduit, inaperçue de presque tous, jusqu'à son tombeau… »

Inaperçue ! elle peut être contente, la pauvre Margot. Inaperçue !... le fus-je jamais plus qu'ici, plus que ce soir ? Oubliée, dépossédée... Il n'y a pas plus de place pour moi, à côté de Brague et de la Carmencita, qu'entre les deux amants, là-bas, à Nice...

Si j'étais à Nice, j'aurais, à cette heure-ci, la lumière des soupers de la Bonne Hôtesse, la musique qui disperse les pensées, le vin pailleté de bulles rondes, le bavardage de May et l'insanité de Masseau... J'aurais aussi, pour donner du prix à chacun de mes gestes, de mes regards, à toutes mes paroles, j'aurais le désir d'un homme, le désir qui me ferait riche de tout ce que je n'accorde pas.

Ce qui me vaudra le mieux, c'est de repartir. À quoi bon revoir Brague ici ? L'expérience de ce soir me suffit. Mon orgueil d'amie et d'artiste réclame trop fort, en présence de Mademoiselle la Carmencita, la première vedette dans l'affection de Brague et le fromage blanc sur les affiches ; je ne veux pas devenir méchante, injuste, petite. L'indicateur des chemins de fer, tout neuf, acheté à Nice, m'offre sa collaboration précieuse, et ma fenêtre ouverte encadre un pan de nuit pure, lavée de pluie récente, au-dessus du lac noir où se mirent, étirés, les feux des ponts et des quais.

Repartir ?... Il est étrange que j'aie l'air, moi libre et seule, de celle qui fuit, ou qu'on chasse. On dirait que pour moi il n'y a jamais assez de place, à côté de ceux qui me gênent. Nice devient inhabitable, à cause de May et de Jean ; Genève rétrécit, parce que la Carmencita y joue avec Brague… Je suis mûre pour une saison de Paris, et même une saison économique. Une Rate-en-or vit grassement, riche de deux mille francs mensuels, encore faut-il qu'elle ne fasse pas la part trop belle au réseau d'Orléans et au P.-L.-M.

J'ai épuisé, presque, les ressources de mon trimestre et il n'y a que Paris pour remédier à cela: Paris, et non pas un coin vert déjà sous la pluie printanière, de Bretagne ou de Normandie ; Paris, parce que je n'ai pas l'énergie ni le goût d'élire un autre refuge, et surtout parce que… parce que… – j'aurai le courage de formuler une vérité qui m'est depuis un an connue… parce que je ne sais pas voyager.

Mais non, je ne sais pas voyager. Que des années de tournées m'aient appris à remplir une malle, à lire un indicateur, à me lever, sans barguigner ni geindre, entre minuit et six heures du matin, cela, c'est une expérience de commis-voyageur. L'appétit même des paysages frais et des villes nouvelles indique-t-il chez moi l'affranchissement du chemineau, ou le malaise des sans-gîte et des sans-famille, qui se disent sans repos : « Là-bas, je serai mieux qu'ici ; là-bas, je trouverai ce qui me manque !… » Je n'ai plus guère le droit de douter…

Ai-je assez appelé la liberté totale, dans le temps où je tournais en rond, au bout d'un fil ! L'ai-je chantée, avec le lyrisme de ceux qui, vivant seuls, rédigent leur vie en longs monologues, en

« couplets » où rien ne fait défaut, sauf, un peu, le naturel…

Je me lamentais en sécurité, car j'avais tout prévu, sauf que le fil casserait.

La griserie qui suivit n'en fut pas moins sincère et dura peu, troublée tout de suite d'une sorte étrange de nostalgie bureaucratique, qui se traduisait par de brusques sursauts, par une question maniaque : « Quelle heure est-il ? » J'ai de la peine encore à désobéir à ce tourment d'amputée, qui me pousse à déjeuner plus tôt et plus vite le dimanche, à poser, en dînant, ma petite montre suisse près de mon assiette, bien en vue…

J'ai subi des semaines détestables, où tout lieu m'était importun et inutile, puisque je n'avais plus à m'y enquérir, dès l'arrivée, de la rue où gîte le caf' conc' bien-aimé, de l'heure des répétitions et des spectacles… À la vérité, c'est en ce temps-là, et non pendant ma vie d'artiste, que j'ai failli devenir toute pareille à Miss Herculea, par exemple, la femme-canon, qui disait d'une voix morne :

— Tous les patelins, c'est pareil, il y a toujours un *établissement* pour travailler, un mauvais hôtel pour coucher, une brasserie munichoise pour bouffer la choucroute…

Je luttais, je me fouaillais : « Comment, moi aussi, j'en viendrais là, à ne plus exister en dehors de la « boîte », j'en viendrais là, moi, *moi* !… » Et ce « moi » orgueilleux signifiait : « Moi, sensible au mouvant paysage, au châle bariolé qui passe, à la ruine rousse, effritée et puissante ; moi délicate et cultivée... »

Le calme revient, il revient toujours. Je n'ai recouru à personne, sinon, mentalement, à Maxime Dufferein-Chautel, parce qu'il me *fallait* appeler ce que je regrette le plus au monde, et à Brague, Brague mon ami, mon cinglant secours, mon épineux appui. Mais celui-ci courait le monde et se battait pour vivre, mais celui-là prenait femme, et je ne l'avais pas volé.

Le calme revient toujours, à cette condition que j'y mette le prix. C'est chaque fois moi qui paie, ou qui cède. Un petit tour dans la ville, et puis, dès la première heure insoutenable de fadeur et d'anxiété, le départ. C'est devenu une habitude, un principe d'hygiène, que j'applique à tort et à travers. Jean et May se disputent, Masseau complique la situation : je m'en vais. Brague m'invite à rester à Genève, mais Mademoiselle la Carmencita n'en éprouvera qu'une joie mitigée, et moi-même je m'irrite de la présence de Mademoiselle la Carmencita : je vais m'en aller. C'est bien commode, surtout pour les autres, qui n'ont jamais à se déplacer.

... Oui, je raisonne fort sensément sur ceux-ci et ceux-là et moi-même, et ce n'est pas le bon sens qui me fait défaut. Je continue à manquer de légèreté, et je prends tout au sérieux, comme les vieilles vierges. L'attention d'un Monsieur-seul me gêne, de l'indifférence de Brague je fais un drame, et le diable m'emporte si, pour un mouvement dépité, un peu sensuel, je n'ai pas cru, un moment, que Jean allait m'offrir sa vie !

Trois cygnes blancs reposent contre le quai, sans dormir, car je distingue le mouvement de leurs cous dépliés et repliés, et leur nage sur place trouble l'eau de moires fréquentes, faiblement dorées. Quand dorment-ils ?… Ce paysage d'eau noire, de réverbères en guirlandes, m'est doux pour ce qu'il contient de déjà vu, de presque familier. En le quittant, je m'en irai chercher quelque autre décor connu, où la flèche d'une église, un profil de montagne – moins que cela, une rue bavarde, la face accueillante d'un hôtelier qui me nommera par mon nom – me donneront, pour une heure, l'illusion non pas d'arriver, mais de *rentrer*.

5

L'omnibus de l'hôtel ne part que dans une demi-heure. Fidèle à des rites anciens, j'ai fermé mes deux malles, empli mon sac, pour m'accorder le plaisir de déjeuner tranquillement, creusant le pot de miel et la motte de beurre avec une gourmandise méthodique. Le lac est couleur de perle malade, plus pâle encore que le ciel où l'on sent le soleil tout proche, prêt à crever la nue. Joli matin pour partir…

— Entrez !

C'est ma note, et une lettre, une lettre à peine collée, qui ne vient pas de Brague…

Je suis en bas, dans le hall. Je voudrais vous parler. Puis-je monter ?

JEAN.

— Attendez… Garçon ! garçon ! Vous ne pouvez pas attendre la réponse ? C'est extraordinaire, un service comme celui-là ! Dites à ce Monsieur… Non, je vais descendre. Ou plutôt non, vous allez porter un mot… Restez une minute dans le corridor, je vous appellerai…

Il n'y a pas de quoi perdre la tête, et pourtant il me semble qu'on vient d'ouvrir, d'une oreille à l'autre, un courant d'air dans ma cervelle. J'ai saisi mes gants, je les ai remis sur la table, je jette, dans le cabinet de toilette, des serviettes mouillées qui traînent sur le tapis, je couvre le lit, puis je me regarde dans la glace, incapable de coudre deux idées simples, et, pendant cette minute de désarroi imbécile, il y a quelqu'un debout dans le cadre de la porte ouverte, qui m'observe ; quelqu'un qui n'est pas Jean, mais Masseau.

— Masseau !… Qu'est-ce que vous faites là ?

Il est en jaquette, coiffé de son feutre trop petit, et ganté de peau grise glacée, des gants de cérémonie, sans piqûres, cousus à surjet comme les gants des femmes. Il attend, tête nue, l'air respectueux et parfaitement extravagant.

— Qu'est-ce qui se passe encore ? Entrez, voyons ! Jean est en bas ?

— Non, madame !

— Ah !… Alors ?…

Il entre, pose son chapeau, et dégante ses fines petites mains jaunes qu'il frotte :

— Il n'est pas en bas. Car, s'il eût été en bas, il serait déjà en haut. Et, s'il était en haut, je ne pourrais vous répondre sans porter atteinte à la vérité : « Oui, madame, il est en bas. » Or, de deux choses l'une…

Je crie d'agacement :

— Non ! non ! assez ! je n'ai pas le temps de jouer ! Pourquoi êtes-vous ici ?

Masseau hausse les sourcils, et pose la main droite sur une garde d'épée imaginaire :

— Pourquoi ? Mais, parce que je vous aime !

— Idiot ! C'est encore vous qui avez écrit cette lettre ! Ça vous amuse, ce genre de... mystification ? (je vous fais remarquer que j'emploie un mot poli !) On ne peut pas vous reprocher de varier vos moyens, en tout cas... Vous êtes bien bas, mon pauvre ami !

Le pauvre ami, très calme, mange le reste de mon pot de miel, d'un air dégoûté, en murmurant :

— Trois cuillerées à café toutes les deux heures... Dieu, que cette potion est mauvaise !...

Puis, s'étant essuyé posément les moustaches avec ma serviette, il daigne répondre :

— Ma chère amie, de deux ch...

— Masseau !... Je vais casser un vase !

— Ou... j'ai commis un faux en écritures privées, ou je ne l'ai pas commis. C'est ce que l'enquête nous apprendra. Mais il urge auparavant de savoir si 1° j'ai le droit – ô sèves bouillonnantes, ô printemps caché ! – le droit – ô lubrique éveil d'un mâle exaspéré ! – le droit, dis-je, d'être amoureux de vous ; 2° celui, dévolu à tout être pensant, catholique et vacciné, de me prénommer, moi aussi, Jean.

— Comment ?

— Je m'appelle Jean, répète Masseau d'une voix flûtée.

Il a marqué, dans l'air, les virgules et les tirets de son discours, et paraît enchanté de lui-même. Je m'assieds en face de lui, tout d'un coup très fatiguée :

— Ah ! là là… Ce que la vie est éreintante avec vous tous ! Qu'est-ce qu'il y a de vrai dans cette histoire, et pourquoi êtes-vous ici ?

— Je m'appelle Jean, répète Masseau.

Et, rejetant la tête en arrière, le regard aminci entre les cils et le menton insolent, il réalise, trois secondes – malgré sa barbiche, sa peau jaune et fripée – un tel prodige de ressemblance que je me lève, émue d'une rancune inexplicable :

— C'est stupide ! c'est stupide ! Pensez-vous que je vais manquer mon train pour le plaisir de contempler votre galerie de portraits ?… Mon petit Masseau, ne soyez pas rosse, dites-moi comment vous avez su que j'étais à Genève ?… Dieu, que je suis bête ! J'ai fait prendre mon billet par le portier de l'Impérial ! Dites-moi, plutôt, *pourquoi* vous êtes venu ?

J'use maintenant de gentillesse et de patience, comme on fait avec les fous. Pour que celui-ci ait quitté ses nattes blanches, ses pipes et sa lampe, il faut bien qu'il y ait eu quelque chose… Mais il est plus fin que moi, et je ne l'« aurai » pas si aisément. Il n'est pas dupe de ma cordialité, et, d'ailleurs, il m'a vue tout à l'heure, par la porte ouverte…

— Partez, chère amie, partez ! L'anecdote ne vaut pas, en effet, que vous manquiez votre train. Et pourtant, Jean voulait…

— Quoi ?

— Mais non, c'est trop tard, partez !…

Ce renard au nez pincé, ce faux toqué me prend, me ramène, puis me laisse, et me reprend, tout cela à l'aide d'un nom, le nom d'un homme dont je devrais, depuis quatre jours, être moins occupée.

— … Et tenez, voici le garçon qui vient chercher vos malles.

— Flûte ! Laissez ça là, vous. Je prendrai le train de… de deux heures.

— Mais, madame, il n'y a pas de train à deux heures, objecte le rougeaud aux bras nus.

— Ça vous regarde ? J'en ferai chauffer un !

Quand la porte est refermée, je glisse à Masseau un sourire humble et complice, un sourire déshonorant, qui attend l'explication… Un doigt au coin de la bouche, il minaude d'une manière révoltante :

— Je dirai tout, s'écrie-t-il. Mais je veux qu'on vienne déjeuner à Ouchy avec moi.

— À Ouchy ? Pourquoi à Ouchy plutôt que… bon, bon, à Ouchy, je veux bien. Mais nous avons le temps ; il est neuf heures. D'ici là…

— D'ici là, je veux qu'on fasse un bésigue avec moi !

— Un bésigue ? oh ! la barbe !…

— Je veux ! je veux ! glapit Masseau, drapé dans mon couvre-lit à dessins cachemire. Ou l'enfant que je porte dans mon sein naîtra avec un treize-mille-cinq-cents sur le nez !

Il interrompt sa promenade dramatique et murmure, figé d'admiration devant l'armoire à glace :

— Oh ! La Duse !…

Jusqu'à l'heure du bateau, je joue au bésigue, avec la plus lâche complaisance, et sans tirer de Masseau le moindre éclaircissement.

— Où déjeune-t-on, Masseau, à Ouchy ?

— À l'hôtel du Château, avec Jean.

— Avec Jean ?

— Je m'appelle Jean, dit-il d'un ton suave. Quarante de valets, sans préjudice d'un vingt de cœur que je n'abandonnerais pas contre une médaille bénite.

Je reste, et il en abuse. Je reste, comme si Masseau fût le diable en jaquette, et qu'il y eût, entre nos deux éventails de cartes, un enjeu dont on ne parle pas. Je reste surtout parce que Masseau m'aide, avec une habileté d'aliéné, à faire renaître dans ma vie la curiosité, le goût de l'intrigue et de l'aventure, l'envie qu'on me désire : il y a place pour tout cela, dans ma vie, et pour bien pis et bien mieux encore. Je ne l'ignorais pas, mais le tout était d'arriver à l'heure, comme l'a fait ce bouffon providentiel…

Cependant je joue sans faute, et même je gagne, combinant les mariages et les séries de quatre valeurs, car les complications sans profondeur de ce jeu à cent quatre-vingt-douze cartes plaisent à mon état d'esprit actuel… « Un jeu de vieilles pipelettes ! » disait Brague. Un jeu de femmes désœuvrées, au moins, le bésigue au milieu, un sac de bonbons à droite, un verre de liqueur à gauche, et le temps passe.

— Masseau… Et May ?

J'aurais pu poser cette question, avant que le bateau quittât le ponton, évidemment… Masseau fait d'ailleurs ses adieux à la terre et ne m'écoute pas, occupé à échanger des signaux de mouchoir avec une famille suisse, la grand-mère, la mère et quatre filles, qui lui répondent en conscience. Il y a foule sur le bateau – c'est dimanche –, fiers jeunes gens des orphéons, demoiselles de tout âge, portant parapluie et sac à tout mettre, brodé au point russe.

La « grande fillette » abonde, poussée trop vite, et vêtue avec une indiscrétion qui n'est pas française : la robe courte laisse voir des jambes de femmes, nues et duvetées au-dessus des chaussettes, et des seins de fausse mineure gonflent la brassière enfantine. Elles sont gênantes et ingénues, plus candides et plus effrontées que chez nous…

— C'est charmant ! dit Masseau. Que voilà donc un peuple, enfin, qui semble comprendre et encourager ces deux formes les plus convaincues de l'amour : le viol et l'assassinat sadique ! Laissez : je veux offrir à cette robuste enfant, si mal couverte de sa jupe, une collection de cartes postales…

— Masseau ! ne soyez pas ignoble ! Masseau, je vous demande : et May ?

Il ne me réplique que par un regard, un regard non apprêté, où paraît le vrai Masseau, fin, méprisant… C'est la première fois que je m'avise d'être honteuse devant lui comme devant un homme… Cinq minutes après, il est assis entre une jeune fille d'une quinzaine d'années et sa mère, et cause avec elles. Les mains croisées sur la pomme de son parapluie, il imite la contenance papelarde, l'œil en dessous, la mine confidentielle d'un mauvais prêtre, et semble désormais ignorer que j'existe.

Le sommeil me gagne, le sommeil exquis du plein air, le sommeil du bateau, du hamac et de la voiture découverte. Les flancs clairs du vapeur, le ciel et le lac au lointain, tout est du même blanc gris cotonneux, et l'air immobile contient la douce et déprimante odeur des eaux privées de sel.

Où vais-je ?... Je le saurai assez tôt. Du moins on m'emmène, et je recouvre pour de brefs moments une paix singulière, une sécurité inerte de colis. Je sens l'approche d'une volonté étrangère, que la mienne prévoit, aimantée, comme une sensible aiguille. Et puisqu'il ne s'agit pas – pas maintenant – de lutter contre elle, je n'en subis que la collaboration lointaine, le bienfait hypnotique.

Jusqu'où aurais-je poursuivi ce demi-songe, ce demi-sommeil à paupières entrouvertes, que flatte sans le troubler la ligne ondulée des rives d'un vert brumeux ? C'est un heurt optique qui m'éveille, la rencontre d'un obstacle massif, haut et carré, coiffé de tuiles rouges : la tour de l'ancien château d'Ouchy...

*

— Vous direz ce que vous voudrez, mais quelle sinistre blague que la Riviera ! Nous venons de déjeuner dehors, à Ouchy, à la fin de février ; combien de fois peut-on se permettre ça, avant mars ou avril, à... enfin dans tout le Midi ?

Je n'ai pas dit « Nice ». J'ai fait un tout petit détour devant le mot, comme une fourmi autour d'un débris de charbon, parce que je pense au déjeuner de l'Impérial, celui auquel manquait May, et je sens que l'un de mes compagnons y pense aussi. Deux hommes pour moi toute seule, comme là-bas, et, à cause de la fine champagne et du café, la même odeur de godaille, rendue plus sensible quand s'abat la très faible brise. Comme cela sent vite mauvais, un bon déjeuner !…

Un rayon de soleil blanc fait danser sur la nappe, en vifs arcs-en-ciel minuscules, les bluettes du brillant que je porte au petit doigt…

— Jolies mains, remarque Jean en souriant.

Je le regarde d'un air de blâme, scandalisée de constater combien ses souvenirs suivent les miens.

— Oh ! Jean, non, tout de même !…

Il comprend, je l'espère, que ce n'est pas une protestation de coquette, mais que je le détourne de rappeler, de décalquer une scène récente…

La conversation languit, à présent que nous ne mangeons plus. S'attabler, s'exciter un peu à boire et à manger, n'est-ce pas le seul plaisir que peuvent prendre ensemble les gens qui n'ont rien à se dire ?… Masseau lit un journal de Genève, sans paraître se soucier de nous, et comme si sa mission était pour l'heure terminée… Le ciel d'un gris délicat, l'horizon, au bout du lac, de montagnes d'argent terne, ce décor couleur de neige et de dégel nous fait à tous trois des mines jaunes de fiévreux. Je me poudre et je rougis mes lèvres, mal aidée par un miroir de poche trop petit :

— La joue gauche, conseille Jean. Elle y a droit autant que l'autre. Essuyez vos sourcils. Là !…

Je devine, secrètement humiliée, qu'il ne me trouve pas jolie ce matin, qu'il me compare avec une Renée niçoise, et j'obéis nerveusement en « ramassant » tous mes traits fatigués. Cette gymnastique défiante, qui affine la bouche demi-souriante, hausse le sourcil, gonfle la narine et ravale le dessous un peu détendu du menton, toute femme l'exécute d'instinct, même pour l'œil distrait d'un passant. Je l'oubliais, mal à propos, parce que je suis tourmentée par l'envie de dormir et le besoin de comprendre. Si j'osais, je demanderais à ces deux hommes, dont l'un vient de se constituer le complice, presque subalterne, de l'autre : « Je vous en prie, racontez-moi ce qui se passe, ou va se passer entre nous. Nous voilà dans ce jardin nu, et venus tous trois de très loin, comme pour une conférence, diplomatique ou une conspiration. Une conspiration contre May ? Alors comment se fait-il que je m'y sente plus intéressée, plus menacée que l'absente ?… »

Mais ces choses-là, on ne les dit pas. Masseau, interrogé, se déguiserait en Machiavel, et je ne connais personne qui, moins que Jean, inspire la confidence ou l'aveu spontané. D'ailleurs, en ce moment, il m'en veut. Il est venu, seul, et désirant depuis quatre jours un tête-à-tête. Depuis quatre jours je n'ai cessé, dans son esprit, d'embellir et de croître en mystère et en séduction ; il n'a cessé, depuis quatre jours, de cultiver ma dernière image : une Renée Néré en robe noire ouverte sur la gorge, rose aux joues, l'œil avivé… Il arrive, et il trouve, en costume de voyage, une femme de trente-six ans, dont on dit qu'« elle ne paraît fichtre pas son âge », mais en citant le millésime probable de sa naissance.

Ses clairs yeux gris m'épluchent avec impatience, comme s'ils cherchaient ma splendeur disparue. L'amour même, dans ces yeux-là, ne saurait allumer la généreuse lumière du regard de Max, qui me chérissait davantage saccagée par nos rudes jeux, sans poudre, le nez frotté, les joues marquées de baisers et de traces de dents…

Tout à l'heure, Jean avait préparé, pour notre arrivée, le joli sourire sans franchise de l'homme qui souhaite en même temps plaire et se faire pardonner, et ce fut tout de suite un flot de paroles gaies et d'explications : May rentre à Paris, mais Jean bifurque sur Lausanne pour acheter un bateau, « tenez, voilà la photographie, un joli petit voilier, hein ? ». Je n'ai pas trouvé grand-chose à dire, en dehors d'un mot maladroit : « Alors, vous n'êtes plus fâchés, vous et May ? »

— Fâchés ? Mais je m'en voudrais énormément ! Fâché avec May ? Pauv' petit bonhomme, elle en a assez d'être trimbalée, elle retourne à son petit perchoir de Paris…

Tout cela débité avec une rondeur insolite, une sollicitude quasi paternelle pour May, comme si elle eût été convalescente ; avec une affectation de ramener son nom à chaque phrase, de me la montrer, de sous-entendre : « May est toujours là, nous ne sommes pas seuls, nous ne faisons rien de clandestin, épanouissons-nous dans l'innocence, et surtout, surtout n'ayez pas peur, ne reculez pas ! »

Son exubérance préparée tombe vite. Il s'agit bien, maintenant, de me rassurer ! L'attention qu'il me donne n'a pas diminué, mais elle s'empreint, à mesure que l'heure avance, d'une sévérité inadmissible, c'est-à-dire que je ne devrais pas l'admettre.

Je riposte, comme je peux. Mon regard vise et atteint tout ce qui pèche dans un beau visage d'homme comme celui-ci : les pommettes trop hautes, trop larges pour le menton fin, un peu kalmoukes, la racine du nez taurine, et, à la lisière d'une chevelure à peu près noire, abondante, je distingue facilement aujourd'hui le bleu d'une étroite marge rasée, la trace d'un déboisement discret qui agrandit et ennoblit quotidiennement le front… Le reste, je l'effleure, je tourne autour, en évitant la bouche, épaisse mais aux coins subtils, et les yeux, plus brillants que les miens parce qu'ils sont plus humides. À cause de l'oreille petite, mais ronde, et des incisives d'en bas raccourcies, comme limées, je diagnostique : « Dégénérescence ! » tout en enviant à ce « dégénéré » ses belles narines pâles, sans rougeur ni points noirs, dont les ailes se soudent au visage par une ciselure profonde et bien achevée.

Il a – j'exagère, mais je ne me trompe pas –, il a l'air distingué quand il se tait, mais le sourire et la parole le banalisent, et je veux absolument qu'il ait la grimace de gaîté méchante, le rire à gorge renversée que certains hommes apprennent, à vivre en compagnie des femmes faciles.

… D'une main brusque, il fait claquer le fermoir de son étui à cigarettes, comme s'il entendait mettre fin à notre mutuel examen critique ; je me lève. Jean se lève aussi, mon geste ranime en lui l'instinct, tout à l'heure assoupi, du guet et de la poursuite :

— Où allez-vous ?

— Mais… je vais rentrer.

— Où ça ?

— À Genève d'abord, à Paris ensuite.

— Bonne idée. Mais… petite promenade auto avant ?

— Merci. La route qui longe le lac est assommante.

— Petit tour bateau à voile ?…

— Dans quel bateau ? Celui que vous achetez ?

— N… non. Un joli petit sabot de l'endroit, un de ceux qui font carte postale, là, près de l'embarcadère ?

J'hésite, puis j'accepte, non que j'aie particulièrement envie d'une promenade en bateau. Mais, depuis mon arrivée à Ouchy, ma journée est gâtée par un malaise de ratage, de maldonne, de faux départ, un malaise qu'on pourrait encore dissiper, en se dépêchant beaucoup, par exemple, et je ne sais par quel moyen. Je ne sais pas non plus ce que je suis venue chercher ici, mais je sais fort bien que je ne l'ai pas eu, et qu'il s'en faut peut-être d'un instant, d'un mot, d'un court repos sur l'eau lisse, que je parte rassérénée.

Nous nous éloignons de la rive, et la voile encore incertaine claque faiblement, tarde à s'emplir et à s'incliner… Demeuré sur le quai, Masseau, qui voulut sauter d'un bond de sylphe dans la barque et retomba dans deux pieds d'eau, coule comme un parapluie mouillé et crie des commandements de corsaire :

— Carguez ! Attention aux bouts-dehors ! Brassez derrière ! Tribord, mouillez ! Bordez les écoutes…

Nous ne rions même pas, et notre matelot d'eau douce, qu'aide un petit gars sans souliers, manœuvre en regardant le « fou » avec une politesse fermée et impassible, en bon Helvète accoutumé à vivre la fantaisie ou l'insanité du passant.

— Masseau va prendre froid, hasardé-je pour dire quelque chose.

— Oh ! ça ne fait rien, répond Jean, distrait, sur un ton d'excuse, comme si je lui avais marché sur le pied.

— Comment, ça ne fait rien ? Il n'est pas à vous, cet homme, tout de même !

— C'est pour cela. S'il était à moi, ça me gênerait qu'il s'enrhume.

— Bonne petite nature, va !

— Assez bonne pour prêter un manteau à une femme trop peu couverte. Prenez celui-là, vous me faites de la peine.

Il est vrai que je me suis sentie pâlir, parce que le vent vient d'éveiller le bateau, qui se soumet avec un cri de sa toile tendue, un grincement agréable de sa coque soudain penchée. J'ai froid, et je referme sur moi le manteau imperméable de Jean ; il sent un peu le caoutchouc, le tabac, et un parfum qui n'est pas celui de May.

— Vous n'avez pas le mal de lac, au moins ?

Je ris, le menton emboîté dans un col relevé qui gratte comme un paillasson :

— Non, non ! Seulement, n'est-ce pas, une nuit très courte, et depuis ce matin je ne me repose guère, alors…

— C'est vrai, pauvre…

Il n'ajoute rien, tout de suite à court de paroles quand il s'agit d'être compatissant. Je me souviens qu'un jour il soignait May, malade, avec un visage indigné, des mains qui châtiaient les coussins et la tasse d'infusion, une sorte de gaucherie furieuse. Je n'avais jamais pensé à ce jour-là, et je ne croyais pas que je m'en souvenais. L'image vient de surgir intacte et complète, parce que Jean a dit : « C'est vrai, pauvre… »

— Mais vous, Jean, vous allez geler, maintenant ?

— Ça va très bien, merci.

Si je m'étais écriée, selon les us et coutumes de May : « Cher ami, ne pensez-vous pas que le givre va roustir votre fatale beauté, à présent que vous vous baladez en taille ? » Jean m'eût répondu sur le même ton, et non pas ce « merci » sec et gêné.

Ce qui vient de « jeter un froid », sans calembour, entre nous, c'est l'apparition d'une sollicitude normale, exprimée simplement. Au lieu que son geste, si naturel, de protection masculine nous rapproche, j'ai envie de l'appeler « Monsieur ».

L'aménagement rudimentaire de la barque – un petit banc dur, un plancher trempé – collabore à notre inconfort moral, et s'associe, dans ma mémoire, à des heures qui datent d'avant ma vie errante, des souvenirs de changement de domicile, d'installation pénible entre des murs nouveaux et des meubles qu'on ne reconnaît plus. Je ne puis, quoi que je fasse, détruire cette impression de début, de *commencement* difficile…

L'eau file le long de la barque en deux volutes minces et frisées, d'un vert très pâle et très pur ; elle est presque tiède à ma main froide…

— Pourquoi toutes les femmes trempent-elles leur main dans l'eau, quand elles sont en bateau ? demande Jean.

Je hausse les épaules.

— Je ne sais pas. Je crois que toutes les femmes font à un certain moment les mêmes gestes ; devant un miroir, ou le long d'une eau claire, en passant près d'une fleur, une étoffe, un fruit très veloutés, elles obéissent à leurs deux tentations, toujours les mêmes : se parer, ce qui veut dire offrir, et toucher, qui équivaut à prendre.

— Toutes les femmes, ça fait beaucoup de femmes…

— Pas tant qu'on croit.

— Mais plus que vous ne dites, muse de la fausse humilité…

— De la fausse…

— Mais oui, mais oui. Je ne trouve pas joli, chez vous, cette manière de traiter les femmes avec une miséricorde méprisante, en pauvre petit bétail pas bien compliqué, pas bien intéressant, et, pour convaincre, vous ajoutez : « J'en sais quelque chose, moi qui ressemble à toutes les autres… » Et, logiquement, l'auditeur naïf en conclut que vous ne ressemblez à personne…

— Mais, Jean…

— … Et quand vous généralisez, comme vous venez de faire, ce n'est ni par modestie, ni par conviction, mais bien par paresse et par calcul, pour obtenir le maximum d'épate avec le minimum d'effort.

— Mais, Jean…

— Et quand vous m'aurez répondu, si vous me répondez, vous vous bornerez à quelques mots ingénieux, faciles, mais admirablement appuyés d'un regard qui les vaut cent fois. Car votre truc – passez-moi le mot –, votre truc à vous, c'est la réticence, le coup des yeux baissés, du sourire à la dérobée, de la main qu'on retire, en somme des moyens purement mimiques, ma chère amie, purement mimiques !… Dieu, que j'ai chaud ! Je savais bien que je n'aurais pas besoin de ce pardessus. Et maintenant, vous pouvez m'écraser sous un mutisme supérieur, je ne retire rien de ce que j'ai dit.

— Mais, Jean, au contraire !... J'écoute, je m'étonne, et j'admire, même. C'est pas bête du tout, ce que vous dites là !

— Et vous ne cachez pas votre étonnement : « Miracle ! il parle, il pense ! Joie, il me malmène un peu ! »

L'endroit est singulier pour une conversation de ce genre, la première, peut-être la seule, car il vient d'aller trop loin, en « généralisant » plus que je n'autorise, puisqu'il escompte mon plaisir d'être malmenée. Le vent grandit, il arrive que notre sabot avale la crête des vagues, une petite mare clapote au fond de la barque et mouille le bas de ma jupe. Mais Jean, échauffé, tend ses joues à la brume fine et lèche sur ses lèvres l'eau fade qui nous éclabousse. La tour d'Ouchy est si petite, là-bas, sur la terre... Je voudrais rentrer, parce que je me sens un peu malade, les reins las, la tête lourde, inférieure à ce solide garçon qui plastronne, le veston ouvert. Je n'ose pas le dire.

La maladie est clémente aux bêtes très belles et aux êtres très jeunes, que seuls elle n'enlaidit pas. May avouait sans vergogne : « Mes enfants, j'ai une colique qui me tortille » ou bien : « Je préviens les populations que j'ai envie de dégobiller », et elle gardait, dans son désordre, une grâce cynique, point répugnante : je vois encore les beaux yeux angoissés, margés de noir, et les joues vertes qu'elle avait, une nuit de noce...

Je répète mollement :

— Miracle ! il parle, il pense… Mettons, à la place de « miracle », que c'est une surprise, et n'en parlons plus…

Puis, la malice me revient et je contrefais Jean, le Jean d'hier :

— « Au fond, c't'une boîte, c't'hôtel Paradenia… » « Moi, une quarante-chevaux, ça ne m'avance à rien, parce que j'ai besoin d'aller vite… » « Sommelier, vous n'avez plus de ce Mouton-Rothschild de la saison passée ? » « May, mon petit bonhomme, tu te goures, cette femme-là, c'est pas du tout la maîtresse de Machin, c'est l'ancienne à Chose, celle qu'on appelait sa vieille carrosserie, je reconnais son collier et les plis qu'elle a sous le menton… »

Les narines susceptibles de Jean battent légèrement, mais ses yeux gris, un peu verts comme le lac, se mettent à rire :

— Eh bien, quoi ? quand je voyage, je tâche de parler la langue du pays. Comme d'autres parlent le petit-nègre, moi, je passe les trois quarts de l'année à parler le petit-grue, le petit-juif, le petit-noceur. Mais j'ai tout de même une langue maternelle. Et il y a des pays où je la retrouve sans la chercher, – oui, mon petit, on va rentrer, vous en avez assez, hein ? – des pays charmants, où personne n'a l'air de savoir qui je suis, qui se ferment à mon approche, mais que pour un mot je reconnais miens, et où je chemine, lentement, lentement, vous comprenez ? comme dans un chemin familier, que j'aurais laissé envahir par les ronces… »

6

Quand j'étais enfant, on m'emmenait très rarement au théâtre ou au cirque. Mais, ces soirs-là, l'approche de la nuit me trouvait nerveuse et les mains froides, et je ne dînais pas. Le choc des lumières théâtrales, la première bouffée de musique m'atteignaient si vivement que je ne regardais rien d'abord, uniquement préoccupée de retenir des larmes que j'aurais voulu verser fougueusement et que je devinais délicieuses à répandre.

S'il me reste, de mon enfance, un rare empire sur mes pleurs, j'ai gardé aussi le don de m'émouvoir, avec une intensité que le temps diminue à peine, à certaines heures, et non pas seulement celles qui rassemblent, en bouquet irrésistible, le son d'un orchestre parfait, un clair de lune qui se mire aux buis et aux lauriers luisants, et les odeurs d'une terre où couvent l'été et l'orage. Il y a des instants de faiblesse désœuvrée, où de brefs souvenirs optiques, très anciens, des contrastes de lumière et d'ombre suffisent à entrouvrir un cœur qui se sèvre d'aimer. Ainsi, la clarté rose et chaude d'une fenêtre illuminée au flanc d'une maison obscure, cette oblongue clarté prolongée au-dehors sur une allée de sable, ou filtrée par des feuillages noirs, signifie particulièrement, pour moi, amour, amour abrité, foyer, isolement précieux et permis…

L'éblouissement, quand je quitte une nuit froide, d'une salle rayonnante, tiède et parée, n'est pas uniquement physique, je m'y épanouis brièvement, sous un impérieux plaisir d'inquiétude et d'attente, un plaisir, si je puis dire, de rendez-vous. Cela dure peu, puisque je n'attends jamais personne ; cela ne dure jamais, en tout cas, aussi longtemps que ce soir. Depuis que nous sommes attablés tous trois dans la véranda trop éclairée, une allégresse grelottante m'oblige à sourire et à serrer les dents. Je crois que je suis à bout de forces, mais je n'ai aucune envie de me reposer. Il me semble aussi que l'état où je suis ne dépend que de moi, et qu'on pourrait emmener l'homme qui est assis en face de moi, le remplacer par un autre, sans qu'il y ait rien de changé. Il me semble, et en même temps je *sais* que ce n'est pas vrai. Je sais que ma pâleur, ma fatigue, mes aberrations légères du goût et du toucher – le champagne frappé me paraît tiède, et la fourchette que je manie me glace les doigts – sont précisément des conséquences, et non des faits accidentels. Ce sont les résultats, il serait temps de dire les acquisitions, d'un vœu muet, efficace, qui se lassera peut-être, mais qui, en attendant, me délabre.

Je ne puis m'en sentir humiliée, à voir en face de moi un adversaire si fort, avantagé par le

« décolletage » blanc du smoking, le menton lisse et le cheveu souple, avec ces yeux plus clairs que son teint, qui le rajeunissent, qui évoquent l'idée de fraîcheur et de fleurissement. C'est lui qui est paré, ce soir, tandis que j'ai dû garder mon costume de voyage, mon jabot de linon froissé, ma toque aux deux petites ailes cornues. Masseau, terne et frileux, enfermé dans des songes qu'il ne dit point, sert à Jean de second repoussoir, et j'accepte de n'être pas, seule entre deux hommes, le point brillant du trio. Il était si simple de repartir pour Genève avant le dîner !... Mais je n'ai pas voulu.

Content de ma présence, conscient de ce qu'elle signifie, Jean cède à des mouvements de coquetterie physique, un peu grue. Il fume, le coude sur la table, en écartant le petit doigt qu'il a fin, beaucoup plus court que l'annulaire. Il passe un doigt entre son col et sa pomme d'Adam, pour attirer l'attention sur son cou demeuré très frais, et après qu'il a ri, il prolonge son rire en grimace canine, la lèvre retroussée pour montrer les dents.

Ce manège, appris chez les femmes et à leur imitation, ne me choque pas cependant. Je sors d'un milieu où la beauté masculine et la beauté féminine se cotent également, où l'on apprécie, avec les mêmes mots, la jambe admirable, les reins étroits et charmants d'un beau gymnaste, et la plastique d'une acrobate ou d'une danseuse. D'autre part, si peu que j'aie fréquenté, dans ma vie passée, le monde sans épithète, il m'a été facile d'y surprendre que les moyens de plaire sont les mêmes chez les hommes que chez les femmes, et guère plus discrets. Je laisse donc Jean parader devant moi comme un cheval de carrousel, bomber la poitrine, jouer de l'œil et de la dent, et je me garde de l'arrêter d'un mot ironique, ou d'un regard qui le juge. Il me donne un spectacle qui n'a rien de déplaisant, loin de là, et c'est de sa part une honnêteté comme une autre que de ne m'avoir, pas plus à Nice qu'en barque tout à l'heure, parlé d'*amour*.

Une honnêteté… disons une preuve de goût, au moins d'adresse. « Je vous aime », me déclarait Max dès les premières heures. Et ce grand mot absolu paraissait tout simple dans sa bouche. Il aurait pu le prononcer en mangeant, en se mouchant, sans faire rire et sans étonner. Mais Jean !… il suffit que j'imagine l'aveu murmuré par lui, pour ressentir en même temps la défiance, la surprise offusquée qui accueillent un « impair ». Je l'ai vu se conduire, parfois, en homme mal élevé, jamais en maladroit.

Le repas a passé vite, nous sommes les seuls dîneurs de l'hôtel presque désert. L'habitude d'être ensemble, en dehors des heures où l'on mange, ramène sur nos lèvres, au même instant, la même question : « Qu'est-ce qu'on fait ? » Et c'est moi qui reprends sans attendre :

— Oh ! Jean, pour moi il n'y a qu'une chose à faire, rentrer à Genève par le premier train !

— Rentrer ? encore ? (Ses yeux gris durcissent.) Ce matin, Masseau vous trouve prête à rentrer à Paris ; après déjeuner vous voulez rentrer à Genève ; en bateau, vous voulez rentrer à l'hôtel ; et, ce soir, ça recommence ! D'ailleurs, nous allons savoir... Masseau, vous n'avez pas un horaire des trains sur vous ?

– Toujours, dit Masseau. Lausanne... Lausanne... Ah ! voici. Lausanne, 19 h 23, c'est trop tard. Lausanne, 21 h 07, qui vous met à Genève vers minuit. Ou bien le train, encore plus pratique, qui part à 2 heures exactement et arrive à Genève trois quarts d'heure après.

– Trois quarts d'heure après !!!

Je me penche, soupçonneuse, et je constate que Masseau « improvise » à livre ouvert, sur un petit indicateur de l'Ouest-État.

– Masseau !... C'est ça que vous appelez un horaire des chemins de fer suisses ?

– C'est encore bien assez bon pour vous, dit Masseau sans s'émouvoir. Car, de deux cho... Aïe !... Ou vous rentrez à Genève ou vous n'y rentrez pas. Or, vous n'y rentrez pas. Cet hôtel vaut celui de Genève et... Quoi ? manquez-vous du plus élémentaire bagage ? J'ai quelque part, dans un coin de ma valise, un délicat savon rose, volé dans un établissement de bains, et qui va sur l'eau...

– J'ai, s'empresse Jean, des chemises de nuit en soie d'Inde, rayées de blanc sur violet et sur vert, et des sandales de paille...

– J'ai, renchérit Masseau, un précieux gilet de laine en tricot marron, et une ceinture de flanelle sans pareille pour garder aux lombes leur chaleur.

Tout cela est à vous, virgule, si vous daignez, un point. Il n'y faut rien ajouter que le contenu de votre « petit » sac à main, oui, celui-ci justement, qui recèlerait en ses flancs un agneau rôti. Et quand on sait voyager comme vous…

Je le sais mieux que lui, que mon sac à main contient « tout ce qu'il faut ». Je n'ai plus vingt-cinq ans, pour m'embarquer sans ma houppe à poudre… Le débat ne dure guère, je cède vite, pour retirer toute importance à mon consentement, et j'interroge Jean avec animation :

— Qu'est-ce qu'on fait, alors, qu'est-ce qu'on fait ?

Je m'aperçois, dans la glace, fourbue, décolorée, avec une bouche embrasée de fièvre et de fard. J'ai peur que Jean n'ait pitié de moi et qu'il ne me conseille le repos, non, non, je ne puis me résoudre à finir ainsi cette journée, je ne veux pas !

— Oh ! Jean, il y a en haut, à Lausanne, un caf' conc' où j'ai joué il y a deux ans, un infect endroit enfumé, trempé de bière, où on voit du cinéma, des fauves lamentables, des tours de chant de vingtième ordre, des…

— Fermé, interrompt Masseau. Faillite.

— C'est dans l'indicateur de l'Ouest-État que vous avez appris ça ? lui dis-je sèchement.

— Non. L'indicateur de l'Ouest-État est un recueil bien fait, et d'un excellent esprit, mais à certains égards incomplet. J'ai dû recourir au portier de l'hôtel.

Il se remet à griffonner je ne sais quoi sur un petit carnet noir, l'épaule droite remontée, dans la pose classique du gratte-papier que déforme une longue habitude. On ne voit que son nez mince, maladivement pincé, son crâne rayé de cheveux rares, plats et longs comme des herbes couchées. Vieux diable, va… Satan notaire de province, le pied fourchu dans un soulier à bout carré, et qui trafique de châteaux hantés… Il me semble que sa griffe, repliée comme un crabe sur le stylographe, me veut tantôt du bien, tantôt un peu de mal…

— Alors, Jean, qu'est-ce qu'on fait, puisque…

— Chut ! interrompt Masseau.

— Qu'est-ce qu'il y a encore ?

Masseau lève un doigt, dévoile ses petits yeux, et clignote du côté du jardin :

— Pluie.

J'écoute l'averse soudaine qui bat la véranda, et ma rancune se tourne contre Masseau :

— Vous l'avez fait exprès !

Le rire de Jean me donne à croire que j'ai dit quelque chose de drôle, mais je boude, comme offensée personnellement :

— Puisque c'est comme ça, je vais me coucher. Masseau, demandez une chambre pour moi, vous me devez bien ça !

Il disparaît, et je m'avise trop tard que je lui ai parlé comme à un serviteur plutôt qu'à un ami serviable :

— J'aurais bien pu m'en occuper moi-même…

— Laissez donc, dit Jean, ça l'amuse…

On vient d'éteindre la moitié des ampoules de la véranda, indiscret signal qui nous pousse vers le hall, une cour de l'ancien château, couverte, où les pélargoniums et les fougères s'agrippent aux joints des moellons ; un mobilier anglais fait fragile figure, entre ces murs massifs.

Je m'accoude à un petit bureau, dans une pose négligente et provisoire, Jean s'assied à demi sur le bras d'un fauteuil. Évidemment, nous allons quitter le hall dans une minute ; je n'ai même pas l'air de savoir qu'il est froid et désert, que la lumière avare nous blâme d'être encore debout à cette heure. Et je reste, et Jean ne bouge pas. Et il y a derrière nos visages à tous deux la même volonté bien arrêtée : il faut que cette journée interminable, harassante pour moi, gâtée de réticences, de lieux communs, vide, humiliante – car j'y tiens le rôle de celle qui est venue, qui s'est déplacée pour rencontrer un homme –, il faut que cette journée prenne fin sur un mot, sur un geste qui la signent, ou la biffent. Je me paierais de peu de chose, au point où j'en suis. Une fausse confidence me suffirait, un de ces récits où l'anecdote se fait petite pour céder la place à des « je ne sais pas si vous pensez comme moi… » ou « j'ai toujours été ainsi », des « je n'ai pas besoin de vous regarder longtemps pour savoir que… ».

Mais rien ne vient, ni mot, ni geste. Rien que des bâillements nerveux et des considérations imbéciles sur l'art anglais dans l'ameublement.

J'ai honte, pour lui, de cet homme assis en amazone sur le bord d'un fauteuil, et qui balance un pied, en regardant son soulier verni et la grille soyeuse de sa chaussette.

J'ai honte de moi, qui *attends*, et je sens venir le moment exaspérant où cette flagrante attente prendra la force d'une muette invite, presque d'une provocation. Je me déteste, et je déteste Jean. Je demeure là, butée, à rire et à m'entendre parler. Je jette un coup d'œil à Jean assis, un coup d'œil à la porte par où doit revenir Masseau, un coup d'œil à la pendule – encore cinq minutes, et je m'en vais –, encore cinq autres minutes, mais les dernières, celles-là…

— C'est comme moi ; je me souviens, tenez, que mon mari m'avait donné autrefois des meubles hollandais ; j'ai eu, comme tout le monde, « le premier mobilier hollandais qu'on ait vu à Paris » ; on s'en lasse tout de suite, de ces meubles sans style…

— Moi, quand je me meublerai sérieusement, j'admettrai ces fantaisies-là dans un fumoir, un cabinet de toilette…

— Une cuisine…

— Une cuisine, encore…

Il s'est levé, je l'ai senti plutôt que vu, car je feuilletais une revue. Il est derrière moi, tout mon dos le guette.

— Une cuisine, on peut y faire des choses charmantes ; ce qui gâtera toujours une cuisine, c'est la cuisinière…

Il avait les mains dans ses poches, je viens d'entendre qu'il les retirait.

— Pourtant, Jean, je me souviens que, pendant un voyage en Angleterre, j'ai admiré, dans une maison de campagne très simple, des servantes délicieusement costumées : toile bleu de lin, pour la cuisine, et toile rose…

De ses deux mains libres, Jean m'a saisie solidement par les coudes, de manière que ma nuque a compris tout de suite ce qu'on lui voulait et se ploie en avant, mouvement pour fuir, si l'on veut, mais bien commode pour découvrir la place à baiser… Un bon baiser, chaud, pas trop mordant, long, tranquille, qui prend le temps de se rassasier et qui dispense, après le premier frisson jusqu'aux reins, un contentement un peu léthargique… Un bon baiser immobile, bien donné, bien reçu, sans que chavirent nos corps équilibrés l'un contre l'autre, et que je subis les yeux fermés, la bouche close, avec un silencieux soupir de détente : « Ah ! que je suis bien… »

— … Et toile rose pour le service des chambres.

— Charmant, répond la voix de Jean, à peine plus basse. Un peu bonbon fondant, peut-être. Ah ! voici notre Masseau personnel. Eh bien, Masseau, cette chambre ?

Masseau frotte ses mains et nous regarde entre les yeux, comme s'il espérait quelque révélation singulière… Il n'y a rien à découvrir. Nous sommes très calmes, aussi calmes qu'avant, et je n'ai plus l'air méchant. Jean étire ses bras, mais cela peut être un geste de sommeil.

C'est l'envie de dormir aussi, si je me hâte de souhaiter le bonsoir à mes deux compagnons, avec un sourire absent, en leur abandonnant une main tiède, assoupie…

*

Ce que j'ai fait s'appelle, je crois, aller se mettre dans la gueule du loup. Soit. J'y suis, j'y reste. On n'y est pas mal, et je m'y sens, pour l'instant, aussi tranquille que si j'étais déjà dévorée. Jean ?… Jean est à l'étage au-dessous, dans sa chambre. Ou bien il se promène au bord du lac, puisqu'il ne pleut plus. Il est où il veut. On dirait que je pense moins à lui, ce soir, que ce matin ou les jours d'avant.

Je viens de m'enfermer, avec un soupir exténué, dans ma chambre toute en fenêtres, en haut de la tour. Des banderoles gothiques, peintes aux murs et au plafond, me renseigneraient sur les origines de l'ancien château d'Ouchy, mais je donne plus d'attention au cabinet de toilette, à l'eau fumante qui fouette la baignoire.

La journée qui vient de finir m'a ôté mes forces, et je proteste contre ces quinze heures de raidissement moral, d'anxiété, de coquetterie armée. Armée ? c'était bien la peine ! Mon lyrisme invétéré s'apprêtait à chanter ou à flétrir l'Amour… Il s'agit bien d'amour ! Respirons, et tournons-nous – juste assez circonspecte pour prévenir l'avidité, cette gâcheuse – vers ce que j'ignore le mieux : la brève aventure. Il y a d'autres mots pour la nommer, mais je les écarte, parce qu'ils sont bas ; elle n'a déjà pas tant de beauté, la pauvre !... Je ne trouve, pour me congratuler, que des phrases si piètres, un peu bourrues comme celles qu'on dit à un enfant qui s'est brûlé en jouant avec les allumettes, ou qui est tombé en courant : « Eh bien, tu es contente ? tu as ce que tu voulais ? tu l'as assez cherché. Enfin, tout est bien qui finit bien... »

On marche, en dessous. C'est Jean, ou Masseau, ou un autre. À l'idée que Jean pourrait monter, et frapper à ma porte, je ne soulève même pas ma nuque renversée. Ce n'est pas de l'insensibilité, non, non, loin de là... Mais quelle résignation étrange ! Un baiser, et tout devient simple, savoureux, superficiel, et d'une candeur un peu grossière. Un baiser, et l'esprit, qui s'envolait, s'abat, comme la nuée des moucherons d'été sous les premières gouttes d'un orage. C'est qu'aussi il n'y a eu rien de plus explicite que ce baiser muet. Pas un mot amoureux, pas un murmure de prière, pas même mon nom soupiré, rien que le baiser, donné traîtreusement par-derrière, et reçu avec une béate mauvaise foi. Je n'ai qu'à peine interrompu, pour lui, une phrase banale ; je ne l'ai ni empêché, ni remercié. Et quel soin pareil, chez Jean, de l'*oublier* aussitôt après ! Nos corps, honnêtes, ont frémi, plié ensemble, et s'en souviendront au prochain contact, tandis que nos âmes s'enfermeront encore dans le même déloyal et commode silence. Celui de Jean signifie « Ne vous inquiétez pas, il est question de volupté, de volupté et encore de volupté. Le reste, gardons-nous de l'échanger. » Et le mien lui répond :

« Il y a donc un *reste* ? je n'y songeais même pas. Mais soyez tranquille, ce n'est pas vous qui m'en ferez souvenir. »

Pourquoi la délicatesse n'aurait-elle pas, dans notre attitude, sa part presque aussi grande que le cynisme ? J'accorde à Jean qu'il veuille sauvegarder, en même temps que sa liberté, mon ombrageuse indépendance ; je puis bien lui accorder cela, moyennant qu'il comprenne ce que j'offre et ce que je retire : « Vous-même qui me rassurez, demeurez en paix, je ne veux pas me faire plus lourde, dans votre avenir, que tout à l'heure dans vos bras, ni plus longtemps : le poids d'une gerbe, renversée une heure, qui reprend vite, se redresse et s'écarte de son appui… » Il comprendra, au besoin je le lui dirai, s'il n'y a pas d'autre expédient ; mais il y en a d'autres, de moi à lui. Nous n'allons pas, j'espère bien, nous mettre aux « longues causeries d'amoureux », aux fades confidences de pensionnaires. C'est notre silence d'animaux supérieurs qui rehausse un peu notre rapide aventure. Taisons-nous encore. Nous ne devons, nous ne pouvons parler du passé ; le passé, c'est la petite May trahie, et d'autres petites May avant elle ; c'est Max, regretté et redouté, solide, sans défaut, comme une belle muraille infranchissable… Nous ne devons pas parler de l'avenir ; parler d'avenir, c'est parler d'amour, oh ! taisons-nous encore…

… Un grand repos allège tous mes membres. C'est comme si j'avais soudain fini de penser. Il me semble que je viens d'ordonner les détails d'un projet minutieux, les rites d'une cérémonie prochaine, inévitable. Je vais probablement m'endormir tout à fait, mais je n'y tiens pas. À quoi bon le sommeil complet, aveugle ? Sans que se ferment mes paupières raidies, des demi-rêves, des images minces voilent ou dévoilent l'écran bleu sombre des fenêtres. Elles sont, ces projections colorées, la consolation de mes nuits de malaise, la joie, le jeu de mes nuits calmes. Paysages, connus ou inventés, peu de figures animées ; des éclairages si variés, venus d'astres si fabuleux que la splendeur ou le morne mystère m'en rendent orgueilleuse : comme si je les peignais ; c'est tout, cela suffit…

Je vais m'endormir tout à fait ; le vrai sommeil, le vrai songe, le songe agencé, vraisemblable, le songe étanche, *l'autre vie*, me sollicitent ensemble. Je résiste, car je me sais impuissante à choisir le décor du profond royaume et sa figuration morose, élue parmi des morts paisibles, des amis depuis longtemps disparus, des enfants oubliés qui jouèrent avec moi. Mes amis récents, les passants de ma vie actuelle ne descendent pas là-bas… Je résiste, pour demeurer avec mes apparitions légères d'en haut, celles qu'à ma guise j'appelle sur l'écran bleu des fenêtres. Jean !…

C'est un faible appel, entendu cependant. Le voici, debout sur un perron blanc, au-dessus d'un net jardin d'hôtel. Le voici, tout pareil à lui-même ;

mais j'ai perdu la clef de sa physionomie et de ses gestes, qui me sont devenus inintelligibles… Il est, dans sa perfection anonyme, l'Inconnu. Il me suit, et disparaît dès que je me retourne, mais je perçois son souhait d'être vu. Le chemin de parc que je foule, il vient d'y passer ; des fleurs de sureau, des épis roses de tamaris pendent rompus au niveau de mon visage, comme mâchés par une haute bête errante.

Dans cette clairière ronde, sablée de sable blond, où se dissimulera-t-il ? Il n'y a pas d'autre abri, pour lui, que ces petits buis bas, odorants et noirs sous le soleil. Mais il se cache dans mon ombre, comme ces chiens zélés qui collent aux talons de leur maître. Il tourne avec mon ombre, il joue, avec une insistance presque abjecte, à coucher son ombre sur mon ombre…

Marchons ! je ne fuis pas, mais le déroulement invincible du rêve me chasse. Inconnu, tu m'entends ? Je ne fuis pas. Ma fuite t'eût compté comme une victoire. Je vais plus loin, dans une chambre, qui est mienne comme sont miennes toutes les chambres de tous les hôtels, et où tu n'entres point… Je vois monter, devant la fenêtre ouverte qu'emplit l'azur gris de la mer, l'encens plus bleu de tes cigarettes. Si je me penche à la fenêtre, tu t'évanouiras encore, laissant l'air troublé de fumée et de parfum… Tu as une fleur d'héliotrope à la boutonnière. Je ne puis la voir, je reconnais son odeur.

Marchons ! le rêve, s'il ignore la durée, craint sa propre fragilité, et se hâte vers une fin logique, qui est à la merci d'un craquement du parquet, de l'ongle grinçant d'un rat, ou de la secousse nerveuse. Marchons, pour que je sente que tu me traques, non en vif braconnier, mais d'un air sauvage de bête mal éveillée, qu'une faim paresseuse mène à la proie. Ah ! tu ne te donnes guère de peine pour moi… C'est quand même une stratégie d'être beau.

Tu es beau, et je ne sais pas qui tu es. Tu as surgi, nécessaire, de ce pays chaleureux auquel tu manquais. Tu complètes le paysage que composa mon songe, au même titre que le peuplier, posé en raide aigrette sur la colline, au même titre que le rocher violacé, que la vague verte qui s'enflamme soudain, blanche, en l'assaillant. Tu demandes davantage ? C'est assez, puisque tu n'incarnes ni la douleur, ni l'amour, et d'ailleurs ta figure, ton regard, ta passivité irritante te classent…

Je ne sais pas qui tu es, et pourtant je t'insulte et je te tutoie, Inconnu ! Voici que ton ombre grandit sur l'allée à côté de la mienne. Tu vas me dépasser, j'entends ton pas endormi et long, qui fait un bruit doux de pattes lourdes et veloutées… Dépasse-moi, va devant, pour que mes yeux descendent de ta nuque tondue, toute bleue de cheveux noirs, à tes mains nues, fermées et menaçantes… Marchons, suis-moi, précède-moi, ne parle pas… Pourquoi n'es-tu pas muet, belle ombre ?… Environne-moi, hâtons-nous ensemble vers la fin du songe, mais ne me parle pas.

Bénéficie de ce parc compliqué, éclairé de soleil blanc et de fleurs rouges, bénéficie de la veule et inexorable musique qui vient je ne sais d'où et alourdit la brise. Sache demeurer, pour un nombre d'instants que ni toi ni moi ne mesurons, l'arabesque du décor.

Je te donne rendez-vous sur cette terrasse, au bout de laquelle il n'y a plus que la mer et la fin du songe. Viens-y, lentement, dans un silence tel que je puisse me tromper sur la distance qui nous sépare, tel qu'il n'y ait plus entre nous, quand je tressaillirai, la place d'étendre les bras pour te repousser… Viens, bel écueil sur ma route tranquille, viens que je te franchisse, puisque je ne veux pas t'éviter.

7

— Eh ! oui, ça va être Paris, dit Jean.

Il essuie la vitre avec un coin du store, et cherche à distinguer ce qui se passe au-dehors. La nuit ne lui renvoie que son reflet, et moi je vois ses deux figures, une claire et l'autre sombre, front à front comme deux béliers qui vont *cosser*.

Il reste ainsi, peut-être heureux de reposer, en le confiant à la nuit seule, son regard las. Nous en avons assez de voyager l'un en face de l'autre.

Avec May, ce n'était pas si fatigant ; je me souviens d'un Jean endormi, la nuque de travers et la bouche entrouverte, dans le coin d'un wagon ; moi je tirais mon voile jusqu'au menton, et adieu ! tandis que May, l'œil droit caché sous la visière d'un chapeau de chevreau, grillait vingt cigarettes, froissait des journaux et nous couvait d'un regard d'envie, éveillée comme un petit chat-huant… Mais maintenant… À la vérité, nous avons eu des heures charmantes, aujourd'hui. Dans le wagon-restaurant, par exemple, il faisait bon jouer au couple, et chercher ensemble sur la carte un vin qui nous consolât du gigot bretonne, et dire à Jean tout bas avec un reproche hypocrite :

— N'ayez pas l'air si aimable avec moi, voyons ! On va penser que nous avons fait connaissance tout à l'heure dans le couloir !

Nous sommes seuls ; je compte pour peu de chose la présence d'une dame à pince-nez, et de son petit chien Bull qui refuse de se coucher, s'endort debout, pique du nez en avant, se réveille et recommence, comme faisait Fossette, ma défunte Fossette. J'ai dit à Jean :

— Si vous aviez connu Fossette…

Et je lui ai cité quelques traits du génie canin. Il a, pour écouter les courts récits où je rappelle mon passé, une expression polie, patiente, un peu dégoûtée. C'est bon, on se taira. On se taira encore mieux, avec rage, avec passion !… De mon côté, j'ai remarqué que Jean revêt une physionomie particulière quand il parle de sa famille ou de lui-même.

Il dit : « Mon père… mon oncle La Hourmette… » avec une légèreté importante ; il dit : « C'était l'année de la mort de ma pauvre bonne femme de mère », sur le ton d'un gentil mépris, et il ajoute par badinage : « On fait toujours un peu mourir sa mère de chagrin !… »

J'aurais pu lui répondre : « Non, pas moi ! » rien que pour voir son air d'étonnement, le menton tendu et les sourcils hauts : « On a une famille, au music-hall ? Qu'est-ce que ça peut bien être, grand Dieu !… » En revanche, toute allusion à May est accueillie sans la moindre gêne, avec empressement : « Nous déjeunerons tous les trois cette semaine, naturellement ? »

J'ai trouvé *naturellement* un peu vif, et j'ai répondu par un de ces regards « compliqués » où Jean me blâme de mettre trop de choses. Il a applaudi, non sans ironie :

— Très bien ! Ce n'est peut-être pas absolument un regard « pour la ville », mais c'est très bien.

En une douzaine d'heures de trajet, on s'instruit, même en parlant peu. Ce dédain, que Jean ne manque pas d'affirmer pour mon ancien métier, marque qu'il y pense assez pour vouloir l'effacer, et que son souci amoureux va un peu plus loin que le désir de la nuit prochaine…

À deux reprises, il s'est levé brusquement, comme s'il allait arrêter le train et descendre, puis il s'est rassis, très sage :

— Je vous demande pardon, le voyage en chemin de fer me rend méchant. En automobile, je suis délicieux, mais le train, cet internement qui…

— … Qui n'en finit pas…

— Mais, bien sûr, qui n'en finit pas ! Nous serions mieux partout qu'ici. Et votre patience, d'abord, exaspérerait un saint.

— L'habitude des trains, vous savez…

— Oui, je sais, je sais ! Ne recommencez pas votre couplet de la tournée, ou je fais un malheur !

J'ai ri, parce que je pensais à Max, et parce que j'aime bien, déjà, tromper Jean sur les causes de ma gaîté… Je ne gagne pas, en sa compagnie, le goût de la vertu, décidément.

On est pourtant bien, dans ce wagon qui sent les oranges écorcées, la poussière et les journaux frais. Seulement, nous en avons assez. Notre goût l'un pour l'autre ne nous permet ni les longs repos muets, ni les longues causeries, ni les divertissements prolongés ; notre promenade en bateau m'excédait, je trouvais les repas interminables, et lui n'en peut plus de ces douze heures de tête-à-tête. S'il osait, il s'écrierait : « Jouons à autre chose ! »

Passant versatile, *Inconnu* de mon rêve, je sais le jeu qui te plairait, et j'y songe aussi…

*

« C'est plus commode », a dit Jean. Voilà un mot qui vous mène loin. Évidemment, c'est plus commode, pour moi, de laisser mon bulletin de bagages à son valet de chambre, pour qu'il conduise mes malles à l'hôtel Meurice. Monter dans son automobile, et rouler tout de suite sur le pavé onctueux, c'est plus commode que d'attendre un taxi… C'est toujours plus commode de se laisser aller que de se retenir…

Et puis, à présent, mes malles ne sont que des malles, et je les confie au premier venu. Je ne traîne plus ce coffre précieux, râpé, qui contenait les costumes de scène, ce trésor pour lequel, à chaque arrivée, Brague et moi tremblions d'une petite angoisse :

— Vois-tu que cette Compagnie de malheur ait *encore* égaré la malle !

Elle montrait, sur sa toile goudronnée, des côtes saillantes en bois, comme un cheval de fiacre misérable ; ses angles, que nous avions fait blinder à frais communs, défiaient la malveillance des porteurs et la brutalité des garçons de théâtre, qui descendent une malle comme on « descend » un pante, en la précipitant du haut de l'escalier… Son flanc, bariolé d'étiquettes, tirait l'œil ; ouverte, elle exhalait une odeur de naphtaline, de laine teinte et reteinte, de cuir un peu moisi…

— Vous me jetez, n'est-ce pas ? a dit encore Jean. D'abord, c'est *presque* votre chemin, et puis nous verrons si May a téléphoné ou écrit… Si vous avez soif, vous boirez, et vous pourrez me chiper des fruits qui vaudront bien ceux de l'hôtel…

Comme je me taisais, il a ajouté négligemment :

— Je ne vous invite pas à faire ce soir le « tour du locataire », ma petite boîte est tellement plus sympathique en plein jour !

Il paraît extrêmement gai, il fredonne. Il se penche, se redresse, manifeste à tout instant une joie de retour à laquelle je ne puis qu'assister. Autrefois, quand nous revenions d'une tournée, Brague frétillait en approchant de Paris : « Vieux patelin, va ! » Fossette elle-même, si je l'emmenais, flairait la banlieue, éternuant, secouant autour d'elle une toison imaginaire… Mais moi… Vous ne voulez pourtant pas que j'éprouve, à voir poindre l'hôtel Meurice, un attendrissement de Breton qui rejoint son clocher ?... Je reçois, en tressaillant, une claque sur le genou, familière, camarade, puis une main gantée emprisonne la mienne comme à Nice.

— Qu'est-ce qui vous prend ?

— Je ne sais pas, je suis content. J'aime bien mon quartier. J'aime bien y venir avec vous.

— Je le connais, votre quartier. Je l'ai habité, il y a... il y a longtemps.

— Vraiment !

L'intonation m'amuse, elle blâme et ne s'informe point. La voiture s'arrête, et je saute à terre sans attendre qu'on m'en prie ; besoin de remuer, de respirer, mouvement involontaire, d'autant plus compromettant pour continuer le voyage ensemble... Il fait noir, humide et doux. Je reconnais, de très loin, cette odeur nocturne du boulevard Berthier, où le passage des troupeaux laisse souvent le musc chaud des étables et des bergeries...

Jean habite un des derniers petits hôtels du boulevard. J'ai dû visiter celui-ci, autrefois, quand j'étais une jeune mariée... Oui, il me semble bien... L'escalier étroit, la salle à manger à gauche, le salon à droite... Mais il y a une tenture claire sur les murs, maintenant, et une rampe de bois ciré qui embaume l'encaustique.

— C'est drôle, ça n'a pas l'air d'une maison d'homme !

— J'en ai pourtant fait une maison d'homme seul. Quand j'ai offert à May de la lui meubler, elle m'a dit que j'avais un certain culot de lui offrir cette « boîte à grue ». Le petit hôtel ne se porte plus du tout…

— Oh ! du feu !…

Une belle flambée de bois éclaire la pièce que Jean vient d'ouvrir. Mon cri a été si vif et si gourmand que Jean m'interroge des yeux, avec cette manière de hausser les sourcils et de tendre le menton qui donne à son étonnement un air de réprimande.

— C'est vrai, vous ne comprenez pas… Non, n'allumez pas l'électricité, on voit mieux le feu… Vous ne comprenez pas que… nous voilà presque en mars, n'est-ce pas ? Eh bien, je n'ai pas vu de feu de bois depuis un an.

— C'est pour rire ?

— Non. Où voulez-vous que j'aie vu du feu de bois ? Dans les chambres des hôtels « bien », il n'y a même plus de cheminées. Alors…

Je me tais, par paresse, par bien-être, les mains tendues vers la flamme. C'est un si beau feu généreux, un feu de célibataire dont le valet de chambre ne regarde pas à la dépense. Il fait dans l'âtre un bruit magnifique et varié ; une fumerole, de temps en temps, saute et brûle noir sur le marbre comme une baguette d'encens, en exhalant son filet de fumée à goût de créosote et de santal.

Je me suis assise en tailleur sur le tapis, et Jean vient de sortir. C'est un salon, ici ? Oui, ou un fumoir. J'entrevois, à la lueur des flammes, les bois luisants, les pieds galbés de quelques jolis meubles anciens, les verts obscurs d'une tapisserie contre la muraille, une panse de vase bleu…

Mais rien ne vaut, à ma fatigue, à ma tremblante audace de femme qui va tomber et se regarde tomber, rien ne vaut ce feu contre lequel je me réfugie…

— Vous ne voulez pas un coussin ?… C'est moi qui fais le service, Victor n'est pas revenu de la gare.

Jean pose à côté de moi un plateau chargé d'oranges et de raisins.

— Fruits d'hiver ; c'est un pauvre souper, hein ? Il y a du vin de dessert quelconque dans ce flacon, et de l'eau fraîche…

— Oh ! ça ne fait rien ! d'ailleurs, je m'en vais tout de suite…

Je lui jette, de bas en haut, un regard qui doit être misérable, mais il n'a pas l'air de le voir et s'assied à ma mode, après avoir soigneusement remonté son pantalon sur les genoux. La rouge et dansante lueur lui fait un visage de statue en argile cuite, avec des yeux d'argent. Il suce des raisins et jette les peaux vides dans le foyer, avec un sérieux enfantin, tandis que je bois le suc d'une orange fendue. Puis il se verse un grand verre d'eau, s'essuie les doigts et dit « Ah ! » avec l'accent de : « Il faut pourtant se décider à quelque chose ! »

Et je m'avise soudain qu'il peut être, lui aussi, intimidé, et indécis, que sa réserve, depuis le baiser qu'il m'a donné, doit plus à l'hésitation qu'à la diplomatie… Dans l'instant précis où je perdais jusqu'à l'apparence du sang-froid, une providentielle malice vient de me la rendre. Je répète : « Ah ! » sur le même ton que lui, et j'ajoute :

— C'est la phrase de transition que je cherchais. Elle nous amène tout naturellement à celle qui suit, c'est-à-dire : « Eh ! eh ! » Dans toutes les langues, ça se traduit par : « Déjà minuit et demi ! »

Le feu vient de crouler en braises ; dans l'ombre accrue, je vois les yeux d'argent luire avec une férocité un peu nègre, et déjà j'escompte moins la timidité, l'appréhension de mon hôte… Pour m'affermir, et aussi pour insulter Jean mentalement, j'appelle le souvenir de Max, si soumis malgré sa force, et si loyal, même dans l'attaque, que je n'ai jamais tremblé auprès de lui… Immédiatement, je secoue l'évocation, avec un sursaut ingrat :

— Ah ! non, laisse-moi tranquille, j'ai bien assez à faire avec celui-ci…

Celui-ci s'est couché à plat ventre, accoudé, la tête près de mes genoux. Il tourne les yeux vers la porte, et murmure comme s'il ne m'avait pas entendue :

— C'est Victor avec les malles.

— Donc…

— Donc, ne bougez pas. Qu'est-ce que ça peut vous faire que Victor revienne avec les malles ? Personne n'entre ici sans que j'aie sonné. Ne vous en allez que si vous en avez formellement envie.

Cette invite directe à ma sincérité me trouve sotte et muette. Je veux bien dire la vérité, mais je la sens tout éparse en moi, comme une meule de foin qu'emporte la rivière. La vérité... laquelle choisir ? Lui avouer que la moindre de ses paroles me retient ici ? et qu'en même temps je me sens froide et douce, les sens endormis, très différente de ce que j'étais hier soir ? Tout cela est vrai, et impossible à dire...

Il devine peut-être, pendant qu'il caresse ma cheville à travers la soie de mon bas. Mais c'est à peine une caresse, cela ressemble au mouvement machinal dont on suit un dessin avec le bout du doigt, sur une étoffe ou sur un papier de tenture...

– Dites, répète-t-il, dites que vous avez envie de vous en aller ?

Il a rampé encore un peu plus près, je sens son menton sur mes jambes croisées..., je le regarde bien dans les yeux, et je lui réponds tristement :

– Non.

Il n'y a plus qu'une seule flamme haletante, dans un coin de la cheminée. Elle se couche sur le brasier rose et noir, et on croit qu'elle ne se relèvera plus, puis elle s'échappe encore une fois et bat de l'aile... C'est bien la lumière qu'il faut, pour contempler d'aussi près ce visage d'homme presque inconnu, qu'elle dérobe et sculpte tour à tour. L'accent si triste de mon aveu l'a retenu de bondir, il a cherché, trouvé le ton d'une gentillesse tendre pour insister :

– Alors, restez ?

D'un geste pauvre, je désigne autour de moi la chambre, la maison étrangères, sur moi ce costume, ce chapeau que je n'ai pas quittés depuis tant d'heures, et j'essaie de plaisanter :

— Voyons, Jean, vous comprenez bien qu'avec la meilleure immoralité du monde...

Puis je me tais brusquement, et je garde mes forces pour me débattre, car il a commencé à m'envahir, à grimper autour de moi en paralysant mes deux bras. Il se fait lourd exprès, il se fait collant comme une mauvaise plante tenace. Je n'ai pu me lever, ni même décroiser mes jambes, je lutte en conscience, à demi renversée, appuyée sur un bras, en disant tout bas :

— C'est bête... Dieu, que c'est bête !...

... Jusqu'à ce que ma simplesse de femelle sentimentale se plaigne dans ce cri indigné :

— Vous ne m'aimez même pas !

Sans cesser de tenir mes deux bras, Jean se soulève et me regarde, au-dessous de lui, d'un air sévère :

— Eh bien, et vous, donc ?

Puis il se penche et m'embrasse sur la bouche, délicatement. Cela est si doux, après ces deux minutes de lutte, que je me l'accorde comme un repos, et je laisse aller ma tête sur le tapis. Que c'est doux, cette bouche nue, ces lèvres pleines qui résistent au baiser, élastiquement, qu'il faut écraser un peu pour rencontrer les dents... Je voudrais rester ainsi terrassée, le cœur battant dans la gorge, tandis que le brasier rose chauffe ma joue et que sa lueur se reflète, au-dessus de moi, dans deux yeux d'argent gris… Que c'est doux, l'instant de se perdre assez pour penser : « Me voici délivrée du souci de penser. Baise-moi, bouche pour qui je ne suis que bouche. » Mais cette bouche est celle d'un ennemi que le baiser rend sauvage, qui me sait réduite, et ne m'épargnera rien.

Orgueilleux, plein de foi dans l'issue triomphale, il montre un dédain barbare des moyens. Les cheveux, la jupe, le linge fin, il les froisse et les foule ensemble, comme s'il n'avait pas le temps de me dévêtir… C'est moi qui murmure, honteuse : « Attendez… » C'est moi qui défais et dissimule l'épingle qui blessait, la boucle, le ruban ; c'est moi, couchée et les reins sur le tapis, qui donne à Jean le coussin de mon corps un peu meurtri, et c'est moi pourtant, quand il repose au creux de mon épaule son front voilé de cheveux, ses yeux fermés et sa bouche entrouverte, c'est moi la plus heureuse…

*

— Tu es bien ?…

— Je suis bien.

Renversée, immobile, écrasée, il me semble que je viens de tomber ; de très haut, au milieu de ce lit. Un souffle frais, un rayon de soleil couchant entrent par la fenêtre ouverte, et je vois danser au plafond, à chaque passage de camion ou d'automobile, le reflet de l'eau qui emplit un verre… La tête me tourne un peu, parce que j'ai le front plus bas que la gorge, mais je demeure, par paresse et par calcul, dans cette attitude qui dérobe mon visage et livre le reste.

Je ne vois que le plafond et le reflet dansant, à travers mes cheveux mêlés… Autrefois, quand j'étais une enfant, je regardais ainsi le ciel, entre des tiges de seigle croisées au-dessus de ma tête…

Un bras nu glisse contre ma hanche et je murmure faiblement :

— Reste donc tranquille, tu ne me gênes pas.

Le bras se hausse pour soutenir ma nuque et je l'accepte, je me cale contre ce corps qui gît auprès du mien, je m'en sers comme d'un coussin ou d'un coin de tapis… Puis je ne bouge plus, et je ris tout bas…

— Qu'est-ce qui te fait rire ? demande la voix nonchalante de Jean.

— Je ris parce que j'entends tes gestes. Tu viens d'étendre ton bras libre vers la table où sont les fruits, et tu n'as pas pu l'atteindre. Tu ramènes ton bras sur le lit, avec regret… Dis que ce n'est pas vrai ?

— C'est vrai. Mais remonte un peu contre moi, tu as glissé toute au milieu du lit, je ne te vois plus…

Je geins comme une blessée :

— Oh ! non, oh ! non, oh ! je t'en supplie, je vais me casser si je bouge maintenant, patiente encore…

Il se tait, et je me remets à attendre délicieusement le retour de mes forces.

Combien de temps, depuis l'heure où nous roulions mêlés sur le tapis, devant le feu mourant ? Un jour ? un an ? Un seul jour, et cela me paraît si loin. Je suis revenue aujourd'hui, j'ai déjeuné avec Jean, et après le déjeuner je l'ai suivi dans sa chambre. Il n'a pas fermé la fenêtre, il n'a pas tiré les rideaux. Comme je l'ai bien secondé ! Si bien, que notre étreinte eut l'air d'une harmonieuse lutte, réglée d'avance.

Je n'ai jamais connu cela, cette joie intelligente de la chair qui reconnaît immédiatement et adopte son maître, et qui s'empresse pour lui, se fait facile, docile, prodigue… Cela est si beau, si aisé, cela ne ressemble pas à de l'amour.

Rien qu'au choc des genoux nus, rien qu'au nœud des bras attentifs à se bien lier, j'ai senti commencer des heures sans prix, et sans danger. Je suis fière qu'il me doive autant que je lui dois. Tout a été si parfait ; je ne veux pas que notre repos envie rien à notre plaisir ; c'est pour cela que je m'étale confortablement contre Jean, et qu'en même temps ma jambe s'assure que sa jambe repose longue et confiante près de la mienne, sans crispation polie et sans recul…

Nous ne nous sommes pas beaucoup parlé, mais nous nous sommes dit des choses nécessaires, agréables, véridiques. Il m'a dit :

– Que tu as de beaux bras, et que j'aime te sentir pesante et solide quand je te soulève !

Et je lui ai avoué à mon tour :

— Comme tu me conviens ! tu as une peau lisse, sèche et chaude qui ressemble à la mienne…

Et il est resté sérieux quand je lui ai dit qu'il était beau, et je l'ai trouvé plus modeste de ne pas protester, puisque son corps et son visage…

Je m'agite imperceptiblement, en cherchant justement à recomposer les traits de ce visage qui vient de m'échapper, comme un mot capricieux. Voyons… Je dessinerais de mémoire le nez, et la fossette du menton, la bouche – oh ! la bouche… Je sais la couleur des yeux, et… Non, l'ensemble du visage fond, je l'ai… faut-il dire monstrueusement : je l'ai oublié ?

D'un coup de reins, je m'assieds sur le lit, et je me penche anxieuse sur Jean, comme si j'avais craint en vérité de ne plus le reconnaître… À la bonne heure ! le voici tel que je le *savais.* Je l'ai gardé sans doute trop près de mes yeux aujourd'hui, bouche contre bouche et son dur nez frais contre le mien, tous ses traits s'étaient brouillés…

— Pourquoi ris-tu, encore ?

— Je ne ris pas, je m'étire, je suis bien. Ta chambre sent l'œillet. Comme tu es brun sur ce drap blanc !

Il s'étale et se laisse regarder. À cause de la courbe de ses paupières, il a l'air de sourire dès qu'il ferme les yeux. Je touche, d'une main légère, tout ce qui m'attire ou m'intrigue dans ce visage renversé : le léger coup de rasoir qui recule la ligne des cheveux, la lèvre féminine, le cou si jeune, sans un pli… Si jeune. C'est la première fois que je pense à son âge, à lui…

— C'est une cicatrice, là, sur ta tempe ?

— Oui, je crois…

— Et là, dis, c'est un signe, au milieu de la poitrine ? un grain de beauté, si tu veux… Laisse, que je voie… Tes veines sont vertes, à la saignée et au poignet, vertes, vertes ! Dieu, que je m'amuse ! Et toi ?

— Renée…

— Quoi ?

Je le regarde avec un peu d'étonnement, quand il prononce mon prénom. Avant, je n'y prenais pas garde…

— Tu veux te lever, Renée ?

— Non, pour quoi faire ?

J'ai retrouvé sous un oreiller mon mouchoir à poudre, et je veloute mon nez et mes joues, sans souhaiter d'autres apprêts.

— Pour quoi faire ?… Je n'ai envie ni du bain, ni du peigne, ni de sortir. Je n'ai envie que de garder ta bonne chaleur, ton parfum, de dormir là-dedans et de nous éveiller quand nous en aurons assez. Et toi, Jean ?

— Moi aussi.

Il roule contre moi comme un arbre rond et lourd, et cherche, de l'épaule, de la nuque, une place confortable. Il ferme les yeux, les rouvre quand il croit que je ne le vois pas, et il me semble que ces beaux yeux gris me réclament, me reprochent quelque chose…

— Tu as sommeil ? couche-toi là.

Où est le temps où je trouvais si lourde une tête d'homme, confiée un instant à mon épaule ?… Je respire, des narines et des lèvres, l'odeur un peu brûlée de la dure chevelure noire.

— Tu ris encore ?

— Mais je ne ris pas ! Pourquoi veux-tu tout le temps que je rie ?

— Au contraire, je ne veux pas, soupire-t-il. Moi, je n'ai pas envie de rire.

— Tu es malheureux ?… Tu es fatigué ?… Tu es mécontent de moi ?…

Il fait « non », en frottant sa tête sur mon sein. La nuit va bientôt me le cacher, mais le sommeil va me le donner davantage. Il va oublier mon épanouissement, mon aisance fraternelle après le plaisir… Peut-être me voulait-il heureuse, mais plus respectueuse de ses dons, plus brisée, plus vaincue… Je ne suis pas vaincue, je suis contente…

— Demain, tu viendras, Renée ?

— Mais bien sûr, je viendrai.

— Et les autres jours ?

— Je ne sais pas, comment veux-tu que je sache ?

— Tu n'en as donc pas envie ?

J'étreins, de toute ma vigueur revenue, le robuste corps abandonné :

— Je te jure bien que si…

Il murmure, comme en songe, déjà :

— Tu comprends… Je t'aime…

Je le secoue doucement :

— Qu'est-ce que tu racontes ?

— Mais oui… tu comprends… l'amour…

Je ferme, en y pressant ma joue, la belle bouche imprudente :

— Chut !… pas ce mot-là ! Adieu. Tais-toi. Dormons.

8

Si Hamond vivait encore, il écouterait mes confidences, puis il hocherait la tête en disant :

— Ce n'est pas une liaison honorable !

Sa voix, sa longue figure au grand nez aventureux, je les vois, je les entends, en un mot, je les regrette assez pour me froisser de l'opinion qu'il aurait eue, je m'en défends comme s'il était présent :

— Pas une liaison honorable ! Et qu'est-ce que c'est qu'une liaison honorable ?

Mon vieil ami n'eût pas manqué de répondre, avec cette sincérité réservée qui bravait toutes mes rebuffades :

— C'est, tout uniment, une liaison dont vous pouvez vous sentir, secrètement ou publiquement, honorée.

Je boude contre sa réponse que j'invente, comme je l'ai boudé, lui, de se laisser tout d'un coup mourir. Un chagrin rageur et intolérant me soulevait de colère, pendant les premières semaines qui suivirent sa mort : « Me faire ça, à moi, à moi !... »

Il continue à me manquer. C'est un deuil égoïste, qui m'afflige lorsque j'ai besoin, non d'un conseil, mais d'un échange verbal intelligent et désintéressé, qui me divertisse de l'épuisant monologue intérieur. Il m'arrive alors, comme je fais en ce moment, de ressusciter mon ami défunt, et d'imaginer qu'il parle, mais cela n'a rien d'un « phénomène psychique », il s'agit simplement de faire parler, avec la voix d'Hamond, la conscience de Renée Néré.

Il y a des jours, quand je sors des bras de Jean et que je m'éloigne à pied, le long des fortifications qui commencent à verdir, des jours où je m'écrie tout bas : « C'est tout ? » Oui, c'est, tout. « C'est bien assez ! » répond le corps las. Qu'il est sage, ce corps heureux aux pieds lourds !

Une liaison pas honorable. Pourquoi flétrir, avec des mots inutiles, notre couple mal uni, mais bien assorti ? Pourquoi ne pas imiter entièrement la séduisante imprudence de Jean, qui veut joindre, sous un même toit, nos vies d'étrangers voluptueux ?… Je suis touchée qu'il ne tolère pas plus longtemps le bagage de nuit qui se dissimule dans un « petit » sac à main : une chemise, deux babouches de soie ; ni mes allées et venues du boulevard Berthier à l'hôtel Meurice ; je suis touchée de le voir tout à coup quitter le déjeuner et gravir le premier étage, un mètre à la main. Lorsqu'il parle de « notre existence future », je ne l'interromprai jamais pour lui dire : « Ce ne sont pas des projets d'avenir que tu fais là, ce sont des devis d'ameublement. » Je ne lui dirai pas qu'il risque de compromettre, par une résolution qu'il croit honnête et définitive, l'ordre fragile – mais peut-être durable – de nos rencontres dont l'inconfort m'agrée. Je ne le dois pas. Il faut que je m'engage autant que lui, et ce n'est pas, au fond, beaucoup dire : Jean ne me fait place nette que dans sa maison. J'en suis encore à ignorer si sa rupture avec May est chose accomplie.

C'est l'évidence même, et j'ai la certitude qu'il n'est plus son amant, mais il ne m'a pas *conviée* à le savoir. Qu'attend-il pour le faire ? l'installation du lit nouveau et du tapis couleur de souris argentée ? Devis d'ameublement…

Depuis notre étreinte contre le feu rose et noir, je croyais tenir dans mes mains, dans mes bras, ce que Max n'aurait pu ni voulu me donner autrefois : l'amour pour l'amour, un bel adversaire bien mêlé à moi, une passion où l'on n'entre, comme dans une chambre close, que déjà ému de plaisir… Les apprêts de nos rencontres eussent occupé une partie de mes jours désormais oisifs, et j'imagine combien le temps eût passé rapide, disputé entre l'attente, la possession et le gourmand souvenir… C'est beaucoup. C'est assez. J'ai entendu des jeunes femmes tranchantes déclarer : « Moi, en amour, ma devise, c'est *tout ou rien* ! » Eh ! eh ! un joli rien, bien présenté, c'est déjà quelque chose…

Jean veut davantage, et j'acquiesce, pour faire avec lui assaut de générosité. La singularité de nos relations, c'est que nous rivalisons de discrétion, tout le long du jour, sans que jamais le sujet en vaille la peine :

— Tu veux aller au théâtre ?

— Oui, je veux bien.

— Mais peut-être n'en as-tu pas envie ?

— Et toi ?

— Moi, c'est comme tu voudras… etc., etc.

Avant de nous tutoyer, nous y mettions moins de façons… Mais, par contre, quel chaud mouvement pour nous reconnaître, quelle sincérité dans l'abandon, s'il appuie sa bouche sur ma bouche, si sa main caressante m'interroge ! Une confiance qu'on n'imite pas nous épanouit alors, cette confiance-là, sinon l'autre… « C'est tout ? » Mais oui, c'est tout. Et qui ne s'en contenterait ?

— Qu'est-ce que tu vas faire ? tu ne viens pas à Levallois avec moi, chez le carrossier ? La voiture a reçu un sale atout, tu sais…

Je fais ma moue habituelle, et la glace, devant moi, m'avertit : « Attention… geste à supprimer dans des délais assez brefs… »

— Non… Je n'ai pas envie du carrossier…

— Alors, où t'en vas-tu ?

— Sais pas… marcher un peu… peut-être jusqu'à l'hôtel Meurice, la blanchisseuse doit m'avoir rapporté des chemisettes.

— Pourquoi ne restes-tu pas ici, où tu es chez toi ?

Je redresse la tige tordue d'une épingle à chapeau, et je regarde Jean avec une perplexité niaise. Pourquoi, au fait, ne resté-je pas ici ? Il y a des livres dans le salon-fumoir, en bas, une chaise longue, des cigarettes presque insipides – celles que je préfère – et le valet de chambre Victor m'entourera de ses soins discrets qui signifient : « Ce n'est pas que je vous gobe, mais j'avais l'*autre* dans le nez » ; car le silence même de ce serviteur parigot a l'accent du faubourg…

— Non… Tu comprends, j'aurai mal à la tête si je reste enfermée.

— Il ne faut pas, il ne faut pas !

— Je fais quatre pas dehors et je reviens, d'ailleurs…

Je mens. J'irai à l'hôtel Meurice.

Je vérifierai mon linge, j'y vaporiserai du parfum, pour masquer l'odeur de chlore et de fer refroidi, j'ouvrirai les journaux qu'on m'apporte le matin et je les parcourrai rapidement, assise dans un fauteuil et les pieds sur la table. Je musarderai dans la chambre, en polissant mes ongles, en écoutant monter de la cour une musique familière de vaisselle et de verrerie qu'on apprête pour le dîner, et les violons lointains qui jouent sous la verrière du hall… Puis il sera l'heure de m'habiller, et j'apporterai ici une figure fraîchement « faite » à laquelle, pour quelques heures, rien ne manquera : au contraire, j'y aurai mis un peu trop de tout. Enfin je ne ferai rien de mal, ni de bien ; mais j'irai à l'hôtel Meurice. C'est mon droit, mon habitude, mon intermède hygiénique et morose. J'y retournerai cette nuit, car je ne dors pas boulevard Berthier, pas encore…

Nous ne connaissons ensemble que le sommeil diurne, qui s'abat brusque et s'envole de même. Une nuit tout entière, et les surprises du réveil, les découvertes au grand jour du matin, ce n'est pas pour Jean que je les appréhende… Nous dormons souvent l'après-midi par le soleil, la pluie printanière, cependant que, dans la cuisine en sous-sol, Victor montre au ras du trottoir sa tête de rat, dès que l'on sonne, et nous garde contre un retour possible de May…

May… un nom que nous redisions à chaque instant, il y a dix jours, et que nous éliminons peu à peu de notre vocabulaire, un nom autour duquel s'épaissit une incertitude assez louche… Je n'ai pas écrit à May, notre intimité de camelot ignore les échanges épistolaires. Mais il me semble que si j'avais pu dire à Jean : « Gardez May, ne lui faites tort que des heures discrètes que vous me consacrerez », j'aurais éprouvé, de cette solution déshonnête, une fort honnête satisfaction… Que penseraient-elles de moi, ces dames du « tout-ou-rien », suffragettes intransigeantes de l'amour ?… Mais je ne parle pas au nom de tout l'Amour, moi, je revendique seulement ma part du… de… enfin, j'aimerais bien qu'on me laissât ce que j'ai, qui m'est si nouveau, si léger, qui me fait l'âme quiète et le teint fleuri… Les grands transports, les grandes douleurs, nous savons très bien ce que c'est, nous avons connu cela comme tout le monde, en notre âge de jeune femme imparfaite… À présent, je voudrais contenter tout le monde et même May…

– Hep !… Renée, Renée !…

Elle vient de surgir là, devant moi, à l'instant si juste où je prononçais mentalement son nom que ma première pensée est pour m'accuser : « C'est bien fait, tu n'avais qu'à ne pas l'appeler. »

Elle m'a rejointe au moment où je longe les Tuileries, elle saute en bas d'une automobile orange, une étrange petite voiture qui tend un derrière arrondi et nu, comme certaines poules malades et déplumées. Je ne fuis pas, mais pendant que May court sur moi à petits pas bridés, je m'imagine étendue, et bien gardée, dans le fumoir de Jean… Je soupire et je me résigne à la collision…

– Je vous trouve, lâcheuse !

Lâcheuse ?… ce n'est pas une collision, c'est une effusion. Alors, elle sait… tout – tout, sauf moi ?…

– Venez là-dedans, j'ai des choses très graves à vous dire.

Elle m'entraîne dans le triste jardin sans herbe et sans verdure, et je fournis, pour meubler le silence, les répliques strictement nécessaires :

– Eh bien, vrai… Vous tombez toujours comme un bolide… D'où sortez-vous ?

Il ne faut pas m'en demander plus, par exemple. Le parfum de May, son bras sous le mien, la présence, le contact soudain de la *maîtresse de Jean* me troublent d'une manière extrêmement pénible, imprévue : ce bras rond sous mon bras, surtout, est intolérable, le bras de la maîtresse de Jean…

— Des choses très graves, je vous répète. Vous avez une mine superbe. Je suis pâle, hein ?

Elle est rose comme une azalée, mais d'un rose qui cache sans doute une authentique pâleur. Je la trouve très jolie. Je la trouve plus jolie que jamais : un ruban de conscrit noué sur son calot de paille, le cou nu sous sa veste à la fois étriquée et débraillée, un doigt de cheveux brillant comme un galon d'or sur la tempe ; jamais, non, jamais ses vingt-cinq ans n'ont embelli si heureusement les erreurs d'une mode imbécile... Je ne songe qu'à cela. Il me faut un effort d'esprit pour me rappeler à la réalité et me dire : « Cette jeune femme-là, tu lui as pris son amant. Au lieu de l'ombrelle fermée, sa main pourrait brandir une arme... » Nul frisson, sinon celui d'une répugnance subtile quand May, en parlant, presse davantage mon bras, ou pose sur ma main sa main dégantée...

— Vous savez ce qui s'est passé ?

— Quand ça ?

— Après votre départ de Nice ?

— Non...

— Jean m'a quittée.

— Oui...

— Vous le saviez ? C'est Masseau qui vous l'a dit ? Après mon retour ici – je vous passe les détails, n'est-ce pas ? – Jean est revenu me voir deux fois, très gentil...

— Ah !...

— Mais ce n'est pas un compliment à lui faire, parce que chaque fois qu'il devient très gentil, c'est mauvais signe… Je n'y ai pas coupé, j'ai reçu la lettre il y a cinq jours.

— Quelle lettre ?

— La lettre. La lettre comme quoi c'est fini.

— Ah ! Et vous n'avez rien fait ?

Un vent aigre balaie la terrasse et nous jette au visage une poussière piquante. May tient le bord de son chapeau ; mes yeux pleurent. Mais nous n'avons pas l'idée de nous en aller.

— Comment, je n'ai rien fait ? Ah ! vous voulez parler de… du rigolo, du laudanum, de la navaja et de tout le truc, voyez panoplie !… Pensez-vous ! Avec un garçon comme Jean !…

— Qu'est-ce qu'il a de particulier ?

May tourne le dos à la Seine jaune et s'accote à la balustrade. Cramponnée à son chapeau, la jupe plaquée aux genoux et au ventre, elle semble la passagère d'un yacht couché sous le vent…

— Il n'a rien, si vous voulez, de particulier, et, d'un sens, il a tout… C'est un homme, quoi. Plus vous voyez d'hommes, plus vous vous dites qu'ils se ressemblent tous, dans la vie ordinaire… Et puis, qu'il arrive un accident, une brouille, un événement, vous restez là à les regarder comme si vous n'en aviez jamais connu qu'un. Vous ne trouvez pas qu'il y a du vrai ?

— Il doit y avoir du vrai…

— J'ai eu cette impression-là avec Jean encore plus fort qu'avec les autres… Je l'avais même un peu tout le temps, avec lui…

— Il n'y paraissait pas…

May sourit de côté, sa mèche blonde dans l'œil ; elle a pris ma sèche réplique pour un compliment.

— Ça n'empêche pas. C'est un garçon… on ne sait pas sur quel pied danser. Pourri d'orgueil, d'abord.

— Oui ?

— Ah ! là là… Quand il se trompe, allez lui mettre le nez dedans et le lui faire avouer, allez-y, vous m'en direz des nouvelles ! Monsieur sait tout, monsieur tranche sur tout ! Parce que Monsieur s'est ruiné un petit peu dans l'automobile, un petit peu dans la finance, et dans la politique – il était conseiller général d'Ille-et-Vilaine, un moment –, un petit peu ci, un petit peu là, il est plus infaillible que le pape.

— Voyez-vous ça !

— Et cachottier, ma chère ! Quand on le croit sans le sou, il a de l'argent ; quand on le voit jeter la monnaie par les fenêtres, c'est qu'il est à la côte… Toujours l'orgueil ! Comme sa façon de ne rien répondre, quelquefois, quand je partais dans une belle engueulade… Cette façon de fumer sans rien dire, en tenant sa cigarette avec ses dents et en tendant le menton…

Il n'y a pas d'endroit, je crois, où je serais plus mal qu'ici. Le vent, les paroles de May, la honte de les écouter, tout cela me compose un malaise qui tient de la migraine, du mal de mer, de la crampe d'estomac. Que cette femme souffre, je ne puis en douter, hélas ! Elle souffre comme elle peut, d'une souffrance à sa taille…

— … et de sourire comme ça, vous savez, comme s'il regardait quelque chose que vous ne pouvez pas voir, à travers le mur, « Jeanne d'Arc et les visions », que je lui disais…

… Mais je n'ai pas le droit de discuter la qualité de sa souffrance. Et que fais-je ici, à écouter des confidences humiliantes ? La moindre de mes questions, mes exclamations qui quêtent ou prolongent une réponse de May, équivalent à écouter aux portes, à entrouvrir une lettre…

La seule parole honorable, le brave cri : « N'allez pas plus loin, Jean est à moi » se refuse à franchir mes lèvres…

— Marchons un peu, cet endroit n'est pas habitable… Remarquez, tout ce que je vous raconte de Jean, ce n'est pas des crimes. C'est un tel type, lui aussi… Quand une femme a dit de son amant qu'il est orgueilleux et « supérieur », et assez en dessous, et pas plus généreux qu'il ne faut, il n'est pas bon à pendre après ça. Mais Jean a quelque chose de pis.

— Quoi donc ?

Le mur de l'Orangerie nous abrite. Hâtons-nous, pendant ce répit du vent, penchons-nous sur le dernier chuchotement vil, le meilleur, celui que gardait « pour la bonne bouche » la petite amante délaissée… Que j'ai froid !…

— Ce qu'il a de pire, c'est sa façon de f… le camp.

— Oui ?

— Il f… le camp comme personne, et jamais on ne le reprend, J'en parle à mon aise, parce que le premier effet est passé, Dieu merci. Mais Jean m'a fait ni plus ni moins qu'à Marthe Byse, toute grande vedette qu'elle est, ni plus ni moins qu'à Madame… oh ! flûte, la mémoire des noms… Une veuve, cette jolie blonde ?… enfin n'importe. Il f… le camp, voilà le terrible. Quand on se plaque, c'est après une scène, n'est-ce pas, ou un décollage petit à petit ? Eh bien, ma chère, il f… le camp au milieu d'une phrase, en fermant la porte derrière lui, ou bien il s'en va acheter des cigarettes, et on ne le revoit plus que sous la forme d'une lettre d'adieu très bien écrite, très épatante… Je ne sais pas si vous êtes comme moi, mais ça m'impressionne davantage que le monsieur qui vous fait la grande scène : « Puisqu'il faut nous séparer… » La manière de Jean, c'est la pire manière de f… le camp, parce que, remarquez bien, il ne fait pas ça comme le monsieur qui vous lève votre porte-monnaie et s'évanouit en fumée, pas du tout ! On lui écrit, on lui demande une entrevue, et on y trouve quelqu'un qui s'appelle Jean, qui a une cravate et un complet qu'on connaît très bien. On reconnaît la canne, les boutons de manchettes, même le son de voix. Mais le monsieur… il a tellement bien f… le camp qu'on le regarde, on écarquille les yeux, on se demande : « Enfin, quoi, est-ce que j'ai couché avec cet homme-là, oui ou non ? » Écoutez, je ne suis pas méchante, mais je voudrais voir la tête de la femme qui me déloge, quand Jean ref…ra le camp !... La pluie, à présent. Ça nous manquait. Venez, je vous rentre dans ma voiture, une voiture jaune, c'est de l'à-propos ou je ne m'y connais pas. Mais un type comme moi, ça n'a pas de superstition. La voiture, et celui qui attend dedans, c'est un essai, un pâle essai.

— Je ne peux pas, j'ai une course à côté, sous les arcades...

— Alors, courons ! je vous offre la moitié de mon ombrelle.

— Non, courez en avant, je n'ai rien sur moi qui craigne la pluie... Courez !... Oui, oui, je vous téléphonerai...

Elle court menu, la jupe relevée comme un petit caleçon autour des genoux. Elle s'en va, plus légère de tout ce qu'elle me laisse. Ah ! c'est maintenant que je voudrais parler, avouer, jeter hors de moi ce que j'étouffais tout à l'heure...

— May !...

Elle n'entend pas, par bonheur... Ce taxi-auto qui passe, je puis lui jeter l'adresse du boulevard Berthier : « Et vite ! »... Si Jean, en mon absence, avait « f... le camp » ?

9

— Jean !… Ah ! tu es là…

— Mais oui, je suis là ! Qu'est-ce que tu as ?

— Rien… Figure-toi… Je me suis laissé surprendre par la pluie, alors je suis revenue ici au lieu d'aller m'habiller, c'est stupide…

— Ce n'est jamais stupide de revenir ici.

— Mais je voulais me faire belle… Et me revoilà comme tu m'as laissée.

— Je l'espère bien ! Tu ressembles beaucoup à cette voyageuse qui s'est assise là, par terre, une nuit… Tu me plais…

— Autant qu'elle ?

— Mieux qu'elle.

Je me remets, lentement. Je déguise, en parlant, en disant des riens gentils, le trouble conçu en quittant May, et qui a crû, le long de la route, jusqu'à un affolement inexplicable : Jean est parti… Je sens qu'il est parti, j'en suis sûre…

Les paroles de May m'ont suivie pendant la route, avec la force maléfique d'un *sort* : « Il f… le camp, et on ne le reprend jamais… » L'étroite maison aveuglée de volets, je l'ai crue déserte, et j'ai appelé, avec la voix qu'on a dans les mauvais rêves : « Jean !… »

Le voici, bien présent, bien vivant, entre le feu qu'il ravive pour moi, et la lampe coiffée d'un petit toit lumineux de pagode. Les pieds tors des fauteuils reflètent la flamme, et les rideaux de soie sont d'un rouge mûr et fastueux…

— Qu'est-ce que tu as ?… Pour une femme qui devait faire « quatre pas à pied », tu arrives en taxi, avec un air de revenir Dieu sait d'où…

— Je crois que j'ai pris froid… Il fait bon, chez toi, tu sais…

— Il y a des gélinottes à dîner, et une tarte à la viennoise, une grosse tarte lourde…

— Oui ? Quelle chance !… Et qu'est-ce qu'il t'a dit, le carrossier ?

— Il a dit, voyant la fente qui partage en deux la portière : « La portière est fendue. »

— On ne peut rien lui cacher…

Il va et vient dans la chambre, avance un fauteuil, croise les rideaux, « fait le ménage » avec une bonne grâce de célibataire hospitalier. En passant, il caresse mon genou, prend mes oreilles comme deux anses pour m'embrasser mieux… Ses mains, son corps, sa joue lisse, tout cela est ferme et chaud, tout cela est infiniment, précieusement vivant. Je le contemple, je l'admire, si proche, si libre, peut-être tout à moi, peut-être déjà perdu pour moi…

— Et… il demande combien de jours ?

— Qui ça ?

— Le carrossier ?

À la surprise de Jean, je mesure le temps qui s'est écoulé entre sa dernière réplique et ma question banale… Un temps très long, sans doute, pendant lequel j'errais autour de lui, amèrement orgueilleuse de le voir si intact, si peu touché par la vie, si bien armé, aurais-je dit hier, pour nuire, je dis aujourd'hui pour *me* nuire…

— Aide-moi, Renée ! Regarde comme ces roses ont l'air malheureux sous leur ceinture de ficelle !

— Ce n'est guère la peine… Des roses de Nice, ça dure deux heures, dans une chambre où il y a du feu…

— Avoir encore deux heures de beauté devant soi, tu trouves que ce n'est rien ?

Je rougis dans l'ombre et je le regarde vindicativement, mais il a parlé en toute innocence…

— Là !… C'est bien ?

— C'est très bien. Mais il a fallu que je te le demande ! je suis toujours surpris… Viens sur mes genoux… surpris de te voir si peu de gestes de femme.

— Dis que je te brutalise !

— Tu n'arranges pas les fleurs dans les vases, tu ne tires pas le coin du tapis de la table quand il est de travers, tu ne tapes pas les coussins de la chaise longue… Tu t'assieds, tu croises les jambes…

— N'exagère pas !…

— … Enfin, tu fais dame-en-visite, et ça me gêne.

— Moi aussi.

— Tu n'es donc pas mon amie ? Tu n'as donc pas envie de m'adopter comme je t'adopte ?... Il y a des jours où tu m'humilies, avec ta hâte à te déshabiller avant, et à te rhabiller après... Des jours où on ne dirait vraiment pas que tu m'aimes, mais que tu... m'emploies.

Je l'écoute complaisamment, sans aucune révolte. Assise sur son genou, je le regarde de tout près, je respire ses cheveux que le fer roussit un peu tous les jours, enfin je l'ai. Je l'ai : que ce soit une constatation voluptueuse et non une pensée, et non un souhait que l'avenir ruine déjà... oh ! que ce soit le plaisir de cette heure, et que cette heure n'engage pas la suivante !...

Il boude, avec plus de grâce que de conviction, mais il n'est pas très content. Il se mettrait en colère, si je l'aidais.

Je le caresse avec une mélancolie croissante, car j'entrevois que ses modifications ne peuvent plus grand-chose sur moi. Jean en colère, ou Jean dédaigneux et persifleur, ou Jean sournois, un peu cauteleux comme chaque fois qu'il se fait très doux, qu'importe, pourvu que ce soit Jean ? Merveille de la *présence*, sécurité inexplicable de tous les sens...

— Comprends-moi ! dit-il, impatient. Tu as l'air curieuse seulement de ce que je te prends, et non de ce que je suis !

— Et toi ?

Il baisse animalement ses sourcils, et tout son front a l'air de descendre. Je devine, dans la détente du genou qui me porte, qu'il a envie de me jeter à terre.

— Moi… tu sais parfaitement que je…

— Dis-le !

— Je te l'ai dit, déjà ! Je l'ai dit le premier !

— Ça pouvait être un réflexe… Il y a des moments où le mot « je t'aime » a la même valeur qu'une crispation d'orteils…

Nous rions, à demi fâchés. Je n'éprouve aucun scrupule à le contredire, même de mauvaise foi. J'ai faim, ce soir, de tout ce qu'il peut donner, mensonges, embarras buté, geste rogue ou regard trop doux… N'ai-je pas dit à Maxime, autrefois, les mots que nous venons d'échanger ? C'est un écho lointain, qui s'éteint si je l'écoute, c'est un souvenir si vague qu'il ne projette point d'ombre sur mon présent.

Rien, dans mon passé, n'ose plus empiéter sur mon présent. Pourquoi ? de quelle outrageuse immunité bénéficie-t-il, ce Jean tout nouveau, encore fermé et dur, souvent, comme un tardif bourgeon de chêne ? Outrageuse, car elle fait pis que le protéger, elle dresse devant lui, au lieu d'une évocation fidèle, l'image déformée d'un Max presque comique, gauche, raide, les traits du visage inscrits géométriquement dans un rectangle, comme les anciennes caricatures de Sadi Carnot…

Ni plus beau, ni meilleur que Max, Jean ne pâtit d'aucune comparaison, et je ne retrouve rien à redire à cela, sinon le mystérieux, obtus et féminin : « Ce n'est pas la même chose… »

Il est là, contre moi. Je le tiens, avec une fierté silencieuse, appuyé à un sein qu'il froisse de son poids confiant. Nous savons déjà qu'il faut, lorsque nos esprits, ou nos consciences, s'éveillent et s'affrontent, nous enlacer et nous taire : l'étreinte nous donne l'illusion d'être unis, et le silence nous fait croire à la paix.

— Je voudrais savoir, soupire-t-il, le mal que tu penses de moi…

— Conscience bourrelée !

— Non ; mais je t'écoute penser. Ton souffle est inégal, il s'arrête quand tu arrives à un croisement d'idées, et j'entendais, quand tu avais tourné la tête sur le coussin, tes cils gratter la soie très vite, à petits battements précipités…

— Pas mal, pas mal !

— N'est-ce pas ? Je suis si intelligent ! Tu as quelque chose qui te tourmente ?

— Oui : toi. Tu veux savoir à quoi je pensais ? Je pensais que je n'aurai jamais le courage de rentrer à l'hôtel ce soir…

Il resserre imperceptiblement ses bras autour de moi, et ne lève même pas les yeux. Mais je vois descendre, de ses paupières à sa bouche, un sourire de délectation. Il se détend et s'alourdit, comme si le sommeil le tentait déjà… Je n'ai pas de regret d'avoir parlé. Un peu plus tôt, un peu plus tard, l'épreuve de la longue nuit et du réveil à deux m'attendait. Et je me sens si lâche, ce soir, devant une solitude qui résonnerait, jusqu'à l'aube, de la voix de May : « Il f… le camp, et on ne le revoit plus… »

Le dîner passe vite ; nous bavardons avec une suite et un éclat insolites. On dirait que Jean, qui me documente sur les siens à propos d'un chiffre d'argenterie, d'un dressoir ancien, veut me faire la place plus grande chez lui, m'*inviter* davantage. Il dit « mon père » sur le ton d'un respect excédé, en collégien qu'on rationne, et cela le rajeunit singulièrement…

— Quel âge as-tu, Jean ?

— Chut ! je ne l'avoue plus depuis deux ans !

Il plaisante, et tout de suite j'imagine qu'il me cache son âge par délicatesse, pour m'empêcher de comparer… Et je n'ose pas insister, je reste là un peu tremblante…

— Mon sacré père, je n'y coupe pas de trois jours chez lui, la semaine prochaine… Les deux trajets compris, ça fait cinq jours d'absence… Manquer le bout de l'an de ma mère, l'Autocrate en aurait une attaque. Tu trouves ça drôle, cinq jours sans moi ?

— Je ne sais pas, je ne me figure pas bien, en ce moment…

— Qu'est-ce que tu vas faire pendant tout ce temps-là ? Qui vas-tu voir ? ta famille, tes amis ?

C'est la première fois qu'il me donne directement une marque d'intérêt, ou du moins d'une curiosité qui n'est pas purement sensuelle… Je regarde, interloquée, ce jeune et impérieux visage qui me questionne ; une famille… des amis…

— Tu sais, je n'ai plus de parents, depuis la mort de ma belle-sœur Margot…

— Et des amis ? tu n'as pas d'amis ?

Je domine une mauvaise honte d'errante qui n'a rien à elle, et je le brave :

— Si fait ! J'ai Brague, et j'avais aussi une petite danseuse qui voyage au loin en ce moment, une fille-mère qui s'appelle Bastienne.

Il apprête une insolence, puis il se ravise :

— Enfin… ne pensons pas à tout ça huit jours d'avance. D'ailleurs… je ne suis pas sûr de ne pas t'emmener avec moi.

— Si je veux ?

Nous rions, et nos yeux se caressent, pas très francs. Lui est né pour plaire sans effort, séduire, et s'évader. Moi… moi je suis comme la jument grise qu'avait mon père, un bon coup de mèche n'était pas pour lui faire peur, mais l'ombre du fouet sur la route, à côté de ses oreilles, l'affolait…

Quand même, il s'essaie à parler en maître, et je songe qu'à Nice, il y a moins d'un mois, je lui disais « mon petit » et « dites donc, vous ! » par-dessus l'épaule… Me voilà loin de ce « vous » familier et désinvolte. Je le tutoie avec considération, dispensateur du plaisir…

Il a rapproché sa chaise de la mienne, et partage mon dessert :

— Tu fends les oranges en deux ? moi je les pèle, et je les sucre.

— Du sucre sur une orange, quelle horreur ! Je te ferai des salades de fruits, à la belle saison, tu verras si je m'y entends…

— Je te le défends bien, par exemple ! Les salades de fruits m'ont toujours fait l'effet d'un… dessert rejeté par un estomac intolérant !

Une gaîté imprudente nous prend, chaque fois que nous ne sommes pas du même avis. Et soudain je dis sottement :

— Ça n'a l'air de rien, ces petites choses-là, eh bien, pourtant, je devenais enragée rien qu'à voir mon mari tremper du pain dans son potage, autrefois…

Mais Jean se soucie bien de mon mari ! Il a écouté la demie de neuf heures tinter au cartel, et il s'étire en bâillant, avec une incivilité bourgeoise fort bien imitée, en montrant tout l'intérieur frais d'une bouche bien meublée. Belle gueule rouge, à tout croquer… Il surprend mon regard, et le sien change, pèse sur moi sans sourire et dit : « Va… »

Il dort. Il ne dort pas comme dans le jour. Il sent, à travers son somme, la nuit longue encore, le froid qui précède l'aube tardive de mars ; il dort immobile et sévère, couvert jusqu'à l'épaule. Il respire très lentement. C'est le bec de gaz du trottoir qui l'éclaire vaguement, car la fenêtre est grande ouverte, je respire, comme à la campagne, l'odeur du talus humide, le brouillard, un air froid qui semble pur et qui fait chaste notre chambre amoureuse.

Il m'a laissé auprès de lui une grande place où je n'ose remuer. Je me sens lasse, oubliée jusqu'à son réveil, mais paisible et patiente. Il ne sait plus que je suis là… Je l'ai effleuré tout à l'heure, il a retiré son bras, avec un geste enfantin et farouche.

Il n'y a rien de changé. Mon insomnie seule donne un peu de solennité à notre première nuit, dont les délices ont valu celles de nos après-midi, mais c'est quand même une « première nuit »… Avant cette nuit-là, il y a mon passé qu'elle clôt, et que sais-je de notre avenir ?

Prévoit-elle même un avenir, ma veille déférente, attentive à ne point troubler le repos de Jean ? Je l'ignore, mais je veille, parce que c'est la *première nuit*. Je veille, comme peuvent le faire toutes celles qui, neuves ou blasées, commencent ou recommencent leur vie, anxieuses contre le flanc d'un homme endormi.

*

— Au revoir, à tout à l'heure ! Tu as ton mouchoir, ta clef ?…

J'en étais sûre ! Victor, descendez la clef que Monsieur a laissée sur la coiffeuse…

— Tu sais, je rentre de bonne heure.

— Je l'espère bien.

Jean se mire, encore une fois, dans la glace du vestibule, et lisse, encore une fois, ses cheveux, avec le geste d'un comédien qui assure sa perruque.

— Laisse ta tête tranquille. C'est déjà assez laid, cette mode des cheveux collés !

Il n'en pense pas un mot et son visage exprime une grave complaisance, une satisfaction sans sourire qui empêche sa coquetterie d'être odieuse. La portion de miroir qui me reflète à côté de lui me semble d'un tain plus sombre, verdi et gaufré…

Il est rentré tard, cet après-midi en criant : « Je dîne chez l'Autocrate ! » et en jetant dès l'escalier son veston et sa cravate. La robe que j'apprêtais pour dîner avec lui est restée là, elle écarte deux courtes manches avec l'air de dire : « Nous n'y pouvons rien… » J'ai suspendu, pour le plaisir de suivre Jean et d'assister à sa toilette, les soins que réclamait la mienne, et je me vois en peignoir lâche, les cheveux relevés en un désordre seyant, mais la silhouette, auprès du frac net, du plastron émaillé, de la face pâle bien rasée, est veule, négligée, alourdie de je ne sais quel air mûr et voluptueux…

— Va-t'en vite, Jean !

— Oui, mais je veux que tu me plaignes.

— Parce que ?

— Parce que je dîne chez l'Autocrate !

Il tend sa bouche boudeuse, une dernière fois, avant de descendre, d'un saut, l'escalier qui mène à la rue. Je ris, je hausse les épaules, et je songe à part moi qu'il n'affichait pas ces façons de gamin, avec May… Avec May, il parlait sec et levait la main, et c'était à May de faire la petite fille ; seulement May avait vingt-cinq ans…

L'automobile s'éloigne. Je reste un instant sur le seuil, penchée et souriant comme s'il pouvait me voir. Au-dessus du talus des fortifications, le ciel est encore un peu rose, et les arbres noirs y tendent leurs bourgeons enflés, tout près de s'ouvrir. Des voisins, habitants paisibles de ce boulevard mal réputé, appellent leurs chiens et se promènent nu-tête, comme au village, avant de laisser la place aux « apaches » problématiques. C'est un soir très doux, sans un souffle… Je l'aurais élu entre tous, si propice à mon envie de rester seule…

Pour quelques heures, Jean est parti. Et, bien que je lui aie dit et redit : « Va-t'en, tu es en retard », il n'a pas senti combien je le chassais. Il n'a pas compris combien le hasard, ce soir, servait mon dessein, car j'en ai un. Ma hâte à dîner le prouve assez, et aussi, dès que j'ai refermé sur moi la porte de ma chambre, cette figure sans excuse, cette figure criminelle que je vois dans la glace. Je ne veux pourtant pas écrire en secret à quelqu'un, je ne veux, en dépit de ce regard détestable, ni tuer, ni voler ; je veux rester seule. S'il entrait à l'improviste, en ce moment, ou s'il était caché sous les rideaux, je crierais. Je crierais comme n'importe quelle femme, surprise par un amant à rêver seule dans sa chambre, crie de peur et de colère, et s'enflamme d'un courroux pudique de prêtresse violentée. S'il entrait, et qu'il me trouvât pire que nue : méconnaissable comme me voilà ?…

Il n'y a qu'un mois que je vis ici. Et jamais maîtresse n'emménagea avec moins de bruit : trois malles de robes et de linge, des paperasses dans un coffret, un sac de toilette. Cela s'est fait si vite, si simplement, qu'un amant sceptique y eût vu la dextérité qui dénonce l'habitude, mais Jean, défiant, n'est pas un amant sceptique. Le jour de mon arrivée, j'ai posé timidement, sur le joli bureau de la chambre, les deux pièces essentielles de mon mobilier : un stylographe et un très ancien petit bibelot chinois, un fruit de jade, poli, usé, comme à demi fondu, et suave au toucher.

Et tout de suite, j'ai commencé l'apprentissage d'une existence que j'ignorais, la seule qui comporte, sous une excentricité de façade, sous une liberté illusoire, des us surannés, voire une dépendance orientale : l'existence de la *femme entretenue.*

Lorsque la femme entretenue est, comme moi, sans relations, sans famille, et assez brave, ou assez inconsciente pour se confier toute à l'homme que le hasard lui a choisi, elle peut recueillir ensemble, plaisirs et mortifications mêlés, les impressions de la convalescente dans une maison de santé, de la pensionnaire d'un couvent dissolu – ou d'un harem – et de la « femme de confiance » chargée de mille soins domestiques. L'oisiveté me donne le goût de l'arrangement ; les sorties quotidiennes de Jean, retenu tous les jours quelques heures dans sa famille par l'état de santé de « l'Autocrate », m'obligent à faire de chacun de ses retours une petite fête : fleurs sur la table, ou beau fruit de primeur, ou bien c'est le jardinet abandonné que reverdit soudain une haie de fusains…

Enfin, le bon génie des nomades me garde de l'impatience et de la mauvaise humeur, en me soufflant à l'oreille : « Cela durera autant que tu le voudras bien, et pas davantage… » Pas davantage… Et je me rassure et m'épanouis, avec une tardive imprévoyance d'amoureuse à qui l'amour, en sa belle jeunesse, fut avare. J'ai un peu engraissé, je mange avec soin et plaisir ; comme Jean, je dors longuement. Dans la journée, mes préoccupations sont à peu près les mêmes que celles de Victor, le valet de chambre : est-ce que Monsieur sort avec Madame ? ou sans Madame ? est-ce que Monsieur est rentré ? est-ce que Monsieur s'habille ?…

Les premiers jours, pendant les absences de Jean, je reprenais le chemin de mes réfectoires habituels : le petit restaurant méridional où les raviolis pétillent de graisse et de fromage bouillants, la brasserie dont Brague vante les saucisses chaudes et la bière veloutée, mais sans y retrouver intact mon simple plaisir de vieux garçon gourmand. « *On* ne va pas là toute seule ! » s'exclamait Jean. « *On* ne se donne pas exprès, quand *on* est une femme comme toi, et qu'*on* a un amant comme moi, l'air de courir les boîtes à choucroute ! Comment, tu as à ta disposition une maison, une cuisinière pas trop bâcleuse, et tu t'en vas chercher, à travers Paris », etc., etc., etc.

Au premier soir pluvieux, assise toute seule devant mes raviolis, je me suis reproché, avec une docilité de brute heureuse et influençable : « Comment, j'ai à ma disposition une maison, une cuisinière pas trop bâcleuse », etc., etc. et j'ai donné raison, en droit et en fait, à Jean.

Si je dîne au restaurant, c'est avec Jean. Si je vais au théâtre, c'est avec Jean. Un légitime mariage, autrefois, m'autorisa des relations de camaraderie, mais le code du « collage » a d'autres exigences. Pour m'accompagner, j'ai un amant, Jean, ou un garde du corps, Masseau. Le même code décide de mes allées et venues, avec tant de précision et de parcimonie que je m'en amuse, secrètement flattée qu'une telle rigueur préside aux faits et gestes d'une ingénue de trente-six ans. Et lorsque j'ai risqué, un jour : « Mais, quand tu étais l'amant de May, il me semble que... » j'ai reçu, roide, cette réponse : « May ne vivait pas *avec* moi. Et puis May, c'était May, et toi, c'est toi. »

« Cela durera autant que tu le voudras bien, et pas davantage... » J'accepte, curieuse, ma condition nouvelle. J'y contracte l'habitude de l'acquiescement rapide et du mensonge puéril. Je me satisfais de ce qui contente mes pareilles : la récréation que Jean me ménage en s'éloignant.

Sache-le, toi qui dis m'aimer : la plus aimante se détourne de son amant, pendant certaines heures dont elle prépare et choie mystérieusement la venue. La plus belle, si tu l'espionnes, ne s'en tirera pas sans dommage. La plus fidèle se cache, quand ce ne serait que pour songer librement.

Librement !... être libre !... Je parle tout haut, pour que ce beau mot décoloré reprenne sa vie, son vol, son vert reflet d'aile sauvage et de forêt... En vain !...

Tu prétends m'aimer : c'est dire que je porte, à toute heure, le poids de ton inquiétude, de ton attention canine, et de ton soupçon. Ce soir, la chaîne ne m'a point quittée, mais elle joue, échappée à ta main, et traîne, allégée, derrière moi.

Tu prétends m'aimer, tu m'aimes : ton amour crée à chaque minute une femme plus belle et meilleure que moi, à laquelle tu me contrains de ressembler. Je porte, en même temps que tes couleurs préférées, le son de voix, le sourire qui te plaisent le mieux. Ta présence suffit pour que j'imite, à miracle, les traits et tous les charmes de mon modèle. Je ne crains que certaines heures, comme celle-ci, où j'ai tout à coup envie de te crier : « Va-t'en ! ma robe de princesse et mon clair visage vont tomber ensemble, va-t'en ! Voici le temps où vont paraître, sous l'ourlet de la jupe, sous les cheveux de soie, le pied fourchu, la pointe torse d'une corne... Les démons d'un silencieux sabbat m'agitent, il faut que je regrette, en la maudissant, la douce forme où tu m'as emprisonnée... »

La nuit s'avance ; il doit y avoir très longtemps que je suis seule. Combien de fois me suis-je vue passer devant ce miroir ? J'y longe, chaque fois, ma figure de criminelle, où glisse un sourire oblique et faux, inquiet... Une épaule penche, veule, l'autre remonte vers l'oreille, comme pour parer un coup attendu… Je me suis accroupie en face de mon reflet, dans l'attitude que Jean n'aime pas : la gorge écrasée sur mes bras croisés qui s'appuyaient à mes genoux, je me berçais comme un ours malade…

Je me souviens de m'être gratté la tête frénétiquement, en vrai *romani* pouilleuse… J'ai dû aussi accrocher mon regard au ventre étincelant d'un petit vase de cuivre, qui brille dans l'ombre comme un tison ; je souffre encore, entre les sourcils, de ce point lumineux… Et pendant ce temps-là j'ai dû, vide, désaffectée, oublier de penser…

Un petit choc m'éveille, un petit choc intelligent, point agréable : « Que fait Jean ? » Merveilleusement prompte, l'image suit la question : ce n'est pas Jean dans les bras de May, ni penché sur une femme inconnue, c'est Jean tout seul, allègre et marchant, le nez levé, tel, vraisemblablement, qu'il s'en va dans les rues à cette heure. Lui aussi, il est seul… Eh bien ? qu'attendais-je pour m'en aviser ? Ah ! il est seul ?… ébahissement, découverte, alarme… Mais oui, il est seul, je l'ai assez voulu, je le veux assez souvent… Quelle imbécillité remplace donc, depuis un mois, ma crainte de le voir « f… le camp » ? Je me sers de lui, de sa maison, de sa table, de sa voiture. Je me ménage, à ses dépens, des tanières de solitude d'où je le nargue, d'où parfois je l'oublie presque. Enfin j'agis, envers lui, avec cette sottise égoïste que les femmes s'entendent à baptiser masculine… « Il y a deux espèces d'amour, dit Masseau : l'amour insatisfait, qui vous rend à tous odieux, et l'amour satisfait, qui vous rend idiot… »

Jean est seul, lui aussi. Seul avec ivresse, seul comme un étudiant qui découche, ou lucidement, maussadement seul, et résigné à retrouver chez lui la même femme qu'hier ?

Soyons juste – être équitable, c'est déjà une grande humilité pour une femme –, si notre aventure se prolonge peu ou beaucoup, je n'ai à compter que sur la résignation de Jean, c'est tout ce que je vaux. Depuis un mois je me donne, chaque fois qu'il me veut, chaque fois que nous nous voulons. Le reste du temps, que sait-il de moi ? Suis-je Vénus, ou la reine de Saba, pour contenter, rien qu'en gisant sur un lit, ce beau gars dont je demeure la débitrice ? Le reste du temps, je l'épie, sans l'approfondir, et je le juge, comme s'il était toujours l'amant de May et non le mien. Cela compte, cela pèse, le *reste du temps* cela fait beaucoup d'heures…

Quand il s'est montré discret, je l'ai jugé vide. Et, quand il m'a interrogée, je l'ai relégué très loin, avec une ironie qui se voulait supérieure. À qui la faute, si au lieu de me rejoindre à cette heure-ci, Jean marche dans les rues ou s'assoit à une terrasse éclairée, et respire la douce nuit avec un visage qui ne m'appartient pas ?

Il ignore que je suis bonne, aimante, que j'ai l'étoffe d'un ami sûr. Je le gratifie des défauts qui font le succès d'une certaine espèce d'hommes : la duplicité, l'absence de scrupules, la paresse ; mais c'est moi seule qui les lui inflige, comme une parure d'un goût douteux qui siérait à sa figure un peu brutale…

L'erreur profonde, c'est, je crois, que je n'ai pas encore essayé d'isoler Jean de l'idée de volupté. Rassasiée, l'idée de volupté porte avec elle la froideur et l'indifférence. Affamée, elle ne veut rien d'autre que ce qui la sustente.

Jean… ô brute épaisse que je suis… Il y a un Jean qui n'est pas l'amant de Renée, un Jean qui n'est ni mystérieux, ni sensuellement inquiétant, un Jean qui ressemble, mûri, développé, mais si jeune encore avec son rire mordant, à un Jean tout petit dans le passé et que je n'aurai jamais connu. Les pensées de Jean, l'âme de Jean, ai-je bien pu croire qu'elles tenaient dans nos brefs dialogues, ou dans le silence effréné de nos nuits ?…

Je lui ai fait, à l'amant qui se récrée, seul, dans la douce nuit printanière, je lui ai fait l'insulte de me donner, en estimant que c'était assez. Il me l'a rendue. Ma chance veut qu'il ne rentre pas en ce moment, je serais capable de combler, par une expansion saugrenue, la mesure de mes égarements. Mieux vaut qu'il erre encore, seul, pur, aussi loin de moi que s'il ne m'avait pas rencontrée.

Quand il reviendra, je serai dans son lit, et il se peut que je dorme. Je connais maintenant des dangers pires que de lui livrer mon sommeil. Ma dépouille endormie lui appartient et n'arrive pas, d'ailleurs, à l'oublier. Sans quitter les pays profonds où descendent mes rêves, je resserre ma main qui tient sa main, ou je prête à son front mon épaule… Je dors sans effort et sans mystère contre lui. Hélas ! il n'est pas là encore, et il m'habite déjà… Ce regard-là, c'est celui qui lui plaît, vif et vite détourné…

Droite, les pieds joints et les reins cambrés, avec une grandissante lumière qui monte de ses lèvres à son front, ressuscite, telle que tu l'as voulue, celle que peut-être tu aimes : tu peux revenir.

10

— Quelle heure, Masseau ?

— Moins le quart…

— Vite, ramassez les cartes. Laissez ce cendrier, je le viderai bien moi-même. Et le verre à anisette, là, sur la console, passez-le-moi… Je n'aurais jamais cru que les jours allongent tant que ça. Il va encore dire que ça sent la tabagie.

— La fenêtre est restée tout le temps grande ouverte…

— Ça ne fait rien, il a un nez de chien de chasse. Vous avez laissé tomber une carte.

— « Ce qui tombe arrive », cite sentencieusement Masseau. Je la ramasse c'est un neuf de pique. « Ennuis… »

— Vieille somnambule, va !… Qu'est-ce que j'entends ? c'est lui ?

— Mais non, c'est un taxi. Il ne viendrait pas de ce côté-là, d'abord.

— Pourquoi ça ? Il va au bureau tous les jours, maintenant, à cause de l'Autocrate qui ne va pas mieux.

— Pour lui faire plaisir ?

— Oui… non… pour le remplacer…

— Pfff…

— Enfin, tout de même, il est le fils de son père, c'est lui qui doit lui succéder et vous avez l'air de trouver ça drôle, qu'il aille au bureau…

— Point, chère amie, point. Mieux que quiconque, aussi bien que personne, non moins que tel et tel…

— Stop !

— … je me fais une idée exacte des travaux bancaires.

— Oui ? ah ! là là…

— Et la preuve…

Il redresse, à l'ancienne mode, les pointes cassées de son faux col, remonte sa cravate et tâche, en se rengorgeant, de faire croire qu'il a des bajoues :

— Laffitte !

— Il était comme ça, Laffitte ?

— Je ne sais pas. Je le lui souhaite. Donnez-moi trois francs vingt, que vous perdîtes au jeu de bésigue. Merci. Dieu vous le rende au centuple.

— Ça ne ferait jamais que seize louis… Ce coup-ci, c'est lui…

— Non, c'est le glacier.

— Vous restez dîner ?

Masseau jette un coup d'œil avide sur la table de jeu, repliée :

— Je vous joue mon dîner. Si je gagne, je reste. Et si je perds, vous me gardez pour me consoler…

Il me suit, désœuvré, dans la salle à manger où j'arrange distraitement le couvert, pinçant la tige d'une fleur, espaçant les verres... L'arbre unique du jardin, un marronnier, appuie contre la vitre nue ses feuilles que l'électricité pâlit d'un vert de cosse jeune...

— Regardez, Masseau, c'est un marronnier rouge... On voit la couleur des boutons... déjà...

Il acquiesce, en hochant son crâne triste, jaune sous une herbe parcimonieuse et longue, patiemment répartie... Mon regard, habitué à flatter Jean, se détourne vite et gagne la porte béante.

— Ce n'est pas lui, dit Masseau avec une finesse amère.

« Lui... » Masseau n'a pas prononcé le nom de Jean. Et je dis, moi aussi, « Il » comme les amoureuses fanatiques. Mais je rougis que nous baissions la voix, avec une complicité un peu dégradante, comme le valet de chambre Victor, penché sur le monte-plats, chuchote vers la cuisinière invisible : « *Il* a dit que la crème était ratée... *Il* s'est aperçu du compotier recollé... »

Une sonnerie intolérable éclate dans l'antichambre...

— Oh ! ce téléphone, quel sale outil... Je le démolirais, si je m'écoutais...

Allô ! c'est toi, Jean ?

Je sais déjà ce que va me dire cette petite voix lointaine, nette, la voix de Jean, mais nasillarde, comme s'il se moquait...

— Allô... Oui, c'est moi... Dis donc, ne m'attends pas pour dîner, on me garde chez papa, où ça ne va pas, ce soir...

— Ah ?…

Oui… Tu m'entends bien ? allô… Qu'est-ce qui se passe donc dans cet appareil ?… Allô… Tu sais, je reviens tout de suite après le dîner… Tu es seule ?

— Non, Masseau est là…

— Oh ! alors, si Masseau est là…

— Qu'est-ce que tu dis ?

— Rien… À tout à l'heure !

— Oui… à tout à l'heure.

Je raccroche, d'une main brutale, le détestable cornet, fait pour recevoir et porter promptement la mauvaise nouvelle, et où la voix semble se charger d'intentions, traduire l'arrière-pensée… « Oh ! alors, si Masseau est là ! » qu'est-ce que ça veut dire ? Que Jean en peut prendre à son aise et rentrer à deux heures du matin ? Je commence à le connaître, son « à tout à l'heure » !

J'éteins la lanterne du vestibule – vieille habitude, qui reparaît souvent, d'économie – et puis ce n'est pas joli, joli, la figure d'une femme déçue, qui maîtrise son irritation…

— Mettons-nous à table, mon vieux Masseau, Jean dîne en famille.

Pour respecter la symétrie du couvert, Victor a donné à Masseau la place de Jean, et je ne puis dire quelle détresse, proche des larmes, m'envahit soudain, à trouver en face de moi, au lieu du ferme visage aux sourcils bas, au lieu de la bouche bien faite et du nez mécontent, cette figure d'homme vieilli, fin, tressaillant de tics et quasi chauve… Je voudrais, oh ! je voudrais en ce moment n'être que May, ou n'importe quel autre petit « type » qui se soulagerait en larmes naïves, en gestes briseurs d'assiettes, en cris alternés de « Je veux Jean, tout de suite ! » et de « Je ne le reverrai plus, il me dégoûte ! » Ce genre d'expansions, il faut le laisser aux May de vingt-cinq printemps, qui peuvent rire après leurs larmes, montrer un petit nez frotté et de beaux cils humides, une fraîcheur sans style de fleur commune… Pour Renée Néré, les larmes, c'est une tragédie…

– Qu'est-ce que vous cherchez sous la table, Masseau ?

– Une bête, pour lui donner à manger.

– Vous savez bien qu'il n'y en a pas, ici.

– Je le sais, et ça m'étonne.

– Oh ! flûte !… recommencer une éducation de jeune chien ou de petit chat, s'y attacher, le balader d'hôtel en hôtel…

Masseau clignote plus vite :

– Comment, d'hôtel en hôtel ? Mais… Mais…

– Oui, je sais, il n'est pas question d'hôtel en ce moment-ci, puisque… Mais on ne sait jamais, nous ne sommes pas rivés l'un à l'autre pour la vie, Jean et moi… On ne s'est rien juré d'éternel, Dieu merci !…

Je me sens dure et maladroite, avec un son de voix faux, une figure aigre qui ment mal, une désinvolture bonne pour duper des imbéciles, mais non Masseau, gêné par tout ce que je n'avoue pas et qui oublie de me faire rire… Je ne lui fais pas de confidences, mais j'ai pris l'habitude de lui. Je me souviens que c'est lui qui m'a menée vers Jean, et je mets, dans la familiarité que je lui témoigne, un peu de la confiance impudique qu'inspirerait un eunuque ou une nourrice sans scrupules…

C'est long, un dîner où personne ne mange. Et pourtant Victor va et vient, avec une affectation de célérité et de silence qui m'agace. Sa tête prudente de rat, son pas aérien se soucient tellement de nous enseigner qu'il ne faut pas faire attention à sa présence, qu'on ne voit et n'entend que lui…

— Le café au salon, n'est-ce pas, Masseau ?

Et je tombe dans la molle bergère que j'aime le mieux, en m'écriant :

— Ouf ! enfin seuls !… Quand je dis *enfin*… ça fait trois dîners sans Jean que je m'offre depuis une semaine. Qu'est-ce que vous voulez, il a le culte de la famille, ce garçon !

— Son père est malade, insinue Masseau.

— Oh ! je veux bien, moi… Et même vous me diriez que son père est blonde et porte des jupes fendues, je n'en ferais pas un drame, allez !

— Aussi ne vous le dirai-je pas, dit Masseau toujours très doux.

— Pensez-vous que je vous le demande, mon pauvre ami !

— Je le pense ; et je me bornerai à vous répondre ceci : de deux choses l'une, ou je suis le dépositaire des secrets de Jean, et je ne les dois point trahir, ou je les ignore, et alors, malgré toute l'envie que j'ai de vous mettre la mort dans l'âme, je ne puis que me taire, enrichir ici de quelques notes mon grand *Traité*…

– Quel grand Traité ?

– Chut !… et affirmer, en vous gagnant quelque argent, ma supériorité au bésigue.

– Mais de là à m'aider, à prendre mon parti ! s'il fallait me rendre le service de dire à Jean…

– Rien ! interrompt Masseau avec une véhémence qui décolle une partie de ses herbes crâniennes. Rien !… Comprenez donc, ma pauvre amie, ajoute-t-il plus bas, l'opium est cher.

Je comprends. Je comprends très bien. Pauvre Masseau… Je sais bien que Jean lui donne de quoi acheter la drogue, ni plus ni moins qu'il lui offrirait de bons cigares, avec une sereine inconscience d'empoisonneur amical.

– Évidemment… Mon vieux Masseau, ce n'est pas moi qui me mêlerai de vous dire : « Ne fumez plus, guérissez. »

– Pas plus, enchaîne Masseau, que je ne vous conseille : « Quittez Jean si vous n'êtes pas contente de… la santé de son père. Ou rendez-le heureux une fois pour toutes… » Mais cette dernière proposition dépasse les moyens d'une femme intelligente…

– Je sais… Il y faut ceux, n'est-ce pas, d'une boniche qu'on hausse jusqu'au lit du maître. Nous ferons donc épouser à Jean sa cuisinière.

– Comme moi, dit Masseau sans sourciller. Mais il n'y a rien qui presse, et nous avons le temps de ne songer qu'à vous, quand il s'agit d'un garçon assez simple en somme, orgueilleux de naissance, despote par éducation, parce qu'il a toujours vu maman trembler devant papa ; un peu humilié d'avoir touché à tout et de ne s'être attaché à rien, un peu jeune pour être bon, et encore assez plein d'illusions pour se révolter à l'idée qu'une femme peut occuper la plus grande place dans la vie et dans le cœur d'un homme… En somme, il y a lieu, Messieurs et chers collègues, de féliciter chaudement nos édiles et de constater ensemble : bonne journée pour la République !

— Quoi ?

— C'est la péroraison d'un de mes discours à Saïgon en 1893. Elle est comme neuve, vous voyez.

J'écoute, en fumant. J'approuve, par signes, et je remercie, d'un clin d'œil connaisseur :

— C'est très bien, vous savez. Les « instructions ci-contre » sont de premier ordre. Vous n'y avez pas joint le « mode d'emploi », qui n'était pas nécessaire, d'ailleurs.

— Parce que ?

— Sais pas… J'ai idée… Jean est charmant… Moi aussi… Nous resterons charmants, comme ça, à condition de ne rien exagérer…

J'ai rallumé une autre cigarette, accessoire indispensable quand on veut exprimer classiquement l'insouciance, le détachement un peu cynique, un libertinage de bon goût…

— Phuuu… Charmant, je vous dis. C'est bien pour cela que je tiendrai à conserver, de notre… aventure, un souvenir qui soit digne d'elle. Pas de chaîne, même fleurie, c'est si laid, une vieille guirlande !... Quelque chose, que je nommerai « l'infaillible instinct », m'avertit que nous aurons tout à gagner, Jean et moi, à redevenir des camarades... Phuuu... Nous nous sommes – passez-moi l'expression – nous nous sommes collés trop vite, sans nous connaître presque, et... vous comprenez, moi, il y a des sautes d'humeur, des particularités de caractère, des... enfin des choses que je n'accepte pas...

Je m'arrête court, et je rougis jusqu'aux cheveux : cette phrase-là appartenait en propre à May, les jours où, bien rossée à huis clos, elle se redressait après, toute rose d'un orgueil fraîchement étrillé...

Comme pour me rendre l'analogie plus cuisante, et sans que j'aie eu le temps d'entendre l'approche de la voiture, les pas sur le trottoir sablé, Jean ouvre la porte : il est là, devant nous...

— C'est toi !

L'éclat de mon cri nous gêne tous trois, et Jean fronce les sourcils :

— Oui, c'est moi. C'est encore une fois moi. Ma parole, à t'entendre crier, quand je rentre, on dirait que ce n'est pas moi que tu attends.

Il se méprend, mais j'y trouve mon compte.

— Tu comprends, je ne t'attendais pas si tôt... Tu as l'air fatigué... Comment va ton père ?

— Mieux. Assez bien pour redevenir insupportable. Et dire que je serai comme ça à cet âge-là !... Qu'est-ce que vous avez mangé, vous autres, ce soir ?...

Il s'assied, il s'étire. Il parle. Il ne dira rien de rare, il ne prononcera pas les mots qui fixent ou dénouent deux destinées. Mais le voilà, comme il dit, « encore une fois... ». Je sens, sur moi, l'œil de Masseau, mais il ne peut m'empêcher, ce petit œil sarcastique, de suivre – au sens le plus canin du mot – tous les gestes de Jean. Je ne fais que lever un peu la tête et tourner le regard et le corps vers celui qui parle, mais je sais que chacun de mes mouvements est aussi significatif que le renversement d'une corolle vers le soleil, que l'obéissance d'une algue au pli de l'onde.

Il est là, l'homme que je voulais quitter tout à l'heure, mais le voulais-je ? Le contraste est si fort, entre mes menteuses paroles de tout à l'heure et la brûlante vérité du moment présent, que je frissonne. Il est là, il s'agite ou se repose d'une manière habituelle, et tout paraît simple, sur nous et autour de nous. Mais je sais qu'il m'est plus caché qu'un dieu qui porte avec lui son nuage. Il est désormais interposé, lui seul opaque, entre moi et tout le reste d'un clair univers. Il n'y a pas de remède à son mystère qui ne concerne que moi seule, et dont je suis presque seule coupable, parce qu'il est mon amant. L'amour, c'est ce choc douloureux et toujours recommencé, contre une paroi qu'on ne peut pas rompre. Nous pouvions être deux amis, qui marchent parallèlement de l'un et de l'autre côté de ce cristal dur, en ignorant qu'il nous sépare. Mais l'amour va nous jeter l'un vers l'autre, et je tremble de m'y briser la première, moi la plus fragile…

Le sommeil me fuit, et tu dors à côté de moi. Tu dors sous la lampe que je viens d'allumer – la flamme de Psyché ne t'éveille pas. Rêves-tu ? non. Je ne vois pas sur ta joue, ni sur ton front, ce frisson d'eau courante, cette vie de source qui décèle le passage, au plus profond de toi, d'un songe rapide… Tu ne rêves pas quand je suis là. On dirait que tu ne veux pas. Comme tu te défends bien ! C'est l'heure où j'erre autour de toi, comme sous les murs d'un palais fermé. Par où te rejoindre ? Quelle brèche ouvrir dans ton front sans pli ? Parle, bouche avide, et dis-moi, endormie, ce que tu tais au clair du jour ! Dis-moi ce qu'ils cachent, tes sourires cauteleux de bête qui a volé et qui se pourlèche encore… Je t'ai vu souvent de tels yeux, soudain désertés, plus pâles et plus vastes que des golfes sans barques…

Penchée sur toi, je retiens contre mon sein une dentelle flottante qui pourrait t'effleurer, et je respire bas. Mais n'entends-tu pas bourdonner ma pensée irritée, qui échoue contre la conque sourde de tes oreilles, au bord de tes narines et de ta bouche insensibles ?

Il est passé, le temps où j'admirais, en souriant, ton sommeil ! Je pouvais lire et penser librement près de toi, tu m'étais doux comme un trésor de fruits versé sur cette couche : je t'oubliais, puis je revenais à toi, tu ne m'étais ni plus précieux, ni plus amer que mes autres biens.

Quelque chose a passé entre nous, qui a emprisonné tout cela, l'amour, ou seulement l'ombre longue qui marche en avant de lui ?... Déjà tu as cessé de m'être lumineux et vide...

J'ai mesuré tout le danger, le jour où j'ai commencé de mépriser ce que tu me donnais : un joyeux et facile plaisir qui me laissait ingrate et légère, un plaisir un peu féroce comme la faim et la soif, innocent comme elles... Un jour, je me suis mise à penser à tout ce que tu ne me donnais pas : j'entrais dans l'ombre froide qui chemine devant l'amour.

Et me voilà, humiliée, qui épie ton sommeil. Ô mon trésor de fruits épars sur la couche, se peut-il que je te dédaigne, parce que je commence à t'aimer ? Se peut-il, Beauté, que je te préfère l'âme, peut-être indigne de toi, qui t'habite ? Il y a donc maintenant des mots – jalousie, trahison, fidélité – qui noircissent l'éclat de ton nom, Beauté ?...

J'ai consumé cette nuit encore à te contempler, toi qui fus mon orgueil, ma proie succulente et non aimée ; hélas ! je ne te vois plus : je pense à toi. Je vois le temps prochain où l'ombre grandissante de l'amour m'aura couverte, le temps où je serai encore plus humble, où je penserai de pauvres choses comme celles-ci : « M'aime-t-il ? Est-ce qu'il me trahit ? Fasse le ciel que toutes ses pensées m'appartiennent... »

Je ne m'abuse pas, pas encore. Il me reste même la force – si je veux – de t'abandonner. Tu t'éveillerais, lentement, je sais si bien comment tes paupières remontent, laissant une ligne mince, incertaine comme la barre de lumière qui annonce l'aube à l'horizon… Et tu te trouverais seul, tu ramasserais ce ruban qui noue mon vêtement de nuit… Tu n'entendrais plus, le matin, ce chant très bas, très bas, toujours le même, que je chante pour moi seule et que tu écoutes derrière la porte fermée…

Non. Je reste. Une sorte d'héroïsme obtus me retient là, au bord de ma ruine. Je reste. Dors, pendant que je veille et que j'imagine placidement ton destin le plus beau : une mort miséricordieuse qui pétrifierait là, à jamais, dans la posture de ton sommeil impénétrable, l'image de mon nouvel amour.

II

— Non… je ne suis pas de ton avis.

Je n'ai rien dit de plus. Il se tait, courtoisement, et je regarde la mer tachetée d'îlots. Nous ne nous sommes pas querellés, il n'y avait pas matière à querelle, pas même à discussion. Je n'ai rien dit de plus, et cela suffit pour qu'il nous semble, à tous deux, que nous venons de nous quitter…

À nos pieds, il y a une étroite plage blonde, humide encore, entre des rochers percés et repercés par la vague, qui portent à leur base une plinthe bleue de petites moules serrées. Plus loin, c'est la mer qui reflue à cette heure et découvre des roches chauves, cornues. Il n'y a pas, à perte de vue, un seul détail qui trouble ou avilisse ce décor breton, pas un orage dans le ciel, pas une chevelure de varech ni une frange d'épaves au bord du flot, pas une maison sur la côte, sauf celle-ci, celle de Jean, grise et basse entre un bois clairsemé, une nappe de géraniums rouges et un pré maigre qui descend à la plage, fleuri d'églantiers, d'œillets roses secs et parfumés et d'ajoncs où siffle le vent.

C'est un lieu sans prix, tout au bord de la terre qu'il semble fuir, réfugié contre la mer, et effrité selon son caprice. La marée haute le diminue jusqu'à n'en laisser qu'une dentelle étroite de sable, de rocs et de verdure, puis elle concède en se retirant un domaine instable de plages, de récifs jamais séchés, de lacs minuscules et peuplés dont l'eau amère frémit incessamment, fouillée par la pince du crabe et du homard, le coup de queue de la crevette et du loup de rocher.

Nous y sommes venus, la semaine dernière, à l'heure d'un crépuscule dont le feu rose semblait versé ensemble par le couchant, par la mer qui le double et par une lune tôt levée, pâle et légère au haut du ciel. Nous n'avons pas échappé à la griserie de l'air marin qui, les premières nuits, trouble le sommeil, accélère le sang, et prolonge, sous le bleu fiévreux de la pleine lune, les heures de l'amour…

Tout me fut nouveau, ou méconnaissable : le sel impalpable sur les lèvres de Jean et sur les miennes, l'odeur du vent d'ouest à midi, qui a passé sur les coquillages entrouverts, et celle de la brise de terre, embaumée de foin chaud ; l'algue, l'huître sauvage à valves ruchées, l'équille en fouet de nacre, le crabe coléreux ; l'eau qui monte et serre, de deux bracelets glacés et lourds, les chevilles, puis les genoux ; enfin Jean lui-même, fier de mes étonnements, doux et demi-nu comme un faune… Chaque jour, il descendait vers la mer, adulé par mon regard et son pas balançait, sur ses reins, les moires d'ombre, le V musclé et magnifique qu'on voit aux belles statues…

Mais il se lasse déjà du jeu quotidien, du sable en linceul tiède sur la peau mouillée, de la sieste sans paroles et presque sans pensée, sous l'auvent de toile qui clapote mollement… Déjà nous sommes invinciblement ramenés l'un à l'autre, et la phrase que je viens de prononcer, il semblait l'attendre :

— Non… je ne suis pas de ton avis.

Je ne sais plus si mon accent l'a aggravée, ou si c'est le visage dont Jean l'accueillit, qui la transforme en sentence.

Nous nous taisons, et il baisse les yeux, car une sorte singulière de dignité lui enjoint de ne pas regarder, comme moi, la mer descendante et le troupeau roux des récifs ; une voie de lumière, ouverte par le soleil entre deux nues, et qui s'élance jusqu'à l'horizon, voilà le chemin par où je m'échappe. Suivre mon regard, ce serait, pour Jean, presque céder, acquiescer… Il ne cédera pas de sitôt.

Je viens de l'offenser gravement, puisque je ne suis pas de son avis…

— Jean… tu es fâché ?… tu trouves que j'ai tort ?

Il proteste, sans relever les yeux :

— Pas du tout !… Je m'incline…

Oui ?… Si c'était pour m'écraser ?…

Adieu, adieu, je ne suis pas de ton avis. Encore une fois nous voilà séparés, très loin l'un de l'autre… En étendant la main, je toucherais ses cheveux, où sèche lentement l'eau salée qui les baignait. Le moment d'avant, nos têtes émergeaient ensemble, noires et mouillées, et nous voilà si loin… Adieu, adieu ! Est-ce la dernière fois ?

Car je le sens qui désespère de moi. Pour un mot, la vie commune lui est devenue insoutenable, il renonce au voyage projeté, à la nuit tentante qui va venir. Ce n'est pas qu'il me haïsse, non : il me secoue de lui.

Je ne parle pas. Je manie l'arme exaspérante des faibles et des calculateurs, la patience. Je fais comme si j'avais oublié Jean. Mais il n'est pas tout à fait dupe. Pendant nos premières crises, ma désinvolture, bien imitée, d'animal qui se sait seul l'abusait complètement. Mais il a vite appris que je voulais seulement l'offenser, et il s'offense. Je mets un soin pervers à parler et à me taire juste assez, assez pour tout gâter. Au lieu que mon effort tende vers notre fusion complète, je voudrais qu'elle vînt d'une catastrophe, d'une providentielle débâcle, et j'amasse sans cesse les nuées sur nos têtes. Mon pauvre amant, par-dessus tout ce qu'un mauvais orgueil accumule pour nous séparer, comment te faire signe, et quelle chance reste-t-il que tu me reconnaisses ?…

Tu excuses en moi tout ce qui te ressemble, de près ou de loin. Tu me passes le mensonge, la colère, une certaine trivialité qui crève en éclats joyeux, car dans l'excès – qu'il soit de peine ou de plaisir – je dépends de toi. Mais aujourd'hui, que faire ? « Je ne suis pas de ton avis. »

J'ai dit cela. J'y ai mis, je crois, de la lenteur théâtrale, une espèce de sécurité définitive, pour montrer que c'était, mieux qu'une évasion, un retour, une retraite vers ce que Jean nomme, parfois, *les miens*…

Les miens, c'est un mot dont il se sert pour désigner l'inconnu de ma vie. Il dit « les miens » comme s'il s'agissait d'une tribu ennemie, qu'il hait d'instinct, « les miens », ceux à qui il pense avec une défiance profonde, aux heures où ses yeux me demandent si clairement : « D'où viens-tu ? qui es-tu ?… » quand il semble chercher dans mon ombre, l'ombre indéchiffrable et plus pâle de tant de formes disparues, l'ombre de tant d'étrangers qui m'ont faite à leur image… Eux non plus, « *ils ne sont pas de son avis…* ». Est-ce seulement à cause d'eux, qu'en des instants pareils à celui-ci, Jean désespère de moi ?

L'amour – qui seul nous rassemble – se repose, retiré en quelque gîte obscur, et nous voilà l'un devant l'autre, ni amis ni parents… Tout – l'invective, les mots maladroits, la séparation peut-être – vaudrait mieux que notre jeu funeste, et qui peut n'avoir point de fin, malgré la courte patience de Jean s'il est le dogue, je suis le chat en haut de l'arbre…

Jean, mon mal-aimé… Encore une fois nous faisons des routes contraires. Je retourne, avec amertume, au temps où je le nommais ma brève aventure, mon Passant… Mais lui doit remonter aux jours de ma perfection première, et revivre, pour les parer d'une poésie posthume, les premières semaines de notre amour, alors qu'il se mit brusquement à croire en moi, à ma durée, à ma soumission totale ; il répète les mots qu'il trouvait pour flatter mes petitesses : mon silence opaque devenait une « sagace rêverie » et cette paresse qui l'offusque aujourd'hui comme l'inertie d'une nomade épuisée, il la proclamait royale…

Nous sommes là, patients, devant la mer tachetée d'îles. Encore une fois, nous attendons confusément qu'un hasard, qui nous disjoignit tout à l'heure, nous rapproche, ou bien ce sera l'eau impure de la volupté, sourdement amassée, qui nous entraînera tous deux, jusqu'à nous échouer, encore une fois, sur une rive ingrate… Où en es-tu, toi ? As-tu fini de m'accabler ? Grossis mes tares, va. Quand tu m'auras faite énorme, et noircie, et chargée de plus de maux qu'un nuage qui porte la grêle, tu seras bien avancé…

J'en suis, moi, à la halte symbolique du voyage qui nous amena ici, j'en suis au beau jour sur la montagne. Tout en haut, dressé sur la ruine rousse, tu buvais l'air bleu qui sifflait entre les tiges des lavandes. Ton enthousiasme, sincère et tonifié d'un peu de littérature, chérissait tout haut l'espace ouvert, les villes, les vallées, la forme et les limites lisibles d'une province ceinte de monts et de collines… Tu la découvrais à travers son histoire, et tu cherchais sur sa robe les pas des conquérants…

J'étais là, contre toi, sous ta forte main dont l'étreinte sur mon bras scandait tes paroles…

J'étais là, indocile et désaccordée, à cause d'un lézard apparu et disparu magiquement, à cause d'une aigrette d'origan balancée sous un frelon fourré, à cause du cri d'un berger invisible… Je détaillais la montagne avec un goût étriqué, menu, parfois subtil, de myope et de femme…

Quand tu t'en aperçus, ton exaltation tomba, et pendant que tu me dévisageais sans franchise, je me sentais – lointaine et pourtant suspendue à toi – assez petite pour que tu m'emportes, assez lourde pour gêner ton vol…

Songes-tu, en même temps que moi, à ce jour sur la montagne ? Comptes-tu, depuis ce jour-là, les heures où nous avons cru, follement, nous arracher l'un à l'autre ?…

Je ne sais. Mais ton silence désespère de moi. Tu goûtes, sous ton immobilité outragée, le regret, qui t'égale à un dieu défaillant, le regret furieux de ne m'avoir pas créée…

*

Aujourd'hui, je l'ai fui, par un chemin d'ajoncs où se carde ma robe. J'ai gagné une guérite sonore de rocs, qu'un vent tournoyant habite. Au-dessous, parmi de longs écueils effilés, la mer cendrée se tourmente et fuse avec une violence de source contrainte.

Du haut de ma tour ébréchée, je puis guetter la maison drapée d'un lierre sombre et verni. Jean est là-bas. Il lit, le front entre ses deux poings comme un écolier. Il ne viendra pas, j'ai le temps de me calmer ici. Je mâche une petite herbe amère qui donne à ma salive un goût de buis et de térébinthe. Sur mes bras, sur mes joues, le vent sèche l'eau des vagues ; et d'avoir tordu, le long du sentier, les brins de genêt qui me frôlaient les mains, mes doigts sont restés âcres et verts. Je porte en moi, sur moi, l'arôme et la saveur, le sel et l'amertume de ma jalousie.

Je suis… est-ce jalouse qu'il faut dire ? jalouse, ulcérée d'un mot de Jean, un mot terrible qu'il a dit en hésitant comme s'il l'épelait :

— J'ai peur que nous n'ayons pas assez besoin l'un de l'autre…

À ce « nous », un peu couard, qui n'osait pas être « je », j'ai fui. Le mot qui rassure, la caresse qui convainc, et les serments… Je trouverais tout cela auprès de lui, il se disculperait aisément, parce qu'il se sent sans reproche, et qu'il croit encore, ô simple, que la fidélité doit suffire à engendrer la confiance… Il ne sait pas, il ne faut pas qu'il sache *comment* je suis jalouse. Pour lui, la jalousie, c'est une étreinte impure, une lettre froissée qu'on ramasse, c'est l'espoir de reconquérir un bien disputé… Être jaloux, c'est viser sans cesse, derrière une femme, l'ombre d'un homme… Je l'envie.

Mais moi, moi… S'il n'a pas *assez besoin de moi*, qu'ai-je fait jusqu'ici et qu'ai-je à faire auprès de lui ? Il m'est plus nécessaire que l'air et l'eau, je le préfère aux fragiles biens qu'une femme nomme sa dignité, l'estime de soi. Seul, il se dresse seul devant moi, sur le champ ravagé de mes souvenirs, entre moi et les courtes vagues de cette mer couleur d'absinthe. Son dernier amour, et le visage qu'il baisa avant le mien, j'oublie cela, je le repousse avec une négligente impatience. Seul je le contemple, je le maudis seul, je suis jalouse de lui, de lui seul.

Cela m'est venu je ne sais quand, je ne sais comment. Je me rappelle qu'un jour je me suis retournée, il était debout derrière moi, et que je l'ai comme découvert, en tressaillant d'une fureur singulière, où je mêlais la brusque prescience de le perdre, l'humiliation d'appartenir mieux que je ne possédais…

Je l'ai vu soudainement, sa stature un peu penchée d'homme qui va courir, sa manière amoureuse de respirer une fleur odorante… C'est là que j'ai commencé de mesurer, en grondant tout bas, la place qu'il tenait en moi… trop tard.

Trop tard ! Il pouvait déjà, s'il l'eût su, fleurir en tyrannie, en scandaleuse sécurité. Il pouvait user de moi royalement, s'il l'eût su, et trouver en moi ce qu'on n'épuise point. Il pouvait s'épanouir en moi comme sur une belle province qui nourrit tous les fruits. S'il l'eût su, je pouvais être, selon l'heure, selon son caprice, la bouche silencieuse et chaude, ou le bras fraternel, la voix amicale et sage, et conseillère… Tout, je pouvais être tout, sans effort et sans faute, et tu ne t'en doutes pas…

Ma jalousie vient ici réclamer et se lamenter au nom d'une équité imaginaire : ce que je pourrais être pour toi – *toi qui n'as pas assez besoin de moi* –, il est fatal que tu le seras pour une autre. Existe-t-elle ? Cela n'importe guère. Mais je prévois, je prépare pour une autre un amant, un amour, dont je suis seule à connaître la magnificence : un amour à l'image du mien, de celui que je te cache.

Je dépéris de penser qu'un jour tu m'égaleras, toi que je pourrais combler. Tu m'égaleras, pour consterner d'amour une autre femme, ou bien pour vivre à ses côtés comme je vis ici… Quand je te crée tel que tu seras, tu m'éblouis. C'est comme si j'ôtais de moi, pour les mieux estimer, mes parures secrètes : dès qu'elles brillent sur toi, je pleure de les voir si précieuses…

Je me suis éloignée, sans force pour te nuire. Je suis venue, par un sentier d'épines, jusqu'à ce donjon de roches où se débattent, d'une aile enchaînée, le vent et mon souci. Il n'y a plus en moi, au-dessus, au-dessous de moi, que mer fouettée, pierre qui s'effrite, nuée haletante. Cette tempête d'air et d'eau, cette confusion de rocs couchés, c'est ainsi que l'eût distribuée, à ta gloire, mon désordre intérieur, ô toi qui viens d'apparaître au seuil de la maison, tout petit dans le lointain, net, effilé, minuscule et terrible…

12

La nuit se retire. Un faible vent agite les arbres, et porte jusqu'à moi une verte odeur d'herbes foulées. Derrière les platanes, le talus des fortifications émerge de l'ombre et le ciel prend la couleur d'un champ de lin bleu ; c'est la nuance, timide, un peu grise, un peu triste, d'une aube d'été sur Paris.

Un chat mince, sur le banc le plus proche, goûte la paix de ce frais moment et m'ignore. Je fais si peu de bruit qu'il ne sait pas que je veille. Parfois, il lève la tête et regarde le ciel, avec une poétique et vide gravité que ne troublent ni l'affût, ni la peur. Tous deux, nous attendons la naissance du jour.

Il fera chaud. Ce sera une longue journée, pareille à celle d'hier. Paris bourdonne déjà, mystérieusement, régulièrement, avec le murmure de la mer retirée aux confins d'une plage plate. Ce sera, pour moi, une très longue journée. J'en connais d'avance les phases, j'ai déjà mes habitudes d'abandonnée, et parfois une curiosité d'incurable qui se distrait avec son mal. Je sais que dans quelques minutes, dans une heure au plus, j'aurai franchi la période la plus dure peut-être de ma journée, celle qui suit mon court sommeil.

Avant de m'éveiller, avant le moment lucide du souvenir, il y a un remous confus de rêve en lambeaux, de réalité fumeuse, une défense de tout mon être, un refus de *savoir* que Jean est parti. Cette lutte même, et le pitoyable mouvement inconscient que je fais pour me ramasser, me cacher au creux du lit, ne me rendent que mieux la mémoire de toutes choses. Je ne me débats pas davantage, je quitte docilement ma couche, et je vais à la fenêtre, rose d'une aube d'août, ou bleue d'une lourde pluie bienfaisante.

Puis, je me mets à marcher dans la chambre, d'un mur à l'autre. Je baisse la tête, parce que c'est véritablement l'heure terrible. La force qui me reste, je l'emploie à ne pas meurtrir en cadence mon front contre la fraîche paroi du cabinet de toilette, à ne pas crier tout bas, chaque fois que je reprends haleine : « Oh !... » Je patiente. Je me meus sans bruit à travers cette chambre qui ne m'appartient pas, j'évite de regarder, ravivé par l'aurore triomphante, le portrait de Jean sur la cheminée. Je passe un peu loin de la table à cause de l'étui à cigarettes que Jean y oublia, un étui de cuir dont l'odeur, l'autre jour, me surprit au passage ; je n'eus pas le temps de me maîtriser et je n'étais plus, l'instant d'après, qu'une bête éperdue, gémissant sur le parfum retrouvé...

Et puis, je m'accoude à la fenêtre, dans une posture déjà habituelle, et je commence à souffrir routinièrement, de la même façon qu'hier, que tous les jours d'avant-hier. Je n'ai pas envie de pleurer ; je regarde l'avenue, le talus brûlé, se teindre des couleurs de l'aube, je m'intéresse au troupeau qui passe, contenu par des chiens haletants et muets. Il arrive que je sourie aux jeux des chats rôdeurs, pourquoi non ? Tous les spectacles s'inscrivent sur le fond solide de ma douleur et ne s'altèrent pas.

Le « mal de l'absence »… À force de ressasser malgré moi ces trois mots, toujours les mêmes, à cette fenêtre toujours la même, j'ai fini par en dénaturer bizarrement le sens. Parce que je me tiens penchée de biais sur la barre d'appui trop basse, et que je m'obstine à m'y meurtrir le côté gauche, j'assimile le « mal de l'absence » à une douleur physique, là, dans mon flanc, au-dessous du cœur, à cette place que j'écrase tendrement sur la barre de bois, et que je berce…

Le mal de l'absence… C'est une souffrance si simple. Comme je me sens loin des bas tumultes de la jalousie, et de ses désordres homicides ! Tout est si simple en moi et dans mon malheur : il était auprès de moi, il est parti ; et point d'autre souhait, d'autre espoir, que son retour. Qu'il revienne, aimant ou non… Qu'il revienne… Qu'il revienne…

Un merle siffle clair. Autour de son chant, la voix de cent passereaux poussiéreux soutient une pédale à peine musicale, un bruit frais de graviers mouillés qu'on vannerait. Le ciel et le pavé mirent l'un dans l'autre une blancheur passagère, avant le lever du soleil : c'est ce candide moment que les jardiniers de mon pays, soucieux de cueillir des fruits fermes et froids, nommaient l'heure des fraises…

L'heure des fraises… Il y a comme cela des mots anciens, qui heurtent en nous un point mystérieux, générateur de lumière et d'images… Vite, emportons, vers le lit froissé, celui-ci, dont le son charmant conjure, un peu de temps, l'approche d'un fantôme, hélas ! invincible… Grâce à la fatigue de ma station près de la fenêtre, je grelotte d'un froid imaginaire. Si j'allais tomber malade ? Mais ni les fous, ni ceux que délabre en dedans l'idée fixe, ne tombent malades…

Je me recouche lentement, je rouvre, défiante, les draps de ce lit où je sais que demeure un parfum vague, qui n'est pas le mien : il s'agit de ne pas céder à l'angoisse, de ne pas compromettre le morne équilibre de ma journée par une crise de larmes. D'ailleurs, le soleil monte. Le premier train de ceinture va bientôt passer, puis il y aura le toc-toc du laitier à la vitre du sous-sol, puis, enfin, le pas du premier facteur… Il ne m'apportera rien, rien de Jean… Mais, après lui, il y a encore d'autres facteurs, que j'écoute s'approcher et s'éloigner, et qui coupent ma journée en autant de flux et de reflux d'espoir…

Ainsi viendront et s'useront l'heure du bain, l'heure du déjeuner, celle de la sieste, derrière les persiennes closes, celle de la promenade traînassante, l'heure du dîner avec Masseau, et la nuit… De nouveau la nuit, la nuit sèche du Paris d'été ;

que n'y donnerait-on pas pour un réseau de brume humide, pour un nuage bas qui sent la rosée et la terre ?… De nouveau la nuit, la solitude, l'insomnie, le réveil inévitable…

Parfois je me dis : « Il n'y a pas de raison pour que tous les jours et toutes les nuits ne s'écoulent pas ainsi, jusqu'à la fin de la vie, s'il ne revient pas… » Mais l'hypothèse est d'une sagesse trop ordinaire pour que j'en frémisse : je n'attends que l'invraisemblable – le retour.

Il est parti, depuis un mois. Il m'a quittée en m'embrassant, les siens l'attendaient à la campagne, son père, malade ou non, l'y appelait… Je lui ai dit : « Ne manque pas de me donner des nouvelles ! » sur le ton incrédule et gai qu'on a pour un frère jeune, oublieux, qui s'éloigne pendant une semaine. Il m'a répondu : « Cette question ! » Et j'ai regardé, pendant qu'il traversait le trottoir large, tout son dos qui mentait. Je l'ai rappelé :

— Jean ! Non, je me trompe ; je croyais qu'on avait oublié de mettre ton imperméable dans l'auto.

Il s'était retourné vite, j'ai eu le temps de voir sur ce beau visage obstiné, dans ces yeux, presque verts sous l'ombre des platanes, la traîtrise, l'impatience, une sorte de lâcheté affectueuse, la lâcheté de ceux à qui le spectacle du mal qu'ils font arrache des larmes…

Si j'avais moi-même été sincère à ce moment-là, j'aurais tendu les bras, j'aurais proféré les mots démesurés que l'amour trouve tout simples : « Si tu t'en vas, je peux mourir. Crois-moi, il se peut que je cesse d'exister à cause de ton absence, puisque je t'aime. Il n'y a pas de désastre aussi grand que celui que tu causes, rien qu'en détournant de moi tes pas. Excuse-moi de l'avoir si longtemps ignoré... »

Il est parti, en criant une dernière fois « Au revoir ! » Il mentait. Je suis rentrée dans sa maison, et j'ai commencé d'attendre « la lettre », disait May, « la lettre comme quoi c'est fini ».

Rien n'est venu, pas même cela, contre quoi j'aurais pu me défendre, plaider, menacer au besoin. Rien, sauf deux télégrammes ambigus, d'un texte en soi insignifiant, lancés seulement pour tâter si j'étais toujours là, si j'encombrais toujours, têtue, la maison qui n'est pas la mienne... Quand le second me parvint : « *Serais gentille faire expédier par Victor costume cheval et bottes. Tendresses* », je le « traduisis » et je mis sans résistance mon chapeau pour m'en aller aux Batignolles, inventorier les quelques meubles que j'ai gardés, entassés dans l'ombre sinistre d'un « petit logement » de deux pièces, qui me sert de garde-meuble. Je les ai regardés, j'ai essuyé du doigt la poussière sur la vitre fendue d'un pastel, j'ai secoué la tête en disant presque haut : « Non ; je ne peux pas », et je suis revenue chez Jean.

Le lendemain, je demandais, à l'hôtel Meurice, une de ces chambres bleues, couleur de crème, vert bonbon, qui me furent depuis trois ans familières. Et pendant qu'un employé me vantait les embellissements de l'hôtel, en m'appelant « Madame

Renée », j'écoutais avec épouvante les violons du hall gémir une valse rebattue, mais dont la langueur enlace, désormais, un si brûlant souvenir…

Cette heure-là fut celle d'une de mes pires faiblesses. Je connus l'horreur froide, la peur du serpent qu'on n'a pas vu et qui fuit sous le pied, la peur du trou aux bords friables, le rappel à chaque pas, à chaque heure, de ce que j'ai perdu… « Non, je ne peux pas. » Et je suis revenue chez Jean.

Ici, rien ne me distrait de lui, et la valse, c'est moi qui la chante.

— Qu'est-ce que tu as ?

— Moi ? rien.

L'un de nous deux tantôt posait la question, tantôt faisait la réponse, et nous en étions venus, presque, à réduire à ce peu de mots nos dialogues.

Nous ne communiquions plus que par l'inquiétude, car on n'échange rien dans l'étreinte. La parole se retirait de nous, comme doit mourir, sur un astre refroidi, le son des cris, des chants, le bruit chaud et vain des créatures vivantes. Notre amour, commencé dans le silence et l'étreinte, finissait par l'étreinte et par le silence. Un jour, j'osai demander à Jean : « À quoi penses-tu ? » et je me mis à rire et à parler sans attendre sa réponse, effrayée d'un mensonge autant que d'un aveu. Je le sentais auprès de moi frémissant, et à peine retenu, comme un oiseau déjà soulevé par son vol. Pourtant, chaque nuit me le ramenait, et pas une fois je n'ai trouvé le courage de repousser son désir, qui recherchait l'obscurité totale, et dont j'imitais le sombre et actif mutisme. Il m'arrachait, de haute lutte, un plaisir indigné, et m'abandonnait ensuite avec révolte. Puis le fossé entre nous, un peu plus creusé sous le poids de nos deux corps, nous séparait pour le reste du jour.

J'en arrivais à regarder avec admiration les lettres closes que le courrier lui apportait, en songeant qu'il y avait dans le monde des gens qui correspondaient avec lui, qui échangeaient avec lui des idées, des projets, qui parlaient avec lui de l'avenir… Des gens qui, quoiqu'ils eussent rencontré, connu, aimé Jean, continuaient à vivre, à penser et agir normalement… J'enviais jusqu'à May, si facilement délivrée. Je niais, en remontant notre courte et abrupte route, qu'un amour sain et fort pût naître, après quelques semaines de fausse camaraderie, d'un baiser sur la nuque, et en même temps le souvenir de ce lourd baiser me ployait encore en avant… Mais, puisque c'est l'amour, Jean, pourquoi n'en sommes-nous pas plus heureux ?…

Il n'est plus temps de m'interroger. Je n'ai pas osé lui demander « pourquoi », à lui, et peut-être qu'il le savait… Je n'ai pas osé. Il n'était que l'homme à qui je me montre nue.

Il est parti. L'a-t-on dit à May ? Est-ce qu'elle l'a revu ? Elle n'était qu'une pauvre petite prophétesse innocente, et pourtant, maintenant que le sort m'a mise en sa place, je pense à elle avec rigueur. Je l'accuse, elle, et ses pareilles, elle, et ses devancières, d'avoir usé de Jean dans l'ignorance de moi, de l'avoir façonné pour une inconnue qui ne me ressemble pas, vers laquelle il court à travers nous toutes... Revoit-il May ? Mon sang ne bat pas plus vite, aucune image offensante ne se lève devant moi : l'idée de trahison tient si peu de place dans mon tourment... Ceci n'est point noblesse, ni dédain, mais bien l'effet d'une sécurité bizarre, je ne sens pas de femme entre Jean et moi. Il est parti excédé, incapable de supporter davantage notre silence gonflé de secrets, mais occupé de moi seule. Je n'en conçois nul espoir, cela me favorise seulement d'une douleur un peu plus dure, cela m'allège du misérable souci de *comparer*, de chercher et de trouver, sur une passante jeune et bien faite, des raisons de mépriser ce qui me reste de beauté. En chemin de se défleurir, ma grâce me console pourtant, sans que je m'abuse sur ce qui demeure et ce qui me quitte. Si le chagrin consumait, comme on le dit, je serais déjà une vieille femme. Or, malgré l'insomnie, malgré les larmes que je ne vaincs pas toujours, malgré l'idée fixe plus épuisante que les larmes et l'insomnie, je me maintiens parée, prête à toute surprise, à toute comparution, de mon lever à mon coucher, et Masseau lui-même ne m'a pas vue défaite.

Je choie cet ami singulier, maintenant. Je soupçonne que Jean lui écrit, tout au moins qu'il écrit à Jean. S'il n'est plus le messager qu'il fut, presque l'entremetteur, j'espère qu'il est encore l'espion, et qu'il rapporte à Jean mes paroles, l'air de mon visage, mon dépérissement élégant. Pour Masseau, je ressuscite chaque soir. Je me garde, par dignité, d'étaler devant lui mon chagrin ; mais je fais en sorte, presque inconsciemment, de souligner cette dignité d'abandonnée. J'ai le bésigue gai… un peu trop gai. J'ai le dîner bon enfant… un peu trop bon enfant. Je prends, comme on dit au théâtre, un air naturel, l'air naturel du jeune premier qui assure, en mordant sa lèvre et en pressant sur son cœur une main crispée, qu'il « n'a rien ».

Comédie… mais, si je ne jouais pas cette comédie-là, si je me laissais aller, Masseau me trouverait sur le seuil, pâle, les bras tremblants et criant : « Vous l'avez vu ? il vous a parlé ? il a parlé de moi ? il va revenir ?… Dites ! dites ! rendez-le-moi, rendez-le-moi ! Qu'il sache, par vous, que tout m'est facile, que tout m'est doux, s'il revient ! Dites-lui que s'il revient je sentirai son approche, que s'il était seulement là, dehors, au bout de la rue, je le saurais aussi infailliblement que la feuille altérée sait l'approche de la pluie !… Dites-le-lui, mais surtout dites-lui qu'il revienne, parce que je deviens faible, et toute creusée par-dedans, et que j'ai peur de mourir sans lui… »

*

— Bonjour, mon petit Masseau.

— Veuillez agréer, chère Madame, l'assurance de ma considération distinguée. P. Masseau.

— Oui ?

— Oui. Et pourquoi, si l'on écrit comme on parle, ne point parler comme on écrit ? Je me suis – mais ceci est une histoire de ma brillante jeunesse – brouillé avec Mme Aubernon, pour avoir cru, lui écrivant, que je lui parlais, et mon billet finissait par : « Allons, bonsoir, chère Madame, à la semaine prochaine ! » Cela vous fait rire ?

— Non ; ce n'est pas ça, c'est votre chapeau…

Masseau se reflète tout entier, du canotier aux souliers jaunes, dans la glace du vestibule, qui semble toujours un peu moisie à cause du jour avare tombant de l'imposte, et de la tenture en toile de chanvre verdâtre. Je me vois debout auprès de lui, comme je me tenais auprès de Jean, lorsqu'il partait pour dîner chez son père, et j'attends, avant de continuer mon rire, que l'élancement du souvenir – une contraction des côtes, comme si j'entrais dans un bain froid – se soit calmé.

— Qu'est-ce qu'il a, mon chapeau ?

Je n'en sais rien. C'est un canotier en paille. Quand on le tient à la main, il ressemble à tous les canotiers. La cravate de Masseau non plus, intrinsèquement, ne diffère pas des autres cravates, ni son veston des autres vestons. Mais sur lui la cheviotte modeste, l'inoffensive paille de riz et la soie quelconque s'animent d'une vie maléfique. Sur un signe de Masseau n'accourent-ils pas, le chapeau roulant sur sa tranche, le veston claudicant sur ses manches vides, et la cravate en couleuvre sifflante ?…

— « Général Boulanger ! » m'enseigne brièvement Masseau campé devant le miroir. Sale affaire…

Tourné vers moi, il consent à m'expliquer, en touchant au-dessus de sa barbe la poche lymphatique de ses joues :

— Quand je ressemble au général Boulanger, c'est que j'ai mal au foie.

— La chaleur, sans doute ?

— Oui, la chaleur de l'été, de l'été de 1889, qui fut pénible à Saïgon.

Il frotte ses mains, et je le précède dans le fumoir.

— Il fait bon ici, n'est-ce pas ?

Je mens. Tout y est sinistre, derrière les persiennes mi-closes. Un lieu sans maître, une femme délaissée…

— Très bon, acquiesce Masseau en s'asseyant.

Il a une manière à lui de s'asseoir sur une fesse, en solliciteur.

— Les jours raccourcissent déjà, dit sa voix de vieille dame.

Et ces seuls mots me jettent, je ne sais pourquoi, dans une frénésie de désespoir, bien cachée.

— Eh oui, mon vieux Masseau. Il faut bien. Rien de neuf ?

Il se mouche avant de me répondre, et je reste immobile, follement tendue, à me répéter : « Pourvu qu'il se mouche longtemps… Pourvu qu'il me laisse, encore un instant, le doute, l'espoir qu'*il y a quelque chose de neuf*… S'il était très méchant, il pourrait me laisser incertaine, et ne m'apprendre qu'à la fin de sa visite, qu'*il y a quelque chose de neuf…* »

Mais il n'est pas très méchant. Il répond tout de suite :

— Non, rien du tout. Et vous ? pas de nouvelles ?

— Pas de nouvelles.

Et j'ajoute faiblement :

— Pourquoi ?…

Masseau lève plus haut son épaule de scribe, en signe d'impuissance, et je m'enhardis :

— Enfin, tout de même, il pourrait bien… La simple politesse… Et même la simple impolitesse, oui, j'aimerais encore mieux ça, le monsieur qui écrit : « Flûte, j'en ai assez ! » Enfin, Masseau, je ne suis pas une femme qui… Je veux dire, vous comprenez…

— Non, dit Masseau.

Le fait est que je cherche mes mots comme une étrangère. Je ne veux rien livrer de ma lyrique douleur.

— Je veux dire… il n'avait aucun reproche…

— Si, dit Masseau.

— Ça, par exemple !… Si encore il s'était agi d'une… d'une femme comme May…

— Il s'agit, dit Masseau, d'une femme comme May.

J'ouvre la bouche pour protester, mais l'attitude de Masseau m'impose silence. Il est assis en fakir, sa petite main jaune bénit ou ordonne, et je sens d'ici son haleine d'homme qui ne mange presque jamais.

— Je vais parler ! je vais dire des choses impérissables ! J'ai une envie d'apologuer qui me coupe les flancs !... Il y avait une fois un homme de la vallée de Bois-Colombes, qui s'en revenait vers son logis. En approchant, il entendit à l'intérieur de sa maison un bruit épouvantable de cris et de tambour. Il blasphéma et se boucha les oreilles, en franchissant le seuil. Là, une odeur immonde offensa ses narines ; il blasphéma et se boucha les narines, puis il appela sa femme : « Fabe, dit-il, tenant toujours ses narines bouchées dis-boi d'où vieddent cette odeur ibbonde et ce vacarbe ? » La femme sourit et dit : « L'odeur, c'est cet onctueux fromage, tout suant sous sa croûte, et le vacarme, c'est ton fils, qui fait le petit guerrier avec sa trompette et son tambour. » Alors l'homme glorifia Allah et s'écria : « En vérité, mon fils est né pour guerroyer, pour battre les tambours et sonner puissamment de la trompette ! Et quant au fromage, la perle d'ambroisie ne vaut pas sa grasse sueur, dont l'arôme mouille la bouche ! » Puis il s'assit à table, coupa le fromage et embrassa son fils.

— Et puis ?

— C'est fini. C'est un apologue.

— Obscur, Masseau !

— S'il n'était pas obscur, ce ne serait pas un apologue. Obscur, virgule, un tiret, mais accessible, même à un cerveau féminin. Jean, c'est le fils turbulent, Jean, c'est l'odorant fromage.

— Vous voulez faire entendre que je dois trouver charmant tout ce qui vient de lui, parce que c'est lui ? C'est simplet.

Le conteur oriental, embelli maintenant d'un petit serre-papiers en cuivre qui lui pince la cloison du nez, hoche la tête :

— Ce n'est pas si simple que ça. Je tâche, en m'aidant d'un tambour et d'un pont-l'évêque bien à point, de vous faire apercevoir ce que c'est que l'amour.

— Je vous ai attendu !...

— Vous m'attendez encore. Et vous pourriez m'attendre longtemps, sans la faiblesse que j'ai de m'intéresser à Jean. Vous l'aimez, femme-comme-May ?

— Je... Oui, Masseau.

— Et lui, il vous aime, pardon, il vous aimait ? Allons, allons, pas de nerfs. Mon enfant, songez qu'un médecin, c'est comme un confesseur. Et un confesseur, c'est comme un médecin. D'ailleurs, je ne suis ni médecin ni confesseur. Ha ! ha ! Poursuivons. Vous lui avez écrit ?

— Naturellement. Très peu. Une seule fois longuement, le mois dernier...

— Et que contenait-elle, votre honorée de l'écoulé ?

Je m'énerve. Deux petites larmes difficiles piquent mes paupières. Je me laisse faire avec une docilité crispée de chien qu'on panse.

— Je ne sais plus, Masseau. Que j'étais malheureuse. Que j'étais étonnée de sa conduite. Qu'il n'aurait pas dû me traiter ainsi… Que… qu'on a sa dignité de femme…

— Hassez ! Hassez ! glapit Masseau. J'en étais sûr !

Il déplie ses jambes maigres, se lève, renoue le lacet de son soulier Richelieu et me dit froidement :

— Vous pouvez crever. Je vous en donne le loisir.

Après trois pas vers la porte, il revient :

— *Votre* malheur, *votre* chagrin, *votre* solitude ! Votre dignité ! D'abord, la dignité, c'est un défaut d'homme ! Vous, vous, toujours vous. Réclamer, geindre, bouder, ruminer, déguiser, sous tout cela, votre tare éternelle : l'inaptitude à posséder ! Pouah ! et même fi ! Réclamer, et toujours un petit peu à la fois !

Je ne peux pas m'empêcher de sourire :

— Un petit peu ?… Mais, je veux bien tout, moi ! Ce n'est pas ma faute si…

Mon diable familier m'interrompt, en tranchant l'air du plat de la main :

— *Votre* faute ! Encore vous ! J'ai dit *un petit peu*, puisque vous ne vouliez de Jean que son amour. Non, ce n'est pas « déjà bien joli » ! Vous passez votre temps à mettre Jean *en face* de vous. C'est la posture du libertinage, sans plus. Mais l'habiter ! Mais le prendre en vous ! Le prendre en vous, le porter en vous, à ce point que sa lumière, que toutes ses manifestations calorifiques de gaîté, de colère, de souffrance, de sensualité, au lieu de vous atteindre *comme les autres*, vous puissiez les croire projetées hors de vous-même, par l'effet de la plus orgueilleuse, de la plus sublime erreur !… Cet air bovin, sur votre visage, est-il celui de la compréhension ?

— Oui… attendez, Masseau, je vais transposer : je suis dans l'ombre, mais je m'en moque, si c'est moi qui porte la lanterne ? C'est ça ?

— C'est grossièrement et pâlement ça.

— Mais… et lui, Masseau ?

— Comment, lui ?

— Oui, est-ce qu'il me rendra la pareille ? est-ce qu'il doit me porter en lui, comme vous dites, à ce point par exemple que, me trouvant aux bras d'un autre homme, il s'écrie : « Ah ! que cette émanation de moi… aime donc bien ! »

— Ça ne vous regarde pas. Ce ne sont pas du tout vos affaires. Comme si l'amour féminin avait quelque chose à voir avec le nôtre !…

« Le nôtre… » Il se berce sur une patte, comme un héron déplumé. Il parle d'amour avec une emphase péremptoire, cet être qui a si peu l'air d'un homme…

— Si l'amour, madame, que vous dédiez à votre amant l'engage envers vous, en quelque manière que ce soit, ce n'est plus le véritable amour.

— Ce que vous me demandez là, Masseau, c'est de la maternité.

— Non, dit Masseau. L'instinct maternel ne progresse pas. Il naît d'un coup, complet, tout armé, tout saignant. Tandis qu'il est donné à l'amour de tendre vers sa perfection.

— C'est un conseil ?

— Ce n'est qu'une opinion. Ce n'est pas non plus un espoir.

— Le fait est que vous n'avez pas dû la rencontrer souvent, cette femelle idéale.

— Souvent, non. Une seule fois. Aussi l'ai-je épousée. C'était ma femme de ménage.

— Et en avant le couplet sur la « sublimité des humbles » !

— Assemblez-en donc vous-même, ma chère amie, les rimes faciles. Et priez le bon Dieu que je ne me sois pas trompé, quand je vous ai jugés, vous et Jean, assez « humbles » pour former un couple uni. Vous n'avez pas, Dieu merci, de génie, et Jean n'aura peut-être jamais son portrait dans les journaux. Vous rêvez d'obéir, à ce prix qu'on vous laisse, avec un grand air d'indépendance, aller toute seule acheter de la mercerie au Louvre. Il aime commander, moyennant qu'on le protège. Enfin, vous étiez – et quel regret pour moi d'employer cet imparfait ! –, vous étiez assez ordinaires tous deux pour enfanter un prodigieux amour…

Un prodigieux amour… Ce sont des mots d'homme, tous ceux qu'il m'a dits. C'est intelligent, trop intelligent pour moi. Au lieu de prolonger sa pensée dans la direction qu'il m'offre, je me bute au côté *recette* de son discours, je le gâte en y voulant découvrir la volonté dissimulée de mon amant, je ramène Masseau à son rôle inférieur de messager, et dans l'admirable consomption féminine qu'il me propose, je n'ai vu qu'un moyen de plaire.

B

Le soleil descend vers la mer tachetée d'îles. Nul regain n'a poussé sur le pré maigre qui s'achève en plage, et l'automne sans pluie brûle les taillis. Toutes les fraîches couleurs d'un paysage – vert de prairie, rose ardent, bleu et mauve – semblent s'être assemblées dans la mer et dans le ciel pur qu'elle reflète.

Une bonne fatigue me retient sur la terrasse, depuis le déjeuner. Le vent de terre apporte l'odeur des prés et des feux d'herbe. Jean ne va pas tarder à revenir. Il portera, pendue par ses pattes molles et balançant son délicat col mort, quelque pie de mer. Il aura un peu l'air, malgré les leggins griffés et la toile relavée de sa veste, d'un beau chasseur pour rire. J'aurai son sourire d'accueil, j'aurai aussi son rapide regard qui cherche, sur moi et autour de moi, ce qu'il y a à reprendre, cette petite tache de café sur ma robe blanche, par exemple, et les colchiques cueillis ce matin, qui se fanent sur un banc…

… Que nous revivions ensemble depuis deux mois, c'est un miracle devant lequel je m'incline, comme on doit devant un prodige, sans chercher l'explication. On m'avait donné, quand j'étais enfant, une rainette qui était bleue, au lieu d'être verte, et lorsque je demandais : « Mais *pourquoi* est-elle bleue ? – On ne sait pas, me répondait-on. C'est un prodige… »

Il ne voulait pas revenir à moi, et je me sentais doucement diminuer. Je me regrettais déjà. Je me disais : « Quel dommage !… Il voudrait mieux qu'une autre créature humaine pérît… Il y a encore tant de force en moi ; ce corps que voilà, ce cerveau sous ce front, tout est bon, tout peut être heureux et utile… »

Mais, un jour, ma tristesse entra dans une période d'activité irrésistible, hors de tout raisonnement : revoir Jean, faire tout ce qu'il faudrait pour le revoir, recourir à n'importe quel moyen, rejeter tout calcul, sauf ceux d'un plan pratique, immédiat. Celui que j'adoptai était ingénu : le faux départ, puis le guet patient, et le retour.

Un coup de téléphone faillit tout compromettre, parce que j'avais cédé, le sachant revenu dans sa maison, au besoin d'entendre sa voix. De la cabine de l'hôtel, je l'entendais crier : « Allô !… eh bien ?… qui est-ce qui est à l'appareil ? » et je me taisais, et je retenais ma respiration, comme si le moindre mouvement eût pu me perdre… Il me pressentit, car le registre de sa voix changea. J'entendis, sur un ton plus bas : « Allô, voyons… allô… » Puis il dit, en hésitant : « Est-ce que… »

et s'arrêta. Et je n'entendis plus que le bruit d'un récepteur qu'on raccroche…

La complicité de Masseau, celle, moins gratuite, du valet de chambre Victor, je les eus toutes les deux. Et j'attendis Jean chez lui, un soir, le jour même où une lettre de moi, mise à la poste par Brague, l'assurait que j'étais partie pour Le Havre et que j'y reprenais mon ancien métier.

Je l'attendis, toutes lumières éteintes, dans notre chambre, éclairée par le bec de gaz du boulevard Berthier. J'écoutais passer les heures, invulnérable à la fatigue, à la crainte, à celle même que ma romanesque embuscade ne me rendît ridicule. Sans doute, si j'avais écrit à Jean : « Il faut que je te parle », je l'aurais vu le lendemain, mais ce n'est pas ce Jean-là que je voulais.

J'attendais, goûtant un calme inconnu, et comme si j'étais parvenue à la fin de ma vie. J'attendais, assise dans l'ombre. Le parfum d'une rose, passée dans ma ceinture, montait assidûment à mes narines dans l'air immobile. J'écoutais le roulement de toutes les voitures, et le bruit de tous les pas. Et, chaque fois, je disais paisiblement : « Ce n'est pas lui. » Vers le milieu de la nuit, j'entendis s'approcher un pas lent de promeneur peu pressé, et mon beau calme se changea en une sorte de folie. Fuir, crier, courir en bas et ouvrir la porte, me cacher dans le haut de la maison, je faillis faire tout cela. Et pourtant, quand le même pas lent gravit l'escalier, j'étais encore assise à la même place. Je songeai, comme en rêve, qu'il pouvait avoir peur en entrant, et, avant qu'il ouvrît la porte, je dis assez haut : « Jean ! »

Il avait sûrement entendu, mais ne répondit pas. Il entra, referma la porte, donna la lumière et nous nous trouvâmes debout, l'un devant l'autre, la main en auvent au-dessus des yeux.

— Te voilà donc ? dit-il au bout d'un moment.

— Me voilà. Je t'ai appelé, pour que tu ne sois pas trop surpris de me trouver.

— Mais c'est un guet-apens, alors ?

Il se mit à rire doucement, et je commençai à désespérer, parce qu'il avait l'air si aimable, si aisément léger, comme en visite… Il me paraissait plus grand, plus beau, moins jeune que mon souvenir ne l'avait gardé. Je pensais, autant qu'il me souvient, sur trois *plans* différents ; d'abord : il est là, devant moi. Puis : avant la fin de la nuit, je saurai mon sort. Enfin : il a son front déjà barré de deux lignes, ce n'est pas un enfant, ce n'est pas un adolescent cruel, c'est un homme, c'est un être de mon espèce et de mon âge, il doit y avoir des moyens de communiquer, de *traiter* avec lui humainement…

Je souris aussi, et je dis :

— Mais bien sûr ! Et mon vieil instinct des situations théâtrales, que veux-tu que j'en fasse ?

Quelque chose descendit de son front sur tout son visage, une ombre bestiale qui précède la colère, mais il se ressaisit et m'invita à m'asseoir. Et, comme il avait tendu la main vers moi, je pris cette main et je la serrai gaîment :

— Bonjour, Jean.

— Bonjour…

Je lus sur son visage la perplexité profonde, en même temps que le soulagement de me trouver gaie, sans larmes, sans cris dramatiques, sans menace. J'étais tellement attentive à ce que je *devais* faire qu'il me sembla que je ne l'aimais presque plus. J'avais tout à fait cessé de souffrir. Il s'assit et passa la main sur son front.

— Tu as l'air fatigué, Jean.

— Oui, figure-toi que je travaille, maintenant. Mon père ne pourra plus jamais retourner au bureau. Je n'ai pas encore l'habitude, ni le goût du travail, moi… C'est une manière de pensum… Je ne sais pas pourquoi je te raconte ça ; ça ne t'intéresse guère…

Sous le ton volontairement détaché, c'était le reproche, déjà, enfin le reproche, enfin le prélude d'une scène d'amants… Je ne manquai pas de fournir la réplique :

— Mais ça m'intéresse, Jean ; ça m'intéresse beaucoup, comme chaque fois qu'il s'agit de toi.

J'avais trop soigné le ton, il vit derrière moi le chemin où je voulais l'attirer et n'insista pas. Après cette maladresse, il y eut un quart d'heure de lieux communs, de gentillesses forcées. L'heure, la lumière insolite, projetée par la fenêtre grande ouverte sur un arbre brûlé de l'avenue, et nos arrière-pensées surtout, donnaient à cet imbécile dialogue, entre un monsieur en habit et une dame en costume tailleur, une couleur tragique. Je ne me lassais pas. « La dignité, c'est un défaut d'homme », et Jean donna le premier des signes de fatigue. Il bâilla nerveusement, et, loin de m'offenser, ce bâillement évoqua un Jean que j'avais dédaigné de connaître, Jean sérieux, travaillant, son cou gras de gourmand incliné au-dessus d'une feuille chargée de chiffres… Son cou gras de gourmand… Une sensualité sauvage s'élança soudain du plus profond de moi ; le sang à la gorge, qui fait tousser, qui bat dans les oreilles comme un tambour de danse, le mouvement ineffable de la bête qui appelle son maître… Je sais qu'alors je me mis debout, que la détente de mes jarrets renversa mon siège, et que je dis furieusement :

— Alors ?…

Il s'était levé aussi ; et, ayant vu mon visage, il surveillait mes mains.

— Tu te trompes, lui dis-je laconiquement. N'aie pas peur. Je voulais seulement dire : Alors, c'est fini ? C'est fini, nous deux ?

Il me regardait sombrement, et m'en voulait surtout de l'obliger à répondre…

— Quoi, fini ? quoi, fini ?… Tu n'en as pas assez, de cette existence ? Tu trouvais ça drôle, notre vie ? Tu as envie de recommencer ?…

Un logique chassé-croisé venait enfin de changer nos attitudes, il était celui qui parle, celui qui se plaint et qui accuse, je n'avais plus qu'à écouter, tout en lui répondant à part moi, et de tout mon cœur : « Recommencer, oh ! oui, recommencer n'importe quoi, pourvu que ce soit avec toi… »

Je glissai seulement : « Mais, Jean… » pour qu'il continuât, pour le faire rebondir comme une rivière contre un barrage trop faible.

Il marchait à travers la chambre.

— Recommencer cette existence-là… Je te demande bien pardon du mal que je t'ai pu faire, dit-il d'un air venimeux. Mais je crois que nous sommes quittes.

— Tu m'en veux, Jean ?

Il s'arrêta comme pour me défier :

— Oui, je t'en veux. Je ne peux pas le nier. Je ne peux pas dire non plus si j'ai raison ou tort, mais je t'en veux.

— Mon chéri…

Si bas que je l'aie murmuré, il entendit… Mais c'est qu'aussi je chancelais de gratitude, sous cette rancune qui me refaisait sienne. Suave et rampante gratitude des épouses rudoyées, épanouissement de May après les coups !… À son tour il me détrompa, et dit subtilement :

— Non. Tu es libre. Mais si cela peut suffire à ce que tu nommais dans ta lettre ta « dignité de femme », sache que tu es le pire souvenir de ma vie amoureuse.

Je m'étais rassise, j'appuyais ma tête contre la soie familière du fauteuil, et je répétais à mi-voix, fermant les yeux :

— Oui… parle… parle…

Il haussa les épaules :

— « Parle ! » Il est bien temps ! Après des mois de silence supérieur, c'est toi qui viens me dire :

« Parle ! »… Toi qui te vantes de m'*entendre penser*, quel besoin as-tu que je parle ?

– Oh ! Jean, t'entendre penser… j'ai pu dire cela par jeu, mais…

– Ne mens pas ! cria-t-il. Tu mens ! tu m'écoutais penser, ou plutôt tu me prêtais des pensées conformes à l'idée fausse que tu te faisais, non de moi, mais de l'*homme*, l'*homme*, ton ennemi, ta bête noire…

– Oui… parle…

– Ce que je t'ai donné de meilleur – au sens glouton du mot ! – t'a servi à m'insulter mieux, tu m'as décerné des mérites de goujat et des défauts d'imbécile… Ah ! tu croyais être la seule de nous deux qui entendait penser l'autre ?…

Il s'écarta pour se verser un verre d'eau, et j'entendis trembler le col de la carafe contre les bords du verre… Je ne bougeai pas, je n'ouvris pas les yeux, tant j'avais peur de l'arrêter… Mais il n'avait pas fini, heureusement :

– Et même si ta vanité de pythonisse n'avait pas été constamment en défaut, même si j'étais le louche individu que tu as, autrefois, épousé une fois pour toutes, m'écouter penser est une offense perpétuelle à mon repos, à ma sécurité d'être intelligent, à l'imperméabilité sacrée à laquelle j'ai droit, et que tu ne dois pas violer !…

Je ne rouvrais pas les yeux. Je remuais doucement la tête, pour l'approuver intimement : « C'est bien. C'est très bien. Et puis il a dit « tu dois » et non « tu devais »… »

Il se tut, et je l'admirai encore, marchant de long en large, et palpitant d'un ressentiment dont je commençais à me sentir fière… « Le prendre en vous, le porter en vous, à ce point que sa lumière, au lieu de vous atteindre *comme les autres*… »

— Mais, Jean… pourquoi ne t'es-tu pas défendu, expliqué, pourquoi ne t'es-tu pas dévoilé ?

Il vira vers moi, comme pour me battre :

— Me défendre ! m'expliquer ! des mots de juge, tu vois, des mots de juge, après un silence de juge !… D'abord, pourquoi moi plutôt que toi ?

Je me délectai de ce mot d'enfant buté. Je me délectais d'ailleurs d'être là, en plein flot trouble d'une altercation d'amants, et que celle-ci fût en chemin de durer longtemps…

— C'est juste, dis-je loyalement.

Il s'était assis sur un petit canapé, et laissait voir sur son visage toute sa fatigue. Il n'avait pas eu, depuis que j'étais entré, un seul élan voluptueux, un de ces vindicatifs baisers qui étaient notre seul langage… Comme s'il y pensait aussi, il laissa tomber ces mots découragés :

— C'est si facile, de coucher ensemble…

Et je ne m'offensai pas qu'il fût redevenu, devant moi, un être innocent qui ne souhaitait rien de la femme, hors peut-être la féminine chaleur, le berceau, l'abri vivant et immobile de deux bras refermés… Mais cela, je n'osai pas, et il me sembla bien que je n'oserais plus jamais…

— C'est vrai, dit-il de la même voix lasse, que tu repars, que tu retournes au théâtre, à ton ancien métier ?

Je secouai la tête :

— Non, Jean, ce n'est pas vrai. C'est encore un mensonge. Je n'ai plus de métier.

Et je poursuivis en moi-même, avec une foi mélancolique :

« Je n'en ai plus, et il n'y en a plus. Il y a un but, qui est là, devant moi c'est cet homme qui ne me désire pas, et que j'aime. L'atteindre, trembler qu'il ne m'échappe, le voir s'échapper, et patiemment l'approcher de nouveau pour le reprendre, voilà désormais mon métier, ma mission. Tout ce que j'aimais avant lui me sera alors rendu – la lumière, la musique, le murmure des arbres, le timide et fervent appel des bêtes familières, le silence fier des hommes qui souffrent –, tout cela me sera rendu, mais *à travers lui*, et pourvu que je le possède… Je l'ai vu si près de moi, si bien accolé à moi dès la première rencontre, que j'ai cru que je le possédais. J'ai voulu, follement, le franchir, prenant pour un obstacle la limite de mon univers… Je crois que beaucoup de femmes errent d'abord comme moi, avant de reprendre leur place, qui est *en deçà* de l'homme… »

— Alors, qu'est-ce que tu comptes faire ?

Je tâchai de mettre toute ma réponse dans un regard, mais ses yeux se refusèrent aux miens, aussi clairement que s'il parlait : « Non, non, c'est trop tôt… » Il eut à ce moment un air de sévérité excessive, comme s'il voulait me décourager sans appel ; et je faillis sourire, il ne savait pas que j'avais devant moi toute la vie pour attendre…

— Ce que je vais faire ?… Cela va dépendre un peu de toi, Jean, et, quand je dis *un peu*… Je vais commencer par te laisser dormir, parce qu'il est tard, et que tu travailles…

J'avais pris dans ma main le fruit de jade, très ancien, à demi fondu, et je le caressais, en cherchant autour de moi une autre trace de mon passage dans cette chambre… Je le caressai, froid et lisse, et je le glissai dans mon sac.

— Tu ne me dis rien, Jean ?

Il suivait mes mains, sensible à leur geste symbolique de reprise, de départ.

— Adieu, mon silencieux.

Debout, je sentais ma confiance et mon entêtement prêts, comme mon corps, à s'évanouir. J'affermissais mon chapeau pour m'en aller, en me disant : « Il va me laisser partir… Mais je ne suis pas encore partie. Je m'accrocherai à n'importe quoi. Je ne suis pas encore partie. » Il s'était levé aussi, et me dominait de la tête. Je levai les yeux sur lui, et je fus prise d'un sentiment bizarre de considération extrême pour moi, pour celle que j'étais il y a quelques semaines, la Renée de la saison dernière, pour la femme qui avait eu cet homme-là.

— Mon silencieux, tu ne parles guère, et tu écris encore moins. Dans quel silence tu m'as laissée…

Il baissa le front, il détourna ce regard, tout à coup fuyant, qui le fait moins beau :

— Qu'est-ce que tu veux… Répondre, écrire encore des scènes, des échanges abominables de mots qu'on n'oublie plus… Mettre encore, à ce moment où nous ne supportons plus rien l'un de l'autre, du poison entre nous ?…

— C'est vrai que… concédai-je servilement.

Et je songeais :

« Je sais bien qu'il n'est pas parfait. Si le destin me le redonne, je lui verrai encore souvent ce sourire de bête voleuse, ce recul devant la vérité pénible, devant l'effort. Je sais bien qu'il est capable, avant de se donner un peu, d'exiger tout de moi, en s'excusant, avec grâce, de ne pas me demander davantage. Mais, puisque, tel qu'il est, je le trouve, comme dit le peuple, « bien assez bon pour moi » et que je n'ai ni le goût, ni le droit de n'appartenir qu'à un héros, je veux, moi imparfaite, ce Jean imparfait, et nul autre… »

— Alors, au revoir, Jean ?

Je lui tendis la main, et tandis qu'il se penchait pour la baiser, je vis palpiter, sous ses narines émouvantes, le pli charmant qui divise sa lèvre supérieure. Je n'hésitai qu'un instant : le reprendre, et n'importe comment. Gagner du temps ! Le jeter à bas, avec moi, non plus pour nous épuiser l'un en l'autre, mais tâcher que du morne et noir plaisir, comme d'une vase lourde et musquée, s'élance, roseau au jet pur, un amour dont nous deviendrions dignes…

Et je flattai d'un doigt rapide, pour commencer, sa délicate oreille. Il tressaillit et se détourna d'un mouvement de femme tentée.

— Mon chéri…

Il fit « non, non », de la tête, et m'avertit sourdement :

— Prends garde ! Ce n'est, encore une fois, que du désir…

Il reconquérait, du regard, ce qu'il préférait en moi, mes épaules, ma gorge, mes mains qui se joignaient pour ne pas le caresser trop vite…

— Je te dis, tu m'entends, que ce n'est que du désir !

— Oui, oui… fis-je d'un signe.

La main de mon maître s'abattit sur moi.

— Cela te suffit ? cela te suffit ? c'est tout ce que tu veux de moi ? c'est tout ce que tu m'apportes ?

Sans force pour mentir, je me mis dans ses bras, et je fermai les yeux pour qu'il ne vît pas que c'était mon âme que je lui donnais.

Le soleil descend et étire sur la mer l'ombre conique des récifs. L'heure a passé, et je suis toujours là, sous l'auvent de toile, contre la muraille dorée. Il y a là-bas, très loin, sur le haut d'une falaise dentelée, une toute petite silhouette noire, qui se déplace capricieusement, s'approche, s'arrête, repart… C'est lui. Il doit aussi voir ma robe blanche. Il viendra sans se presser, puisque je l'attends. Quand je l'apercevrai là, en bas, noir et net sur la plage blonde, alors seulement je me lèverai pour aller au-devant de lui. Je ne me hâterai pas non plus, puisqu'il vient à moi. Il posera son bras sur mon épaule et il me dira que la journée fut belle, il me contera l'oiseau poursuivi, la martre jaune qui s'est enfuie. Nous échangerons peu de mots, puisque toutes nos paroles nous enrichissent peu à peu l'un de l'autre…

Il repartira demain, anxieux de posséder, en ses brèves vacances, toutes les heures de ce pays qu'il aime. Il marche avec fougue, il déploie ici une activité de paysan heureux. Je le seconde, mais en arrière de lui, ralentie, adoucie, changée. Il me semble, à le voir s'élancer sur la vie, qu'il a pris ma place, qu'il est l'avide vagabond et que je le regarde, à jamais amarrée…

Mes apprentissages

(1936)

I

Je n'ai guère approché, pendant ma vie, de ces hommes que les autres hommes appellent grands. Ils ne m'ont pas recherchée. Pour ma part je les fuyais, attristée que leur renommée ne les vît que pâlissants, soucieux déjà de remplir leur moule, de se ressembler, un peu roidis, un peu fourbus, demandant grâce en secret, et résolus à « faire du charme » en s'aidant de leurs petitesses, lorsqu'ils ne forçaient pas, pour éblouir, leur lumière de déclin.

Si leur présence manque à ces « souvenirs », c'est que je suis coupable de leur avoir – le sexe n'importe guère – préféré des êtres obscurs, pleins d'un suc qu'ils défendaient, qu'ils refusaient aux sollicitations banales. Ceux qui soulevèrent, jusqu'à une sorte de passion, ma curiosité n'étaient parfois indécis que sur la manière dont ils verseraient leur essence la plus précieuse. Ils faisaient comme les gourmands qui tiennent en mépris le homard à l'américaine, parce qu'ils ne sont pas sûrs de le décortiquer proprement. Mais je disposais sans doute du geste lustral – d'une paumée d'eau opportune le guide italien réveille, au passage, l'or assoupi des mosaïques… Une larme, ou une éclaboussure, et mes préférés se livraient.

Je ne me fais gloire de rien, sinon d'avoir heurté au passage ces êtres sapides et obscurs. Parfois leurs noms, inutiles, s'effacent, mais je les violente et ils s'inscrivent de nouveau sous les visages, qui sont lents à pâlir. Les mieux gravés n'ont pas joué, dans ma vie, un rôle fatal. Il est en moi de chérir, par la mémoire, le passant autant que le parent ou l'époux, et la surprise à l'égal du quotidien. C'est pourquoi j'ai pu donner, sans amour, une place de choix par exemple au jeune homme que je vis feindre de boire et de fumer l'opium. Or il est plus aisé de fumer et de boire que de faire semblant, et l'abstention, rare en tous domaines, révèle une inclination vers le défi et la virtuosité. Que quêtait donc mon jeune ascète, ballotté de fumerie en beuverie, et qui restait à jeun ? Il fallut bien qu'il me le dît, à moi qui ne fumais ni ne m'enivrais.

Il ne voulait que se sentir pressé, chaud de tous côtés, étayé par de vrais ivrognes et des fumeurs fervents. S'il s'expliqua mal et par bribes, je compris tout, le jour où au lieu de dire « leur saoulerie » il lui échappa de dire « leur confiance ».

Pour l'ébriété, il s'en tirait facilement, mêlant avec adresse l'eau gazeuse et le champagne. L'opium lui donnait plus de peine, et parfois quelques nausées – il faut ce qu'il faut. Ce qu'il lui fallait, c'était l'amitié passagère, les aveux, une jonchée de jeunes morts sans défiance, et la triste félicité de poser son front sur une épaule, un sein consentants, de rejoindre dans le demi-sommeil des alliés inaccessibles…

J'ai connu aussi la petite fille de huit ans qui laissait sa mère l'appeler longtemps, au loin, dans le parc… Elle écoutait, cachée, la voix maternelle s'approcher, errer, changer d'accent, devenir, autour du puits et de l'étang, rauque et méconnaissable… C'était une petite fille très douce, mais qui en savait déjà trop, comme vous voyez, sur les diverses manières de se donner terriblement du plaisir. Elle finissait par sortir de sa cachette, imitait l'essoufflement et se jetait en courant dans les bras de sa mère : « Je viens de la ferme… J'étais… j'étais avec Anna dans le bas du potager… J'étais… j'étais… », s'excusait-elle.

— Qu'est-ce que tu feras de pire quand tu auras vingt ans ? lui reprochai-je un jour.

Elle ferma à demi ses yeux bleus délicieux, regarda dans le lointain :

— Oh ! je trouverai bien…, dit-elle.

Mais je crois qu'elle se vantait. Je m'étonnai qu'elle jouât, par deux fois, son jeu devant moi. Elle ne me demandait aucune complicité ni promesse, semblait assurée de moi comme le furent, après elle, d'autres coupables, vaincus par la volupté de l'aveu et le besoin de mûrir sous un regard humain.

J'ai connu une brave créature, une de ces femmes qui par vocation et raisonnement sont comme la grasse prairie, le grenier d'abondance de l'homme.

Elle servait de maîtresse amicale à l'un de mes amis, A…, qui trouvait chez elle divertissement, soins affectueux encore qu'amoureux, la cuisine honnête, l'orangeade du soir, l'aspirine par temps d'orage, et une parfaite bénignité sensuelle. Il laissait la bonne Zaza, revenait, s'en allait et l'oubliait, la retrouvait entre le chien griffon, un feu de bois, et quelque inconnu à qui elle dispensait sans doute aussi la tasse de verveine et la nuit cordiale. B…, l'ami d'A…, fut-il un peu envieux d'une liaison aussi quiète ?…

— Fais attention, dit-il à A…

— À quoi donc ?

— À cette femme. Très dangereuse. Sa pâleur de vampire, sa crinière d'un roux infernal…

— Tu me fais bien rigoler, dit A… Elle est teinte.

— Teinte ou non, mon vieux, tu ne te doutes pas du changement effrayant que subissent depuis quelque temps ton humeur, ton travail, jusqu'à ton physique… Ce genre de désagrégation rapide est *toujours* l'œuvre d'une femme fatale. Zaza a tout de la femme fatale. Tu vas à l'abîme.

A… se moqua de B…, continua de fréquenter Zaza, de l'oublier, de la retrouver selon le hasard, de l'emmener manger un bon dîner lourd et fin dans le quartier des Halles. Un soir il attabla B… avec eux, s'en alla au dessert sans préméditation :

— Mes enfants, j'ai une réunion syndicale à dix heures. Buvez l'armagnac à ma santé. Vieux, tu reconduiras Zaza si elle a un verre de trop ?…

Tête à tête avec Zaza, B… lui laissa deviner la suspicion et la considération effrayée qu'elle lui inspirait. « Une femme comme vous… broyeuse d'hommes… Allons donc !… Cet imbécile d'A…, charmant mais borné, n'a rien compris… Comment ?… À d'autres !… Je suis encore capable, Dieu merci, de percer à jour… », etc., etc., etc.

Vers minuit, B… larmoyait sur les blanches mains de Zaza qui le regardait de haut en pinçant sa grande bonne bouche. Elle ne parla de rien à notre ami A… Mais elle commença d'endosser, vis-à-vis de B…, une grande tenue complète et démodée de femme fatale. Elle l'attira, l'expulsa, le rappela, incisa sur le poignet du pauvre homme, à l'aide d'un cristal brisé, les quatre lettres de son prénom, lui donna des rendez-vous en taxi, couronna d'aigrettes de jais ses cheveux roux, porta des chemises en chantilly noir, et plus scandaleusement encore se refusa. Si bien que B…, qui n'en revenait pas, fut bien forcé de croire à la goule qu'il avait inventée, et A… s'inquiéta de B…

— Qu'est-ce que tu as, mon vieux ? Le foie ? La vessie ? Va aux eaux, consulte, fais quelque chose ! Mais ne reste pas comme ça, tu m'as l'air de filer un mauvais coton !

Il ne savait pas si bien dire, car B…, mangeant mal, dormant peu, s'enrhumant pour un rien, se laissa surprendre par une consomption d'envoûté, et mourut comme à l'improviste. Sous son oreiller et dans ses papiers intimes, mêlées à des dossiers d'affaires, les photographies de Zaza ne contribuèrent pas peu à guérir le chagrin de veuve de Mme B…

Zaza elle-même, en tricotant un petit pull-over bleu ciel, me conta l'histoire que je résume. Nous étions toutes seules, et elle prenait des temps, multipliait les « … mais le plus beau de l'affaire… Voilà mon B… aux cent coups… Ce n'est pas que je raffole du chantilly noir, mais ça fait romanesque… » et elle ne cessa pas, son visage mûr et aimable tout froncé de malice, d'avoir l'air de me raconter une facétie un peu poussée. Elle finit sur un geste d'insouciance qui eût donné froid à un auditeur plus sensible, et sur un mot sentencieux :

— Il ne faut pas tenter le diable, même par bêtise. Cet imbécile de B…, il a tenté le diable…

Qu'il n'y ait pas eu, de mes ténébreux amis à moi, enseignement efficace d'une vertu ou d'un vice éclatants, osmose ni même simple contagion, je ne puis maintenant que m'en réjouir. Dans le temps de ma grande jeunesse, il m'est arrivé d'espérer que je deviendrais « quelqu'un ». Si j'avais eu le courage de formuler mon espoir tout entier, j'aurais dit « quelqu'un d'autre ». Mais j'y ai vite renoncé. Je n'ai jamais pu devenir quelqu'un d'autre. Chers exemples effrénés, chers conseillers néfastes, je n'aurai donc pu que vous aimer, d'un amour ou d'une horreur également désintéressés ? Des personnages péremptoires ont devant moi passé, paradé et émis leur lumière, non point en vain puisqu'ils me demeurent agréables et lumineux.

Mais je les ai découragés. On décourage toujours ceux qu'on n'imite point. L'attention qui n'alimente que la curiosité passe pour impertinence. Or je n'ai imité ni les bons, ni les autres. Je les ai écoutés, regardés. Sûr moyen d'inspirer aux bons une mélancolie d'anges, et de m'attirer le mépris des réprouvés… au sens catholique du mot. La voix du réprouvé rend des sons assurés et chauds, et n'hésite jamais – ainsi de la voix juste et majeure, par exemple, de Mme Caroline Otero, qui me transmit en pure perte, autrefois, et sans obstination, de grandes vérités.

Je l'ai peu connue. On s'étonnera de lire son nom dès les premières lignes de mes souvenirs. Il vient sous ma plume, à propos pour donner à ces pages leur ton. Vingt pages sur le coloré, le tonique et mystérieux éphémère ; vingt lignes sur le notoire et le vénérable que d'autres ont chanté et chanteront ; de l'étonnement devant le rebattu, çà et là une propension à dormir d'ennui au son des grands ah ! qu'est en train de pousser le monde devant un prodige, un messie ou une catastrophe – voilà, je pense, mon rythme…

Il se trouve que je me souviens de Mme Otero avec plaisir. J'aurais pu cueillir, sur des lèvres plus augustes que les siennes, des paroles qui, riches d'écho, m'eussent été enseignement et profit ? Mais les lèvres augustes ne sont pas si prodigues. Au hasard et à l'inconnu, j'ai demandé des compensations, qu'ils m'ont quelquefois versées un peu comme le cocotier ses noix, pan ! en plein sur le crâne. Mme Otero, debout au milieu d'une période de ma vie pendant laquelle j'interrogeais la possibilité de gagner ma subsistance, n'a rien d'un cocotier. Elle est pur ornement. Comme tout ce qui est luxe, elle dégage des enseignements divers. Et rien qu'à l'entendre je me réjouissais que l'essai d'une de mes carrières l'eût mise sur mon chemin :

— Mon petit, disait-elle, tu m'as l'air pas très dégourdie… Souviens-toi qu'il y a toujours, dans la vie d'un homme même avare, un moment où il ouvre toute grande la main…

— Le moment de la passion ?

— Non. Celui où tu lui tords le poignet.

Elle ajoutait : « Comme ça… » avec un geste en vis des deux mains ; on croyait voir couler le jus des fruits, l'or, le sang, que sais-je, entendre craquer les os… Me voyez-vous tordant le poignet de l'avare ? Je riais. J'admirais, ne sachant mieux faire. Magnifique créature… Je ne l'ai connue que lorsqu'elle atteignait l'âge où les femmes d'aujourd'hui estiment qu'elles doivent recourir, pour retenir et masquer leurs précieux quarante-cinq ans, à des moyens tristes, gymniques et restrictifs. Mme Otero ne songeait pas aux privations. Si je n'ai tiré aucun profit de ses rares paroles – elle était peu bavarde, du moins dans notre langue –, j'ai eu l'avantage de l'approcher dans les coulisses et loin des cérémonies publiques, soupers, répétitions générales des music-halls, qui lui infligeaient un corset de parade et lui collaient au poitrail son grand pectoral de joyaux. À l'icône immobile, émue seulement – comme l'est un arbre chargé de givre – de son propre scintillement, je préférais une autre Lina, tout aussi condescendante, qui me tutoyait d'assez haut :

— Tu viens manger le *puchero*, chamedi ? Viens de bonne heure, je te fais un bégigue avant de dîner.

J'imitais son tutoiement distant, et dès le seuil de son hôtel je me sentais contente. Rarement le palais, qu'il a imaginé d'avance, enchante l'enfant qui le visite. L'hôtel de Mme Otero ne m'a jamais déçue. Celle qui l'habitait est une sorte de cariatide, taillée dans le style d'une époque qui me vit vacillante. On ne pénètre pas dans l'intimité d'une cariatide, on la contemple. En Mme Otero je contemple le site de ma trentaine environ. Le décor de sa vie privée, j'en garde un souvenir mieux que net, une évocation estompée, juste, essentielle, de certains beaux meubles anciens amarrés parmi le flot d'un satin peut-être brodé de cigognes japonaises, sous l'écumante et probable dentelle dite « application ». Si ce n'est pas la chambre d'Otero qui se vouait au Louis XV flamboyant, c'est une autre « bonbonnière » de la rue d'Offémont, de la rue de Prony, de l'avenue de Villiers… Tendus aux murs, tombant des baldaquins, drapant en festons des baies vitrées, que sont devenus un bleu pâle et serein, un rose de fraise, des brochés aurore, et ces gros damas qui se tenaient, comme on dit, debout tout seuls ?…

Les demeures des Liane, des Line, des Maud, des Vovonne et des Suzy (tenez ces diminutifs pour prénoms inventés) furent d'un luxe « écrasant », je veux le croire puisqu'il s'agissait bien, pour chacune, d'écraser quelque autre. Deux salons valaient mieux qu'un, et trois que deux, dût la majesté céder devant le nombre. Le style étouffant n'était pas près de sa fin, et l'on suffoquait de meubles. Les crémaillères se pendaient à l'étuvée. Songez que je parle là d'une époque où le luxe traitait l'hygiène intérieure et le sport en petits serviteurs. Tel boudoir « arabe » n'avait pas de fenêtre. La carrosserie automobile prenait humblement conseil du grand modiste et se réglait sur la hauteur des chapeaux. Je vois encore la Mercedes bleue de Mme Otero, boîte à aigrettes et à plumes d'autruches, limousine si étroite et si haute qu'elle versait mollement aux virages.

Le théâtre lui-même en voyait de dures avec la mode, par ce temps de grands corsets qui soulevaient la gorge vers le haut, abattaient la croupe, creusaient le ventre. Germaine Gallois, inflexible beauté bastionnée, n'acceptait pas de rôles « assis ». Gainée d'un corset qui commençait sous l'aisselle et finissait près des genoux, deux ressorts de fer plat dans le dos, deux autres au long des hanches, une « tirette » d'entrejambes (j'emploie les mots de l'époque) maintenant l'édifice dont le laçage en outre exigeait un lacet de sept mètres, elle restait debout, entractes compris, de huit heures trente à minuit.

Il est juste d'ajouter que, la crémaillère pendue, l'usage amendait, façonnait les demeures. Les petits chiens jappeurs y entraient en même temps que le singe, que les vases offerts au jour de l'an, les plantes vertes, les portraits par Ferdinand Humbert, Prinet, Roybet, Antonio de La Gandara… Coussins de chaise longue, châle de Manille drapé sur l'épaule du piano demi-queue, statuettes, sujet de cheminée, boîtes de chocolats et de fondants, chinoiseries et peaux de lion… Parfois un goût personnel et violent, indomptable, s'y faisait sa place comme à la dynamite. Ce n'était point le cas chez Mme Otero, mais il me suffisait, pour que tout à mes yeux fût parfait, que la maîtresse du logis y savourât l'avant-dîner, en bas de soie et mules fatiguées, en chemise de jour et jupon sous son *tea-gown*, qu'elle remplaçait à l'occasion par un peignoir de bain. Cent quatre-vingt-douze cartes et les « marques » en palissandre devant elle, un cendrier à sa droite, un verre d'anisette à sa gauche, elle régnait.

Le jeu et le mutisme retiraient à son visage toute expression, mais il s'en passait bien. Pendant de longues années, il a comme dédaigné de vieillir. Mme Otero, qui se vantait, vraisemblablement, d'un sang hellène, avait le cou bien attaché, le profil buté de mainte statue grecque, et montrait des mains, des pieds, dénués de la voltigeante petitesse espagnole. Entre les grappes de ses cheveux vigoureux, son petit front de brebis demeurait pur. Le nez et la bouche de Lina, les photographies de

Reutlinger vous le diront cent fois, étaient des modèles de construction simple, de sérénité orientale. Des paupières bombées au menton gourmand, du bout du nez velouté à la joue célèbre et doucement remplie, j'oserai écrire que le visage de Mme Otero était un chef-d'œuvre de convexité.

– Achieds-toi, me disait-elle. Coupe. Maria, donne-louis un verre d'anigette.

Sa dame de compagnie, Maria Mendoza, Espagnole pauvre et de bonne maison qui ressemblait à un alezan anglais tout en os, obéissait avec une hâte un peu épouvantée, et le bésigue, ennemi de la conversation, commençait. Sous leur paupière, à peine meurtrie, les regards de Lina surveillaient mes mains...

– Deux chent chinquante... Deux chent chinquante... À dire... À dire... Je les dis. Quinge chents...

Elle savait parfaitement prononcer les s. Mais elle réservait à la scène et aux relations de choix ce petit effort d'articulation.

Le jeu s'échauffait, elle laissait avec indifférence le peignoir de bain s'ouvrir, la chemise de jour glisser. Jusqu'au vallon d'ombre creusé entre deux seins d'une forme singulière, qui rappelaient le citron allongé, fermes et relevés du bout, descendait une parure agrafée comme au hasard, vraie aujourd'hui, fausse demain, sept rangs de perles radieux et rosés, ou une verroterie de théâtre, ou un lourd diamant. La faim impérieuse et l'odeur du *puchero* arrachaient seules Lina au bésigue.

Debout, grande et cambrée, la taille encore mince au-dessus d'une croupe qui était son orgueil, elle bâillait haut, tapait du poing son estomac exigeant, et descendait entraînant les ombres de son festin, en chantant d'une voix métallique et juste :

Tengo dos lunares,
Tengo dos lunares,
Una junta la bocca,
El otro donde tu sabes…

Point d'hommes à table, ni de rivale. L'amant en titre pansait quelque part son poignet tordu. Une ou deux amies vieillissantes, et moi qui n'étais pas vieille, mais terne, nous prenions place aux côtés de Lina.

La vraie fête de gueule, ce n'est jamais le dîner à hors-d'œuvre, entrée et rôtis. Là-dessus nous étions bien d'accord, Mme Otero et moi. Un *puchero*, son bœuf, son jambonneau et son lard gras, sa poule bouillie, ses *longanizas*, ses *chorizos*, tous les légumes du pot-au-feu, une colline de *garbanzos* et d'épis de maïs, voilà un plat pour ceux qui aiment manger… J'ai toujours aimé manger, mais qu'était mon appétit au prix de celui de Lina ? Sa majesté fondait, remplacée par une expression de volupté douce et d'innocence. L'éclat des dents, des yeux, de la bouche lustrée était d'une jeune fille. Rares sont les beautés qui peuvent bâfrer sans déchoir ! Quand Lina repoussait enfin son assiette, c'est qu'elle l'avait vidée quatre, cinq fois… Un peu de sorbet à la fraise, une tasse de café et elle sautait debout, serrant à ses pouces la paire de castagnettes.

— Au piano, Maria ! Vous autres, foutez-moi chette table dans le coin !

Dix heures sonnaient à peine. Jusqu'à deux heures du matin Caroline Otero dansait et chantait pour son plaisir, peu soucieuse du nôtre. De belle quadragénaire, elle passait jouvencelle. Le peignoir jeté, elle dansait en jupon de « broché » à grand volant de cinq mètres de tour, le seul vêtement indispensable à la danse espagnole, et la sueur collait à ses reins sa chemise en linon. Elle répandait, moite, une odeur délicate, brune, à dominante de santal, une odeur plus fine qu'elle-même. Sa joie rude et égoïste était sans bassesse, vouée à une passion réelle de rythme et de musique. Elle empoignait sa serviette de table tachée de sauce, torchonnait à tour de bras son visage, son cou, ses aisselles mouillées, redansait, rechantait :

— Chelle-là, tou la connais ?

Elle ballait sans grande légèreté, mais le visage renversé, les tordions de la taille virant sur les larges reins, le sillon mouvant et sauvage du dos nu affrontaient sans dommage toutes les lumières... Ce corps qui a défié la maladie, les mauvaises rencontres, le temps – corps bien nourri, muscles couverts, chair lustrée, d'ambre le jour, blanche le soir –, ce corps et son arrogant déclin, je m'étais promis de le peindre avec soin et détachement. Nous déformons passionnément, en le peignant, un visage aimé, et qui donc conte volontiers ce qui a trait au véritable amour ? Mais nous fixons – mots ou pinceaux – le rougeoiement d'un feuillage caduc, un météore vert sur le bleu de la nuit, un moment matinal, une catastrophe… Spectacles dénués de sens et de profondeur, que nous chargeons de présage, d'accent ; ils portent à jamais le chiffre d'une année, annoncent la fin d'une erreur, d'une prospérité. Partant aucun de nous ne pourrait jurer qu'il a peint, contemplé ou décrit en vain.

Mais j'ai mal connu l'homme qui fit semblant, toute sa vie, d'être pauvre. Celui-là goûta des joies sans pareilles. Car non seulement il dissimulait – ce qui est humain – des biens inconnus, mais encore il empruntait aux pauvres. Il aimait la saveur aiguë de la saisie, et abandonnait entre les mains des huissiers – comme un mouton bien lainé traverse, au prix de quelques flocons, les clôtures d'épines – des gilets de flanelle usagés, un vieux pantalon, des faux cols un peu barbus, le reste étant garé sous un autre nom que le sien. Personne ne fut mis au fait de ses cachettes. À peu de frais, il passait pour dépensier, et joueur, faisait grand bruit à Monte-Carlo en perdant des jetons de cinq francs.

Son mot le plus fréquent – j'en sais quelque chose – c'était : « Vite, mon petit, vite, il n'y a plus un sou dans la maison ! » Et vite, en effet, ses secrétaires volaient vers les bureaux de poste, chargés d'un courrier abondant – tout en pneumatiques –, vite Pierre Veber, Jean de Tinan,

Curnonsky, Boulestin, Passurf, Raymond Bouyer, Jean de La Hire, etc., etc., abattaient des chapitres de roman. Vite, Vuillermoz après Alfred Ernest, André Hallays, Stan Golestan, Claude Debussy, Vincent d'Indy lui-même nourrissaient les *Lettres de l'ouvreuse*. Vite, Eugène de Solenières et Aussaresses s'attelaient au *Mariage de Louis XV* ; vite, vite, j'écrivais les *Claudine* en quatre volumes, *Minne, Les Égarements de Minne*… À *La Retraite sentimentale*, je renâclai. Et je ne crois pas que je me laisse, au cours de ces pages sans ordre réfléchi, entraîner à dire pourquoi… J'ignore les noms des collaborateurs plus récents. Nous autres les anciens, Pierre Veber, Vuillermoz, l'excellent « Cur » prince des gastronomes, Marcel Boulestin, et moi, nous avons gardé l'habitude, quand nous évoquons notre passé de dupes, de dire : « Dans le temps que nous travaillions *aux ateliers*… »

Ma vie de femme commence à ce jouteur. Grave rencontre, pour une fille de village. Avant lui, tout ne me fut – sauf la ruine de mes parents, et le mobilier vendu publiquement – que roses. Mais qu'aurais-je fait d'une vie qui n'eût été que roses ?

Ce qu'il faudrait écrire, c'est le roman de cet homme-là. L'empêchement est qu'aucun être ne l'a connu intimement. Trois ou quatre femmes tremblent encore à son nom – trois ou quatre que je connais. Puisqu'il est mort, elles cessent peu à peu de trembler. Quand il était vivant, j'avoue qu'il y avait de quoi.

Nous sommes assez nombreux à posséder chacun une petite idée personnelle de M. Willy. Ceux qui ne l'ont presque pas connu l'appellent : « Le bon Willy ». Ceux qui ont eu, d'un peu près, affaire à lui se taisent. Anecdotes, références, je me vois forcée de parler de cet homme-là, quoique, comme dit Tessa, ce ne soit vraiment pas « un sujet de conversation ». Mais son nom est lié à un moment, à un cas de la littérature moderne, et au mien.

Un aspect, le son de la voix, la tournure de l'esprit suffisent à déguiser complètement, devant le regard humain, l'être humain. Comment aurions-nous deviné – je ne puis mieux faire, employant ce pluriel modeste, que de me ranger dans la foule –, comment aurions-nous pénétré d'abord que le chiffre hantait M. Willy et son beau crâne de mathématicien ? La plupart d'entre nous ont refusé de le croire. Au chiffre il dut ses jeux, ses joies, ses culpabilités principales. Compter, acquérir, thésauriser, voilà ce qui, même dans la correspondance torrentielle qui lui survit, prend la première place. L'écriture ascendante, microscopique, a tôt fait de décourager le curieux, que lasse aussi la monotonie du texte, tant dans les « notes » que dans les lettres :

« Touché à *L'Écho,* expédié 53 marks 10.
Sur le livre de dépenses, note, mon vieux :
M. M…, à valoir, 200 francs.
Hans Dichter, 50 francs.
Félix Potin, 17 francs.

Solde d'août : 30 francs.

Contributions : 20 fr. 50.

À Juliette, pour la cuisine : 124 fr. 50, desquels sont à déduire les 94 francs versés de la main à la main.

J'ai tout noté, mais pas eu le temps de reporter au livre. Inscris, inscris !

Le mandat d'un louis, l'as-tu inscrit ? Je me défie de ta mémoire de léporide !

Je crois avoir noté l'envoi, à Eisenhardt, des quarante balles. Vérifie, vieux. »

Mais quel *livre* ? J'ai possédé des « livres de dépense » comme tout le monde… Ce livre-là, dont le souci suivait, on le voit, M. Willy jusque dans ses déplacements, était spécial, personnel, et même caché. L'homme ordonné qui le tenait à jour et le confiait, absent, à un seul secrétaire ne dédaigne pas d'en émailler les marges de petites additions, en chiffres-insectes, en chiffres-grains de sable. Un feuillet jauni glisse, couvert de chiffres, d'un vieux casier qui me suivit après mon divorce : ô stupeur, c'est une liste d'achat de valeurs, et des plus solides…

Je n'ai presque jamais vu « le » livre ; et je ne l'ai feuilleté que démantelé. C'était un long agenda d'une espèce très commune, couvert de toile noire.

Questions de chiffres, questions de chiffres… Où m'ont-ils menée, moi qui ne m'occupais pas d'eux ? Un an, dix-huit mois après notre mariage, M. Willy me dit :

— Vous devriez jeter sur le papier des souvenirs de l'école primaire. N'ayez pas peur des détails piquants, je pourrais peut-être en tirer quelque chose… Les fonds sont bas.

Je m'émus moins de la dernière phrase, leitmotiv quotidien, varié pendant treize années avec une inépuisable fantaisie, que de la première. Car je sortais d'une longue, d'une grave maladie, dont je gardais le corps et l'esprit paresseux. Mais, ayant retrouvé chez un papetier et racheté des cahiers semblables à mes cahiers d'école, leurs feuillets vergés, rayés de gris, à barre marginale rouge, leur dos de toile noire, leur couverture à médaillon et titre orné « Le Calligraphe » me remirent aux doigts une sorte de prurit du pensum, la passivité d'accomplir un travail commandé. Un certain filigrane, au travers du papier vergé, me rajeunissait de six ans. Sur un bout de bureau, la fenêtre derrière moi, l'épaule de biais et les genoux tors, j'écrivis avec application et indifférence…

Quand j'eus fini, je remis à mon mari un texte serré qui respectait les marges. Il le parcourut et dit :

— Je m'étais trompé, ça ne peut servir à rien.

Délivrée, je retournai au divan, à la chatte, aux livres, aux amis nouveaux, à la vie que je tâchais de me rendre douce, et dont j'ignorais qu'elle me fût malsaine…

2

Rue Jacob, au troisième étage, entre deux cours… Du moins l'une des cours, qui regardait le nord et la rue Visconti, m'offrait des toits de tuiles anciennes, qui me rappelaient la tuile de Bourgogne.

Point de soleil. Trois pièces, un cabinet sombre, la cuisine de l'autre côté du palier, le tout coûtait quatorze cents francs l'an. Une salamandre dans le salon carré, une cheminée à gaz dans un réduit où j'avais installé tub, cuvettes et brocs. Presque pauvre, l'appartement possédait cependant des portes Restauration, blanches, à guirlandes et à petites couronnes, empâtées de peinture. Ce n'est pas moi qui l'avais choisi. Comme mal éveillée, je le visitai vide. Le précédent locataire l'avait habité pendant cinquante ans – le temps de mener à bien une singulière œuvre décorative… Les portes, leurs ornements, les corniches, les plinthes, la niche du poêle en faïence de la salle à manger, les moulures des panneaux de fausse boiserie, les planches des placards, les chambranles, et une grande partie des murs eux-mêmes, étaient couverts de confettis minuscules, multicolores, taillés en losanges, et collés à la main, un à un.

— Je me suis laissé dire par le monsieur lui-même, insinua la concierge avec mystère et considération, qu'il y en avait plus de deux cent soixante-quinze mille… C'est un travail.

Un travail comme dans les cauchemars… l'idée que j'allais habiter des murs témoins d'une folie aussi secrète, d'une délectation aussi coupable m'épouvanta… Et puis je n'y pensai plus. Je n'étais qu'une jeune mariée.

Sombre, attrayant comme sont certains lieux qui ont étouffé trop d'âmes, je crois que ce petit logement était très triste. Je le trouvai pourtant agréable. Tant est d'avoir connu pis. Je sortais d'un autre campement, l'appartement de garçon de M. Willy, un gîte secoué et sonore au haut d'une maison des quais, qui grelottait à tous camions et omnibus. Je n'ai pu oublier ce logis obscurci de doubles vitres tintantes. Vert bouteille et chocolat, meublé de cartonniers déshonorants, imprégné d'une sorte d'horreur bureaucratique, il semblait abandonné. Sur les parquets gémissants, le moindre courant d'air allait chercher au profond de l'ombre, jusque sous le lit fatigué, et amenait au jour une neige grise, dont les flocons, comme certains nids légers, naissent d'enlacer à un crin, à quelques cheveux, à un brin de fil, une poussière qui ressemble à un plumage… Des piles de journaux jaunis défendaient les sièges ; des cartes postales allemandes erraient un peu partout, glorifiant le pantalon à ruban, la chaussette et la fesse… Le maître du logis eût trouvé mauvais que je m'attaquasse à ce désordre.

Cet appartement impudique, agencé pour la commodité et la négligence d'un célibataire dissolu, j'étais contente de le quitter tous les matins. Déjà le matin me tirait du lit, m'appelait au-dehors. L'appétit aussi. Nous passions le pont, vers huit heures et demie. En dix minutes de trajet, M. Willy et moi nous atteignions une crémerie, modeste entre toutes, où les emballeurs bleus de la Belle Jardinière se sustentaient comme nous d'un croissant trempé dans du chocolat mauve…

D'après des détails précis qui percent un mauvais nuage de souvenirs, il m'apparaît que nous vivions très modestement, M. Willy et moi. C'est possible. C'est probable. Je me souviens que « Sido », ma mère, venue pour quelques jours à Paris – elle descendait à l'hôtel du Palais-Royal – surprit que je n'avais pas de manteau en plein hiver 1894, ou 1895. Elle ne dit mot, mais posa sur son gendre son grand regard sauvage, et m'emmena aux magasins du Louvre acheter un manteau noir, de cent vingt-cinq francs, bordé de mongolie, que je trouvai luxueux. Un certain genre de privations n'a point d'action profonde sur les êtres jeunes. Le bizarre non plus ne les atteint guère. Brusquement je me rappelle, amoncelé sur le bureau peint en noir et drapé de grenat, un tas d'or… Rien que des louis, qu'y venait de verser, en retournant ses poches, M. Willy…

— Prenez-en, me dit-il, autant que vos mains fermées peuvent en tenir… Vous compterez après.

Je comptai : huit cent vingt francs. L'or monnayé est un beau métal qui tiédit facilement et sonne clair…

— Maintenant, dit M. Willy, je pense que vous ne me demanderez pas d'argent pour la maison avant deux mois ?

Je trouvais naturel de vivre les poches vides, tout comme avant mon mariage. Je ne pensais pas non plus que j'eusse pu vivre mieux. Après le matinal chocolat lilas, je réintégrais mes noirs lambris, et je ne me rendais pas compte que j'y étiolais une vigoureuse fille élevée parmi l'abondance que la campagne consentait aux pauvres, le lait à vingt centimes le litre, les fruits et les légumes, le beurre à quatorze sous la livre, les œufs à vingt-six sous le quarteron, la noix et la châtaigne… À Paris, je n'avais pas faim. Je me terrais, surtout pour ne pas connaître Paris, et j'avais déjà, après dix mois de mariage, d'excellentes raisons pour le redouter. Un livre, cent livres, le plafond bas, la chambre close, des sucreries en place, de viande, une lampe à pétrole au lieu de soleil – je n'oublie pas le vivace et stupide espoir qui me soutenait : ce grand mal, la vie citadine, ne pouvait durer, il serait guéri miraculeusement par ma mort et ma résurrection, par un choc qui me rendrait à la maison natale, au jardin, et abolirait tout ce que le mariage m'avait appris…

Comprendra-t-on que le fait d'échanger mon sort de villageoise contre la vie que je menai à dater de 1894 est une aventure telle, qu'elle suffit à désespérer une enfant de vingt ans, si elle ne l'enivre pas ? La jeunesse et l'ignorance aidant, j'avais bien commencé par la griserie – une coupable griserie, un affreux et impur élan d'adolescence. Elles sont nombreuses, les filles à peine nubiles qui rêvent d'être le spectacle, le jouet, le chef-d'œuvre libertin d'un homme mûr. C'est une laide envie, qu'elles expient en la contentant, une envie qui va de pair avec les névroses de la puberté, l'habitude de grignoter la craie et le charbon, de boire l'eau dentifrice, de lire des livres sales et de s'enfoncer des épingles dans la paume des mains.

Je fus donc punie, largement, et tôt. Un jour je revêtis mon beau manteau de cent vingt-cinq francs, nouai mon serpent de cheveux d'un ruban neuf, et me rendis en fiacre rue Bochart-de-Saron, où je sonnai à la porte d'un entresol exigu. Un billet anonyme dit souvent la vérité : je trouvai donc M. Willy et Mlle Charlotte Kinceler ensemble, non point au lit, mais penchés sur un livre – encore ! – de comptes. M. Willy tenait le crayon. J'écoutais mon cœur battre dans mes amygdales, et les deux amants regardaient, stupéfaits, cette provinciale pâle aux longs cheveux, sa tresse autour du cou et des frisettes sur le front. Que dire ? Une petite femme brune – un mètre quarante-neuf, exactement – pas jolie, pleine de feu et de grâce, tenait ses ciseaux à la main et attendait un mot, un geste pour me sauter au visage… Si j'avais peur ? Mais non, je n'avais pas peur. Un drame, l'espoir d'une catastrophe, le sang, un grand cri : à vingt ans on contemple en soi-même, tous les jours, des paysages tragiques bien plus beaux. D'ailleurs ni Mlle Kinceler, ni moi n'avions l'air emprunté, tandis que M. Willy s'essuyait le front qu'il avait rose, illimité et puissant.

— Tu viens me chercher ? dit-il.

D'un air incertain, je regardais Mlle Kinceler et mon mari, mon mari et Mlle Kinceler, et je ne trouvai à répondre, sur un ton de mondanité, que :

— Mais oui, figure-toi…

Il se leva, me fit passer devant lui, et me poussa au-delà de la porte d'entrée avec une célérité magique. Dehors, j'étais assez fière de n'avoir ni tremblé ni menacé. Mais je regrettais de n'avoir pas entendu le son de la voix de Mlle Kinceler. Et surtout je me repaissais amèrement de tout ce que j'avais entrevu : l'exiguïté et l'ordre de l'appartement, une fenêtre ensoleillée, un air d'accoutumance, la toile cirée sur une table dont l'un des abattants était replié, une cage à canaris, le coin d'un grand lit dans la petite pièce voisine, les cuivres et l'émail d'une cuisine-armoire, l'homme un peu ventru assis de biais sur une chaise cannée, la jeune femme-tison qui tenait ses ciseaux pointus – et l'intruse, la jeune femme à la tresse, mince dans son manteau de confection…

J'entendais mon mari respirer par saccades. Parfois il soulevait son chapeau à bords plats et s'essuyait le front. Il ne comprenait pas ce que signifiaient mon arrivée, mon mutisme, ma modération. Moi non plus. Un peu après je me rendis compte que, malgré tant de nouveauté, d'étonnement et même de désespoir, je m'étais sur-le-champ mise à réfléchir, et décidais qu'il importait de tenir Sido dans l'ignorance. Je l'y tins.

Je n'ai pas réussi complètement à la tromper, car elle voyait à travers les murailles. Mais j'ai fait de mon mieux pour qu'elle me crût heureuse, pendant treize ans. Mon rôle était difficile, surtout au commencement. Quand je lui rendais visite, à Châtillon-Coligny, j'avais à redouter un rude moment. Mes premières heures de séjour provincial, en dépit de la maison si petite et si modeste – si différente de la large maison natale de Saint-Sauveur – me rendaient le goût de rire, de questionner, de suivre mon frère aîné, le médecin, dans la De Dion catarrheuse et de l'attendre aux portes des fermes. Le soir de mon arrivée, je dépeignais à ma mère les visages nouveaux de Mendès, de Gustave Charpentier, le chat noir et le lézard vert de Judith Gautier, Courteline… Mais venue la fatigue qui décolorait mon frère Achille après quinze heures de tournées, venue pour mon père l'heure de goûter son prompt sommeil d'homme vieillissant, je sentais l'approche aussi du moment chéri où seules, ma mère et moi, nous causerions ensemble. Couchée, la boule chaude aux pieds, il fallait que je la visse s'asseoir dans le vieux fauteuil près de mon lit, tout animée de ma présence et de sa lassitude intolérante : « Ah ! ces reins... cette jambe gauche... et cette nuque donc ! »

Sa manière même de désigner les points douloureux bannissait, reniait ses maux, ainsi que son geste, le même qu'elle eût eu pour rejeter un vêtement trop chaud ou une très longue chevelure éparse...

– Allons, raconte !...

Elle me pressait, m'épiait avec une sagacité à faire peur. Mais j'étais sa fille, et déjà savante au jeu. Alors je racontais cent histoires d'un Paris que je ne connaissais presque pas. Je parlais théâtre et concerts. Je me surveillais durement, en appréhendant mon plus grand danger : « Si elle me borde, si avant de me border elle me prend dans ses bras, si elle me met l'odeur de ses cheveux maigres et doux contre ma joue, si elle s'amuse à m'appeler "mon soleil rayonnant", tout est perdu... »

Une heure plus tard, elle me nommait en effet son soleil rayonnant, appuyait contre ma joue sa chevelure clairsemée et soyeuse, et bordait ma couverture sous le matelas. Raide, attentive, je ne me permettais pas un geste, pas un mot, rien, rien que l'imitation d'un grommellement ensommeillé. Au prix d'une telle abstinence j'atteignais l'instant où Sido s'écriait : « Onze heures ! », prenait la chatte d'un bras, empoignait de sa main libre la lampe à pétrole, et me quittait jusqu'au lendemain...

Je n'ai jamais su pleurer avec décence, facilité et attendrissement. Les larmes me sont aussi cruelles que la nausée, me gonflent les narines, me tirent la bouche en carré ; j'en garde par surcroît une courbature dans les côtes et d'affreux yeux pochés. Je pleure aussi mal, aussi douloureusement qu'un homme. Mais on se vainc, pourvu qu'on le veuille. Dès que mon entraînement a été mené à fond, je me suis presque complètement privée de pleurer. J'ai des amis de trente ans qui ne m'ont jamais vu une larme aux cils… « Vous, pleurer ? » s'étonnent-ils. Ils me regardent en plein visage, par-dessus ou par-dessous leurs lunettes, imaginent avec effort, là, entre l'œil et le nez, là, au coin de la bouche, le trajet de mes larmes… « Vous, pleurer ? C'est trop drôle ! » Ils en éclatent de rire, et moi aussi, car en somme les larmes publiques sont le fait d'une sorte d'incontinence, qu'on n'a pas le temps, lorsqu'elle vous saisit, de courir cacher derrière un pan de mur. Peut-être à cause de la peine que je me suis donnée pour les refouler, j'ai horreur d'elles.

Charlotte Kinceler, je l'ai, plus tard, revue. Vous aussi, si vous avez assisté à une représentation des *Hannetons*. « Lotte », Montmartroise, fille d'un communard alcoolique, a tenté Brieux, qui écrivit *Les Hannetons* d'après Lotte, et choisit Polaire pour interpréter le principal rôle. Lotte a séduit Lucien Guitry, ébloui Jules Lemaître, et bien d'autres hommes célèbres, ou notoires, qui avec timidité entouraient Lotte. Ils faisaient parfois l'amour avec elle, comme avec la jeune prêtresse d'un culte et d'un poncif qui naissaient : Montmartre. Elle était fraîche et tachée, suspecte déjà – même à mes yeux neufs – de diriger son jaillissement spontané, de tracer à ses sources puissantes des chemins artificiels. Mais il y avait encore beaucoup à faire pour qu'elle rendît fastidieux son orgueil de naine et son esprit d'enfant bossu. Jules Lemaître prêtait l'oreille, comme à un gazouillis polynésien, au vocabulaire de Lotte, que M. Willy attablait avec lui chez l'austère Foyot. L'homme de lettres se penchait émerveillé sur les mains, les pieds extraordinairement délicats de son invitée, qui étendait par-dessus la table ses petites serres.

— Cinq et quart, que je gante, disait Lotte vaniteuse. Pour les souliers, c'est du fillette. Kif-kif ma sœur. C'est de famille.

— Ah ! vous avez une sœur ?

— Je pense, disait Lotte. Mme Ducroquet. Elle est demi-mondaine.

— Et vous ne l'avez pas amenée ? se récriait Lemaître.

Lotte hochait une tête sentencieuse.

— Ce n'est pas des choses à faire. Elle chauffe les couverts.

— Elle… Elle chauffe les couverts ? Ah…, disait Lemaître rêveur, j'ignorais ce raffinement. En effet, on chauffe bien les assiettes…

— Non ! criait Lotte. Elle les poisse, que je vous dis !

Lemaître rougissait sous la réprimande.

— Elle les… J'avoue que je ne saisis pas…

Lotte, découragée, en appelait à M. Willy, qu'elle nommait familièrement Kiki, et désignait de l'œil l'écrivain ingénu :

— Kiki ! Tu m'avais dit qu'il était intelligent !

À ce trait, Lemaître s'épanouissait, couvrait Lotte de son œil tendre et fin :

— Quelle merveille... Ah ! si elle voulait faire du théâtre...

La native de Montmartre lui rendait toute son estime dans un regard noir et blanc, étouffé sous des cils orientaux...

— Mais je veux en faire ! Même que j'ai une pièce dans la tête, mais alors une pièce... Pas de leurs sales rigolades à la mords-moi-le-jonc, non, une *pièce* ! Je vous la dis ?... Voilà, je jouerais une jeune femme mariée ; j'ai épousé un soiffard genre mon père, la moitié du temps il boit, l'autre moitié du temps il dégueule comme de juste. Je suis malheureuse, pensez... Un type, riche et beau et tout, me fait du plat : « Divorcez, qu'il me dit, et vous vivrez un beau rêve ! » Naturellement, je fais la différence. Et un soir en rentrant de mon travail...

— Quel travail ? demanda Lemaître.

— Quel travail, quel travail ! répéta Lotte agacée. C'est pour ça qu'il m'interrompt, çui-là ! Mon travail, quoi ! Je dresse les puces, ou je couds en chambre !... Un soir donc en rentrant de mon travail, je pleure. « Ah ! que je me dis, le sort en est jeté ! Je vais laisser tomber le salaud, et je veux connaître le bonheur ! » Mais qu'est-ce que je trouve en ouvrant ma porte ? Mon mari rentré saoul et qui a vomi partout ! Vomi sur la descente de lit, vomi sur le couvre-pieds. Vomi sur les rideaux, sur la plante verte et le cache-pot !... Alors je m'agenouille, je joins les mains et je dis comme ça...

Elle joignit en effet les mains et ne montra plus que le blanc de ses yeux :

— Je dis : « Mon devoir est ici. » Hein, qu'est-ce que vous pensez de ça ?

— Oui... Évidemment..., balbutia Lemaître... À vrai dire, je vous voyais plutôt dans les rôles comiques...

— Comiques !!!

À peine plus haute debout que Lemaître assis, Lotte le foudroyait. Elle se tourna vers M. Willy qui ne s'ennuyait pas :

— *Mon cher*, tu voudras bien à l'avenir ne plus m'inviter avec des cocos pareils. Bête, passe encore, mais sans cœur, ça, ça ne se pardonne pas. J'aime mieux m'en aller. Et veux-tu toute ma manière de penser ? Si c'est toi qui payes l'addition, je te trouverai aussi c... que lui !

Nous devînmes, Lotte et moi, non point amies, mais curieuses l'une de l'autre, et courtoises comme bretteurs réconciliés. Elle avoua à M. Willy l'estime que lui avait inspirée mon sang-froid : « Elle a l'air un peu anglais, ton épouse, et elle met son chapeau trop en arrière. Et puis ses petites frisettes sur le front, ça fait noce de Passy. Mais n'empêche que chez moi, elle était là comme chez elle ! » De mon côté, j'admirais en Lotte tout ce qui me manquerait éternellement, le bagout, une miraculeuse prestesse corporelle, et l'omniscience. Quand elle ouvrit sa boutique d'herboriste, rue Pauquet, et que j'allai acheter quelque vaseline boriquée, une poignée de camomille, nous nous mesurâmes de nouveau, et un peu cauteleusement je recherchai ses bonnes grâces. Je pris l'habitude de l'écouter, en insinuant que j'avais tout à apprendre. Rengorgée, elle paradait. Pour rendre la politesse, elle venait parfois chez nous, très dame, en veste d'astrakan, un gros bouquet de Parme à la ceinture et la voilette chenillée tendue sur son nez de pékinois. Un jour, avant de parler, elle ouvrit sa fourrure parfumée au corylopsis, tira hors de son corsage le bord d'une chemise en « fil de main », incrustée de papillons en matines. M. Willy siffla d'admiration.

— Mazette ! Qu'est-ce que c'est ?

— Un type, dit Lotte. Trois jours. Mais c'est fini. Avec sa gueule et son nom à coucher dehors, çui-là, je l'ai sorti.

— Quel nom ?

— Oh ! un nom… comme Richard Lenoir… Attends, non, je me trompe : Edmond Blanc.

On comprendra que je m'attarde au souvenir de Lotte Kinceler. Cette jeune femme, qui eut une vie brève, m'apprit beaucoup. D'elle datent mes doutes sur l'homme à qui je m'étais fiée, et la fin de mon caractère de jeune fille, intransigeant, beau, absurde ; d'elle me viennent l'idée de tolérance et de dissimulation, le consentement aux pactes avec une ennemie. Période instructive, application, humilité… Lotte me vendait au poids de l'or sa pommade à l'oxyde de zinc, mais j'y gagnais encore. Chez elle, dans le salon-arrière-boutique, je buvais un tilleul servi sur le tapis de table à franges, et je cessais de croire follement que m'ayant trompée avec mon mari, Lotte ne fût occupée que de me tromper encore. Quand la sonnette du magasin tintait, elle courait au-devant du client, préconisait tel modèle de préservatif, s'enquérait d'un intestin capricieux, pesait l'armoise sèche pour une mère « aux cent coups ». À tous, à toutes, elle tenait un admirable langage, celui des tireuses de cartes, des pythonisses et des cueilleuses de simples. Noire comme l'enfer, fine, la taille étranglée, elle se haussait vers l'acheteur avec une force et une majesté de serpent, dressait un index enfantin et apaisait la mère irritée :

— Quand la nature parle, madame, les plus malins n'ont qu'à se taire ! Chez votre fille, la nature a parlé !… La voilà dans l'embarras, c'était fatal ! Maintenant, ajoutait-elle, faut se débrouiller, n'est-ce pas… La nature ne veut pas la mort du pécheur…

Près de l'oreille cramoisie d'un jeune homme, elle chuchotait avec autorité, souriait d'un sourire commercial qui n'admettait nulle équivoque ; elle cherchait, alignait de petits paquets, terminait par des mots convaincants :

— Ceci, monsieur, ne peut plus s'appeler une mesure de précaution, c'est une parure ! Une véritable parure !

Le crépuscule venu, elle jetait sa blouse d'herboriste, coiffait un chapeau, revêtait un manteau du goût le meilleur, et je quittais, en l'enviant, cette princesse d'un mètre cinquante, sans nez, le blanc de l'œil et la dent étincelants, qui s'en allait dîner dans la bohème littéraire.

Peu avant sa mort, elle se mit l'église et le confessionnal en tête, elle qui n'avait jamais songé au baptême. Elle allait se confesser, comme elle eût bu un verre sur le zinc par un jour de grande soif. Elle eut affaire trois ou quatre fois à un prêtre qui la conquit, un homme sans doute plein de génie, rude, lourd, dont elle n'entrevit la figure qu'au travers du grillage de bois. Elle l'entendait parler et souffler, recevait l'odeur pénible de son haleine. Elle pressentit je ne sais quelle urgence de finir, écrivit à « Kiki » des billets confus et balafrés de lumière : « J'ai encore retourné *là-bas*, voir ce ratichon. Ah ! qu'est-ce que tu veux, Kiki, c'est une histoire à ne pas croire, j'en deviens louf. Il sue, il pue, il rote, c'est lui qui va m'amener à Dieu... »

M. Willy gardait les lettres, les classait avec toutes les autres lettres qu'il recevait dans un dossier à système qui perçait de trois trous les marges. Mais Lotte n'eut pas la patience d'attendre le miracle dont l'approche l'agitait. Par un après-midi de pluie d'été étouffante, elle passa dans son petit salon-arrière-boutique, et se tira un coup de revolver dans la bouche. Elle avait vingt-six ans, et des économies.

3

De la première, de la seconde année de mon mariage, je conserve un souvenir net et fantastique, comme l'image que l'on rapporte du fond d'un rêve désordonné dont tous les détails, sous une incohérence apparente, contiennent des symboles clairs et funestes. Mais j'avais vingt et un ans et j'oubliais à chaque moment les symboles.

Les enchantements d'une réclusion volontaire ne sont pas que maléfices. Avant que l'épisode Kinceler ne me donnât la conscience du danger, le goût de durer et de me défendre, j'ai eu beaucoup de peine à accepter qu'il existât autant de différence entre l'état de fille et l'état de femme, entre la vie de la campagne et la vie à Paris, entre la présence – tout au moins l'illusion – du bonheur et son absence, entre l'amour et le laborieux, l'épuisant divertissement sensuel…

J'avais des compensations. Je goûtais des loisirs longs et protégés comme ceux des prisonniers, et des repos d'infirme. Couchez un enfant plâtré, ou blessé, il s'accommode bientôt de son impotence. Il meuble sa couche, et s'y attache. Pour lit, pour biens et pour refuge j'avais mon insociabilité, ma jeunesse, l'aversion de la ville qui m'entourait, une terrible obstination à vouloir souffrir par l'amour plutôt que de renoncer à lui ou de me plaindre. J'avais des livres, et le poison nonchalant, à constant débit, d'une salamandre allumée dès septembre, éteinte en juin. J'avais des amis nouveaux, et point d'amie. La compagnie des hommes mûrs plaît aux filles jeunes, mais elle les attriste secrètement. Mon mari comptait quinze ans de plus que moi, Pierre Veber, témoin de M. Willy, avait rejoint après notre mariage les compagnons que méritaient, qu'exigeaient ses vingt-huit ans frais, sveltes, chuchoteurs, spirituels. Quand il venait rue Jacob, je respirais l'air qu'il agitait, son parfum d'homme jeune et soigné, je le regardais avec surprise, avec plaisir, et je ne pensais pas que j'aurais pu le convoiter. Cependant la calvitie de M. Willy miroitait sous la lampe, et non loin de lui Paul Masson, mélancolique commensal facétieux, tiraillait sa petite barbe pointue, qui grisonnait… Mon autre ami, Marcel Schwob, à trente ans n'avait de jeune que sa passion de toutes connaissances humaines, sa véhémence, son agressive lumière à éclats brusques…

Je ne m'ennuyais jamais avec mes compagnons dessaisonnés. Mon besoin chronique de revoir Sido, de vivre auprès d'elle, je le trompais en lui écrivant des lettres quotidiennes… Je m'enlisais dans le demi-songe, le demi-jour, le flottement, l'habitude de me taire, le vague plaisir d'être pâle, un peu essoufflée, d'épandre, sur une longue robe d'intérieur style Renaissance, mes longs, mes lourds cheveux aussi longs que moi-même…

Sauf que je savais les brosser et les tresser, j'étais maladroite à les coiffer, ces longs cheveux que les mains de ma mère n'avaient jamais épinglés en chignon. Quand j'avais froid, je les dénattais, et je me réchauffais sous leur nappe tiède. Pour la nuit, je les retressais, et je rêvais serpents, quand l'extrémité de mes tresses se prenait entre mes orteils.

Mon beau-père présida (en 1895 ? 94 ?) le bal annuel de Polytechnique, où je parus à son bras, dans une belle robe vert d'eau à berthe de dentelle, chef-d'œuvre d'une couturière batignollaise. On regarda beaucoup la « jeune fille », aussi verte que sa robe – j'étais très malade –, son ruban noué au-dessus du front, sa couleuvre de cheveux perdue dans les plis de sa traîne…

Cette « jeune fille » décolorée était en chemin de mourir, mais ne mourut point. Elle donna beaucoup de souci au docteur Jullien, le grand médecin de Saint-Lazare, qui la soigna pendant plus de deux mois, et la semonçait tendrement : « Mais guérissez, voyons ! Aidez-moi ! Je m'évertue tout seul à vous guérir ! » Il y a toujours un moment, dans la vie des êtres jeunes, où mourir leur est tout juste aussi normal et aussi séduisant que vivre, et j'hésitais. Comment d'ailleurs me serais-je plainte d'un mal qui me ramenait Sido ?

Car elle vint, portant un mince bagage de robes en satinette, et de camisoles blanches pour la nuit, elle vint lorsque le docteur Jullien lui écrivit qu'il ne me sauverait probablement pas. Elle cacha tout, me soigna avec une passion gaie, coucha dans la noire salle à manger. Je la trouvais seulement un peu rouge, et haletante. Sans doute, elle peinait à toute heure, me halait loin d'un seuil qu'elle ne voulait pas me voir franchir. Aussi guéris-je. Alors Sido se replia en hâte vers celui qui languissait, vers mon père, non sans que m'ait frappée la singulière distance qu'elle marqua constamment à celui qu'elle nommait toujours – ne fais-je pas bien en l'imitant ? – M. Willy.

Faute d'avoir recommencé une « grande maladie » je n'ai plus jamais éprouvé le surprenant état qui ne me laissait pas assez de forces pour souffrir beaucoup. Couchée soixante jours, je me souviens que j'étais gaie et riais facilement. Je soignais mon visage et mes mains, je confiais mes pieds et ma chevelure à Sido.

Mais l'eau me manquait comme la pluie à une plante. J'implorais des bains, que mon miséricordieux médecin m'accordait à regret tous les cinq ou six jours. Une fois la semaine on « montait » un bain, comme on eût fait au XVIIIe siècle. Un annonciateur velu et robuste paraissait d'abord, encapuchonné d'une baignoire en cuivre rouge qui avait dû connaître Marat. Puis, venaient des seaux fumants, que l'on ne versait pas sans napper la baignoire d'un linceul de grosse toile. Les mains de ma mère enroulaient mes tresses au-dessus de mon front. Quatre bras me prenaient, me déposaient dans l'eau chaude, où je grelottais de faiblesse, de fièvre, d'envie de pleurer, de misère physique. Séchée, recouchée, je claquais des dents un long moment et me divertissais à regarder les garçons de bains reprendre l'eau à grands seaux d'abord, à petites casserolées pour finir. Le sarcophage de cuivre s'en allait ; Juliette, la petite bonne, épongeait ses traces, et Paul Masson entrait me faire visite, à moins que ce ne fût Marcel Schwob, ou plus rarement Mme Arman de Caillavet. La célèbre amie d'Anatole France fut bonne pour une malade si jeune, si peu défendue, si longtemps confinée sur un triste lit en noyer ciré, dans une chambre où rien ne parlait de choix, de confort ni d'amour. Elle posait sur mon drap un ananas, des pêches, un grand fichu de foulard noué en sac à bonbons… Sa mante de zibeline s'achevait en fraise de dentelle, un oiseau de Minerve, qui lui ressemblait, la coiffait, ailes ouvertes. Elle demeurait peu, mais sa belle main à paume large, l'essoufflement de sa voix péremptoire, son parfum outrecuidant m'étaient d'un secours vif et passager.

Assis à mon chevet, Marcel Schwob fidèlement ouvrait un volume de contes américains ou anglais, Twain, Jérôme K. Jérôme, Dickens, ou *Moll Flanders*, qu'il n'avait pas encore traduit, et pour moi seule, pour que je me tinsse immobile, pour que je supportasse mon mal et les vésicatoires ronds et noirs qui mordaient symétriquement les deux côtés de mon ventre creux, il lisait. J'acceptais les dons d'un érudit, supérieur à son œuvre. Déjà débile, marchant difficilement, il gravissait, deux fois, trois fois par jour nos trois étages, parlait, traduisait pour moi, gaspillait pour moi son temps avec magnificence, et je ne m'en étonnais pas. Je le traitais comme s'il m'eût appartenu. À vingt ans, on accepte royalement les présents démesurés.

Un seul portrait de Marcel Schwob ressemble à Schwob, celui qu'a dessiné Sacha Guitry : la commissure des paupières en fer de flèche, une pâle et terrible prunelle en fusion, la bouche qui retient, qui polit, qui affile, en s'y délectant, un secret ; tel je vis, trois années durant, le plus menaçant visage qui pût couvrir, comme un masque de guerre et d'apparat, les traits mêmes de l'amitié.

Mon autre ami quotidien avait moins d'éclat, sinon moins de mystère. Une figure grise, effacée et inoubliable, une petite barbe de foin sec, le regard d'un mauvais curé, un rire grinçant et faible. Adonné au calembour, aux mystifications élaborées comme des crimes, il n'a laissé que des miettes, signées « Lemice-Térieux », des *Pensées d'un yoghi*, un catalogue du Salon de la Nationale, entièrement rédigé en calembours qui combinaient, avec une ingéniosité insensée, le nom du peintre et la légende du tableau… Sa patience, sa culture lui permirent des divertissements coupables, qui troublèrent la paix politique ; un *Carnet de jeunesse* de Bismarck, fabriqué par Paul Masson, mit la France et l'Allemagne au seuil de la guerre. « Un peu plus tôt, un peu plus tard… », disait le monomane…

Magistrat à Chandernagor, il y rendit quelques jugements dont les « attendus » ne parvinrent pas jusqu'à l'Europe. Il avouait lui-même que « c'était dommage… ». Mais une relation de l'expulsion des pères jésuites, adressée au *Figaro*, émut la France bien-pensante, et le gouvernement, étonné, ordonna une enquête. Avec quel zèle, avec quelle conscience Paul Masson s'en chargea, est-il besoin de le dire ? Le plus documenté des rapports en fit foi, attestant qu'il n'y avait plus de jésuites dans l'Inde française depuis Louis XV.

Il ressemblait, pour le physique, à ces démons qui s'abattent sur une province, avec la mission d'abuser les jeunes filles, de changer le châtelain en loup, l'honorable notaire en vampire. Il donnait parfois son adresse, mais n'ouvrait jamais sa porte. Je crois qu'il avait, ex-magistrat colonial, gardé l'habitude de l'opium, mais rien ne m'en fournit la certitude. Je ne suis sûre que de l'affection, et probablement de la pitié qu'il me voua, lorsqu'il fut au fait des conditions de ma vie nouvelle et qu'il me vit si grièvement dépérir. Pour sa manie mystificatrice, elle lui tenait, je pense, lieu de vice, et d'art.

L'époque d'ailleurs couvrait la farce d'une faveur qui nous paraît aujourd'hui inexplicable. Plus récemment, nous eûmes la surprise-partie, forme grossière, et Dieu merci dangereuse, de l'exploration… Mais 1890, 95 eurent leurs plaisantins patentés ; Vivier, Sapeck aboutissent à Salis, préparent, présagent Allais et Jarry. Quand l'oisiveté fut moins estimée, la mystification évolua, s'affina et périt, passant le sceptre à une génération capable de tirer profit d'une aptitude que ses devanciers exploitaient avec désintéressement.

C'est le désintéressement, un sens malfaisant de l'avenir qui signalent un Lemice-Térieux. Il œuvrait pour la postérité, dans le silence. Attaché à la rédaction du catalogue de la Bibliothèque nationale, il semblait vivre de peu, ne manquer de rien. Mais tout ce qu'il nous laissait voir n'était que vaine apparence, et destiné à créer, à entretenir l'erreur.

Lorsque, presque guérie contre toute vraisemblance, je m'en allai, avec M. Willy, à Belle-Île-en-Mer, Paul Masson nous accompagna, invariablement vêtu de son complet veston noir[1], bordé d'un galon mohair. Débile, jamais las, il suivait ma jeune allégresse que chaque journée d'eau salée et de soleil fortifiait. L'abondance méridionale de l'île nous émerveillait. Des terrasses et des treilles, des figuiers comme en Italie, des lézards gris brodant le roc, des voiles roses et bleues sur la mer… L'alluvion féminine annuelle – les bigouden casquées, brillantes comme des coléoptères, engagées pour l'étêtage et la cuisson des sardines – attendait le poisson qui tardait, et en attendant recherchait tout ce qui portait braies : « Vous avaî pas besoin de personne ? » demandaient les bigouden à mon compagnon.

– Pour quoi faire ?

1. Plus tard, j'en fis Masseau dans *L'Entrave.*

– Pour couchai avec vous…

Il leur faisait un signe fourchu et elles fuyaient, remuant dans leurs belles jupes l'odeur du poisson gâté… De Kervilaouen à la mer Sauvage, de Sauzon aux Poulains nous allions, respectant l'isolement de M. Willy qui longuement écrivait, au sens épistolaire du mot tout au moins, car ces heures de recueillement fructifiaient en lettres et télégrammes dont le nombre et le poids eussent inquiété toute jeune épouse… Mais j'apprenais déjà à détourner les yeux.

J'entraînais Paul Masson au vieux fort campé sur la pointe des Poulains, que Sarah Bernhardt un peu plus tard acquit. Une grenaille d'authentiques rubis effrités teintait de mauve, au soleil, le sable de la pointe, je triais les plus gros, et les perdais ensuite… Pour la première fois de ma vie je goûtais, je touchais le sel, le sable, l'algue, le lit odorant et mouillé de la mer qui se retire, le poisson ruisselant. Le climat marin endormait, ralentissait en moi le souvenir d'un long mal et l'habitude de penser.

À l'ouest de l'île, la mer Sauvage – « elle vient d'Amérique », disais-je avec considération – accourait. Un tonnerre régulier, la course des grandes crinières d'écume qui chassaient devant elles le vent et la grève, empêchaient tout échange de paroles entre Paul Masson et moi. Cette mer sans repos apportait des grains brusques, une pluie aussi dure que la grêle. Alors nous cherchions, mon compagnon taciturne et moi, l'abri des rocs caverneux.

Patiemment j'attendais, heureuse de regarder blanchir au loin la mer. Un après-midi, laiteux de pluie, bleu de nuages bas, Paul Masson releva le petit col de son veston bordé, s'assit sur un escabeau de granit violet, tira de ses poches une écritoire, un porte-plume à capuchon et un petit paquet de fiches de carton sur lesquelles, en écriture de « ronde » moulée, il écrivit quelques mots.

— Qu'est-ce que tu fais, Paul ?

Il ne détourna pas, de sa besogne, ses yeux qu'il serrait entre des paupières plissées.

— Je travaille. Je travaille de mon métier. Je suis attaché au catalogue de la Nationale. Je relève des titres.

J'étais déjà assez crédule, et je m'ébahis d'admiration :

— Oh !… Tu peux faire ça de mémoire ?

Il pointa vers moi sa petite barbiche d'horloger :

— De mémoire ? Où serait le mérite ? Je fais mieux. J'ai constaté que la Nationale est pauvre en ouvrages latins et italiens du XVe siècle. De même en manuscrits allemands. De même en lettres autographes intimes de souverains – et bien d'autres petites lacunes… En attendant que la chance et l'érudition les comblent, j'inscris les titres d'œuvres extrêmement intéressantes… qui auraient dû être écrites. Qu'au moins les titres sauvent le prestige du catalogue, du Khatalogue…

— Mais, dis-je avec naïveté, puisque les livres n'existent pas ?

— Ah ! dit-il avec un geste frivole, je ne peux pas tout faire.

J'insiste sur cet homme parce qu'il m'étonna, et aussi parce que je perdis, quand il mourut, mon premier ami, le premier ami de mon âge de femme. J'ai pensé, plus tard, qu'il s'était fort attaché à moi. De là à concevoir que je méritais cet attachement, il n'y avait qu'un pas : l'affection d'un célibataire, tôt vieilli, solitaire, autrefois voyageur, me donna un peu de confiance dans une enfant sitôt trompée qu'épousée, obstinée à demeurer dans son semblant de gîte et à y régner sur deux amis et une chatte. Grâce à lui je cotai un peu plus haut ce que j'avais d'insolite, de désolé, de secret et d'attrayant. Autocrate dans l'ombre et suivie de mes deux longues tresses, nourrie de bananes et de noisettes comme une guenon en cage, je n'étais au-dehors que mutisme et malaise… Si Paul Masson, parfois confident de M. Willy, souffrit de ce qu'il savait, et s'inquiéta pour moi, du moins il garda son silence honorable.

Il fit une fin classique d'homme facétieux ; au bord du Rhin, il appliqua contre ses narines un tampon imbibé d'éther, jusqu'à perdre l'équilibre. Il tomba, et se noya dans un pied d'eau.

4

Ce qu'on appelle la vie de bohème m'a toujours convenu aussi mal que les chapeaux emplumés ou une paire de pendants d'oreilles. Je ne parle pas de la « bohème » que j'organisai moi-même, les temps venus. Cette bohème-là en eût remontré souvent, pour le travail et la ponctualité un peu maniaque, à n'importe quel économat.

L'autre vie de bohème, M. Willy y croyait encore et m'en fit quelquefois goûter la saveur banale et forte, jusqu'à ce que je m'y refusasse par manque d'aptitude et de gaieté. C'était bien assez que d'attendre une partie de la nuit à *L'Écho de Paris,* dans un coin de la salle de rédaction, les morasses de la *Lettre de l'ouvreuse.* Jambes pendantes sur une banquette, et chancelante de sommeil, lasse d'apprendre par cœur les extraits, coquilles, mastics, coq-à-l'âne découpés dans les journaux et épinglés au mur, lasse de suivre un demi-songe à travers une fumée qui se déplaçait lourdement, par bancs horizontaux, autour des abat-jour brûlés par le gaz, rapiécés de papiers jaunis, lasse de n'avoir pas soupé, lasse d'avoir soupé, tant de lassitudes ont fixé, dans l'olfactif de ma mémoire, l'odeur du tabac, de l'encre grasse et de la bière qu'un garçon apportait, serrant dans une seule main les anses de cinq « demis ». Étranges lieux de labeur cérébral que ces anciennes salles de rédaction, où rien ne respectait, ne protégeait, ne facilitait le travail de la pensée ! Chacun y offensait son voisin. Reporters claquant les portes, chefs de rubrique adverbe haut, collecteurs de faits divers revenant trempés des commissariats de police, personne n'était gai, digne, ni jeune, ni soucieux de le paraître.

Je ne me ranimais qu'à l'entrée de Courteline, ou de Mendès. Puissance de ceux qui méprisent la solitude ! Mendès sur-le-champ écrivait. Il écrivait en parlant, en buvant, en fumant. Aux heures extrêmes le vieux Simond sortait de son bureau, montrait de l'inquiétude. Un metteur en pages à figure de soutier, les yeux jaunes, frisé, demi-nu, entrait à pas muets d'ours, se plantait devant Simond, retirait de son cou d'hercule une ficelle jalonnée de repères crasseux : « J'ai *ça* de trop » disait-il. Ou bien : « Il me manque *ça.* » Puis il attendait, inflexible, la fin des imprécations…

Volubile, blanc et fondant comme cire, Catulle Mendès ne cessait pas d'écrire. Courteline récriminait. Sa voix de chauve-souris râpait l'oreille, écorchait le plâtre des murs. Des jeunes femmes lumineuses venaient s'asseoir dans l'ombre de Catulle. En écrivant, il les saluait de noms caressants et compliqués : « Oiselet qui vous posez sur la branche sans qu'elle ploie... Blancheur qui humiliez la neige... Corbeille débordante de dons... »

Il n'était pas toujours aussi fleuri, aussi gonflé de langueur. Un jour que nous avions, M. Willy et moi, déjeuné chez lui, bu le café noir, chargé d'arôme, qu'il préparait lui-même, M. Willy sortit un instant de la pièce et Catulle me parla avec brusquerie :

– C'est vous, n'est-ce pas, l'auteur des *Claudine*... Mais non, mais non, je ne vous pose pas de questions, n'exagérez pas votre embarras... Dans... je ne sais pas, moi... Dans vingt ans, trente ans, cela se saura. Alors vous verrez ce que c'est que d'avoir, en littérature, créé un type. Vous ne vous rendez pas compte. Une force, certainement, oh ! certainement ! Mais aussi une sorte de châtiment, une faute qui vous suit, qui vous colle à la peau, une récompense insupportable, qu'on vomit... Vous n'y échapperez pas, vous avez créé un type.

Là-dessus M. Willy rentra, et légèrement Catulle retomba d'aplomb, bavard, dans son paradoxe favori et antisémite : « Citez-moi, citez-moi un juif qui ait été un génie créateur ! un seul !... » Quelqu'un, un jour, dit : « Et Spinoza ? » Mendès s'en tira par une médiocre pirouette : « Spinoza ? Ha... Je ne suis pas assez sûr de sa mère. »

Mais j'ai pensé souvent à la prédiction de Catulle... Il parlait de vingt ans, de trente ans ; nous sommes en 1935, et je viens de recevoir une lettre d'un chemisier pour hommes et dames, qui me propose trois modèles nouveaux (*sic*) de cols, récemment baptisés : *Claudine à l'école*, pour le matin, *Claudine à Paris* (organdi travaillé et piqûres), et (il faut songer aux lointaines randonnées !) *Claudine s'en va.*

Trente années n'ont donc pas encore éliminé, jeté aux chiffons le petit col blanc, la ronde écuelle de porcelaine qui nous servit, bouclée et riante, la tête brune de Polaire ?… Je m'étonne, sincèrement, et Mendès, revenant, pourrait me dire que je n'ai pas encore compris…

Très sensible aux coquilles, M. Willy corrigeait minutieusement les épreuves des *Lettres de l'ouvreuse.* L'abondance des noms propres exigeait une extrême attention. Enfin, nous partions, enfin nous respirions, au sortir de *L'Écho*, l'air noir, la poussiéreuse fraîcheur de la rue du Croissant…

— Vous ne mourez pas de soif ? disait M. Willy.

Mon Dieu, si, je mourais de soif. Soif de sommeil surtout. Au lieu de m'aller coucher je le suivais... La brasserie Gambrinus, la reconnaîtrais-je ? L'ai-je vue autrement qu'entre des paupières demi-fermées et rougies ? Les barbes y abondaient, il me semble. Je n'aimais pas cette couleur jaunissante des barbes autour de l'orifice où s'engouffre la bière ; un bel homme barbu, Belfort de La Roque, jetait des défis, pariait d'empiler les soucoupes en un pylône aussi haut que lui, un mètre quatre-vingt-dix, hélas ! il gagnait, et riait dans une gerbe de barbe blonde. Il aidait la bière avec de l'absinthe, ne mangeait pas, restait beau et robuste d'une manière monstrueuse… Mais brusquement il mourut. Je le désigne en passant comme un des piliers nocturnes qui soutenaient des plafonds de fumées, de poutrelles gothiques, de moulures Louis XV et de caissons Renaissance, au-dessus de ma vie mal assurée et inutile.

Aux barbes des buveurs de bière, aux céramiques du « Pousset », si je préférai toujours le Quartier latin, le « D'Harcourt » et le « Vachette », ce n'est pas que ma limonade au sirop de groseille, mon anisette à l'eau m'y parussent meilleures. Mais ma jeunesse vacante, ma gaieté inhumée aimaient, sans le savoir, la jeunesse. Au « D'Harcourt », assis à la même table, Pierre Louÿs, Jean de Tinan, André Lebey nous faisaient accueil, et M. Willy commençait à guetter Jean de Tinan.

C'était une belle proie, à tous les points de vue : Fin et doux, la main un peu plus délicate qu'il n'est permis à un homme, et des cheveux noirs en boucles sur un front qui ennoblissait tout son visage, Jean de Tinan, promis aux lettres et à la mort, était tantôt affecté comme un enfant, tantôt d'une grâce naturelle qui pouvait passer pour de l'affectation. Ni lui, ni Pierre Louÿs, ni André Lebey ne rougissaient d'être poètes. Mais Jean de Tinan avait trop d'amoureuses, qui disposaient de son temps. Heureux de plaire, il était clément aux petites filles du « D'Harcourt », les appelait à notre table, où Pierre Louÿs les contemplait de tout près, d'un œil myope d'entomologiste. Je pense qu'en bons amis tous trois se partageaient une petite Loute de dix-neuf ans, en culotte et casquette de cycliste, plus riche de perfections que toutes les beautés célèbres. Quels longs yeux bleus entre les bandeaux « à la Cléo de Mérode », et comme Loute semblait heureuse, assise sur un genou de Pierre Louÿs, et peignant des doigts les cheveux de Tinan, qu'une autre femme avait parfumés… Je crois que c'est dans *Penses-tu réussir ?* que Jean de Tinan me nomme « Jeannette ». Il ne faisait guère attention à moi, qui prenais grand plaisir à le voir. Je me taisais. J'écoutais les trois jeunes hommes parler. Mon mauvais départ, qui avait planté entre toute jeunesse et moi un homme pire que mûr, me séparait d'eux. Mais je suivais des yeux, avec un malaise bien agréable, le va-et-vient caressant des doigts impartiaux de Loute parmi une chevelure noire et douce, ou dans les gros cheveux ondés de Louÿs, moi qui n'avais – pour cause – jamais touché amoureusement une chevelure d'homme… Le front d'André Lebey foisonnait aussi de cheveux cendrés. Je ne m'étonnais pas que celui-ci fût poète, mais j'entendais pour la première fois un homme discourir d'ameublement et d'art décoratif, pendant que de sa main harmonieuse il dessinait dans l'air…

Loute amenait souvent une amie, une sombre jeune femme qui se taisait avec force et opacité, belle à sa manière. Tous les éléments de sa beauté comportaient une matérialité, une brutalité telles que je dessinerais, si je savais dessiner, le relief de sa grosse et pourpre bouche, ses yeux d'un bleu d'eau furieuse, ses cheveux emportés qui n'admettaient aucune contradiction. S'appelait-elle Sylvie, Stella ou Sabine ? Un grand *S* révolté s'attache au souvenir de cette passante, solidement, inutilement peinte sur un panneau de ma mémoire. Elle gagna, Dieu sait où, une syphilis démesurée, et mourut violemment en moins de huit jours à l'hôpital, entourée d'oranges, de bouquets de violettes, de billets amicaux signés Pierre Louÿs, Jean de Tinan, Willy et même Colette… Elle fit une mort qui finissait bien sa vie, une mort sauvage, presque muette et d'humeur terrible. À peine avons-nous entendu le son, rauque et précipité, de sa voix…

Elle est un des portraits indélébiles assemblés par le hasard dans ma mémoire, album dont la documentation nette et colorée ne me mène à rien. Par là il confine à l'art, comme mes beaux tomes de *La Pomologie* ou ma constellation de presse-papiers de verre en forme de méduses. Ce qui est inutile est presque toujours inépuisable…

Si le temps n'a pas effacé le souvenir de ces soirées lointaines, c'est qu'elles étaient douces à mon obscurité et que peut-être je sentais qu'un lien, de l'un de ces jeunes hommes à moi, aurait pu, aurait dû se nouer, quelque chose comme une aventure voluptueuse, cachée, normale… Cette virile jeunesse inconnue, j'aimais sa rencontre et m'y blessais sans m'en plaindre. Pour ne point faire de ma privation un aveu public, j'ai créé dans *Claudine à Paris* un petit personnage de pédéraste. Moyennant que je les avilissais, j'ai pu louer les traits d'un jeune garçon et m'entretenir, à mots couverts, d'un péril, d'un attrait. Lorsqu'un peu plus tard je fis amitié avec Polaire, et que je la vis en larmes à cause d'un orage amoureux – son amant, Pierre L…, avait vingt-cinq ans –, désolée pour une brouille de deux nuits, heureuse des coups donnés et reçus, elle me dit, les griffes encore prêtes, avec un abandon de chatte chaude : « Ah ! Colette, ce qu'il peut sentir bon, ce salaud-là, et cette peau, et ces dents… Vous ne pouvez pas savoir… »

Non, je ne pouvais pas savoir.

5

Qui dit vie de bohème, ne dit pas vie nomade. Il semble que la bohème de tout temps stagne, et si elle s'ébat c'est sur des champs resserrés. Entre 1897 et 1900, d'une colline à l'autre, la bohème explorait à peine Paris. Mais il lui arrivait d'enfourcher la bicyclette que dédaigne la bohème 1930. M. Willy louait une bicyclette pour des « parties de campagne ». Je roulais sur une petite « bécane » de course, émaillée de bleu, sans frein ni garde-boue, que M. Willy avait gagnée à une tombola de centième représentation[1]. Le journalisme comptait des jarrets d'acier. Rue du Croissant, le dessous de l'escalier, à *L'Écho*, ressemblait souvent à un dépôt de vieux vélos. Seul le marquis de Bièvre, titulaire de la rubrique *Nécrologie*, satisfaisait aux exigences de son métier en voiture à âne, son rat blanc familier sur l'épaule…

Évoquerai-je quelques dimanches de canotage sur la Marne et la Seine ? Ils n'en valent pas la peine : à l'heure de canoter tous les sportsmen

1. La centième d'une opérette, *Bouton d'or*.

cuvaient le déjeuner et les vins. L'homme du sport dominical se levait tard, et mangeait trop. Le sommeil s'abattait indistinctement sur les camarades de M. Willy : quelques fils d'imprimeurs et de fabricants d'encre, d'anciens sous-lieutenants du 31e d'artillerie, tournés en notaires, en avoués, des inconnus voués au genre artiste et à l'athlétisme, car Maupassant, musclé, sanguin, gras de l'estomac, enclin aux gageures d'après déjeuner, n'avait pas encore passé de mode…

J'aurais bien voulu imiter la somnolence des convives écarlates, en maillot bleu et blanc et en corps de chemise. Mais déjà je souffrais du milieu du jour, de la lumière verticale, des berges d'herbes pelées, du gravier mêlé de bouts de cigares sous les tables des guinguettes, et je m'écartais pour cultiver un mal du pays, qui renaissait aigu sous les peupliers, à l'odeur de la rivière…

Un groupe nombreux nous engrena certain dimanche, jusqu'à Mantes-la-Jolie, où quelqu'un s'écria : « Tiens, je connais le sous-préfet, ici ! » Sur quoi une soixantaine de roues, sous trente cyclistes trop sociables, franchirent la grille d'un beau jardin, usèrent, abusèrent d'un jeune sous-préfet inlassable, qui souriait dans une barbe brune… La journée finit par un concert improvisé sous les arbres, et le Tout-Mantes applaudit Mme Tarquini d'Or, qui chanta passionnément. J'avais vingt-quatre ans, une culotte de zouave, une chemisette à pois et des manches ballon que soutenait une armature de gaze raide, un canotier bleu marine…

Et je trouvais le sous-préfet de Mantes bien joli garçon, svelte et gai, avec l'œil de velours… Voyez si j'avais le goût juste : le sous-préfet de Mantes s'appelait Léon Barthou.

En une seule journée je gagnai deux amis, celle-là me fit connaître aussi un maigre petit jeune homme, poussiéreux d'avoir roulé en veston noir, le bas de son pantalon élégamment serré par des pinces. Tout le long de la journée je lui avais vu les yeux délicats et rouges, et l'air triste. De triste et grêle, il devint jovial, carré, barbu et gastronome, et plein d'une bonhomie assurée. Pour son nom le temps n'y changea rien, il avait déjà choisi le pseudonyme de Louis Forest.

Mois d'hiver, mois d'été… Ceux-ci, qu'ils me semblaient lents à revenir, quand j'étais jeune… Mois d'hiver trempés de pluie et de musique dominicale, pendant lesquels je repâlissais. Mois d'été qui me rendaient la vie avec l'espoir qu'ils ne finiraient pas… Je me souviens que c'est Champagnole, dans le Jura, qui me sauva – 1896 ? 1897 ? – de la Salamandre encore une fois, de la pénombre, de la résignation. À Champagnole, l'auberge coûtait cinq francs par jour.

Pour cinq francs par jour, on nous concédait une grande chambre déshonorée par un papier moisi, décollé, qui retombait en longues lianes, par deux lits de fer et de mauvais petits rideaux à emballer les fœtus… Mais la table d'hôte se couvrait, dès midi, d'écrevisses, de cailles, de lièvres et de perdreaux, le tout braconné. Les ruisseaux montagnards coulaient entre les cyclamens et les fraises sauvages et je reprenais mes couleurs d'adolescente…

Après Champagnole, nous descendîmes sur Lons-le-Saulnier, où mes beaux-parents nous offraient l'hospitalité. De ma vie, avant mon mariage, je n'avais habité « chez quelqu'un », comme je disais, et je fus longue à briser la contrainte qui me retenait non pas d'aimer ceux qui me faisaient accueil, mais de m'abandonner au plaisir simple de me montrer telle que j'étais. Les enfants eurent raison de moi, heureusement. Trois enfants ici, quatre là, sans compter des petits parents du cru… Ils ne furent pas longs à reconnaître ce que je valais en tant que perceuse de flûtes, tresseuse d'herbes, cueilleuse de baies. Mon enfance, avec eux, ressuscita, je leur nommai les plantes, les pierres, allumai le feu avec un cul de bouteille et un rayon de soleil, pris l'orvet et le relâchai, menai sans faute le petit cheval Mignon, récitai à l'escargot la formule magique qui l'engage à darder ses cornes… Une chaîne d'enfants policés se ferma sur moi. M'aimèrent-ils ? Ils me suivaient… Je ne leur avouai jamais combien je les trouvais sages, faciles, variés, combien je mesurais, étonnée, la profonde différence qu'il y avait entre leur enfance et mon enfance… Rompus à une obéissance de surface, j'admirais, à l'égal de la ployante et prompte déférence qu'ils savaient manifester, les boucles bien ordonnées, les ongles nets, l'odeur de savon anglais, le petit auriculaire levé au-dessus de l'œuf à la coque. Le son de leurs voix, sur les chemins de la fraîche petite montagne, le nom que pareillement ils me donnaient, le plaisir que j'eus d'être adoptée par eux, je retrouve un peu de tout cela lorsque j'entends dans le téléphone la voix de Paule qui est docteur en médecine, ou celle de sa sœur la musicienne, ou celle de leur cousine qui est décoratrice : « Tante Colette, dites-moi, tante Colette… » Ces enfants m'étaient doux. Je n'étais tachée que de meurtrissures superficielles, et très jeune. Peut-être manquais-je, sans le savoir, d'un enfant qui fût sorti de moi…

J'ai connu des individus énormes, par exemple Gaston Leroux. M. Willy n'était pas énorme, mais bombé. Le puissant crâne, l'œil à fleur de front, un nez bref, sans arête dure, entre les joues basses, tous ses traits se ralliaient à la courbe. La bouche étroite, mignarde, agréable, sous les très fortes moustaches d'un blond-gris qu'il teignit longtemps, avait je ne sais quoi d'anglais dans le sourire. Quant au menton frappé d'une fossette, il valait mieux – faible, petit et même délicat – le cacher. Aussi M. Willy garda-t-il une sorte d'impériale élargie, puis une courte barbe. On a dit de lui qu'il ressemblait à Édouard VII. Pour rendre hommage à une vérité moins flatteuse, sinon moins auguste, je dirai qu'il ressemblait surtout à la reine Victoria.

Rondeurs, suavités, calvitie qui concentrait la lumière et les regards, voix et contours adoucis…

Pour le peu que je perçais tant de défenses lenticulaires, j'avais déjà de quoi rêver, sombrement. C'est un moment bien curieux, dans une vie, que le moment où naît, s'installe et se développe la peur.

La peur n'habite pas aisément les êtres jeunes quand ils sont sains d'esprit. Même un enfant-martyr (on dit maintenant enfant-martyr comme on dit agent-voyer, ou belle-maman, et je ne trace pas volontiers ce trait d'union qui ressemble au galon d'un grade affreux), un enfant martyrisé n'a pas peur tout le temps de ses tourmenteurs, qui ont leurs heures de clémence et de gaieté. Peut-être la souris a-t-elle le loisir de trouver qu'entre deux blessures la patte du chat est douce.

Parmi les courages hors de raison, la bravoure des jeunes filles est insigne. Mais, sans elle, on verrait moins de mariages. On verrait encore moins de ces fugues qui oublient tout, même le mariage. Résignons-nous à dire que si mainte jeune fille met sa main dans la patte velue, tend sa bouche vers la convulsion gloutonne d'une bouche exaspérée, et regarde sereine sur le mur l'énorme ombre masculine d'un inconnu, c'est que la curiosité sensuelle lui chuchote des conseils puissants. En peu d'heures, un homme sans scrupules fait, d'une fille ignorante, un prodige de libertinage, qui ne compte avec aucun dégoût. Le dégoût n'a jamais été un obstacle. Il vient plus tard, comme l'honnêteté. J'écrivis autrefois : « La dignité, c'est un défaut d'homme. » J'aurais mieux fait d'écrire que « le dégoût n'est pas une délicatesse féminine ».

La brûlante intrépidité sensuelle jette, à des séducteurs mi-défaits par le temps, trop de petites beautés impatientes, et c'est à celles-ci, ma mémoire aidant, que je chercherais querelle. Le corrupteur n'a même pas besoin d'y mettre le prix, sa proie piaffante ne craint rien, pour commencer. Même elle s'étonne souvent : « Et que fait-on encore ? Est-ce là tout ? Recommence-t-on, au moins ? » Tant que durent son consentement ou sa curiosité, elle distingue mal l'éducateur. Que ne contemple-t-elle plus longtemps l'ombre de Priape avantagée sur le mur, au clair de lune ou à la lampe ! Cette ombre finit par démasquer l'ombre d'un homme, qui a déjà de l'âge, un trouble regard bleuâtre, illisible, le don des larmes à faire frémir, la voix merveilleusement voilée, une légèreté étrange d'obèse, une dureté d'édredon bourré de cailloux... Que de richesses contradictoires, que de pièges variés...

Protégée sur la colline aux chalets, en proie aux enfants bienveillants, j'ai passé deux ou trois étés de ma jeunesse dans une paix d'ouvroir. J'écoutais ma belle-mère, mes belles-sœurs, des tantes et cousines par alliance qui échangeaient des propos catholiques. La nuque au fauteuil d'osier, je délaissais un ouvrage féminin auquel j'étais maladroite, et je fermais les yeux. Des voix patientes parlaient diocèses, carêmes, pâtes sans œufs pendant la semaine de la Passion, petit poisson et grand poisson, blâmaient l'évêque tolérant qui autorisait le chocolat à la collation : « Du chocolat à l'eau, entendons-nous ! » J'apprenais les restrictions d'une famille bien-pensante, parmi l'odeur des prunes mûres et du gâteau quatre-quarts, j'écoutais les mandibules des ciseaux mâchant la toile…

— Quand mes filles seront plus grandes, disait Madeleine, je leur ferai apprendre le glaçage des chemises d'hommes…

— Madeleine, tu exagères ! protestait Valentine. Qu'en pensez-vous ma mère ?

Le ton filial et cérémonieux me ramenait à Sido qui, au loin, dirigeait vers moi ses perplexes antennes…

— J'en pense, ma fille, que c'est bien tôt pour se donner tant de souci… Enfants !… regardez dans la longue-vue ! Est-ce que ce ne sont pas nos cousins qui montent sur le petit chemin ?

— Oui, grand-mère ! Oui, grand-mère ! Tante Marthe et petite Marthe sont avec eux ! Il y a aussi Louis-Albert !

— Eh bien, allez prévenir Fanny qu'il faut de la bière, des verres en supplément, des assiettes à gâteaux… Gabrielle, ma fille, je crois que vous faites un petit somme ?… Nous avons de la famille à goûter…

« Gabrielle », habituée à son nom de « Colette », tressaillait, s'excusait, tirait dans sa ceinture sa chemisette à plis et redressait, sur son front, son nœud de ruban – ce même ruban que 1935 noue indifféremment autour de la tête des fillettes, des jeunes femmes, et des femmes moins jeunes.

— Nous serons au complet, disait la voix modérée de ma belle-mère. Pour une fois !…

Mais en levant les yeux, elle constatait que son fils Albert, son fils Henry fondaient au loin sous les arbres, que son gendre avait fui magiquement, et que « Gabrielle », sous prétexte d'aller changer sa blouse, courait, sans chances qu'elle revint, vers le troisième chalet familial, sa tresse sur les jarrets…

Si je ne fais erreur, c'est au retour d'une villégiature franc-comtoise – car ce souvenir s'associe au regret d'un septembre roux, à grappes de raisins petits et sucrés, de pêches jaunes et dures dont le cœur était d'un violet sanglant – que M. Willy décida de ranger le contenu de son bureau. L'affreux comptoir peint en faux ébène, nappé de drap grenat, montra ses tiroirs de bois blanc, vomit des paperasses comprimées, et l'on revit, oubliés, les cahiers que j'avais noircis. *Claudine à l'école…*

— Tiens, dit M. Willy. Je croyais que je les avais mis au panier.

Il ouvrit un cahier, le feuilleta :

— C'est gentil…

Il ouvrit un second cahier, ne dit plus rien – un troisième, un quatrième…

— Nom de Dieu ! grommela-t-il, je ne suis qu'un c…

Il rafla en désordre les cahiers, sauta sur son chapeau à bords plats, courut chez un éditeur… Et voilà comment je suis devenue écrivain.

Je ne connus, d'abord, que l'ennui de me remettre à la besogne sur des suggestions pressantes et précises :

— Vous ne pourriez pas, me dit M. Willy, échauffer un peu ce… ces enfantillages ? Par exemple, entre Claudine et l'une de ses camarades, une amitié trop tendre… (il employa une autre manière, brève, de se faire comprendre). Et puis du patois, beaucoup de mots patois… De la gaminerie… Vous voyez ce que je veux dire ?

Je voyais très bien. Je vis aussi, plus tard, qu'autour de ma collaboration M. Willy organisait quelque chose de mieux que le silence. Il prit l'habitude de me convier à entendre les louanges qu'on ne lui ménageait pas, de me poser sur la tête sa main douce, de dire :

— Mais vous savez que cette enfant m'a été précieuse ? Si, si, précieuse ! Elle m'a conté sur sa « laïque » des choses ravissantes !

Il n'est pas coutumier que les jeunes femmes (les vieilles non plus) aient, en écrivant, le souci de la mesure. Rien d'ailleurs ne rassure autant qu'un masque. La naissance et l'anonymat de « Claudine » me divertissaient comme une farce un peu indélicate, que je poussais docilement au ton libre. La préface, je ne la lus qu'imprimée, et la couverture me fit bien rire : une fillette, déguisée en paysanne, écrit sur ses genoux croisés. À même ses bas elle porte des sabots jaunes d'opérette ; le panier du Petit Chaperon rouge est auprès d'elle, et les boucles de sa chevelure roulent sur un caban rouge…

— Pourquoi riez-vous ? me demandait M. Willy.

– C'est ce dessin... Et puis cette préface... Comment veux-tu qu'on croie que c'est arrivé ?

Car il me disait bizarrement « vous », et je le tutoyais. Si fidèle que je fusse à une promesse de silence, je ne trouvais rien d'agréable, ni de naturel dans l'aventure de ce livre. Il fallut, pour m'y habituer, la camaraderie des Curnonsky, des Paul Barlet, des Vuillermoz, et le spectacle de leur résignation. J'en pourrais nommer bien d'autres qui avaient du talent et de la gaieté, et cette bonne grâce gaspilleuse des très jeunes écrivains qui se croient inépuisables. Ernest La Jeunesse – une curieuse correspondance en fait foi – montra tout de suite des exigences, voulut être payé, récrimina, enfin, après des menaces et des injures, renonça, dit-il, à « signer Willy comme tout le monde ». Pour Pierre Veber, je laisse à l'auteur véritable d'*Une passade* le soin de nous conter lui-même sa mésaventure de romancier dépossédé. Jean de Tinan n'est plus là pour nous parler de *Maîtresse d'esthètes* et d'*Un vilain monsieur*...

Habitude ne veut pas dire aveuglement : je ne trouvai pas mon premier livre très bon – ni les trois suivants. Avec le temps, je n'ai guère changé d'avis, et je juge assez sévèrement toutes les « Claudine ». Elles font l'enfant et la follette sans discrétion. La jeunesse, certes, y éclate, quand elle ne ferait que se marquer par le manque de métier. Mais il ne me plaît guère de retrouver, si je me penche sur quelqu'un de ces très anciens livres, une souplesse à réaliser ce qu'on réclamait de moi, une obéissance aux suggestions et une manière déjà adroite d'éviter l'effort. C'est une désinvolture un peu grosse, par exemple, que d'envoyer *ad patres* tel personnage dont j'étais excédée. Et je m'en veux que par allusions, traits caricaturés mais ressemblants, fables plausibles, ces *Claudine* révèlent l'insouciance de nuire. Si je me trompe, tant mieux... Mais je ne me trompe pas...

Dès son apparition, *Claudine à l'école* se vendit bien. Puis encore mieux. La série, paraît-il, se vend encore, après avoir épuisé des centaines d'éditions... Je n'en puis rien assurer que par ouï-dire : les *Claudine*, au moment de mon premier divorce, appartenaient déjà en propre à deux éditeurs, M. Willy les leur ayant cédés en toute propriété. Au bas des deux contrats, j'ai apposé conjugalement ma signature. Ce dessaisissement est bien le geste le plus inexcusable qu'ait obtenu de moi la peur, et je ne me le suis pas pardonné.

C'est à *Claudine à Paris* et à *Claudine s'en va* que ma mémoire fait mauvais visage. Il y a là-dedans un personnage d'homme mûr et séduisant (Renaud) qui est plus creux, plus léger et vide que ces pommes de verre, filées pour orner les arbres de Noël et qui s'écrasent dans la main en paillettes étamées.

Dans *Claudine à Paris* éclôt un personnage qui se promènera désormais dans toute l'œuvre, si j'ose dire, de M. Willy. Henry Maugis est peut-être la seule confidence que M. Willy nous ait faite sur lui-même, et si je dis « nous », c'est que mon ignorance d'un homme aussi exceptionnel exige que je me range parmi la foule. D'avoir travaillé pour lui, près de lui, m'a donné de le redouter, non de le connaître mieux. Ce Maugis, « tout allumé de vice paternel », amateur de femmes, d'alcools étrangers et de jeux de mots, musicographe, hellénisant, lettré, bretteur, sensible, dénué de scrupules, qui gouaille en cachant une larme, bombe un ventre de bouvreuil, nomme « mon bébé » les petites femmes en chemise, préfère le déshabillé au nu et la chaussette au bas de soie – ce Maugis-là n'est pas de moi.

Je crois que M. Willy céda, en créant « le gros Maugis », à l'une de ses mégalomanies, l'obsession de se peindre, l'amour de se contempler. Elle ne le quitta plus guère, et prit des formes multiples, où le public ne vit qu'un sens débridé de la publicité. Je garde là-dessus mon opinion, propre à excuser, dans une certaine mesure, des écarts singuliers, et la donne pour ce qu'elle vaut. Je crois que s'il n'eût été frappé d'un empêchement d'écrire, M. Willy n'aurait pas dépassé, pour faire connaître son nom et ses romans, les bornes de l'opportunité commerciale. Stérile, il devait tôt ou tard s'égarer. La manie de se mirer s'exaspéra chez lui. Caricatures de Sem et de Cappiello, effigies plus lourdes de Widhopff, crayons de Léandre… Sur une très grande toile de Pascau M. Willy, debout, domine une Colette assise, et sur mes traits on lit, comme sur la plupart de mes photographies de la même époque, une expression tout ensemble soumise, fermée, mi-gentille, mi-condamnée, dont j'ai plutôt honte…

M. Willy posa encore chez Jacques-Émile Blanche, pour un grand portrait que le peintre détruisit, après que notre double image se fut quasi dissipée d'elle-même. Blanche nous avait peints sur un ancien portrait, qu'il n'aimait pas, de Mlle Marie de Heredia en robe blanche. Un été passa, et au travers de la nouvelle œuvre, inachevée, la jeune fille reparut, Ophélie immergée et visible…

Je vois encore des déformations sinistres, des « Willy » par Leal de Camara… Je me rappelle l'« Ouvreuse », signée Rip, un Vallotton d'un noir et blanc compact de faire-part, quelques Rabier, cinquante dessins d'inconnus, un portrait très sérieux, signé d'un nom slave, des effigies innombrables… Le portrait de Boldini marque un apogée publicitaire. Qui l'a acheté ? Je l'ignore. Il était flatté, typique et excellent. La canne, la main, le bords-plats en arrière, sur le bras un manteau doublé de soie, des touches lumineuses posées sur les bosses intelligentes du front, et l'hypertrophie des moustaches… Pour sa ressemblance, je la trouvais terrible, et telle que mes songes les plus exacts ne peignaient pas mieux, ni pis, le même modèle.

De Boldini nous tombons dans un délire photographique, en passant par des statuettes en pied, des modelages en carton, en caoutchouc, des silhouettes en bois découpé, des figurines batraciennes, des encriers hauts de forme – le fameux chapeau retourné servant de réservoir – et des sculptures dont l'une au moins est significative : au centre d'une croix de marbre, le chef de M. Willy décollé repose, grandeur nature, et propage autour de lui des rayons en faisceaux, comme on voit aux saints sur des autels de style jésuite. J'ai oublié le nom du praticien qui tailla l'effrayant objet. Photographié et réduit, le chef rayonnant prit place dans la série des cartes postales dont M. Willy usait à profusion et qu'il faisait tirer par commandes de plusieurs milliers. Je ne perds pas le souvenir d'un dessin – qui courut quels journaux ? – montrant un Willy mou, beaucoup plus boursouflé et vieux que nature, nimbé d'une auréole.

En cinq ou six formats différents, le papier à lettres est timbré, au coin, d'une tête moustachue, coiffée du chapeau cylindrique…

Il faut reconnaître qu'en dehors de la littérature, notre auteur en vogue était un homme fort actif, ordonné, inspirateur. Je persiste à croire qu'un poste de rédacteur en chef lui eût, entre tous, convenu. Distribution du travail, juste estimation des capacités, une manière stimulante de critiquer, et l'habitude de juger sans trop récompenser, voilà, je pense, des dons rares, qui furent mal employés. Pour ma part, je recevais peu de louanges, et assez banales. « Délicieux, mon petit ! Mais oui, mais oui, ça va très bien comme ça. Puisque je vous le dis ! » En revanche, ses réprimandes, consignées aux marges de mes manuscrits que Paul Barlet sauva (il avait ordre de les détruire) sont directes, brèves, coupantes : « Pas clair. » « Trop tôt. »

« L'avaient-ils convenu entre eux ? Oui ? Eh bien, dites-le ! »

Il ne négligeait rien, et n'a jamais souffert, pendant un temps, qu'une revue de fin d'année se privât de la scène sur Willy et Claudine… Avec les auteurs de revue, il rédigeait lui-même les sketches caustiques.

L'abondance de son courrier – celui qu'il expédiait – fut toujours déconcertante, et il n'en confiait la tâche à personne. Il ne classait pas une lettre sans avoir mentionné, de sa main, au coin gauche supérieur : « Répondu le… » Ce fut bien pis lorsque Claudine eut pris du renom. Lettres, portraits de mineures à col blanc et chaussettes glissaient de toutes les poches de celui qui se fit appeler « le père de Claudine ». Ces funestes adolescentes refluaient jusqu'à un domicile que je ne m'obstinerai pas à nommer conjugal.

Pour un peu, je n'aurais plus su où garer mon sous-main et mes cahiers de papier vergé, si, l'argent venant, nous n'avions déménagé. La rue de Courcelles nous offrit un logis ensoleillé au n° 93, puis un autre au n° 117 *bis*…

Là, mon mari avait déjà jaugé mon rendement, et c'est lui, dès notre troisième emménagement, qui veilla à ce que je disposasse d'une bonne table, d'une lampe à cloche verte, d'un confort de scribe. Pour atteindre mon étroit domaine, je traversais le salon, sorte de salle d'auberge stylisée, bancs et tables de bois poli. Un jour, j'y rencontrai M. Willy et une dame inconnue, fort près l'un de l'autre,

Avec l'aisance que confère l'habitude, avec un humour, qui me venait, d'employée irremplaçable, je ne m'arrêtai qu'un moment et glissai à M. Willy, sur le ton de l'urgence : « Vite, malheureux, vite, la suivante attend depuis un quart d'heure ! » Après tout, qu'est-ce que je risquais ? Un an plus tôt pareil jeu m'eût coûté… oui, assez cher. Mais cette fois-là, M. Willy, figurez-vous, se trouva flatté.

Je n'avais donc plus à défendre, ni à déplacer un domaine de solitude qui n'excédait pas le cercle lumineux de l'abat-jour, les bords d'une table, les murs vert sourd de mon petit salon-geôle. Plumes Flament n° 2, papiers réglés, vergés, colle parfumée, longs ciseaux strasbourgeois en forme de cigogne, inutiles crayons de couleur, appareil puéril d'un labeur un peu maniaque… À défaut d'aimer ma vie, j'aimai son décor, et l'après-midi je travaillais d'un air paresseux, cependant que l'activité de M. Willy l'entraînait au-dehors, en « locati » attelé d'un cheval. Un locati à deux attelé par jour, dans ce temps-là, ne coûtait même pas six cents francs par mois, car le loueur, Comoy, consentait des « prix d'artiste ». Mon chien et moi nous sortions à pied, le matin. Ainsi j'évitais les excentricités du cheval de la matinée, noir, superbe, emphatique, mais d'un emploi difficile parce qu'il était entier et qu'il poussait, en toute saison, des cris de fauve.

Opulence ! Je touchai, éblouie, des « feux » de trois cents francs par mois, sauf pour les mois d'été, défalqués. Trois cents francs, s'il vous plaît, pour moi seule, qui ne devaient rien au « livre ». Tout ce qu'on pouvait avoir pour trois cents francs ! C'était mon tour de faire, à Sido, des cadeaux qu'elle choisissait elle-même : du cacao pur, en barres, de chez Hédiard, une liseuse ouatinée… des bas de laine fine, des livres… Je lui faisais présent surtout d'un mensonge : l'imitation du bonheur. Je résistais à la terrible envie de retourner à elle, de revenir tout écorchée, obscure et sans argent, peser sur la fin de sa vie. Et quand je pense à la personne que je fus pendant ces longs jours d'obstination, de fourberie filiale, allons, allons, je ne me trouve pas si mal que ça.

6

Claudine s'en va me donna bien du tracas. D'abord à cause d'une atmosphère bayreuthienne, qu'il fallut aller chercher à Bayreuth même, ce qui pouvait passer pour un voyage d'agrément, puisqu'aux frais de *L'Écho de Paris* j'accompagnais l'*Ouvreuse du Cirque d'été.* Mais j'avais peu de goût pour ce lieu de pèlerinage qui contraignait le pérégrin à loger chez l'habitant. Un lit-cercueil, les draps boutonnés sur la couverture, le *Gute Nacht !* de Frau Mader en papillotes, de Herr Mader en corps de chemise et bretelles, un boulanger nocturne sous le plancher, voilà pour la nuit. À l'actif des journées, je porte trois ou quatre heures de musique pieusement écoutée dans le « gazomètre », et le délice de quelques voix allemandes incomparables. Entre la représentation et la nuit, entre le lever et le déjeuner, je note l'heure brève et secouée, l'heure anxieuse pendant laquelle M. Willy attendait ses porteurs de documentation musicale. « Vite, mon petit, vite… Il est onze heures, vous deviez venir à dix… Vous me foutez les nerfs en pelote… »

Où est allé le stock inépuisable du bazar wagnérien, hanaps, Graals, billes de bois tourné dont les saillies composent un célèbre profil en casse-noisette, papiers, presse-papiers, bijoux et maroquinerie ? La chaleur franconienne versait, sur les robes d'ange des fanatiques, une poussière charbonneuse…

— Prenez des notes, me conseillait M. Willy. Ce n'est jamais inutile. Je n'ai aucune mémoire.

À défaut de l'énergie qui m'eût tirée de ma lâcheté, j'usais de la force d'inertie, et je ne prenais point de notes. Grâce à quoi les fêtes du culte wagnerolâtre flottent, brumeuses, hésitantes comme moi-même, bercées dans de vieilles voitures à deux chevaux tirées par un seul cheval, entre Mendès volubile, ballonné de bière, blond et roux comme Siegfried, le docteur Pozzi, vêtu de blanc, sultan par la barbe, houri par l'œil, des étrangères massives, à gros torons de cheveux d'or, et Wagner-le-fils, petit, à grande tête, bas du derrière et d'une ubiquité redoutable…

De retour à Paris, je repris mon travail avec ce courage lent et buté, bureaucratique, qui ne m'a point quittée…

— Si vous avez besoin de moi pour Maugis, me dit M. Willy, laissez des blancs.

Je n'en laissai pas. Car la gageure est un divertissement commun à bon nombre de captifs et d'anonymes. Mon « à la manière de… » se tenait fort bien, mon Maugis parlait le pur Maugis d'origine…

— Bravo, dit froidement M. Willy.

Mais je ne recueillais pas toujours du premier coup l'applaudissement. Quelques pages un peu trop livrées à la poésie – ne les cherchez nulle part, elles n'existent plus – méritèrent que mon manuscrit me revînt, jeté par-dessus la table, avec cette critique de mon sévère lecteur :

— Je ne savais pas, ma chère, que j'avais épousé la dernière lyrique !

Mot dur, sans doute juste, et qui ne me fut pas inutile.

Le deuxième acte de *Claudine à Paris* a pour décor le restaurant de *La Souris convalescente*. Au milieu de l'acte – moment traditionnellement réservé à l'apparition d'une vedette, cette vedette fût-elle un lit machiné, une femme nue ou un danseur acrobatique – un personnage entre par le fond, lance sa réplique, cependant que les autres acteurs présents, buveurs, soupeurs et maîtres d'hôtel, doivent manifester une familiarité, une curiosité mêlée d'ironie et de considération : « Maugis... Mais c'est Maugis !... Vous prendrez, monsieur Maugis ?... », etc., etc.

Chapeau, canne, moustache et impériale, le Maugis des Bouffes n'était autre qu'un sosie de M. Willy. Un maquillage étudié aggravait la ressemblance et ajoutait à mon malaise, d'autant plus que le personnage, épisodique et inoffensif, ne tenait pas à l'action, proférait dix répliques quelconques, et rentrait dans la coulisse d'où il n'eût jamais dû sortir... Le mal est qu'il en sortait, tous les soirs. Une mascarade accidentelle m'eût laissée indifférente… Tous les soirs, le double de M. Willy prenait vie, parlait, imitait des gestes, une désinvolture, un port de tête, échangeait une carte, blessait en duel un adversaire pendant le deuxième entracte afin de survivre, dans l'esprit du spectateur, au deuxième acte révolu… Ce double, quand je ne le voyais pas, je savais à quelle heure il commençait de marcher et d'agir, coiffé d'un bords-plats dû à la munificence de l'auteur et à son respect du détail exact… Bien pis, le sosie usait, pour commander un demi et une choucroute, du vocabulaire apprêté qui fleurit sous la plume de Félix Fénéon, dépare Huysmans, complique de prétention la correspondance de Verlaine, et n'appartient en propre à personne, pas même à Alcanter de Brahm :

— Kellner ! s'écriait Maugis. Que s'avancent par vos soins la choucroute garnie mère du pyrosis, et ce coco fadasse, mais salicylé, que votre impudence dénomme bière de Munich ! Bière de Munich, velours liquide, pardonne-leur, ils ne savent pas ce qu'ils boivent !

Cette prose, qui fuyait la simplicité, même la clarté, cette phrase à volutes, jeux de syllabes, prétéritions, truffée de mots techniques, de calembours, qui fait parade d'étymologie, coquette avec le vieulx françois, l'argot, les langues étrangères mortes et vivantes, je crois qu'en trahissant une soif d'étonner, elle révèle le caractère de celui qui l'emploie. Si l'on tenait à forcer le secret de son maniérisme, ne devrait-on pas remonter jusqu'à une très vieille timidité, une mièvrerie de débutant, et le doute de soi ?…

L'apparition de Maugis-Sosie sur la scène marque chez M. Willy la période véhémente d'une intoxication véritable. L'homme qu'entourait un succès croissant révérait, tout en les exploitant, ses propres symboles. À partir du moment où le sorcier nègre se met à croire aux vertus du méphitique remède qu'il compose, il faut trembler pour le sorcier plutôt que pour le malade. Peut-être aurais-je dû porter au compte du déséquilibre la griserie qui retirait, à M. Willy, une part de sa circonspection, le révélait enragé de notoriété, de n'importe quelle notoriété, plein d'une fébrilité, d'une hâte, « vite, mon petit, vite ! » toutes deux inexpliquées.

Mais comme mon sorcier demeurait, dans le privé, semblable à lui-même – et je ne me sens tenue là-dessus à aucun commentaire –, j'avais bien assez à trembler, chroniquement, pour moi-même. L'on ne voit guère changer ce qui ne s'éloigne point. Hanté de négoce dangereusement, dolent par calcul, hermétique et imprudent, désarmant dès qu'il le voulait, il n'omit jamais de ménager ma part de tourments précis et de plaisirs confus, pendant ces années que je rendis prospères. À un pareil régime j'acquis, je formai en moi, avec l'habitude de travailler, un caractère de raccommodeuse de porcelaines. Quel atelier qu'une geôle ! Je parle de ce que je connais : la vraie geôle, et le bruit de la clef tournée dans la serrure, et la liberté rendue quatre heures après. « Montrez-moi patte blanche… » Il me fallait, au contraire, montrer pages noircies. Ces détails de captivité quotidienne ne sont pas à mon honneur, j'en conviens, et je n'aime pas à faire figure de brebis. Mais le respect de la vérité saugrenue, et une saveur un peu gothique, leur assignent une place ici. Après tout, la fenêtre n'était pas grillagée, et je n'avais qu'à casser ma longe. Paix, donc, sur cette main, morte à présent, qui n'hésitait pas à tourner la clef dans la serrure. C'est à elle que je dois mon art le plus certain, qui n'est pas celui d'écrire, mais l'art domestique de savoir attendre, dissimuler, de ramasser des miettes, reconstruire, recoller, redorer, changer en mieux-aller le pis-aller, perdre et regagner dans le même instant le goût frivole de vivre… J'ai appris surtout à réussir entre quatre murs presque toutes les évasions, à transiger, acheter, et enfin, lorsque tombaient sur moi les « vite, bon Dieu, vite ! » à insinuer :

– Peut-être que je travaillerais plus vite à la campagne…

1

Si le « cas Willy » était seulement celui d'un homme ordinaire, qui appointait des écrivains et signait leurs œuvres, il ne mériterait qu'une brève attention. Il y aura toujours assez de faméliques dans notre métier, malheureusement, pour que l'emploi de « nègre » ne se perde point. Le « cas Willy » présente une singularité unique : l'homme qui n'écrivait pas avait plus de talent que ceux qui écrivaient en son lieu et place. Mon désir n'est pas de les nommer, ni de démêler ce qui revient à Maurice, à Paul, à Eugène, à Jean, à Raymond, etc., etc., il me faudrait pour cela les avoir tous connus.

Teinté de tout, caustique, vif, M. Willy « parlait » tel mince article, telle « fantaisie » à ras de terre – ou de peau – pour petits hebdomadaires, infiniment mieux que ne les rédigeait le jeune homme furtif qui lui livrait ses « papiers » par liasses de six. S'il avait écrit un roman, le roman eût passé en ingéniosité probablement, certainement en bon goût, des volumes dont je cèle les titres. Mais il n'a jamais écrit de roman. C'est dommage. Entre le désir, le besoin de produire une denrée imprimée et la possibilité d'écrire, s'élève, chez cet auteur étrange, un obstacle dont je n'ai jamais distingué la forme, la nature, peut-être terrifiantes. Sa correspondance ne révèle que le *refus* d'écrire. Un articulet de quelques lignes est l'objet de dix pages de correspondance fébrile, de cinq ou six lettres qui donnent, à l'exécutant habituel, des instructions détaillées, réclament, s'inquiètent, empruntent le pneumatique et le télégramme :

Construis-moi des chroniquettes dialoguées, aussi courtes que tu pourras, quinze lignes, sur petit trou pas cher. Illustre-les de Marcel Ballot, marquis de Chasseloup-Laubat, Frank Richardson, célèbre essayiste anglais, Willy accompagnant Anglaises somptueuses dont l'une fait craquer son maillot et cliqueter les Kodaks. Baccara anémique, bancos de deux louis, deux casinos rivaux. Important : « Son mari a filé avec une nommée Maud, elle l'a suivi. – Bravo ! "voilà un ménage à la Maud !" (ou : qui suit la Maud). »

Cette suite d'instructions précises qui égale, sinon excède en longueur la chroniquette demandée, renseigne le curieux sur un état indiscutable de paresse morbide, et peut-être de cette *timidité* d'expression à laquelle j'ai fait allusion plus haut.

— Ton *Maugis amoureux* est *très, très* bien. Quand comptes-tu l'avoir fini ? » À lire de tels billets, on les croirait dictés par une amicale politesse, un peu indifférente…

« *Vieux, quelque chose de délicat à faire ! Quelque chose comme le* Quo vadis ? *des familles ou l'*Aphrodite *du pauvre. Imbécillité grecque ou c…rie romaine ? Cela dépendra des documents que je pourrai me procurer. Je fouine en Allemagne pour savoir s'il n'existe pas quelque chose que nous démarquerions avec subtilité. Quelques dialogues d'Hérondas pourraient servir, et toute cette chiée de romans grecs, Héliodore, Achille Tatius, tous semblables, tous idiots…*

Voyage au-delà des frontières, compilations, prospections, tout valait donc mieux que quelques heures, quelques jours d'application, de tête-à-tête avec la feuille blanche ? Tout cela demeure mystérieux et triste.

Les grands concerts dominicaux mobilisaient des estafettes, des observateurs très bien choisis qui s'élançaient de Colonne à Pasdeloup, de Pasdeloup au Conservatoire, échangeaient leurs fauteuils, cueillaient un siège sous le séant d'un affilié qui montait la garde : « Mon cher monsieur, demain, au concert Risler, vous devrez fondre sur le fauteuil 26 qui encadrera le postérieur d'un monsieur noir, tout noir comme mon âme. Ce sombre monsieur (Aussaresses est son nom) vous foutra des notes (parbleu) sur le concert en échange d'un bock », etc., etc.

Relèves, mots de passe, combinaisons, rassemblement au G.Q.G., agencement du puzzle définitif ; que de tracas… Et n'était-il pas plus simple, à un homme musicien d'oreille, capable de s'accompagner lui-même au piano, de chanter d'une voix de ténor, faible et agréablement voilée, n'était-il vraiment pas plus aisé d'écrire ? Non. Tout lui sembla facile, tout lui sembla permis, hormis la tâche de l'écrivain.

Pour les romans, je fus longue à comprendre un système de substitutions successives, système dont la sécurité ne fut compromise que par l'inventeur lui-même. En l'expliquant, je ne lèse plus personne.

Ceux qui lisent à travers mes pages une malveillance, une passion fielleuse et rancie se trompent. Chez une femme qui fut conduite à renaître plus d'une fois de ses cendres, ou simplement à émerger sans aide des tuiles, planchers et plâtras qui lui churent sur la tête, il n'y a, après trente ans et plus, ni passion ni fiel, mais une sorte de pitié froide et un rire, sans bonté je l'accorde, qui résonne à mes propres dépens aussi bien qu'à ceux de mon personnage de premier plan. En outre, je trouve M. Willy beaucoup plus intéressant qu'un lot de héros – bâtards du sang, favorites occultes, magiciens et mages – gravitant péniblement autour de la petite histoire, et qu'à tout moment des mains peu discrètes arrachent à leur périple ignoré pour les amener, clignotants et parés, en pleine lumière. Mon héros, contrebandier de la petite histoire littéraire, je le trouve d'une taille et d'une essence à inspirer et à supporter la curiosité.

L'idée romanesque, le plan succinct d'un roman, d'où lui venaient-ils ? Peu importe. Le premier état s'arrêtait à peine chez lui. Flanquée d'une note manuscrite, l'Idée s'en allait au plus expert, qui n'était pas encore prince des gastronomes, mais un rond garçon bien drôle, tout truffé d'esprit fin :

Vieux Cur, que t'en semble ? Il m'est poussé l'icelle-jointe idée, gentillette. Jette, sur cette larve, l'œil du connaisseur, et en cinquante pages trace-lui un avenir ou écrase-la, point née encore, sous ton fier talon.

Revenue, l'Idée purgeait sa nouvelle forme et les traces d'une écriture étrangère, ne reparaissait que dactylographiée, changeait d'enveloppe – et de destinataire :

Petipol, au secours ! voici mon enfançon dernier-né. Peux-tu, en un mois, tirer de ça les éléments d'un volume léger, milieu petite plage du Nord, maillots de bain mal séchés, casino, boule à vingt sols, Maugis venu pour revigorer sa complexion désiodée, fillette à mollets drus, etc.

L'énigmatique Petipol ayant précipité à souhait lesdits « éléments », le manuscrit, une seconde fois dactylographié, endossait une chemise vierge et s'élançait, muni d'une lettre, vers un troisième thérapeute :

Cher ami, non, ça ne va pas. Un état de prostration extraordinaire, extraordinairement immérité. Lancinantes migraines, et ces absences qui m'angoissent. Ah ! ces heures nocturnes qui ne finissent pas… Vous voulez savoir où en est mon prochain livre ? Le voici. Est-ce que ce n'est pas à se jeter la tête contre un mur ? Seule votre adroite bonne grâce, cette légèreté de main, ce bonheur d'expression, auxquels je rends hommage sans les envier, seraient capables de transfuser à cet « enfant de pauvre » un sang riche et joyeux qui…, etc., etc. *Il va sans dire que je saurai rémunérer…*, etc., etc.

Il arrivait, malgré des soins coopératifs, que l'œuvre fit encore une fois le tour de l'honorable société, revêtant après chaque arrêt la cagoule dactylographique…

D'après ce bref itinéraire, il n'est guère possible d'imaginer les soins, les soucis, la vigilance du signataire final, la nécessité pour lui de naviguer sur des eaux encombrées, non de récifs, mais de havres sauveurs. Comment supputer seulement le nombre des pneumatiques, celui des visites personnelles et des étages gravis ? L'écriture microscopique de M. Willy, gladiolée, ascendante – on voit que je me souviens d'avoir travaillé la graphologie – révèle l'aristocratie du goût, le sens critique, l'aptitude à rebondir, le désir de plaire, et l'art de dissimuler au point que l'écriture, fine dès le début des lettres, parvient sans aucune déformation à une petitesse qui défie la loupe, comme ces manuscrits-gageures où l'on lit – si on peut – le *Credo* entier au dos d'un timbre-poste…

J'ai souvent songé que M. Willy souffrît d'une sorte d'agoraphobie, qu'il eut l'horreur nerveuse du papier vierge. Sa correspondance hante de préférence les pneumatiques, les cartes, les demis et les quarts de feuillets, les abattants d'enveloppes, détachés en forme de triangles, même les bandes de journaux. Encore, sur ces bribes, son écriture se réfugie-t-elle dans les angles. Il écrit souvent dans les marges des lettres qu'il a reçues, et le tout retourne à la poste.

J'imagine qu'il mesura, trop souvent en proie à des défaillances pathologiques, le courage, la grave constance qu'il faut pour s'asseoir sans écœurement au bord du champ immaculé, du papier veuf encore d'arabesques, de jalons et de ratures, le blanc irresponsable, cru, aveuglant, affamé et ingrat… Peut-être aussi s'ennuyait-il, au travail, d'un ennui si cuisant – cela s'est vu, cela se voit, il n'y a de mortel que l'ennui – qu'il préféra échanger cet ennui contre des combinaisons et des risques de manager, au nombre desquels la question de qualité devenait, hélas, le plus léger de tous.

Peut-être aima-t-il l'amer prestige du pédagogue, les observations qu'il jetait, sèches et de haut, sur mon front incliné, ou bien qu'il inscrivait au long de mes manuscrits… Je persiste à croire que ce critique, qui empruntait à autrui ses arguments même de critique, était un censeur-né, incisif, prompt à frapper le point faible, à réveiller, d'une pointe un peu cruelle, l'amour-propre assoupi.

Il a dû fréquemment croire, autrefois, qu'il était sur le point d'écrire, qu'il allait écrire, qu'il écrivait… La plume aux doigts, une détente, une syncope de la volonté lui ôtaient son illusion :

Ton Maugis amoureux *est bien, très bien. Le ton m'en plaît tout à fait. Excellent truc : Maugis, déçu dans ses appétences de fleur-bleue, plaque ce Bayreuth exécré, et Paris recouvré narre que* passus est. *Donc sobriété de descriptions bayreuthiennes, laisse en blanc.*

Comme le temps me manquera, ne me laisse pourtant pas trop de place pour Bayreuth, de quoi blaguer la musique et la ville.

P.-S. *Et puis non, ne me laisse rien. J'intercalerai dans ton texte la valeur de… mettons dix lignes. Maximum…*

Entre ces deux alinéas, entre les mots « laisse en blanc » et les mots « Et puis non, ne me laisse rien », il y a eu place pour un drame, une lutte, le redressement de l'amour-propre auquel succède ce que Balzac, dans un *Conte drolatique*, nomme en vieux français le « déflocquement », le phénomène affreux qui semble fondre les os, dénouer tous les ressorts de la volonté. S'agissait-il des abdications que connaissent, devant l'effort, beaucoup d'intoxiqués ?… Je ne le crois pas. M. Willy, s'il usait de remèdes, ne faisait pas, que je sache, usage de poisons. Une de ses lettres parle de P.-J. Toulet et de l'opium avec une certaine ingénuité, semble confondre la morphinomanie et l'habitude de fumer, décrit Toulet en proie simultanément à la « fumée noire » et aux alcools.

Toutes conjectures et bizarreries auxquelles je n'ai pu donner une réponse. Mais je ne saurai pas davantage le motif de la hâte chronique : « Comme le temps me manquera… vite, mon petit, vite… Trotte-toi, vieux. Faut-il vous redire, ma chère Colette, l'urgence… » Les êtres auxquels un mal progressif mesure le temps disent tout haut : « Je suis pressé », et tout bas : « Je suis poursuivi. » Robuste, quoique endommagé, M. Willy, qui mourut vers soixante-quinze ans, dut ignorer pareille angoisse, et son impatience n'être qu'un tic… Tic, petit nom badin des névroses…

Lorsque sonna pour moi l'heure de renâcler – bon mot qui rend bien le sursaut animal, le refus total et buté –, je reçus de M. Willy, dans la petite retraite où j'avais emporté la chatte, le bouledogue et des livres naufragés, un billet qui, venant après un grand tintamarre de menaces, cliquetis d'armes, tonnerres et éclairs, m'étonna fort. Sur le ton précis auquel m'avaient habituée de longs rapports, mon mari me demandait pour son prochain roman vingt pages de paysages « telles que vous savez les écrire », et me promettait… mille francs. Mille francs d'avant-guerre, mille francs d'après séparation, mille francs pour vingt pages, quand, pour quatre volumes de *Claudine*... Je crus rêver. Le rêve prit forme de manuscrit dactylographié dès le lendemain... Mais... le roman se déroulait dans la principauté de Monaco que je connaissais à peine, que je n'aimais pas, et je restituai le tout pour cause d'incompétence. « Si roman avait pour cadre Franche-Comté », télégraphia M. Willy, « accepteriez-vous ? Si oui, lieu d'action émigre régions Est. »

Par la même voie télégraphique, j'acceptai. On verra plus loin pourquoi je préférais évoquer des paysages francs-comtois.

La suite donna lieu à un incident assez comique, dont je dois le récit à un brave type, qui, chez M. Willy, s'occupait du courrier, ficelait, portait les copies dactylographiées... Lourd de recommandations, maudit préventivement, engueulé par avance sur le ton cordial, chargé de « tuyaux » de courses, de lettres confidentielles, de trois, quatre messages libertins pour le « baby bouclé », la « gosse adorable », la « princesse-enfant » et d'autres conquêtes d'âge tendre, l'excellent X... transpirait hiver comme été.

Quand je restituai, grevé de quelques pages, le roman bisontin-ex-monégasque, M. Willy vérifia les textes nouveaux, lança le tout à X...

— Chez l'imprimeur, et au trot. Qu'il envoie les placards ici, vite, bon Dieu, vite !

Sous forme de placards, le roman revint, à la vitesse du boomerang, dans les mains de son maître.

– Grouillez, X…, grouillez ! Corrigez, et je donne le bon à tirer. Pas le temps d'attendre les secondes épreuves.

X… obéit, moite. Après les corrections, ses mains, habituées, rhabillèrent l'objet. En nouant le bolduc rose, il risqua, vers le dos penché et soucieux de son maître, une question timide :

– On voit donc la mer, de Besançon ?

Il ne reçut, en réponse, que le haussement agacé des larges épaules, et n'insista pas.

– Patron, je me trotte, murmura-t-il.

Brusquement, M. Willy sortit de sa concentration :

– Au fait ! Qu'est-ce que vous m'avez demandé ?

– Oh ! dit X…, empourpré, ça ne vaut pas la peine… Je me disais… Je trouvais drôle que… que de Besançon on voie la mer…

M. Willy laissa tomber sur X… le sourire des bons despotes, et un chapelet d'injures amènes. Il n'attendait pas, certes, que X… se rebiffât :

– Écoutez, patron, tout de même ! Je ne l'ai pas inventé, moi, que de Besançon… C'est au commencement de votre prochain roman : « Accoudé au balcon de sa coquette maison bisontine, M. Tardot se divertissait à cracher dans la Grande Bleue. » Preuve que je ne mens pas !

Avec une agilité d'homme gras, avec cette sécurité fondante et muette que je n'ai vues qu'à lui – je note, en passant, qu'il dansait à la perfection –, M. Willy quitta son siège :

— Défaites-moi donc ce paquet, dit-il. Il faut que je revoie *encore* bien des petites erreurs.

En corrigeant, il riait et parlait pour lui-même.

— À quoi tiennent les choses… C'est crevant. On en ferait une nouvelle… Je ne dis pas que je n'en ferai pas une nouvelle…

8

À la moindre sollicitation de ma mémoire, le domaine des Monts-Boucons dresse son toit de tuiles presque noires, son fronton Directoire – qui ne datait sans doute que de Charles X – peint en camaïeu jaunâtre, ses boqueteaux, son arche de roc dans le goût d'Hubert Robert. La maison, la petite ferme, les cinq ou six hectares qui les entouraient, M. Willy sembla me les donner : « Tout cela est à vous. » Trois ans plus tard, il me les reprenait : « Cela n'est plus à vous, ni à moi. »

Le verger, très vieux, donnait encore des fruits, maigres et sapides. De juin à novembre, trois ou quatre années de suite, j'ai goûté là-haut une solitude pareille à celle des bergers. Solitude surveillée, cela va sans dire, et visitée par M. Willy lui-même. Il arrivait fourbu, repartait accablé, maudissant l'excès de ses « travaux » et l'obligation, en plein été, d'être « cloué » à Paris. Il déposait et confiait à ma garde (« ces infects bouquins représentent une très grosse somme ! ») des mallettes pleines de livres obscènes, parfois anciens, tant anglais que français, et les remportait ensuite…

Avec lui s'éloignaient mes tourments les plus réels ; pourtant ces départs brusques blessaient encore en moi la vieille et normale chimère de vivre en couple, à la campagne… Mais derrière lui je me sentais redevenir meilleure, c'est-à-dire capable de vivre sur moi-même, et ponctuelle comme si j'eusse déjà su que la règle guérit de tout.

À six heures en été, à sept heures en automne, j'étais dehors, attentive aux roses chargées de pluie, ou à la feuille rouge des cerisiers tremblant dans le rouge matin de novembre. Les rats d'argent s'attablaient à même la treille, la couleuvre géante, prise dans le treillage du poulailler, ne put échapper aux poules féroces… Le chat était durement gouverné par les hirondelles, qui lui défendaient à coups de bec, à grands sifflements guerriers, l'accès de la grange dont chaque poutre soutenait une rangée de nids. J'avais un bouledogue, Toby-Chien, qui vivait et mourait d'émotions, un long, opulent, subtil chat angora, Kiki-la-Doucette…

Une chatte pégotte – les chats pégots, en Franche-Comté, sont ceux qui suivent caninement – s'était vouée à moi. Inestimable compagnie des bêtes familières… Je leur parlais peu, puisqu'elles ne me quittaient pas. Un cheval prit place parmi nous, un demi-sang âgé, le pied fin, que j'achetai roué de coups, déchiré de vingt plaies, que je soignai de mon mieux, et que je montai. Nous formions un groupe étrange, lui bardé de pansements, de bouts de chiffons gras en tampons entre la sangle et la peau, de vieux linges doux autour de ses boulets, moi à califourchon, dans une culotte de bicyclette genre zouave, à carreaux. Au manège militaire de Saint-Claude, je requis par prudence, pendant une huitaine, les conseils excellents de l'écuyer Calame, et je tournai et voltai, à la queue du dernier cheval, derrière quatre candidats à l'école de Saint-Maixent.

– Chassaî vos faîsses en avant ! me criait Calame en pur comtois. Chassaî vos faîsses ! Ma fouâ, vous me faîtes plus d'honneûr que tous ces pétrâs !

J'achetai aussi, la dernière année, pour deux ou trois cents francs, un charmant débris, un vieux duc et son harnais à bouclerie d'argent. Le duc est un véhicule qui tient le milieu entre le char des fées et la voiture d'enfant. Point de siège de cocher, et sa coquille à deux places se traîne au ras de la route. Sans arrêter ni inquiéter l'attelage, vous mettez pied à terre, vous cueillez l'églantine, le champignon, la scabieuse, la senelle et la fraise sauvage, vous remontez... Le cheval muse, broute, rêve en même temps que vous. La place vide à côté de moi, je la chargeais de fleurs, de pommes, de châtaignes. Un jour, je rapportai mon plus beau butin, des bouteilles : volnay, chambertin, corton, et un frontignan quadragénaire, tout feu, tout flammes. Des bouteilles d'âge, acquises pour quelques francs, dans une guinguette de campagne qui changeait de maître...

Le goût de toutes mes heures franc-comtoises m'est resté si vif qu'en dépit des années je n'ai rien perdu de tant d'images, de tant d'étude, de tant de mélancolie. En somme, j'apprenais à vivre. On apprend donc à vivre ? Oui, si c'est sans bonheur. La béatitude n'enseigne rien. Vivre sans bonheur, et n'en point dépérir, voilà une occupation, presque une profession. Pendant que j'écrivais *La Retraite sentimentale*, petites aventures d'Annie, jeune femme qui aime beaucoup les hommes, et de Marcel qui n'aime pas du tout les femmes, je développais des forces qui n'avaient rien à voir avec la littérature. Mais elles ployaient si je les bandais trop fort. Je n'en étais pas encore à vouloir fuir le domicile conjugal, ni le travail plus conjugal que le domicile. Mais je changeais. Qu'importe que ce fût lentement ! Le tout est de changer.

Je m'éveillais vaguement à un devoir envers moi-même, celui d'écrire autre chose que les *Claudine.* Et, goutte à goutte, j'exsudais les *Dialogues de bêtes*, où je me donnai le plaisir, non point vif, mais honorable, de ne pas parler de l'amour. Autre récompense, la meilleure : j'eus la belle préface de Francis Jammes. Tous mes romans, après, ressassent pourtant l'amour, et je ne m'en suis pas lassée. Mais je ne me suis reprise à mettre l'amour en romans, et à m'y plaire, que lorsque j'eus recouvré de l'estime pour lui – et pour moi.

Nous tenons par une image aux biens évanouis, mais c'est l'arrachement qui forme l'image, assemble, noue le bouquet. Que me fût-il resté des Monts-Boucons, si M. Willy ne me les eût enlevés ? Peut-être moins que je n'ai d'eux à présent.

Comme de tout amour perdu dès sa fleur, j'ai dit : « Vivrai-je sans les Monts-Boucons ? » Et puis… j'ai agrafé sur mon sein d'abord, à mon mur ensuite, le bouquet de feuilles jaunes, mêlé de cerises à demi confites par les féroces étés comtois, de grappes de guêpes engourdies, tirées à l'aube, par panerées, de leurs puissants nids souterrains ; un panache de plumes tavelées, les rémiges de mes cinq autours chasseurs de serpents et de lézards, perchés, insolents, sur le plus petit cognassier. Ils soutenaient mon regard et mon approche, puis épanouissaient dans l'air une grande roue d'ailes… Tel est mon souvenir des Monts-Boucons. Avant eux, rien n'avait compté vraiment que la Puisaye natale. Mon bouquet de Puisaye, c'est du jonc grainé, de grands butomes à fleurs roses plantés tout droits dans l'eau sur leur reflet inversé ; l'alise et la corme et la nèfle, roussottes que le soleil ne mûrit pas, mais que novembre attendrit ; c'est la châtaigne d'eau à quatre cornes, sa farine à goût de lentille et de tanche ; c'est la bruyère rouge, rose, blanche, qui croît dans une terre aussi légère que la cendre du bouleau. C'est la massette du marais à fourrure de ragondin et, pour lier le tout, la couleuvre qui traverse à la nage les étangs, son petit menton au ras de l'eau. Ni pied, ni main, ni bourrasque n'ont détruit en moi le fertile marécage natal, réparti autour des étangs. Sa moisson de hauts roseaux, fauchés chaque année, ne séchait jamais tout à fait avant qu'on la tressât grossièrement en tapis. Ma chambre d'adolescente n'avait pas, sur son froid carreau rouge, d'autre confort, ni d'autre parfum que cette natte de roseaux. Verte odeur paludéenne, fièvre des étangs admise à nos foyers comme une douce bête à l'haleine sauvage, je vous tiens embrassée encore, entre ma couche et ma joue, et vous respirez en même temps que moi.

9

Ce que fit Polaire de *Claudine* est inoubliable. Ses erreurs même, ses résistances aux auteurs et au metteur en scène lui donnèrent raison devant le public, et elle ne s'est trompée qu'heureusement. Elle montra, à réclamer le rôle, une obstination d'illuminée. « Non, meussieur Vili, non, Claudine ce n'est pas Une Telle, ni Mme Chose, ni Mlle Truc ou Machin-Chouette... Non, meussieur Vili, Claudine, c'est moi. »

Elle habitait, lorsque je la connus, un petit hôtel conforme au gabarit des petits hôtels de dames, douillet, gentil. Je l'avais vue, comme tout Paris, dans son tour de chant où elle était célèbre. Mme Landolf prenait plaisir à composer, pour elle, des robes surprenantes. Une robe pour poupée-de-papier, à petits volets en échelle, en taffetas changeant bleu et vert... Une robe couleur peau-de-Polaire, avec un diadème d'Indien de la Prairie, violet... Une robe de mulâtresse, blanc de neige, battue en mousse... Une robe qui portait, sous sa jupe, l'arc-en-ciel, déployé autour de deux jambes de soie, minces, noires, dures, d'une élégance et d'une agilité exotiques… J'avais applaudi Polaire dans son épilepsie, au refrain d'*Hildebrand* :

Hildebrand,
Hildebrand,
Ah ! qu' ton nom est excitant !

et dans une petite chanson saugrenue dont les paroles, ô surprise, sont de Paul Leclercq.

Je raffole de
Tous les animaux
Le singe, le chat, la grenouille et le vieux chameau…
Je raffole aussi
De mon ouistiti…

En admirant l'accord, le parallélisme des grands yeux horizontaux et de la grande bouche de Polaire, j'avais supporté l'équivoque *Portrait du petit chat* :

Il est tout petit, frais et rond,
Tout velouté comme une pêche…

Je veux citer la fin de la chanson, qui est maniérée et choquante, libertine et sans franchise, comme certains dessus de boîtes à allumettes de la même époque :

Allons, mon p'tit matou,
Viens vite, dis-moi tout,

Pas possible ?… Vraiment ?
Parole ?… Ah ! c'est charmant !

(au public)

Si vous voulez surprendre
C'que sa pudeur cacha
Faudrait, pour mieux m'comprendre,
Donner vot' langue au chat !

Polaire chantait cette pauvreté en crispant tout son corps, en frémissant comme une guêpe engluée, en souriant d'une bouche convulsive comme si elle venait de boire le jus d'un citron vert. Je l'avais vue aussi entrer en scène avec une corde à sauter, et « faisant vinaigre ». Un soir elle se prit le pied dans sa corde, s'étala en criant : « Oh ! merde ! », se releva d'un saut de carpe… Ce fut une enfant épouvantée qui s'avança ensuite jusqu'à la rampe, la paume de la main muselant sa bouche coupable, et qui bégaya, en accentuant les *e* muets comme elle le fait encore : « Messieurs, mesdames, jeu vous demande bien pardon, ceula m'a échappé… Jeu compte sur votre indulgence… »

Mais je n'avais jamais vu Polaire à la ville. Je m'en fus la voir chez elle, avec M. Willy. Elle était seule et portait sur son bras une petite toy-terrier en satin noir et feu, de laquelle je n'ai jamais pu savoir le nom exact : « C'est ma Gaguille », disait Polaire, ou bien : « Où es-tu, ma Lélette ? » Ou bien : « Jeu suis sortie à pied pour faire plaisir à

Troutrouille », ou bien : « La Poule-d'eau-mauve est encore constipée ! »

Le jour de notre première rencontre, Polaire était habillée comme une jeune fille, de bleu marine, ou de vert foncé. Ses fameux cheveux courts – non point noirs mais d'un châtain naturel –, elle les laissait repousser, et les nouait en catogan. Sauf le bistre des paupières, la gomme des longs cils merveilleux, un rouge un peu violacé sur les lèvres, elle n'était fardée que de son propre éclat intermittent, d'une lueur proche des larmes dans ses yeux sans bornes, d'un sourire étiré, douloureux, de toutes les vérités pathétiques qui démentaient son diabolique sourcil circonflexe, sa cheville irritante de chèvre, les sursauts d'une taille-serpent, et proclamaient lumineuses, humides, tendres, persuasives, que l'âme de Polaire s'était trompée de corps.

Une telle erreur n'allait pas sans manifestations que l'on tenait pour comiques, par exemple une trépidation nerveuse, un sautillement d'un pied sur l'autre, comme si la terre eût brûlé les plantes agiles de Polaire. Pendant les répétitions de *Claudine à Paris*, M. Willy gourmanda sa principale interprète qui gambillait sur place dans sa robe en corolle de volubilis : « Polaire, lui dit-il, restez donc un peu tranquille ! Vous avez l'air d'une fleur qui a envie de faire pipi. »

Polaire, suffoquée, rougit en brun sombre : « Oh ! Vîli, on neu dit pas ce mot-là… On dit : aller au petit jardin. »

Sa manière d'aborder le théâtre fut singulière : elle comprenait tout ce qui était nuance, finesse, arrière-pensée, et le traduisait à ravir. Les intentions lourdes la trouvaient gauche, et souvent le comique l'attristait… Mais où Polaire n'a-t-elle pas rencontré l'occasion d'être triste ?

Son mot chronique, dont nous riions, c'était : « Ah ! ceu que je souffre… » Elle l'exhalait en pétrissant de ses mains expressives, au-dessus de sa taille, son solide petit torse bombé, ses dernières côtes hautes et ouvertes : « J'ai les côtes en boléro Empire », disait-elle. Elle soupirait à cause du jour tombant, à cause de la pluie, s'attristait d'amour, de soupçon, d'ambition théâtrale, de soif universelle, de naïveté… « Et dire que j'ai les dents du bonheur ! » s'écriait-elle en montrant ses fraîches gencives, ses dents sans tache, un peu écartées… Du bonheur, ô chère, ô triste Polaire de 1935…

Le succès que Polaire valut à la pièce, on ne l'a pas encore oublié.

Au mépris de toute vraisemblance elle habilla son personnage de seize ans en Poulbote, des chaussettes, un sarreau noir que l'héroïne échangeait, au deuxième acte, contre une robe blanche écumante, tout aussi injustifiable… mais le public s'engoua de tout ce que faisait Polaire. Car au deuxième acte la scène de la griserie se rehaussait, grâce à elle, d'une fantaisie délicieuse, chaste et gaie ; car au dernier acte Polaire se jouait des difficultés qu'elle n'apercevait même pas, des médiocrités qu'elle foulait en riant aux anges. De quelle passion elle aima, elle aime le théâtre ! J'allais souvent voir dans sa loge cette inspirée. Lorsque nous n'allions pas, avec M. Willy, partager dans une taverne son souper préféré, qui était aussi le mien – un grand triangle de fromage, du pain boulot et un verre de vin rouge –, je la quittais à la sortie des Bouffes déjà elle cessait d'être Claudine épanouie, et s'assombrissait :

— Au revoir, Colette, bonne nuit.

— Dormez bien, Polaire.

— Oh ! moi, jeu ne dors guère, vous savez... j'attends.

— Qui donc ?

— Personne. J'attends la représentation de demain.

Elle ne mentait pas. Toute passion vraie a sa face ascétique. Polaire comédienne négligeait l'amour, et sa négligence humiliait le beau jeune « fils de famille » qui aimait « Popo » à sa manière, une manière simple, fraîche, un peu brutale quelquefois. Polaire allait jusqu'à bannir Pierre L.., de « son » théâtre, lui permettait rarement de venir la chercher à minuit :

— Deu quoi j'ai l'air, qu'un monsieur vient me chercher ici ? s'indignait-elle. Ça a l'air que jeu pense à la rigolade !

Elle rentrait donc souvent seule, montait d'un saut léger dans sa victoria si le temps était beau, serrait contre elle sa chienne minuscule, et les deux chevaux pie – attelage de conte fantastique ou de cirque ambulant – emportaient cette jeune femme qui n'avait pas besoin de vraie beauté pour éteindre l'éclat des autres femmes, cette actrice improvisée à qui science et métier étaient superflus. Le bord de sa robe claire, comme une volute de vague, couvrait et découvrait ses chevilles gainées de hautes bottines blanches – chaussures de nymphe chasseresse ou de dompteuse foraine – et les passants de minuit s'arrêtaient, se retournaient pour voir « Claudine »…

Une nuit, la sonnerie du téléphone éclata aux oreilles de M. Willy, qui dormait. Il décrocha l'appareil, entendit des sanglots confus, des appels étouffés :

— Venez, Vîli, venez, vite, jeu meurs !

Le temps de blasphémer, de passer un pardessus sur sa chemise de nuit à broderie russe, et M. Willy s'élançait, en me jetant des instructions brèves :

— Habillez-vous, rejoignez-moi, je ne sais pas ce qu'il y a chez Polaire, mais ça m'a tout l'air que la recette de ce soir est foutue…

Il trouva, nous trouvâmes Polaire sur le tapis et quasi sous le lit de sa chambre à coucher. Sur le lit se tenait assis, éclairé à souhait par une lampe de chevet à jupon rose, un jeune homme en pyjama, Pierre L… Sombre et les bras croisés, il respirait précipitamment par les naseaux comme après un pugilat.

À terre pour le compte, Polaire gisait, si gésir est un mot qui convient au serpent coupé, au fauve en sa frénésie, à tout ce qui vivant sait se tordre, se nouer et dénouer, gratter le sol des talons, des ongles, sangloter, rugir… Immobile, le jeune homme la regardait, et ne lui portait aucun secours.

— Bon Dieu ! soupira M. Willy. Qu'est-ce qu'elle peut bien avoir ? Pierre L… ne desserra pas sa belle bouche, mais la réponse vint, inarticulée, de dessous le lit :

— Vîli ! Il m'a battue. La brute ! Là, et là… Et ici… Vîli ! Jeu vais mourir ! Qu'il s'en aille ! Ô là, là, ô là, là ! Que jeu souffre ! La police, la police !… Jeu veux qu'on l'envoie aux galères !…

M. Willy s'essuya le front, et s'enquit du plus pressé.

— Elle est blessée ?

Pierre L… secoua les épaules.

— Blessée ? Vous me faites rigoler. Deux, trois marrons…

La gisante sauta sur ses pieds. Couronnée de bigoudis gros comme des escargots de vigne, bouffie de pleurs, dilatée de cris, elle ne ressemblait pourtant, dans sa longue chemise, qu'à une brûlante sorcière de Java, car rien de ce qui était forcené n'arrivait à l'enlaidir.

— Deux, trois marrons ! répéta-t-elle. Et ça ? Et ça ?

Elle montrait ses bras, son cou, son épaule, ses cuisses faites pour serrer à cru les flancs d'une monture.

— Les gendarmes ! Leu commissaire deu police !… piaula-t-elle enfantinement.

Elle fondit en pleurs de vaincue et retomba. M. Willy s'essuya le front, s'assit, rassuré, sur le lit à côté de Pierre L...

— Mon vieux Pierre, c'est pas chic, ce que vous avez fait là, permettez à un ami de vous dire qu'un homme de cœur...

Le vieux Pierre posa, sur son cœur insensible, sa forte main blanche et soignée :

— D'abord, je m'en fous d'être chic ou pas chic, déclara-t-il. Ensuite, ce qu'elle m'a dit, je n'ai pas pu le supporter... Non ! cria-t-il à pleine voix, je ne le supporterai jamais !

Il se leva, fourragea dans ses cheveux foisonnants, d'un blond cendré.

— Vous pouvez tout me raconter, insinua M. Willy avec ménagement.

— Elle m'a dit..., commença Pierre L... à tue-tête, elle m'a dit... que je n'étais pas doux !

Sur le tapis, Polaire s'agita faiblement, secoua son diadème d'escargots, gémit...

— Que-je-n'étais-pas-doux ! assena Pierre L... Quand j'ai entendu ça, le sang m'est monté aux yeux... Pas doux ? On me connaît, je crois ! ... Il frappa, de ses poings, le coffre sonore de sa poitrine.

— Pas doux ! Moi, pas doux !!!

Du sol montèrent des geignements, des mots entrecoupés.

— Non... Tu n'es... tu n'es pas doux... Tu neu comprends rien... Tu neu sais ce queu c'est queu la compréhension et la douceur. Ce qu'une femme a le plus beusoin, en amour, ceu n'est pas ceu que tu crois, c'est…

— Vous l'entendez ! tonna Pierre L… Elle recommence ! Bon Dieu !

Il jeta la veste de son pyjama, se pencha vers le tapis, et M. Willy déjà s'interposait… Mais deux bras bruns se levèrent, se nouèrent au cou sans pli de l'homme doux :

— Pierre… Que jeu souffre… Personne neu m'aime… Pierre…

— Mon petit coco… Mon mou-mour… Popo chérie… qui est-ce qui a dit ça, que personne ne t'aime ?

Il l'enleva, la porta suspendue comme un chevreau noir, la promena dans la chambre autour du grand lit Louis XV en chantonnant, et M. Willy se tourna vers moi :

— Je crois que notre présence ici n'a plus rien d'urgent… J'ai eu chaud ! Ils sont crevants, n'est-ce pas ?

Il s'essuyait le front, et riait, mais je n'arrivais pas à l'imiter. Inutile, à peu près muette, j'avais eu tout le temps de regarder un spectacle inconnu, l'amour dans sa jeunesse et sa brutalité, un amant offensé, son torse nu, la douce peau féminine sous laquelle jouaient ses muscles exemplaires, les creux et les saillies de son corps indifférent et fier, la manière assurée dont il avait enjambé, puis ramassé le corps terrassé de Polaire…

Je voyais sa nuque pleine et tondue, la pluie de ses cheveux cendrés qui nous cachaient le visage de Polaire… Il berçait à son cou une victime qui ne pensait plus à nous.

— Jeune Pierrot, vous me promettez de ménager les nerfs de notre vedette ? Et de ne plus lui prodiguer des avis si convaincants ?

La jeune tête se releva, montra un visage florissant, féroce, une bouche mouillée du baiser interrompu :

— Seulement quand il le faudra, mon vieux, je vous le promets ! Je me rangeai au côté de M. Willy qui affectait de marcher comiquement sur la pointe des pieds, et nous sortîmes.

Rassuré, M. Willy se divertissait de notre expédition nocturne. J'étais moins gaie.

— Vous avez froid ? Vous ne voulez pas rentrer à pied, j'imagine ?

Non, je n'avais pas froid. Oui, j'avais froid. Pourtant j'aurais voulu rentrer à pied. Ou ne pas rentrer du tout. En marchant, je regardais au fond de moi la chambre nocturne que je venais de voir. Il m'en reste, sur un fond indistinct, des rehauts de bleu très pâle, des lumières roses, de petits abat-jour brodés et la blanche étendue bouleversée d'un lit d'amants… Il m'en reste le souvenir d'un long moment de malaise triste, peut-être devrais-je écrire : de jalousie…

10

À partir du jour où, obéissant aux suggestions de M. Willy, je coupai mes trop longs cheveux, maint observateur avisé me découvrit une ressemblance avec Polaire. L'observateur avisé ne se récrie sur la similitude de deux jumelles que si elles sont pareillement vêtues et coiffées, Polaire et moi nous avons l'oreille très loin du nez, c'est vrai, et les yeux horizontaux. Autant que ses yeux, que ses chevilles, que ses dents, j'ai pu envier sa délicate petite oreille…

Pour ne pas mentir, je ne demandais qu'à voir tomber ma grande corde incommode de cheveux, qui se nourrissait de moi. Le coup de ciseaux donné, je goûtai un plaisir que seul gâta une lettre de Sido. Elle flétrit mon geste en termes étrangement graves : « Tes cheveux ne t'appartenaient pas, ils étaient mon œuvre, l'œuvre de vingt ans de soins. Tu as disposé d'un dépôt précieux, que je t'avais confié… »

Mais je secouais un front délivré du joug et des épingles, et je me répétais avec allégresse. « Je sens le vent passer sur la peau de ma tête ! » À côté de moi quelqu'un voyait beaucoup plus loin : M. Willy était en train d'inventer une paire de *twins*.

De par sa décision nous eûmes, Polaire et moi, trois « tenues » identiques, trois seulement, et c'était bien assez, et c'était bien trop : un costume tailleur écossais vert, noir et marron ; une robe blanche, une « charlotte » en tulle blanc et bouquets de cerises ; un autre tailleur gris-bleu à bandes gris-blanc, piqûres, pattes, et je ne sais plus quelles nervures appelées « straps », au sujet desquelles j'ouvre une parenthèse. Pendant un essayage, le coupeur expliquait :

— Le straps vient jusqu'ici, en mourant, avec les pattes piquées. Polaire, distraite à son habitude, sortit en sursaut de sa rêverie :

— Oh ! pauvre peutite bête ! On ne peut pas le laisser comme ça !

Il faut le soigner !

Mise au fait et revenue à la réalité, elle s'excusait :

— Le straps, je voyais ça un peu comme le fox-terrier, mais plus petit…

Les jours où notre manager nous menait, vêtues de pareil, au restaurant, elle pouvait difficilement cacher une gêne, une tristesse de bête affublée, qui n'attirait que mieux l'attention gouailleuse. Polaire a toujours mis toute son âme sur son visage… Ce n'est pas sur le mien qu'on eût surpris de telles marques d'un trouble honnête. Je dépassais trente ans, j'avais donc plus de dix ans d'école.

Polaire doit se souvenir encore d'un soir de générale au music-hall – Moulin-Rouge, Casino, Folies ? – où nous étions « commandées de service ».

— Mettez vos robes blanches, conseilla M. Willy. J'aurai l'air de balader mes deux gosses.

Quand nous entrâmes tous trois dans l'avant-scène, l'attention du public se fixa sur nous d'une manière si pesante, si muette et si unanime que les sensibles antennes de Polaire frémirent, et elle recula d'un pas, comme devant la trappe…

— Eh bien, Popo ? dit le manager.

Elle se cramponnait des deux mains à la porte de la loge, s'effaçait : « Non… non… Jeu ne veux pas… Jeu vous en prie… J'entends ce qu'*ils* pensent, c'est laid, c'est haffreux… »

Naturellement, elle céda. Mais lorsque, assise à côté de moi en pleine lumière, elle soupira son : « Ce queu je souffre… » elle me fit, ce soir-là, beaucoup de peine.

Après *Claudine à Paris*, M. Willy, exploitant « à blanc » toute futaie, humant jusqu'au tarissement toute source, requit Polaire de jouer *Le P'tit Jeune Homme*, et *Le Friquet,* pièce tirée d'un roman de Gyp. En smoking et gilet de fantaisie, ses cheveux exubérants coiffés d'un panama, Polaire, pourtant mince comme aucune femme ne fut mince, détestait le travesti, qui lui donnait l'air d'un petit Brésilien malade, car elle le portait sans entrain. À Polaire, comme à toutes les bêtes tendres, la tristesse inflige les apparences de la maladie. Polaire triste serre les épaules, joint ses doigts et serre sa joue sur son épaule, comme font ces singes ravissants, que les trafiquants d'animaux sauvages amènent sous notre climat pour qu'ils en meurent… En jouant *Le P'tit Jeune Homme*, en créant *Le Friquet*, elle regrettait Claudine… Son poignant regret, vaste comme une nostalgie, douait d'une vie singulière et comme posthume un personnage que j'avais inventé et dont je n'étais pas la dupe. Polaire croyait à Claudine, pensait à Claudine avec un sentiment profond et pur. Les reprises de la pièce, les représentations données hors de Paris lui inspirèrent des mots quasi mystiques : « Je vais *la* retrouver », disait-elle. Aujourd'hui elle semble évoquer une morte qu'elle a chérie. Sa foi, sa certitude étaient telles qu'en l'écoutant j'abdiquais secrètement, et je faisais hommage à Polaire d'avoir inventé Claudine.

Après elle, d'autres artistes ont repris un rôle qui exerça, sur une génération de jeunes actrices, une sorte de fascination. Même lorsqu'il ne tente pas le spectateur, le « fruit vert », personnage acide qui, vêtu en enfant, a licence de se comporter en femme, grise étrangement l'interprète et l'abuse sur ses propres moyens. Aussi vit-on des Claudines de toutes couleurs, des rousses, des blondes et des châtaines. Des longues, des trapues, des costaudes et des consomptives. On en vit même une barbue, et c'était, après Polaire, la meilleure, une pauvre enfant fine, qui jouait la comédie gracieusement, avec intelligence, Éva L… Elle était fille d'une officielle, foraine et authentique femme à barbe, et affligée comme sa mère d'un poil terrible, bleu-noir, qui lui gâtait le visage en quelques heures de temps. Le jour, elle se masquait d'une voilette épaisse ; le soir elle se rasait juste avant de se maquiller, et vers minuit une fumée bleue, à travers les fards, lui salissait déjà le menton et les joues, infirmité qui jeta plus tard Éva L... au désespoir...

Mais, ainsi que Polaire l'avait affirmé en état second, avant de jouer le rôle – « Non, meussieur Vîli, la vraie Claudine, c'est moi ! » – il n'y eut qu'une interprète de qui le jeu trépidant, le brûlant visage, la voix parfois saccadée d'émotion écartaient toute idée d'école, de métier, de sensualité concertée, il n'y eut pas d'autre « vraie Claudine » que Polaire.

Quel âge atteignais-je ? Vingt-neuf ans, trente ans ? Déjà l'âge où s'agrègent, s'organisent les forces qui assurent la durée, l'âge de résister aux maladies, l'âge de ne plus mourir pour personne, ni de personne. Déjà ce durcissement que je compare à l'effet des sources pétrifiantes... Un goutte-à-goutte tiède glisse du front aux pieds, et l'on s'effare : ah ! c'est du sang, c'est mon sang... Mais non, c'est ce fluide qui laisse en séchant une cendre fine et croûteuse, peu à peu épaissie... Ainsi s'habillent de calcaire les vieux crabes, les très anciens homards, gris de pierre, rêveurs sous leur « quai », et presque invulnérables... J'étais loin de l'invulnérabilité, mais je ne songeais pas à mourir. Sido vivante, je n'ai jamais songé à la mort volontaire. En écartant, comme je le puis, l'idée de Sido, en essayant d'imaginer une jeunesse sans Sido, je crois que le suicide et moi nous ne nous serions jamais ni tentés, ni toisés. Je n'aime pas ce qui est facile, et quant à l'opportunité de notre mort, il n'est qu'autrui pour en savoir juger, dans des paroles confites en sagesse : « Il est mort à temps… La pauvre, elle a bien choisi son heure… »

Trente ans environ, et le goût, l'accoutumance de vivre grâce au cal qui se forme, aux défis quotidiens que je me portais… Dix années de Paris, et malgré les apparences, un isolement bien singulier. Isolement que nous étions deux à entretenir, à préserver : M. Willy et moi. M. Willy connaissait « pas mal de gens », plus de foule que de personnalités. On nous rencontrait beaucoup, on nous invitait peu, de quelle « bonne société » nous fussions-nous réclamés ? Je n'en vois qu'une : la famille de mon mari, qui, pour nous, s'entrouvrait, se refermait, inquiète. La période mondaine de M. Willy commence plus tard.

Notre couple suscitait la curiosité, seule je ne suscitais rien du tout. Je n'aurais pas mis de noms sur deux cents visages. La sauvagerie native, commune aux enfants de Sido, y était pour quelque chose, il fallait compter aussi avec l'attention, l'intention voilées de M. Willy. Il me confiait, l'été, à une solide gardienne ; j'eus souvent à Paris l'occasion de constater qu'il prenait soin de brider l'élan de ma jeunesse vers des amis et amies de mon âge, élans d'ailleurs rares, qu'il assagissait péremptoirement, avec une extrême adresse. Si ma sympathie – qui s'habille encore aujourd'hui de rudesse, et ne parade pas pour plaire – se mêlait d'aller au-devant d'une coquetterie féminine, ou d'une sourde chaleur virile, M. Willy s'en avisait aussitôt : « C'est une amitié indigne de la vôtre », disait-il en grondant doucement, et il n'oubliait pas de mentionner les graves motifs de l'indignité. Au besoin, il insistait : « C'est que je suis un peu jaloux de ma fière petite fille », disait-il avec grâce. Ni petite fille, ni, hélas, fière, et quant à la jalousie… Il semblait savoir qu'une amitié serait, contre lui, une conseillère plus puissante que l'amour, mais aussi que l'amitié, d'essence fine, à croissance lente, se jugule aisément, ergote, boude, recule où l'amour, ce bon gros amour, passe outre et boule l'obstacle. Il arrive en contrefaisant la foudre, part souvent du même train. Mais nous n'avons pas trop de vingt ans pour former une amitié, assurer son présent et son avenir. Mes amis de vingt ans et davantage, mes amis de dix ans et moins, il ne sera pas, ici, question de vous. Nos rendez-vous n'aiment ni le bruit ni la lumière. Soignez-vous bien, durez plus que moi… Merci.

Notre jeunesse a souvent les amitiés qu'elle mérite. Ils crieront à l'injustice, les jeunes gens qui me liront et qui souffrent d'amitié saignante. Mais ce n'est pas pendant ma première jeunesse que s'est formulée en moi cette opinion critique.

En me mariant, je n'avais eu à trahir aucun de ces étroits attachements d'adolescentes, qui imitent le couple comme les animaux joueurs imitent l'acte amoureux, c'est-à-dire avec gaucherie, avec gaieté, et parfois une ignorante et vindicative violence de sentiment. La vie villageoise, qui n'admet guère le mystère, ne peut empêcher la formation de ces affections-là, mais elle les gêne, les raille, et, à la longue, les décourage. Pour celles que le hasard m'offrit après mon mariage, je les accueillis mal d'abord, non que je me sentisse particulièrement misogyne, mais j'étais garçonnière, assurée dans la compagnie des hommes, et je redoutais la fréquentation des femmes comme j'eusse été hostile à un luxe qui demandait ensemble des ménagements et une certaine méfiance…

La trentaine, donc, et une exceptionnelle disette d'amitiés féminines, de complicités, d'appuis féminins. La complice idéale, l'appui véritable, je les avais tous deux dans Sido, lointaine et proche, Sido à qui j'écrivais chaque semaine deux lettres, trois lettres, bourrées de nouvelles vraies et fausses, de descriptions, de vantardises, de riens, de moi, d'elle… Elle est morte en 1912. Après vingt-trois ans, un réflexe, qui ne veut pas mourir, m'attable à mon bureau, ou à un guéridon d'hôtel si je voyage, et je jette mes gants, et je demande « des cartes postales avec des vues du pays », comme elle les aimait… Et pourquoi cesser de lui écrire ? M'arrêter à un obstacle aussi futile, aussi vainement interrogé que la mort ?

Trente ans… Regrettais-je les premières années, les premières tanières, la bohème étrangement logée dans des meubles d'avoué, mes longs jours oisifs dans la pénombre, et ma convalescence sur le sommier-divan, brodé à gros points par la femme qui m'avait précédée… À cette inconnue, je ne faisais grief que de son goût de coudre, sur la grosse toile-canevas, de larges paillettes coupantes… Je regrettais les fous rires qui crèvent les jours tristes, Pierre Veber, brouillé avec M. Willy par l'affaire *Une passade*, me manquait, et j'évoquais son humour bondissant… D'ailleurs elle n'a qu'un temps, l'infatuation charmante qui improvise pour son propre compte autant que pour l'ébahissement d'autrui, la jeune folie qui précipitait Pierre Veber, à grand bruit, précédé de sa canne, du haut de l'escalier de la rue Jacob jusque dans la cour. D'en bas, il interpellait M. Willy, en vociférant :

— Il y a des juges, monsieur, pour les gens qui foutent leurs créanciers dans l'escalier au lieu de payer leurs dettes !

Toutes les fenêtres du vieil immeuble s'ouvraient, y compris les deux nôtres, où se penchaient deux longues tresses, et un crâne nu, vaste et vernissé. M. Willy « enchaînait » et répliquait à tue-tête :

— Mes créanciers, monsieur, je les respecte et je les honore ! Je suis un débiteur assidu, ponctuel, je tiens à mes créanciers ! Mais je refuse ce titre à un petit salopiaud qui vient me relancer deux fois par semaine, sous prétexte que je lui dois trente-deux francs, en réalité pour pincer les fesses de ma bonne !

La concierge, conçue et réalisée d'après la tradition ancienne, le balai au flanc, le caraco hors de la ceinture, ivre de tafia et de chartreuse de ménage, applaudissait son locataire :

— Ça, c'est tapé !

Tandis que Paul Masson, qui se glissait parmi la petite foule ameutée, tirait de sa serviette d'avocat des images qui n'étaient point de piété et les distribuait, impartial dans le crime, aux écoliers comme aux écolières. « Pour occuper les longues veillées d'hiver », leur murmurait-il.

Nous en étions, maintenant, au 117 *bis* de la rue de Courcelles, et je mettais au net *La Retraite sentimentale* en y retrempant mon regret tout vif de Casamène – traduisez : « Les Monts-Boucons ». Là, j'écrivais aussi le premier état de *Minne*, c'est-à-dire une nouvelle de cinquante à soixante pages, à laquelle j'avais donné des couleurs qui me plaisaient : rouge, rose, noir, un peu d'or pâle sur la petite héroïne… Ma nouvelle tenait du conte fantastique et du fait divers. Elle me venait – un peu frelatée et se moquant de sa propre littérature – des « fortifs » voisines, et je la voulais garder pour moi seule, la signer, comme les *Dialogues de bêtes*, de mon nom… Mais M. Willy ne le voulut pas. D'une insistance sans répit, d'un siège à ruiner tous les courages, je sortis vaincue. J'étirai *Minne* en roman, je la rendis froidement infidèle dans *Les Égarements de Minne.* Depuis, j'ai bataillé pour la reprendre, mais j'avais lutté plus amèrement avant de l'abandonner… J'ai resserré en un seul, échenillé les deux volumes, et je ne retrouverai plus jamais la petite figure agréable qu'avait « Minne » avant sa « crise de croissance »… Encore heureux que, pour l'honneur du roman français, la fin de ma lâcheté ait abrégé son destin, et tué dans l'œuf Dieu sait quelles *Minne aux enfers*, *La Fille de Minne*, *Le Divorce de Minne*…

Singulier logis que ce second étage d'hôtel particulier, au 177 *bis*. Le premier abritait un silencieux, un unique voisin, le prince Alexandre Bibesco. Parfois je regardais la chevelure admirable, rousse et dorée, de la princesse Bibesco, née Hélène Réyé – créatrice touchante de Claudinet dans *Les Deux Gosses* – descendre l'étroit escalier tournant, comme une torche qu'on jette dans un puits… L'appartement ne ressemblait à rien de ce que j'avais habité. Au n° 93 de la même rue, nous avions laissé un petit atelier empreint de mauvais goût artiste, peint en vert clinique, meublé de peaux de chèvres blanches qui jouaient à l'ours, tout intoxiqué de couleur verte, de bibelots Bing, de prétention au glauque et au crapaudin, illustré de deux excommunications, lancées contre M. Willy par Erik Satie…

Une menace bourgeoise se levait de tous les coins, au 177 *bis*. Je la subissais avec une passivité bizarre, mais je perdais mon peu d'assurance, comme si je me fusse sentie visée personnellement.

D'un Saisies-Warrants, M. Willy avait acquis une chambre à coucher « complète », si complète en effet que le cannage de rotin y rencontrait le laqué blanc et les médaillons en faux Wedgwood, ovales, distribués sur les panneaux du lit, de l'armoire, les dossiers des fauteuils, la coiffeuse-triptyque... Celle-ci, à mi-corps, s'affublait de tiroirs à bijoux dans lesquels je serrais, n'ayant point de bijoux, une collection de billes en verre, collection qu'à travers tourmentes, vicissitudes, déménagements, modifications d'état civil et voyages, je n'ai pas cessé de posséder, et même d'enrichir.

Molle, avec les apparences de la distraction, je laissais le mobilier désolant s'installer chez moi, sans autre protestation, sans autre sursaut qu'une incrédulité secrète : « Ce n'est pas possible, ce n'est pas *vrai*, je n'habite pas ici... »

Une femme de chambre, qui vint collaborer avec la cuisinière, revêtit à mes yeux le même caractère d'inauthenticité. Elle avait l'œil vairon, se servait familièrement du mot « incommensurable », démontait et remontait toutes les serrures, et se délectait visiblement de son propre mystère. Ce qu'elle cachait me parut anodin, et comique, au regard de ce que je craignais. Car des plaintes m'édifièrent : Louisa écrivait des vers obscènes en l'honneur de tout ce que les immeubles voisins comptaient de jeunes servantes, et notre cuisinière indignée nous mit entre les mains une odelette, qui célébrait avec concupiscence ses charmes de brune. Au-dessous de sa signature, la poétesse avait ajouté : « P.-S. *J'irai jusqu'à cent francs, Antonine, et ce n'est pas une blague.* »

Louisa de Mytilène partit, toute honte bue, le sourire aux lèvres. Je regardais autour de moi les saisons et les êtres partir, venir, aller ; je travaillais, je donnais des soins à un intérieur dont le pis que je puisse dire est qu'il manquait d'âme… L'âme fuyarde, c'était sans doute la mienne, qui cherchait son salut.

Une décision prompte et brutale, je n'aurais ni osé ni voulu la prendre. En acceptant, une fois, pendant le milieu de l'été, que mon séjour aux Monts-Boucons ne laissât pas veuf de femme le logis parisien, je m'étais donné la mesure de ma couardise, mais aussi la certitude de ma flexibilité, ainsi j'ai toujours nommé mon empire sur moi-même, estimant qu'il n'y a pas de résistance humaine qui dure, si nous ne savons ployer. Je n'aime certes pas ma longue attente, ma longue peur, mais je mentirais si, pour me donner l'air de battre ma coulpe, je les appelais temps perdu.

C'est à l'oiseux appel de l'amitié féminine que j'ai d'abord fermé mon oreille, me croyant, me sentant trop forte et mal façonnée pour la confiance. Un peu « fière » aussi, dans le sens que ma province assigne à ce mot-là. Les petites Loute et Moute et Touffe du Quartier latin, rien ne m'a été plus facile que de rire avec elles, de les écouter rire, autour d'un guéridon du Vachette. Mais M. Willy s'avisa d'amener chez nous un frais modèle de Léandre, la notoire Fanny Z…, et je ne ris plus du tout.

Cette année-là, les amateurs d'art se récriaient devant le panneau de Léandre (Gustave Lyon l'acheta), une Fanny de profil, debout dans sa robe noire d'ange des ténèbres. Quand j'eus devant moi, chez moi, la Fanny aux doux cheveux châtains qui roulaient libres sur ses épaules, quand je la vis jeter sur mon lit son toquet de page, porter sur tous objets ses belles mains aux doigts retroussés, ouvrir sa robe par habitude sur sa gorge impatiente, se tirer la langue devant mon miroir, que je l'entendis confier à M. Willy, à moi, aux oiseaux par la fenêtre ouverte, ses préférences voluptueuses, le sang de « la fille à Mme Colette » s'insurgea. Je fis la figure pincée que j'allais cacher en haut d'un arbre, autrefois, à l'arrivée des « visites », la même figure prude et pointue…

« Allons, jouez ! Donnez-vous la main, embrassez-vous ! » disent aux enfants les grandes personnes. Gourmés, silencieux, les enfants offensés rougissent, et restent de glace… La liante humeur de M. Willy n'arrangea pas les choses – du moins entre Fanny Z… et moi. Mais ce jour, tout occupée d'elle-même, Fanny ne s'aperçut de rien.

Le mariage – du moins le premier – ne suffit pas à calmer, chez une jeune femme, le romanesque de la pensionnaire. Un engouement bref me prit, à vingt-deux ans, pour une grande alezane teinte et reteinte, qui enseignait le piano. Toquade, attachement de l'élève au maître… Et puis la dame professeur n'était que rousses ténèbres, damas glauques de chez Liberty, béguins cousus de verroterie, et quant à son prénom, je préfère le celer, plutôt que d'avouer qu'elle se nommait Daffodyl, Aglavaine ou Ortrude.

Chaque époque façonne un type féminin d'après les suggestions d'un peintre, mais ce n'est jamais sur celles d'un très grand artiste. Ma dame en Liberty était un Rops. L'œil infaillible de la mémoire superflue, en la dépouillant de ses parures couleur d'aquarium, me la montre, la pommette haute, l'abattis énorme, et l'œil prasin, pareille aux blonds assommeurs que Jean Lorrain chérissait. Lorsqu'elle apprit que je connaissais Lorrain, elle éprouva ou feignit une sorte de pâmoison, et mendia la faveur de le rencontrer. Il y consentit, et se vengea. L'ayant vue chez moi cinq minutes, et toisée sans charité, il partit, en me faisant signe de le suivre jusqu'au palier. Là, il me prit sous le bras, mit sa bouche contre mon oreille :

— Imbécile ! me dit-il. Vous n'avez pas vu que c'est un homme ?

Et il me planta là, effarée…

Quelques semaines plus tard, il se moquait de ma crédulité, et jurait qu'il avait voulu rire. Mais je m'étais servie de n'importe quel prétexte pour écarter la dame qui se prénommait Alladine, ou Joyzelle…

II

La force et la beauté quittaient déjà, lorsque je le connus, Jean Lorrain, gars normand qui tenait beaucoup à l'épithète de « gars », mais y renonçait facilement dans l'intimité. Lui voyant sur le front sa mèche travaillée, rougie au henné entre une marge blanchissante et une zone de cheveux foncés, je m'étais récriée devant cette coiffure tricolore et avais comparé Lorrain aux chattes à trois couleurs, dites « chattes portugaises ». Il rit beaucoup, et signa souvent « la chatte portugaise » les petits billets familiers qu'il m'écrivait dès qu'il m'eut prise en amitié. Sa camaraderie, à longues éclipses, m'était bonne, venue aux jours où je souffrais, dans le secret de moi-même, de n'être que moi, c'est-à-dire une petite jeune femme gentille, qui n'avait d'estime ni pour son travail anonyme, ni pour sa soumission. Rien qu'à me dire, en indiquant un détail de ma coiffure, et une petite cravate à mon cou : « Non, pas comme ceci ; là, c'est mieux. Et pas de rouge autour du cou, cherchez plutôt la même couleur que vos yeux », Jean Lorrain m'avait fait plaisir.

Tourmenté déjà d'usure, de misères physiques, il les avouait plus volontiers à une femme, en même temps que les défaillances d'un caractère resté jeune, frais, sensible aux jeux de couleurs, et qu'exaltaient les paysages, surtout les paysages méridionaux. Ce qu'il portait en lui de mauvais goût se satisfaisait de joyaux économiques, de gemmes troubles – calcédoines, chrysoprases, opales et olivines –, de grosses bagues en or torturé, qui n'étaient pas montrables et qu'il montait. Il aima les cannes d'écaille et les gourdins de « beutier » à lacet de cuir, les foulards bleus, les mouchoirs bleus, les chemises fleur-de-lin, l'iris bleu à la boutonnière, pour le tonique azur que versaient, à ses propres yeux bleus, tous ces colifichets. Il est vrai que sur une sclérotique jaunie, entre des paupières irritées, fleurissaient dans le visage de Lorrain les plus beaux yeux bleus dont pût se vanter un homme. Ces yeux insatiables ont eu soif de ce qui est beau. Le reste du visage ne les valait pas. Un peu taurin, le nez court et le menton enveloppé des gens qui jugent à la hâte, un teint vermeil que la couperose attaqua, que recouvrirent des artifices maladroits… Mais sous un fard blanc croûteux, sous des traits de crayon bleu corbeau qui soulignaient, à la fin, les yeux gonflés d'humidité, à l'abri du grand chapeau de farinier qui effarait les passants, je cherche, je retrouve aisément la figure d'un homme.

Jean Lorrain n'a jamais, jusqu'à sa fin, abdiqué le droit et l'envie d'être batailleur et même bretteur ; dans les rencontres et les altercations il devenait entièrement viril, se jetait – type taurin ! – tête baissée dans tous les mauvais cas et s'en tirait mal, mais belliqueusement.

Son écriture est tristement éloquente. Couchée, rasant l'horizontale, elle se redresse pour consigner des enfantillages et des vantardises. C'est aux lettres de Jean Lorrain que je prenais l'envie du Midi inconnu, et la titubante écriture qui dessinait le mot « Marseille » semait aussi, pour moi, ces étoiles larges et paresseuses qui dansent si mollement, au milieu du jour, sur l'eau sirupeuse du port. Lettres affectueuses, lettres pleines au commencement de coquetterie littéraire, appliquées au cynisme – lettres qui vont diminuant, s'éteignant –, lettres qui me sont chères, croquis de Lorrain par lui-même…

Oui, le hâle fait les yeux plus bleus, mais l'amour en Provence les cerne comme nulle part ailleurs !

Poitrine dilatée de caresses,

Paupières gouachées de volupté,

C'est ainsi que je vous reviens, mais pour partir… encore ! Ici, les nougats de l'Exposition après l'abside de Saint-Trophime, les dômes du Trocaderriero après le dôme d'Avignon, et la couperose de Mme X…, cette vieille fraise au champagne, après l'ivoire et l'ambre vert des carnations provençales… De rage vous désirerez ma mort, Colette, tant je rapporte en moi de bleu et de soleil. Mes plus lorraines tendresses. »

J'ai fait la fête et toute la lyre ! Et que de Claudines et de Claudins !… Il vous importe peu de savoir où j'ai passé la nuit ?

Je me vante, ma chère. Mais il faut cultiver sa légende.

Crevettes roses très cuites,
Entrecôte béarnaise,
Omelette aux confitures de coing,
Banane (une seule),
Et du Saint-Galmier.

Voilllà, Colette ! Et la gaieté du Vieux-Port, et la sollicitude du jeune Mistral, qui est de mes amis. Mais ce soir… eau de riz, et camomille, et coucher à huit heures… J'aimerais mieux vous guider parmi les enfers marseillais. Demain me verra sous les Allées qui, ombre et soleil, sont charmantes le matin. Your's. Ci-joint la chronique que me refuse Le Gaulois ! *Ne me la perdez pas. Quelques matelots me font de l'œil. Et, ma foi, quelques poissonnières : je suis fiancé trois fois pour ce soir ! Ah ! si l'on avait de la santé !… Mais il faut pondre de la copie… Votre Lorrain-feu-Phocas.*

Comme je vais être ennuyeux !

Un message sans date est une sorte d'adieu, un signe décoloré, la trace jaune, sur le papier, d'une encre d'hôtel ou de clinique :

… Je suis très atteint, très souffrant, très malade… J'ai lâché les Raitifs, *j'ai lâché les* Poussières, *je*

puis à peine écrire. Se coucher par terre comme un chien... Je ne lis plus.

Si vous saviez dans quel grand fond d'indifférence repose, ou plutôt glisse ma vie... vous plaindriez – ou envieriez – votre

JEAN LORRAIN.

Sur la foi d'un tel message, déjà je le pleure... Et je le retrouve devant la boutique de Laffitte le libraire, à Marseille, je le retrouve dopé, fardé de frais, rajeuni, encore une fois ressuscité par un des crépuscules roses et verts qui délient l'âme, là-bas, de tous soucis. Mais sa lèvre inférieure constamment se mouille et s'affaisse...

— Venez que je vous montre une jolie maison de Marseille ! Un escalier !...

Il pose les doigts, en baiser, sur cette pauvre bouche qui lui obéit mal... Et nous allons, par des rues étroites où de certains seuils on appelle, avec l'*assent* : « Jain ! » jusqu'à un escalier à rampes et balustres de marbre blanc, italien, tourmenté, d'un blanc de sucre...

— Joli ?

— Assez joli. Nous redescendons ?

— Pas avant d'avoir pris l'apéritif.

Il pousse au premier étage une porte de moleskine, derrière laquelle une gouvernante en faille noire s'écrie, elle aussi : « Jain ! » en levant ses mains chargées d'or, or en bagues, or en bracelets, or en joncs, en gourmettes... Aux murs du salon bourgeois, quatre chromos identiques glorifient quatre fois la même « baigneuse » rose, et je m'en égaie, quand la porte s'ouvre sur l'entrée des dames...

De vraies « dames », que de temps en temps je rappelle à moi d'un signe, pour voir si quelque détail n'a point fondu, si elles ont toujours, au cimier de leur chignon-casque, les nœuds de rubans pareils et verticaux, aux couleurs du drapeau français, si leur étrange vêtement de tarlatane grossière, en forme de guérite épatée, les ensache toujours du col aux pieds.

Sous ce cilice raide d'empois, elles sont réglementairement nues, mais on ne fait que deviner les médaillons noirs et larges des seins, un triangle rêche, plus noir encore, et, sur les bas noirs, les jarretières bleu, blanc, rouge... Trois me font un petit salut guindé, la quatrième va s'asseoir contre le mur, mais je n'ai plus d'yeux que pour celle-là, qui porte dénouée et folle une crinière grande comme un nuage, et qui n'a pas de nez dans son visage fixe et épouvanté...

— Menthe verte ? Picon-citron ? propose Jain.

Trois battent des mains :

— Menthe verte ! Menthe verte !

Pour la quatrième Jain insiste, mais elle regarde droit devant elle comme une aveugle.

— Eh ! dis, Jain, laisse-la...

Celle qui a parlé représente avec aisance l'élément autochtone et mondain. C'est une maigre à gros seins, à légère moustache, à petits yeux sévères d'ouvrière honnête.

— Elle est nouvelle ? demande Jain.

— Nouvelle si tu veux… T'occupe pas d'elle… C'est pas une personne pour vous…

La mondaine étale, sous son derrière bas et modeste, sa cage à gros réseau, et fait des frais pour moi :

— Et madame est de passage ? Et quelle belle ville, hé ? Et même qu'il fait chaud, on a la brise de mer… Et c'est pas les beaux monuments qui manquent, on peut dire !…

— Comment s'appelle-t-elle ? demande Jean qui ne quitte pas du regard, lui non plus, la fille sans nez.

La dame bavarde perd un peu de sa dignité.

— Quand tu sauras qu'on lui dit des fois Mimi, des fois Augusta, tu seras bien avancé ! Elle cause pas même le français !

Elle sirote une gorgée de menthe verte, s'essuie la bouche du bout des doigts, daigne expliquer.

— C'est une qu'on a prise pour les équipages de couleur.

Levant la main en signe de protestation, elle ajoute vivement :

— Elle ne travaille pas à l'étage, Bonne Mère ! Seulement dans la salle d'en bas, sur la cour. Et vous voilà déjà partis ?… Madame, à présent que vous connaissez le chemin… Jain, dis, tu me le feras avoir, le flacon de chypre ? Tantôt un an que tu me le promets ! … Sans adieu, madame… Eh ! Jain, laisse-la, celle-là… Un chien il donne la patte, elle n'en sait pas faire autant…

Dans le bel escalier blanc, tendu de papier-velours rouge, je me souviens que Jean Lorrain m'assura, sans conviction, que le blanc et le rouge ont de tout temps incité l'homme à la joie et à l'amour…

– L'homme peut-être, lui dis-je en rechignant, mais, bon Dieu, pas la femme !

J'avais envie de quelque chose d'acide, de froid, d'un endroit où il n'y eût ni lampes à gaz, ni chromos, ni dames à bonnes manières ; envie de coquillages, de sauce au vinaigre et à l'échalote…

J'avais surtout envie d'oublier la fille hagarde et sans nez. Je n'en eus pas le loisir. Car, en dînant chez Basso, Lorrain y vit la matière d'un « triptyque » et, volubile, il la changea en ânier d'Égypte, puis en mangeuse de lézards, finalement en hermaphrodite, et m'en dégoûta complètement. Mais Lorrain parti, elle réintégra dans mon souvenir sa prison de tarlatane, resta fidèle à sa laideur pétrifiée, et retourna à son destin – dans la salle d'en bas, sur la cour.

12

Au-dessus de l'appartement, rue de Courcelles, l'escalier rétréci menait à un atelier, flanqué d'une chambrette. En ce temps-là, il y avait déjà plus d'ateliers que de peintres, mais les peintres ne trouvaient pas d'ateliers à louer à cause des amants mondains, des femmes excentriques, et des simples particuliers qui se les disputaient pour le plaisir de les meubler de bancs de jardin, de divans-lits, de ciboires, d'ombrelles japonaises et de stalles de chœur. Le mien ne fut décoré que d'un portique et de ses agrès : anneaux, barre, trapèze, corde à nœuds… Je me suspendais, je tournais autour de la barre, j'étirais mes muscles, presque clandestinement, sans passion et sans virtuosité particulière. En y songeant après, il m'a bien semblé que j'exerçais mon corps à la manière des prisonniers qui ne méditent pas nettement l'évasion, mais découpent et tressent un drap, cousent des louis dans une doublure et cachent du chocolat sous leur paillasse.

Car je ne pensais pas à fuir. Où aller, et comment vivre ? Toujours ce souci de Sido… Toujours ce refus intransigeant de retourner auprès d'elle, d'avouer... Il faut comprendre que je ne possédais rien en propre. Il faut comprendre aussi qu'un captif, animal ou homme, ne pense pas tout le temps à s'évader, en dépit des apparences, en dépit du va-et-vient derrière les barreaux, d'une certaine manière de lancer le regard très loin, à travers les murailles... Ce sont là des réflexes, imposés par l'habitude, par les dimensions de la geôle. Ouvrez à l'écureuil, au fauve, à l'oiseau lui-même, la porte qu'ils mesurent, assiègent et supplient : presque toujours, au lieu du bond, de l'essor que vous attendez, la bête déconcertée s'immobilise, recule vers le fond de la cage. J'avais tout le temps de réfléchir, et j'entendais si souvent le grand mot dédaigneux, sarcastique, tout luisant de maillons serrés : « Après tout, vous êtes bien libre... »

Fuir ?... Comment fait-on pour fuir ? Nous autres filles de province, nous avions de la désertion conjugale, vers 1900, une idée énorme et peu maniable, encombrée de gendarmes, de malle bombée et de voilette épaisse, sans compter l'indicateur des chemins de fer...

Fuir... Et ce sang monogame que je portais dans mes veines, quelle incommodité... Ce n'est pas lui qui m'eût soufflé le mot fuite et son bruissement de couleuvre. Je ne désertais que le salon dit hollandais, la chambre Warrants pour cocotte économe, et la salle de bains aménagée par le précédent locataire dans une ancienne penderie triangulaire. Imaginez une baignoire pour mammouth, un réservoir de cuivre comme un bastion et, pour marquer le niveau de l'eau, des poids d'horloge comtoise… Avec Kiki-la-Doucette, je gagnais l'atelier nu, dont le plâtre écorché me devenait de jour en jour inexplicablement aimable. Boulestio et moi nous y tenions des parlotes dont le ton tournait au chuchotement complice, encore qu'il ne s'agît guère que de potins, d'anecdotes londoniennes et d'élégance masculine. Il n'est jamais inutile à une femme de savoir comment et pourquoi un homme s'habille mal ou bien. Robert d'Humières grimpait les trois étages en quelques enjambées qui semblaient nonchalantes, se laissait aller sur le mauvais petit divan ; mais d'un saut inattendu, il traversait la longueur de l'atelier et se trouvait debout sur la barre du trapèze, prouesse suivie, comme celle des chats, d'une humeur prude et pincée. Quelques autres amis apprenaient le chemin de cet atelier sans confort, biffaient la halte au second étage… Symptômes auquel je ne pris pas garde, mais rien n'échappait à M. Willy, qui n'en avait pas fini avec l'ère des *twins*, et n'aimait pas me voir gaspiller mon temps avec des garçons. Par vocation, Polaire s'attachait davantage à son métier chéri ; par instinct, appréhension et répugnance saine, elle esquivait les sorties et les dîners en trio. Homme de principe et d'ingéniosité, M. Willy forma une figurante, une sous-*twin*.

Une élève du Conservatoire, Mlle R…, se vit élire parmi la cohorte des aspirantes-Claudine. Elle avait le goût de l'oisiveté, point d'avenir au théâtre, le cheveu cendré, les yeux très clairs et très beaux, le nez fort, et ressemblait à Louis XV adolescent plus qu'à Claudine ou à Colette. Mais deux ou trois robes, autant de chapeaux, firent le nécessaire, et l'opinion publique se chargea du reste. Vous trouverez d'ailleurs la jeune personne, cinquante fois, dans un volume signé Willy, intitulé – simplement – *Willy en bombe*, et illustré par la photographie. Je ne l'ai pas lu. Mais j'ai regardé les images.

Dans l'atelier aux agrès, M. Willy envoya, afin, disait-il, qu'elle déboulât un peu, la jeune fille, qui était sans malice aucune et le fit bien voir. Lorsque M. Willy nous emmenait toutes deux en victoria, il assignait à Mlle R… la place des enfants, sur le strapontin, où elle boudait vaguement. Un jour, elle donna la raison de sa contenance offensée :

— Pourquoi est-ce que c'est toujours moi qui vais sur le strapontin ? C'est pas juste. On pourrait au moins changer !

Je ris de bon cœur, mais M. Willy, chose étrange, se fâcha :

— J'en ai assez de cette charrette à bras, qui a le nez triste ! s'écria-t-il.

Le rassortiment des *twins*, après la mise à pied de Mlle R…, devint-il difficile ? Je n'eus plus, de mes sosies d'occasion, que des nouvelles indirectes. « La fille de M. Willy a acheté le même chapeau que vous », me dit un jour ma modiste. Pourvue déjà d'un beau-fils, allais-je chicaner une belle-fille de fantaisie ? Une autre *twin* me resta à jamais lointaine et dépareillée, et cependant celle-là avait emprunté jusqu'à mon nom, puisque je reçus, après des ricochets postaux, la tendre lettre d'un sergent-fourrier, toute frisée de boucles et de paraphes, dont l'auteur ne voulait pas, écrivait-il, attendre davantage avant de « renouveler les instants divins vécus dans le chemin de fer de ceinture ». Il m'attendrait « comme la première fois » à la brasserie de l'Espérance, avenue de la Grande-Armée.

La destitution et le bannissement de Mlle R… me rallièrent à l'atelier. Entre un déménagement et un nouveau domicile, Marcel Boulestin campa quelques semaines dans l'étroite chambre attenante. Notre amitié y prit du corps ; elle est encore, comme lui et moi, de complexion robuste. Cette liaison affectueuse ne fut pas la seule à se nouer sans que je l'eusse quêtée. Autour de moi, choses et gens s'émouvaient. Un peu plus de confiance et de fatalisme m'aidant, un peu plus de télépathie, et j'aurais pu ressentir des chocs favorables, un langage percuté comme celui qu'échangent les mineurs ensevelis. L'un des « coloured-secrétaires », comme disait drôlement Boulestin – je ne vous les nomme pas tous, et il s'en trouvait des spécialisés –, un de ceux que je voyais le plus rarement, me souffla un jour : « Si M. Willy vous parle d'un projet X…, refusez de vous en mêler. » Puis il s'éloigna, les yeux bas, avec la figure d'un homme qui vient de jeter un avis anonyme dans la boîte aux lettres. Une autre fois, Paul Barlet, nègre en chef, sortit de la timidité chronique que je lui voyais depuis deux lustres, et me dit, en tremblant de la voix et du genou gauche : « Madame, tout ce que j'ai pu sauver de vos manuscrits des *Claudine* est en sûreté chez moi, rue La Fontaine. »

La voyante Freya, alors jeune et aux premiers jours de sa renommée, regarda mes paumes, s'étonna :

– C'est… Oh ! c'est curieux… Je n'aurais jamais cru… Il va falloir en sortir.

– De quoi ?

– D'où vous êtes.

– Déménager ?

– Aussi, mais c'est un détail. Il va falloir en sortir… Vous avez beaucoup tardé.

En quoi je fus, malgré les termes sibyllins de sa consultation, de son avis. Depuis, j'ai accepté l'idée que nous nous trompions toutes deux, et que je n'avais pas trop tardé. Il est bon de ne pas regarder à dix ans de sa vie – j'ai fait bonne mesure avec trois de plus – pourvu que ces dix ans soient prélevés sur la première jeunesse. Après, il convient de liarder.

Aimais-je encore, pour demeurer malgré les signes, attendre, et encore attendre ? Le oui, le non que j'aventurerais ici me seraient suspects. Lorsqu'un amour est véritablement le premier, il est malaisé d'affirmer : à telle date, de tel forfait, il mourut. Le songe qui nous restitue, pendant le sommeil, un premier amour révolu, est le seul à rivaliser en ténacité avec le cauchemar qui poursuit adolescents et octogénaires, le songe de la rentrée au collège et de l'examen oral.

Un point est certain : l'homme extraordinaire que j'avais épousé détenait le don, exerçait la tactique d'occuper sans repos une pensée de femme, la pensée de plusieurs femmes, d'empreindre, de laisser, d'entretenir une trace qui ne se pût confondre avec d'autres traces. Celles du bonheur ne sont pas indélébiles… Je connais des femmes qui, après lui, n'ont plus eu qu'une vie heureuse à leur disposition. Un peu plus elles diraient, comme l'amateur de grande musique, porté par erreur dans le paradis selon Gounod : « Toujours des harpes ! Toujours des harpes ! Père éternel, donnez-nous du triangle et de la clarinette, et quelques dissonances bien cruelles, par charité… »

Fuir, c'eût été organiser déjà un temps futur, Mon père l'imprévoyant ne m'a légué aucun sens de l'avenir, et Sido la fidèle n'a jeté qu'un regard effrayé sur les voies étroites par lesquelles ses enfants s'avanceraient jusqu'à l'âge de mourir. Comme elle j'ai manqué d'imagination, et aussi de la foi qu'exprimait Polaire, attachée aux formules conjuratoires : « C'est quand on est au fond deu cent pieds deu mouscaille qu'il vient quelqu'un pour vous en retirer… »

Pour moi, personne n'était encore venu. D'ailleurs j'étais plus lourde à remuer qu'une montagne… On ne l'eût pas cru à me voir le matin, deux fois par semaine, sur une monture à dix francs l'heure, que je ne chargeais guère, car je maigrissais. La perte de poids sans diète, la volatilisation mystérieuse de notre substance, je ne lui donnais pas encore l'importance qu'elle mérite. Je serrais d'un cran la ceinture de cuir, tirais jusqu'au bout le lacet du petit corset de rubans. Je m'étonnais de maigrir, mais ne sentais pas encore la fin de mes réserves, attentive que j'étais à des secours prématurés, utiles, qui portaient à découvert leur belle forme humaine – je pense à vous, visages, esprits… Passages lumineux, trop rares, de Marguerite Moreno ; pudeur et familiarité de Robert d'Humières ; amitié d'une petite fille du marquis de Saint-Georges, qui signait « Henri de Lucenay » les romans d'aventures lointaines qu'elle écrivait, résignée, pauvre, au coin d'un feu maigre de pension de famille… Et vous, jeune fille blonde, qui ressembliez si radieusement à Bonaparte et vous destiniez au théâtre… Renée Parny se souvient de notre entente rude et bonne, de la pareille intolérance qui nous poussait à la discussion véhémente, à l'agitation physique, comme deux garçons à l'étroit dans un préau… M. Willy, rentrant chez lui, trouva sur le tapis une sorte de boule, poings, pieds mêlés, deux corps jaloux de se nuire, combattant à la manière femelle, à coups rapides, maladroits, griffus…

Nous nous étions disputées, « pour rien, pour le plaisir », en outre Renée Parny avait mal parlé de ma chatte.

Secours aussi, porteur de conseils contradictoires, le langage de la musique. Les premières années, je subissais la musique comme une épreuve. Elle est au nombre des plaisirs que le découragement secret supporte mal. Je lui prêtais des nerfs disciplinés que l'assaut des cordes, le choc des masses orchestrales obligeaient à une tension qui me demandait toutes mes forces. Comme ma mémoire musicale est vive (celle de mes deux frères ne l'était pas moins), je ne me délivrais pas aisément de la rumeur, de la mélodie, de l'investissement. Couchée, regardant voleter au plafond la tache pâle et ailée du gaz de la rue, je chantais au fond de moi, je battais des rythmes avec mes orteils et les muscles de mes mâchoires.

La tache voletante, l'aile de musique, le fragment mélodique et nocturne qui m'échappait, peu à peu le mot, plus urgent, les a supplantés. Le dessin musical et la phrase naissent du même couple évasif et immortel : la note, le rythme. Écrire, au lieu de composer, c'est connaître la même recherche, mais avec une transe moins illuminée, et une récompense plus petite. Si j'avais composé au lieu d'écrire, j'aurais pris en dédain ce que je fais depuis quarante ans. Car le mot est rebattu, et l'arabesque de musique éternellement vierge…

Consentir, comme je le fis enfin, à ce que chaque orage de musique – de musique aimée – fût une défaite heureuse, fermer les paupières sur deux larmes faciles et imminentes, je ne comptai pas, d'abord, ce desserrement comme un progrès. Mais j'en sus faire une réconciliation avec un monde vivant, au milieu duquel je végétais sans parentés, pour certains invisible et nulle, pour d'autres trop évidente et vaguement déshonorée. Dans des dialogues qui s'échangeaient, entre élus de la musique, par-dessus ma tête, j'osai intervenir, simplement afin de dire : « Je suis là, j'écoute… » et qu'ils ne me tinssent pas pour sourde, opaque et bannie…

Les plus grands sont toujours les plus simples : je ne puis froidement me rappeler Fauré, ni manier et relire les vifs billets qu'il m'écrivait. Des billets joueurs et gais, tendres… Tendre, il l'était facilement, à dessein de séduire, à dessein de se laisser séduire… L'amitié sans but et sans exigence, avec lui, n'en devenait que plus précieuse. Je regarde ces petites pages jaunes, maintenant, et je m'étonne : il m'a donné tant de fois une pensée ? Tant de fois, cette main, à peau fine et plissée comme un gant trop large, a quitté pour m'écrire son travail auguste ou son loisir ? Pour me faire rire il a laissé paraître, en vingt lignes, de l'enfantillage, de la raillerie, caricaturé Tiersot à la plume, raconté que par caprice il a lâché la présidence d'un concours à Saint-Claude, noté musicalement des « oh ! oui !… » au-dessous de « baisers dans l'oreille », promis un « fort coup de sonnette précédent un fort coup de fourchette » ? En ayant l'air d'oublier qu'il était Fauré, je me pliais à un usage de discrétion délicate qu'observaient ses disciples : Louis de Serres, Pierre de Bréville, Bagès qui chantait, Déodat de Séverac – et le noir Debussy…

Ma mémoire, quand je les nomme, retourne à un soir ancien, le soir où l'on donna pour la première fois *Shéhérazade.* Le concert achevé, Claude Debussy n'était pas rassasié de Rimsky-Korsakov. Il bourdonnait des lèvres, nasillait à la recherche d'un motif de hautbois, demandait à un couvercle de demi-queue le son grave des timbales… Pour imiter un *pizzicato* de contrebasses, il se mit debout, saisit un bouchon, le frotta contre une vitre… Dressé, l'œil sauvage sous des cornes torses, ainsi le chèvre-pied arrache à la haie sa ronce préférée… Debussy ressemblait au peuple de Pan. Je lui chantai ce qu'il cherchait, en m'aidant du piano, et son œil hanté s'humanisa, sembla m'apercevoir pour la première fois : « Bonne mémoire ! Bonne mémoire ! » s'écriait-il. Émue, j'entendais : « Bonne nouvelle ! Bonjour ! »

Mais l'heure venait toujours où s'éteignaient les présages, et je réintégrais, sans qu'il fût besoin de menace ni de prière, ma vie mal assise et bien dissimulée. Une pareille obstination n'eût-elle pas dû décourager les ouvriers de mon destin et leurs messages ? Ceux-ci, comme s'ils savaient par où me frapper et me plaire, recouraient, déjà, à des cocasseries d'un mauvais goût précurseur, des propositions de caravaniers. À brûle-pourpoint l'un m'apostropha :

— Voulez-vous prendre un numéro de treize lévriers russes dressés ? La dresseuse propriétaire se meurt à l'hôpital. C'est du tout cuit, tout prêt, l'itinéraire de la tournée, les contrats, tout… Et ça ferait bien un genre pour vous…

Je n'ai pas retenu le nom de l'ambassadeur qui laissa tomber sur moi cette rosée, cette tentation, ce souffle de grande route, cette odeur de cirque… Je haussai les épaules, je me refusai même la vue des lévriers. Treize lévriers, leurs cous de chimères, leurs ventres creux qui boivent l'air, et treize cœurs à conquérir… Anxiété, anxiété ! J'eus beau retourner à ma sagesse de scribe, à ma vieille peur fidèle, l'anxiété travaillait pour moi… Treize lévriers, un rempart, une famille, un pays… Comment ai-je pu les laisser passer ? Mon regret les suivit dans leur gloire circulaire : « Une autre fois… »

Mais on ne retrouve jamais treize lévriers, quand on les a laissés passer devant soi, taillés à l'image du mouvement et de la vitesse. Faute d'avoir osé rassembler, sous une main qui certes était digne d'eux, les treize lévriers désemparés, j'ai dû accepter d'autres seconds, le ridicule, par exemple. C'est un concours puissant. Sans lui, par quoi me fussé-je signalée ?

Un bel après-midi, sur une pelouse de Neuilly, dans le jardin de miss Natalie Clifford-Barney, j'interprétai le *Dialogue au soleil couchant*, de Pierre Louÿs. L'autre actrice improvisée s'appelait Eva Palmer, Américaine, rousse à miracle et les cheveux jusqu'aux pieds. Je n'ai vu qu'à ma demi-sœur aînée l'abondance qui accablait le front d'Eva. Pour notre *Dialogue*, elle avait roulé en câbles son exceptionnelle parure et revêtu une tunique à peu près grecque, d'un bleu verdissant, tandis que je me croyais un parfait Daphnis, en vertu d'un crêpe de Chine terre cuite, fort court, de cothurnes à la romaine, et d'une couronne empruntée à Tahiti.

Eva Palmer, pâle, balbutia son rôle. À force de trac, les *r* roulants de mon accent bourguignon devinrent russes. Pierre Louÿs, invité, écoutait. Peut-être n'écoutait-il pas, car nous étions meilleures à voir qu'à entendre. Mais nous croyions que Paris, sous ses ombrelles, sous ses chapeaux très grands cette année-là, ne pensait qu'à nous… Enhardie, après, j'osai demander à Louÿs si « ça n'avait pas trop mal marché ».

— Je viens d'avoir une des plus fortes émotions de ma vie, dit-il gravement.

— Oh ! cher Louÿs !

— Je vous assure. L'impression inoubliable de m'entendre interprété par Mark Twain et par Tolstoï.

Eva Palmer rougit sous sa couronne de tresses croisées et recroisées, et Pierre Louÿs ajouta des paroles consolantes, joignit de bénignes louanges à celles de Natalie Barney et de ses amis. Mais soudain tous cessèrent de faire attention à la bergère de Boston et au pâtre de Moscou, à cause de l'entrée, par les coulisses de verdure, d'une femme nue sur un cheval blanc harnaché de turquoises, une danseuse dont le nom neuf connaissait déjà une célébrité de coterie, d'ateliers et de salons : Mata-Hari.

Chez Emma Calvé, devant un « autel » qui constituait, avec quelques figurants et musiciens de couleur, son décor amovible, Mata-Hari, danseuse qui dansait peu, mais suffisamment ophidienne et énigmatique entre les colonnes d'un vaste vestibule blanc, avait produit grand effet. Ceux qui à l'époque ont écrit, sur l'art et la personne de

Mata-Hari, des dithyrambes se demanderaient aujourd'hui de quelle illusion collective ils ont été les bénéficiaires... Sa naïve légende et sa danse ne dépassèrent, à aucun titre, les pièges ordinaires des « numéros hindous » de music-hall. La seule et agréable certitude qu'elle donnait aux publics mondains, c'étaient un torse délié dont elle cachait prudemment les seins, un dos fier et mouvant et des lombes bien musclées, de longues cuisses et des genoux fins. Le nez, épais comme la bouche, certain éclat huileux de l'œil ne modifiaient point, au contraire, l'idée que nous nous faisons de l'Asiatique. D'ailleurs la fin de sa « danse », libérant Mata-Hari de sa dernière ceinture, au moment où elle tombait avec modestie sur le ventre, menait tous les spectateurs – et bon nombre de spectatrices – à la limite décente de l'attention.

Sous le soleil de mai, à Neuilly, en dépit des turquoises, de la crinière noire dénouée et du diadème en clinquant, de la longue cuisse, surtout, contre le flanc de l'arabe blanc, elle surprit par la coloration de sa peau qui n'était pas brune et savoureuse comme aux lumières, mais d'un violacé faux, et inégal. La parade équestre finie, elle mit pied à terre, s'enveloppa d'un sari. Elle salua, parla, déçut un peu... Ce fut bien pis, lorsque miss Barney l'invita, en tant que personne privée, à une seconde garden-party...

— Mme Colette Willy ?

À la voix fortement accentuée qui m'appelait par mon nom de fantaisie, je me retournai. Une dame, cuirassée de baleines, la gorge haute dans un tailleur à damier blanc et noir, la voilette à pois de velours sur le nez, me tendait une main étroitement gantée de chevreau glacé blanc, brodé de noir. Je me souviens aussi d'une blouse chemisier, à jabot, à col raide, d'une paire de chaussures jaune d'œuf, je me souviens de mon étonnement.

La dame rit à fortes et belles dents, se nomma, étreignit ma main, exprima le désir de me revoir, et ne sourcilla pas lorsque la voix nette et sans ménagement de lady W… s'éleva, à côté de nous :

— Elle, une Asiatique ? Vous me faites rire… Hambourg, Rotterdam, oui, Berlin, peut-être…

Un autre jardin, la même saison, me vit, presque aussi gauche que la première fois, sur une autre scène improvisée. Du haut d'une estrade, je me présentais, en vers, aux auditeurs égaillés sous des charmilles :

Je suis un faune, un tout petit
Faune, robuste et bien bâti,
Au doux regard, au fin sourire,
Je le sais, car dans les ruisseaux,
Parmi les iris, les roseaux,
Parfois, quand j'ai bu, je me mire.

Attribuée à Willy, due au plus rapide de ses collaborateurs – un poète qui compte, à son actif, des vers beaucoup meilleurs, la saynète avait été commandée, écrite, livrée, répétée en une semaine.

— Si cela vous amusait de jouer sur un vrai théâtre, j'ai un autre acte en prose, me dit, peu après, M. Willy. Je suis même persuadé qu'il vous serait facile d'organiser une série de représentations agréables, de déplacements... Bruxelles, tenez, est curieux de certains spectacles, de personnalités...

Le style de « communiqué », l'accent prudent de la voix neutre, en fallait-il davantage pour me donner l'alarme ? Je me fis tout entière silence, ouïe, pour recueillir la suite :

— Ce serait d'autre part une occasion excellente de liquider cet appartement mortel, de trouver une combinaison plus adéquate à un genre d'existence différent – oh ! un peu différent... Rien ne presse...

À ne pas m'y tromper, ce que j'entendais constituait un congé. Quand je rêvais évasion, à côté de moi on méditait de me mettre commodément à la porte – à ma porte ? Mais cette fois-ci on ne réclamait pas ma complaisance. Je délibérai brièvement, et en désordre. Ce peu de bruit, ce peu de paroles, allais-je m'en contenter ? Au fond, nous aimons toutes les grands cris, et les gestes qui cognent le plafond...

Je me souviens d'une chaleur qui me monta aux joues, de ma stupidité. Dépouillée par supercherie de ce que je voulais par ruse délaisser, je tournais et retournais une bribe du Code, « déserter le domicile conjugal... ». Mots que je trouvais non point déplaisants, mais gros d'un désarroi vaguement militaire, avant-coureurs d'abandon de poste, de pansements hâtifs, mots, gestes, devant lesquels j'hésitais… L'esprit de contradiction chez la femme est aussi fort que l'instinct de propriété. Si elle n'a pour tout bien qu'un malheur, elle se colle à son malheur. Elle enfouit un sou de cuivre, se retient à des murs sans toit…

« Rien ne presse… ? » J'entends : « Tout est fini. » C'est moi qui aurais voulu dire ce « tout est fini ». Puisque je ne l'ai pas dit, je n'ai plus qu'à me taire. Les heures, à dater de « rien ne presse », je les ai distinctement vues courir. Je m'accroche à ce que je concertais de trancher… En dix années je n'ai pas autant attendu, ni si honteusement. J'attends encore une semaine, encore deux semaines ; j'attends une fin, en sachant que ce n'est pas moi qui mettrai un terme à ma pleutrerie, mais l'homme qui le premier disposa de moi. Et toujours cette modération, ce peu de bruit… Un silence comme par temps de neige. Avant ce moment-là, j'avais été capable, comme tout le monde, d'imaginer une évasion : le panache de vapeur sinon le cheval à tous crins, une lettre d'adieux en forme de traité de paix, et bien noble ; une écharpe dont le vent s'empare, tout le romanesque de la fuite seule ou à deux… Mais je n'arrivais pas à inventer le lyrisme de l'expulsion. Il existe cependant. Je m'en suis aperçue après, dans le petit rez-de-chaussée de la rue de Villejust…

C'est là que j'ai affronté les premières heures d'une vie nouvelle, entre la chatte et le chien. J'avais emmené aussi ma vieille peur fidèle, qui ne devait pas de sitôt me quitter. Là je sautais sur mes pieds à tout coup de sonnette – une vraie sonnette, en calice avec une langue battante, qui tintait d'une manière aiguë et intolérable, une sonnette d'orphelinat. Souvent elle m'annonçait qu'une main venait de glisser, sous la porte, une lettre. J'ouvrais le message en prenant la résolution de ne plus ouvrir celui du lendemain, que j'ouvrais pourtant. Ce que j'y lisais m'était fastidieux, et comme pâli par un long emploi, malgré les mots-cabochons signalés par des capitales au-dessus d'un paraphe en lame de sabre : « Je suis ainsi fait que la RANCUNE est l'ardent revers de ma reconnaissance… » « Voyons, ma chère amie… » « Votre vaudevillesque diplomatie, qui consiste à ne pas me rendre ce manuscrit… » « Nous avons été des associés, ne devenons pas des ennemis. Vous n'auriez rien, je vous le jure, à y gagner… Nos conventions, qui jouent encore, j'y compte… »

Mais aucune des lettres ne me demanda, jamais, de rebrousser le chemin qui m'avait, avec ma malle, quelques meubles, le chien et la chatte, menée de la rue de Courcelles à la rue de Villejust. Aussi m'accoutumai-je, dans le petit rez-de-chaussée, à penser que je touchais le lieu où il faudrait bien que toute ma vie changeât de goût, comme change le bouquet du vin selon le versant qui porte le cep.

J'eus bien raison de me fier à ce que je connaissais le moins, mes semblables, la sollicitude humaine… Si j'écrivais quelque jour mes souvenirs de « l'autre versant », il me semble que par contraste le « han » d'effort, le cri de douleur y rendraient un son de fête, et je ne saurais m'y plaindre qu'avec un visage heureux.

Table

COLLECTION
« CLASSIQUES D'HIER ET D'AUJOURD'HUI »

Elizabeth von Arnim, *La Bienfaitrice*.
Elizabeth von Arnim, *Père*.
Schalom Asch, *Pétersbourg*.
Schalom Asch, *Varsovie*.
Schalom Asch, *Moscou*.
Jane Austen, *Emma*.
Jane Austen, *Lady Susan, et autres nouvelles*.
Jane Austen, *Mansfield Park*.
Jane Austen, *Northanger Abbey*.
Jane Austen, *Orgueil et Préjugés*.
Jane Austen, *Persuasion*.
Jane Austen, *Raison et Sentiments*.
Honoré de Balzac, *L'Auberge rouge, et autres récits criminels*.
Harriet Beecher Stowe, *Dred, ou le grand marais maudit*.
Mary Elizabeth Braddon, *Le Secret de lady Audley*.
Mary Elizabeth Braddon, *La Trace du serpent*.
Anne Brontë, *Agnès Grey*.
Anne Brontë, *La Dame du manoir de Wildfell Hall*.
Charlotte Brontë, *Jane Eyre*.
Charlotte Brontë, *Le Professeur*.
Charlotte Brontë, *Shirley*.
Charlotte Brontë, *Villette*.
Emily Brontë, *Les Hauts de Hurlevent*.
Pearl Buck, *L'Énigme éternelle*.
Pearl Buck, *Fils de Dragon*.
Pearl Buck, *Impératrice de Chine*.
Willa Cather, *Mon Antonia*.
Louise Colet, *Un drame dans la rue de Rivoli*.
Colette, *Cadeaux de Noël*.
Colette, *Claudine à l'école*, suivi de *Claudine à Paris*.

Colette, *Claudine en ménage*, suivi de *Claudine s'en va* et de *La Maison de Claudine*.
Colette, *Le Blé en herbe*, suivi de *Chéri* et de *La Fin de Chéri*.
Colette, *Mes vérités*, entretiens avec André Parinaud.
Wilkie Collins, *La Pierre de lune*.
Wilkie Collins, *Le Secret*.
Wilkie Collins, *La Dame en blanc*.
Wilkie Collins, *L'Hôtel hanté*.
Alphonse Daudet, *Jack*.
Charles Dickens, *Les Aventures de Mr Pickwick* (2 t.).
Charles Dickens, *Barnabé Rudge* (2 t.).
Charles Dickens, *Contes de Noël*.
Charles Dickens, *David Copperfield*.
Charles Dickens, *De grandes espérances*.
Charles Dickens, *Oliver Twist*.
Charles Dickens, *Le Magasin d'antiquités*.
Charles Dickens, *Le Mystère d'Edwin Drood*.
Charles Dickens, *La Mystérieuse Lady Dedlock* (*Bleak House*, t. 1).
Charles Dickens, *Le Choix d'Esther* (*Bleak House*, t. 2).
Charles Dickens, *La Petite Dorrit* (2 t.).
Charles Dickens, *Le Possédé, et autres histoires de spectres*.
Charles Dickens, *Les Temps difficiles*.
Charles Dickens, *Nicholas Nickleby* (2 t.).
Charles Dickens, *Un conte de deux villes*.
Alexandre Dumas, *Le Chevalier de Maison-Rouge*.
Alexandre Dumas, *Le Docteur mystérieux* (*Création et Rédemption*, t. 1).
Alexandre Dumas, *La Fille du marquis* (*Création et Rédemption*, t. 2).
Alexandre Dumas, *Les Borgia*.
George Eliot, *Adam Bede*.
George Eliot, *Le Moulin sur la Floss*.
George Eliot, *Silas Marner*.

Erckmann-Chatrian, *L'Ami Fritz.*
Ford Madox Ford, *Le Bon Soldat.*
Léon Frapié, *La Maternelle.*
John Galsworthy, *Le Propriétaire* (*La Dynastie des Forsyte*, t. 1).
John Galsworthy, *Aux aguets* (*La Dynastie des Forsyte*, t. 2).
John Galsworthy, *À louer* (*La Dynastie des Forsyte*, t. 3).
John Galsworthy, *Comédie moderne* (*L'Histoire des Forsyte*, t. 1).
John Galsworthy, *Le Chant du cygne* (*L'Histoire des Forsyte*, t. 2).
John Galsworthy, *Fleur du désert* (*L'Histoire des Forsyte*, t. 3).
Elizabeth Gaskell, *Cranford*, suivi de *Ma cousine Phillis.*
Elizabeth Gaskell, *Ruth.*
Maxime Gorki, *Enfance.*
Maxime Gorki, *En gagnant mon pain.*
Maxime Gorki, *Mes universités.*
Knut Hamsun, *La Faim.*
Thomas Hardy, *Jude l'obscur.*
Thomas Hardy, *La Bien-aimée.*
Thomas Hardy, *Le Maire de Casterbridge.*
Thomas Hardy, *Le Retour au pays natal.*
Thomas Hardy, *Loin de la foule déchaînée.*
Thomas Hardy, *Sous la verte feuillée.*
Frances Hodgson-Burnett, *Le Jardin secret.*
Frances Hodgson-Burnett, *La Petite Princesse.*
Henry James, *Lady Barberina.*
Sinclair Lewis, *Main Street.*
Franz Liszt, *Chopin.*
Maurice Maeterlinck, *La Vie des abeilles.*
Maurice Maeterlinck, *La Vie des fourmis.*
Hector Malot, *Romain Kalbris.*
Amelia Opie, *Adeline Mowbray.*

Baronne Orczy, *Le Mouron rouge*.
Ann Radcliffe, *Les Mystères d'Udolphe*.
Maurice Renard, *Le Docteur Lerne*.
Maurice Renard, *Les Mains d'Orlac*.
Maurice Renard, *Le Péril bleu*.
Walter Scott, *La Fiancée de Lammermoor*.
May Sinclair, *Les Trois Sœurs*.
Stendhal, *La Chartreuse de Parme*.
William M. Thackeray, *La Foire aux vanités*.
Claude Tillier, *Mon oncle Benjamin*.
Anthony Trollope, *L'Héritage Belton*.
Frances Trollope, *La Veuve Barnaby*.
Jules Verne, *Mistress Branican*.
Eugène-François Vidocq, *Les Mémoires authentiques de Vidocq*.
Jakob Wassermann, *Gaspard Hauser*.
Jakob Wassermann, *L'Affaire Maurizius*.
Jakob Wassermann, *Etzel Andergast*.
Jakob Wassermann, *Joseph Kerkhoven*.
Mary Webb, *La Renarde*.
Herbert George Wells, *La Guerre des mondes*.
Herbert George Wells, *L'Île du Dr Moreau. – La Machine à explorer le temps*.
Edith Wharton, *Au Temps de l'innocence*.
Edith Wharton, *Chez les heureux du monde*.
Edith Wharton, *Ethan Frome*, suivi de *Été*.
Virginia Woolf, *La Chambre de Jacob*.
Virginia Woolf, *Mrs Dalloway*.
Émile Zola, *Madeleine Férat*.
Émile Zola, *Les Mystères de Marseille*.
Stefan Zweig, *Marie-Antoinette*.
Stefan Zweig, *Marie Stuart*.
Stefan Zweig, *La Pitié dangereuse*.
Stefan Zweig, *Les Très Riches Heures de l'humanité*, suivi de *Souvenirs et Rencontres*.

Les Plus Beaux Textes littéraires de Noël, présentés par Michel Tournier.

Noël, les plus beaux textes du monde entier, présentés par Ismaïl Kadaré.

Cet ouvrage a été composé par
Facompo à Montrouge (Hauts-de-Seine)

Impression réalisée par
CPI Brodard & Taupin
en janvier 2025
pour le compte des Éditions Archipoche

Pour plus d'information :
www.lisez.com
Imprimé sur du papier issu de forêts gérées durablement.

Imprimé en France
N° d'impression : 3058951
Rang de tirage 01 – ISSN 2264-8968
Dépôt légal : janvier 2025